Killeralgen

**Die Kurt-Austin-Abenteuer**

Band 4: Tödliche Beute
Band 5: Killeralgen
Band 6: Packeis

Clive Cussler / Paul Kemprecos

# Killeralgen

Roman

Ins Deutsche übertragen von
Michael Kubiak

Weltbild

Die englische Originalausgabe erschien 2004 unter dem Titel
*Lost City – A Novel from the NUMA Files* bei G. P. Putnam's Sons, New York.



Besuchen Sie uns im Internet:
*www.weltbild.de*

Genehmigte Lizenzausgabe für Weltbild GmbH & Co. KG,
Werner-von-Siemens-Straße 1, 86159 Augsburg

Übersetzung: Michael Kubiak
Umschlaggestaltung: Johannes Frick, Neusäß
Umschlagmotiv: © Johannes Frick unter Verwendung von Motiven von iStockphoto
(© PEDRE, © atese, © Global_Pics, © Damocean)
Satz: Datagroup int. SRL, Timisoara
Druck und Bindung: CPI Moravia Books s.r.o., Pohorelice
Printed in the EU
ISBN 978-3-95973-662-5

2022 2021 2020
Die letzte Jahreszahl gibt die aktuelle Lizenzausgabe an.

# Prolog

## Französische Alpen, August 1914

Hoch über den majestätischen schneebedeckten Gipfeln kämpfte Jules Fauchard um sein Leben. Minuten zuvor war sein Flugzeug mit einer Wucht, die seine Zähne bis in die Wurzeln erzittern ließ, gegen eine unsichtbare Wand aus Luft gekracht. Jetzt warfen Auf- und Abwinde das leichte Flugzeug hin und her wie einen Drachen an einer Schnur. Fauchard kämpfte gegen die heftigen Turbulenzen, die seinen Magen Purzelbäume schlagen ließen, mit der Geschicklichkeit, die ihm seine strengen französischen Fluglehrer eingebläut hatten. Dann hatte er diesen stürmischen Abschnitt hinter sich, genoss die seidenweiche, ruhige Luft, ohne sich darüber im Klaren zu sein, dass diese beinahe seinen Untergang besiegelte.

Nach dem Stabilisieren seiner Maschine hatte Fauchard einem nur zu menschlichen Impuls nachgegeben. Er schloss die müden Augen. Seine Augenlider flatterten und sackten herab und schlossen sich endgültig, als wären sie mit Bleigewichten beschwert. Sein Geist driftete ab in schattige, von unendlicher Sorglosigkeit erfüllte Gefilde. Sein Kinn sackte auf die Brust. Seine schlaffen Finger lockerten ihren Griff um den Steuerknüppel. Das kleine rote Flugzeug schlingerte wie betrunken durch eine Phase, die von französischen Piloten *perte de vitesse* genannt wird, Steuerlosigkeit, während es über eine Tragfläche abrutschte, um jeden Moment ins Trudeln zu geraten.

Glücklicherweise nahm Fauchards Innenohr eine Störung des Gleichgewichts wahr, und Alarmsignale ertönten in seinem schlummernden Gehirn. Sein Kopf ruckte hoch, und er erwachte halb benommen und hatte Mühe, seine wirren Gedanken zu ordnen. Sein Nickerchen hatte nur einige Sekunden gedauert, aber in dieser Zeitspanne hatte das Flugzeug einige hundert Fuß an Flughöhe verloren und war im Begriff, in einen Sturzflug überzugehen. Blut pulsierte in Fauchards Schädel. Sein wie wild hämmerndes Herz fühlte sich an, als würde es jeden Moment seine Brust sprengen.

In den französischen Flugschulen wurde den Flugschülern beigebracht, ein Flugzeug mit der gleichen Behutsamkeit zu lenken, wie ein Pianist die Tasten seines Instruments streichelt, und Fauchards endlose Trainingsstunden erwiesen sich jetzt als in jeder Hinsicht wertvoll. Indem er geradezu zärtlich die Kontrollen bediente, achtete er darauf, nicht zu übersteuern, und holte das Flugzeug nahezu unmerklich in eine horizontale Fluglage zurück. Zufrieden, dass die Maschine stabilisiert war, stieß er zischend die angehaltene Luft aus und schickte gleich einen tiefen Atemzug hinterher. Dabei schnitt die eisig kalte Luft wie Glasscherben in seine Lunge.

Der stechende Schmerz riss ihn aus seiner Lethargie. Endlich wieder hellwach, rief Fauchard sich das Mantra ins Gedächtnis zurück, das seine Entschlossenheit während seiner verzweifelten Mission aufrechterhalten hatte. Seine gefrorenen Lippen weigerten sich, die Silben zu bilden, aber die Worte hallten durch sein Gehirn.

*Wenn du versagst, müssen Millionen sterben.*

Fauchard biss die Zähne erneut zusammen. Er rieb den Raureif von den Gläsern seiner Pilotenbrille und warf einen Blick über die Motorhaube. Die Hochgebirgsluft war so klar wie feiner Kristall, und sogar die entferntesten Details waren in fotografischer Deutlichkeit zu erkennen. Dicht gestaffelte Reihen gezackter Berggipfel reichten bis zum Horizont, und winzige Dörfer klammerten sich an die Abhänge saftig grüner Alpentäler. Aufgeplusterte weiße Wolken erinnerten an Haufen frisch gepflückter Baumwolle. Der Himmel erstrahlte in einem grenzenlosen satten Blau. Der Sommerschnee, der die Bergspitzen bedeckte, schimmerte im violetten Licht der untergehenden Sonne.

Fauchards vom fehlenden Schlaf gerötete Augen fingen all diese erhabene Schönheit ein, während er die Ohren spitzte und dem Auspufflärm lauschte, der vom 80 PS starken Gnome-Sternmotor erzeugt wurde, der die Morane-Saulnier N antrieb. Alles lief gut. Der Motor brummte gleichmäßig wie vor seinem fast tödlich verlaufenen Nickerchen. Fauchard war beruhigt, doch der Beinaheabsturz hatte sein Selbstvertrauen erschüttert. Er begriff zu seiner Verblüffung, dass er soeben eine völlig fremde Gefühlsregung erlebt hatte. *Angst.* Nicht vor dem Tod, sondern vor dem Versagen. Trotz seiner eisernen Entschlossenheit erinnerten seine schmerzenden Muskeln ihn weiterhin daran, dass er wie jeder andere ein Mensch aus Fleisch und Blut war.

Das offene Cockpit gewährte ihm nur eng begrenzte Bewegungsfreiheit, und sein Körper steckte in einem pelzgefütterten Ledermantel über einem dicken Pullover aus Shetlandwolle, einem Rollkragenpullover und warmer Unterwäsche. Ein Wollschal schützte seinen Hals. Ein Lederhelm bedeckte seinen Kopf und seine Ohren, und seine Hände waren in Lederhandschuhe gehüllt. An seinen Füßen befanden sich pelzgefütterte Bergsteigerstiefel aus allerbestem Leder. Obgleich er für arktische Wetterbedingungen gekleidet war, hatte sich die eisige Kälte bis zu seinen Knochen durchgefressen und seine Wachsamkeit beeinträchtigt. Das war eine gefährliche Entwicklung. Die Morane-Saulnier war schwierig zu lenken und erforderte vom Piloten uneingeschränkte Aufmerksamkeit.

Angesichts der quälenden Erschöpfung klammerte Fauchard sich mit jener zielstrebigen Sturheit an die Durchführung seiner Mission, die aus ihm einen der reichsten Industriellen der Welt gemacht hatte. Unbeugsame Entschlossenheit funkelte noch immer in seinen granitgrauen Augen und drückte sich in der trotzigen Haltung seines markanten Kinns aus. Mit seiner langen Raubvogelnase erinnerte Fauchards Profil an das der Adler, deren Köpfe das Familienwappen auf dem Heck des Flugzeugs zierten.

Er zwang seine Lippen, den Befehlen seines Gehirns zu gehorchen.

*Wenn du versagst, müssen Millionen sterben.*

Die Stentorstimme, deren Klang in den europäischen Zentren der Macht oft genug nackte Furcht ausgelöst hatte, drang als mühevolles Krächzen aus seinem Mund. Es war ein bemitleidenswerter Laut, überdeckt vom Motorenlärm und vom ohrenbetäubenden Rauschen, mit dem die Luft am Rumpf des Flugzeugs entlangglitt, aber Fauchard entschied, dass er sich eine Belohnung verdient hatte. Er griff in den Schaft eines seiner Stiefel und holte eine schlanke silberne Flasche heraus. Seine dicken Handschuhe erschwerten ihm das Aufschrauben der Flasche, und er trank einen tiefen Schluck. Der hochprozentige Schnaps war aus Trauben gebrannt, die auf seinem Gut wuchsen. Wärme breitete sich in seinem Körper aus.

So gestärkt, schob er sich in seinem Sitz zurecht, bewegte Zehen und Finger und rollte mit den Schultern. Während das Blut in seine Gliedmaßen zurückkehrte, dachte er an die heiße Schweizer Schokolade und das frisch gebackene Brot mit geschmolzenem Käse, das ihn auf der anderen Seite der Berge erwartete. Die kräftigen Lippen unter dem buschigen Schnurrbart verzogen sich zu einem spöttischen Grinsen. Er war einer der reichsten Männer der Welt und konnte sich nichts Köstlicheres vorstellen als eine deftige Bauernmahlzeit. Aber das war ganz recht so.

Fauchard gestattete sich den Luxus, sich selbst zu beglückwünschen. Er war ein akribischer Mensch, und sein Fluchtplan hatte funktioniert wie das Werk einer Schweizer Uhr. Die Familie hatte ihn unter strenge Bewachung gestellt, nachdem er seine unwillkommenen Ansichten vor dem Aufsichtsrat deutlich gemacht hatte. Doch während der Aufsichtsrat noch über sein Schicksal nachdachte und beriet, war er seinen Bewachern mit einer Kombination aus Ablenkungstaktik und Glück entkommen.

Er hatte so getan, als hätte er zu viel getrunken, und seinem Butler, der im Lohn seiner Familie stand, erklärt, er gehe sofort zu Bett. Als im Haus alles still geworden war, hatte er sich aus seinem Schlafzimmer geschlichen, hatte danach das Chateau verlassen und war in den Wald geeilt, wo er ein Fahrrad versteckt hatte. Mit seiner wertvollen Fracht im Rucksack war er durch den Wald zum

Flugplatz geradelt. Sein Flugzeug war aufgetankt und startbereit. Im Morgengrauen war er dann gestartet und hatte zweimal an abgelegenen Orten, wo seine loyalsten Gefolgsleute Treibstoffvorräte bereitgestellt hatten, Zwischenlandungen eingelegt.

Er leerte die Flasche und warf einen Blick auf den Kompass und die Uhr. Er befand sich genau auf Kurs und hatte nur wenige Minuten Verspätung gegenüber seinem Zeitplan. Die niedrigeren Gipfel unter ihm zeigten ihm an, dass er sich dem Ende seiner langen Reise näherte. Nicht lange, und er könnte den Landeanflug auf Zürich einleiten.

Er überlegte gerade, was er dem Gesandten des Papstes mitteilen würde, als ein Schwarm aufgeschreckter Vögel von der Steuerbordtragfläche zu starten schien. Er blickte nach rechts und erkannte zu seinem Entsetzen, dass die Vögel in Wirklichkeit Stofffetzen waren, die sich von der Tragfläche abschälten und ein mehrere Zentimeter großes Loch hinterließen. Dafür konnte es nur eine einzige Erklärung geben. Die Tragfläche war von Geschossen getroffen worden, und der Motorenlärm hatte dieses Geräusch überlagert.

Fauchard reagierte instinktiv, legte das Flugzeug in eine Links- und sofort danach in eine Rechtskurve. Während seine Augen den Himmel absuchten, entdeckte er sechs Doppeldecker, die in V-Formation unter ihm flogen. Mit geradezu unheimlicher Gelassenheit schaltete Fauchard den Motor aus, als ob er die Absicht hätte, die Maschine in einem Gleitflug zum Erdboden herunterzubringen.

Die Morane-Saulnier sackte ab wie ein Stein.

Unter normalen Umständen wäre dieses Manöver einem Selbstmord gleichgekommen, da er damit ins Visier seiner Gegner geriet. Aber Fauchard hatte die angreifenden Flugzeuge als Aviatiks identifiziert. Das nach französischen Entwürfen in Deutschland gebaute Flugzeug wurde von einem Mercedes-Reihenmotor angetrieben und war eigentlich für Aufklärungszwecke vorgesehen gewesen. Entscheidend war jedoch, dass das Maschinengewehr, das vor dem Schützen montiert war, nur nach oben schießen konnte.

Nach einem Sturz von ein paar hundert Fuß betätigte er behutsam das Höhenruder, sodass seine Maschine sich von hinten der Aviatik-Staffel näherte.

Er richtete die Nase seiner Maschine auf die nächste Aviatik aus und betätigte den Abzug. Das Hotchkiss-Gewehr ratterte los, und Rauchspurgeschosse bohrten sich in den Schwanz des anvisierten Ziels. Qualm wallte aus dem Flugzeug, und dann hüllte ein Flammenmeer den Rumpf ein.

Die Aviatik ging in einen langen korkenzieherartigen Sturzflug Richtung Erde über. Einige gut gezielte Salven brachten eine weitere Aviatik ebenso leicht zur Strecke wie ein Jäger einen zahmen Fasan erlegte.

Fauchard landete seine Treffer so schnell, dass die anderen Piloten überhaupt nicht bemerkten, dass sie angegriffen wurden, bis sie den fettigen schwarzen Qualm aus den abstürzenden Maschinen ihrer Kameraden aufsteigen sahen. Sofort löste sich die geordnete Formation total auf.

Fauchard brach seinen Angriff ab. Seine Ziele waren jetzt am Himmel verstreut, und das Überraschungsmoment war nicht mehr auf seiner Seite. Stattdessen lenkte er die Morane-Saulnier in einen steilen Steigflug und tauchte nach etwa tausend Fuß gewonnener Höhe in den Bauch einer Quellwolke ein.

Während die grauen Nebelschwaden seine Maschine vor den Blicken seiner Feinde verbargen, ging Fauchard in den Geradeausflug über und prüfte schnell die Schäden. Es war so viel Tragflächenbespannung weggerissen worden, dass die Holzkonstruktion darunter zu sehen war. Fauchard stieß einen halblauten Fluch aus. Er hatte gehofft, aus der Wolke herauszubrechen und die Aviatiks dank der überlegenen Geschwindigkeit seiner Maschine hinter sich zu lassen, doch die beschädigte Tragfläche bremste ihn erheblich.

Da er nicht würde fliehen können, müsste er bleiben und kämpfen.

Waffen- und zahlenmäßig war Fauchard hoffnungslos unterlegen, doch er steuerte eines der bemerkenswertesten Flugzeuge seiner Zeit. Aus einem Rennflugzeug entwickelt, war die Morane-Saulnier, obgleich schwierig zu fliegen, unglaublich empfindlich und reagierte schon auf die geringsten Steuerbefehle. In einer Zeit, in der die meisten Flugzeuge mindestens zwei Tragflügelpaare besaßen, war die Morane-Saulnier ein Mitteldecker. Von der patronenförmigen Propellerkappe bis zu ihrer dreieckigen Schwanzflosse war sie nur knapp sieben Meter fünfzig lang und trotzdem in jeder Hinsicht ein tödliches Insekt, dank einer Einrichtung, die den Luftkrieg revolutionieren sollte.

Saulnier hatte einen Synchronisationsmechanismus entwickelt, der es dem Maschinengewehr erlaubte, durch den Propeller zu feuern. Das System hatte die neumodischen Gewehre überholt, die manchmal unregelmäßig schossen; stählerne Abweiser schützten die Propellerflügel vor Querschlägern.

Sich für den bevorstehenden Kampf wappnend, griff Fauchard unter seinen Sitz, und seine Finger berührten das kalte Metall einer Stahlkassette. Neben der Kassette befand sich ein violetter Samtbeutel, den er hochhob und auf seinen Schoß legte. Während er das Flugzeug mit den Knien lenkte, holte er einen altertümlich wirkenden Stahlhelm aus dem Beutel und strich mit den Fingern über seine mit Gravuren verzierte Oberfläche. Das Metall war eisig kalt, dennoch schien Wärme davon auszustrahlen, die sich in seinem gesamten Körper ausbreitete.

Er setzte den Helm auf. Dieser schmiegte sich wie angegossen um die Lederkappe und war absolut harmonisch gestaltet. Der Helm war von ungewöhnlicher Machart, und zwar dergestalt, dass sein Visier wie ein menschliches Gesicht geformt war, das genau Fauchards Gesicht entsprach. Das Visier engte sein Gesichtsfeld ein, und er schob es über die Stirn nach oben.

Sonnenstrahlen drangen in das Wolkenversteck, dessen Wände nun merklich dünner wurden. Er flog durch die rauchschwadenartigen Fetzen, die die Ränder der Wolke markierten, und gelangte ins helle Tageslicht.

Die Aviatiks kreisten unter ihm wie ein Schwarm hungriger

Haifische um ein sinkendes Schiff. Sie machten die Morane aus und begannen zu steigen.

Die führende Aviatik schob sich unter Fauchards Maschine und gelangte in Schussposition. Fauchard zerrte ruckartig an seinem Sitzgurt, um sich zu versichern, dass dieser fest angezogen war und hielt, dann zog er die Nase seiner Maschine hoch und gewann an Höhe, indem er zu einem Rückwärtslooping ansetzte.

Er hing kopfüber im Cockpit und dankte dem französischen Fluglehrer, der ihm dieses Fluchtmanöver beigebracht hatte. Er beendete den Looping, balancierte die Maschine aus und setzte sich hinter die Aviatiks. Sofort eröffnete er das Feuer auf das nächste Flugzeug, doch das schwenkte aus der Formation aus und tauchte steil ab.

Fauchard hängte sich an die Maschine und kostete in vollen Zügen aus, der Jäger und nicht die Beute zu sein. Die Aviatik ging in den Horizontalflug über und beschrieb eine enge Kurve in dem Versuch, sich hinter Fauchard zu setzen. Das kleinere Flugzeug konnte es durchaus mit ihm aufnehmen.

Durch ihr Manöver war die Aviatik in die Öffnung eines breiten Tals geraten. Da Fauchard der Maschine kaum genügend Raum zum Manövrieren ließ, flog sie auf direktem Kurs in das Tal hinein.

Fauchard geizte mit seiner Munition und beschränkte sich auf kurze Feuerstöße aus seinem Hotchkiss-Maschinengewehr. Die Aviatik pendelte nach links und nach rechts, und die Rauchspurgeschosse zischten auf beiden Seiten an der Maschine vorbei. Sie ging in einen kontrollierten Sturzflug und versuchte, unterhalb von Fauchard und seinem tödlichen Maschinengewehr zu bleiben. Abermals konterte Fauchard das Manöver und suchte eine geeignete Schussposition. Und auch diesmal wich die Aviatik nach unten aus.

Die Flugzeuge rasten mit einer Geschwindigkeit von hundert Meilen pro Stunde über die Felder dahin. Ihre Flughöhe betrug kaum fünfzig Fuß über Grund. Herden verängstigter Rinder wurden umhergescheucht wie trockenes Herbstlaub. Die fliehende

Aviatik schaffte es, sich außerhalb Fauchards Schussfeld zu halten. Die wellige Beschaffenheit des Geländes unter ihnen erhöhte die Schwierigkeit, einen gezielten Schuss anzubringen.

Die Landschaft erschien wie ein verschwommener Reigen aus wogenden Weiden und adretten Bauernhäusern. Die Bauernhöfe rückten näher zusammen. Fauchard konnte in einiger Entfernung, dort wo das Tal sich zu schließen schien, die Dächer einer Stadt erkennen.

Die Aviatik folgte den Windungen eines Flusses, der sich auf der Talsohle zur Stadt schlängelte. Dabei flog der Pilot so niedrig, dass die Räder seiner Maschine beinahe die Wasseroberfläche berührten. Direkt auf seinem Kurs spannte sich eine alte Steinbrücke über den Fluss.

Fauchards Finger legte sich um den Abzugsbügel, als ein Schatten über ihm seine Konzentration störte. Er blickte nach oben und sah das Fahrwerk und den Rumpf einer anderen Aviatik weniger als fünfzig Fuß über sich. Sie kam weiter herunter und versuchte, ihn nach unten zu drücken. Er schaute zur führenden Aviatik. Diese war bereits in den Steigflug übergangen, um nicht gegen die Brücke zu prallen.

Fußgänger, die die Brücke überquerten, hatten das Trio der heranrasenden Flugzeuge längst bemerkt und rannten um ihr Leben. Der träge alte Ackergaul, der einen Wagen über die Brücke zog, bäumte sich zum ersten Mal nach vielen Jahren wieder auf, während die Aviatik nur wenige Meter über dem Kopf des Kutschers vorbeischoss.

Das obere Flugzeug sackte ein Stück weiter ab, um Fauchard gegen die Brücke zu drücken, doch in der letzten Sekunde zog dieser den Steuerknüppel nach hinten und gab Vollgas. Die Morane-Saulnier sprang regelrecht hoch und trug ihn durch die schmale Lücke zwischen Brücke und feindlicher Aviatik. Heu wurde explosionsartig in einer Wolke hochgewirbelt, als die Räder seiner Maschine die Wagenladung touchierten, doch Fauchard behielt die Maschine unter Kontrolle und lenkte sie sicher über die Dächer der Stadt hinweg.

Das Flugzeug, das an Fauchards Heckleitwerk hing, zog eine Sekunde später hoch.

Zu spät.

Weitaus weniger wendig als der Eindecker, krachte die Aviatik gegen die Brücke und verwandelte sich in einen Feuerball. Ebenso schwerfällig touchierte die führende Aviatik einen Kirchturm, dessen scharfe Spitze ihr den Bauch aufschlitzte. Das Flugzeug zerbrach in unzählige Teile.

»Geht mit Gott!«, brüllte Fauchard heiser, während er sein Flugzeug in einem engen Bogen herumzog und den Talausgang ansteuerte.

Zwei winzige Punkte tauchten in der Ferne auf. Sie kamen schnell auf ihn zu. Es waren die letzten beiden Maschinen der Aviatik-Staffel.

Fauchard lenkte seine Maschine mitten in die Lücke zwischen den sich nähernden Flugzeugen. Sein Mund verzog sich zu einem Grinsen. Er wollte seiner Familie unmissverständlich klarmachen, was er von ihrem Versuch hielt, ihn an seinem Vorhaben zu hindern.

Er kam ihnen nahe genug, um die Beobachter in den Vordersitzen erkennen zu können. Der linke hatte etwas wie einen Stock in der Hand und zielte damit auf ihn. Gleichzeitig beobachtete Fauchard einen Lichtblitz.

Er hörte einen leisen, dumpfen Laut und hatte plötzlich das Gefühl, als würde sein Brustkorb von einem glühenden Schüreisen durchbohrt. Erschrocken begriff er, dass der Beobachter in der Aviatik Zuflucht zu einer simpleren, aber zuverlässigeren Technologie genommen hatte – er hatte mit einem Karabiner auf Fauchard geschossen.

Unwillkürlich zerrte er am Steuerknüppel, und seine Beine streckten sich in einem plötzlichen Krampf. Die gegnerischen Maschinen rasten zu beiden Seiten an ihm vorbei. Seine Hand am Steuerknüppel wurde kraftlos, und das Flugzeug begann zu taumeln. Warmes Blut pulsierte aus seiner Wunde und sammelte sich unter seinem Sitz zu einer Pfütze. Er hatte plötzlich einen Geschmack von Kupfer im Mund, und es fiel ihm zunehmend schwer, seine Umgebung wahrzunehmen.

Er riss sich die Pilotenbrille herunter, löste den Sitzgurt und griff unter den Sitz. Seine erlahmenden Finger fanden den Griff der stählernen Kassette. Er legte sie sich auf den Schoß, nahm das Band, das in den Griff eingefädelt war, und befestigte es an seinem Handgelenk.

Indem er seine letzten Kraftreserven mobilisierte, stemmte er sich hoch und beugte sich aus dem Cockpit. Er wälzte sich über den Rand, sein Körper prallte auf die Tragfläche und wurde weggeschleudert.

Seine Finger zogen automatisch an der Reißleine, das Kissen, auf dem er gesessen hatte, platzte auf, und ein seidener Fallschirm entfaltete sich.

Ein schwarzer Vorhang senkte sich über seine Augen. Schemenhaft nahm er einen eisblauen See und einen Gletscher wahr.

*Ich habe versagt.*

Er stand zu sehr unter Schock, als dass er den Schmerz wahrnehmen konnte, und empfand eine tiefe und zornige Traurigkeit.

*Millionen werden sterben.*

Er hustete heftig, als sein Mund sich mit blutigem Schaum füllte, und dann dachte er nichts mehr. Reglos hing er in den Gurten seines Fallschirms, ein leichtes Ziel für eine der Aviatiks, die soeben zu einem weiteren Zielanflug ansetzte.

Die Kugel, die sich durch seinen Helm bohrte und in sein Gehirn drang, spürte er nicht mehr.

Während die Sonnenstrahlen sich funkelnd an seinem Helm brachen, sank er tiefer und tiefer, bis die Berge ihn gnädig in ihren Schoß aufnahmen.

# 1

## Schottland, Orkneyinseln, Gegenwart

Jodie Michaelson schäumte vor Wut.

Kurz zuvor, am Spätnachmittag, hatten sie und die übrig gebliebenen Konkurrenten der TV-Reality-Show *Outcasts* in ihren schweren Schuhen über ein dickes Seil balancieren müssen, das über einen ein Meter hohen Wall aus Felsbrocken gespannt worden war. Diese Nummer hatte man »Feuerlauf der Wikinger« getauft. Reihenweise Fackeln loderten zu beiden Seiten des Seils und verliehen dem Ganzen eine Atmosphäre von Dramatik und höchstem Risiko, obgleich die Flammen in Wirklichkeit gut zwei Meter von den Feuerläufern entfernt waren. Die Kameras nahmen das Geschehen von der Seite und aus der Froschperspektive auf und ließen den Marsch über das Seil weitaus gefährlicher erscheinen, als er es tatsächlich war.

Kein fauler Zauber war die Art und Weise, wie die Produzenten geplant hatten, die Konkurrenten fast bis zu Gewalttätigkeiten gegeneinander aufzustacheln.

*Outcasts* war das jüngste Angebot an »Reality«-Shows, die seit dem Erfolg von *Survivor* und *Fear Factor* wie Pilze aus dem Boden geschossen waren. Es war eine aufgemotzte Kombination aus beiden Formaten, abgerundet mit einer kräftigen Prise lauthals gebrüllter Unflätigkeiten à la *Jerry Springer*.

Das Format war herzlich einfach. Zehn Teilnehmer mussten sich in einem Zeitraum von drei Wochen einer Vielzahl von Prüfungen unterziehen. Diejenigen, die dabei versagten oder von ihren Gefährten abgewählt wurden, mussten die Insel verlassen.

Der Sieger gewann am Ende eine Million Dollar und zusätzliche Bonuspunkte, deren Vergabe sich offenbar danach richtete, wie gemein und hinterhältig die Konkurrenten miteinander umgingen.

Die Show wurde als noch mörderischer als ihre Vorgänger beurteilt, und die Produzenten scheuten keine Tricks, um die Spannung noch zu steigern. Während andere Shows von heftigen Konkurrenzkämpfen bestimmt wurden, fanden in *Outcasts* regelrechte Schlachten statt.

Das Format der Show basierte zum Teil auf dem Outward-Bound-Überlebenstraining, in dessen Verlauf ein Teilnehmer von dem leben muss, was die Natur bereithält. Im Gegensatz zu anderen ähnlichen Serien, als deren Schauplätze vorwiegend tropische Inseln mit türkisblauem Wasser und wogenden Palmen dienten, wurde *Outcasts* auf den Orkneyinseln vor der schottischen Küste gefilmt. Die Konkurrenten waren dort in der billigen Kopie eines Wikingerschiffs gelandet, begleitet vom Lärm aufgescheuchter Seevögel.

Die Insel war gut dreieinhalb Kilometer lang und knapp zwei Kilometer breit. Sie bestand vorwiegend aus Felsgestein, das vor Ewigkeiten von irgendeiner kosmischen Katastrophe zu bizarren Erhebungen und Schluchten geformt worden war. Hier und da lockerte eine verkrüppelte Baumgruppe das trostlose Bild auf, und es gab einen Strand mit grobem Sand, wo die meisten Filmaufnahmen stattfanden. Das Wetter war einigermaßen milde, außer in den Nächten, und die mit Tierfellen bedeckten Hütten waren als Behausungen erträglich.

Die kleine Felseninsel war derart unbedeutend, dass Einheimische sie nur als »Wee Island« bezeichneten. Dies hatte eine spaßige Diskussion zwischen dem Produzenten, Sy Paris, und seinem Assistenten, Randy Andleman, ausgelöst.

Paris hatte gerade mal wieder einen seiner typischen Wutanfälle. »Wir können wohl kaum eine Abenteuershow auf einem Flecken namens ›Wee Island‹ filmen, um Gottes willen. Wir müssen dem Ding einen anderen Namen verpassen.« Seine Miene hellte sich auf. »Wir nennen sie ›Skull Island.‹«

»Sie sieht aber nicht aus wie ein Schädel«, protestierte Andleman. »Eher wie ein von beiden Seiten gebratenes Spiegelei.«

»Das ist ähnlich genug«, hatte Paris gemeint, ehe er davonrauschte.

Jodie, die das Wortgeplänkel verfolgt hatte, animierte Andleman zu einem freundlichen Lächeln, als sie halblaut meinte: »Ich finde, sie ähnelt eher dem Schädel eines dämlichen Fernsehproduzenten.«

Die Prüfungen bestanden im Wesentlichen aus Ekelnummern wie dem Aufbrechen lebendiger Krabben und ihrem Verzehr im Rohzustand oder dem Sprung in ein Wasserbecken voller Aale, die bei den Zuschauern einen Brechreiz garantierten und sie auf jeden Fall für die nächste Folge wieder vor den Fernseher holten, um sich anzusehen, wie schlimm es noch würde. Einige der Konkurrenten schienen wegen ihrer ausgeprägten Aggressivität und allgemeinen Bösartigkeit ausgewählt worden zu sein.

Der Höhepunkt käme, wenn die letzten beiden Konkurrenten die Nacht damit verbrachten, sich gegenseitig zu jagen, wobei sie Nachtsichtgeräte und Farbkugelpistolen zur Verfügung hatten. Es war eine Nummer, die auf der Kurzgeschichte »Graf Zaroff – Genie des Bösen« basierte. Dem »Überlebenden« winkte eine weitere Million Dollar.

Jodie war eine Fitnesstrainerin aus Orange County in Kalifornien. In einem Bikini hatte sie einen atemberaubenden Körper, obgleich ihre Kurven unter ihrer Daunenkleidung ganz und gar nicht zur Geltung kamen. Hinzu kamen lange blonde Haare und eine wache Intelligenz, die sie hatte kaschieren müssen, um für die Show engagiert zu werden. Jeder Konkurrent stellte einen bestimmten Persönlichkeitstyp dar, doch Jodie wehrte sich dagegen, die Rolle des dämlichen Blondchens zu spielen, für die die Produzenten sie ausgesucht hatten.

In dem letzten Quiz um Plus- und Minuspunkte waren sie und die anderen gefragt worden, ob ein Poncho ein Bekleidungsstück, eine Frucht oder ein Autotyp sei. Als beschränkte Quotenblondine der Show hätte sie mit »Autotyp« antworten müssen.

Du liebe Güte, so etwas würde sie niemals wieder gutmachen können, wenn sie in die Zivilisation zurückkehrte.

Seit dem Quizdebakel hatten die Produzenten unmissverständliche Andeutungen gemacht, dass sie aus der Show aussteigen sollte. Sie hatte ihnen die Chance gegeben, sie hinauswählen zu lassen, als ihr ein Funke ins Auge flog und sie den Feuerlauf nicht geschafft hatte. Die übrigen Angehörigen des Stammes hatten sich mit ernsten Mienen um das Lagerfeuer versammelt, und Sy Paris hatte mit trauerumflorter Stimme den Befehl ausgegeben, sie solle den Clan verlassen und nach Walhalla umziehen. Was für ein hirnverbrannter Blödsinn.

Während sie sich vom Lagerfeuer entfernte, verfluchte sie sich selbst, weil sie die Prüfung nicht geschafft hatte. Aber ihr Gang war noch immer kraftvoll und energisch. Nach ein paar Wochen in Gesellschaft dieser Verrückten war sie froh, die Insel verlassen zu können. Die Gegend war zwar eine wildromantische, eigentlich wunderschöne Kulisse, doch Jodie war die Boshaftigkeiten, die Manipulation und die Hinterhältigkeit leid, die die Konkurrenten an den Tag legen mussten, um der zweifelhaften Ehre willen, gejagt zu werden wie ein tollwütiger Hund.

Hinter dem »Tor nach Walhalla«, einer Art Laubengang aus Plastikwalknochen, stand ein großer Wohnwagen, in dem das Fernsehteam untergebracht war. Während die Angehörigen des Wikingerclans in Lederzelten hausten und sich von Käfern und anderem Kleingetier ernährten, erfreute das Aufnahmeteam sich angenehmer Wärme, bequemer Schlafkojen und üppiger Feinschmeckermenüs. Sobald ein Konkurrent aus dem Spiel ausschied, verbrachte er oder sie eine Nacht im Wohnwagen, bis ein Hubschrauber ihn oder sie am nächsten Tag abholte.

»Das war Pech«, sagte Andleman, der sie an der Tür erwartete. Andleman war ein Schatz und das krasse Gegenteil seines erfolgshungrigen Chefs.

»Ja, und was für ein Pech. Heiße Duschen, warme Mahlzeiten, Mobiltelefone.«

»Verdammt, das alles gibt es hier.«

Sie sah sich in der komfortablen Behausung um. »Das merke ich.«

»Da drüben ist Ihre Koje«, sagte er. »Mixen Sie sich an der Bar einen Drink, und im Kühlschrank steht eine köstliche Pastete, die Ihnen über die Enttäuschung hinweghelfen sollte. Ich muss raus und Sy assistieren. Machen Sie es sich bequem.«

»Danke, das werde ich tun.«

Sie ging zur Bar und genehmigte sich einen großzügigen Beefeater-Martini. Die Pastete war wirklich köstlich. Sie freute sich darauf, nach Hause zurückzukehren. Die Ex-Teilnehmer wurden gewöhnlich von Talkshow zu Talkshow weitergereicht, um sich über die Leute auszulassen, die sie zurückgelassen hatten. Das wäre leicht verdientes Geld. Sie streckte sich in einem bequemen Sessel aus. Schon nach wenigen Minuten sorgte der Alkohol dafür, dass sie einschlief.

Schlagartig wurde sie wach. Im Schlaf hatte sie schrille Schreie wie von Seevögeln oder spielenden Kindern gehört, dazu wildes Gebrüll und aufgeregte Rufe.

*Seltsam.*

Sie stand auf, ging zur Tür und lauschte.

Sie fragte sich, ob Sy sich wieder eine neue Form der Erniedrigung hatte einfallen lassen. Vielleicht ließ er die anderen einen wilden Beschwörungstanz ums Lagerfeuer veranstalten.

Sie ging eilig über den Pfad, der zum Strand führte. Der Lärm wurde lauter, aufgeregter, verzweifelter. Irgendetwas Schreckliches war im Gange. Das waren Schreie der Angst und des Schmerzes. Das klang nicht nach telegener Ausgelassenheit. Sie beschleunigte ihre Schritte und rannte durch das Walhalla-Tor. Was sie dann erblickte, sah aus wie eine Höllenszene von Hieronymus Bosch.

Die Darsteller und das Fernsehteam wurden von entsetzlichen Kreaturen attackiert, die halb Mensch, halb Tier zu sein schienen. Die wilden Angreifer knurrten und schnaubten, rissen ihre Opfer zu Boden und bearbeiteten sie mit Klauen und Zähnen.

Sie sah Sy stürzen, dann Randy. Sie erkannte mehrere Körper, die blutüberströmt und zerfleischt am Strand lagen.

Im flackernden Feuerschein sah Jodie, dass die Angreifer langes, verfilztes Haar hatten, das ihnen bis auf die Schultern reichte. So etwas wie diese Gesichter hatte sie noch nie erblickt. Es waren entsetzliche, verzerrte Fratzen.

Eine Bestie umklammerte einen abgetrennten Arm, den sie gerade zum Mund führte. Jodie konnte nicht anders, sie musste schreien ... und die anderen Kreaturen unterbrachen ihre grässliche Mahlzeit und drehten sich mit rot glühenden Augen zu ihr um.

Sie wollte sich übergeben, doch die Wesen kamen jetzt in einem seltsam gebückten, hüpfenden Lauf auf sie zu.

Sie rannte um ihr Leben.

Ihr erster Gedanke war der Wohnwagen, doch sie war geistesgegenwärtig genug, um zu begreifen, dass sie dort in der Falle sitzen würde.

Sie rannte auf höheres felsiges Gelände, wohin die Kreaturen ihr wie hungrige Bluthunde folgten. Sie stolperte und stürzte in eine Erdspalte, doch ohne dass es ihr in diesem Moment klar wurde, rettete dieser Fehltritt ihr das Leben. Ihre Verfolger verloren ihre Witterung.

Jodie hatte sich bei dem Sturz heftig den Kopf gestoßen. Noch einmal kehrte kurz ihr Bewusstsein zurück, und sie glaubte heisere Stimmen und Gewehrschüsse hören zu können. Dann wurde sie wieder ohnmächtig.

Sie lag noch immer bewusstlos in der Erdspalte, als am nächsten Morgen der Hubschrauber eintraf. Nachdem die Mannschaft die Insel abgesucht und schließlich Jodie gefunden hatte, war sie zu einer erschreckenden Gewissheit gelangt.

Alle anderen waren verschwunden.

## 2

### Monemvassia, Peloponnes, Griechenland

In seinem immer wiederkehrenden Alptraum war Angus MacLean eine festgebundene Ziege, die von einem hungrigen Tiger belauert wurde, dessen gelbe Augen ihn aus dem düsteren Dschungel anstarrten. Das leise Knurren wurde lauter und lauter, bis es seine Ohren ausfüllte und er nichts anderes hören konnte. Dann sprang der Tiger ihn an. Er roch seinen stinkenden Atem, spürte, wie die scharfen Reißzähne sich in seinen Hals bohrten. Er stemmte sich gegen den Strick um seinen Hals in einem vergeblichen Versuch zu flüchten. Sein Mitleid erregendes, entsetztes Blöken verwandelte sich in ein verzweifeltes Stöhnen ... und er erwachte in kalten Schweiß gebadet, seine Brust hob und senkte sich mühsam, und die zerknautschten Laken waren feucht.

MacLean wälzte sich aus seinem schmalen Bett, taumelte zum Fenster und stieß die Läden auf. Die griechische Sonne flutete gegen die weiß getünchten Wände einer ehemaligen Mönchszelle. Er zog Shorts und ein T-Shirt an, schlüpfte in seine Wandersandalen und trat hinaus. Das Funkeln der Sonnenstrahlen auf dem saphirblauen Meer ließ ihn krampfhaft blinzeln. Nur zögernd beruhigte sich sein hämmernder Herzschlag.

Er machte einen tiefen Atemzug und inhalierte dabei den parfümgleichen Duft der Wildblumen, die um das zweistöckige Kloster herum in voller Blütenpracht standen. Er wartete, bis das Zittern seiner Hände nachließ, dann brach er auf zu seinem allmorgendlichen Spaziergang, der sich als bestes Heilmittel für sein angegriffenes Nervenkostüm erwiesen hatte.

Das Kloster war im Schatten eines mächtigen Felsens erbaut worden, der mehrere hundert Meter hoch war und in den Reiseführern gerne als das »Gibraltar Griechenlands« bezeichnet wurde. Um den höchsten Punkt zu erreichen, nahm er einen Pfad, der auf der Krone einer uralten Mauer verlief. Jahrhunderte zuvor pflegten die Bewohner der tiefer gelegenen Stadt sich in die Befestigungen zurückzuziehen, um sich gegen Eindringlinge zu verteidigen. Nur noch Ruinen waren von dem Wehrdorf übrig, das in Zeiten der Belagerung der gesamten Bevölkerung Schutz geboten hatte.

Von dem hoch gelegenen Aussichtspunkt aus – das vom Verfall gezeichnete Fundament einer alten byzantinischen Kirche – konnte MacLean kilometerweit blicken. Ein paar bunte Fischerboote trieben auf dem Meer und die Fischer verrichteten ihre Arbeit. Alles schien friedlich und ruhig zu sein. MacLean wusste, dass sein morgendliches Ritual ihm ein unechtes Gefühl der Sicherheit vorgaukelte. Die Leute, die Jagd auf ihn machten, würden sich erst zu erkennen geben, wenn sie ihn töteten.

Er wanderte in den Ruinen umher wie ein heimatloser Geist, dann stieg er auf der Mauer wieder herab und kehrte in den im zweiten Stock gelegenen Speisesaal des Klosters zurück. Das im fünfzehnten Jahrhundert erbaute Kloster war eines der alten Bauwerke, die die griechische Regierung überall im Land als Gästehäuser betrieb. MacLean achtete darauf, stets erst dann frühstücken zu gehen, wenn alle anderen Gäste zu ihren Besichtigungsfahrten aufgebrochen waren.

Der junge Mann, der in der Küche Geschirr spülte und aufräumte, begrüßte ihn lächelnd. »*Kali mera*, Dr. MacLean.«

»*Kali mera*, Angelo«, erwiderte MacLean. Er tippte sich mit dem Zeigefinger gegen den Kopf. »Haben Sie es schon vergessen?«

Ein Ausdruck des Begreifens ließ Angelos Augen kurz aufleuchten. »Ja. Entschuldigen Sie, *Mr.* MacLean.«

»Das ist schon in Ordnung. Es tut mir Leid, wenn ich Sie mit meinen seltsamen Bitten belästige«, meinte MacLean mit seinem weichen schottischen Akzent. »Aber wie ich schon angedeutet habe, ich möchte nicht, dass die Leute glauben, ich könnte ihre verdorbenen Mägen kurieren.«

»*Ne.* Ja, natürlich, *Mr.* MacLean. Ich verstehe.«

Angelo brachte eine Schüssel frischer Erdbeeren, Honigmelone und cremigen griechischen Joghurt mit einheimischem Honig und Walnüssen sowie eine Tasse starken schwarzen Kaffees. Angelo war der junge Mönch, der für die Versorgung der Gäste zuständig war. Er war Anfang dreißig, hatte dunkles, lockiges Haar und ein hübsches Gesicht, auf dem gewöhnlich ein engelhaftes Lächeln lag. Er war eine Mischung aus Concierge, Hausmeister, Koch und Wirt. Er trug gewöhnliche Arbeitskleidung, und der einzige Hinweis auf sein Mönchsgelübde war der Strick, der lose um seine Taille geknotet war.

Zwischen den beiden hatte sich in den Wochen, die MacLean als Gast in dem Kloster zubrachte, eine tiefe Freundschaft entwickelt. Jeden Tag, nachdem Angelo seinen Frühstücksdienst beendet hatte, unterhielten sie sich über ihr gemeinsames Hobby, die byzantinische Kultur.

Als Kontrapunkt zu seiner intensiven Arbeit in der chemischen Forschung beschäftigte MacLean sich mit historischen Studien. Vor Jahren hatten diese Studien ihn nach Mystra geführt, einst der Mittelpunkt der byzantinischen Welt. Er hatte den Peloponnes bereist und war dabei auf Monemvassia gestoßen. Ein schmaler Damm, auf beiden Seiten vom Meer umgeben, stellte den einzigen Zugang zu dem Dorf dar, einem Labyrinth aus engen Straßen und Alleen auf der anderen Seite der Mauer, deren »einziges Tor« Monemvassia seinen Namen gab. MacLean war auf Anhieb dem Zauber dieses wunderschönen Ortes verfallen. Er hatte geschworen, eines Tages dorthin zurückzukehren, und hätte niemals geglaubt, dass er, wenn er den Ort wiedersehen würde, auf der Flucht wäre und um sein Leben fürchten müsste.

Anfangs hatte sich das Projekt so unschuldig angelassen. MacLean hatte an der Universität von Edinburgh Chemie für Fortgeschrittene gelehrt, als ihm ein Traumjob in der Forschung, die er so sehr liebte, angeboten wurde. Er hatte die Stelle sofort angenommen und sich beurlauben lassen. Er stürzte sich in die Arbeit und war gewillt, die langen Arbeitszeiten und die extreme Geheimhaltung zu ertragen. Er führte eins von mehreren Forschungsteams, die sich mit Enzymen, jenen komplexen Proteinen, die biochemische Reaktionen auslösen, beschäftigten.

Die Wissenschaftler des Projekts lebten unter angenehmsten Bedingungen in einer ländlichen Gegend Frankreichs und hatten nur wenig Kontakt mit der Außenwelt. Ein Kollege hatte ihre Forschung scherzhaft als »Manhattan Project« bezeichnet. Die Isolation stellte für MacLean, der Junggeselle war und keine nahen Verwandten mehr hatte, kein Problem dar. Nur wenige seiner Kollegen beklagten sich. Die großartige Bezahlung und die hervorragenden Arbeitsbedingungen waren ein hinreichender Ausgleich.

Dann nahm das Projekt eine beunruhigende Wende. Als MacLean und die anderen Fragen stellten, wurde ihnen erklärt, sie sollten sich keine Sorgen machen. Stattdessen wurden sie nach Hause geschickt und aufgefordert abzuwarten, bis die Ergebnisse ihrer Arbeit analysiert worden seien.

MacLean war stattdessen in die Türkei gereist, um Ruinen zu untersuchen. Als er mehrere Wochen später nach Schottland zurückkehrte, verzeichnete sein Anrufbeantworter mehrere abgebrochene Gespräche ohne Namensnennung und eine seltsame Nachricht von einem ehemaligen Kollegen. Der Wissenschaftler wollte wissen, ob MacLean die Zeitung gelesen habe, und drängte ihn, umgehend zurückzurufen. MacLean versuchte auch, den Mann zu erreichen, und erfuhr, dass er wenige Tage vorher bei einem Verkehrsunfall mit Fahrerflucht ums Leben gekommen war.

Später, als MacLean seine zu einem beträchtlichen Stapel angewachsene Post durchging, fand er ein Päckchen, das der Wissenschaftler kurz vor seinem Tod an ihn abgeschickt hatte. Der dicke Briefumschlag war voll gestopft mit Zeitungsausschnitten, die eine Reihe von tödlichen Unfällen behandelten. Während MacLean diese Ausschnitte las, lief es ihm kalt den Rücken hinunter. Die Opfer waren allesamt Wissenschaftler, die mit ihm im Projekt gearbeitet hatten.

Auf einer Zeitungsnotiz stand die handschriftliche Warnung: »Fliehen Sie, sonst müssen auch Sie sterben!«

MacLean wollte zunächst glauben, dass diese Unfälle auf reinen Zufällen beruhten. Dann, ein paar Tage nachdem er die Zeitungsausschnitte gelesen hatte, versuchte ein Lastwagen, seinen Mini Cooper von der Straße zu drängen. Wie durch ein Wunder entkam er dem Anschlag mit einigen harmlosen Kratzern. Jedoch erkannte er in dem Lastwagenfahrer einen der stummen Wächter, die die Wissenschaftler im Labor beaufsichtigt hatten.

*Was für ein Narr er doch gewesen war.*

MacLean wusste, dass er fliehen musste. *Aber wohin?* Monemvassia war ihm in den Sinn gekommen. Es war ein beliebter Urlaubsort für Griechen. Die meisten Fremden, die den Felsen besuchten, kamen nur für einen einzigen Tag dorthin. Und jetzt war er hier.

Während MacLean über die Ereignisse nachdachte, die ihn hierher geführt hatten, kam Angelo mit einer Ausgabe des *International Herald Tribune* zu ihm. Der Mönch sagte, er müsse einige Besorgungen machen, wäre jedoch in einer Stunde wieder zurück. MacLean nickte, trank seinen Kaffee und genoss den würzigen Geschmack des dunklen Gebräus. Er überflog die Meldungen über die üblichen wirtschaftlichen und politischen Krisen. Und dann blieb sein Blick an einer Schlagzeile auf der Seite der internationalen Meldungen hängen:

ÜBERLEBENDE BERICHTET, DASS MONSTER FERNSEHTEAM UND DARSTELLER UMGEBRACHT HABEN

Als Schauplatz des Geschehens wurden die schottischen Orkneyinseln genannt. Neugierig geworden, las er den Bericht. Er war nur ein paar Absätze lang, doch als er die Lektüre beendet hatte, zitterten seine Hände. Er las den Artikel immer wieder, bis die Worte vor seinen Augen verschwammen.

*Allmächtiger Gott*, dachte er. *Etwas Furchtbares ist geschehen.*

Er faltete die Zeitung zusammen, ging hinaus, blieb einen Moment lang im wohltuend warmen Sonnenschein stehen und fasste einen Entschluss. Er würde nach Hause zurückkehren und versuchen, jemanden zu finden, der ihm seine Geschichte glaubte.

MacLean spazierte zum Stadttor und fuhr mit einem Taxi zum Fährdienst, dessen Büro sich auf dem Damm befand, und löste ein Ticket für das Luftkissenboot nach Athen am nächsten Tag. Dann kehrte er in sein Zimmer zurück und packte seine wenigen Habseligkeiten zusammen. Was nun? Er beschloss, für den letzten Tag an seinen üblichen Gewohnheiten festzuhalten, suchte ein

Straßencafé auf und bestellte sich ein großes Glas eisgekühlter Limonade. Er war in seine Zeitung vertieft, als ihm bewusst wurde, dass jemand mit ihm sprach.

Er schaute hoch und erblickte eine grauhaarige Frau in einem geblümten Hosenanzug aus Polyester, die an seinem Tisch stand und einen Fotoapparat in der Hand hielt.

»Entschuldigen Sie die Störung«, sagte sie mit einem freundlichen Lächeln. »Könnten Sie mal so freundlich sein? Meinen Mann und mich ...?«

Es kam oft vor, dass Touristen MacLean darum baten, sie auf einem Foto zu verewigen. Er war hoch gewachsen und schlaksig und hob sich mit seinen blauen Augen und seinem grau melierten Haar deutlich von den kleineren und dunkelhaarigen Griechen ab.

Ein Mann saß an einem Tisch in der Nähe und zeigte MacLean ein Grinsen. Er hatte vorstehende Schneidezähne, und sein mit Sommersprossen übersätes Gesicht war puterrot von zu viel Sonne. MacLean nickte und nahm der Frau die Kamera aus der Hand. Er machte ein paar Fotos von dem Ehepaar und gab die Kamera zurück.

»Vielen herzlichen Dank!«, sagte die Frau überschwänglich. »Sie haben keine Ahnung, wie wichtig diese Bilder für unser Fotoalbum sind.«

»Amerikaner?«, fragte MacLean. Sein Drang, wieder einmal Englisch sprechen zu können, siegte über sein inneres Widerstreben, sich überhaupt mit irgendjemandem zu unterhalten. Angelos Englischkenntnisse waren doch sehr begrenzt.

Die Frau strahlte. »Ist das so offensichtlich? Wir bemühen uns so sehr, nicht aufzufallen.«

Rosafarbene Hosenanzüge entsprachen ganz entschieden nicht den griechischen Modevorstellungen, dachte MacLean. Der Ehemann der Frau trug ein kragenloses weißes Baumwollhemd und eine schwarze Kapitänsmütze, wie man sie vorwiegend im Souvenirhandel finden konnte.

»Wir sind mit dem Luftkissenboot hergekommen«, sagte der Mann mit gedehntem Akzent und erhob sich von seinem Stuhl.

Er wechselte mit MacLean einen aufdringlichen schweißfeuchten Händedruck. »Das war vielleicht eine Höllenfahrt. Sind Sie Engländer?«

MacLean reagierte auf die Frage mit einem entsetzten Gesichtsausdruck.

»Himmel, nein, ich bin Schotte!«

»Eine Hälfte Scotch und die andere Hälfte Soda«, sagte der Mann mit seinem Pferdegrinsen. »Entschuldigen Sie diesen Kalauer und den Irrtum. Ich komme aus Texas. Ich wäre wahrscheinlich genauso entsetzt, wenn Sie annähmen, wir kämen aus Oklahoma.«

MacLean fragte sich, weshalb alle Texaner, denen er begegnete, redeten, als litte jeder unter Schwerhörigkeit. »Ich hätte niemals auch nur im Traum angenommen, dass Sie aus Oklahoma kommen könnten«, sagte MacLean. »Ich wünsche Ihnen noch viel Spaß bei Ihrem Ausflug.«

Er machte Anstalten, sich zu entfernen, und blieb stehen, als die Frau ihn fragte, ob ihr Mann sie beide fotografieren dürfe, weil er so nett gewesen sei. Daraufhin posierte MacLean zuerst mit der Frau und dann mit dem Mann.

»Vielen Dank«, sagte die Frau. Sie hatte eine weitaus gepflegtere Ausdrucksweise als ihr Mann. Sofort erfuhr MacLean, dass Gus und Emma Harris aus Houston kamen, dass Gus im Ölgeschäft gearbeitet hatte und dass sie Geschichtslehrerin gewesen war und sich ihren Lebenstraum erfüllte, indem sie die Wiege der Menschheit besuchte.

Er schüttelte ihnen die Hände, nahm ihre überschwänglichen Dankesbezeigungen entgegen und suchte in der engen Straße das Weite. Er ging sehr schnell, hoffte dabei, dass sie ihm nicht folgten, und kehrte auf einem Umweg zum Kloster zurück.

MacLean schloss die Fensterläden, damit es in seinem Zimmer dunkel und kühl blieb. Er verschlief die Periode der schlimmsten Nachmittagshitze, dann stand er auf und spritzte sich kaltes Wasser ins Gesicht. Er ging nach draußen, um frische Luft zu schnappen, und stellte zu seiner Überraschung fest, dass die Harrises unweit der alten weiß getünchten Kapelle im Hof des Klosters standen.

Gus und seine Frau fotografierten das Kloster. Sie winkten und lächelten, als sie ihn entdeckten, und MacLean ging zu ihnen hinunter und bot ihnen an, ihnen sein Zimmer zu zeigen. Sie waren beeindruckt von der Schönheit der dunklen Holztäfelung. Wieder draußen, galt ihre Aufmerksamkeit nun den steilen Felsabhängen hinter dem Gebäude.

»Von dort oben muss man einen wundervollen Ausblick haben«, sagte Emma.

»Es ist ein ziemlich anstrengender Weg bis zur Spitze.«

»Ich vertreibe mir die Zeit zu Hause damit, Vögel zu beobachten, daher bin ich ganz gut in Form. Und Gus ist sportlicher, als man auf den ersten Blick glauben mag.« Sie lächelte. »Er war früher mal Footballspieler, obgleich man das heute kaum glauben möchte.«

»Ich bin ein alter ›Aggie‹«, sagte Mr. Harris. »Texas Agricultural and Mechanical University. Seit damals habe ich zwar gewichtsmäßig erheblich zugelegt. Aber ich sage Ihnen etwas, ich versuche es trotzdem.«

»Meinen Sie, Sie könnten uns den Weg zeigen?«, wollte Emma von MacLean wissen.

»Tut mir Leid, ich reise morgen in aller Herrgottsfrühe mit dem Luftkissenboot ab.« MacLean erklärte ihnen weiter, dass sie den Aufstieg durchaus alleine schaffen würden, wenn sie früh genug aufbrächen, um der größten Sonnenhitze zu entgehen.

»Sie sind ein Schatz.« Emma tätschelte mit mütterlicher Geste MacLeans Wange.

Er quittierte das mit einem Grinsen, bewunderte ihren Mut, während sie sich auf dem Weg entfernten, der vor dem Kloster entlang der Kaimauer verlief. Sie kamen an Angelo vorbei, der soeben aus der Stadt zurückkehrte.

Der Mönch begrüßte MacLean, dann drehte er sich zu dem Ehepaar um. »Haben Sie die Amerikaner aus Texas kennen gelernt?«

MacLeans Lächeln verwandelte sich in ein verwirrtes Stirnrunzeln. »Woher wissen Sie, wer sie sind?«

»Sie sind gestern früh vorbeigekommen. Sie unternahmen gerade Ihren Spaziergang.« Er deutete auf die alte Stadt.

»Das ist seltsam. Sie taten so, als sei das heute ihr erster Tag hier.«

Angelo zuckte die Achseln. »Vielleicht vergisst man das ein oder andere, wenn man älter wird.«

Plötzlich kam MacLean sich wie die angebundene Ziege in seinem Traum vor. Ein eisiges Gefühl machte sich in seiner Magengrube breit. Er entschuldigte sich und ging zurück auf sein Zimmer, wo er sich einen großzügigen doppelten Ouzo einschenkte.

Wie einfach wäre es gewesen. Sie wären auf den höchsten Punkt des Felsens gestiegen und hätten ihn gebeten, sich dicht am Rand zu einem Foto aufzustellen. Ein heftiger Schubser, und schon hätte er sich auf direktem Weg abwärts befunden.

*Ein weiterer Unfall. Ein weiterer toter Wissenschaftler.*

Kein schwieriges Unterfangen. Nicht einmal für eine ausgesprochen nette alte Geschichtslehrerin.

Er griff in den Sack, den er für seine getragene Wäsche benutzte. Auf seinem Boden befand sich der Umschlag voller allmählich vergilbender Zeitungsausschnitte, die er jetzt auf dem Tisch ausbreitete.

Die Schlagzeilen waren anders, aber das Thema jeder Meldung war das gleiche.

WISSENSCHAFTLER STIRBT BEI AUTOUNFALL. WISSENSCHAFTLER KOMMT BEI UNFALL MIT FAHRERFLUCHT UMS LEBEN. WISSENSCHAFTLER TÖTET EIGENE EHEFRAU UND BEGEHT ANSCHLIESSEND SELBSTMORD. WISSENSCHAFTLER ERLEIDET TÖDLICHEN SKIUNFALL.

Jedes der Opfer hatte innerhalb des Projekts gearbeitet. Er las erneut den Brief mit der Aufforderung: »Fliehen Sie, sonst müssen Sie sterben!« Dann legte er den Ausschnitt aus der *Herald Tribune* zu den anderen und begab sich zum Empfangstisch des Klosters. Angelo blätterte gerade einen Stapel Reservierungen durch.

»Ich muss abreisen«, erklärte MacLean.

Angelo war sichtlich geknickt. »Das tut mir Leid. Und wann?«

»Heute noch.«

»*Unmöglich.* Vor morgen geht kein Luftkissenboot oder Bus.«

»Trotzdem, ich muss weg, und ich bitte Sie, mir zu helfen. Ich bezahle Sie auch angemessen dafür.«

Ein trauriger Ausdruck trat in die Augen des Mönchs. »Ich würde es aus Freundschaft tun und nicht für Geld.«

»Tut mir Leid«, entschuldigte MacLean sich. »Ich bin ein wenig nervös.«

Angelo war nicht dumm.

»Sind daran diese Amerikaner schuld?«

»Ein paar schlimme Leute sind hinter mir her. Möglicherweise wurden diese Amerikaner losgeschickt, um mich zu suchen. Ich war so dumm und habe ihnen erzählt, ich hätte eine Überfahrt auf dem Luftkissenboot gebucht. Ich bin nicht sicher, ob sie alleine hier sind. Vielleicht ist jemand mitgekommen, der am Tor Wache hält.«

Angelo nickte. »Ich kann Sie mit einem Boot zum Festland bringen. Und Sie werden ein Auto brauchen.«

»Ich hatte gehofft, Sie könnten eins für mich mieten«, sagte MacLean. Er reichte Angelo seine Kreditkarte, die er bisher nicht benutzt hatte, weil er wusste, dass sie zurückverfolgt werden konnte.

Angelo rief die Autovermietung auf dem Festland an. Er redete einige Minuten lang, dann legte er auf. »Es ist alles arrangiert. Sie legen die Schlüssel in den Wagen.«

»Angelo, ich weiß nicht, wie ich das wieder gutmachen kann.«

»Keine Wiedergutmachung. Spenden Sie das nächste Mal, wenn Sie wieder in eine Kirche kommen, reichlich.«

MacLean nahm in einem kleinen, unscheinbaren Café ein leichtes Abendessen ein. Dabei ertappte er sich, wie er wachsam die anderen Tische beobachtete. Der Abend verstrich ohne besondere Vorkommnisse. Auf dem Rückweg zum Kloster blickte er mehrmals über die Schulter.

Das Warten war eine Qual. Er kam sich in seinem Zimmer vor wie eingesperrt, aber er sagte sich, dass die Wände mindestens dreißig Zentimeter dick waren und die Tür wenigstens für einige Zeit einem Rammbock standhalten würde. Ein paar Minuten nach Mitternacht vernahm er ein leises Klopfen an der Tür.

Angelo nahm seine Reisetasche und ging voraus an der Kaimauer entlang zu einer Treppe, die zu einer aus dem Uferfelsen herausgehauenen Plattform hinunterführte. Sie wurde gerne von Schwimmern benutzt, die mit besonderer Vorliebe von dort mit einem Kopfsprung ins Meer tauchten. Im Licht einer Taschenlampe konnte MacLean ein kleines Motorboot erkennen, das an der Plattform vertäut war. Sie stiegen in dieses Boot. Angelo griff gerade nach der Bootsleine, als auf der Treppe leise Schritte erklangen.

»Wollen Sie eine kleine Nachtfahrt unternehmen?«, fragte die liebenswürdige Stimme von Emma Harris.

»Du glaubst doch nicht etwa, dass Dr. MacLean abreisen wollte, ohne sich zu verabschieden«, sagte ihr Mann.

Nach seiner ersten Überraschung fand MacLean die Sprache wieder. »Wo ist Ihr texanischer Akzent geblieben, Mr. Harris?«

»Ach, *der*. Nicht besonders authentisch, das muss ich zugeben.«

»Ärgere dich nicht, Liebes. Er war gut genug, um Dr. MacLean zu täuschen. Allerdings muss ich auch zugeben, dass wir ziemlich viel Glück bei unserem Auftrag hatten. Wir saßen gerade in diesem hübschen kleinen Café, als Sie zufälligerweise vorbeikamen. Es war sehr nett von Ihnen, dass Sie uns gestatteten, Sie zu fotografieren, damit wir Ihr Bild mit dem Foto in unseren Akten vergleichen konnten. Wir machen nur sehr ungern Fehler.«

Ihr Ehemann kicherte onkelhaft. »Das erinnert mich an das Sprichwort, ›Komm doch in mein Haus ...‹«

»›... sagte die Spinne zur Fliege.‹«

Sie brachen in schallendes Gelächter aus.

»Sie sind von der Firma hierher geschickt worden«, stellte MacLean fest.

»Es sind sehr gescheite Leute«, meinte Gus. »Sie wussten, dass Sie nach jemandem Ausschau halten würden, der aussieht wie ein Gangster.«

»Diesen Fehler haben schon viele Leute gemacht«, sagte Emma, und ihre Stimme hatte einen traurigen Klang. »Aber dadurch bleiben wir ganz gut im Geschäft, nicht wahr, Gus? Nun, der Abstecher nach Griechenland hat sich wirklich gelohnt. Es war sehr schön, aber alle guten Dinge haben irgendwann ein Ende.«

Angelo hatte die Unterhaltung mit verwirrter Miene verfolgt. Er war sich der Gefahr, in der sie schwebten, nicht im Geringsten bewusst. Ehe MacLean ihn daran hindern konnte, streckte er den Arm aus, um das Boot loszubinden.

»Entschuldigen Sie«, sagte er. »Wir müssen aufbrechen.«

Das waren die letzten Worte, die er sprach.

Das gedämpfte *Plopp* einer mit Schalldämpfer versehenen Pistole erklang, und eine rote Feuerzunge leckte in die Dunkelheit. Angelo presste eine Hand an seine Brust und gab einen gurgelnden Laut von sich. Dann kippte er vom Boot ins Wasser.

»Einen Mönch zu erschießen, bringt Unglück, meine Liebe«, sagte Gus zu seiner Frau.

»Er trug keine Kutte«, wehrte sie sich mit vorwurfsvollem Unterton. »Wie hätte ich es also wissen sollen?«

Ihre Stimmen klangen hart und spöttisch.

»Kommen Sie, Dr. MacLean«, sagte Gus. »Auf uns wartet ein Automobil, um uns zum Firmenflugzeug zu bringen.«

»Sie wollen mich nicht töten?«

»Oh nein«, sagte Emma, nun wieder die völlig harmlose Touristin. »Mit Ihnen hat man andere Pläne.«

»Ich verstehe nicht.«

»Das werden Sie schon, mein Lieber. Das werden Sie schon.«

# 3

## Frankreich, Alpen

Vor der Kulisse aus zerklüfteten Berggipfeln erschien der leichte Aerospatiale-Alouette-Hubschrauber so unbedeutend wie eine Mücke. Während der Helikopter sich einem Berg näherte, dessen Gipfel von drei unterschiedlich großen Kuppeln gekrönt war, tippte Hank Thurston, der auf dem vorderen Passagiersitz saß, dem Mann neben ihm auf die Schulter und deutete durch die Plexiglaswölbung der Führerkanzel nach unten.

»Das ist ›*Le Dormeur*‹«, sagte Thurston, wobei er die Stimme hob, damit er beim Lärm der kreisenden Rotorblätter zu verstehen war. »›Der Schläfer.‹ Sein Profil soll angeblich dem Gesicht eines auf dem Rücken liegenden schlafenden Mannes ähnlich sehen.«

Thurston war Ordinarius für Glaziologie an der Iowa State University. Obgleich der Wissenschaftler schon weit in den Vierzigern war, strahlte sein Gesicht eine jungenhafte Begeisterung aus. Daheim in Iowa sorgte Thurston dafür, dass er stets glatt rasiert und sein Haar ordentlich geschnitten war, doch schon nach wenigen Tagen vor Ort glich er mehr und mehr einem Buschpiloten. Er unterstützte diesen Eindruck, indem er eine Pilotensonnenbrille trug und sein dunkelbraunes Haar so lang wachsen ließ, dass sich erste graue Strähnen zeigten, und indem er sich nur ab und zu rasierte, sodass sein Kinn gewöhnlich mit Stoppeln bedeckt war.

»Künstlerische Freiheit«, sagte der Passagier, Derek Rawlins. »Ich kann die Stirn, die Nase und das Kinn erkennen. Der Anblick erinnert mich an den Old Man of the Mountain in New Hampshire, ehe er auseinanderbrach, nur mit dem Unterschied, dass das Profil hier eine horizontale und keine vertikale Position einnimmt.«

Rawlins war Journalist und schrieb für das *Outside*-Magazin. Zwar war er erst Ende zwanzig, doch mit seiner ernsthaften optimistischen Ausstrahlung und den adrett gestutzten blonden Haaren und einem genauso sorgfältig gepflegten Bart ähnelte er viel eher als Thurston einem Universitätsprofessor.

Die kristallene Klarheit der Luft schuf eine Illusion von Nähe und erweckte den Anschein, als sei der Berg nur eine Armeslänge weit weg. Nachdem er einige Male über den Felsnadeln gekreist war, legte der Helikopter sich leicht auf die Seite, schwang sich über einen zerklüfteten Felsgrat und tauchte in eine Senke von mehreren Kilometern Durchmesser hinunter. Der Boden der Senke war mit einem nahezu perfekt kreisrunden See bedeckt. Trotz der sommerlichen Jahreszeit trieben auf der spiegelglatten Oberfläche Eisbrocken so groß wie VW Beetles.

»Lac du Dormeur«, sagte der Professor. »In der letzten Eiszeit von einem zurückweichenden Gletscher geschaffen und jetzt mit Gletscherwasser gespeist.«

»Das ist der größte Martini on the Rocks, den ich je gesehen habe«, verkündete Rawlins.

Thurston lachte. »Er ist so klar wie bester Gin, aber man findet auf dem Grund ganz bestimmt keine Olive. Dieses große rechteckige Gebilde, das auf der dem Gletscher abgewandten Seite in den Felsen hineingesprengt und -gebaut wurde, ist das Kraftwerk. Die nächste Stadt liegt auf der anderen Seite des Bergzugs.«

Der Helikopter flog über ein breites, stabil aussehendes Schiff hinweg, das unweit des Seeufers ankerte. Kräne und Ladebäume ragten vom Deck des Schiffs in die Höhe.

»Was ist da unten im Gange?«, wollte Rawlins wissen.

»Irgendeine archäologische Untersuchung«, antwortete Thurston. »Das Schiff muss auf dem Fluss heraufgekommen sein, der das überflüssige Wasser aus dem See ableitet.«

»Ich prüfe das später nach«, sagte Rawlins. »Vielleicht kann ich meinem Redakteur eine Gehaltserhöhung aus dem Kreuz leiern, wenn ich mit zwei Storys zum Preis von einer zurückkomme.« Er betrachtete einen breiten Eisstrom, der die Lücke zwischen zwei Bergen ausfüllte. »Donnerwetter! Das muss unser Gletscher sein.«

»Jawohl. *La Langue du Dormeur.* ›Die Zunge des Schläfers.‹«

Der Hubschrauber überquerte den Strom aus Eis, der durch ein breites Tal zum See floss. Zerklüftete, mit Schnee überzuckerte Wälle aus schwarzem Gestein engten den Gletscher von beiden Seiten ein und verhalfen ihm so zu einer gerundeten Spitze. Die Ränder des Eisfeldes waren dort ausgefranst, wo der Strom auf Vorsprünge und Spalten traf. Das Eis selbst hatte einen bläulichen Farbton, und seine Oberfläche war so rissig wie die vom Durst ausgedörrte Zunge eines in der Wildnis verschollenen Goldsuchers.

Rawlins beugte sich vor, um mehr erkennen zu können. »Der Schläfer sollte mal einen Arzt aufsuchen. Er leidet offensichtlich unter Angina.«

»Wie Sie schon meinten, künstlerische Freiheit«, sagte Thurston. »Halten Sie sich fest. Wir landen gleich.«

Der Helikopter schoss über die vordere Kante des Gletschers, und der Pilot legte die Maschine in eine langsame Kurve. Sekunden später berührten die Kufen einen braunen Grasstreifen ungefähr sechzig Meter vom Seeufer entfernt.

Thurston half dem Piloten, eine Reihe Kartons aus dem Helikopter auszuladen, und empfahl Rawlins, sich so lange die Füße zu vertreten und sich ein wenig umzuschauen. Der Reporter ging hinunter zum Wasser. Der See wirkte in seiner totalen Ruhe geradezu magisch. Kein Lufthauch kräuselte die Wasseroberfläche, die aussah, als wäre sie fest genug, dass man sie zu Fuß überqueren konnte. Er warf einen Stein, um sich zu überzeugen, dass der See nicht zugefroren war.

Rawlins Blick wanderte von den sich ausbreitenden Kreisen zu dem Schiff, das etwa eine Viertelmeile vom Ufer entfernt ankerte. Er erkannte die typische blaugrüne Farbe des Rumpfs sofort. Im Zuge seiner jeweiligen Reportagen war er des Öfteren Schiffen in der gleichen Farbe begegnet. Auch ohne die Initialen NUMA, die in balkengroßen Lettern auf dem Rumpf zu lesen waren, hätte er gewusst, dass das Schiff der National Underwater and Marine Agency gehörte. Er fragte sich, was ein NUMA-Schiff an diesem abgelegenen Ort so weit vom nächsten Ozean entfernt zu suchen hatte.

Hier gab es sicherlich eine unerwartete Story, doch die würde warten müssen. Thurston rief seinen Namen. Ein ramponierter Citroën 2CV schaukelte in einer dichten Staubwolke auf den gelandeten Hubschrauber zu. Das winzige Automobil kam dicht neben dem Helikopter schlingernd zum Stehen, und ein Mann, der eher einem Berggeist ähnelte, wand sich aus dem Fahrersitz wie ein Wesen, das aus einem deformierten Ei schlüpft. Er war ziemlich klein, hatte einen dunklen Teint, einen schwarzen Bart und lange Haare.

Der Mann ergriff Thurstons Hand und bearbeitete seinen Arm wie einen Pumpenschwengel. »Es ist wunderbar, dass Sie wieder zurück sind, *Monsieur le professeur*. Und Sie müssen dieser Journalist, Monsieur Rawlins, sein. Ich bin Bernard LeBlanc. Herzlich willkommen.«

»Danke, Dr. LeBlanc«, erwiderte Rawlins. »Ich habe mich sehr auf meinen Besuch gefreut. Ich kann es kaum erwarten, mich über Ihre Arbeit hier zu informieren.«

»Dann kommen Sie mit.« LeBlanc bemächtigte sich der Reisetasche des Reporters. »Fifi wartet schon.«

»Fifi?« Rawlins schaute sich suchend um, als erwartete er, eine Tänzerin aus den Folies-Bergère auftauchen zu sehen.

Thurston deutete respektlos mit dem Daumen auf den Citroën. »Fifi ist der Name von Bernies Rostlaube.«

»Und warum sollte ich meinem Wagen nicht den Namen einer Frau geben?«, fragte LeBlanc und spielte den Beleidigten. »Sie ist treu und fleißig. Und auf ihre eigene spezielle Art und Weise bildschön.«

»Das reicht mir völlig«, sagte Rawlins. Er folgte LeBlanc zum Citroën und setzte sich auf den Rücksitz. Die Kisten mit dem Nachschub wurden auf dem Dachgepäckträger befestigt. Die anderen Männer stiegen vorne ein, und LeBlanc lenkte Fifi zum Fuß des Berges, der die rechte Seite des Gletschers flankierte. Während der Wagen seinen Aufstieg auf einer Schotterstraße in Angriff nahm, hob der Helikopter ab, gewann über dem See schnell an Höhe und verschwand hinter dem nächsten Felsgrat.

»Wissen Sie, welche Untersuchungen wir in unserem subglazialen Labor durchführen, Monsieur Rawlins?« LeBlanc drehte den Kopf und blickte über die Schulter nach hinten.

»Nennen Sie mich Deke. Ich habe das Infomaterial gelesen und weiß, dass Ihre Einrichtung in etwa dem Labor im Svartisengletscher in Norwegen ähnelt.«

»Richtig«, meldete Thurston sich zu Wort. »Das Svartisen-Labor befindet sich zweihundert Meter unter dem Eis. Wir hingegen sind bei gut zweihundertfünfzig Meter. Bei beiden Labors wird das Schmelzwasser des Gletschers in eine Turbine geleitet, die Strom erzeugt. Als die Techniker die Wasserleitungen bohrten, haben sie unter dem Gletscher einen zusätzlichen Tunnel geschaffen, in dem unser Observatorium untergebracht ist.«

Der Wagen fuhr jetzt durch einen Wald verkrüppelter Fichten. LeBlanc lenkte das Fahrzeug scheinbar sorglos über den schmalen Fahrweg. Manchmal trennten nur wenige Zentimeter die Räder vom Absturz ins Bodenlose. Im gleichen Maße, wie der Straßenverlauf steiler wurde, begann der kleine Motor des Citroën angestrengter zu keuchen und zu pfeifen.

»Das klingt, als würde Fifi allmählich zu alt für solche Abenteuer«, stellte Thurston fest.

»Es kommt nur auf ihr *Herz* an«, erwiderte LeBlanc. Trotzdem krochen sie kaum schneller als eine Schildkröte hinauf. Als die Straße endete, stiegen sie aus dem Wagen, und LeBlanc reichte jedem von ihnen eine Rückentrage mit Schultergurten. Auf jede Trage wurde eine Kiste mit Vorräten geschnallt.

Thurston entschuldigte sich. »Tut mir Leid, Sie als Sherpa zu missbrauchen. Wir hatten Vorräte für die gesamten drei Wochen eingeflogen, die wir hier sind, aber wir haben unseren *fromage* und den *vin* schneller als erwartet verputzt und daher die Gelegenheit Ihres Besuchs dazu benutzt, Nachschub herzubringen.«

»Kein Problem«, sagte Rawlins und grinste nachsichtig. Dabei schob er seine Trage gekonnt hin und her, damit ihr Gewicht sich gleichmäßig auf seine Schultern verteilte. »Ich habe früher die Hütten in den White Mountains in New Hampshire mit Lebensmitteln versorgt, ehe ich in die Zunft der Lohnschreiber eintrat.«

LeBlanc ging auf einem schmalen Weg voraus, der etwa hundert Meter durch eine Ansammlung mickriger Fichten anstieg. Oberhalb der Baumgrenze bestand der Untergrund zunehmend aus flachen Gesteinsplatten. Auf dem Fels waren gelbe Farbflecken angebracht, um den Weg zu markieren. Nicht lange, und der Weg wurde steiler und glatter, wo das Gestein von tausenden von Jahren glazialen Bewegungsdrangs abgeschliffen worden war. Schmelzwasser machte den glatten Untergrund glitschig und schwer begehbar. Von Zeit zu Zeit überquerten sie Spalten, die mit nassem Schnee gefüllt waren.

Der Reporter keuchte und ächzte vor Anstrengung und aufgrund des in dieser Höhe spürbaren Sauerstoffmangels. Er seufzte erleichtert, als sie auf einer fast waagerechten Platte vor einer schwarzen, nahezu senkrecht aufsteigenden Felswand Halt machten. Sie befanden sich knapp siebenhundert Meter oberhalb des Sees, der im Licht der Mittagssonne matt zu ihnen heraufschimmerte. Der Gletscher selbst war durch einen Felsvorsprung vor ihren Blicken verborgen, aber Rawlins konnte die eisige Kälte spüren, die er ausstrahlte, als ob jemand die Tür eines riesigen Kühlschranks offen gelassen hätte.

Thurston deutete auf eine in Beton eingelassene runde Öffnung am Fuß der senkrechten Felswand. »Willkommen im Eispalast.«

»Das sieht eher aus wie ein Abzugskanal«, sagte Rawlins.

Thurston lachte und ging ein wenig in die Knie. Er zog den Kopf ein, während er den Wellblechtunnel betrat, der einen Durchmesser von etwa anderthalb Metern hatte. Die anderen folgten ihm in geduckter Haltung, zu der sie durch ihre Traglasten gezwungen wurden. Dieser mühsame Abschnitt endete nach gut dreißig Metern, und sie gelangten in einen großzügigen, matt erleuchteten Tunnel. Die vor Nässe glänzenden orangefarbenen Wände aus metamorphem Gestein waren von schwarzen Streifen dunklerer Minerale durchzogen.

Rawlins sah sich staunend um. »Hier könnte man sogar mit einem Lastwagen durchfahren.«

Und hätte nach allen Seiten noch eine Menge Platz. »Der Tunnel ist zehn Meter hoch und zehn Meter breit«, bestätigte Thurston seine Einschätzung.

»Zu schade, dass man Fifi nicht durch die Röhre bugsieren kann«, meinte Rawlins.

»Daran haben wir auch schon gedacht. Unweit des Kraftwerks befindet sich ein Eingang, der groß genug ist für ein Automobil, aber Bernie hat Angst, dass Fifi sich bei der Fahrt durch diesen Tunnel Beulen holt.«

»Fifi hat eine sehr empfindliche Konstitution«, kommentierte LeBlanc indigniert diese Bemerkung.

Der Franzose öffnete einen Plastikschrank, der vor der Tunnelwand stand. Er verteilte Gummistiefel und Schutzhelme mit Lampen auf den Schirmen.

Kurz darauf brachen sie zu ihrem Marsch durch den Tunnel auf, wobei das Schlurfen ihrer Stiefel von den Eiswänden widerhallte. Während sie dahintrotteten, blickte Rawlins blinzelnd in das Dunkel. »Das hier ist ja nicht gerade mit dem Broadway zu vergleichen.«

»Die Leute vom Kraftwerk haben die Beleuchtung installiert, während sie sich durch den Fels bohrten. Viele dieser ausgebrannten Glühbirnen wurden nicht ersetzt.«

»Wahrscheinlich hat man Ihnen diese Frage schon x-mal gestellt, aber was hat Sie ausgerechnet auf die Glaziologie gebracht?«, sagte Rawlins.

»Es stimmt, es ist nicht das erste Mal, dass ich diese Frage höre. Die Leute meinen, dass Glaziologen ein wenig seltsam sind. Wir beschäftigen uns mit riesigen, uralten, langsam dahinkriechenden Eismassen, die Jahrhunderte brauchen, um ihr jeweiliges Ziel zu erreichen, wie immer das aussehen mag. Das ist wohl kaum ein seriöser Job für einen erwachsenen Menschen, nicht wahr, Bernie?«

»Das vielleicht nicht, aber ich habe mal am Yukon ein hübsches Eskimogirl kennen gelernt.«

»Aus Ihnen spricht ein echter Glaziologe«, stellte Thurston fest. »Wir lieben schöne Dinge und halten uns gerne in freier Natur auf. Viele von uns wurden durch den Anblick eines dieser erhabenen Eisfelder auf den Geschmack gebracht.« Er deutete auf die Tunnelwände. »Daher erscheint es irgendwie widersinnig, dass wir ganze Wochen an einem Stück *unter* dem Gletscher verbringen, ohne einen einzigen Sonnenstrahl, wie ein Rudel Maulwürfe.«

»Sehen Sie sich an, was das aus mir gemacht hat«, sagte LeBlanc. »Ständig um die null Grad Celsius und knapp hundert Prozent Luftfeuchtigkeit. Ich war mal groß und blond, doch mittlerweile bin ich eingeschrumpft und sehe aus wie ein Moschusochse mit Zottelfell.«

»So sehen Sie doch aus, solange ich Sie kenne«, sagte Thurston. »Wir kommen immer für die Dauer von drei Wochen hierher, und ich gebe zu, dass wir tatsächlich eine gewisse Ähnlichkeit mit Maulwürfen haben. Aber sogar Bernie wird eingestehen, dass wir uns glücklich schätzen können. Die meisten Glaziologen untersuchen Eisfelder von oben. Wir können direkt reingehen und unser Forschungsobjekt am Bauch kitzeln.«

»Was genau ist der Sinn Ihrer Experimente?«, wollte Rawlins wissen.

»Wir führen hier ein auf drei Jahre angesetztes Forschungsprojekt durch, in dessen Verlauf wir die Bewegung des Gletschers studieren und uns ansehen, was mit dem Gestein geschieht, über das er sich hinwegschiebt. Ich hoffe, Sie verleihen dem Ganzen einen etwas aufregenderen Touch, wenn Sie Ihren Artikel schreiben.«

»Das dürfte nicht allzu schwierig sein. Angesichts des zunehmenden Interesses für die globale Erwärmung ist die Glaziologie zu einem ganz heißen Thema geworden.«

»Das habe ich auch schon gehört. Diese Erkenntnis war längst überfällig. Gletscher werden vom Klima nachhaltig beeinflusst, daher können sie uns ziemlich genaue Angaben darüber liefern, welche Temperaturverhältnisse vor tausenden von Jahren auf der Erde geherrscht haben. Außerdem lösen sie Klimaveränderungen aus. So, da wären wir, herzlich willkommen im Club Dormeur.«

Vier Trailer standen nebeneinander in einer Nische, die in die Tunnelwand hineingegraben worden war.

Thurston öffnete die Tür der ersten Behausung. »Fast so komfortabel wie zu Hause«, sagte er. »Vier Zimmer mit Betten für acht Wissenschaftler, Küche und Bad mit Dusche. Normalerweise habe ich einen Geologen und andere Wissenschaftler hier unten. Aber im Augenblick sind wir ein Notteam, das aus Bernie, einem jungen wissenschaftlichen Assistenten von der Universität Uppsala, und mir besteht. Sie können Ihre Vorratskiste dorthin stellen. Bis zum Labor brauchen wir noch etwa eine halbe Stunde. Wir verfügen über eine Telefonverbindung zwischen dem Eingang, dem Forschungstunnel und dem eigentlichen Labor. Ich sage den Leuten im Labor lieber Bescheid, dass wir zurück sind.«

Er nahm den Hörer des Wandtelefons ab und sagte ein paar Worte. Sein Lächeln verwandelte sich in ein verwirrtes Stirnrunzeln.

»Sagen Sie das noch mal.« Er lauschte aufmerksam. »Okay. Wir kommen sofort zu euch.«

»Ist irgendetwas nicht in Ordnung, Professor?«, fragte LeBlanc.

Thurston schüttelte irritiert den Kopf. »Ich habe gerade mit meinem wissenschaftlichen Assistenten gesprochen. Unglaublich.«

»*Qu'est-ce que c'est?*«, fragte LeBlanc.

Thurston war völlig perplex. »Er sagt, sie hätten einen Menschen im Eis gefunden.«

## 4

Siebzig Meter unter der Wasseroberfläche des Lac du Dormeur, in Gewässern, die kalt genug waren, um einen ungeschützten Menschen in kürzester Zeit den Erfrierungstod sterben zu lassen, schwebte die leuchtende Kugel über dem mit Geröll übersäten Boden des Gletschersees wie ein Irrlicht in einem Sumpf in Georgia. Trotz der lebensfeindlichen Umgebung waren der Mann und die Frau, die nebeneinander in der transparenten Acrylglaskuppel saßen, so locker und entspannt wie Urlauber in einem Strandkorb.

Der Mann hatte eine stämmige Figur mit Schultern wie Rammböcke. Meer und Sonne hatten die markanten Züge, die im Augenblick vom sanften orangefarbenen Lichtschein der Instrumententafel erhellt wurden, intensiv gebräunt und das helle, vorzeitig ergraute Haar so stark gebleicht, dass es fast platinweiß erschien. Mit seinem wie aus Stein gemeißelten Profil und seinem konzentrierten Gesichtsausdruck hatte Kurt Austin das Gesicht eines Kriegers, wie man ihn als Relief an einer römischen Siegessäule finden konnte. Aber die unbeugsame, steinerne Härte, die sich unter der bronzenen Hülle verbarg, wurde durch ein fröhliches Lächeln gemildert, und in den durchdringend blickenden korallenblauen Augen lag stets ein humorvolles Funkeln.

Austin war der Chef des zur NUMA gehörigen Spezialteams für Sonderaufgaben. Es war vom ehemaligen NUMA-Direktor Admiral James Sandecker, derzeit Vizepräsident der Vereinigten Staaten, zusammengestellt worden, um spezielle Unterseemissionen durchzuführen, die häufig geheim und außerhalb der Kontrolle der Regierung stattfanden. Von seiner Ausbildung und Erfahrung her ein in allen meereskundlichen Belangen äußerst versierter Techniker, war Austin zur NUMA gekommen, nachdem er eine Zeit lang für die CIA gearbeitet und dort einer kaum bekannten Abteilung angehört hatte, die sich auf Unterwasserspionage spezialisiert hatte.

Nach seinem Wechsel zur NUMA hatte Austin um sich ein Team von Experten versammelt, zu dem ausschließlich hervorragende Könner auf ihrem jeweiligen Gebiet gehörten. Seine engsten Mitarbeiter waren Joe Zavala, ein Ingenieur mit dem Spezialgebiet Unterwasserfahrzeuge, Paul Trout, ein Tiefseegeologe, und Trouts Ehefrau, Gamay Morgan-Trout, eine erfahrene und fähige

Taucherin, die sich auf Meeresarchäologie spezialisiert hatte, ehe sie einen Doktortitel in Meeresbiologie erwarb. Im Laufe ihrer Zusammenarbeit hatten sie so manches seltsame und oft unheimliche Rätsel auf und unter der Oberfläche der Weltmeere in Angriff genommen und gelöst.

Nicht jeder Auftrag, den Austin annahm und ausführte, war mit Gefahren verbunden. Einige, wie zum Beispiel sein jüngstes Unternehmen, waren durchaus angenehm und machten die vielfältigen Blessuren, die er sich bei verschiedenen NUMA-Missionen eingehandelt hatte, mehr als wett. Obgleich er seine weibliche Begleitung erst seit ein paar Tagen kannte, war er von ihr fasziniert. Skye Labelle war Ende dreißig. Sie hatte einen olivfarbenen Teint und schelmisch funkelnde blauviolette Augen, die unter dem Rand ihrer Wollmütze hervor wach und neugierig in die Welt blickten. Je nach Beleuchtung erschien ihr Haar dunkelbraun oder schwarz. Ihr Mund war zu groß, um als klassisch bezeichnet werden zu können, doch ihre vollen Lippen verrieten eine kaum gezügelte Sinnlichkeit. Sie hatte eine gute Figur, mit der sie es jedoch niemals bis auf das Cover von *Sports Illustrated* schaffen würde. Ihre Stimme klang dunkel und sachlich, und wenn sie sich zu irgendeiner Angelegenheit äußerte, war nicht zu überhören, dass sie über eine wache Intelligenz verfügte.

Obgleich sie eher auffällig als schön im klassischen Sinn war, hielt Austin sie für eine der attraktivsten Frauen, die er jemals kennen gelernt hatte. Sie erinnerte ihn an das Porträt einer jungen, schwarzhaarigen Gräfin, das er einmal im Louvre gesehen hatte. Austin hatte vor allem bewundert, wie gekonnt der Künstler die Leidenschaft und unverfrorene Freimütigkeit im Blick seines Modells eingefangen hatte. Die Frau auf dem Gemälde hatte wirklich den Teufel in den Augen und vermittelte den Eindruck, als ob sie am liebsten ihre adlige Kostümierung abgestreift hätte und barfuß über eine Wiese gerannt wäre. Er erinnerte sich, wie sich bei ihm spontan der Wunsch meldete, sie persönlich kennen gelernt zu haben. Und jetzt, so schien es, war dieser Wunsch in Erfüllung gegangen.

»Glauben Sie an so etwas wie die Wiedergeburt?«, fragte Austin, als ihm das Gemälde im Museum einfiel.

Skye blinzelte überrascht. Sie hatten sich soeben über Glazialgeologie unterhalten.

»Ich weiß nicht. Weshalb fragen Sie?« Ihr Englisch hatte einen leichten französischen Akzent.

»Eigentlich habe ich keinen besonderen Grund.« Austin hielt inne. Dann: »Aber ich habe eine weitere, eher persönliche Frage.«

Sie musterte ihn wachsam. »Ich glaube, ich kenne die Frage. Sie wollen sich nach meinem Namen erkundigen.«

»Ich habe noch nie jemanden kennen gelernt, der Skye Labelle heißt.«

»Einige meinen, ich sei nach einer Stripperin in Las Vegas benannt worden.«

Austin lachte amüsiert. »Wahrscheinlicher ist wohl, dass jemand in Ihrer Familie eine ausgesprochen poetische Ader hatte.«

»Das waren meine Eltern.« Sie verdrehte die Augen. »Mein Vater wurde als Diplomat in die Vereinigten Staaten geschickt. Eines Tages besuchte er in Albuquerque das berühmte Heißluftballonfestival und war von diesem Tag an ein begeisterter Ballonfahrer. Mein älterer Bruder wurde nach dem Heißluftballonpionier Thaddeus Lowe benannt. Meine amerikanische Mutter ist Künstlerin und so etwas wie ein Freigeist. Sie hielt diesen Namen für wunderbar. Mein Vater bestand darauf, mich nach der Farbe meiner Augen zu benennen, doch jeder weiß, dass Babyaugen völlig neutral sind, wenn sie geboren werden. Mir ist es egal. Ich finde, es ist ein hübscher Name.«

»Etwas Hübscheres als Schöner Himmel kann ich mir kaum vorstellen.«

»*Merci.* Und vielen Dank für das alles hier!« Sie blickte durch die Kuppel und klatschte in kindlicher Freude in die Hände. »Es ist absolut *wundervoll*! Ich hätte niemals erwartet, dass meine archäologischen Studien mich jemals in eine riesige Blase unter Wasser führen würden.«

»Es ist sicherlich um einiges interessanter, als mittelalterliche Rüstungen in einem verstaubten Museum zu polieren«, sagte Austin.

Skyes Lachen war unbeschwert und voller Wärme. »Ich verbringe nur sehr wenig Zeit in Museen, außer wenn ich eine Ausstellung vorbereite. Ich arbeite in letzter Zeit sehr oft im Auftrag größerer Firmen, um meine Forschungen zu finanzieren.«

Austin runzelte die Stirn. »Die Vorstellung, dass Microsoft und General Motors eine Expertin für Waffen und Rüstungen engagieren, weckt bei mir gewisse Zweifel hinsichtlich ihrer Motive.«

»Überlegen Sie doch mal. Um zu überleben, muss eine Firma ihre Konkurrenz entweder töten oder zumindest kampfunfähig machen, während sie sich selbst verteidigt. Das ist natürlich nur bildlich gesprochen.«

»Gemeint ist demnach der klassische ›mörderische Konkurrenzkampf‹«, stellte Austin fest.

»Kein schlechter Vergleich. Ich werde diesen Begriff bei meiner nächsten Präsentation benutzen.«

»Wie bringen Sie einem Haufen Manager bei, Blut fließen zu lassen? Natürlich nur bildlich gesprochen.«

»Die Blutgier steckt bereits in ihnen drin. Ich bringe sie dazu, sich von alten Denkmustern zu lösen und neue Wege zu beschreiten, was sie gerne für sich in Anspruch nehmen. Ich fordere sie auf, so zu tun, als würden sie einander feindlich gesonnenen Lagern Waffen liefern. Die alten Waffenbauer mussten Schmiede oder Ingenieure sein. Viele waren sogar Künstler wie Leonardo da Vinci, der auch Kriegsmaschinen konstruiert hat. Waffen und Strategie änderten sich ständig, und diejenigen, die die Armeen belieferten, mussten sich den jeweils neuen Bedingungen schnellstens anpassen.«

»Immerhin hing das Leben ihrer Kunden davon ab.«

»Richtig. Die eine Gruppe entwickelt vielleicht gerade eine Belagerungsmaschine, während eine andere Gruppe sich darüber den Kopf zerbricht, wie man sich am besten dagegen verteidigen kann. Oder ich liefere der einen Gruppe Pfeile, die jedes Metall durchdringen, während die andere Rüstungen braucht, die vor solchen Pfeilen schützen, ohne zu schwer und unbequem zu sein. Dann wechseln wir die Seiten und versuchen das Ganze noch einmal. So lernen sie, die ihnen angeborene Intelligenz zu nutzen, anstatt sich auf Computer oder andere künstliche Hilfsmittel zu verlassen.«

»Vielleicht sollten Sie Ihre Dienste auch der NUMA anbieten. Mit einem Trebuchet Löcher in drei Meter dicke Mauern zu sprengen, klingt sehr viel abwechslungsreicher und vergnüglicher, als stundenlang irgendwelche Geschäftsstatistiken anzustarren.«

Ein Lächeln glitt über Skyes Gesicht. »Nun, Sie sollten wissen, dass die meisten Manager männlichen Geschlechts sind.«

»Jungen und ihre Spielzeuge. Das ist eine absolut sichere Erfolgsformel.«

»Ich gebe zu, dass ich die kindliche Seite meiner Klienten anspreche, aber meine Seminare sind unendlich beliebt und sehr lukrativ. Und sie erlauben mir die nötige Flexibilität, um mich mit Projekten zu befassen, zu deren Durchführung ich allein mit meinem Gehalt von der Sorbonne nicht in der Lage wäre.«

»Projekte wie die Suche nach Handelsstraßen des Altertums?«

Sie nickte. »Es wäre eine mittlere Sensation, wenn ich beweisen könnte, dass Zinn und andere Güter zu Land auf der alten Bernsteinstraße über Alpenpässe und durch Alpentäler zur Adria transportiert wurden, wo phönizische und minoische Schiffe sie einluden und zu den östlichen Regionen des Mittelmeers brachten. Und dass der Handel in beide Richtungen stattfand.«

»Die Logistik auf Ihrer theoretischen Handelsstraße wäre aber ziemlich kompliziert.«

»Sie sind ein Genie! Genau das ist mein Argument!«

»Vielen Dank für Ihr Kompliment, aber ich beziehe mich lediglich auf meine eigenen Erfahrungen beim Transport von Menschen und Material.«

»Dann wissen Sie ja, wie kompliziert das ist. Die Menschen entlang der Landroute, wie die Kelten und die Etrusker, mussten miteinander Handelsabkommen schließen, um den Warenstrom in Gang zu halten. Ich glaube, dass ein viel umfangreicherer Handel stattfand, als meine Kollegen zugeben wollen. All das liefert faszinierende Schlussfolgerungen hinsichtlich unserer Beurteilung und Bewertung altertümlicher Zivilisationen. Damals wurden nicht nur Kriege geführt. Sie kannten den Wert friedlicher Allianzen lange vor der EU oder der NAFTA. Und genau das will ich beweisen.«

»Globalisierung im Altertum? Ein ehrgeiziges Ziel. Dazu wünsche ich Ihnen viel Glück.«

»Das brauche ich auch. Aber wenn ich Erfolg habe, dann muss ich mich auch bei Ihnen und bei der NUMA bedanken. Ihre Institution hat sich mir gegenüber unendlich großzügig erwiesen, indem sie mir ihr Forschungsschiff und sonstige wissenschaftliche Einrichtungen zur Verfügung stellte.«

»Auch wir haben Vorteile von diesem Arrangement. Dank Ihres Projekts hatte die NUMA die Möglichkeit, unser neues Schiff in einem Binnengewässer zu testen und zu überprüfen, wie dieses Tauchboot unter normalen Arbeitsbedingungen funktioniert.«

Sie beschrieb mit der Hand eine ausholende Geste. »Die Kulisse ist einfach perfekt. Alles, was wir jetzt noch brauchen, ist eine Flasche Champagner und ein wenig Gänseleberpastete.«

Austin beugte sich vor und reichte seiner Begleiterin einen kleinen Plastikthermosbehälter. »Damit kann ich nicht dienen, aber wie wäre es mit einem Schinken-Käse-Sandwich?«

»Schinken und Käse wäre mein Alternativwunsch gewesen.« Sie öffnete den Behälter, holte ein Sandwich hervor, gab es an Austin weiter und nahm eines für sich aus der kleinen Kühlbox.

Austin stoppte die Fahrt des Tauchboots. Während er sein Mittagessen verzehrte und sich an einem knusprigen Baguette und einer Scheibe weichen Camemberts delektierte, studierte er die Orientierungskarte des Gletschersees.

»Wir befinden uns hier, am Rand eines natürlichen Ufersockels, der im Großen und Ganzen parallel zum Ufer verläuft«, erklärte er und fuhr mit einem Finger an einer geschlängelten Linie entlang. »Dies könnte vor Jahrhunderten festes Land gewesen sein.«

»Das passt zu meinen Forschungsergebnissen. Ein Teil der Bernsteinstraße verlief auch am Rand des Lac du Dormeur. Als das Wasser anstieg, haben die Händler sich eine andere Route gesucht. Demnach müsste alles, was wir hier finden, sehr alt sein.«

»Und wonach genau suchen wir?«

»Das weiß ich dann, wenn ich es sehe.«

»Wenn Sie es sagen, wird es wohl so sein.«

»Sie sind viel zu vertrauensselig. Ich will ein wenig ausholen. Die Karawanen, die die Bernsteinstraße benutzten, brauchten Orte, an denen sie übernachten konnten. Ich suche daher nach Ruinen von Rasthäusern oder von Siedlungen, die um einen solchen Lagerort herum entstanden sein können. Dann hoffe ich, Waffen zu finden, an denen sich die Geschichte des Handels in dieser Region ablesen lässt.«

Sie spülten ihr Mittagessen mit Mineralwasser hinunter, und Austins Finger wanderten wieder über das Instrumentenbrett. Die batteriegetriebenen Elektromotoren begannen zu summen, setzten die beiden Lateralschrauben in Gang, auf denen die Kugel ruhte, und das Tauchboot setzte seine Forschungsfahrt fort.

Das SEAmagine SEAmobile hatte mit fünf Metern in etwa die Länge eines Bostoner Walfangbootes. Es war zwar nur gut zwei Meter breit, doch es konnte zwei Passagiere bei relativem Komfort bis in eine Tiefe von fünfhundert Metern bringen. Das Fahrzeug hatte eine Reichweite von zwölf nautischen Meilen und erreichte eine Höchstgeschwindigkeit von 2,5 Knoten. Im Gegensatz zu vielen Tauchbooten, die wie Korken auf dem Wasser tanzten, sobald sie aufgetaucht waren, ließ sich das SEAmobile lenken wie ein Schiff. Es lag ziemlich hoch im Wasser, wenn es nicht gerade tauchte, und ermöglichte seinem Piloten einen ungehinderten Blick in alle Richtungen.

Das SEAmobile sah aus, als sei es aus Ersatzteilen zusammengebaut worden, die man beim Ausschlachten eines Tiefseelabors gerettet hatte. Die kristallklare Führerkuppel hatte einen Durchmesser von knapp ein Meter fünfzig und saß auf zwei zylinderförmigen Schwimmern, die so groß waren wie Hauptleitungen für die Wasserversorgung. Zwei zum Schutz angeschweißte Stahlrahmen in D-Form flankierten die Kugel.

Das Fahrzeug war so konstruiert, dass es ständig einem Auftrieb ausgesetzt war. Dem wurde mithilfe eines mittschiffs montierten vertikalen Propellers entgegengewirkt. Da das SEAmobile derart ausbalanciert war, dass es stets eine waagerechte Lage einnahm, und zwar sowohl auf der Wasseroberfläche als auch während seiner Tauchfahrten, brauchte der Pilot keinerlei Positionskontrollen zu bedienen, um eine horizontale Lage zu gewährleisten.

Indem er sich eines für Navigationszwecke modifizierten akustischen Doppler-Instruments bediente, lenkte Austin das Fahrzeug an dem unterseeischen Felsensockel entlang. Es war ein breiter Schelf, der nach und nach in tiefes Wasser abfiel. Einem einfachen Suchmuster folgend, manövrierte Austin das Boot auf geraden Linien hin und her wie jemand, der einen Rasen mäht. Die vier Halogenscheinwerfer des Bootes erhellten den Grund des Sees, dessen Konturen vom Vordringen und Rückzug verschiedener Gletscher gestaltet worden waren.

Das U-Boot suchte auf diese Art und Weise etwa zwei Stunden lang den Untergrund ab, und Austins Augen begannen vom ständigen Starren auf den monotonen grauen Seegrund zu tränen. Skye war noch immer von der Einzigartigkeit ihrer Umgebung wie verzaubert. Sie saß vorgebeugt da, hatte das Kinn in die Hände gestützt und studierte jeden Quadratfuß Seeboden. Nach einiger Zeit wurde ihre Beharrlichkeit belohnt.

»*Da!*« Sie stieß den ausgestreckten Zeigefinger nach vorne.

Austin verlangsamte die Fahrt des Tauchbootes zu einem Kriechen und betrachtete blinzelnd die vagen Umrisse des Gebildes knapp außerhalb ihres Lichtkreises, dann lenkte er das Tauchboot näher heran, um mehr erkennen zu können. Das Objekt, das dort auf der Seite lag, war ein massiver Steinklotz, etwa vier Meter lang und halb so breit. Die Meißelspuren, die an den Kanten zu sehen waren, verrieten, dass es sich um keine natürlich entstandene Gesteinsformation handelte. Andere Monolithen waren in der Nähe zu erkennen. Manche standen aufrecht, einige trugen sogar Steinblöcke in der Form des griechischen Buchstabens *ð*.

»Es scheint, als seien wir falsch abgebogen und in Stonehenge gelandet«, stellte Austin fest.

»Das sind Grabsteine«, erklärte Skye. »Die Tore markieren den Weg zu einem Grab.«

Austin steigerte behutsam die Leistung der Antriebsschrauben, und das Fahrzeug glitt über sechs identische Gewölbedurchgänge hinweg, die in einem Abstand von jeweils etwa zehn Metern hintereinander aufgestellt worden waren. Dann stieg der Untergrund zu beiden Seiten der Tore allmählich an und bildete ein flaches Tal. Die natürlichen Böschungen verwandelten sich in hohe Steilwände, die aus massiven, von Hand zugehauenen Steinblöcken zusammengefügt waren.

Die enge Schlucht endete abrupt vor einer fast lotrechten Wand. In diese Wand war eine rechteckige Öffnung hineingeschnitten worden, die an das Tor in einem Elefantenhaus im Zoo erinnerte. Ein etwa zehn Meter breiter Querbalken schloss das Tor nach oben ab, und über dem mächtigen Steinklotz befand sich ein kleineres, dreieckiges Loch.

»Unglaublich«, sagte Skye mit vor Andacht gedämpfter Stimme. »Das ist ein *tholos*.«

»Haben Sie so etwas schon mal irgendwo gesehen?«

»Das ist ein Bienenkorb-Grabmal. Etwas Ähnliches gibt es auch in Mykene. Es trägt den Namen ›Schatzhaus des Atreus‹.«

»Mykene, das liegt doch in Griechenland.«

»Ja, aber die ganze Konstruktion ist noch viel älter. Diese Gräber stammen etwa aus der Zeit 2200 vor Christus. Sie wurden für Gemeinschaftsbestattungen auf Kreta und in anderen Regionen der Ägäis benutzt. Kurt, wissen Sie, was das bedeutet?« Ihre Stimme zitterte vor Erregung. »Wir können damit eine Verbindung zwischen Europa und der Ägäis nachweisen, die viel früher zu datieren ist, als bisher irgendjemand auch nur anzunehmen gewagt hat. Ich würde *alles* dafür geben, um mir das Grabmal eingehender ansehen zu können.«

»Mein üblicher Preis für die Besichtigung eines Unterwassergrabes beträgt eine Einladung zum Abendessen.«

»Sie können uns in dieses Grabmal hineinbringen?«

»Warum nicht? Wir haben zu beiden Seiten und über uns genügend Platz. Wenn wir langsam vordringen ...«

»Von wegen langsam! *Dépêche-toi. Vite, vite!*«

Austin lachte und lenkte das Tauchboot auf die dunkle Öffnung zu. Er war genauso neugierig wie Skye, ließ aber äußerste Vorsicht walten. Die Scheinwerfer erhellten bereits das Innere der Öffnung, als eine Stimme aus dem Lautsprecher des Funkempfängers drang.

»Kurt, hier ist die Basis. Melden Sie sich, bitte.«

Die Worte, die durch das Wasser übertragen wurden, vibrierten metallisch, doch Austin erkannte die Stimme des Kapitäns, der das NUMA-Schiff befehligte.

Er hielt das Tauchboot an und griff nach dem Mikrofon. »Hier ist das SEAmobile. Verstehen Sie mich?«

»Ihre Stimme klingt ganz schwach, und es gibt eine Menge Störungen, aber ich kann Sie hören. Bitte bestellen Sie Ms. Labelle, dass François sie dringend sprechen will.«

François Balduc war der französische Beobachter, den die NUMA als Geste der Höflichkeit gegenüber der französischen Regierung an Bord eingeladen hatte. Er war ein angenehmer Bürokrat mittleren Alters, der sich stets zurückhielt – außer beim Abendessen, wenn er dem Koch dabei half, einige erinnerungswürdige Festmenüs auf den Tisch zu bringen. Austin reichte das Mikrofon an Skye weiter.

Eine hitzige Diskussion auf Französisch entspann sich und endete, als Skye das Mikrofon zurückgab.

»*Merde!*«, fluchte sie mit finsterer Miene. »Wir müssen auftauchen.«

»Warum? Wir haben noch genug Luft und Energie.«

»François hat einen Anruf von einem hohen Tier aus der französischen Regierung erhalten. Ich werde augenblicklich gebraucht, um irgendeine Art von Artefakt zu identifizieren.«

»Das klingt nicht sehr dringend. Kann das nicht warten?«

»Soweit es mich betrifft, könnte es warten, bis Napoleon aus seinem Exil in die Heimat zurückkehrt«, erwiderte sie mit einem Seufzer, »aber die Regierung trägt die Kosten für einen Teil meiner Forschung hier, daher stehe ich bei ihnen in der Schuld, wie es so schön heißt. Es tut mir Leid.«

Austin betrachtete die Öffnung im Gestein mit zusammengekniffenen Augen. »Dieses Grabmal war tausende von Jahren unberührt. Es wird sicher noch einige Tage an Ort und Stelle bleiben.«

Skye nickte zustimmend, obgleich ihr Herz ihr sicherlich etwas ganz anderes befahl.

Sie warfen einen letzten sehnsüchtigen Blick auf die rätselhafte Öffnung, dann wendete Austin das Tauchboot. Sobald sie die Schlucht hinter sich hatten, streckte er die Hand nach den Kontrollen für die Vertikalschrauben aus, und das Boot begann mit dem Aufstieg.

Kurz darauf tauchte die Steuerkuppel in der Nähe des NUMA-Katamarans auf. Austin bugsierte das Vehikel hinter das große Boot und lenkte es über eine Unterwasserplattform zwischen den beiden Bootsrümpfen. Das Tor wurde hochgezogen, und ein Kran hievte die Plattform mitsamt dem Tauchboot auf das Deck.

François, einen aufgeregten Ausdruck auf seinem sonst so gefassten und fast ausdruckslosen Gesicht, erwartete sie schon ungeduldig. »Es tut mir aufrichtig Leid, Ihre Arbeit zu unterbrechen, Mademoiselle Skye. Der *cochon*, der mich angerufen hat, bestand auf Ihrem sofortigen Erscheinen.«

Sie legte kurz eine Hand an seine Wange. »Keine Sorge, François, es ist ja nicht Ihre Schuld. Was wollen sie denn?«

Er deutete auf die Berge. »Sie sollen rüberkommen.«

»Zum *Gletscher*? Sind Sie sicher?«

Er nickte heftig. »Ja, ja. Ich habe das Gleiche gefragt. Sie ließen keinen Zweifel daran, dass Ihre Fachkenntnis vonnöten ist. Sie haben irgendetwas im Eis gefunden. Das ist alles, was ich weiß. Das Boot wartet schon.«

Skye wandte sich mit besorgter Miene zu Austin um. Er wusste, was sie beschäftigte. »Keine Sorge. Ich warte, bis Sie zurück sind, ehe ich erneut zu dem Grabmal hinuntertauche.«

Sie umarmte Austin und drückte ihm auf jede Wange einen Kuss.

»*Merci*, Kurt. Das finde ich wirklich nett von Ihnen.« Sie schenkte ihm ein Lächeln, das nur um Haaresbreite an einem unsittlichen Antrag vorbeischrammte. »Es gibt ein hübsches kleines Bistro auf dem linken Seine-Ufer. Dort kriegt man für sein Geld einiges geboten.« Sie lachte über seinen ratlosen Blick. »Sagen Sie bloß nicht, Sie hätten Ihre Einladung zum Abendessen vergessen. Ich nehme sie an.«

Ehe Austin antworten konnte, stieg Skye über die Leiter ins wartende Schnellboot hinunter. Der Außenbordmotor heulte auf, und die Expressfähre jagte in Richtung Ufer davon. Austin war ein gut aussehender und charmanter Zeitgenosse, und er hatte im Laufe seines Lebens schon viele faszinierende und schöne Frauen kennen gelernt. Doch als Leiter des Spezialteams der NUMA war er Tag und Nacht im Dienst. Er war nur selten zu Hause, und seine ständigen Reisen rund um den Globus waren einer längerfristigen Beziehung nicht gerade förderlich. Die meisten Begegnungen waren viel zu kurz.

Austin hatte sich von Anfang an von Skye angezogen gefühlt, und wenn er die Signale in ihren Blicken, in ihrem Lächeln und in ihrer Stimme richtig deutete, dann beruhte dieses Gefühl auf Gegenseitigkeit. Er quittierte diese Umkehr der Vorzeichen mit einem traurigen Lächeln. Gewöhnlich war er es, der sich schnellstens empfehlen musste, wenn die Pflicht rief, während das jeweils aktuelle Objekt seines romantischen Interesses gezwungen war, auf ihn zu warten. Er schaute dem Boot hinterher, das mit Höchstgeschwindigkeit aufs Seeufer zuhielt, und fragte sich, was für ein Artefakt es wohl sein mochte, das so viel Aufregung auszulösen schien. Fast wünschte er sich, Skye begleiten zu können.

Doch schon wenige Stunden später würde er den Göttern danken, dass er an dieser Fahrt *nicht* teilgenommen hatte.

# 5

LeBlanc erwartete Skye am Ufer und schätzte ihre schlechte Laune genau richtig ein. Doch die unordentliche Erscheinung des Franzosen kaschierte seinen beträchtlichen gallischen Charme und seinen Humor. Kaum war Skye in seinen Wagen gestiegen, da hatte dieser Gnom von einem Mann sie mit seinen Geschichten über die launische Fifi zum Lachen gebracht.

Skye sah, dass der Citroën auf eine Seite des Eisfeldes zusteuerte, und meinte: »Ich dachte, wir würden zum Gletscher fahren.«

»Nicht *zum* Gletscher, Mademoiselle. Wir fahren *unter* ihn. Meine Kollegen und ich untersuchen die Bewegung des Eises in einem Labor, das sich zweihundertfünfzig Meter unter Le Dormeur befindet.«

»Davon hatte ich keine Ahnung«, sagte Skye. »Erzählen Sie mir mehr davon.«

LeBlanc nickte und begann mit einer Schilderung und Erklärung seiner Arbeit im Observatorium. Während Skye aufmerksam zuhörte, dämpfte ihre wissenschaftliche Neugier den Zorn darüber, vom Schiff weggeholt worden zu sein.

»Und was hat es mit Ihrer Arbeit im See auf sich?«, fragte LeBlanc, nachdem er seine Schilderung beendet hatte. »Eines Tages sind wir aus unserer Höhle nach oben gekommen – und *voilà!* Wie durch Zauberei war da plötzlich das Tauchboot.«

»Ich bin Archäologin an der Sorbonne. Die National Underwater and Marine Agency war so nett und hat für meine Studien ein Schiff bereitgestellt. Wir sind den Fluss hinaufgefahren, der in den Lac du Dormeur mündet. Ich hoffe, im See Beweise für die Existenz von Handelsstationen an der Bernsteinstraße zu finden.«

»Faszinierend! Und sind Sie auf etwas Interessantes gestoßen?«

»Ja. Deshalb kann ich es kaum erwarten, so schnell wie möglich wieder zu meinem Projekt zurückzukehren. Können Sie mir verraten, weshalb meine Dienste so dringend benötigt werden?«

»Wir haben im Eis einen menschlichen Körper gefunden.«

»Einen menschlichen Körper?«

»Die Leiche eines Mannes.«

»Etwa so etwas wie den Ötzi?« Sie erinnerte sich an den mumifizierten Körper eines Jägers aus der Jungsteinzeit, der einige Jahre zuvor in den Alpen gefunden worden war.

LeBlanc schüttelte den Kopf. »Wir glauben, dass dieser arme Kerl jüngeren Ursprungs ist. Zuerst hatten wir angenommen, es handle sich um einen Bergsteiger, der in eine Gletscherspalte gestürzt war.«

»Was hat Sie dazu gebracht, Ihre Meinung zu ändern?«

»Sie werden es selbst sehen.«

»Bitte, Monsieur LeBlanc, treiben Sie keine Spielchen mit mir«, schnappte Skye ungehalten. »Mein Spezialgebiet sind Waffen und Rüstungen, keine alten Leichen. Warum werde ich bei dieser Angelegenheit hinzugezogen?«

»Ich bitte um Entschuldigung, Mademoiselle. Monsieur Renaud hat uns angehalten, nichts verlauten zu lassen.«

Skyes Mund klappte auf. »*Renaud?* Von der staatlichen archäologischen Kommission?«

»Genau der, Mademoiselle. Er traf wenige Stunden nachdem wir die Behörden von unserem Fund benachrichtigt hatten, bei uns ein und hat sofort die Leitung übernommen. Kennen Sie ihn?«

»Oh ja, ich kenne ihn.« Sie entschuldigte sich bei LeBlanc, dass sie so unfreundlich zu ihm gewesen war, und lehnte sich mit vor der Brust verschränkten Armen auf ihrem Platz zurück. Ich kenne ihn nur zu gut, dachte sie bei sich.

Auguste Renaud war Professor der Anthropologie an der Sorbonne. Er verbrachte nur wenig Zeit mit Lehrtätigkeit, was für die Studenten, die ihn verachteten, wie ein Gottesgeschenk war, und steckte dafür seine ganze Energie in politische Intrigen. Er hatte ein Netzwerk aus Freunden und Helfern aufgebaut und war dank seiner Beziehungen im archäologischen Establishment des Staates aufgestiegen und zu einer Position gelangt, in der er seinen Einfluss geltend machen konnte, um zu belohnen und zu strafen. Er hatte mehrere von Skyes Projekten behindert und dabei angedeutet, eine Bewilligung ließe sich erheblich beschleunigen, wenn sie mit ihm schlafen würde. Skye hatte ihm darauf erwidert, eher würde sie mit einer Kakerlake ins Bett gehen.

LeBlanc parkte seinen Citroën und geleitete Skye zum Tunneleingang. Er kroch durch die Eingangsröhre, und sie folgte ihm nach kurzem Zögern in den Haupttunnel. Le-Blanc rüstete Skye mit Schutzhelm und Lampe aus, und sie machten sich auf den Weg. Fünf Minuten später erreichten sie die Wohnquartiere. LeBlanc benutzte das Telefon, um im Labor Bescheid zu sagen, dass sie unterwegs waren. Dann starteten sie zu ihrem Fußmarsch.

Während sie durch den Tunnel wanderten, hallten ihre Schritte von den triefnassen Wänden wider. Skye schaute sich ihre feuchte Umgebung an und meinte: »Hier kommt man sich vor wie im Innern eines nassen Stiefels.«

»Ich muss zugeben, dies hier sind nicht gerade die Champs-Elysées. Aber immerhin ist der Verkehr bei weitem nicht so schlimm wie in Paris.«

Skye war von Ehrfurcht ergriffen angesichts der technischen Leistung, die der Tunnel darstellte, und hatte einen ganzen Schwall von Fragen zu den Details, während sie tiefer in den Tunnel vordrangen. An einer Stelle stießen sie auf eine quadratische Betonfläche vor einer Stahltür in der Tunnelwand.

»Wohin führt diese Tür?«, wollte Skye wissen.

»Zu einem anderen Tunnel, der eine Verbindung zum hydroelektrischen System bildet. Wenn zu Beginn des Jahres der Wasserstrom in den Tunnels schwächer ist, können wir die Tür öffnen, durch einen kleinen Fluss waten und tiefer in das System eindringen. Aber um diese Jahreszeit pflegt das Wasser zu steigen, daher halten wir die Tür geschlossen.«

»Sie können von hier aus bis zum Kraftwerk gelangen?«

»Es gibt eine Reihe von Tunnels durch den Berg und unter dem Eispanzer, aber nur die trockenen sind begehbar. Die anderen leiten das Wasser zur Energieerzeugung. Unter dem Gletscher fließt ein ganz normaler Fluss, und dessen Strömung kann sehr stark werden. Normalerweise arbeiten wir so spät im Jahr gar nicht mehr hier. Schmelzwasser fließt in die natürlichen Höhlen zwischen dem Eis und dem Gestein, erzeugt Kavernen und behindert unsere Untersuchungen. Aber in diesem Frühjahr nahm unsere Arbeit mehr Zeit in Anspruch, als wir erwartet hatten.«

»Wie sorgen Sie hier unten für genügend Sauerstoff?«, fragte Skye und sog schnüffelnd die feuchte Luft ein.

»Wenn wir am Labor vorbei und noch einen Kilometer unter dem Gletscher weitergehen würden, kämen wir irgendwann zu einer großen Öffnung auf der anderen Seite des Eises. Durch sie wurden die Trailer für das Labor und das Personal an Ort und Stelle gebracht. Man hat diesen Eingang offen gelassen wie den Eingang zu einem Bergwerk. Dort strömt genügend Luft herein.«

Skye fröstelte in der feuchten Kälte. »Ich bewundere Ihre Zielstrebigkeit. Dies hier ist sicherlich nicht gerade der angenehmste Arbeitsplatz.«

LeBlancs kehliges Lachen kam als Echo von den Wänden zurück. »Er ist sogar höchst unangenehm; es ist hier langweilig, und wir sind immer bis auf die Knochen durchnässt. Wir unternehmen während unseres dreiwöchigen Aufenthalts hier gelegentlich Ausflüge in den Sonnenschein, aber es ist einfach zu bedrückend, wieder in die Höhlen zurückkehren zu müssen, daher bleiben wir gewöhnlich im Labor, das trocken und ausreichend beleuchtet ist. Es ist ausgerüstet mit Computern, Vakuumpumpen, um Sediment herauszufiltern, und sogar mit einem begehbaren Kühlschrank, damit wir Eisproben untersuchen können, ohne dass sie uns unter den Händen wegschmelzen. Nach einem arbeitsreichen Achtzehn-Stunden-Tag kann man nur noch duschen und sich ins Bett fallen lassen, daher vergeht die Zeit hier ziemlich schnell. Ah, wie ich sehe, sind wir fast am Ziel.«

Genauso wie die Wohneinheiten waren die Labortrailer in einer aus der Tunnelwand herausgemeißelten Nische aufgestellt worden. Während LeBlanc sich dem nächsten Laborwagen näherte, schwang dessen Tür auf, und eine hoch gewachsene, hagere

Gestalt trat heraus. Der Anblick Renauds fachte Skyes mittlerweile auf kleiner Flamme köchelnden Zorn erneut an. Tatsächlich ähnelte er eher einer Gottesanbeterin als einer Kakerlake. Er hatte ein dreieckiges Gesicht, oben breit, mit einem spitzen Kinn. Seine Nase war auffällig lang, und seine Augen waren klein und lagen dicht beieinander. Sein schütteres Haar war blassrot.

Renaud begrüßte Skye mit genau dem schlaffen, feuchten Händedruck, der ihre Abscheu bereits ausgelöst hatte, als sie ihm zum ersten Mal begegnet war.

»Guten Morgen, meine liebe Mademoiselle Labelle. Vielen Dank, dass Sie diese feuchte, dunkle Höhle mit Ihrer Anwesenheit beehren.«

»Gern geschehen, Professor Renaud.« Sie ließ den Blick über die unwirtliche Umgebung schweifen. »Dieses Habitat müsste Ihnen doch bestens gefallen.«

Renaud ignorierte die Spitze und ließ stattdessen seinen Blick an Skyes wohlgeformtem Körper auf und ab wandern, als könnte er durch die dicke Kleidung blicken. »Überall, wo Sie und ich uns zusammen aufhalten, gefällt es mir.«

Skye unterdrückte einen aufkommenden Würgereiz. »Vielleicht können Sie mir endlich verraten, was so wichtig sein soll, dass Sie mich von meiner Arbeit abhalten.«

»Mit Vergnügen.« Er streckte die Hand aus, um ihren Arm zu ergreifen. Skye brachte sich mit einem Schritt außerhalb seiner Reichweite und hakte sich bei LeBlanc unter.

»Gehen Sie voraus«, sagte sie.

Der Glaziologe hatte das Wortgeplänkel mit amüsierten Blicken verfolgt. Sein Mund verzog sich zu einem breiten Grinsen, und er und Skye gingen Arm in Arm zu einer steilen, grob zusammengezimmerten Holztreppe. Die Stufen führten zu einem Tunnel hinauf, der etwa vier Meter hoch und gut drei Meter breit war.

Schätzungsweise zwanzig Schritte nach der Treppe gabelte der Tunnel sich. LeBlanc führte Skye in den rechten Tunnelarm. Wasser strömte durch einen flachen Kanal, der zu Drainagezwecken in den Tunnelboden geschnitten worden war. Ein schwarzer

Gummischlauch von etwa zehn Zentimetern Durchmesser verlief entlang einer Tunnelwand.

»Ein Wasserjet«, erklärte LeBlanc. »Wir sammeln das abfließende Wasser, heizen es auf und besprühen damit das Eis, um es zu schmelzen. Auf dem Grund des Gletschers ist das Eis so weich wie Knetgummi. Wir schmelzen es ständig, sonst würde es sich mit einem Tempo von einem halben bis einem Meter am Tag neu bilden.«

»Das ist aber schnell«, staunte Skye.

»Sehr schnell sogar. Manchmal dringen wir an die fünfzig Meter in den Gletscher ein und müssen gleichzeitig darauf achten, dass das Eis sich nicht hinter uns schließt.«

Der Tunnel endete in einer eisigen Schräge, die etwa drei Meter hoch war. Sie kletterten über eine Leiter auf der glitschigen Felsfläche hoch und gelangten in eine Eishöhle, die groß genug war, um mehr als ein Dutzend Personen aufzunehmen. Die Seitenwände und die Decke schimmerten bläulich weiß bis auf verschiedene Stellen, die mit Schmutz bedeckt waren, den der Gletscher auf seinem Weg bergab mitgenommen hatte.

»Wir befinden uns am Grund des Gletschers«, erklärte LeBlanc. »Über unseren Köpfen ist nichts als Eis, und zwar an die zweihundertsiebzig Meter. Dies hier ist der schmutzigste Teil des Eisstroms. Es wird sauberer, je weiter man sich hineinbohrt. Aber ich muss Sie jetzt leider verlassen, weil ich für Monsieur Renaud etwas erledigen muss.«

Skye bedankte sich bei ihm, und dann wurde ihre Aufmerksamkeit von der hinteren Wand gefesselt, wo ein Mann in einem Regenmantel das Eis mit einem Heißwasserschlauch besprühte. Das schmelzende Eis erzeugte dichte Dampfwolken, die das Einatmen der ohnehin schon feuchten Luft noch zusätzlich erschwerten. Der Mann drehte das Wasser ab, als er sah, dass er Besuch bekommen hatte, und kam herüber, um die Neuankömmlinge zu begrüßen.

»Herzlich willkommen in unserem kleinen Observatorium, Mademoiselle Labelle. Ich hoffe, Ihre Anreise war nicht zu beschwerlich. Mein Name ist Hank Thurston. Ich bin Bernies Kollege. Dies dort ist Craig Rossi, unser Assistent von der Universität Uppsala«, sagte er und deutete auf einen jungen Mann Anfang zwanzig, »und dies ist Derek Rawlins, der für das *Outside*-Magazin einen Artikel über unsere Arbeit schreiben will.«

Während Skye rundum Hände schüttelte, drängte Renaud sich an den anderen vorbei und ging zur Wand, um eine vage an einen Menschen erinnernde Gestalt zu betrachten, die im Eis eingeschlossen war.

»Wie Sie sehen, ist dieser Gentleman schon seit einiger Zeit eingefroren«, sagte Renaud. Mit einem Seitenblick zu Skye fuhr er fort: »Nicht anders als einige Frauen, die ich kennen gelernt habe.«

Niemand lachte über diesen Scherz. Skye ging an Renaud vorbei und strich mit den Fingern über die dünne Eisschicht, hinter der sich die Gestalt immer noch befand. Ihre Gliedmaßen waren grotesk verkrümmt.

»Wir fanden ihn, als wir die Höhle vergrößerten«, erklärte Thurston.

»Er sieht eher aus wie ein Insekt auf einer Windschutzscheibe, nicht wie ein Mensch«, stellte Skye fest.

»Wir können von Glück reden, dass er nicht nur ein Riesenschmierfleck ist«, sagte Thurston. »In Anbetracht der äußeren Umstände befindet er sich in einem ziemlich guten Zustand. Das Eis am Fuß eines Gletschers und alles, was darin eingeschlossen ist, wird von hunderten von Tonnen wie Kitt durchgeknetet.«

Skyes Blick wanderte zu der verschwommenen Gestalt zurück. »Gehen Sie davon aus, dass er sich irgendwann einmal auf der Oberfläche des Gletschers aufgehalten hat?«

»Klar«, sagte Thurston. »Bei Talgletschern wie dem Le Dormeur oder einigen anderen, die man in den Alpen antreffen kann, wandert eine beträchtliche Menge Schnee ziemlich schnell durch den Eispanzer.«

»Wie lange würde es brauchen?«

»Ich schätze, dass es an die hundert Jahre dauert, um von oben bis auf den Grund zu gelangen. Das trifft natürlich nur auf ein

Objekt am oberen Ende des Gletschers hoch oben in den Bergen zu. Dort fließt das Eis nämlich sowohl vertikal wie auch horizontal.«

»Demnach ist es möglich, dass er ein Bergsteiger ist, der in eine Spalte gestürzt ist?«

»Das hatten wir anfangs ebenfalls angenommen. Dann betrachteten wir unseren Fund jedoch ein wenig genauer.«

Skye ging ganz dicht an das Eis heran. Der Körper war fast vollständig in dunkles Leder gehüllt, von den Stiefeln bis zu einer Mütze, wie man sie von Snoopy dem Hund kennt. Hier und da quoll das Pelzfutter hervor. Ein Pistolenhalfter mit der Pistole darin hing an einem Gürtel.

Ihr Blick wanderte weiter zu dem Gesicht. Dessen Züge waren durch das Eis nur undeutlich auszumachen, doch die Haut war kupferfarben gebräunt, als wäre sie zu lange der Sonne ausgesetzt gewesen. Die Augen verschwanden hinter einer Schutzbrille.

»Unglaublich«, flüsterte sie, dann trat sie zurück und drehte sich zu Renaud um. »Aber was hat das mit mir zu tun?«

Renaud lächelte, trat zu einem Plastikbehälter und griff hinein. Er ächzte vor Anstrengung, während er einen Stahlhelm heraushob. »Das wurde in der Nähe seines Kopfs gefunden.«

Skye nahm den Helm in die Hände, studierte das verschlungene Zeichen, das in das Metall eingraviert war, und schürzte nachdenklich die Lippen. Das Visier war für das Gesicht eines Mannes mit einer markanten Nase und einem buschigen Schnurrbart geformt. Die Krone war mit ineinander geflochtenen Blumen verziert, während verschiedene Sagengestalten wie kleine Planeten um einen stilisierten dreiköpfigen Adler kreisten. Die Schnäbel der Adlerköpfe waren zu herausfordernden Schreien geöffnet, und die scharfen Klauen hielten Bündel von Speeren und Pfeilen.

»Eigentlich haben wir den Helm zuerst entdeckt«, berichtete Thurston. »Wir haben dann die Pumpe sofort ausgeschaltet, und glücklicherweise wurde der Körper nicht beschädigt.«

»Eine weise Entscheidung«, lobte Renaud. »Ein archäologischer

Ausgrabungsort ist anfällig für alle möglichen Verunreinigungen, im Grunde genauso wie der Schauplatz eines Verbrechens.«

Skye schob ihre Finger durch eine Öffnung mit rauem Innenrand in der rechten Seite des Helms. »Das sieht aus wie ein Einschussloch.«

Renaud schnaubte. »Einschussloch! Vermutlich hat ein Speer oder Pfeil dies verursacht!«

»Es ist nicht ungewöhnlich, solche Spuren zu finden. Rüstungen wurden häufig mithilfe von Feuerwaffen auf ihre Stabilität getestet«, erklärte Skye. »Das Loch ist ungewöhnlich sauber und regelmäßig. Dieser Stahl ist von außergewöhnlicher Qualität. Sehen Sie nur, bis auf ein paar Kratzer und Schmutzflecken ist er kaum beschädigt, nachdem er vom Eis bearbeitet wurde. Haben Sie einen forensischen Spezialisten zu Rate gezogen?«

»Er müsste morgen hier sein«, sagte Renaud. »Aber wir brauchen keinen Spezialisten, der uns erklärt, dass der arme Kerl tot ist. Was können Sie uns über diesen Helm erzählen?«

»Ich kann ihn zeitlich nicht einordnen«, antwortete sie kopfschüttelnd. »Die Grundform ähnelt der einiger anderer Helme, die ich schon mal gesehen habe, aber die Zeichen darauf sind mir völlig unbekannt. Ich müsste die Markierung des Schmiedes suchen, der die Rüstung hergestellt hat, und sie durch meine Datenbank laufen lassen. Hier sind zahlreiche Widersprüche festzustellen.« Sie warf einen Blick auf den Körper. »Die Kleidung und die Pistole lassen auf das zwanzigste Jahrhundert schließen. Seiner Uniform und seiner Schutzbrille nach scheint er ein Flieger gewesen zu sein. Warum sollte er einen uralten Helm getragen haben, wenn er das überhaupt getan hat?«

»Sehr interessant, Mademoiselle Labelle«, sagte Renaud mit einem ungeduldigen Seufzer, »aber ich hatte erwartet, dass Sie uns eine größere Hilfe sind.« Er nahm ihr den Helm ab und legte ihn zurück in den Behälter, nachdem er vorher eine mit Nieten versehene Stahlkassette herausgenommen hatte. Er hielt die verbeulte Kassette wie ein Baby auf dem Arm. »Die befand sich in der Nähe des Körpers. Was wir darin finden, verrät uns vielleicht die Identität dieser Person und wie sie hierher gekommen ist. In der Zwischenzeit«, meinte er zu Thurston, »würde ich gerne damit fortfahren, das Eis um den Körper herum zu schmelzen, für den Fall, dass noch weitere Gegenstände darin eingeschlossen sind, die uns etwas über den Mann verraten können. Ich übernehme dafür die volle Verantwortung.«

Thurston musterte ihn skeptisch, dann zuckte er die Achseln. »Das ist Ihr Land«, sagte er und schaltete die Heißwasserlanze wieder ein. Er schmolz einige weitere Zentimeter Eis auf beiden Seiten des Körpers ab, fand jedoch nichts. Nach einer Weile kehrten sie zum Labor zurück, um einen Imbiss einzunehmen und sich aufzuwärmen, dann begaben sie sich wieder in die Eishöhle und setzten ihre Untersuchungen fort. Als Renaud verlauten ließ, er würde im Labor bleiben, während die anderen in die Eishöhle zurückgingen, protestierte niemand gegen diese Entscheidung.

Thurston hatte noch einige Zeit das Eis bearbeitet, ehe Renaud wieder erschien und nun mit einem Händeklatschen um Aufmerksamkeit bat. »Wir müssen einstweilen unterbrechen. Wir haben nämlich Besucher.«

Aufgeregte Stimmen hallten durch den Tunnel. Einen kurzen Moment später platzten drei Männer, die mit Videokameras, Fotoapparaten und Notizblöcken bewaffnet waren, in die Eishöhle. Bis auf einen hoch gewachsenen Mann, der sich höflich zurückhielt, versuchten sie sich gegenseitig beiseite zu drängen in ihrem Bemühen, den Körper zu filmen oder zu fotografieren.

Skye packte Renaud am Revers und zog ihn beiseite. »Was haben diese Reporter hier zu suchen?«, fragte sie.

Er schielte an seiner Nase entlang. »*Ich* habe sie eingeladen. Sie gehören zu einem Pressetrupp, der per Los ausgewählt wurde, um über diese grandiose Entdeckung zu berichten.«

»Sie wissen ja noch nicht einmal, worum es sich bei dieser Entdeckung handelt«, sagte sie mit unverhohlener Wut in der Stimme. »Und Sie haben uns gerade erst davor gewarnt, den Fundort zu verunreinigen.«

Er wischte ihren Protest mit einer lässigen Handbewegung weg. »Es ist wichtig, die Welt von diesem wunderbaren Fund zu informieren.« Renaud erhob die Stimme, um die Aufmerksamkeit der Reporter auf sich zu lenken. »Ich beantworte Ihre Fragen zu der Mumie, sobald wir die Grabstätte verlassen haben«, verkündete Renaud, während er die Höhle verließ. Skye kochte vor Zorn.

»*Mein Gott!*«, stöhnte Rawlins. »Mumie. Grabmal. Er tut so, als hätte er soeben Tutanchamun gefunden.«

Die Fotografen schossen eine weitere Serie Bilder und verließen ebenfalls die Höhle. Nur der hoch gewachsene Mann blieb zurück. Er war etwa einen Meter neunzig groß, sein Gesicht war teigig weiß, und er hatte eine muskulöse Figur, die seiner Körpergröße entsprach. Eine Kamera hing um seinen Hals, und über der Schulter trug er einen großen Tragesack für seine weitere Fotoausrüstung. Er betrachtete den Körper gleichgültig einige Sekunden lang, dann folgte er den anderen.

»Ich habe mitgehört, was Sie zu Renaud gesagt haben«, meinte Thurston zu Skye. »Dieser Fundort wird schon bald wieder zufrieren, und das ist vielleicht ein guter Schutz.«

»Na schön. Sehen wir uns an, was dieser Idiot in der Zwischenzeit zusammenbraut.«

Sie verließen die Höhle, stiegen die Leiter und anschließend die Holztreppe zum Haupttunnel hinunter. Renaud stand vor einem Labortrailer und hielt die Stahlkassette hoch über den Kopf.

»Was befindet sich darin?«, rief ein Reporter.

»Das wissen wir nicht. Wir müssen sie unter sicheren Bedingungen öffnen, damit wir ihren Inhalt nicht zerstören.«

Er drehte sich um die eigene Achse, damit jeder der Anwesenden den Fund fotografieren konnte. Der große Mann mit der Kamera um den Hals nahm diese Gelegenheit jedoch nicht wahr. Stattdessen drängte er sich rücksichtslos zwischen den anderen hindurch, ignorierte dabei das Protestgemurmel seiner Reporterkollegen und baute sich direkt vor Renaud auf.

»Geben Sie mir die Kassette«, verlangte er in gleichgültigem Tonfall und streckte fordernd eine Hand aus.

Renaud erschrak sichtlich. Dann, in dem Glauben, dass der Mann einen Scherz machte, entschied er sich, das Spiel mitzuspielen. Er grinste und drückte die Kassette an seine Brust. »Ganz bestimmt nicht«, sagte er.

»So, so«, sagte der Mann, ohne die Stimme zu heben. »Da dürften Sie sich gründlich irren.«

Er griff in sein Jackett, holte eine Pistole hervor und schlug mit dem Lauf auf Renauds Fingerknöchel. Der Ausdruck in Renauds Augen wechselte von Belustigung über Verblüffung hin zu Schmerz. Er sackte auf die Knie und umfasste seine misshandelten Finger.

Der Mann fing die Kassette auf, bevor sie zu Boden fiel. Dann wirbelte er herum und richtete die Pistole auf die Reporter, die nichts Eiligeres zu tun hatten, als sich aus der Schusslinie zu bringen, während er sich durch den Tunnel entfernte.

»Haltet ihn auf!«, rief Renaud trotz der Schmerzen und knetete seine verletzten Hände.

Thurston nahm den Hörer vom Wandtelefon und hielt ihn ans Ohr. »Tot«, stellte er stirnrunzelnd fest. »Die Leitung wurde offenbar durchgeschnitten. Aber es ist sowieso niemand im Quartier. Wir laufen zum Eingang und rufen um Hilfe.«

Thurston und LeBlanc halfen Renaud auf die Füße. Sie verbanden die Hände notdürftig mit Material aus einem Erste-Hilfe-Kasten im Labor, während die Reporter Überlegungen hinsichtlich der Identität des unbekannten Mannes anstellten. Keiner von ihnen kannte ihn. Er war mit den nötigen Referenzen aufgetaucht und hatte einen Platz in dem Schwimmerflugzeug erhalten, das sie am Seeufer abgesetzt hatte, wo LeBlanc auf sie wartete.

LeBlanc und Skye erklärten, sie würden Thurston begleiten. Die Reporter beschlossen, an Ort und Stelle zu bleiben, nachdem Thurston sie gewarnt hatte, dass der Pistolenschütze möglicherweise im Tunnel wartete. Mehrere Minuten lang gingen sie eilig durch den Tunnel, wobei ihre Helmlampen sich durch das Halbdunkel tasteten. Dann wurden sie langsamer und vorsichtiger, als ob sie damit rechneten, dass der große Mann in der Dunkelheit lauerte. Sie lauschten auf Schritte, doch alles, was sie hörten, war das Plätschern des Wassers, das von der Decke und den Wänden herabrann.

Plötzlich ertönte im dunklen Tunnel vor ihnen eine laute, dumpfe Explosion, gefolgt von einem heftigen Erdstoß. Fast gleichzeitig fegte ein heißer Lufthauch durch den Tunnel. Sie stürzten zu Boden und pressten die Gesichter gegen den nassen Untergrund, während die Druckwelle über sie hinwegjagte.

Als es schien, dass diese Gefahr sich verzogen hatte, standen sie auf und wischten sich den Morast aus den Gesichtern. Ihre Ohren summten, sodass sie laut rufen mussten, um einander verstehen zu können.

»Was war *das*?«, fragte LeBlanc.

»Sehen wir mal nach.« Thurston schickte sich an loszugehen und befürchtete das Schlimmste.

»Warten Sie!«, rief Skye.

»Was ist los?«, wollte Thurston wissen.

»Schauen Sie mal auf Ihre Füße.«

Das Licht ihrer Helmlampen wurde von etwas reflektiert, das funkelte und sich auf dem Tunnelboden bewegte.

»Wasser!«, brüllte Thurston.

Die Flut raste ihnen entgegen.

Sie machten kehrt und rannten tiefer in den Tunnel hinein, wobei Wasserwogen ihre Füße umspülten.

## 6

Durch sein Fernglas hatte Austin beobachtet, wie Skye in einen Wagen einstieg, und dann das Fahrzeug verfolgt, wie es den Steilhang auf einer Seite des Gletschers hochgeklettert war und schließlich hinter den Bäumen verschwand. Es war, als ob die Erde sie verschluckt hätte. Während er sich an die Reling des Schiffs lehnte, wanderte sein Blick zur La Langue du Dormeur. Mit seiner fleckigen Oberfläche und den dunklen, hoch aufragenden

Felsbastionen auf beiden Seiten sah der Gletscher aus wie eine Landschaft auf dem Planeten Pluto. Die Sonne wurde funkelnd vom Eis reflektiert, doch sie schaffte es nicht, die Kältewellen zu mildern, die von seiner Oberfläche ausgingen und sich über den spiegelglatten See wälzten.

Indem er sich Skyes Theorie ins Gedächtnis zurückrief, dass Karawanen, die die Bernsteinstraße benutzt hatten, auch am Ufer des Sees entlanggezogen waren, versuchte er sich in die Lage der alten Reisenden zu versetzen und fragte sich, wie sie sich wohl eine Naturerscheinung, so groß und abweisend wie der Gletscher, erklärt haben mochten. Höchstwahrscheinlich hätten sie darin ein Werk der Götter gesehen, die man friedlich stimmen musste. Vielleicht hatte dieses Unterwassergrab irgendetwas mit dem Gletscher zu tun. Er war mindestens genauso begierig wie sie, das Grabmal zu erforschen. Es kostete kaum Mühe, sich ins Tauchboot zu setzen und eine kleine Solofahrt zu unternehmen, aber das würde sie ihm niemals verzeihen. Und er könnte es ihr noch nicht einmal übel nehmen.

Austin beschloss, dafür zu sorgen, dass das Tauchboot einsatzbereit war, sobald Skye zurückkehrte. Während er das SEAmobile mit äußerster Sorgfalt inspizierte, hörte Austin im Geiste die Stimme seines Vaters, der ihn daran erinnerte, sich um jedes auch noch so unwichtige Detail zu kümmern. Sein Vater, der wohlhabende Inhaber einer Schiffsbergungsfirma mit Sitz in Seattle, hatte Kurt die Grundlagen der Seefahrt gelehrt und ihm zwei wichtige Seefahrerregeln mit auf den Weg gegeben: Knüpfe nie einen Knoten, der nicht mit einem einfachen Zug an der Leine gelöst werden kann, auch wenn sie nass ist, und halte dein Schiff stets makellos in Schuss.

Austin hatte sich die Worte seines Vaters zu Herzen genommen. Die Knoten, die er durch ständiges Üben lernte, klemmten niemals. Er achtete darauf, dass die Leinen auf dem Segelboot, das sein Vater für ihn gebaut hatte, stets ordentlich aufgeschossen waren, dass die Holzteile stets auf Hochglanz poliert waren und dass sämtliche Metallteile nicht von Korrosion angegriffen wurden. Diese Ratschläge beherzigte er auch, als er aufs College ging. Während er Systemmanagement an der Universität von Washington studierte, besuchte er außerdem eine hervorragende Tauchschule in Seattle und ließ sich zum professionellen Taucher ausbilden. Gleichzeitig erwarb er besondere Fähigkeiten in einigen speziellen Bereichen.

Nach dem College arbeitete er zwei Jahre lang auf Ölbohrinseln in der Nordsee und kehrte danach für sechs Jahre in die Schiffsverwertungs- und Bergungsfirma seines Vaters zurück, ehe er von einer kaum bekannten Abteilung der CIA, die auf Unterwasserspionage spezialisiert war, in den Regierungsdienst übernommen wurde. Am Ende des Kalten Krieges schloss die CIA ihre Unterwasserabteilung, und er heuerte bei der NUMA an.

Dank seiner Vorliebe für Philosophie wusste Austin, dass die Ratschläge seines Alten Herrn sich nicht nur auf die Führung eines Schiffs beschränkten. Sein Vater erklärte ihm in einfachen Begriffen den Sinn des Lebens und machte ihn auf die Notwendigkeit aufmerksam, stets auf das Unerwartete vorbereitet zu sein. Diesen Rat nahm Austin sehr ernst, und sein Sinn für Details hatte ihm und den Menschen in seiner engeren Umgebung bei mehr als nur einer Gelegenheit das Leben gerettet.

Er überprüfte die Batterien, versicherte sich, dass die Lufttanks durch frische ersetzt worden waren, und inspizierte das Vehikel mit seinem erfahrenen Blick. Zufrieden mit dem Ergebnis seiner Überprüfung, klopfte er mit den Knöcheln sacht gegen die transparente Kuppel. »Alles in bester Ordnung und hervorragend in Schuss«, murmelte er lächelnd.

Austin kletterte von dem Tauchboot hinunter auf das Deck der *Mummichug*. Das achtzig Fuß lange Doppelrumpfboot war das kleinste Forschungsschiff der NUMA, auf dem er jemals gearbeitet hatte. Wie die kleinen Fische, die ihm den Namen gaben, war die *Mummichug* im Süß- und im Salzwasser zu Hause. Sie war die modifizierte Version eines Schiffs, das für den Küstendienst in den ungemütlichen Gewässern vor New England gebaut worden war.

Sie war seetüchtig und schnell, angetrieben von starken Dieselmotoren, die ihr eine Reisegeschwindigkeit von 20 Knoten ermöglichten. Sie bot acht Personen Platz und war ideal geeignet für kurze Missionen. Trotz seiner bescheidenen Größe konnten die Kräne der *Mummichug* und ihre Davits schwere Lasten bewältigen. Und ein größeres Schiff hätte gar nicht den gewundenen Fluss bis zum Gletscher befahren können.

Austin holte sich eine Tasse Kaffee in der Kombüse und stieg dann nach unten in das Messlabor. Es war ein kleiner Raum, der voll gestopft war mit mehreren Computermonitoren, die auf Tischen verteilt waren. Wie alles andere auf dem Schiff war auch dieses Labor ganz bewusst auf bescheiden getrimmt, obgleich elektronische Nerven und Ganglien die Monitore mit einer leistungsfähigen Ansammlung von Such-, Mess- und Prüfinstrumenten verbanden.

Er ließ sich vor einem Bildschirm auf einen Stuhl fallen, trank einen Schluck Kaffee und rief die Datei auf dem Display des Side-Scan-Sonars auf. Dr. Harold Edgerton hatte 1963 zum ersten Mal mit einem Side-Scan-Sonar gearbeitet, als er einen Sonarsignalwandler an der Seite anstatt am Boden seines Vermessungsschiffs montiert hatte. Diese Neuerung, die es normalen, an der Wasseroberfläche operierenden Schiffen erlaubte, große Flächen des Meeresgrundes abzusuchen, revolutionierte die Technik der Unterwassersuche.

Als die *Mummichug* zum ersten Mal am Einsatzort eintraf, hatte Skye um eine Suchfahrt entlang des Ufers auf der anderen Seite des Sees, dem Gletscher gegenüber gebeten, der für Karawanen sicherlich ein unüberwindliches Hindernis dargestellt hatte. Sie war der Auffassung, dass Reisende in der Nähe des Flusses eine Zeit lang Rast gemacht hatten, ehe sie ihn durchwateten, und dass in der Nähe vielleicht sogar eine Siedlung gegründet worden war. Die Wasserstraße selbst könnte als eine Art Mautstation der Bernsteinstraße benutzt worden sein.

Während das Tauchboot seine Unterwassermission durchführte, hatte das Schiff seine Suchfahrt entlang des Seeufers fortgesetzt. Austin wollte sich ansehen, was die Suche ergeben hatte. Er ließ die Aufzeichnung langsam über den Bildschirm scrollen, und das hoch auflösende Sonarbild lief vom oberen Rand nach unten durch wie ein bernsteinfarbener Zwillingswasserfall. Am rechten Rand des Bildschirms wurden Breiten- und Längengrad sowie die jeweilige Position des Schiffs angezeigt.

Sonarbilder zu interpretieren erforderte ein erfahrenes Auge, doch es ist trotzdem nicht gerade die aufregendste Beschäftigung. Mit seinem ebenen, von Geröll übersäten Grund war der Lac du Dormeur monotoner als viele andere Gewässer. Austin ertappte sich dabei, wie seine Gedanken auf die Reise gingen. Seine Augenlider waren halb herabgesunken, doch sie öffneten sich schlagartig, als eine Anomalie seine Aufmerksamkeit erregte. Er scrollte zurück und beugte sich vor, um das dunkle Kreuz vor dem gleichförmigen Hintergrund eingehender zu betrachten. Dann holte er mit einem Mausklick das Bild in die Mitte des Schirms und vergrößerte es.

Was er vor sich sah, war eindeutig ein Flugzeug. Er konnte sogar das Cockpit erkennen. Er klickte auf das Druckersymbol, und ein paar Sekunden später schob sich ein Bild aus dem Ausgabeschacht des Druckers. Er studierte es unter einer wattstarken Lampe. Der Teil einer Tragfläche schien zu fehlen. Er erhob sich von seinem Platz und wollte zur Tür, um den Kapitän auf seinen Fund aufmerksam zu machen, als Francois ins Labor stürmte. Er war offensichtlich aufs Äußerste erregt. Der französische Beobachter zeigte gewöhnlich ein unerschütterliches Lächeln, doch nun sah er aus, als hätte er soeben erfahren, dass der Eiffelturm umgestürzt war.

»Monsieur Austin, Sie müssen sofort auf die Brücke kommen.«

»Was ist los?«, fragte Austin.

»Es geht um Mademoiselle Skye.«

Austins Magen vollführte einen Salto. »Was ist mit ihr?«

Ein unverständlicher *Franglaise*-Mischmasch kam aus dem Mund des Mannes. Austin drängte sich an dem stotternden Franzosen vorbei und stürmte, immer zwei Stufen auf einmal nehmend, zur Brücke. Der Kapitän befand sich im Steuerhaus und sprach in ein Funkmikrofon. Als er Kurt sah, sagte er »*Attendez*«, und legte das Mikrofon beiseite.

Kapitän Jack Fortier war ein eher zierlich gebauter Frankokanadier, der die amerikanische Staatsbürgerschaft angenommen hatte, um für die NUMA arbeiten zu können. Dass er auch Französisch sprach, hatte sich bei dieser Expedition als sehr vorteilhaft erwiesen, obgleich einige Einheimische sich hinter seinem Rücken über seinen starken Quebecer Akzent lustig machten. Fortier hatte Austin erklärt, der Spott störe ihn nicht im Mindesten, da seine Sprache auf jeden Fall reiner war und nicht durch regionale Akzente wie in Frankreich verfälscht wurde. Den Kapitän schien nicht viel aus der Ruhe zu bringen, deshalb reagierte Austin überrascht, als er Fortiers besorgtes Stirnrunzeln erblickte.

»Was ist Skye zugestoßen?« Austin kam sofort zum Kern des Problems.

»Ich habe gerade den Chef des Kraftwerks am Telefon. Er meldet, dass es einen Unfall gegeben hat.«

Es lief Austin kalt den Rücken hinunter. »Was für einen Unfall?«

»Skye und ein paar andere Leute haben sich in einem Tunnel unter dem Gletscher aufgehalten.«

»Was hatten sie dort zu suchen?«

»Unter dem Eis gibt es ein Observatorium, in dem Wissenschaftler die Bewegungen des Gletschers studieren können. Es ist ein Teil des Tunnelsystems, das die Kraftwerksbetreiber angelegt haben, um das Schmelzwasser des Gletschers zu nutzen. Offensichtlich ist irgendetwas schief gegangen. Wasser ist in die Tunnel eingedrungen und hat sie überflutet.«

»Konnte das Kraftwerk schon Verbindung mit dem Observatorium aufnehmen?«

»Nein. Die Telefonleitung ist unterbrochen.«

»Demnach wissen wir nicht, ob die Leute da unten tot oder noch am Leben sind, richtig?«

»Offenbar nicht«, bestätigte Fortier leise.

Diese Nachricht war für Austin ein schwerer Schlag. Er holte tief Luft und atmete langsam aus, während er seine Gedanken ordnete.

Nach kurzem Nachdenken sagte er: »Bestellen Sie dem Kraftwerkschef, dass ich ihn sehen will. Er soll einen detaillierten Plan vom Tunnelsystem bereithalten. Und besorgen Sie ein Boot, das mich zum Ufer bringt.« Austin hielt inne, als ihm bewusst wurde, dass er dem Kapitän Befehle erteilte wie einem Untergebenen. »Tut mir Leid«, sagte er. »Ich hatte nicht vor, mich aufzuspielen wie ein Ausbilder bei den Ledernacken. Das hier ist Ihr Schiff. Ich wollte nur Vorschläge machen.«

»Die Vorschläge werden gerne angenommen«, erwiderte der Kapitän lächelnd. »Machen Sie sich mal keine Sorgen. Ich habe nicht die geringste Ahnung, was als Nächstes getan werden muss. Das Schiff und die Mannschaft stehen zu Ihrer Verfügung.«

Kapitän Fortier ergriff wieder das Mikrofon und begann, Französisch zu sprechen.

Austin starrte durch das Fenster des Steuerhauses zum Gletscher hinüber. Er stand völlig reglos da wie eine Bronzestatue, doch seine Ruhe täuschte. Seine Gedanken rasten und prüften die verschiedensten Strategien. Aber er wusste, dass es nichts anderes war als geistiger Schall und Rauch, denn im Augenblick konnte er überhaupt keinen Plan entwickeln, bis er genau wusste, womit er es zu tun hatte.

Er dachte an den verlockenden Ausdruck in Skyes Gesicht, als sie das Schiff verließ. Er wusste, dass die Wahrscheinlichkeit dagegen sprach, doch er schwor sich, dieses betörende Lächeln irgendwann wieder zu sehen.

## 7

Ein Lastwagen erwartete Austin am Seeufer. Der Fahrer raste mit halsbrecherischer Geschwindigkeit über die Bergstraße zum Kraftwerk hinauf. Während der Truck sich dem kastenförmigen grauen Betonbau am Fuß der steilen Felswand näherte, konnte

Austin vor dem Eingang einen Mann nervös auf und ab gehen sehen. Der Truck kam schleudernd zum Stehen, und der Mann kam herübergerannt, öffnete für Austin die Tür und streckte ihm eine Hand zur Begrüßung entgegen.

»*Parlez-vous français*, Monsieur Austin?«

»*Je parle* ein wenig«, antwortete Austin, während er aus dem Lastwagen stieg.

»*D'accord.* Okay«, sagte der Mann mit einem nachsichtigen Lächeln. »Ich spreche ausreichend Englisch. Mein Name ist Guy Lessard. Ich bin der Chef des Kraftwerks. Das ist eine ganz schlimme Sache.«

»Dann ist Ihnen sicherlich klar, dass wir keine Zeit verlieren dürfen«, sagte Austin.

Lessard war ein kleiner drahtiger Mann mit einem sorgfältig gestutzten Schnurrbart, der sein schmales Gesicht verzierte. Er strahlte eine nervöse Energie aus, als wäre er an eine der Stromleitungen angeschlossen, die an hohen Stahlmasten von dem Werk wegführten.

»Ja. Das ist mir klar. Kommen Sie. Ich erläutere Ihnen die Lage.« Mit schnellen Schritten verschwand er im Eingang des Betongebäudes.

Austin sah sich in der kleinen schlichten Eingangshalle um. »Irgendwie hatte ich eine größere Anlage erwartet.«

»Lassen Sie sich nicht täuschen«, erwiderte Lessard. »Dies ist nur der Vorbau. Er wird vorwiegend als Büro- und Wohnhaus benutzt. Das Werk selbst reicht tief in den Berg hinein. Kommen Sie.«

Sie gingen durch eine weitere Tür am Ende der Halle und betraten einen großen, hell erleuchteten höhlenartigen Raum.

»Wir haben die natürlichen Felsformationen genutzt, um möglichst effizient zu bohren«, erklärte Lessard, wobei seine Stimme von den Wänden und der Decke als Echo zurückgeworfen wurde. »Die Tunnel unter dem Berg und dem Gletscher haben eine Gesamtlänge von etwa fünfzig Kilometern.«

Austin stieß einen leisen Pfiff aus. »In den Vereinigten Staaten gibt es Highways, die nicht so lang sind«, sagte er.

»Es war eine hervorragende Leistung. Die Techniker haben eine Tunnelbohrmaschine mit einem Durchmesser von etwa zehn Metern eingesetzt. Es war recht einfach, den Forschungstunnel anzulegen.«

Er ging voraus durch die Höhle zu einem Tunneleingang. Austins Ohren fingen ein leises Summen auf, das an den Klang von hundert aufgeregten Bienenstöcken erinnerte.

»Dieses Geräusch dürfte wohl der Generator sein«, meinte er.

»Ja, im Augenblick haben wir nur eine Turbine, aber es gibt Pläne, eine zweite zu bauen.« Er blieb vor einer Tür in der Tunnelwand stehen. »Hier ist der Kontrollraum.«

Das Nervenzentrum des Kraftwerks war ein steriler Raum, etwa fünfzehn Meter im Quadrat, der aussah wie das Innere eines riesigen Glücksspielautomaten. Vor drei Wänden befanden sich lange Reihen von blinkenden Lichtern, elektrischen Anzeigeinstrumenten, Hebeln und Schaltern. Lessard begab sich zu einer hufeisenförmigen Konsole, die die Mitte des Raums einnahm, ließ sich vor einem Computermonitor nieder und gab Austin ein Zeichen, auf dem Sessel neben ihm Platz zu nehmen.

»Wissen Sie, was wir hier tun?«, fragte er.

»Im Großen und Ganzen, ja. Man hat mir erzählt, dass Sie das Schmelzwasser des Gletschers zur Stromerzeugung anzapfen.«

Lessard nickte. »Die Technologie ist relativ unkompliziert. Schnee fällt vom Himmel und bleibt auf dem Gletscher liegen. Bei warmem Wetter schmilzt das Gletschereis und bildet Wasserblasen und kleine Bäche. Dieses Wasser wird durch die Tunnel zur Turbine geleitet. *Voilà!* Schon gibt es elektrischen Strom. Sauber und billig.« Lessards routinemäßige Erklärung konnte den Stolz in seiner Stimme nicht verbergen.

»Simpel in der Theorie, aber höchst eindrucksvoll in der praktischen Umsetzung«, sagte Austin, während er in Gedanken eine Skizze von dem System entwarf. »Sie müssen eine umfangreiche Bedienungsmannschaft haben.«

»Wir sind nur zu dritt«, erklärte Lessard. »Jeweils ein Mann pro Schicht. Das Kraftwerk selbst arbeitet nahezu vollautomatisch und würde wahrscheinlich sogar ganz ohne unser Zutun funktionieren.«

»Könnten Sie mir einen Lageplan von dem System zeigen?«

Lessards Finger tanzten über ein Keyboard. Ein Diagramm erschien auf dem Bildschirm, ähnlich der Darstellung in einem städtischen Verkehrskontrollzentrum. Die einander kreuzenden farbigen Linien erinnerten Austin an den Plan der Londoner U-Bahn.

»Die blau leuchtenden Linien stellen Tunnel dar, in denen Wasser fließt. Die roten Linien sind trockene Gänge und Schächte. Die Turbine befindet sich hier.«

Austin starrte auf die Linien und versuchte, in dem verwirrenden Bild eine Ordnung zu erkennen. »Welcher Tunnel wurde geflutet?«

Lessard tippte mit einer Fingerspitze auf den Bildschirm. »Dieser. Der Hauptzugang zum Observatorium.« Die Linie leuchtete blau.

»Gibt es eine Möglichkeit, das Wasser abzusperren?«

»Das haben wir versucht, als wir feststellten, dass Wasser in den Forschungstunnel eindrang. Offensichtlich wurde die Betonmauer zwischen dem Forschungstunnel und den Wasserleitungen durchbrochen. Indem wir den Wasserstrom in die anderen Tunnel umleiteten, konnten wir ihn unter Kontrolle halten und Schlimmeres verhindern. Der Forschungstunnel selbst ist jedoch weiterhin mit Wasser gefüllt.«

»Haben Sie eine Idee, wie diese Betonwand, die Sie gerade erwähnten, zerstört wurde?«

»Ein Tor an dieser Kreuzung ermöglicht den Zugang von einem Tunnel zum anderen. Um diese Jahreszeit ist es stets geschlossen, weil wir einen hohen Wasserstand haben. Das Tor ist so konstruiert, dass es einigen Tonnen Druck standhält. Ich weiß nicht, was da unten passiert sein könnte.«

»Gibt es irgendeine Möglichkeit, das Wasser aus diesem Tunnel ablaufen zu lassen?«

»Ja, wir könnten einige Tunnel abriegeln und nach und nach

das Wasser herauspumpen, doch das würde einige Tage in Anspruch nehmen«, lautete die ernüchternde Antwort.

Austin deutete auf den matt leuchtenden Schirm vor ihm auf dem Tisch. »Nicht einmal mit diesem ausgedehnten Tunnelsystem?«

»Ich zeige Ihnen, was das Problem ist.«

Lessard ging vorneweg aus dem Kontrollraum. Sie bogen in einen Tunnel ein und folgten mehrere Minuten seinem Verlauf. Das allgegenwärtige Summen der Turbine wurde von einem anderen Geräusch übertönt, das klang wie ein starker Wind, der durch die Bäume weht. Hinter einer Stahltür stiegen sie eine Eisentreppe zu einer Beobachtungsplattform hinauf, die durch einen wasserdichten Plastik-und-Metall-Baldachin geschützt wurde. Lessard erklärte dazu, dass sie sich in einem von mehreren Außenkontrollräumen befanden. Das Rauschen hatte sich zu einem ohrenbetäubenden Getöse gesteigert.

Lessard betätigte einen Wandschalter, und ein Scheinwerfer erhellte einen Tunnelabschnitt, in dem ein wilder Sturzbach tobte. Die schäumende Wasseroberfläche reichte fast bis zur Beobachtungskanzel. Austin starrte auf die weiß schäumende Wasserflut und glaubte, ihre verheerende Wucht fast körperlich spüren zu können.

»Um diese Jahreszeit fließt Schmelzwasser aus großen Höhlen im Eis ab«, versuchte Lessard sich mit lauter Stimme gegen den Lärm durchzusetzen. »Dieses Wasser kommt zu der üblichen Wassermenge noch hinzu. Es ist ähnlich wie bei den Hochwassern, die man bei ohnehin schon angeschwollenen Flüssen beobachten kann, wenn der Schnee in den Bergen im Frühling zu schnell schmilzt.« Lessard verzog gequält das Gesicht. »Es tut mir Leid, dass wir weder Ihnen noch den Leuten helfen können, die im Forschungstunnel eingeschlossen sind.«

»Sie haben mir schon ganz erheblich geholfen, aber ich brauche eine detaillierte Zeichnung vom Forschungstunnel.«

»Natürlich.« Während Lessard mit seinem Besucher zum Kontrollraum zurückkehrte, entschied er, dass ihm dieser Amerikaner sympathisch war. Austin ging gründlich und sachlich vor, beides Eigenschaften, die Lessard vor allen anderen schätzte.

Zurück im Hauptnervenzentrum warf Austin einen Blick auf die Wanduhr und musste erkennen, dass seit Beginn ihres Rundgangs wertvolle Minuten verstrichen waren. Lessard ging zu einem Stahlschrank, zog eine breite, flache Schublade auf und holte einen Satz Blaupausen heraus.

»Hier ist der Haupteingang zum Forschungstunnel. Er ist nicht viel mehr als eine kurze Zugangsröhre. Diese rechteckigen Gebilde sind die Wohnquartiere der Wissenschaftler. Das Labor ist ungefähr anderthalb Kilometer vom Haupteingang entfernt. Sie können auf dieser Seitenansicht erkennen, dass es Treppen gibt, die durch die Tunneldecke auf eine höhere Ebene führen. Und dort befindet sich ein Verbindungsgang, über den man das subglaziale Labor erreichen kann.«

»Wissen wir in etwa, wie viele Leute möglicherweise in der Falle sitzen?«

»Da wären erst einmal drei Mitglieder des wissenschaftlichen Teams. Manchmal, wenn sie das Leben unter der Erde leid sind, treffen wir uns auf ein paar Glas Wein. Dann ist da die Frau von Ihrem Schiff. Ein Wasserflugzeug hat kurz vor dem Unfall ein paar Leute hergebracht, aber ich weiß nicht, wie viele es an Bord hatte, als es vor einer Weile wieder zum Rückflug gestartet ist.«

Austin beugte sich über die Zeichnung, wobei er sich jede Einzelheit merkte. »Angenommen, die Leute unter dem Gletscher haben es bis zum Observatorium geschafft. Die Luft, die in diesem Durchgang eingeschlossen wurde, dürfte das Wasser davon abhalten, bis zum Observatorium vorzudringen.«

»Das trifft zu«, sagte Lessard wenig begeistert.

»Wenn also dort Luft vorhanden ist, könnten sie durchaus noch am Leben sein.«

»Auch das ist richtig, aber ihr Luftvorrat ist begrenzt. Am Ende könnte es dazu kommen, dass die Lebenden die Toten um ihr Schicksal beneiden.«

Austin brauchte nicht eigens auf das furchtbare Schicksal hingewiesen zu werden, das Skye und den anderen blühte. Selbst wenn sie die Flut überlebt hatten, erwartete sie ein langsamer und qualvoller Tod wegen Sauerstoffmangels. Er konzentrierte sich auf die Zeichnung und bemerkte, dass der Haupttunnel noch ein Stück über das Observatorium hinausreichte. »Wo führt der hin?«

»Er verläuft etwa anderthalb Kilometer weiter geradeaus und steigt allmählich zu einem anderen Eingang an.«

»Auch wieder so eine Röhre?«

»Nein. Dort befindet sich eine Öffnung ähnlich dem in einem Hügel oder in einem Berghang angelegten Eingang zu einem Bergwerk.«

»Das möchte ich mir genau ansehen«, verlangte Austin. In seinem Kopf entstand ein Plan. Er basierte auf Mutmaßungen und Wunschdenken, und es wäre eine ganze Portion Glück notwendig, wenn er funktionieren sollte, aber er war alles, was er hatte.

»Der Zugang liegt auf der anderen Seite des Gletschers. Man kommt nur auf dem Luftweg dorthin, aber ich kann Ihnen von hier zeigen, wo genau er sich befindet.«

Minuten später standen sie auf dem Flachdach des Kraftwerks. Lessard deutete zu einer kleinen Schlucht auf der anderen Seite des Gletschers. »Die Tunnelmündung befindet sich in nächster Nähe dieses kleinen Tals.«

Austin folgte dem deutenden Finger mit den Augen, dann blickte er zum Himmel. Ein großer Helikopter näherte sich dem Kraftwerk.

»Gott sei Dank!«, rief Lessard. »Endlich reagiert jemand auf meinen Hilferuf!«

Die beiden Männer rannten nach unten und kamen aus dem Kraftwerksgebäude, während der Helikopter herabsank. Der Lastwagenfahrer und ein anderer Mann, wahrscheinlich die dritte Schicht, wie Austin annahm, waren ebenfalls herausgekommen und verfolgten, wie der Helikopter auf einem Landefeld, ein paar hundert Schritte vom Eingang zum Kraftwerk entfernt, aufsetzte.

Während die Rotorblätter allmählich zum Stillstand kamen, stiegen drei Männer aus dem Hubschrauber. Austin runzelte die Stirn. Das war keine Rettungsmannschaft. Alle drei Männer trugen dunkle Anzüge, die unübersehbar die Aufschrift »mittleres Management« zu tragen schienen.

»Das ist mein Vorgesetzter, Monsieur Drouet. Er kommt eigentlich niemals hierher«, sagte Lessard und schaffte es nicht, das ehrfürchtige Staunen in seiner Stimme zu unterdrücken.

Drouet war ein stattlicher Mann mit einem Hercule-Poirot-Schnurrbart. Er kam eilig herüber und fragte mit anklagendem Unterton: »Was geht hier vor, Lessard?«

Während der Kraftwerkschef die Lage erläuterte, schaute Austin auf die Uhr. Die Zeiger schienen geradezu über das Zifferblatt zu fliegen.

»Welche Auswirkungen hat dieser Vorfall auf die Produktion?«, wollte Drouet wissen.

Austins nur mühsam unter Kontrolle gehaltene Wut explodierte. »Sie sollten sich mehr dafür interessieren, welche Auswirkungen der Vorfall auf die Menschen hat, die in diesem Gletscher gefangen sind.«

»Wer sind Sie?«, fragte der Mann. Er erinnerte Austin an die Raupe auf dem Pilz aus *Alice im Wunderland*.

Lessard intervenierte. »Das ist Mr. Austin von der amerikanischen Regierung.«

»Amerikaner?« Austin glaubte zu hören, wie der Mann geringschätzig schnaubte. »Das Ganze hier geht Sie nichts an«, entschied Drouet.

»Da irren Sie sich, es geht mich sehr wohl etwas an«, erwiderte Austin mit ruhiger Stimme, die seinen Zorn tarnte. »Mein Freund befindet sich in diesem Tunnel.«

Drouet blieb ungerührt. »Ich muss auf Anweisungen von meinem Vorgesetzten warten, nachdem ich ihm Bericht erstattet habe. Sie können mir glauben, dass mir dieser Vorfall auch sehr nahe geht. Ich werde sofort ein Rettungsteam in Marsch setzen lassen.«

»Das ist nicht schnell genug«, sagte Austin. »Wir müssen jetzt, in diesem Moment, etwas unternehmen.«

»Nichtsdestoweniger ist es das Beste, was ich von meiner Seite tun kann. Wenn Sie mich jetzt entschuldigen würden.«

Damit verschwanden er und die anderen Anzugträger im Kraftwerk. Lessard sah Austin an, schüttelte traurig den Kopf und folgte den Männern aus dem Hubschrauber.

Austin versuchte, den Impuls zu unterdrücken, den Bürokraten am Kragen zurückzureißen, als er ein Motorengeräusch hörte und einen Punkt am Himmel entdeckte. Der Punkt wurde größer und größer und entwickelte sich zu einem Hubschrauber, der kleiner war als der zuvor gelandete. Er zischte über den See hinweg, umkreiste einmal das Kraftwerk, dann setzte er dicht neben dem anderen Hubschrauber in einer Staubwolke auf.

Noch bevor die Rotoren stoppten, sprang ein schlanker, dunkelhäutiger Mann heraus und winkte Austin zu. Joe Zavala kam mit lockerem Schritt und einem leichten athletischen Wiegen in den Schultern auf ihn zu. Der entspannte Gang war ein Überbleibsel aus seiner Zeit als Boxer, als er als Profi im Mittelgewicht angetreten war, um sich die Studiengebühren für das College zu verdienen. Sein attraktives, nicht durch Kampfspuren entstelltes Gesicht zeugte von seinem Erfolg, den er seinerzeit im Ring gehabt hatte.

Der gesellige, stets freundliche Zavala war von Admiral Sandecker rekrutiert worden, sobald er seine Abschlussprüfung am New York Maritime College abgelegt hatte. Er war ein unschätzbar wertvolles Mitglied des Spezialteams und hatte zusammen mit Austin bisher zahlreiche Jobs erledigt. Er verfügte über ein unerreichtes technisches Verständnis und war ein hervorragender Pilot mit tausenden von Flugstunden in Helikoptern, Minijets und Turbopropmaschinen.

Sieben Tage zuvor waren sie gemeinsam nach Frankreich gereist. Während Austin gleich in die Alpen weitergeflogen war, um sich auf der *Mummichug* zu melden, hatte Joe in Paris einen Zwischenstopp eingelegt. Als Experte für die Konstruktion und den

Bau von Unterwasserfahrzeugen war er gebeten worden, an einer Podiumsdiskussion über die Vor- und Nachteile von bemannten und unbemannten Tauchbooten teilzunehmen. Gesponsert wurde diese Veranstaltung von IFREMER, dem French Institute of Marine Research and Exploration.

Austin hatte Zavala über sein Mobiltelefon angerufen, nachdem er von dem Tunnelunfall erfahren hatte. »Tut mir Leid, deinen Ausflug so unsanft unterbrochen zu haben«, hatte er sich entschuldigt.

»Du hast mehr als nur das unterbrochen. Ich habe ein Mitglied der Nationalversammlung kennen gelernt, das mir die Stadt gezeigt hat.«

»Wie heißt er?«

»*Ihr* Name lautet Denise. Nach einer Rundfahrt durch Paris beschlossen wir, einen Ausflug in die Berge zu machen, wo die junge Dame ein Chalet besitzt. Ich bin zurzeit in Chamonix.«

Austin war über Zavalas Story ganz und gar nicht überrascht. Mit seinen gefühlvollen Augen und dem glatt zurückgekämmten, kräftigen schwarzen Haar stellte Joe eine jüngere Version des Schauspielers Ricardo Montalban dar. Die Kombination von gutem Aussehen, gut gelauntem Charme und hoher Intelligenz machte ihn zu einem Objekt der Begierde für zahlreiche der ledigen Frauen in und um Washington, und nicht nur dort. Manchmal erwies sich eine solche Situation als große Ablenkung, vor allem wenn er sich auf einer Mission befand, aber in diesem Fall war es ein Geschenk Gottes. Chamonix war nur ein paar Kilometer Luftlinie entfernt.

»Sogar noch besser. Ich brauche deine Hilfe.«

Zavala konnte dem Klang der Stimme seines Freundes entnehmen, dass die Situation ernst war. »Ich bin schon unterwegs«, sagte Zavala.

Sie schüttelten sich die Hand, und Austin entschuldigte sich erneut dafür, dass er dem Liebesleben seines Freundes einen Dämpfer verpasst hatte. Der Anflug eines Lächelns erschien auf Zavalas Lippen.

»Kein Problem, mein Freund. Denise ist ebenfalls im öffentlichen Dienst tätig und hatte volles Verständnis für mich, als ich meinte, dass die Pflicht rufe.« Er blickte zum Helikopter. »Sie hat auch dafür gesorgt, dass mir die richtigen Verkehrsmittel zur Verfügung stehen.«

»Ich bin deiner kleinen Freundin mindestens eine Flasche Champagner und ein paar Blumen schuldig.«

»Ich wusste schon immer, dass du tief in deinem Herzen ein echter Romantiker bist.« Zavala schaute sich um und sagte: »Eine wunderschöne Umgebung, auch wenn sie ein wenig trist ist. Was liegt an?«

Austin steuerte auf den Helikopter zu. »Ich setze dich unterwegs ins Bild.«

Sekunden später waren sie schon in der Luft. Während sie über den Gletscher hinwegflogen, lieferte Austin seinem Freund eine Kurzversion der Ereignisse.

»Ein ganz schöner Schlamassel«, sagte Zavala, nachdem er sich die Geschichte angehört hatte. »Das mit deiner Freundin tut mir Leid. Skye scheint jemand zu sein, den ich sehr gerne kennen lernen würde.«

»Ich hoffe, du wirst das Vergnügen bald haben«, sagte Austin, obgleich er wusste, dass die Chancen sehr schlecht standen und mit jeder Minute, die verstrich, immer schlechter wurden.

Er dirigierte Zavala zu dem Tal, das Lessard ihm vom Dach des Kraftwerks aus gezeigt hatte. Zavala landete auf einem winzigen Flecken, der halbwegs eben war. Sie holten eine Taschenlampe aus dem Notfall-Kit des Helikopters und stiegen einen Abhang hinauf. Die feuchte Kälte, die der Gletscher ausstrahlte, drang durch ihre dicken Jacken. Eine Betonverschalung umgab den Tunneleingang. Der Bereich vor der Öffnung war ausgewaschen, und Dutzende von kleinen Rinnen zogen sich den Abhang hinunter. Sie traten in den Tunnel, der etwa die gleichen Maße hatte wie die anderen, die Austin bereits hinter dem Kraftwerk gesehen hatte. Der abfallende Tunnelboden war nass, und nachdem sie ein paar Schritte gegangen waren, schwappte Wasser um ihre Füße.

»Nicht gerade der Liebestunnel, nicht wahr?«, stellte Zavala fest und starrte in die Dunkelheit.

»So stelle ich mir den Totenfluss Styx vor.« Austin betrachtete einen Moment lang das schwarze Wasser, dann schien ein Ruck durch seinen Körper zu gehen. »Lass uns zum Kraftwerk zurückkehren.«

Drouet und seine Begleiter tauchten aus dem Kraftwerksgebäude auf, nachdem Zavalas Hubschrauber gelandet war. Drouet kam eilig herüber, um Austin endlich in aller Form zu begrüßen.

»Ich muss mich für mein Verhalten vorhin entschuldigen«, sagte er. »Da war ich über die schreckliche Lage noch nicht vollständig informiert. Mittlerweile habe ich mit meinen Vorgesetzten und mit der amerikanischen Botschaft gesprochen und einiges über Sie und NUMA erfahren, Monsieur Austin. Ich hatte keine Ahnung, dass auch französische Staatsbürger unter dem Eis eingeschlossen sind.«

»Würde ihre Nationalität etwa einen Unterschied machen?«

»Nein, natürlich nicht. Das wäre unentschuldbar. Aber es wird Sie freuen zu hören, dass ich Hilfe angefordert habe. Ein Rettungsteam ist unterwegs.«

»Das ist ja schon mal ein Anfang. Wie lange werden Ihre Leute bis hierher brauchen?«

Drouet zögerte, weil er genau wusste, dass die Antwort wenig erfreulich war. »Drei bis vier Stunden.«

»Ihnen dürfte klar sein, dass es dann zu spät ist.«

Drouet rang verzweifelt die Hände. Es war offensichtlich, dass er sich keinen Rat wusste. »Zumindest können wir die Leichen bergen. Das ist das Beste, was ich in dieser Situation anbieten kann.«

»Aber es ist nicht das Beste, was *ich* tun kann, Monsieur Drouet. Wir werden versuchen, sie lebend dort herauszuholen, aber dazu brauche ich Ihre Hilfe.«

»Das ist nicht Ihr Ernst! Diese armen Menschen sind unter zweihundertfünfzig Metern Eis eingeschlossen!« Drouet sah die stumme

Entschlossenheit in Austins Miene und runzelte die Stirn. »Na schön. Wir werden uns ein Bein ausreißen, um alles heranzuschaffen, was Sie brauchen. Sagen Sie mir, was ich tun muss.«

Austin war angenehm überrascht, erfahren zu dürfen, dass Drouets gemütlich wirkendes Äußeres einen stählernen Kern umschloss.

»Danke für Ihr Angebot. Zuerst einmal möchte ich mir Ihren Helikopter mitsamt Piloten ausborgen.«

»Klar, natürlich, aber ich sehe, dass auch Ihr Freund einen Helikopter hat.«

»Ich brauche einen stärkeren.«

»Ich verstehe nicht. Diese unglücklichen Menschen sind in der Erde gefangen, nicht in der Luft.«

»Trotzdem.« Austins strenger Blick machte Drouet klar, dass er keine Zeit mehr vergeuden wollte.

Drouet nickte heftig. »Okay. Sie haben meine volle Unterstützung.«

Während Drouet sich entfernte, um mit seinem Piloten zu reden, setzte Austin sich über das tragbare Funkgerät mit dem Kapitän des NUMA-Schiffs in Verbindung und entwickelte in einigen Minuten seinen Plan. Fortier hörte aufmerksam zu.

»Ich werde mich sofort darum kümmern«, versprach er.

Austin bedankte sich, warf einen Blick auf den Gletscher und versuchte den Gegner einzuschätzen, mit dem er sich gleich anlegen würde. In seinem Plan war kein Platz für Selbstzweifel. Er wusste, dass Pläne schief gehen konnten, und hatte am ganzen Körper genug Narben, um diese Tatsache zu beweisen. Er wusste aber auch, dass Probleme gelöst werden konnten. Mit ein wenig Glück würde sein Plan klappen. Was er jedoch nicht wusste, war, ob Skye noch unter den Lebenden weilte.

# 8

Und *wie* Skye unter den Lebenden weilte. Renaud, der ihre ganze Wut zu spüren bekam, konnte das nur bestätigen. Nachdem Renaud eine seiner unsäglich banalen Bemerkungen gemacht hatte, hatte Skye nicht mehr an sich halten können. Sie hatte sich regelrecht auf den unseligen Franzosen gestürzt und ihn, die Augen voll Tränen der Wut, aufs Übelste beschimpft, weil er ihr die größte Entdeckung ihres Lebens ruiniert hatte. Renaud brachte irgendwann immerhin den Mut auf, halbherzig zu protestieren. Zu diesem Zeitpunkt hatte Skye sowohl ihr Repertoire an französischen Flüchen erschöpft und auch keine Luft mehr. Also hatte sie ihn mit einem drohenden Blick und einem sorgfältig ausgewählten Wort zum Schweigen gebracht.

»*Idiot!*«

Renaud versuchte, an ihr Mitgefühl zu appellieren. »Sehen Sie denn nicht, dass ich verletzt bin?« Er hielt seine misshandelte und blutende Hand hoch.

»Das ist Ihre eigene Schuld«, sagte sie kühl. »Wie in Gottes Namen konnten Sie nur zulassen, dass jemand mit einer Waffe hierher kommt?«

»Ich dachte, er wäre ein Reporter.«

»Sie haben das Gehirn einer Amöbe. Amöben denken nicht. Sie triefen nur vor sich hin.«

»Mademoiselle, ich bitte Sie«, schaltete LeBlanc sich ein. »Wir haben nur einen begrenzten Luftvorrat zum Atmen. Also schonen Sie Ihre Kräfte.«

»Wofür soll ich sie schonen?« Sie deutete zur Decke. »Vielleicht ist es Ihrer Aufmerksamkeit entgangen, aber wir hängen unter einem sehr großen Gletscher fest.«

LeBlanc legte einen Finger auf die Lippen.

Skye ließ den Blick über die frierenden und ängstlichen Gesichter schweifen und erkannte, dass sie die Lage für ihre Leidensgenossen nur noch schlimmer machte. Sie begriff außerdem, dass ihre Attacke gegen Renaud nur eine Folge ihrer eigenen Angst und Enttäuschung war. Sie entschuldigte sich bei LeBlanc und presste die Lippen zusammen, doch vorher murmelte sie noch: »Er ist wirklich ein Idiot.«

Dann ging sie zu Rawlins hinüber und nahm neben ihm Platz. Der Journalist saß auf dem Boden, lehnte mit dem Rücken an der

Wand und schrieb in sein Notizbuch. Er hatte eine Plastikfolie zusammengefaltet und benutzte sie, um seinem Gesäß einen direkten Kontakt mit dem nassen Untergrund zu ersparen. Sie drängte sich Wärme suchend an ihn und murmelte: »Entschuldigen Sie, dass ich so direkt bin, aber ich friere.«

Rawlins blinzelte überrascht, legte das Notizbuch beiseite und dann galant einen Arm um ihre Schultern.

»Vor ein paar Minuten haben Sie aber noch ziemlich gekocht«, sagte er.

»Tut mir Leid, dass ich die Kontrolle verloren habe«, murmelte sie.

»Ich nehme es Ihnen nicht übel, aber versuchen Sie, dem Ganzen etwas Positives abzugewinnen. Zumindest haben wir noch Licht.«

Das Wasser hatte offenbar die Stromleitungen, die an der Tunneldecke verliefen, noch nicht in Mitleidenschaft gezogen. Obgleich die Lampen einige Male geflackert hatten, stand noch immer elektrischer Strom zur Verfügung. Die nassen und erschöpften Überlebenden befanden sich in einem Tunnelabschnitt, der zwischen der Eishöhle und der Treppe verlief.

Trotz seiner optimistischen Einschätzung wusste Rawlins ganz genau, dass ihre Zeit knapp wurde. Er und die anderen hatten zunehmend Schwierigkeiten beim Atmen. Er versuchte, an etwas anderes zu denken.

»Was war denn diese wissenschaftliche Entdeckung, die Sie vorhin erwähnt haben?«, wollte er von Skye wissen.

Ein verträumter Ausdruck lag plötzlich in ihren Augen. »Ich habe auf dem Grund des Sees ein uraltes Grabmal gefunden. Ich glaube, es könnte etwas mit der Bernsteinstraße zu tun haben, was bedeutet, dass die Handelsverbindungen zwischen Europa und den Mittelmeerländern viel weiter zurückreichen, als bisher angenommen wurde. Vielleicht sogar bis in minoische oder mykenische Zeiten.«

Rawlins stöhnte.

»Sind Sie okay?«, fragte Skye.

»Ja, mir geht's gut. Verdammt noch mal, ich bin nur hergekommen, um eine Story über das subglaziale Observatorium zu schreiben. Dann haben sie diese Leiche im Eis gefunden, was eine zusätzliche Sensationsmeldung gewesen wäre. Dann bedroht ein Gauner, der sich als Reporter ausgab, Ihren Freund Renaud mit einer Pistole und flutet den Tunnel. Donnerwetter! Meine Storys wären mir überall auf der Welt aus den Händen gerissen worden. Ich wäre der nächste Jon Krakauer geworden. Verleger hätten mir mit Buchaufträgen die Türen eingerannt. Und da erzählen Sie mir etwas über minoische Kaufleute.«

»Ich weiß nicht, ob es ein minoisches Grab ist«, sagte Skye und versuchte ihn ein wenig zu trösten. »Ich kann mich täuschen.«

Er schüttelte traurig den Kopf.

Der Fernsehreporter, der ihre Unterhaltung verfolgt hatte, mischte sich ein. »Ich kann verstehen, dass Sie sich ärgern, aber versetzen Sie sich mal in meine Lage. Ich habe ein Video von der Leiche und von dem Franzosen, der eins mit der Pistole abgekriegt hat.«

Der andere Reporter schlug mit der Hand auf sein Tonbandgerät. »Ja, und ich habe alle Stimmen auf Band.«

Rawlins betrachtete den Wasserschlauch, der sich an ihren Füßen vorbeischlängelte. »Ich überlege gerade, ob wir den Wasserjet benutzen können, um einen Tunnel durch den Gletscher zu schmelzen.«

Thurston, der direkt neben Rawlins saß, lachte verhalten und meinte: »Zu dieser Möglichkeit habe ich bereits einige Berechnungen angestellt. Wir würden circa drei Monate brauchen, wenn wir ununterbrochen arbeiteten.«

»Haben wir dann wenigstens sonntags und an den Feiertagen frei?«, fragte Rawlins.

Alle außer Renaud lachten.

Rawlins' seltsamer Humor erinnerte Skye an Austin. Wie lange war es her, seit sie das Schiff verlassen hatte? Sie blickte auf die Uhr und begriff, dass seitdem nur ein paar Stunden verstrichen waren. Sie hatte sich auf ihre Verabredung gefreut. Sie war regelrecht verzaubert von seinem markanten Gesicht, von dem hellen, fast weißen Haar, aber das war ein Gefühl, das über rein physische Anziehungskraft hinausging. Er war interessant, ein Paradebeispiel für Gegensätze. Austin hatte einen schlagfertigen Humor, und er konnte liebenswürdig und sanft sein, doch hinter dem Zwinkern in diesen blauen Augen erahnte sie eine diamantene Härte. Und dann waren da natürlich noch diese prachtvollen Schultern. Es hätte sie nicht überrascht, wenn er zu Fuß auf dem Meeresboden umherwandern könnte.

Ihr Blick wechselte zu Renaud, der am unteren Ende der Attraktivitätsskala rangierte. Er saß auf der anderen Seite des Tunnels und beschäftigte sich mit seiner geschwollenen Hand. Sie sagte sich, dass das Schlimmste an dieser ganzen Affäre die Tatsache war, mit einem Ungeziefer wie Renaud eingeschlossen zu sein. Der Gedanke verursachte ihr Depressionen, daher stand sie auf und ging zu der Treppe, die in den Haupttunnel hinunterführte. Schwarzes Wasser umspülte die obersten Stufen. Keine Chance zur Flucht. Das deprimierte sie noch mehr. Auf der Suche nach Ablenkung watete sie durch Wasserpfützen und stieg die Leiter zur Eishöhle hinauf.

Der Gletscher hatte bereits begonnen, verlorenes Terrain zurückzugewinnen. Neues Eis hatte sich an Stellen gebildet, wo vorher noch nichts gewesen war. Die Eisschicht war dicker geworden, und der Körper war in seinem Grab nicht mehr zu sehen. Der Helm befand sich noch immer in seinem Behälter. Sie hob ihn hoch und hielt ihn unter eine Lampe, sodass sie die Verzierungen betrachten konnte. Sie waren ineinander verschlungen und mit großer Kunstfertigkeit ausgeführt. Es war das Werk eines Könners. Wenn sie das Muster eingehend betrachtete, dann kam es ihr so vor, als hätte es nicht nur einen dekorativen Charakter. Es lag ein Rhythmus darin, als erzählte es eine Geschichte. Das Metall schien ein eigenes Leben zu haben. Sie bändigte ihre abschweifenden Gedanken. Der Luftmangel sorgte offensichtlich dafür, dass sie sich irgendwelche Dinge einbildete. Wenn sie mehr Zeit hätte, würde sie wahrscheinlich hinter das Rätsel kommen. Dieser verdammte Renaud.

Sie trug den Helm zurück in den Tunnel. Der Spaziergang in der dünnen Luft hatte sie erschöpft. Sie fand eine geeignete Stelle vor der Wand, stellte den Helm neben sich und setzte sich. Die Unterhaltung der anderen war verstummt. Sie konnte beobachten, wie mühsam sie in der schalen Luft atmeten. Sie ertappte sich dabei, dass sie sich genauso verhielt, dass sie nach Luft rang wie ein Fisch auf dem Trockenen, aber die Forderung ihrer Lunge nicht befriedigen konnte. Ihr Kinn sackte herab, und sie schlief ein.

Als sie erwachte, waren die Lampen schließlich doch erloschen. So, sagte sie sich, dann werden wir also doch im Dunkeln sterben. Sie wollte sich bei den anderen bemerkbar machen, wollte ihnen ein Lebewohl zurufen, doch dazu hatte sie nicht mehr die Kraft. Abermals schlief sie ein.

## 9

Austin schnallte den letzten wasserdichten Gerätesack auf das flache Deck hinter der Cockpitkuppel des SEAmobile und trat zurück, um sein Werk zu begutachten. Das Vehikel sah aus wie ein mechanischer Packesel, nicht wie ein Hightech-Tauchboot, doch diese notdürftige Vorrichtung musste ausreichen. Da er keine Ahnung hatte, wie viele Personen unter dem Gletscher eingeschlossen waren, hatte er alles an Tauchausrüstung und Reservegeräten, das er finden konnte, zusammengetragen und hoffte einfach, dass es ausreichte.

Austin gab François das Okay-Zeichen. Der Beobachter der Regierung hatte sich mit seinem tragbaren Funkgerät zur Verfügung gehalten und sich als Verbindungsmann und Dolmetscher zwischen dem Schiff und dem Hubschrauber bewährt. François erwiderte die Geste und sprach in sein Funkgerät. Der Pilot des französischen Helikopters wartete auf das Startsignal.

Innerhalb weniger Minuten hob der Helikopter vom Strand ab. Er flog hinaus zum NUMA-Schiff, über dem er in der Luft verharrte und ein Kabel aufs Deck hinunterließ. Austin zog den Kopf zum Schutz vor dem heftigen Wind ein, den die Rotorflügel erzeugten, packte den Haken am Ende des Kabels und befestigte ihn an einem Vier-Punkt-Gurtsystem. Er und die Mannschaft hatten den Trailer und das Tauchboot bereits gesichert, sodass die Ladung in einem Stück angehoben werden konnte.

Er gab dem Piloten mit dem Daumen ein Zeichen. Das Kabel spannte sich; der Helikopter stieg ein wenig hoch und hing in der Luft, während die Rotorflügel die Luft peitschten. Trotz des ohrenbetäubenden Lärms hoben sich das Tauchboot und der Trailer nur ein paar Zentimeter vom Deck. Das Gesamtgewicht von Tauchboot, Trailer und Ladung überstieg die Tragfähigkeit des Helikopters. Austin gab dem Hubschrauberpiloten ein Zeichen, seinen Versuch abzubrechen. Das Seil wurde schlaff, und die Ladung fiel mit einem dumpfen Laut zurück aufs Deck.

Austin deutete auf den Helikopter und brüllte in François' Ohr: »Sagen Sie ihnen, sie sollen bleiben, wo sie sind, bis ich mir etwas überlegt habe.«

Während François dolmetschte, schnappte Austin sich sein eigenes Funkgerät und rief Zavala, dessen Helikopter in größerer Höhe über dem Schiff kreiste.

»Wir haben ein Problem«, meldete Austin.

»Das sehe ich. Ich wünschte, dieser Heli wäre ein Himmelskran«, sagte Zavala und dachte an die großen Industriehubschrauber, die dafür konstruiert waren, große Lasten zu transportieren.

»Wahrscheinlich brauchen wir keinen.« Austin erklärte ihm, was er sich überlegt hatte.

Zavala lachte. »Ehe ich dich kennen gelernt habe, muss mein Leben ziemlich langweilig gewesen sein.«

»Und? Was meinst du dazu?«

»Eine kitzelige Sache«, antwortete Zavala. »Verdammt gefährlich. Tollkühn. Aber machbar.«

Austin hatte hinsichtlich des fliegerischen Könnens seines Partners nie die geringsten Zweifel gehabt. Zavala hatte tausende von Flugstunden in Helikoptern, kleinen Düsenjets und Turbopropmaschinen hinter sich. Es waren die Unwägbarkeiten, die unerwarteten Probleme, die ihn störten. Ein Drehen des Windes, menschliche Unaufmerksamkeit oder ein technisches Versagen konnte ein sorgfältig kalkuliertes Risiko zur Katastrophe werden lassen. In diesem Fall könnte die Ursache ein sprachliches Missverständnis sein. Er musste dafür sorgen, dass die Anweisungen klar und deutlich ausfielen und entsprechend zuverlässig übermittelt wurden.

Er nahm François beiseite und erklärte ihm, was der französische Pilot tun sollte. Dann ließ er sich die Instruktionen wiederholen. François nickte. Er sprach in sein Funkgerät, und der französische Helikopter schwebte ein Stück zur Seite, sodass die Tragleine schräg in der Luft hing.

Zavalas Hubschrauber kam herunter und ließ eine Leine fallen, die Austin schnell mit dem Gurtsystem verband. Er überprüfte die Positionen der Helikopter und vergewisserte sich, dass der Abstand zwischen den Maschinen groß genug war. Sie würden durch das Gewicht, das sie anhoben, aufeinander zugezogen, und er wollte nicht, dass ihre Rotoren einander berührten.

Erneut gab Austin das Zeichen zum Anheben. Die Rotoren veranstalteten ein ohrenbetäubendes Konzert, und diesmal schienen das Tauchboot und der Trailer regelrecht in den Himmel zu springen. Ein Meter, zwei Meter. Die Piloten wussten, dass die Helikopter unterschiedlich groß und unterschiedlich leistungsfähig waren, und glichen dieses Missverhältnis mit erstaunlichem Geschick aus.

Sie stiegen in Zeitlupentempo mit der Last zwischen ihnen hoch, bis sie ungefähr siebzig Meter über dem See schwebten, dann flogen sie zum Land, wo sie schon bald vor dem dunklen Fels der Berge nicht mehr zu erkennen waren. Zavala begleitete den Flug mit einem ständigen Kommentar über das Funkgerät. Dabei musste er seine Reportage einige Male unterbrechen, um seine Position zu korrigieren.

Austin wagte kaum zu atmen, bis er Zavalas lakonische Meldung hörte: »Die Adler sind gelandet.«

Austin und ein paar Männer der Schiffsbesatzung sprangen in ein kleines Boot und standen schon am Ufer bereit, als die beiden Helikopter zurückkamen und am Ufer landeten. Austin stieg in Zavalas Maschine, und der französische Helikopter nahm die Männer von der *Mummichug* auf.

Minuten später landeten sie in der Nähe des hellgelben SEA-mobile, das auf seinem Trailer vor dem Tunneleingang wartete. Austin beaufsichtigte die Mannschaft, während diese die Ladung des Tauchboots befestigte. Dann wurde der Trailer rückwärts in den Tunnel bis zum Wasser geschoben. Die Räder des Trailers wurden mit Bremsklötzen gesichert, während Austin den Tunnel verließ, um sich mit Lessard zu beraten. Auf Austins Bitte hatte der Kraftwerkschef eine weitere Blaupause mitgebracht. Er breitete sie auf einem glatten Felsen aus.

»Dies sind die Aluminiumstützen, von denen ich Ihnen erzählt habe. Sie finden sie nach ein paar hundert Fuß innerhalb des Tunnels. Jeweils drei stehen in einer Reihe, und der Abstand von Dreiergruppe zu Dreiergruppe beträgt ungefähr zehn Meter.«

»Das Tauchboot ist weniger als zweieinhalb Meter breit«, sagte Austin. »Ich habe mir ausgerechnet, dass ich jeweils nur eine Stütze pro Dreiergruppe kappen muss, um mich hindurchzuschlängeln.«

»Ich empfehle Ihnen, unterschiedliche Stützen wegzunehmen. Mit anderen Worten: Legen Sie nicht immer die gleiche Stütze von jeder Gruppe um. Wie Sie aus dieser Zeichnung ersehen können, ist die Decke des Tunnels an dieser Stelle am dünnsten. Vergessen Sie nicht, dass trotzdem hunderte Tonnen Eis und Gestein auf dem Tunnel lasten.«

»Das habe ich bei meiner Berechnung berücksichtigt.«

Lessard schaute Austin beschwörend an. »Ich habe mit Paris gesprochen, nachdem Sie Ihren Plan präsentiert haben, und mich mit einem Freund bei der staatlichen Kraftwerksgesellschaft unterhalten. Er sagte, dieses Ende des Tunnels wurde so angelegt, dass die Laborwagen an Ort und Stelle geschoben werden konnten. Das Ende wurde jedoch als Hauptzugang gesperrt, weil im

Laufe der Zeit die Gefahr zunahm, dass die Decke einbrechen könnte. Die Stützen wurden eingesetzt, um den Tunnel als Ventilationsschacht offen zu halten. Und das dort macht mir Sorgen«, sagte er und deutete zur Oberseite des Tunnels auf der Zeichnung. »Dort befindet sich ein großes, instabiles Wasserreservoir. Weil es schon so spät im Jahr ist, dürfte es voller sein als üblich. Wenn das Stützsystem geschwächt wird, könnte auf einen Schlag die ganze Tunneldecke herunterkommen.«

»Es ist das Risiko wert«, sagte Austin.

»Aber haben Sie auch die Möglichkeit bedacht, dass Sie Ihr Leben umsonst aufs Spiel setzen könnten und die Leute da unten längst tot sind?«

Austin lächelte grimmig. »Das wissen wir nicht, ehe wir uns da unten nicht umgesehen haben, stimmt's?«

Lessard musterte Austin mit einem Ausdruck der Bewunderung. Der Amerikaner mit seinem weißen Haar und den faszinierenden blauen Augen war entweder völlig verrückt oder hatte unendliches Vertrauen in seine Fähigkeiten. »Sie müssen für diese Frau sehr viel übrig haben.«

»Ich habe sie erst vor ein paar Tagen kennen gelernt, aber wir haben eine Verabredung zum Abendessen in Paris, und die möchte ich gerne einhalten.«

Lessard reagierte darauf mit einem Achselzucken. Galanterie war etwas, wofür ein Franzose immer Verständnis hatte. »Die ersten Wochen sind eine Zeit größter Anziehungskraft zwischen einem Mann und einer Frau, ehe sie einander besser kennen lernen. Nun, *bonne chance, mon ami.* Wie ich sehe, möchte Ihr Freund etwas von Ihnen.«

Austin bedankte sich bei Lessard für seine Ratschläge und ging zu Zavala hinüber, der vor dem Tunneleingang stand.

»Ich habe mir mal die Steuerung des Tauchboots angesehen. Ziemlich simpel das Ganze«, sagte Zavala.

»Ich wusste, dass du damit keine Probleme haben würdest.« Austin schaute sich ein letztes Mal um. »Es wird Zeit, *vamos, amigo.*«

Zavala lächelte säuerlich. »Du hast wohl zu viele Wiederholungen von Cisco Kid gesehen, oder?«

Austin schlüpfte in einen einteiligen isolierten Taucheranzug. Darin sah er aus wie eine zweibeinige neonfarbene Plastikente. Während er als Erster den Tunnel betrat, setzte er einen Helm auf, der eine Unterwasser-Gegensprechanlage enthielt. Zavala half ihm, die Pressluftflasche und einen Bleigürtel anzulegen, dann reichte er ihm eine Hand, damit er aufs Heck des Tauchbootes klettern konnte.

Er hockte sich hinter die Cockpitkuppel und benutzte die Gerätesäcke als Sitzgelegenheit, um die Schwimmflossen über die Füße zu ziehen. Ein Mann von der *Mummichug* reichte ein leichtes Unterwasser-Schweißgerät mitsamt Sauerstofftank nach oben. Austin sicherte beides mit einem Gummiseil auf dem Tauchbootdeck. Zavala schlängelte sich in die Kabine und gab Austin durch ein Zeichen zu verstehen, dass er bereit war.

»Kann's losgehen?«, fragte Austin, indem er seine Gegensprechanlage testete.

»Klar, aber ich komme mir vor wie eine Sardine auf Vergnügungsfahrt.«

»Du kannst ja jederzeit mit mir den Platz tauschen, lieber Freund.«

Zavala lachte glucksend. »Vielen Dank, aber ich verzichte auf dieses großzügige Angebot. Dort, wo du gerade hockst, passt du viel besser hin, Tex.«

Austin klopfte gegen die Plexiglaskuppel. Er war bereit.

Die Männer der Schiffsbesatzung hoben die Deichsel des Trailers und ließen diesen langsam ins Wasser rollen. Dabei kontrollierten sie das Tempo mithilfe zweier Seile, bis die Räder vom Wasser überspült wurden. Sobald das Vehikel im Wasser zu treiben begann, zog die Crew an den Startleinen und schob das Vehikel gleichzeitig vorwärts. Das SEAmobile löste sich vom Trailer, und die Motoren erwachten zum Leben.

Zavala benutzte die Lateralschrauben am Heck, um das SEAmobile um 180 Grad zu drehen, damit es mit dem Bug voran in den Tunnel vordrang. Er lenkte das Vehikel weiter, bis das Wasser tief genug war, dass es tauchen konnte. Indem er behutsam die Vertikalschrauben einsetzte, drückte er das Boot nach unten, bis der Rumpf sich vollständig unter Wasser befand. Die Heckschraube summte erneut, das Tauchboot schob sich vorwärts, sank tiefer, und das Wasser spülte über Austin und die Plexiglaskuppel hinweg.

Das Licht der vier Halogenstrahler im vorderen Teil des Bootes wurde von den orangefarbenen Wänden und von der Decke reflektiert, sodass das Wasser einen bräunlichen Farbton annahm.

Zavalas Stimme erklang in Austins Kopfhörer.

»Das ist fast so, als tauchte man in einen Eimer voll Schokomaulwurfsoße.«

»Ich werde das nächste Mal, wenn ich in einem mexikanischen Restaurant esse, daran denken. Ich hatte ein viel poetischeres Bild à la Dante vor Augen. Ich dachte an einen Abstieg in den Hades.«

»Wenigstens ist es im Hades warm und trocken. Wie weit sind die ersten Stützen noch entfernt?«

Austin starrte in die Dunkelheit und glaubte ein mattes metallisches Schimmern erkennen zu können. Er richtete sich auf, lehnte sich gegen die Kuppel und hielt sich an den D-förmigen Schutzbügeln fest, die die Kabine seitlich abschirmten.

»Ich glaube, sie kommen gleich.«

Zavala bremste das Tauchboot dicht vor dem ersten Dreiersatz Aluminiumstützen ab, jede etwa fünfzehn Zentimeter dick, die den Weg versperrten. Bewaffnet mit Schweißgerät und Sauerstoffflasche schwamm Austin zum Fuß der mittleren Stütze. Er entzündete das Schweißgerät, und die grelle blaue Flamme schnitt sauber dicht über dem Fuß durch das Metall. Am oberen Ende der Stütze brachte er einen zweiten Schnitt an und rief schließlich: »Achtung! Baum fällt!« Gleichzeitig hebelte er die mittlere Stütze aus dem Weg. Er gab Zavala ein Zeichen, ihm zu folgen, und bugsierte ihn mit Handzeichen durch die Lücke ähnlich einem Flughafenangestellten, der eine Maschine an den Flugsteig herandirigiert. Dann begab er sich zum nächsten Dreiersatz Stützen.

Während er schwamm, schickte er einen wachsamen Blick nach oben und versuchte, nicht an die tausende von Tonnen Wasser und Eis zu denken, die auf der dünnen Tunneldecke lasteten. Indem er Lessards Ratschlag befolgte, schnitt er die rechte Stütze der zweiten Dreiergruppe heraus. Zavala lenkte sein Fahrzeug hindurch. Danach kappte Austin erneut eine Mittelstütze, danach eine linke. Dann fing er wieder von vorne an.

Alles lief glatt. Nicht lange, und zwölf Stützen lagen auf dem Tunnelboden. Austin nahm wieder seinen Platz auf dem Heck des Tauchboots ein und riet Zavala, das Vehikel auf seine zweieinhalb Knoten Höchstgeschwindigkeit zu beschleunigen. Obgleich sie zügig vorankamen, vermittelten die Dunkelheit und die bedrückende Nähe der Tunnelwände Austin den Eindruck, als säßen sie auf Neptuns Wagen und wären unterwegs in den Abgrund.

Da er im Augenblick nichts zu tun hatte, beschäftigten seine Gedanken sich mit der schwierigen Aufgabe, die noch vor ihm lag. Lessards Worte hallten in seinen Ohren wider. Der Franzose hatte Recht, was die Anziehung zwischen Mann und Frau betraf. Er konnte genauso damit Recht haben, dass alle im Tunnel Eingesperrten längst tot waren.

Bei Tageslicht war es viel einfacher gewesen, optimistisch zu sein. Aber während sie in die Finsternis hinabtauchten, wurde ihm auch klar, dass dieser Rettungsversuch vergeblich sein konnte. Er musste ehrlicherweise zugeben: Es bestand nur eine geringe Chance, dass jemand an diesem schrecklichen Ort längere Zeit überleben konnte. Widerstrebend wappnete er sich gegen das Schlimmste.

## 10

In ihrem Traum aß Skye mit Austin in einem Pariser Bistro in der Nähe des Eiffelturms zu Abend, und er sagte: »Wachen Sie auf«, und sie antwortete ziemlich ungehalten: »Ich schlafe nicht.«

*Wachen Sie auf, Skye.*

Schon wieder Austin. Ein unangenehmer Mensch.

Dann langte Austin quer über den Tisch, an Wein und Paté vorbei, schlug ihr sanft auf die Wange, und sie wurde zornig. Sie öffnete den Mund. »Stopp!«

»Das ist schon besser«, sagte Austin.

Ihre Augenlider klappten auf wie ein Paar defekter Fensterläden, und sie wandte das Gesicht von dem grellen Licht ab. Das Licht wanderte zur Seite, und sie sah Austins Gesicht. Seine Miene war besorgt. Er drückte sanft gegen ihre Wangen, bis sie den Mund öffnete, dann spürte sie das harte Plastikmundstück eines Atemventils zwischen ihren Zähnen.

Luft strömte in ihre Lunge, belebte sie, und sie sah, dass Austin neben ihr kniete. Er trug einen orangefarbenen Taucheranzug und eine seltsame Kopfbedeckung. Er nahm ihre Hand und legte ihre Finger behutsam um eine kleine Pressluftflasche, die das Regelventil speiste.

Er nahm seinen eigenen Regulator aus dem Mund.

»Können Sie für eine Minute wach bleiben?«, fragte er.

Sie nickte.

»Gehen Sie nicht weg. Ich bin gleich zurück.«

Dann stand er auf und ging zur Treppe. In dem kurzen Moment, ehe er sich mit seiner Taucherlampe ins Wasser gleiten ließ, sah sie die anderen, die mit ihr eingeschlossen waren. Sie alle sahen aus wie Säufer, die in einer Gasse ihren Rausch ausschliefen.

Sekunden später begann das Wasser um die Treppe seltsam zu leuchten, und Austin tauchte wieder auf, diesmal mit einem Seil, das er sich um eine Schulter geschlungen hatte. Er stemmte die Füße gegen den Boden und zog an dem Strick wie ein Wolgaschiffer. Der Boden war glitschig, und er rutschte aus und sackte auf ein Knie, doch er kam sofort wieder hoch. Ein Plastiksack, der an dem Seil befestigt war, tauchte aus dem Wasser auf und rutschte wie ein großer Fisch über den Boden. Weitere Säcke folgten.

Austin öffnete eilig die Säcke und verteilte die Pressluftflaschen, die sie enthielten. Er musste einige Leute heftig schütteln, um sie halbwegs zu wecken, doch als sie die ersten Atemzüge machten und frische Luft ihre Lungen füllte, erholten sie sich sehr schnell. Während sie gierig die Leben spendende Luft in ihre Lungen pumpten, klang das metallische Klappern der Atemventile in dem engen Raum nahezu ohrenbetäubend laut.

Skye spuckte das Mundstück aus. »Was machen Sie denn hier?«, fragte sie wie eine Ballkönigin, die einen ungebetenen Gast vor sich hat.

Er hievte Skye behutsam auf die Füße und küsste sie auf die Stirn. »Niemand soll jemals behaupten, dass Kurt Austin sich durch ein wenig Chaos oder Hochwasser davon abhalten lässt, unsere Verabredung zum Abendessen einzuhalten.«

»Abendessen! Aber ...«

Austin schob den Regulator wieder zwischen Skyes Lippen. »Reden können wir später. Jetzt haben wir dazu keine Zeit.«

Dann öffnete er die anderen Säcke und holte Taucheranzüge heraus. Wie sich herausstellte, waren Rawlins und Thurston ausgebildete Taucher, und sie halfen den anderen, die Anzüge anzuziehen und die Atemgeräte anzulegen. Nicht lange, und die Überlebenden waren bereit zum Aufbruch. Nicht gerade ein SEAL-Team, dachte Austin, aber mit ein wenig Glück müssten sie es eigentlich schaffen.

»Alle bereit für die Heimkehr?«, fragte er.

Das gedämpfte Gemurmel, das in der Höhle erklang, war nicht zu verstehen, aber es klang begeistert.

»Okay«, sagte er. »Dann folgen Sie mir.«

Austin führte die bemitleidenswert aussehenden Höhlenbewohner die Treppe hinunter in den überfluteten Tunnel. Mehr als einer reagierte mit einem irritierten Stirnrunzeln auf den seltsamen Anblick Zavalas, der ihnen aus der leuchtenden Glaskuppel zuwinkte.

Austin hatte vorausgesehen, dass seine Passagiere irgendetwas brauchen würden, woran sie sich während der Tauchfahrt festhalten konnten. Ehe er und die Mannschaft der *Mummichug* die Säcke mit den Taucherausrüstungen auf das U-Boot luden, hatten sie ein Fischernetz über das Heck des SEAmobiles gespannt. Mittels eindeutiger Handzeichen und gut gemeinter Knüffe und Stöße arrangierte Austin die Überlebenden bäuchlings in Dreierreihen wie Ölsardinen auf dem Deck.

Er schob Renaud mit seiner verletzten Hand in die erste Reihe gleich hinter die Kuppel und zwischen die Reporter. Skye kam in die mittlere Reihe zwischen Rawlins und Thurston, die als Taucher die größte Erfahrung besaßen. Er würde sich hinter ihr, zwischen LeBlanc, der stark wie ein Ochse zu sein schien, und Rossi, dem jungen Forschungsassistenten, einreihen.

Als Sicherung spannte Austin Seile über die Rücken der Passagiere, als müsste er eine besonders sperrige Last befestigen. Das Tauchboot war unter den dicht nebeneinander liegenden Körpern praktisch unsichtbar, doch die Anordnung war die beste, die er sich vorstellen konnte angesichts des nur sehr begrenzt vorhandenen Spielraums. Austin schwamm nach hinten, wo er sich hinter Skye ins Fischernetz einhakte. Er musste sich später frei bewegen können, daher verzichtete er auf das Sicherungsseil.

»Alle Passagiere haben ihre Plätze eingenommen«, meldete er über die Gegensprechanlage. »Hier hinten ist es ziemlich eng, daher empfehle ich, keine Anhalter mitzunehmen.«

Mit summenden Elektromotoren schob das SEAmobile sich langsam vorwärts. Erst war es ein Kriechen, dann erreichte es normales Gehtempo. Austin wusste, dass die Überlebenden unendlich erschöpft sein mussten. Obgleich er der Gruppe eingebläut hatte, sie müsse Geduld haben, ging ihm das langsame Tempo des Vehikels derart auf die Nerven, dass er Mühe hatte, seinen eigenen Rat zu befolgen.

Wenigstens konnte er sich mit Zavala unterhalten. Die anderen waren mit ihren Gedanken alleine. Das Tauchboot schob sich durch den Tunnel, als würde es von einem Schildkrötengespann gezogen. Manchmal schien es still zu stehen, und die Tunnelwände wanderten an ihnen vorüber. Die einzigen Geräusche waren das Summen der Motoren und das Blubbern aufsteigender Luftblasen. Er hätte beinahe einen Freudenschrei ausgestoßen, als

Zavala ankündigte: »Kurt, ich kann dicht vor uns schon die Stützen erkennen!«

Austin hob den Kopf. »Halte an, ehe du sie ganz erreicht hast. Ich lotse dich durch die Slalomstrecke.«

Das SEAmobile verharrte. Austin löste sich vom Deck und glitt über die Cockpitkuppel hinweg. Die ersten beiden Stützen waren etwa zehn Meter entfernt. Mit leichten, rhythmischen Stößen seiner Flossen schwamm Austin auf die Stützen zu und schlängelte sich durch die Lücke, die er zwischen ihnen geschaffen hatte. Dann drehte er sich um und winkte Zavala hindurch wie ein Verkehrspolizist, wobei er ihn nach rechts oder links dirigierte, je nachdem, was gerade nötig war.

Das Tauchboot überwand ohne Schwierigkeiten die Öffnung. Zavala drehte das Vehikel ein Stück, damit er die nächste Öffnung in Angriff nehmen konnte, und das war der Moment, wo er in Schwierigkeiten geriet. Das völlig überladene Tauchboot reagierte schwerfällig und trieb seitlich weg. Indem er die Antriebssteuerung bediente, stoppte er die Seitwärtsbewegung und lenkte das U-Boot auf die Lücke zu. Doch während das Fahrzeug durch die Lücke glitt, stieß es gegen eine Stütze und begann abzubremsen.

Austin schwamm zu einer Seite und presste sich gegen die Tunnelwand, bis Zavala das SEAmobile zum Anhalten brachte.

»Du solltest wirklich noch ein paar Übungsstunden in der Fahrschule anhängen, alter Junge.«

»Tut mir Leid«, erwiderte Zavala. »Mit all dem Gewicht auf dem Heck lässt sich das Ding steuern wie eine Badewanne mit Hilfsmotor.«

»Versuch daran zu denken, dass du nicht hinterm Lenkrad deiner Corvette sitzt.«

Zavala lächelte. »Ich wünschte, dort wäre ich jetzt.«

Austin inspizierte die Passagiere, sah, dass sie sich tapfer hielten, und schwamm weiter zum nächsten Stützenpaar. Er hielt die Luft an, während das Fahrzeug und seine Last ohne Zwischenfall die Lücke überwand. Zavala entwickelte allmählich eine gewisse Routine beim Lenken des Tauchboots, und sie brachten mehrere Stützenpaare erfolgreich hinter sich. Austin zählte im Geiste mit. Nur noch drei Reihen warteten auf sie.

Während er sich der nächsten Station näherte, stellte er fest, dass etwas nicht in Ordnung war. Er blickte angestrengt durch seine Tauchermaske und war von dem, was er sah, ganz und gar nicht begeistert. Er hatte die mittlere Stütze herausgeschnitten, und jetzt sahen die Stützen an beiden Seiten der Öffnung aus wie ein Paar O-Beine. Eine Bewegung fiel ihm ins Auge, und er blickte nach oben. Blasen strömten durch einen schmalen Riss in der Decke.

Austin brauchte kein Statiker zu sein, um zu begreifen, was hier im Gange war. Das Gewicht der Decke war für die beiden Stützen zu groß. Sie konnten jeden Moment einknicken, und dann würden das Tauchboot und seine Passagiere für immer in dem Tunnel steckenbleiben.

»Joe, vor uns gibt es ein Problem«, sagte Austin und bemühte sich, seine Stimme so ruhig wie möglich klingen zu lassen.

»Ich sehe, was du meinst«, erwiderte Zavala und beugte sich vor, um durch die Glaskuppel mehr erkennen zu können. »Diese Pfeiler sehen aus wie Cowboybeine. Hast du eine Idee, wie wir uns durch diese Mausefalle stehlen können?«

»Genauso, wie Stachelschweine Liebe machen. *Ganz, ganz vorsichtig*. Sieh zu, dass du genau hinter mir bleibst.«

Austin schwamm auf die verbogenen Stützen zu, drehte sich um und schirmte die Augen vor dem grellen Schein der Halogenlampen ab, dann winkte er Zavala weiter. Dieser steuerte das Tauchboot erfolgreich durch die Öffnung, ohne eine der Stützen zu berühren. Aber dann ergab sich ein unerwartetes Problem. Ein Zipfel des Netzes am Heck des Tauchbootes blieb an dem Stumpf der Stütze hängen, die Austin entfernt hatte. Zavala spürte den Zug und gab ohne nachzudenken Gas.

Das war das Dümmste, was er in diesem Moment hatte tun können.

Das Vehikel zögerte, während die Schrauben den Zug erhöhten, dann riss das Netz sich los, und das Tauchboot machte einen

Satz nach vorne, geriet außer Kontrolle und rammte die rechte Stütze des nächsten Stützenpaars. Zavala fing die heftige Bewegung ab, doch es war zu spät. Die beschädigte Stütze gab nach.

Austin beobachtete, wie die Katastrophe sich anbahnte. Sein Blick ging zur Decke, die plötzlich von einer dichten Wolke Blasen verhüllt war.

»Tempo, Tempo!«, brüllte Austin. »Die Decke kommt herunter!«

Spanische Flüche füllten Austins Kopfhörer.

Zavala gab Vollgas und peilte die nächste Öffnung an. Das Vehikel rauschte mit wenigen Zentimetern Abstand an Austin vorüber. Mit perfektem Timing packte er das Fischnetz und hängte sich daran wie ein Stuntman in Hollywood an eine dahinrasende Postkutsche.

Zavala achtete mehr auf Tempo als auf Präzision und hielt sich nicht mit behutsamen Lenkmanövern auf. Das Tauchboot rammte eine weitere Stütze. Es war nur eine kleine Delle, aber genau dort verbog die Stütze sich und brach entzwei. Austin hatte es mittlerweile geschafft, sich aufs Heck des Tauchboots zu ziehen, und hielt sich unerschütterlich fest, während das Vehikel herumschwang und seine alte Richtung einschlug. Nur noch ein Stützenpaar lag vor ihnen.

Das Tauchboot schob sich hindurch, ohne eine Stütze zu berühren. Aber das Unglück nahm bereits seinen Lauf.

Die Decke barst, brach ein, und eine Lawine aus riesigen Steinblöcken stürzte herab; das Gletscherwasser aus der Eisblase hatte nun freie Bahn. Tausende Liter Wasser ergossen sich in den engen Tunnel. Eine mächtige Druckwelle traf das SEAmobile und schob es durch den Tunnel.

Die Woge raste zum Eingang und nahm das Tauchboot auf ihrem Kamm mit.

Des Dramas nicht gewärtig, das sich in der Tiefe unter dem Gletscher abspielte, war die Hilfstruppe zu den Helikoptern zurückspaziert. Der einzelne Mann, der auf das Tauchboot warten sollte, hatte für ein paar Minuten den Tunnel verlassen, um frische Luft zu schnappen, als er das Donnern hörte, das aus dem

Schoß der Erde zu kommen schien. Seine Beine reagierten schneller als sein Gehirn und trugen ihn im Eiltempo von der Tunnelöffnung fort. Nicht weit vom Eingang entfernt war er zur Seite ausgewichen und hatte hinter einem Felswall Deckung gesucht, als das Tauchboot aus der Tunnelöffnung regelrecht herausflog.

Die Kraft der Welle verlief sich schnell außerhalb der Höhle und ließ das Tauchboot unversehrt und trocken zurück. Benommene und ramponierte Passagiere lösten die Seile, die sie auf dem Boot fixiert hatten, und rutschten vom Deck herunter. Sie spuckten die Atemventile ihrer Pressluftflaschen aus und sogen dafür frische Luft in heftigen, tiefen Atemzügen in ihre Lungen.

Zavala verließ eilends das Cockpit und rannte zurück zum Tunnel. Er wich zur Seite aus, als eine zweite, schwächere Welle aus dem Tunnel herausquoll, den Rumpf des Tauchbootes umspülte und eine Gestalt in einem orangefarbenen Taucheranzug anschwemmte. Austins geborstene Tauchmaske hing schief vor seinem Gesicht. Der Helm mit der Gegensprechanlage war ihm vom Kopf gerissen worden, und die Wucht der Welle rollte ihn hin und her wie einen Ball, der in eine Meeresbrandung geworfen worden war.

Zavala bückte sich, hielt Austin fest, damit die Welle ihn nicht zurückriss, und half ihm auf die Füße.

Er schwankte wie ein Betrunkener, und seine Augen waren so glasig wie Murmeln. Austin spuckte einen Schwall fauligen Wassers aus und schimpfte wie ein Rohrspatz.

»Wie ich schon sagte, Joe, mit deinen Fahrkünsten ist es wirklich nicht weit her.«

Das französische Rettungsteam traf eine Stunde später ein. Der Helikopter stürzte sich vor dem Kraftwerk regelrecht vom Himmel wie ein Fischadler auf seine Beute. Noch bevor seine Kufen den Erdboden berührt hatten, drängten sich sechs mutige und kräftige Bergsteiger durch die Tür nach draußen, bepackt mit Karabinerhaken und Kletterseilen. Der Anführer erklärte, sie hätten

Bergsteigerausrüstung mitgebracht, weil sie geglaubt hätten, dass Leute *auf* dem Gletscher und nicht *darunter* in Not geraten seien.

Als der Anführer erfuhr, dass die Dienste seines Trupps nicht mehr benötigt wurden, zuckte er die Achseln und gab gleichmütig zu, dass ein Bergsteigerteam bei einer Hochwasserrettung sowieso nutzlos gewesen wäre. Dann holte er zwei Flaschen Champagner hervor, die er mitgebracht hatte. Während er den Geretteten und seinen Leuten zuprostete, meinte er, dass es noch viele andere Gelegenheiten geben würde. Ständig gerieten Touristen in Bergnot.

Nach dieser Stegreiffeier beaufsichtigte Austin den Rücktransport des Tauchbootes zur *Mummichug*, dann kehrte er mit Zavala zum Kraftwerk zurück. Die Überlebenden waren zum Duschen und für eine heiße Mahlzeit zum Werk gebracht worden. In eine bunte Vielfalt geliehener Kleidung gehüllt, hatten sie sich im Freizeitraum des Kraftwerks versammelt, um ihre Geschichten zu erzählen.

Die Reporter führten die Videobänder von der Attacke auf Renaud vor, aber sie waren von schlechter Qualität und zeigten lediglich ein nur kurze Zeit sichtbares verschwommenes Bild vom Gesicht des Pistolenhelden. Das Tonband lieferte außer dem kurzen Dialog zwischen Renaud und seinem Angreifer auch keine weiteren Informationen.

Austin genehmigte sich eine Flasche belgisches Bier aus den Vorräten des Kraftwerks. Er saß da, stützte das Kinn in eine Hand und spürte, wie seine Wut nach und nach zunahm, während Skye und die anderen Einzelheiten der kaltblütigen Tat schilderten, die beinahe mehrere unschuldige Menschen unter dem Eis hätte den Tod finden lassen.

»Das ist eine Angelegenheit für die Polizei«, sagte Drouet, der Verwaltungschef des Kraftwerks, nachdem er die ganze Geschichte erfahren hatte. »Die zuständigen Behörden sollten sofort benachrichtigt werden.«

Austin äußerte sich nicht dazu. Wenn die Gendarmen erst einmal hier eingetroffen waren, dann wäre die Spur kälter als das Bier in seiner Hand.

Renaud hatte es eilig wegzukommen. Indem er auf seine Hand verwies, als hätte er dort eine lebensbedrohliche Verletzung erlitten, drängte er sich rücksichtslos vor und schaffte es, einen Platz im Hubschrauber des Kraftwerks zu ergattern. Rawlins und die Reporter skizzierten schnellstens ihre Story, die weit über die Entdeckung des Mannes im Eis hinausging. Danach forderten die Reporter das gecharterte Wasserflugzeug an, das sie zum Gletscher gebracht hatte.

Der Pilot des Flugzeugs konnte ein Rätsel aufklären. Er sagte, er hätte auf dem See darauf gewartet, dass die Reporter vom Gletscher zurückkamen, als der große Mann, den er ebenfalls mitgebracht hatte, am Ufer in LeBlancs Citroën aufgetaucht war. Der Mann erklärte, die anderen Reporter würden über Nacht dableiben, doch er müsse schnellstens zurück.

Skye verfolgte, wie das Wasserflugzeug beim Start über den See fegte, dann brach sie in schallendes Gelächter aus. »Haben Sie Renaud gesehen? Er benutzte seine verletzte Hand, um andere Leute beiseite zu drängen, damit er als Erster einsteigen konnte.«

»Dem spöttischen Klang Ihrer Stimme nach zu urteilen, tut es Ihnen überhaupt nicht Leid, dass Renaud bereits seine Heimreise angetreten hat«, stellte Austin fest.

Sie tat so, als würde sie sich die Hände waschen. »Reisende soll man nicht aufhalten, pflegte mein Vater immer zu sagen. Und wenn sie nicht aufbrechen wollen, dann muss man ihnen Beine machen.«

Lessard stand neben Skye und hatte einen traurigen Ausdruck in den Augen, während er zusah, wie das Wasserflugzeug vom See hochstieg.

»Nun, Monsieur Austin, ich muss zurück an die Arbeit«, sagte er voller Bedauern. »Vielen Dank für die Aufregung, mit der Sie und Ihre Freunde diesen einsamen Außenposten für kurze Zeit beglückt haben.«

Austin ergriff Lessards Hand und drückte sie kräftig. »Die Rettungsaktion wäre ohne Ihre Hilfe niemals so erfolgreich verlaufen«, sagte Austin. »Ich glaube nicht, dass Sie lange alleine bleiben. Wenn die Story erst einmal publik wird, dann werden Sie von Reportern überrannt. Und die Polizei wird ebenfalls hier herumschnüffeln.«

Lessard nahm diese Prophezeiung eher erfreut als irritiert auf. »Glauben Sie wirklich?« Er strahlte. »Wenn Sie mich jetzt entschuldigen wollen, ich sollte nämlich jetzt lieber in mein Büro gehen und alles für Besucher vorbereiten. Wenn Sie wollen, lasse ich Sie mit einem Pick-up zum See zurückbringen.«

»Ich begleite Sie«, sagte Skye. »Ich muss nämlich etwas holen, das ich im Kraftwerk liegen gelassen habe.«

Als Lessard gegangen war, bemerkte Zavala: »Dieser Gentleman ist mit seinen fünfzehn Minuten Ruhm offenbar nicht zufrieden. Also, wenn meine Dienste nicht mehr vonnöten sind ...«

Austin legte ihm eine Hand auf die Schulter. »Jetzt erzähl mir bloß nicht, dass du diesen wunderschönen Garten hier verlassen willst, um nach Chamonix und zu deiner französischen Torte zurückzukehren.«

Zavala schaute Skye hinterher. »Es scheint, als sei ich nicht der Einzige, der eine Vorliebe für einheimische Delikatessen entwickelt hat.«

»Du bist mir um Längen voraus, Joe. Die junge Lady und ich haben noch nicht einmal unser erstes Rendezvous zustande gebracht,«

»Nun, ich bin der Letzte, der sich einer echten Romanze in den Weg stellen würde.«

»Das bin ich auch«, sagte Austin und begleitete Zavala zum Hubschrauber. »Wir sehen uns in Paris.«

## 11

Der Verkehrsstau war sogar nach Washingtoner Maßstäben grauenvoll. Paul Trout hatte hinter dem Lenkrad seines Humvee gesessen und mit glasigen Augen auf die Automobile gestarrt, die die Pennsylvania Avenue verstopften, als er sich plötzlich zu

Gamay umdrehte und sagte: »Meine Kiemen fangen an auszutrocknen.«

Gamay verdrehte die Augen, wie eine Ehefrau es tut, die sich im Laufe der Zeit an die Überspanntheiten ihres Mannes gewöhnt hat. Sie wusste, was jetzt kommen würde. Es war ein Scherz in Pauls Familie: Wenn ein Trout zu lange dem Haus seiner Vorfahren fernblieb, würde er anfangen, nach Luft zu schnappen wie ein Fisch auf dem Trockenen. Deshalb war sie nicht überrascht, als Paul verbotenerweise den Wagen wendete und damit eine Missachtung aller Verkehrsregeln demonstrierte, die Autofahrern aus Massachusetts angeboren zu sein scheint.

Während Paul fuhr, als nähme er an einem Desert-Storm-Manöver teil, benutzte sie ihr Mobiltelefon, um die Fluggesellschaft wegen der Reservierungen anzurufen und das NUMA-Büro wissen zu lassen, dass sie für ein paar Tage verreisen würden. Sie wirbelten durch ihr Haus in Georgetown wie ein Zwillingstornado, packten ihre Wochenendkoffer und rasten zum Flughafen.

Weniger als zwei Stunden nachdem ihre Maschine in Boston gelandet war, befanden sie sich bereits in Cape Cod und spazierten über die Water Street in Woods Hole, einem kleinen Dorf, in dem Trout geboren und aufgewachsen war. Die Hauptstraße von Woods Hole ist etwa eine Viertelmeile lang, verläuft zwischen einem Salzteich und einem Hafen und wird auf beiden Seiten von Gebäuden gesäumt, die von Meeres- und Umweltforschungsinstituten angemietet worden waren.

Das auffälligste von ihnen ist die weltberühmte Woods Hole Oceanographic Institution. In der Nähe, in einem gut erhaltenen Bau aus Klinker und Granit, residiert das Marine Biological Laboratory, dessen Forschungsprogramme und Bibliothek mit fast zweihunderttausend Büchern Gelehrte aus der ganzen Welt anziehen. Einen kurzen Spaziergang vom MBL entfernt befindet sich das Aquarium der National Marine Fisheries. Am Rand des Dorfs sitzen die U.S. Geological Survey und ein Dutzend Bildungsinstitute für Meereswissenschaften sowie private Firmen, die jene

Hightech-Tauchgeräte herstellen, die auf der ganzen Welt von Meereswissenschaftlern benutzt werden.

Eine Brise aus Richtung der Elizabeth Islands wehte vom Hafen landeinwärts. Trout blieb auf der winzigen Zugbrücke stehen, die Eel Pond und Great Harbor voneinander trennte, und füllte seine Lungen mit salzhaltiger Luft. Dabei dachte er, dass an der Geschichte mit den austrocknenden Kiemen etwas Wahres sein musste. Er konnte tatsächlich wieder atmen.

Trout war der Sohn eines einheimischen Fischers und seiner Frau, und seiner Familie gehörte das geduckte Cape-Cod-Landhaus, wo er großgezogen worden war. Seine intellektuelle Heimat war die Oceanographic Institution. Als Kind machte er immer Besorgungen für einige der Wissenschaftler, die in der Einrichtung arbeiteten. Sie hatten ihn auch ermutigt, sich auf Tiefseegeologie zu spezialisieren, ein Schritt, der ihn am Ende mit der NUMA und ihrem Team für Sonderaufträge in Berührung brachte.

Schon wenige Stunden nach ihrer Ankunft hatte Paul im Haus nach dem Rechten gesehen, sich bei verschiedenen Verwandten zurückgemeldet und zusammen mit Gamay ein schnelles Mittagessen in einem örtlichen Restaurant eingenommen, wo er jeden kannte, der an der Bar stand oder saß. Dann begann er damit, seine Runden zu machen. Er besuchte das Deep Submergence Lab der Institution, wo ein alter Studienkollege ihn hinsichtlich der neuesten autonomen Unterwasserfahrzeuge auf den aktuellen Wissensstand brachte, als das Telefon klingelte.

»Es ist für Sie«, sagte sein Kollege und reichte Trout das Telefon.

Eine Stimme dröhnte durch die Leitung. »Hallo, Trout. Hier ist Sam Osborne. Ich habe unten im Postbüro gehört, dass Sie wieder in der Stadt sind. Wie geht es Ihnen und Ihrer reizenden Frau?«

Osborne war einer der führenden Experten in Algenkunde. Nach jahrelanger Lehrtätigkeit redete er immer noch mit einer Lautstärke, die um drei oder vier Dezibel über der eines normalen menschlichen Wesens lag.

Trout schenkte sich die Frage, wie Osborne ihn aufgestöbert hatte. Es war unmöglich, in einem Dorf von der Größe Woods

Holes irgendetwas geheim zu halten. »Uns geht es gut. Nett von Ihnen, sich bei mir zu melden, Dr. Osborne.«

Osborne räusperte sich. »Nun, äh, eigentlich wollte ich gar nicht Sie anrufen. Ich wollte Ihre Frau sprechen.«

Trout lächelte. »Das nehme ich Ihnen gar nicht übel. Schließlich ist Gamay viel hübscher als ich.«

Er reichte das Telefon seiner Frau. Gamay Morgan-Trout war eine gut aussehende Frau, nicht atemberaubend oder übermäßig sexy, aber für die meisten Männer reizvoll. Sie hatte ein strahlendes Lächeln und eine kleine Lücke zwischen ihren oberen Schneidezähnen wie das Model Lauren Hutton. Sie war einen Meter fünfundsiebzig groß und mit 135 Pfund für ihre Größe ausgesprochen schlank. Ihr Haar, das lang war und gewöhnlich zerzaust, schimmerte dunkelrot und war der Grund, weshalb ihr Vater, ein Weinkenner, sie nach der Beaujolais-Rebe benannt hatte.

Viel offener und lebhafter als ihr Mann, arbeitete sie sehr gut mit Männern zusammen, ein Talent, das zurückreichte bis in ihre Mädchenzeit in Wisconsin. Ihr Vater war ein erfolgreicher Stadtplaner, der sie immer ermutigt hatte, ihre Kräfte mit Männern zu messen, und ihr das Segeln und das Skeetschießen beigebracht hatte. Sie war eine hervorragende Taucherin und Schützin.

Gamay lauschte ein paar Sekunden, dann sagte sie: »Wir kommen gleich rüber.« Während sie den Hörer auflegte, meinte sie: »Dr. Osborne hat uns gebeten, ins MBL zu kommen. Er sagt, es sei dringend.«

»Für Sam ist alles dringend«, sagte Paul.

»Aber, aber. Du brauchst nicht gleich so abfällig zu reagieren, nur weil er mich sprechen wollte.«

»Ich habe nicht einen einzigen abfälligen Knochen in meinem Körper«, beteuerte Paul und hakte sich bei Gamay unter.

Er verabschiedete sich bei seinem Kollegen im Submergence Lab, und machte sich mit Gamay auf den Weg. Ein paar Minuten später stiegen sie die breite Steintreppe des Lillie Research Building hinauf, wo sie durch einen Rundbogen in eine stille Eingangshalle gelangten.

Dr. Osborne erwartete sie bereits. Er knetete Pauls Hand und umarmte Gamay, die in seinem Hörsaal gesessen hatte, als sie am Scripps Institute of Oceanography in Kalifornien Meeresbiologie studiert hatte. Osborne war Mitte fünfzig, und sein schütter werdendes, krauses weißes Haar schien langsam aber sicher von seinem Kopf nach hinten zu rutschen. Er hatte eine grobknochige Gestalt und große Arbeiterhände, die eher mit einer Spitzhacke umgehen konnten als mit den sehr dünnen und empfindlichen Exemplaren der Meeresvegetation, die sein Spezialgebiet waren.

»Vielen Dank, dass Sie gleich herübergekommen sind«, sagte er. »Ich hoffe, es war keine zu große Zumutung.«

»Ganz und gar nicht«, erwiderte Gamay freundlich. »Es freut uns immer, Sie zu treffen.«

»Möglicherweise denken Sie ganz anders darüber, wenn Sie erfahren, was ich Ihnen zu berichten habe«, sagte Osborne mit einem geheimnisvollen Lächeln.

Ohne weitere Erklärung führte er sie in sein Büro. Obgleich das MBL auf der ganzen Welt bekannt war für seine Forschungseinrichtungen und seine Bibliothek, war das Lillie Building mit seinen Labors ein wenig einnehmender Ort. Rohrleitungen verliefen an der Decke, die Türen, die die Korridore säumten, bestanden aus dunklem Holz mit Kieselglasscheiben, und im Großen und Ganzen sah es ganz nach dem aus, was es auch wirklich war: ein ehrwürdiges altes Laborgebäude.

Osborne geleitete die Trouts in sein Büro. Soweit Gamay sich erinnern konnte, war Osborne geradezu fanatisch sauber und ordentlich, was schon fast an eine verspätete anale Phase erinnerte, und sie sah, dass er sich nicht geändert hatte. Wo viele Professoren sich mit Papierstapeln und Berichten umgaben, bestand seine Büroeinrichtung lediglich aus einem Computertisch und einem Stuhl sowie zwei Klappstühlen für Besucher. Sein einziger Luxus war eine Teemaschine, die er in Japan erstanden hatte.

Er schenkte drei Tassen Grüntee ein und sagte, nachdem sie einige Nettigkeiten ausgetauscht hatten: »Verzeihen Sie mir, dass ich so kurz angebunden bin, aber die Zeit wird knapp, daher komme ich gleich zum Kern meines Anliegens.« Er lehnte sich in seinem Sessel nach hinten, legte die Fingerspitzen beider Hände gegeneinander und sagte zu Gamay: »Als Meeresbiologin sind Sie sicherlich mit *Caulerpa taxifolia* vertraut.«

Gamay hatte an der Universität von North Carolina ein Diplom in Meeresarchäologie erworben, ehe ihr Interesse sich verschoben hatte und sie sich bei Scripps einschrieb, wo sie in Meeresbiologie promoviert hatte. Gamay musste innerlich grinsen, als sie sich daran erinnerte, in Osbornes Klasse gesessen zu haben. Er stellte seine Fragen gewöhnlich in der Form von Feststellungen.

»*Caulerpa* ist eine Algenart, die aus den Tropen kommt, obgleich man sie häufig in heimischen Aquarien antreffen kann.«

»Korrekt. Und Sie wissen auch, dass der Kaltwasser-Stamm, der in Aquarien so hervorragend gedeiht, in bestimmten Küstengegenden ein großes Problem darstellt?«

Gamay nickte. »Die Mörderalge. Sie hat weite Teile der Fauna im Mittelmeer zerstört und hat sich auch an anderen Orten ausgebreitet. Sie ist eine Unterart einer tropischen Alge. Tropische Algen gedeihen normalerweise nicht in kaltem Wasser, doch diese Art hat sich angepasst. Sie könnte sich überall in der Welt ansiedeln.«

Osborne wandte sich an Paul. »Die Alge, von der wir reden, ist 1984 vom Ozeanographischen Museum in Monaco ins Meer gelangt. Seitdem hat sie sich gut dreißigtausend Hektar Meeresboden vor den Küsten von sechs Mittelmeerländern gesichert, und vor Australien und San Diego stellt sie bereits ein Problem dar. Sie verbreitet sich wie ein Flächenbrand. Das Problem ist jedoch nicht nur die Ausbreitungsgeschwindigkeit. *Caulerpa*-Kolonien sind extrem besitzergreifend. Die Alge breitet sich mit Ausläufern aus und bildet einen dichten grünen Teppich, der sämtliche andere Flora und Fauna verdrängt, indem er anderen Pflanzen und Tieren Sonnenlicht und Sauerstoff entzieht. Die Präsenz der Alge zerstört die Grundlage der ans Meer gebundenen Nahrungskette und vernichtet viele Arten mit schrecklichen Folgen für das Ökosystem.«

»Gibt es eine Möglichkeit, sich gegen dieses Zeug zur Wehr zu setzen?«

»In San Diego hatten sie einige Erfolge zu verzeichnen, indem sie spezielle Zeltplanen benutzten, um Quarantänefelder dieser Alge abzutrennen, während sie Chlor ins Wasser und den Schlamm gaben, in dem diese Algen sich festsetzen. Diese Technik wäre bei einer ausgedehnten Verseuchung absolut nutzlos. Es hat Versuche gegeben, Aquaristikhändler, die *Caulerpa* anbieten oder mit Steinen handeln, die mit Mikroorganismen verseucht sind, über die Gefahren aufzuklären.«

»Hat das Zeug keine natürlichen Feinde?«, fragte Trout.

»Der Verteidigungsmechanismus der Alge ist erstaunlich kompliziert. Die Alge enthält Gifte, die Pflanzenfresser abschrecken. Und sie bildet sich in der Wintersaison nicht zurück.«

»Das klingt ja nach einem richtigen Monster«, stellte Trout fest.

»Oh, genau das ist sie auch. Eine winzige Probe kann der Auslöser für eine ganze Kolonie sein. Ihre einzige Schwäche ist, dass sie sich nicht auf geschlechtlichem Weg vermehren kann, wie ihre wild lebenden Verwandten. Aber stellen Sie sich nur vor, was passieren könnte, wenn sie Eier über große Entfernungen verteilen würde.«

»Das ist kein angenehmer Gedanke«, sagte Gamay. »Sie wäre am Ende überhaupt nicht mehr aufzuhalten.«

Osborne wandte sich an Paul. »Als Meeresgeologe kennen Sie sicherlich die Region von Lost City, nicht wahr?«

Trout war froh, den Bereich der Biologie verlassen und auf sein Wissens- und Arbeitsgebiet überwechseln zu können. »Es ist eine Region hydrothermaler Kamine am Rand des Atlantischen Massivs. Das Material, das vom Meeresgrund hochgedrückt wird, hat hohe Türme aus allen möglichen Mineralen entstehen lassen, die Wolkenkratzer ähneln, daher der Name Lost City. Ich habe einige Forschungsberichte darüber gelesen. Faszinierend. Irgendwann möchte ich mir diese verlorene Stadt mal mit eigenen Augen ansehen.«

»Vielleicht haben Sie schon bald dazu Gelegenheit«, sagte Osborne.

Paul und Gamay wechselten verwirrte Blicke.

Osborne lachte leise, als er ihre ratlosen Mienen betrachtete.

»Vielleicht sollten Sie mich lieber begleiten«, sagte er.

Sie verließen das Büro und gingen in ein kleines Labor. Osborne trat zu einem mit einem Vorhängeschloss gesicherten stählernen Vorratsschrank. Er sperrte die Tür mit einem Schlüssel auf, den er an seinem Gürtel trug, und holte eine Glasröhre heraus, die etwa dreißig Zentimeter lang war und deren Durchmesser etwa fünfzehn Zentimeter betrug. Die Röhre war praktisch luftdicht verschlossen. Er legte die Röhre auf den Tisch und unter eine Lampe. Der Behälter schien von oben bis unten mit einer zähflüssigen, graugrünen Substanz gefüllt zu sein.

Gamay beugte sich vor, um den Inhalt eingehend zu betrachten, und sagte: »Was für ein Zeug ist das?«

»Ehe ich diese Frage beantworte, will ich Ihnen noch einige Informationen geben. Vor ein paar Monaten nahm das MBL zusammen mit dem Woods Hole Oceanographic an einer gemeinsamen Expedition zur Lost City teil. In der Region wimmelt es von ungewöhnlichen Mikroben und Substanzen, die sie produzieren.«

»Diese Kombination von Hitze und Chemikalien wurde mit den Bedingungen verglichen, die auf der Erde herrschten, als dort die ersten Lebensformen entstanden«, sagte Gamay.

Osborne nickte zustimmend. »Im Laufe dieser Expedition sammelte das Tauchboot *Alvin* Proben von verschiedenen Algen. Was Sie da vor sich sehen, ist ein abgestorbener Rest einer solchen Probe.«

»Stiel und Blatt sehen entfernt aus wie *Caulerpa*, aber auch irgendwie anders«, sagte Gamay.

»Sehr gut. Die Gattung besteht aus über siebzig *Caulerpa*-Arten, darunter auch die, welche man in Zoohandlungen antreffen kann. Aggressives Verhalten entwickeln nur fünf Arten, allerdings sind noch nicht viele Arten eingehend untersucht worden. Dies dort ist eine völlig unbekannte Art. Ich habe sie *Caulerpa Gorgonosa* genannt.«

»Gorgonenalge. Das gefällt mir.«

»Sie wird Ihnen ganz und gar nicht mehr gefallen, wenn Sie mit dieser teuflischen Algenart so vertraut geworden sind, wie ich es bin. Wissenschaftlich gesprochen haben wir eine mutierte Art der *Caulerpa* vor uns. Im Gegensatz zu ihren Verwandten kann diese Art sich jedoch geschlechtlich fortpflanzen.«

»Wenn das zutrifft, dann kann diese Gorgonenalge tatsächlich Eier über große Entfernungen verteilen. Das könnte eine ernste Angelegenheit werden.«

»Sie ist es bereits. Die Gorgonenalge hat sich mit *taxifolia* vermischt und verdrängt sie jetzt. Sie ist auf den Azoren gefunden worden, und wir stoßen vor der spanischen Küste auf sie. Ihre Wachstumsrate ist einfach phänomenal. Es hat geradezu eine Wachstumsorgie stattgefunden, die außergewöhnlich ist. Große Flächen dieser Alge treiben im Atlantik. Nicht mehr lange, und sie werden sich zu einer einzigen Masse verbinden.«

Paul stieß einen leisen Pfiff aus. »Bei diesem Tempo könnte sie schon bald den gesamten Ozean für sich beanspruchen.«

»Das ist aber noch nicht das Schlimmste. Taxifolia erzeugt einen alles zudeckenden Algenteppich. Wie die Medusa, deren Anblick einen Menschen in Stein verwandeln konnte, entwickelt die Gorgonenalge sich zu einer dickflüssigen, harten Biomasse. Dort, wo sie vorkommt, kann nichts anderes existieren.«

Gamay starrte die Glasröhre voller Entsetzen an. »Im Grunde sprechen Sie davon, dass die Ozeane der Welt erstarren werden.«

»Ich kann mir einfach kein Szenario des schlimmstmöglichen Falls vorstellen, aber eins weiß ich. Innerhalb kürzester Zeit kann die Gorgonenalge sich vor Küsten mit gemäßigter Wetterlage ausbreiten und irreparable ökologische Schäden anrichten«, sagte Osborne, und seine Stimme klang uncharakteristischerweise flüsternd. »Sie würde das Wetter beeinflussen, eventuell auch Hungersnöte auslösen. Sie könnte den Überseehandel zum Erliegen bringen. Nationen, deren Überleben von den aus dem Ozean gewonnenen Proteinen abhängt, würden verhungern. Auf der ganzen Welt käme es zu politischen Unruhen, wenn die, die alles haben, mit denen, die nichts haben, um Nahrung kämpfen.«

»Wer weiß sonst noch darüber Bescheid?«, fragte Paul.

»Schiffe haben gemeldet, dass dieses Zeug unglaublich lästig ist, aber außerhalb dieses Raums sind nur ein paar vertrauenswürdige Kollegen in diesem und anderen Ländern sich des Ernstes der Situation bewusst.«

»Sollten die Menschen nicht über die Bedrohung informiert werden, damit sie gemeinsam den Kampf dagegen aufnehmen können?«, fragte Gamay.

»Natürlich. Aber ich wollte keine Panik auslösen, bevor meine Untersuchungen abgeschlossen waren. Ich war im Begriff, einen Bericht anzufertigen, den ich in der nächsten Woche einschlägigen Organisationen wie der NUMA und den Vereinten Nationen zukommen lassen will.«

»Besteht die Chance, dass Sie das noch eher schaffen?«, fragte Gamay.

»O ja, aber da gibt es ein Problem. Wenn es um biologische Kontrolle geht, kommt es meistens zu einem Tauziehen zwischen Ausrottungsinteressen und wissenschaftlichen Studien. Die Befürworter einer totalen Ausrottung wollen verständlicherweise das Problem sofort mit jeder Waffe, die ihnen zur Verfügung steht, in Angriff nehmen. Wenn diese Neuigkeit bekannt wird, wird die Forschung unter Quarantäne gestellt aus Angst, dass die Alge sich aufgrund ihrer Untersuchungen verbreitet.« Er betrachtete die Glasröhre. »Diese Kreatur ist nicht irgendeine aus dem Ozean hervorgegangene Pflanze, keine neue Grassorte. Ich bin überzeugt, dass wir erfolgreich damit umgehen können, sobald wir mehr Waffen dagegen zur Verfügung haben. Solange wir aber nicht wissen, womit wir es eigentlich zu tun haben, wird keine Ausrottungsmethode Erfolg haben.«

»Wie kann die NUMA dabei helfen?«, fragte Gamay.

»Eine weitere Lost-City-Expedition ist unterwegs. Die *Atlantis*, das Forschungsschiff der Oceanographic Institution, operiert diese Woche zusammen mit der *Alvin* in der Region. Sie werden versuchen, das Seegebiet zu untersuchen, in dem die Alge allem Anschein nach mutiert ist. Sobald wir die Bedingungen kennen, die zu dieser Fehlentwicklung geführt haben, können wir uns etwas einfallen lassen, um sie zu bekämpfen. Ich habe versucht, mir zu überlegen, wie ich einerseits meine Arbeit hier zu Ende bringen und andererseits an der Expedition teilnehmen kann. Als ich hörte, dass Sie beide in der Stadt sind, betrachtete ich das als ein Zeichen der Götter. Sie bringen genau das richtige Wissen und die richtige Erfahrung mit. Würden Sie in Erwägung ziehen, an meiner Stelle an der Expedition teilzunehmen? Es würde nur ein paar Tage dauern.«

»Natürlich. Wir werden die Genehmigung unserer Vorgesetzten bei der NUMA einholen müssen, aber das dürfte kein Problem sein.«

»Ich kann mich doch darauf verlassen, dass Sie diese Sache diskret behandeln, oder? Sobald wir die Proben zur Verfügung haben, werde ich meinen Bericht gleichzeitig mit meinen Kollegen auf der ganzen Welt veröffentlichen.«

»Wo ist die *Atlantis* zur Zeit?«

»Sie befindet sich auf der Rückkehr von einer ganz anderen Mission, die nichts mit unserem Problem zu tun hat. Sie legt morgen in den Azoren an, um aufzutanken. Sie können dort an Bord gehen.«

»Das lässt sich machen«, sagte Paul. »Wir können heute nach Washington zurückkehren und schon morgen früh unterwegs sein.« Er warf einen Blick auf die Glasröhre. »Wir werden ein ernstes Problem haben, wenn dieses Ding sich aus der Flasche befreit.«

Gamay hatte die ganze Zeit die grünliche Masse angestarrt. »Der Geist hat die Flasche längst verlassen, fürchte ich. Wir werden wohl darüber nachdenken müssen, wie wir ihn wieder hineinbekommen.«

## 12

»Gorgonenalge?«, sagte Austin. »Das ist was ganz Neues. Ist dieses Zeug wirklich so schlimm, wie dein Freund behauptet?«

»Durchaus möglich«, sagte Gamay. »Dr. Osborne ist sehr besorgt. Ich verlasse mich auf sein Urteil.«

»Was denkst du denn?«

»Es gibt sicherlich einen Grund zur Sorge, aber ich kann nichts Definitives sagen, ehe wir nicht weitere Beweise aus Lost City gesammelt haben.«

Gamay hatte Austin an Bord der *Mummichug* angerufen. Sie entschuldigte sich, dass sie ihn aus dem Bett geholt hatte, erklärte jedoch weiter, dass sie und Paul unterwegs nach Lost City seien und sie nur dafür sorgen wollte, dass er über ihre Absichten Bescheid wusste.

»Danke für die Information. Wir sollten lieber Dirk und Rudi ins Bild setzen«, sagte er. Er meinte Dirk Pitt, der Admiral Sandecker als Chef der NUMA abgelöst hatte, und Rudi Gunn, der die Verantwortung für die einzelnen Missionen der Agentur trug.

»Paul hat mit beiden gesprochen. Die NUMA hat bereits ein paar Biologen auf das *Caulerpa*-Problem angesetzt.«

Austin lächelte. »Warum überrascht es mich eigentlich nicht, dass Dirk uns schon wieder mal einen Schritt voraus ist?«

»Nur einen *halben* Schritt. Er hatte keine Ahnung von der Lost-City-Verbindung. Er wartet sicher schon auf einen Bericht von unserem Tauchabenteuer.«

»Ich auch. Viel Glück. Und melde dich.«

Während Austin den Hörer auflegte, kamen ihm Worte von T. S. Eliot in den Sinn. »So wird es sein, wenn die Welt zu Ende geht, nicht mit einem Knall, sondern mit einem Weinen.«

*Ein wahrlich tränenreiches Weinen.*

Paul und Gamay würden die Situation schon meistern, und es gab nichts, was er in der Zwischenzeit hätte tun können, daher beschäftigte er sich mit einer eingehenden Inspektion des SEAmobile. Abgesehen von ein paar Dellen und Kratzern befand das Vehikel sich in einem besseren Zustand als er selbst, entschied Austin. Er saß im Cockpit und ging eine Checkliste durch. Zufrieden, dass alle Systeme einwandfrei funktionierten, holte er zwei Tassen Kaffee aus der Kombüse, stieg nach unten und klopfte leise an die Tür von Skyes Kabine.

Da die *Mummichug* ein relativ kleines Schiff war, hatten die

Konstrukteure des Schiffs kleine Einzelkabinen eingeplant, in denen die Mannschaftsangehörigen ein wenig Privatsphäre genießen konnten. Skye war wach und hatte sich bereits angezogen. Sie öffnete sofort die Tür und lächelte, als sie Austin erblickte.

»Guten Morgen«, begrüßte er sie. Während er Skye eine dampfende Tasse Kaffee reichte, bemerkte er die dunklen Ränder unter ihren Augen. »Haben Sie gut geschlafen?«

»Das kann ich nicht gerade behaupten. Ich habe ständig geträumt, ich würde unter Tonnen von Eis begraben.«

»Ich habe ein todsicheres Gegenmittel gegen Alpträume. Wie würde es Ihnen gefallen, ein Unterwassergrabmal zu erkunden?«

Ihre Miene hellte sich auf. »Wie könnte eine halbwegs vernünftige Frau ein solches Angebot ausschlagen?«

»Dann folgen Sie mir. Unser Streitwagen wartet schon.«

Mit Austin und Skye an Bord wurde das Tauchboot zwischen den Zwillingsrümpfen des Katamarans zu Wasser gelassen. Sobald es das Versorgungsschiff hinter sich gelassen hatte, kreuzte das Tauchboot in Überwasserfahrt zu einer Position, deren Koordinaten im Navigationssystem gespeichert worden waren, und Austin ging mit dem Boot auf Tauchfahrt.

Das kristallklare Wasser des Gletschersees umschloss die Cockpitkuppel, während das Tauchboot im See versank, und nach wenigen Minuten folgten sie einer Reihe von Megalithen zum Grabmal. Austin stoppte das Boot am Eingang, vergewisserte sich, dass die Kameras des Fahrzeugs in Betrieb waren, und setzte die Horizontalschrauben in Gang. Eine Sekunde später glitt das Vehikel durch die Öffnung in die alte Grabstätte.

Die starken Scheinwerfer reichten nicht bis zur Hinterwand der Kammer und lieferten so den Beweis, dass sie riesengroß war und über eine Decke verfügte, die so hoch war, dass sie nicht zu sehen war. Während das SEAmobile in die Kammer vordrang, richtete Austin den drehbaren Scheinwerfer des Tauchboots auf die rechte Wand und sah, dass sie mit einem Basrelief verziert war.

Die kunstvoll ausgeführten und detaillierten Zeichnungen zeigten Segelschiffe, Häuser, ländliche Szenen mit Palmen und

Blumen, Tänzer und Musiker. Da waren fliegende Fische und verspielte Delphine. Die Schiffe sahen altertümlich aus. Die dargestellten Menschen waren elegant gekleidet und schienen sich eines Lebens in Wohlstand zu erfreuen.

Skye beugte sich auf ihrem Sitz vor und presste das Gesicht gegen die Kuppel wie ein Kind zu Weihnachten.

»Ich sehe wunderschöne Dinge«, sagte sie und zitierte Howard Carters erste Worte bei der Entdeckung des Grabmals von Tutanchamun.

Austin hatte den Eindruck, dass die Szenen auf unheimliche Art vertraut erschienen. »Ich bin schon einmal hier gewesen«, sagte er.

»*Hier.* In diesem Grabmal?«

»Nein. Aber ich habe ähnliche Zeichnungen in einer Höhle auf den Färöerinseln im Nordatlantik gesehen. Stil und Thematik waren praktisch die gleichen. Was sagen Sie dazu?«

»Wahrscheinlich liege ich mit meiner Vermutung völlig falsch, aber sie sehen minoisch aus. Sie ähneln Zeichnungen, die bei Ausgrabungen in Akrotiri auf der Insel Santorin oder auf Kreta gefunden wurden. Die minoische Kultur stand um 1500 vor Christus in voller Blüte.« Ihr dämmerte die Bedeutung dessen, was sie gerade gesagt hatte. »Wissen Sie, was das bedeutet?«, fragte sie aufgeregt. »Diese Zeichnungen und die, die Sie gesehen haben, deuten darauf hin, dass die Minoer viel weiter herumgekommen sind, als die meisten Fachleute vermuten.«

»Womit sie das berühmte *missing link* in Ihrer Theorie vom internationalen Handel wären, nicht wahr?«

»Richtig«, sagte sie. »Das ist die Bestätigung dafür, dass der Ost-West-Handel viel früher und umfangreicher stattgefunden hat, als man bisher annahm.« Sie klatschte in die Hände. »Ich kann es kaum erwarten, dieses Video meinen blasierten Kollegen in Paris vorzuführen.«

Das Tauchboot gelangte zum Ende der Wand, beschrieb eine Kurve und begann mit der Erkundung einer anderen Seite der rechteckigen Kammer. Diesmal zeigten die Zeichnungen den Lac du Dormeur und den Gletscher. Aber anstelle eines kahlen Ufers waren Häuser zu sehen, ja, es gab sogar eine Zeichnung von einem Grab, komplett mit Rundbögen, und vom Gletscher, so erhaben und unerschütterlich wie eh und je.

»Es scheint, als hätten Sie Recht hinsichtlich der Siedlungen am Seeufer und an der Flussmündung.«

»Das ist ja wunderbar! Wir können mithilfe dieser Zeichnungen Lagepläne von den Ruinen anfertigen.«

Als der unbekannte Künstler vor Jahrtausenden die Szene aus dem Stein meißelte, hatte das Eisfeld einen weitaus größeren Teil des Tals ausgefüllt. Dem Künstler war es gelungen, seinem Werk die Majestät und Kraft einzuhauchen, die weit über eine objektive Darstellung dessen, was er sah, hinausging. Sie unternahmen mehrere Fahrten durch die Kammer, fanden jedoch keinen Sarkophag.

»Ich habe mich wohl geirrt, was die Verwendung dieses Ortes betrifft«, stellte Skye fest. »Dies hier war kein Grabmal, sondern ein *Tempel.*«

»Angesichts der Tatsache, dass wir keine Toten gefunden haben, ist das eine durchaus einleuchtende Schlussfolgerung. Wenn wir hier fertig sind, würde ich gerne ein weiteres Geheimnis dieses Sees aufklären.« Er faltete den Ausdruck des Side-Scan-Sonarbildes, das er zu diesem Ausflug mitgenommen hatte, auseinander und deutete auf die seltsame Erscheinung auf dem Grund des Sees.

»Es sieht aus wie ein Flugzeug«, sagte Skye. »Was hat ein Flugzeug da unten zu suchen? *Warten Sie!* Der Mann im Eis?«

Austin reagierte mit einem geheimnisvollen Lächeln, die Horizontalschrauben des Tauchbootes surrten, und sie schwebten durch das Tempeltor zurück in den See. Er verlangsamte seine Fahrt, als sie sich der Position näherten, die auf dem Ausdruck angegeben war, und hielt aufmerksam Ausschau. Nicht lange, und das zigarrenförmige Objekt kam in Sicht.

Beim Näherkommen erkannte Austin, dass der walzenförmige Holzrahmen teilweise von einem zerfetzten und verblichenen roten Stoff bedeckt war. Das konische Motorgehäuse war abgerissen worden und lag auf dem Grund des Sees. Der Motor glänzte im Lichtschein der Tauchbootlampen. Die niedrige Wassertemperatur des Sees hatte den Rumpf von Wasserpflanzen frei gehalten. Bei wärmeren klimatischen Bedingungen wäre er mit Algen bedeckt gewesen. Vom Propeller war nichts zu sehen. Wahrscheinlich war er beim Absturz der Maschine abgerissen worden. Austin umkreiste den Rumpf und fand, was von der fehlenden Tragfläche noch übrig war, ein paar Meter weit entfernt. Dann lenkte er das Tauchboot wieder zurück zum Flugzeugwrack.

Skye deutete auf das Emblem am Heck. »Das gleiche Symbol – der dreiköpfige Adler – befand sich auf dem Helm, der unter dem Gletscher gefunden wurde.«

»Schade, dass wir den Helm jetzt nicht mehr zur Verfügung haben.«

»Aber wir haben ihn. Ich habe ihn mitgebracht. Er befindet sich jetzt auf dem Schiff.«

Austin erinnerte sich, dass Skye einen Sack getragen hatte, als sie auf das SEAmobile geklettert war. Er lernte sehr schnell, dass er diese gut aussehende Frau mit ihrem sonnigen Lächeln auf keinen Fall unterschätzen durfte. Austin betrachtete den Adler, und dann wanderte sein Blick zum leeren Cockpit.

»Jetzt wissen wir, woher der Mann im Eis gekommen ist. Er muss ausgestiegen sein, während das Flugzeug führerlos in den See stürzte.«

Skye antwortete mit einem bösartigen Lachen. »Ich dachte gerade an Renaud. Er sagte, der Mann im Eis sei nicht einfach vom Himmel gefallen. Er hat sich geirrt. Wie aus dem zu erkennen ist, was Sie gefunden haben, ist genau das geschehen.«

Das Tauchboot umkreiste das Wrack, wobei Austin Videoaufnahmen und Digitalfotos von den Tragflächen und dem Gelände ringsum schoss. Dann stiegen sie wieder zum Katamaran auf und kletterten vom Cockpit aufs Deck. Skye hatte die ganze Zeit aufgeregt von ihrem Fund gesprochen, doch sie verstummte, als sie einen Teil des Gletschers sehen konnte. Sie trat an die Reling und starrte hinaus auf das Eisfeld.

Austin, der ihren Stimmungsumschwung erahnte, legte einen Arm um ihre Schultern.

»Sind Sie okay?«

»Unter Wasser war es so friedlich. Dann sind wir aufgetaucht, und ich sah plötzlich den Gletscher.« Sie erschauerte. »Das hat mich daran erinnert, dass ich beinahe unter diesem Monstrum gestorben wäre.«

Austin studierte den düsteren Ausdruck in Skyes schönen Augen, die unverwandt in die Ferne blickten, wie man es bei Soldaten, die unter Schock stehen, manchmal beobachten kann. »Ich bin kein Seelenklempner, aber ich habe es immer als hilfreich empfunden, wenn ich mich meinen Dämonen gestellt habe«, sagte er. »Kommen Sie, wir machen eine kleine Bootsfahrt.«

Der unerwartete Vorschlag schien sie in die Wirklichkeit zurückzuholen. »Ist das Ihr Ernst?«

»Besorgen Sie uns zwei Brötchen und eine Thermosflasche Kaffee aus der Messe. Ich erwarte Sie am Beiboot. Übrigens, ich esse am liebsten Brötchen mit Rosinen.«

Sie war skeptisch, aber sie setzte mittlerweile so großes Vertrauen in Austin, dass sie ihm wahrscheinlich zu Fuß bis zum Mond gefolgt wäre, wenn er sie darum gebeten hätte. Austin machte das kleine Schnellboot startklar, während sie den Kaffee und die Brötchen aus der Küche holte, und sie starteten zum Ufer. Sie mussten mehrmals größeren Eisbrocken ausweichen und zogen schließlich das Boot auf einen dunklen Kiesstrand, ein paar hundert Meter von der Stelle entfernt, wo der Gletscher in eine schmale Zunge überging und schließlich in den See mündete.

Ein kurzer Fußmarsch am Ufer entlang brachte sie zur Seitenwand des Gletschers. Das eisige Bollwerk ragte mehrere Stockwerke empor. Die Oberfläche war übersät mit kleinen Höhlen, Kratern und abstrakten Eisskulpturen, die vom Frost, von Schmelzprozessen und von unvorstellbarem Druck geschaffen worden waren. Das Eis war mit Morast bedeckt, und ein gespenstisches bläuliches Licht drang aus den Falten und Rissen.

»Da ist Ihr Dämon«, sagte Austin. »Jetzt gehen Sie hin und berühren Sie ihn.«

Skye lächelte versonnen, näherte sich dem Gletscher, als wäre er ein lebendiges Wesen, streckte die Hand aus und berührte mit einer Fingerspitze einen vorspringenden Eiswulst. Dann legte sie beide Hände flach auf den Gletscher und drückte mit ihrem ganzen Gewicht dagegen. Dabei schloss sie die Augen, als hoffte sie, ihn wegschieben zu können.

»Er ist kalt«, sagte sie mit einem Lächeln.

»Das ist er nur, weil Ihr Dämon nichts anderes ist als ein riesiger Eiswürfel. Er will nichts von Ihnen. Er weiß noch nicht einmal, dass es Sie gibt. Sie haben ihn berührt. Und Sie atmen immer noch.« Er hob den Rucksack hoch, den er getragen hatte. »Ende der ärztlichen Beratung. Zeit zum Essen.«

Unweit des Seeufers fanden sie zwei flache Steine, die sie als Sitzgelegenheiten benutzen konnten, und machten es sich mit Blick auf das Wasser bequem. Skye verteilte die Brötchen und sagte: »Vielen Dank für den Exorzismus. Sie hatten Recht, als Sie meinten, man müsse sich seinen Ängsten stellen.«

»In dieser Beziehung kann ich auf eine reiche Erfahrung zurückblicken.«

Sie runzelte die Stirn. »Irgendwie kann ich mir gar nicht vorstellen, dass Sie überhaupt vor irgendetwas Angst haben.«

»Das stimmt nicht. Ich hatte zum Beispiel große Angst, dass ich Sie nur noch als Tote wiederfinden würde.«

»Das weiß ich wohl zu würdigen, und ich verdanke Ihnen mein Leben. Aber ich meinte das ganz anders. Sie scheinen völlig furchtlos zu sein, was Ihr eigenes Wohlergehen betrifft.«

Er beugte sich zu ihr hinüber und flüsterte: »Soll ich Ihnen mein Geheimnis verraten?«

Sie nickte.

»Ich bin ein verdammt guter Schauspieler. Wie schmeckt Ihnen Ihr Brötchen?«

»Gut, aber in meinem Kopf herrscht ein furchtbares Durcheinander. Was halten Sie von all dem, was wir erlebt haben?«

Austin blickte hinüber zum NUMA-Schiff, dachte an Coleridges Beschreibung von einem gemalten Schiff auf einem gemalten Meer und versuchte, eine Ordnung in die Ereignisse zu bringen.

»Sehen wir uns an, was wir haben.« Er trank einen Schluck von seinem Kaffee. »Die Wissenschaftler, die den Gletscher untersuchen, finden einen männlichen Körper im Eis, wo er schon eine ganze Weile gelegen haben muss. In der Nähe der Leiche finden sie außerdem einen Helm und eine Stahlkassette. Ein Mann, der sich als Reporter ausgibt, zieht einen Revolver und bringt die Kassette in seinen Besitz. Er verschwindet damit und flutet den Tunnel. Offensichtlich hat er keine Ahnung von dem Helm.«

»Und an dieser Stelle geht mein logisch denkender Geist in die Knie. Warum hat er uns töten wollen? Wir hatten nicht die geringste Chance, ihm irgendeinen Schaden zuzufügen. Bis wir aus dem Tunnel herausgekommen wären, hätte er längst das Weite suchen können.«

»Ich glaube, er hat den Tunnel geflutet, um den Mann im Eis verschwinden zu lassen. Sie und die anderen waren zufällig im Weg. Genauso wie der Gletscher. Es war nichts Persönliches.«

Sie knabberte nachdenklich an ihrem Brötchen. »Das ergibt durchaus einen Sinn, wenn auch keinen besonders schönen.«

Skye hielt inne und blickte über Austins Schulter. Eine Staubwolke näherte sich mit hoher Geschwindigkeit. Nach einiger Zeit konnte sie erkennen, dass es ein Citroën war, der so viel Staub aufwirbelte. Fifi. Der Wagen kam schlingernd zum Stehen, und LeBlanc, Thurston und Rawlins stiegen aus und kamen zu ihnen herüber.

»Bin ich froh, dass wir Sie noch erwischt haben«, sagte LeBlanc, und sein breites Gesicht zeigte ein erfreutes Lächeln. »Ich habe vom Elektrizitätswerk das Schiff angerufen, und dort erklärte man mir, Sie seien an Land gegangen.«

»Wir wollten uns verabschieden«, sagte Thurston.

»Sie wollen weg?«, fragte Skye.

»Ja«, antwortete der Glaziologe und deutete in Richtung Gletscher. »Es hat keinen Sinn, hier zu bleiben, wenn das Observatorium unter Wasser steht. Wir kehren nach Paris zurück. Ein Helikopter bringt uns zum nächsten Flughafen.«

»*Paris?*«, fragte Skye. »Haben Sie noch Platz für mich?«

»Ja, natürlich«, sagte LeBlanc. Er streckte eine Hand aus. »Noch einmal vielen Dank dafür, dass Sie uns das Leben gerettet haben, Monsieur Austin. Ich möchte nicht, dass Fifi verwaist ist. Sie wird bei Monsieur Lessard im Elektrizitätswerk bleiben. Wir werden mit dem Kraftwerksbetreiber darüber verhandeln, das Observatorium leerzupumpen. Vielleicht können wir im nächsten Jahr hierher zurückkehren.«

»Es tut mir Leid, dass ich so sang- und klanglos von hier verschwinde«, sagte Skye zu Austin. »Aber hier gibt es nichts mehr zu tun, und ich möchte meine Daten für eine abschließende Analyse zusammenstellen.«

»Das verstehe ich. Das *Mummichug*-Projekt ist ebenfalls abgeschlossen. Ich bleibe an Bord, um meinen Abschlussbericht zu schreiben, während das Schiff auf dem Fluss zurückfährt. Am nächsten Bahnhof nehme ich dann den Hochgeschwindigkeitsexpress nach Paris, um pünktlich zu unserer Verabredung zur Stelle zu sein.«

»*Bien.* Unter einer Bedingung. Ich lade Sie ein.«

»Wie könnte jemand ein solches Angebot ablehnen? Sie können mir auch die Stadt zeigen.«

»Mit Vergnügen«, sagte sie. »Das gefällt mir.«

Austin begleitete Skye zum Schiff, um ihre persönlichen Dinge zu holen, und brachte sie dann zum Seeufer, wo der Helikopter wartete. Sie küsste ihn auf beide Wangen und den Mund und nahm ihm das Versprechen ab, sie anzurufen, sobald er in Paris wäre. Dann stieg sie in den Hubschrauber. Austin war schon wieder auf dem Wasser und kehrte zum Schiff zurück, als der Helikopter über ihn hinwegflog und er sehen konnte, wie Skye ihm von oben zuwinkte.

Wieder an Bord holte Austin die Videokassette und digitale Speicherdisk aus den Kameras des Tauchbootes. Er nahm sie mit ins technische Labor des Schiffs und kopierte die Digitalbilder in den Computer. Er druckte Bilder vom Emblem am Rumpf des Flugzeugs aus und untersuchte sie sorgfältig. Als Nächstes konzentrierte er sich auf die Fotos, die er vom Motor des Flugzeugs geschossen hatte, und ging sie durch, bis er fand, was er suchte. Auf dem Motorblock waren seltsame Zeichen zu erkennen.

Er markierte den Bereich mit dem Cursor, zoomte den Ausschnitt auf seinen Bildschirm und vergrößerte ihn so lange, bis er den Namen des Herstellers und eine Seriennummer lesen konnte. Er lehnte sich in seinem Sessel zurück und betrachtete das Bild einige Sekunden lang nachdenklich. Dann griff er zum Telefon und gab eine Nummer ein.

»Orville and Wilbur's Flying Bike Shop«, meldete sich eine raue Stimme.

Austin lächelte unwillkürlich, als er sich die Habichtsnase und das schmale Gesicht des Mannes am anderen Ende der Leitung vorstellte. »Du kannst mir nichts vormachen, Ian. Zufälligerweise weiß ich, dass die Gebrüder Wright ihren Fahrradladen schon vor langer Zeit geschlossen haben.«

»Verdammt, Kurt, nimm's mir nicht übel, dass ich's versucht habe. Ich habe alle Hände voll zu tun, um Spenden für das Udvar-Hazy Center auf dem Dulles Airport zusammenzutrommeln, und ich habe keine Lust, meine Zeit mit sinnlosem Geschwätz zu vergeuden.«

Ian MacDougal war ein ehemaliger Marineflieger und verantwortlich für das Archiv im Smithsonian's Air and Space Museum. Er war das fliegende Pendant zu St. Julien Perlmutter, dessen umfangreiche Bibliothek nautischer Fachbücher der Traum zahlreicher akademischer Einrichtungen war und dessen Kenntnisse der Seefahrtgeschichte auf der ganzen Welt bewundert wurden. Der hoch gewachsene und hagere Ian MacDougal war das physische Gegenteil des rundlichen Perlmutter, und er war weitaus zurückhaltender, aber sein enzyklopädisches Wissen über Flugzeuge und ihre Geschichte war St. Juliens Kenntnissen in Sachen Seefahrt in jeder Hinsicht ebenbürtig.

»Du kannst dich auf eine beträchtliche Spende von mir verlassen, und ich bemühe mich, den Smalltalk so kurz wie möglich zu halten«, sagte Austin. »Ich bin in Frankreich und muss ein Flugzeug identifizieren, das ich auf dem Grund eines Gletschersees in den Alpen gefunden habe.«

»Ich kann mich immer darauf verlassen, dass von deiner Seite eine richtige Herausforderung auf mich zukommt.« MacDougal klang, als sei er froh, von seiner Spendensuche abgelenkt zu werden. »Dann erzähl mal.«

»Schmeiß deinen Computer an, dann schicke ich dir ein paar Digitalfotos.«

»Betrachte die Kiste als angeschmissen.«

Austin hatte die Fotos bereits für die Übertragung vorbereitet, und die Bilder, die auf dem Grund des Sees aufgenommen worden waren, jagten auf Cyberschwingen innerhalb einer Millisekunde über den Atlantik. MacDougal war am Telefon geblieben, und Austin konnte hören, wie er leise vor sich hin murmelte.

»Und?«, fragte Austin nach ein paar Sekunden.

»Ich rate nur, aber dem typischen konischen Motorgehäuse nach zu urteilen, würde ich meinen, dass wir es mit einer Morane-Saulnier zu tun haben. Sie war im Ersten Weltkrieg ein Mitteldecker-Kampfflugzeug, das aus einem Rennflugzeug weiterentwickelt worden war. Der kleine Bussard war schneller und wendiger als jedes andere Flugzeug dieser Zeit. Die Maschinengewehr- und Propellersynchronisation war wirklich revolutionär. Eins dieser Flugzeuge stürzte leider hinter den feindlichen Linien ab, und Fokker kopierte das System und verbesserte es. Wie du siehst, im Krieg gibt es keine Moral.«

»Fragen der Moral zu klären, überlasse ich lieber dir. Nach allem, was du weißt – hast du irgendeine Idee, wie diese Maschine auf den Grund des Sees gelangt sein könnte?«

»Sie ist offensichtlich vom Himmel gefallen, was Flugzeuge gelegentlich nun mal tun. Den Rest kann ich nur raten, aber ich irre mich wahrscheinlich. Ich kenne jedoch jemanden, der dir vielleicht helfen kann. Er wohnt nur zwei Stunden von Paris entfernt.«

Austin notierte die Information. »Vielen Dank«, sagte er. »Ich schicke dir meine Museumsspende, sobald ich wieder in Washington eintrudle. In der Zwischenzeit grüß Wilbur und Orville herzlich von mir.«

»Das tue ich gerne.«

Austin legte auf und wählte kaum eine Sekunde später die Nummer, die Ian ihm genannt hatte.

## 13

Skye klappte den Deckel des dicken Nachschlagewerks zu, in dem sie gelesen hatte, und schob es quer über den Tisch zu einem Stapel ähnlicher, vom häufigen Gebrauch abgewetzter Bände. Sie zog die Schultern hoch und streckte die Arme, um ihre verkrampften Muskeln zu lockern, und lehnte sich dann auf ihrem Stuhl zurück. Sie schürzte die Lippen und betrachtete den Helm, der vor ihr auf dem Tisch stand. Sie hatte alte Waffen immer nur ganz schlicht als Werkzeuge betrachtet. Für sie waren sie niemals mehr gewesen als leblose Objekte, die im blutigen Kriegsgeschäft Verwendung fanden, doch dieses Ding ließ sie frösteln. Die oxidierte schwarze Oberfläche schien etwas Bösartiges zu verströmen, wie es ihr noch nie zuvor begegnet war.

Nachdem sie nach Paris zurückgekehrt war, hatte sie den Helm in ihr Büro an der Sorbonne mitgenommen mit der Erwartung, dass eine Bestimmung mit den Referenzhilfsmitteln, die ihr zur Verfügung standen, einfach sein würde. Sie hatte den Helm fotografiert, hatte dann die Bilder in ihren Computer kopiert und anschließend eine umfangreiche Datenbank durchsucht. Angefangen hatte sie mit ihren französischen Archiven und war dann weitergegangen nach Italien und nach Deutschland, also in die Länder, die früher als besonders bedeutend in der Waffenproduktion galten.

Als ihre Suche ergebnislos blieb, hatte sie sie auf alle europäischen Länder ausgedehnt, und als auch dies kein Ergebnis lieferte, war sie nach Asien und in die restliche Welt gegangen. Sie hatte alle möglichen Datenbanken durchkämmt und war sogar bis in die Bronzezeit zurückgegangen. Nachdem sie mit der Computersuche gescheitert war, versuchte sie ihr Glück mit dem gedruckten Wort und grub aus ihrer Bibliothek jedes noch so verstaubte und muffig riechende Nachschlagewerk aus. Sie studierte alte Kunstdrucke, Manuskripte und Stiche. Aus reiner Verzweiflung studierte sie auch den Wandteppich von Bayeux, doch die konischen Kopfbedeckungen, die die darauf verewigten Krieger in der Schlacht trugen, wiesen keinerlei Ähnlichkeit mit dem Helm auf, der vor ihr stand.

Der Helm war ein Widerspruch in sich. Die Kunstfertigkeit bei der Herstellung war außergewöhnlich und sprach eher dafür, dass es sich um einen Zeremonienhelm und weniger um einen Kriegshelm handelte. Allerdings deuteten die Scharten und Dellen, die seine Oberfläche verunstalteten, darauf hin, dass er durchaus auch im Kampf getragen worden sein konnte. Das offensichtliche Einschussloch war ein ganz eigenes Rätsel.

Die gesamte Aufmachung ließ auf einen sehr frühen Ursprung schließen. Wie bei den ganz frühen Helmen wurde auch in diesem Fall sein Gewicht ausschließlich vom Kopf getragen. Spätere Modelle hatten ein *armet*, jenen aufgebördelten unteren Rand, der das Gewicht mittels eines Kragens namens *gorget* auf die Schultern seines Trägers verteilte. Der Helm besaß darüber hinaus einen fächerförmigen Helmbusch, eine weitere Neuerung jüngeren Datums, die zusätzlichen Schutz vor einer Keule oder einem Schwert bot.

Der Stil des Helmbaus hatte sich von der konischen Form im elften Jahrhundert zur gerundeten Form im zwölften Jahrhundert entwickelt. Gleichzeitig war der Nasenschutz vergrößert worden, um das ganze Gesicht zu schützen. Dabei waren für die Augen Sehschlitze und für eine bessere Ventilation Luftlöcher entwickelt worden. Deutsche Helme waren meistens schwer und klobig, während italienische Helme viel runder waren und den Einfluss der Renaissance widerspiegelten.

Der außergewöhnlichste Punkt an diesem Helm war das Metall. Die Stahlherstellung hatte bereits im Jahr 800 vor Christus begonnen, doch es dauerte hunderte von Jahren, um ein Metall von derart hoher Qualität zu entwickeln. Wer immer dieses Metall geschmiedet hatte, war ein Meister. Die Widerstandsfähigkeit, die im Stahl dieses Helms steckte, war an der Delle in der Krone abzulesen, die eine Art Prüfsiegel darstellte. Jemand hatte das Metall mit einer Pistole oder einer Arkebuse getestet, und es hatte sich als undurchdringlich erwiesen. Aber wie das Einschussloch bewies, hatte jede Verbesserung in Bezug auf Verteidigung oder Schutz eine Weiterentwicklung der Angriffswaffen und -techniken zur Folge. Rüstungen wurden schließlich mit der Schlacht von Bicocca im Jahr 1522 überflüssig. Der allgegenwärtige Feind war die Schwerkraft und weniger die Patrone. Die Rüstungen wurden einfach zu schwer.

Das in das Visier eingeprägte Gesicht war typisch für italienische Rüstungen des sechzehnten Jahrhunderts. Handwerker vermieden es, Kampfhelme mit Prägungen gleich welcher Art zu versehen. Die Oberflächen mussten glatt und rund und in glatte Flächen gegliedert sein, um mögliche Schwerttreffer abgleiten zu lassen. Reliefs konnten die Funktion einer glatten Fläche beeinträchtigen. Skye ergriff ihren Brieföffner, zufälligerweise einem italienischen Dolch nachempfunden, und versuchte mit der Schneide oder der Spitze dem Helm beizukommen. Trotz der Reliefs und Gravuren, die den Helm bedeckten, war das Metall so beschaffen, dass es mögliche Schläge abwies.

Sie konzentrierte sich abermals auf den Stahl. Kein Detail unterschied den einen Waffenschmied vom anderen deutlicher, als dessen Fähigkeit, Metall zu bearbeiten. Sie klopfte mit den Fingerknöcheln gegen den Helm und erzeugte damit einen klaren, glockenähnlichen Ton. Danach strich sie mit den Fingern über einen fünfstrahligen Stern mit »Beinen«. Sie drehte den Helm um. Aus anderer Perspektive betrachtet, ergab die Zeichnung einen Kometen. Sie erinnerte sich, ein Schwert aus einer englischen Waffensammlung gesehen zu haben, das aus Eisen geschmiedet worden war, das von einem Meteoriten stammte. Der Stahl konnte rasiermesserscharf geschliffen werden. Warum sollte nicht auch ein Helm aus diesem Material gefertigt worden sein? Sie machte sich eine Notiz, bei Gelegenheit einen Metallurgen zu bitten, den Helm auf diese Möglichkeit hin eingehend zu untersuchen.

Skye rieb sich die müden Augen, griff mit einem resignierten Seufzer zum Telefonhörer und wählte eine Nummer. Die Stimme eines Mannes erklang in der Leitung. Sie war tief und angenehm kultiviert.

»*Oui. Darnay Antiquités.*«

»Charles, hier ist Skye Labelle.«

»Oh, Skye!« Darnay freute sich offenkundig, ihre Stimme zu hören. »Wie geht es dir, meine Liebe? Was macht deine Arbeit? Stimmt es, dass du in den Alpen warst?«

»Ja. Deshalb rufe ich an. Ich bin während meiner Expedition auf einen Helm gestoßen. Er ist außergewöhnlich, und ich möchte, dass du ihn dir einmal ansiehst. Er stellt mich vor ein Rätsel.«

»Was sagt denn dein wunderbarer Computer?«, hänselte Darnay sie.

Darnay und Skye führten ständig freundschaftliche Diskussionen über die technischen Hilfsmittel, die sie benutzte. Er war der Meinung, dass empirische Erfahrung, erworben durch den ständigen direkten Umgang mit Artefakten, weitaus wertvoller war als das Durchsuchen einer Datenbank. Sie hielt dem entgegen, dass der Computer ihr wertvolle Zeit sparte.

»Mit meinem Computer ist alles in Ordnung«, sagte sie mit einem Ausdruck gespielter Indigniertheit. »Ich habe auch in jedes Buch in meiner Bibliothek geschaut. Ich finde nichts, was auf den Helm passt.«

»Das überrascht mich sehr.« Darnay kannte Skyes Bibliothek und wusste, dass sie eine der besten war, die er je gesehen hatte. »Nun, ich schaue ihn mir gerne an. Wenn du willst, kannst du jetzt gleich rüberkommen.«

»*Bien.* Ich bin schon so gut wie unterwegs.«

Sie wickelte den Helm in einen Kissenbezug, dann verstaute sie das Paket in einer Einkaufstasche vom Kaufhaus *Au Printemps* und machte sich auf den Weg zur nächsten Metrostation. Darnays Laden befand sich am rechten Seineufer in einer engen Straße direkt neben einer *boulangerie*, aus der appetitliche Düfte von frisch gebackenem Brot nach draußen drangen, sodass einem das Wasser im Munde zusammenlief. In kleinen goldenen Lettern stand an der Tür die Aufschrift ANTIQUITÉS. Im Schaufenster lag eine seltsame, mit Staub bedeckte Ansammlung von Pulverhörnern, Steinschlosspistolen und ein paar verrosteten Schwertern. Es war ganz sicher nicht die Schaufensterauslage, die einen in den Laden lockte, was genau Darnays Intentionen entsprach.

Die Türglocke schlug an, als sie den Laden betrat. Das schmuddelige Innere war dunkel und eng und leer bis auf eine verrostete Rüstung und einige mit Fliegendreck verunstaltete Schränke, in denen ein paar schlechte Kopien von antiken Dolchen lagen. Ein Samtvorhang im hinteren Teil des Ladens teilte sich, und ein drahtiger, ganz in Schwarz gekleideter Mann erschien in dem Lichtbalken. Er bedachte Skye mit einem verstohlenen Blick, drängte sich seitlich an ihr vorbei wie ein Schatten und verließ den Laden. Leise schloss er die Tür hinter sich.

Ein weiterer Mann trat aus dem Hinterzimmer. Er war klein, in den Siebzigern und ähnelte dem Filmschauspieler Claude Rains. Er war mit seinem dunkelblauen Anzug und der stilvollen roten Seidenkrawatte makellos gekleidet, wäre jedoch auch dann von einer Aura der Eleganz umgeben gewesen, wenn er nur einen Arbeitskittel getragen hätte. In seinen dunklen Augen funkelte eine wache Intelligenz. Sein Haar und sein dünner Schnurrbart waren silbergrau. Er rauchte eine Gauloises in einer Zigarettenspitze, die er jetzt aus dem Mund nahm, um Skye mit Küssen auf beide Wangen zu begrüßen.

»Das ging aber schnell«, stellte er mit einem Lächeln fest. »Dieser Helm muss ein sehr wichtiger Fund sein.«

Sie erwiderte die Küsse. »Das musst du mir sagen. Wer ist der Mann, der gerade gegangen ist?«

»Einer meiner Lieferanten.«

»Für mich sah er aus wie ein Gelegenheitsdieb.«

Ein erschreckter Ausdruck glitt über Darnays Gesicht. Dann lachte er. »Natürlich. Genau das ist er auch.«

Darnay drehte das Schild an der Tür auf GESCHLOSSEN und führte sie dann durch den Vorhang in sein Büro. In einem krassen Kontrast zu der Schäbigkeit seines Verkaufsraums wurde die Kombination aus Büro und Werkstatt durch Leuchtstoffröhren großzügig erhellt; Schreibtisch und Werkbank waren moderne Möbel. An den Wänden hingen zahlreiche Waffen, aber die meisten waren von eher bescheidenem Wert, und er verkaufte sie an weniger bedeutende Sammler. Sein hochklassiges Angebot bewahrte er in einem gesicherten Lagerhaus auf.

Obgleich er Skye ständig wegen ihres blinden Vertrauens in die moderne Technologie verspottete, machte er die meisten Geschäfte übers Internet und über einen Hochglanzkatalog, versandt an eine exklusive Gruppe von Käufern.

Skye hatte Darnay ursprünglich wegen der Identifikation von Fälschungen um Rat gefragt. Sehr bald schon stellte sie fest, dass seine Kenntnisse über alte Waffen und Rüstungen die von einigen Akademikern, sie selbst eingeschlossen, bei weitem übertrafen. Sie waren gute Freunde geworden, obgleich es offensichtlich war, dass er sich in der Grauzone des illegalen Antiquitätenhandels betätigte. Kurz gesagt, er war ein Gauner, aber einer mit Klasse.

»Dann lass mal sehen, was du hast, meine Liebe.« Er deutete auf einen hell ausgeleuchteten Tisch, der benutzt wurde, um Fotos für den Katalog herzustellen.

Skye nahm den Helm aus der Einkaufstasche, stellte ihn auf den Tisch und zog dann den Kissenbezug mit einer bühnenreifen Geste weg.

Darnay betrachtete das Objekt mit einem Ausdruck der Ehrerbietung. Dann umrundete er den Tisch, zog heftig an seiner Zigarette, bückte sich, sodass er mit dem Gesicht beinahe das Metall berührte. Nachdem er dieses Ritual mehrmals durchexerziert hatte, hob er den Helm hoch, prüfte sein Gewicht, hielt ihn hoch und setzte ihn sich dann auf den Kopf. So ausstaffiert schritt er zu einem Schrank hinüber und holte eine Flasche Grand Marnier heraus.

»Willst du auch einen?«, bot er an.

Skye musste über den Anblick, den er bot, lachen und schüttelte den Kopf. »Nun, was meinst du?«

»*Extraordinaire.*« Er nahm den Helm ab und stellte ihn wieder auf den Tisch. Dann schenkte er sich einen Doppelten ein. »Woher hast du dieses herrliche Kunstwerk?«

»Es war im Eis des Le-Dormeur-Gletschers eingeschlossen.«

»In einem Gletscher? Das ist ja noch ungewöhnlicher.«

»Und das ist noch nicht mal die halbe Geschichte. Gefunden wurde der Helm neben einem Körper, der ebenfalls im Eis eingeschlossen war. Der Körper muss weniger als hundert Jahre in dem Gletscher eingefroren gewesen sein. Wahrscheinlich ist der Mann mit einem Fallschirm aus einem Flugzeug abgesprungen, dessen Wrack in einem See in der Nähe gefunden wurde.«

Darnay schob einen Finger durch das Einschussloch im Helm. »Und was ist das?«

»Ich glaube, das Loch stammt von einer Patrone.«

Der Antiquitätenhändler schien nicht im Geringsten überrascht zu sein. »Könnte der Mann im Eis möglicherweise diesen Helm getragen haben?«

»Könnte sein.«

»Es war kein fehlgeschlagener Test?«

»Ich glaube nicht. Sieh dir nur die Härte des Stahls an. Musketenkugeln müssen wie Erbsen von diesem Stahl abgeprallt sein. Das Loch wurde von einer moderneren Schusswaffe erzeugt.«

»Demnach haben wir es mit einem Mann zu tun, der mit einem alten Helm auf dem Kopf über einen Gletscher flog und mit modernen Schusswaffen angegriffen wurde.«

Sie zuckte die Achseln. »So sieht es aus.«

Darnay trank von seinem Orangenlikör. »Faszinierend, aber das alles ergibt wenig Sinn.«

»Nichts an dieser ganzen Affäre ergibt irgendeinen Sinn.« Sie ließ sich in einem Sessel nieder und berichtete, wie Renaud sie hatte in die Höhle rufen lassen, und von ihrer Rettung in letzter Sekunde.

»Gott sei Dank ist dir nichts Ernstes zugestoßen. Dieser Kurt Austin ist ein *homme formidable.* Und er sieht wahrscheinlich auch noch gut aus, nehme ich an.«

»Das auf jeden Fall.« Sie spürte, wie sie errötete.

»Ich schulde ihm größten Dank. Für mich warst du immer wie eine Tochter, Skye. Ich wäre völlig am Boden zerstört, wenn dir irgendetwas zustoßen würde.«

»Nun, es ist nichts passiert, dank Mr. Austin und seinem Kollegen Joe Zavala.« Sie deutete auf den Helm. »Und?«

»Ich glaube, dass er älter ist, als er aussieht. Wie du schon sagtest, ist der Stahl einzigartig. Das Metall, das zu seiner Herstellung benutzt wurde, könnte durchaus von einem Meteor stammen. Die Tatsache, dass der Helm das einzige Stück seiner Art ist, das ich je gesehen habe, und dass du in deiner Bibliothek keinerlei Hinweise darauf gefunden hast, bringt mich zu der Schlussfolgerung, dass er vielleicht so etwas wie ein Prototyp gewesen war.«

»Wenn die Konstruktion tatsächlich so innovativ gewesen ist, warum wurden diese Ideen nicht früher aufgegriffen?«

»Du weißt doch, wie das mit Waffen und Menschen ist. Gesunder Menschenverstand siegt nicht immer über Kompromisslosigkeit. Die Polen bestanden darauf, mit der Kavallerie gegen Panzerdivisionen anzutreten. Billy Mitchell musste einen mühseligen Kampf ausfechten, um die hohen Tiere in der Army vom Wert systematischer Bombardierungen aus der Luft zu überzeugen. Vielleicht hat jemand sich das hier angesehen und entschieden, dass die alten Ausrüstungen den nicht getesteten vorzuziehen sind.«

»Fällt dir irgendetwas zu diesem Adler-Motiv ein, das ich hier und auf dem Flugzeug gesehen habe?«

»Ja, aber nichts davon ist wissenschaftlich fundiert.«

»Es würde mich interessieren, deine Überlegungen trotzdem zu hören. Und vielleicht nehme ich das Angebot an und trinke doch etwas.«

Darnay füllte ein weiteres Glas, und sie stießen miteinander an. »Ich würde sagen, dass der Adler eine Verbindung repräsentiert, eine Art Allianz von drei unterschiedlichen Gruppen. *E pluribus unum.* ›Von vielen einer.‹ Es war sicherlich kein einfaches Arrangement. Der Adler scheint sich selbst zu zerreißen, dabei muss er eine Einheit bleiben oder sterben. Die Waffen, die er in den Klauen hält, bringen mich zu der Vermutung, dass dieses Bündnis etwas mit Krieg zu tun hat.«

»Nicht schlecht für eine wissenschaftlich nicht begründete Theorie.«

Er lächelte. »Wenn wir doch nur wüssten, wer dein Mann im Eis wirklich war.« Er warf einen Blick auf die Uhr. »Du musst mich entschuldigen, Skye, aber ich habe gleich eine Konferenzschaltung mit einem Händler in London und einem interessierten Käufer in den Vereinigten Staaten. Hättest du etwas dagegen, wenn ich dieses Stück für ein paar Stunden hier behalte, damit ich es noch eingehender studieren kann?«

»Ganz und gar nicht. Ruf mich einfach an, wenn du willst, dass ich es wieder abholen soll. Ich bin entweder in meinem Büro oder in meiner Wohnung.«

Eine dunkle Wolke zog über seine Augen hinweg. »Mein liebes Kind, hinter dieser Sache verbirgt sich mehr, als auf den ersten Blick zu erkennen ist. Jemand war bereit, für dieses Artefakt zu töten. Es muss einen hohen Wert besitzen. Und wir müssen sehr vorsichtig sein. Weiß jemand, dass du diesen Helm besitzt?«

»Kurt Austin, der NUMA-Mann, von dem ich dir erzählt habe. Er ist vertrauenswürdig. Einige von denen, die in der Höhle waren, könnten es ebenfalls wissen. Und Renaud.«

»Ah, Renaud.« Er zog den Namen in die Länge, als er ihn aussprach. »Das ist nicht gut. Er wird ihn zurückhaben wollen.«

In ihren dunklen Augen loderte der Zorn auf. »Nur über meine

Leiche.« Sie lächelte nervös, als ihr die Bedeutung ihrer Worte bewusst wurde. »Ich kann immer noch behaupten, der Helm sei bei einem Metallurgen.«

Darnays Telefon klingelte. »Das ist mein Gespräch. Wir unterhalten uns später.«

Nachdem sie den Laden verlassen hatte, begab sie sich in ihre Wohnung anstatt ins Büro. Sie wollte ihren Anrufbeantworter abhören und hoffte, ein Lebenszeichen von Austin vorzufinden. Ihr Gespräch mit Darnay hatte sie nervös gemacht. Sie hatte das Gefühl, dass in nächster Nähe eine Gefahr lauerte, und Austins Stimme zu hören, hätte ihr ein wenig Sicherheit vermittelt. Als sie nach Hause kam, spielte sie die Telefonbotschaften ab, aber von Kurt war kein Anruf dabei.

Sie war müde von ihrer Arbeit, legte sich mit einem Modemagazin auf die Couch und wollte sich ein wenig ausruhen, ehe sie wieder ins Büro zurückging. Aber nach ein paar Minuten rutschte ihr das Magazin aus den Händen, und sie fiel in einen tiefen Schlaf.

Skye hätte sicherlich weniger tief geschlafen, wenn sie gewusst hätte, was Auguste Renaud beabsichtigte. Er saß vor Wut rasend in seinem Büro, beugte den Kopf über den Tisch und stellte eine Liste von Beschwerden über Skye Labelle zusammen. Seine Hand heilte allmählich, aber sein Stolz war noch immer tief verletzt.

All seine Wut konzentrierte sich auf diese unverschämte Frau. Er würde jede ihm zur Verfügung stehende Beziehung spielen lassen, würde jeden einspannen, der ihm etwas schuldete, um sie zu zerstören, um ihre Karriere zu ruinieren und die von jedem anderen, der sich ihr gegenüber auch nur ansatzweise freundlich gezeigt hatte. Sie hatte ihn vor den anderen erniedrigt und seine Autorität in Frage gestellt. Sie hatte seine Forderung, den Helm herauszurücken, praktisch ignoriert. Er würde dafür sorgen, dass sie aus der Sorbonne rausgeworfen wurde. Sie würde ihn um Gnade anflehen. Er sah sich selbst als

Racheengel auf einem dieser Renaissancegemälde, der mit einem flammenden Schwert Adam und Eva aus dem Paradies vertreibt.

Er war ihr an diesem Morgen im Fahrstuhl begegnet. Sie hatte ihm einen guten Morgen gewünscht und ihn angelächelt und damit in einen Zustand verhaltener Wut versetzt. Als er in sein Büro kam, hatte er seinen Zorn wieder unter Kontrolle und übertrug ihn auf die Liste der Beschwerden, die vor ihm lag. Er formulierte eine ausführliche Beschreibung ihrer lockeren Sitten, als er ein leises Schlurfen hörte. Der Sessel vor seinem Schreibtisch knarrte. Er nahm an, es sei sein Assistent.

Den Kopf immer noch über seine Arbeit gebeugt, sagte er: »Ja, bitte?«

Als niemand antwortete, blickte er auf, und seine Eingeweide erstarrten augenblicklich zu Eis. Der Stuhl war umgedreht worden. Darauf saß der große Mann mit dem runden, aufgedunsenen Gesicht, der ihn unter dem Gletscher angegriffen hatte.

Renaud dachte nur an sein Überleben. Daher tat er so, als erkenne er seinen Besucher nicht.

Er räusperte sich. »Wie kann ich Ihnen helfen?«, erkundigte er sich.

»Sie kennen mich nicht?«

»Ich glaube nicht. Haben Sie mit der Universität zu tun?«

»Nein, ich habe mit *Ihnen* zu tun.«

Renauds Herzschlag beschleunigte sich.

»Bestimmt irren Sie sich.«

»Sie waren im Fernsehen«, sagte der Mann.

Noch bevor Renaud in Paris eingetroffen war, hatte er einen von ihm bevorzugten Fernsehreporter angerufen und ein Interview verabredet, in dessen Verlauf er das gesamte Verdienst, den Mann im Eis gefunden zu haben, für sich in Anspruch nahm und Andeutungen machte, dass auch die Rettung sein Werk gewesen war.

»Ja, haben Sie das Interview gesehen?«

»Sie haben dem Reporter erzählt, Sie hätten unter dem Eis *Objekte* gefunden. Die Kassette war ein Objekt, was waren die anderen?«

»Es gab nur noch eins, einen Helm. Offenbar war er sehr alt.«

»Wo befindet der Helm sich jetzt?«

»Ich dachte, er sei in der Höhle zurückgelassen worden. Aber die Frau hat ihn herausgeschmuggelt.«

»Wer ist diese Frau?«

Ein bösartiges Funkeln trat in Renauds Augen. Vielleicht würde dieser Kretin ihn in Ruhe lassen, wenn er ihm ein verlockenderes Ziel anbot. Damit könnte er sich gleichzeitig von ihm und von Skye befreien.

»Ihr Name lautet Skye Labelle. Sie ist Archäologin. Wollen Sie ihren Namen und ihre Telefonnummer?« Er griff nach dem Dozentenverzeichnis und schlug es auf. »Sie hat ein Büro im Stockwerk unter uns. Die Nummer lautet 216. Machen Sie mit ihr, was Sie wollen, mir ist es egal.« Er gab sich Mühe, seine Schadenfreude zu verbergen. Er hätte wer weiß was dafür gegeben, Skyes Gesicht zu sehen, wenn dieser Irre plötzlich vor ihrer Tür stand.

Der Mann erhob sich langsam, machte Anstalten, sich zu verabschieden.

»Haben Sie noch andere Wünsche?«, fragte Renaud mit einem großzügigen Lächeln.

Der Mann erwiderte das Lächeln.

Dann holte er unter seinem Mantel eine Pistole Kaliber 22 hervor, die mit einem Schalldämpfer versehen war.

»Ja«, sagte er. »Ich möchte, dass Sie sterben.«

Die Pistole hustete einmal. Ein kreisrundes Loch erschien in Renauds Stirn. Er fiel nach vorne auf den Schreibtisch, ein erstarrtes Lächeln auf dem Gesicht.

Der große Mann griff nach dem Verzeichnis, verstaute es in seiner Hosentasche und verließ das Büro so leise und unauffällig, wie er es betreten hatte, wobei er sich nicht einmal mehr die Mühe machte, sich umzudrehen und nach dem leblosen Körper zu schauen, der halb auf dem Tisch lag.

# 14

Das altertümliche Flugzeug hoch über Austins Kopf tanzte unter scheinbarer Missachtung der Schwerkraft und physikalischer Gesetzmäßigkeiten ein anmutiges, leichtfüßiges Himmelsballett. Austin beobachtete staunend vom Rand des mit Gras bewachsenen Flugplatzes südlich von Paris, wie die Maschine sich korkenzieherartig in den Himmel schraubte, dann einen halben Looping mit einer Rolle ausführte und in einem perfekten Immelmann-Turn die Richtung änderte und zum Flugfeld zurückkehrte.

Austin spannte sich innerlich an, als das Flugzeug herunterkam und zur Landung ansetzte. Die Maschine war viel zu schnell. Sie kam herein wie ein ferngesteuerter Marschflugkörper. Sekunden später setzte das einem Fahrrad ähnelnde Fahrwerk der Maschine auf der Erde auf, und das Flugzeug sprang ein, zwei Meter in die Luft, doch dann kam es wieder herunter und rollte, begleitet von tiefem Motorengebrumm, zum Hangar.

Während der zweiflügelige Holzpropeller schon nach wenigen Umdrehungen stoppte, kletterte ein Mann mittleren Alters aus dem engen Cockpit, nahm seine Schutzbrille ab und kam zu Austin herübergeschlendert, der in der Nähe des Hangars wartete. Sein Grinsen reichte von Ohr zu Ohr. Wenn er ein Hund gewesen wäre, hätte er wahrscheinlich wie wild mit dem Schwanz gewedelt.

»Leider hat die Kiste nur Platz für eine Person, Monsieur Austin. Es wäre mir eine Freude gewesen, Sie auf einen Rundflug mitzunehmen.«

Austin betrachtete das winzige Flugzeug. Sein Blick wanderte über die geschossförmige Motorabdeckung, den aus Holz und Stoff konstruierten Rumpf und das dreieckige Querruder mit dem aufgemalten Emblem aus Totenschädel und gekreuzten Knochen. Stahlschnüre, die die Tragflächen hielten, spannten sich wie bei einem Regenschirm von einem A-förmigen Rahmen zum Cockpit.

»Mit allem Respekt, Monsieur Grosset, aber Ihr Flugzeug sieht kaum groß genug für nur eine Person aus.«

Lachfältchen kräuselten das wettergegerbte Gesicht des Franzosen. »Ich nehme Ihnen Ihre Skepsis gar nicht übel, Monsieur Austin. Die Morane-Saulnier N sieht aus, als ob ein Schuljunge sie in seinem Hobbykeller zusammengeschustert hätte. Bei nur gut sieben Metern Länge hat sie eine Spannweite von neun Metern. Aber diese kleine Mücke war eins der tödlichsten Flugzeuge ihrer Zeit. Sie war schnell – über hundert Meilen in der Stunde – und erstaunlich wendig. Gelenkt von einem erfahrenen Piloten war sie eine unglaublich effiziente Mordmaschine.«

Austin ging zu dem Flugzeug hinüber und strich mit der Hand über den Rumpf. »Ich war überrascht über den stromlinienförmigen Rumpf und das einzelne Tragflächenpaar. Wenn ich an den Ersten Weltkrieg denke, sehe ich immer nur stumpfnasige Doppeldecker vor mir.«

»Und das aus gutem Grund. Die meisten im Krieg eingesetzten Maschinen waren Doppeldecker. Die Franzosen hatten in Bezug auf die Konstruktion von Eindeckern den anderen Nationen einiges voraus. Dieses Modell hier war, eine Zeit lang zumindest, das aerodynamisch fortschrittlichste Flugzeug des Krieges. Sein wesentlicher Vorteil gegenüber dem Doppeldecker liegt in seiner Fähigkeit, um einiges schneller steigen zu können, obgleich dieser Vorteil später durch die Sopwith und die Nieuport wettgemacht wurde.«

»Ihr Immelmann-Turn war einfach makellos.«

»*Merci*«, bedankte Grosset sich mit einer knappen Verbeugung. »Manchmal ist es gar nicht so einfach, wie es aussieht. Die kleine Maschine wiegt voll beladen weniger als tausend Pfund, jedoch wird sie von einem 116 PS starken I-Rhone-Motor angetrieben. Damit ist sie nicht leicht zu lenken, und man muss die Steuerung mit äußerster Zärtlichkeit bedienen.« Er grinste. »Ein Pilot meinte einmal, die größte Gefahr beim Fliegen mit der N sei nicht der Luftkampf, sondern die Landung. Sicherlich haben Sie bemerkt, dass mein Anflugtempo ziemlich hoch war.«

Austin lachte verhalten. »Sie haben ein einzigartiges Talent für Untertreibungen, Monsieur Grosset. Ich dachte schon, Sie würden ein großes Loch in die Erde bohren.«

»Damit wäre ich nicht der Erste gewesen«, sagte Grosset mit einem unbeschwerten Lachen. »Dabei war meine Aufgabe, verglichen mit dem, was die alten Piloten vor sich hatten, kinderleicht. Stellen Sie sich vor, wie es ist, wenn Sie mit Tragflächen voller Löcher und zerfetzter Bespannung zurückkommen. Vielleicht sind Sie selbst sogar verwundet und vom Blutverlust geschwächt. *Das* nenne ich eine Herausforderung.«

Austin glaubte, einen Anflug von nostalgischem Neid in Grossets Stimme wahrnehmen zu können. Mit seinen aristokratischen Gesichtszügen und dem dünnen Schnurrbart war der Franzose die ideale Verkörperung der tollkühnen Luftkampfhelden, die die deutschen Schützengräben in totaler Missachtung dichten Flugabwehrfeuers anzugreifen pflegten. Austin hatte Grosset, den Direktor des Luftfahrtmuseums, angerufen, nachdem er mit Ian MacDougal gesprochen hatte, und ihn gebeten, sich die Bilder von dem Flugzeug im See anzusehen. Grosset hatte sofort seine Hilfe angeboten. Er hatte auch sofort zurückgerufen, nachdem er die Digitalfotos per Internet erhalten hatte, und mit einem ersten vorsichtigen Urteil aufwarten können.

»Ihre Maschine ist in viele Teile zerfallen«, hatte er gesagt, »aber ich stimme Monsieur Ian darin zu, dass es eine Maschine aus dem Ersten Weltkrieg ist, und zwar eine Morane-Saulnier N.«

»Ich fürchte, meine Kenntnisse bezüglich alter Flugzeugtypen sind ziemlich lückenhaft«, hatte Austin erwidert. »Können Sie mir etwas mehr darüber erzählen?«

»Ich kann sogar noch mehr«, hatte Grosset gemeint. »Ich kann Ihnen diesen Flugzeugtyp *zeigen*. Wir haben in unserem Luftfahrtmuseum eine N.«

Früher an diesem Tag, nach dem Einchecken in sein Pariser Hotel, hatte Austin einen Hochgeschwindigkeitszug bestiegen, der ihn schneller zu dem Museum gebracht hatte, als wenn er mit Grossets Maschine geflogen wäre. Das Museum befand sich in einem Hangarkomplex am Rand eines Flugplatzes, weniger als hundert Kilometer südlich von Paris.

Nach der beeindruckenden Demonstration der Flugfähigkeiten seiner Maschine hatte Grosset Austin auf ein Glas Wein in sein Büro eingeladen. Das Büro befand sich in einer Ecke des Hangars, der mit Flugzeug-Oldtimern gefüllt war. Sie gingen vorbei an einer Spad, einer Corsair und einer Fokker und betraten einen kleinen Raum, dessen Wände mit Dutzenden von Flugzeugfotos geschmückt waren.

Grosset füllte zwei Gläser mit Bordeaux und prostete den Gebrüdern Wright zu. Austin schlug vor, auch auf Alberto Santos-Dumont anzustoßen, einen frühen brasilianischen Luftfahrtpionier, der viele Jahre in Frankreich gelebt hatte und von vielen als Franzose betrachtet wurde.

Ausdrucke der Fotos, die Austin an Grosset geschickt hatte, waren auf einem alten Schreibtisch aus Holz ausgebreitet. Austin griff nach einem Bild von dem Wrack, studierte das geborstene Gerippe und schüttelte staunend den Kopf.

»Ich bin verblüfft, dass Sie das Flugzeug anhand dieses Trümmerhaufens überhaupt identifizieren konnten.«

Grosset stellte sein Glas beiseite und schob die Fotos auseinander, bis er das gesuchte fand.

»Anfangs war ich mir nicht sicher. Ich hatte einen Verdacht, aber wie Sie selbst meinten, ist es ein Trümmerhaufen. Das Maschinengewehr identifizierte ich als ein Hotchkiss, aber die wurden bei fast allen frühen Kampfflugzeugen verwendet. Aber die typische konische Motorabdeckung war ein ziemlich eindeutiger Hinweis. Dann bemerkte ich etwas sehr Interessantes.« Er schob das Foto über den Tisch und reichte Austin ein Vergrößerungsglas. »Sehen Sie sich das mal an.«

Austin betrachtete die abgerundete Form aus Holz. »Es sieht aus wie ein Propellerflügel.«

»Richtig. Aber nicht nur ein Propellerflügel. Sehen Sie hier, an dem Propeller ist eine Stahlplatte befestigt. Raymond Saulnier konstruierte bereits 1914 eine Synchronisationsvorrichtung, die ihm gestattete, mit einem Hotchkiss-Maschinengewehr durch den rotierenden Propeller zu schießen. Manchmal streikte die Munition, daher befestigte er einfache Ablenkplatten aus Stahl an den Propellerflügeln.«

»Davon habe ich schon mal gehört. Eine simple technische Lösung eines komplizierten Problems.«

»Nachdem ein paar Piloten durch Querschläger den Tod gefunden hatten, wurde diese Idee zeitweise verworfen. Dann kam der Krieg und mit ihm die Notwendigkeit, nach neuen Möglichkeiten zu suchen, den Feind auszuschalten. Ein französischer Pilot namens Roland Garros kam mit Saulnier zusammen, und sie rüsteten sein Flugzeug mit Ablenkplatten aus Stahl aus, die so funktionierten, wie sie sollten. Er schaffte einige Abschüsse, bis seine Maschine hinter den feindlichen Linien abstürzte. Die Deutschen benutzten danach sein System, um die Fokker-Synchronisation zu entwickeln.«

Austin griff nach einem anderen Foto und deutete auf ein kleines hellfarbenes Rechteck im Cockpit. »Was könnte das Ihrer Meinung nach sein? Es sieht aus wie ein metallenes Schild oder eine Plakette.«

»Sie haben wirklich gute Augen«, stellte Grosset lächelnd fest. »Es ist eine Hersteller-Kennnummer.« Er suchte ein anderes Foto heraus. »Ich habe das Bild am Computer vergrößert. Die Buchstaben und Ziffern sind ein wenig verschwommen, aber ich habe die Auflösung verbessert, und nun kann man sie ganz gut erkennen. Ich konnte sie anhand der Unterlagen im Museumsarchiv identifizieren.«

Austin schaute von dem Bild hoch. »Konnten Sie den Eigentümer feststellen?«

Grosset nickte. »Insgesamt wurden neunundvierzig N's gebaut. Nachdem sie sahen, wie erfolgreich Garros war, bestellten auch andere französische Piloten die Maschine und setzten sie mit tödlicher Effizienz ein. Die Engländer kauften einige dieser ›Bullet‹-Maschinen, wie sie das Modell nannten, und die Russen ebenfalls. Sie operierten weitaus besser als die Fokker, doch viele Piloten hatten großen Respekt vor ihrer hohen Landegeschwindigkeit und ihren empfindlichen Reaktionen auf Lenkimpulse. Sie sagten, Sie hätten dieses Wrack in den Alpen gefunden?«

»Ja, auf dem Grund eines Gletschersees in der Nähe des Dormeur-Gletschers.«

Grosset lehnte sich in seinem Sessel zurück und legte die Fingerspitzen gegeneinander. »Merkwürdig. Vor einigen Jahren wurde ich in diese Gegend gerufen, um die Wracks einiger alter Flugzeuge zu inspizieren, die an verschiedenen Stellen gefunden worden waren. Es waren Maschinen, die man damals unter der Bezeichnung Aviatik kannte, vorwiegend zu Aufklärungs- und Beobachtungszwecken eingesetzt. Ich unterhielt mich mit einigen Einheimischen, die berichteten, dass ihre Großeltern ihnen von einem Luftkampf erzählt hätten. Er muss zu Beginn des Ersten Weltkriegs stattgefunden haben, allerdings konnte ich kein genaues Datum ermitteln.«

»Meinen Sie, dass dieser Luftkampf irgendetwas mit diesem jüngsten Fund zu tun haben könnte?«

»Vielleicht. Es könnte ein weiteres Teil eines fast hundert Jahre alten Rätsels sein. Nämlich des geheimnisvollen Verschwindens von Jules Fauchard. Er war der Besitzer des Flugzeugs, das Sie gefunden haben.«

»Dieser Name sagt mir nichts.«

»Fauchard war einer der reichsten Männer Europas. Er verschwand im Jahr 1914, offensichtlich während er seine Morane-Saulnier flog. Er hatte die Gewohnheit, Flüge über seinen Ländereien und seinen Weinbergen zu unternehmen. Eines Tages kam er nicht mehr zurück. Eine Suche wurde innerhalb der Reichweite seiner Maschine in Gang gesetzt, aber man fand keine Spur von ihm. Nach ein paar Tagen begann der Krieg, und sein Verschwinden, so bedauerlich es auch war, wurde zu einer historischen Fußnote.«

Austin tippte auf das Foto, welches das Maschinengewehr zeigte. »Fauchard müssen seine Trauben aber sehr am Herzen gelegen haben. Wie kommt ein Zivilist dazu, ein Kampfflugzeug zu fliegen?«

»Fauchard war Waffenproduzent mit vielschichtigen politischen Beziehungen. Er dürfte keinerlei Schwierigkeiten gehabt haben, sich eine Maschine aus dem französischen Waffenlager zu besorgen. Die viel bedeutendere Frage ist, wie er in die Alpen kam.«

»Verirrt?«

»Das glaube ich nicht. Seine Maschine hätte es mit nur einer Tankfüllung niemals bis zum Lac du Dormeur geschafft. In den damaligen Zeiten gab es nur wenige Flugplätze. Er hatte wahrscheinlich auf seiner Route Treibstofflager angelegt. Das legt die Vermutung nahe, dass sein Flug Teil eines speziellen Plans war.«

»Was meinen Sie, wohin er unterwegs war?«

»Der See liegt in der Nähe der Schweizer Grenze.«

»Und die Schweiz ist bekannt für ihre verschwiegenen Banken. Vielleicht wollte er nach Zürich, um einen Scheck einzulösen.«

Grosset quittierte diese Vermutung mit einem leisen Lachen. »Ein Mann in Fauchards Position hatte keine Verwendung für Bargeld.« Seine Miene wurde ernst. »Haben Sie die Fernsehberichte über die Leiche gesehen, die im Eis gefunden wurde?«

»Nein, aber ich habe mit jemandem gesprochen, der sie gesehen hat. Die Lady meinte, der Tote schien einen langen Ledermantel und eine enge anliegende Mütze getragen zu haben, wie man sie bei den frühen Piloten oft sehen konnte.«

Grosset beugte sich vor. Seine Augen funkelten erregt. »Das würde passen! Fauchard ist vielleicht geflüchtet. Er ist auf dem Gletscher gelandet, und seine Maschine ist in den See gestürzt. Wenn wir nur seinen Körper bergen könnten.«

Austins Gedanken wanderten zurück zu dem dunklen, mit Wasser gefüllten Tunnel. »Es wäre eine fast unlösbare Aufgabe, den Tunnel trockenzulegen und wieder zugänglich zu machen.«

»Das ist mir klar.« Grosset schüttelte den Kopf. »Wenn jemand ein solches Unternehmen erfolgreich durchziehen kann, dann nur die Fauchards.«

»Gibt es seine Familie denn noch?«

»Oh ja, obgleich man nicht viel darüber weiß. Sie schirmen sich systematisch ab.«

»Das überrascht nicht. Viele reiche Familien wünschen kein öffentliches Aufsehen.«

»Es geht noch viel tiefer, Monsieur. Die Fauchards sind das, was man gerne als ›Händler des Todes‹ bezeichnet. Waffenhändler in großem Stil. Waffen werden von vielen als unappetitliches Geschäft betrachtet.«

»Die Fauchards kommen mir vor wie eine französische Ausgabe der Krupps.«

»Sie sind auch oft mit den Krupps verglichen worden, obgleich Racine Fauchard dem heftig widersprechen würde.«

»Racine?«

»Sie war Jules' Großnichte. Eine *femme formidable*, wie ich gehört habe. Sie leitet noch immer die Geschäfte der Familie.«

»Ich könnte mir vorstellen, dass Madame Fauchard gerne etwas über das Schicksal ihres lange vermissten Vorfahren erfahren möchte.«

»Dem stimme ich zu, aber es wäre schwierig für einen gewöhnlichen Sterblichen, an den Rechtsanwälten, PR-Leuten und Leibwächtern vorbeizukommen, die eine Person von ihrem Reichtum beschützen.« Er überlegte einige Sekunden lang und sagte dann: »Ein Freund von mir ist Direktor in der Firma. Ich könnte ihm diese Informationen übermitteln und abwarten, was geschieht. Wo kann ich Sie erreichen?«

»Ich fahre mit dem Zug nach Paris zurück. Ich gebe Ihnen meine Handynummer.«

»*Bien.*« Grosset nickte zufrieden. Dann rief er ein Taxi, das Austin zum Bahnhof bringen sollte. Anschließend gingen sie an den alten Flugzeugen vorbei zum Eingang des Museums, um auf das Taxi zu warten.

Sie verabschiedeten sich mit einem Händedruck voneinander, und Austin sagte: »Vielen Dank für Ihre Hilfe.«

»Es war mir ein Vergnügen. Darf ich fragen, welches Interesse die NUMA an dieser Angelegenheit hat?«

»Im Grunde kein spezielles. Ich habe das Flugzeug entdeckt, während ich bei einem von der NUMA gesponserten Projekt tätig war, aber ich verfolge die Sache aus rein privatem Interesse.«

»Dann bedienen Sie sich keiner Mittelsmänner, wenn Sie versuchen sollten, mit den Fauchards in Kontakt zu kommen?«

»Das hatte ich nicht vor.«

Grosset ließ sich Austins letzte Bemerkung durch den Kopf gehen. »Ich war jahrelang beim Militär, und Sie sind offenbar jemand, der sehr gut auf sich selbst Acht geben kann. Aber ich muss Sie warnen: Seien Sie bei Ihrem Umgang mit den Fauchards vorsichtig!«

»Warum?«

»Die Fauchards sind nicht nur eine sehr reiche Familie.« Grosset hielt inne. Er suchte nach den richtigen Worten. »Es heißt, dass sie eine *Vergangenheit* haben.«

Ehe Austin fragen konnte, was Grosset damit meinte, fuhr das Taxi vor. Sie verabschiedeten sich voneinander. Während Austin sich gemütlich zurücklehnte, dachte er über die Warnung des Franzosen nach. Grosset schien andeuten zu wollen, dass die Fauchards mehr als nur eine Leiche im Keller hatten. Das Gleiche konnte man von jeder reichen Familie auf dieser Erde behaupten, dachte Austin. Die Vermögen, die ihren Besitzern prächtige Häuser und hohes Ansehen verschafften, basierten häufig auf einem Fundament aus Sklaverei, Opiumhandel, Schmuggel oder organisiertem Verbrechen.

Da er nicht mehr zur Verfügung hatte als eine Andeutung, wandte Austin seine Aufmerksamkeit dem bevorstehenden Treffen mit Skye zu, doch Grossets Warnung geisterte immer wieder durch sein Bewusstsein, wie der Klang einer fernen Kirchenglocke.

*Es heißt, dass sie eine* Vergangenheit *haben.*

## 15

Skye hatte ihr Büro im wissenschaftlichen Zentrum der Sorbonne, einem von Le Corbusier beeinflussten Bauwerk aus Glas und Beton, das zwischen einige Jugendstil-Gebäude unweit des Pantheon gezwängt worden war. Normalerweise war die Straße ruhig bis auf den Strom der Studenten, die sie als Abkürzung benutzten. Aber als Skye um die Ecke bog, erblickte sie Streifenwagen, die die Avenue an beiden Enden abriegelten. Weitere Polizeiwagen waren vor dem Gebäude aufgereiht, und Polizeibeamte drängten sich um den Hauseingang.

Ein korpulenter Polizist, der ein Absperrgitter bewachte, hob eine Hand, um ihr den Weg zu versperren. »Tut mir Leid, Mademoiselle. Sie dürfen hier nicht durch.«

»Was ist passiert, Monsieur?«

»Es hat einen Unfall gegeben.«

»*Was* für einen Unfall?«

»Das weiß ich nicht, Mademoiselle«, antwortete der Polizist mit einem wenig überzeugenden Achselzucken.

Skye holte ihren Universitätsausweis aus der Handtasche und hielt ihn dem Polizisten unter die Nase. »Ich arbeite in diesem Gebäude. Ich möchte gerne wissen, was dort vorgeht und inwiefern es mich betrifft.«

Der Polizist ließ den Blick von Skyes Gesicht zu dem Foto auf ihrem Ausweis wandern und sagte: »Sie sollten mit dem Dienst habenden Inspektor reden.« Er brachte Skye zu einem Mann in Zivil, der neben einem Polizeiwagen stand und sich mit zwei Polizisten in Uniform unterhielt.

»Diese Frau sagt, sie arbeitet in dem Gebäude«, erklärte der Polizist dem Inspektor, einem rundlichen Mann, dessen Gesicht den weltverdrossenen Ausdruck von jemandem zeigte, der zu viel von der Schattenseite des Lebens gesehen hatte.

Der Inspektor studierte Skyes Ausweis mit trüben, geröteten Augen und gab ihn zurück, nachdem er ihren Namen und ihre Adresse in seinem Notizbuch eingetragen hatte.

»Mein Name ist Dubois«, stellte er sich vor. »Kommen Sie bitte mit.« Er öffnete die Tür des Streifenwagens, bedeutete ihr, sie solle auf dem Rücksitz Platz nehmen, und folgte ihr. »Wann waren Sie das letzte Mal an Ihrem Arbeitsplatz, Mademoiselle?«

Sie schaute auf die Uhr. »Vor etwa zwei oder drei Stunden. Vielleicht ist es auch schon etwas länger her.«

»Wo waren Sie in dieser Zeit?«

»Ich bin Archäologin. Ich war mit einem Artefakt bei einem Experten für Antiquitäten, damit er sich den Fund ansieht. Dann war ich für ein Nickerchen in meiner Wohnung.«

Der Inspektor machte sich einige Notizen. »Als Sie in dem Gebäude waren, ist Ihnen da irgendjemand aufgefallen oder irgendetwas seltsam vorgekommen?«

»Nein. Alles war normal, soweit ich weiß. Können Sie mir vielleicht verraten, was geschehen ist?«

»Es hat eine Schießerei gegeben. Jemand wurde getötet. Kannten Sie einen Monsieur Renaud?«

»*Renaud?* Natürlich! Er war mein Abteilungsleiter. Sie sagen, er ist tot?«

Dubois nickte. »Von einem Unbekannten erschossen. Wann haben Sie Monsieur Renaud das letzte Mal gesehen?«

»Als ich gegen neun Uhr zur Arbeit kam. Wir benutzten beide den Fahrstuhl. Mein Büro befindet sich ein Stockwerk unter seinem. Wir haben uns einen guten Morgen gewünscht und sind unserer Wege gegangen.«

Sie hoffte, dass die kleine Beschönigung sich nicht in ihrem Blick zeigte. Als sie Renaud begrüßte, hatte er sie nur wütend angefunkelt und keinen Ton gesagt.

»Haben Sie eine Ahnung, wer Monsieur Renaud etwas hätte antun wollen?«

Skye zögerte, ehe sie antwortete. Sie vermutete, dass die triefäugige Physiognomie des Inspektors nur eine Maske war, mit der er Tatverdächtige zu Aussagen verleiten wollte, die sie unter Umständen selbst belasteten. Wenn er bereits mit anderen Angestellten gesprochen hatte, müsste er längst erfahren haben, dass Renaud in seiner gesamten Abteilung verhasst war. Wenn sie etwas anderes behauptete, würde er sich wahrscheinlich fragen, weshalb sie log.

»Monsieur Renaud war eine sehr umstrittene Persönlichkeit innerhalb der Abteilung«, sagte sie nach einem kurzen Moment. »Vielen Leuten gefiel nicht, wie er sie leitete.«

»Und Sie, Mademoiselle? Hat Ihnen gefallen, wie er auftrat?«

»Ich gehörte zu den Vertretern des Lehrkörpers, die der Meinung waren, dass er für den Posten, den er innehatte, nicht geeignet war.«

Der Polizeileutnant lächelte zum ersten Mal. »Eine sehr diplomatische Antwort, Mademoiselle. Darf ich fragen, wo genau Sie waren, ehe Sie herkamen?«

Skye nannte ihm Darnays Namen und die Adresse seines Antiquitätenladens sowie ihre Privatadresse, die er pflichtschuldigst notierte. Dabei versicherte er ihr, es sei eine reine Routinemaßnahme. Dann öffnete er die Wagentür und reichte ihr seine Visitenkarte.

»Vielen Dank, Mademoiselle Labelle. Bitte rufen Sie mich an, wenn Ihnen noch etwas einfallen sollte, was diese Angelegenheit betrifft.«

»Ja, natürlich. Ich möchte Sie um etwas bitten, Lieutenant. Darf ich mein Büro im zweiten Stock aufsuchen?«

Er überlegte einige Sekunden lang. »Ja, aber ich muss Ihnen einen meiner Männer als Begleitung mitgeben.«

Sie stiegen aus dem Wagen. Inspektor Dubois rief den Polizisten zu sich, mit dem Skye zuerst gesprochen hatte, und instruierte ihn, sie durch den Polizeikordon zu schleusen. Jeder Polizist in Paris schien sich am Tatort eingefunden zu haben. Renaud war ein Mistkerl, aber er war eine prominente Persönlichkeit an der Universität, und seine Ermordung war eine Sensation.

Weitere Polizeibeamte und Techniker arbeiteten im Gebäude. Die Leute von der Spurensicherung suchten nach Fingerabdrücken, Fotografen eilten umher und schossen ihre Bilder. Skye ging voraus zu ihrem Büro im zweiten Stock, den Polizisten im Schlepptau, trat ein und schaute sich um. Obgleich ihre Möbel und ihre Papiere sich an Ort und Stelle zu befinden schienen, hatte sie das seltsame Gefühl, dass irgendetwas fehlte.

Skyes Augen suchten den Raum ab, und dann ging sie zu ihrem Schreibtisch. Was ihren Papierkram betraf, achtete sie auf makellose Ordnung. Ehe sie das Büro verließ, hatte sie ihre Nachschlagewerke, Papiere und Akten mit absoluter Präzision aufgestapelt. Nun sah es jedoch so aus, als ob jemand sich an den Stapeln hastig zu schaffen gemacht hätte.

*Jemand war an ihrem Schreibtisch gewesen!*

»Mademoiselle?«

Der Polizeibeamte sah sie ein wenig komisch an, und sie wurde sich bewusst, dass sie einige Sekunden lang ins Leere gestarrt hatte. Sie nickte, öffnete eine Schreibtischschublade und holte einen Schnellhefter heraus. Sie klemmte sich den Ordner unter den Arm, ohne nachzusehen, was er enthielt.

»Ich bin fertig«, sagte sie und zwang sich zu einem Lächeln.

Skye widerstand dem Impuls, aus dem Büro hinauszustürzen, und versuchte, mit ganz normalem Tempo zu gehen, doch ihre Beine fühlten sich an, als wären sie plötzlich aus Holz. Ihr ruhiges Äußeres verriet nichts von ihrem rasenden Puls, und ihr Herzschlag schien wie Donner in ihren Ohren widerzuhallen. Sie dachte, dass dieselbe Hand, die zwischen ihren Papieren herumgewühlt hatte, vielleicht die Pistole gehalten hatte, die Renaud getötet hatte.

Der Polizist eskortierte sie aus dem Gebäude und durch die Sperre. Sie bedankte sich bei ihm und ging wie benommen nach Hause. Dabei überquerte sie Straßen, ohne nach rechts oder links zu schauen, was für Paris geradezu selbstmörderisch war. Sie achtete nicht auf die kreischenden Bremsen, die Kakophonie blökender Hupen und die Flüche, die man ihr nachschrie.

Als sie in die enge Straße einbog, in der sich ihre Wohnung befand, hatte ihre Panikattacke nachgelassen. Sie fragte sich, ob es richtig gewesen war, Inspektor Dubois nicht darauf aufmerksam gemacht zu haben, dass jemand ihr Büro durchsucht hatte. Im Geiste konnte sie sehen, wie der Inspektor zu dem Schluss kam, dass diese verrückte paranoide Frau zu den Verdächtigen gehörte.

Skye wohnte in einem im neunzehnten Jahrhundert erbauten Haus mit Mansardendach in der Rue Mouffetard am Rand des Quartier Latin. Sie liebte die betriebsame Gegend mit ihren Läden und Restaurants und Straßenmusikern. Das alte Haus war umgebaut und in drei Apartments aufgeteilt worden. Skyes Wohnung befand sich im dritten Stock, und der mit einem gusseisernen Gitter gesicherte Balkon gestattete ihr einen Blick auf das geschäftige Treiben auf der Straße und die allgegenwärtigen Pariser Schornsteine. Sie spurtete die Treppe hinauf. Erleichterung ließ sie aufatmen, als sie die Tür öffnete. Sie fühlte sich sicher in ihrem Apartment, doch dieses Gefühl der Sicherheit dauerte nur so lange, bis sie ihr Wohnzimmer betrat. Sie konnte nicht fassen, was sie erblickte.

Der Raum sah aus, als sei eine Bombe darin explodiert. Sesselpolster und Sofakissen waren auf dem Fußboden verstreut. Sämtliche Magazine waren von ihrem Couchtisch heruntergefegt worden. Bücher waren aus dem Regal gerissen und achtlos zu Boden geworfen worden. In der Küche sah es noch schlimmer aus. Die Schränke standen weit offen, und der Fußboden war mit Glas- und Porzellanscherben bedeckt. Wie eine Schlafwandlerin ging sie ins Schlafzimmer. Schubladen waren aus den Kommoden gezogen und ihr Inhalt wahllos im Zimmer verstreut worden. Die Laken hatte man von ihrem Bett gefetzt, und die Matratze war aufgeschlitzt worden, sodass die Füllung herausquoll.

Sie kehrte ins Wohnzimmer zurück und starrte auf das Durcheinander. Sie zitterte vor Wut über diese Verletzung ihrer Privatsphäre. Sie fühlte sich, als sei sie vergewaltigt worden. Die Wut wurde von der Angst abgelöst, dass die Person, die ihre Wohnung verwüstet hatte, sich noch immer dort aufhalten konnte. Sie hatte noch nicht im Badezimmer nachgeschaut. Sie holte sich einen Schürhaken vom offenen Kamin und ging rückwärts aus dem Apartment, wobei ihr Blick sich an der Badezimmertür festsaugte.

Hinter ihr knarrte der Fußboden.

Sie wirbelte herum und holte mit dem Schürhaken aus.

»Hal-lo«, sagte Kurt Austin, während seine blauen Augen sich überrascht weiteten.

Skye wäre beinahe ohnmächtig geworden. Sie ließ den Schürhaken sinken. »Tut mir Leid«, murmelte sie.

»Eigentlich sollte ich mich dafür entschuldigen, dass ich mich auf diese Art und Weise an Sie herangeschlichen habe. Aber die Tür stand offen, daher bin ich reingekommen.« Er bemerkte Skyes aschfahles Gesicht. »Sind Sie okay?«

»Jetzt, wo Sie hier sind, ja.«

Austin ließ den Blick durchs Wohnzimmer schweifen. »Ich wusste gar nicht, dass Paris von Wirbelstürmen heimgesucht wird.«

»Ich glaube, dass die Person, die Renaud getötet hat, für dies hier verantwortlich ist.«

»Renaud? Doch nicht etwa der Mann, der mit Ihnen unter dem Gletscher eingesperrt war?«

»Doch. Er ist in seinem Büro erschossen worden.«

Austin biss die Zähne zusammen. »Haben Sie schon in den anderen Zimmern nachgeschaut?«

»In jedem außer im Badezimmer. Und ich habe nicht gewagt, die Schränke zu öffnen.«

Austin nahm ihr den Schürhaken aus der Hand. »Nur zur Sicherheit«, sagte er.

Er verschwand im Badezimmer und kam Sekunden später wieder heraus.

»Rauchen Sie?«, fragte Austin.

»Seit vielen Jahren nicht mehr. Warum?«

»Sie hatten Recht, besorgt zu sein.« Er präsentierte einen Zigarettenstummel. »In der Badewanne habe ich einen ganzen Haufen davon gefunden. Jemand hat darauf gewartet, dass Sie nach Hause kommen.«

Skye erschauerte. »Warum ist er verschwunden?«

»Aus welchem Grund auch immer, es war jedenfalls Ihr Glück, dass er es getan hat. Erzählen Sie mir von Renaud.«

Sie räumte das Sofa frei, schilderte dann in allen Einzelheiten ihren Besuch im Universitätsgebäude. »Bin ich verrückt, wenn ich dieses Chaos und das Durchsuchen meines Büros mit dem Mord an Renaud in Verbindung bringe?«

»Sie wären verrückt, wenn Sie es *nicht* täten. Fehlt irgendetwas aus Ihrer Wohnung?«

Sie sah sich im Wohnzimmer um und schüttelte den Kopf. »Das kann ich im Augenblick unmöglich feststellen.« Ihr Blick fiel auf den Anrufbeantworter unter ihrem Telefon.

»Seltsam«, sagte sie. »Als ich das Apartment verließ, waren nur zwei Nachrichten auf dem Gerät. Jetzt sind es vier.«

»Eine ist von mir. Ich habe angerufen, sobald ich wieder in Paris war.«

»Jemand muss die beiden letzten Nachrichten abgehört haben, denn das Licht blinkt nicht.«

Austin drückte auf die Wiedergabetaste und hörte seine Stimme sagen, dass er sie in ihrem Büro nicht hatte erreichen können und zu ihrer Wohnung käme in der Hoffnung, sie befände sich gerade auf dem Nachhauseweg von ihrem Büro. Er drückte erneut auf die PLAY-Taste. Darnays Stimme erklang.

»Skye, hier ist Charles Darnay. Ich habe mir gedacht, dass ich den Helm in mein Haus mitnehme. Ihn zu identifizieren erweist sich doch als schwieriger, als ich anfangs angenommen habe.«

»Du lieber Himmel«, stieß sie hervor. Ihr Gesicht war plötzlich schneeweiß. »Wer immer hier auf mich gewartet hat, muss die Nachricht gehört haben.«

»Wer ist Charles Darnay?«, fragte Austin.

»Ein Freund. Er handelt mit seltenen Waffen und Rüstungen. Ich habe den Helm zu ihm gebracht, damit er ihn untersucht. Warten Sie ...« Sie fischte ihr Adressbuch aus dem Papierhaufen und schaute unter *D* nach. Eine Seite war herausgerissen worden. Sie zeigte Austin das Buch. »Mein unbekannter Besucher hat Darnay ausfindig gemacht.«

»Versuchen Sie ihn zu warnen.«

Sie griff nach dem Telefonhörer, wählte eine Nummer und lauschte einige Sekunden lang. »Es nimmt niemand ab. Was sollen wir tun?«

»Das Klügste wäre, die Polizei anzurufen.«

Sie runzelte die Stirn. »Das würde Charles nicht gefallen. Er operiert in seinem Gewerbe am Rand der Legalität und manchmal sogar jenseits davon. Er würde es mir niemals verzeihen, wenn die Polizei bei ihm einfiele und dort herumschnüffelte.«

»Und wenn sein Leben davon abhinge?«

»Er ist nicht ans Telefon gegangen. Vielleicht ist er gar nicht zu Hause. Vielleicht machen wir uns seinetwegen völlig unnötige Sorgen.«

Austin war nicht so optimistisch, aber er wollte keine Zeit mit fruchtlosen Diskussionen vergeuden. »Wie weit ist es bis zu seinem Laden?«

»Er befindet sich auf dem rechten Seine-Ufer. Mit dem Taxi sind es zehn Minuten.«

»Ich habe draußen einen Wagen stehen. Wir schaffen es in fünf.«

Sie rannten die Treppe hinunter.

Das Schaufenster des Antiquitätengeschäfts war dunkel, und die Tür war verriegelt. Skye holte den Schlüssel hervor, den Darnay ihr anvertraut hatte, und öffnete die Tür. Ein schmaler Lichtstreifen drang unter den Bürovorhängen hervor.

Austin schob vorsichtig den Vorhang zur Seite. Die bizarre Szene, die sich ihm darbot, erinnerte an ein Arrangement in einem Wachsfigurenkabinett. Ein kniender grauhaariger Mann hatte den Kopf mit dem Kinn auf eine Speditionskiste aus Holz gelegt, wie ein zum Tode Verurteilter. Sein Haar war zerzaust. Er war an Händen und Füßen gefesselt, sein Mund war mit Klebeband verschlossen.

Ein großer Mann stand vor ihm und stützte sich auf ein langes, zweihändiges Breitschwert; eine schwarze Maske verhüllte die obere Hälfte seines Gesichts. Der Scharfrichter blickte auf und lächelte Austin an. Er zog die Maske ab, schleuderte sie beiseite und hob das Schwert über Darnays Hals. Das Licht brach sich bösartig funkelnd auf der Klinge.

»Bitte bleiben Sie«, sagte er mit einer Stimme, die für seine Körpergröße überraschend hoch klang. »Ihr Freund würde seinen Kopf verlieren, wenn Sie weggingen.«

Skye grub ihre Finger in Austins Oberarm, doch er nahm es kaum wahr. Austin erinnerte sich an die Beschreibung, die er gehört hatte, und wusste, dass er den falschen Reporter vor sich sah, der den Gletschertunnel geflutet hatte.

»Warum sollten wir weggehen?«, fragte Austin nonchalant. »Wir sind doch gerade erst hereingekommen.«

Der Mann mit dem teigigen Gesicht lächelte, doch sein Schwert schwebte weiterhin über Darnays Hals.

»Dieser Mann ist sehr dumm«, sagte er. Er blickte auf ein Regal, in dem alte Helme aufgereiht waren. »Er weigert sich, mir zu verraten, welcher dieser Töpfe der ist, nach dem ich suche.«

Darnays Standhaftigkeit hatte ihm wahrscheinlich das Leben gerettet, dachte Austin. Der alte Mann musste gewusst haben, dass er getötet würde, sobald sein Angreifer erhielt, was er wollte.

»Ich bin sicher, dass jeder Ihnen passen würde«, meinte Austin begütigend.

Der Mann ignorierte den Vorschlag und richtete den Blick auf Skye. »*Sie* verraten es mir, nicht wahr? Sie sind in diesen Dingen eine Expertin.«

»Sie haben Renaud getötet, nicht wahr?«, sagte Skye.

»Vergießen Sie wegen Renaud keine Tränen. Er hat mir gesagt, wo Sie zu finden sind«, sagte der Mann. Das Schwert stieg ein paar Zentimeter hoch. »Zeigen Sie mir den Helm, den Sie vom Gletscher mitgenommen haben, und ich lasse Sie alle laufen.«

Höchst unwahrscheinlich, dachte Austin. Sobald Renauds Mörder den Helm in seinen Besitz gebracht hatte, würde er sie alle erledigen. Austin beschloss zu handeln, auch wenn das bedeutete, dass er Darnays Leben aufs Spiel setzte. Er hatte an einer Wand, ein paar Schritte entfernt, eine Streitaxt entdeckt. Er ging hin und nahm die Waffe an sich.

»Ich schlage vor, Sie legen das Schwert weg«, sagte er. Seine Stimme klang leise und völlig ruhig.

»Soll ich es auf Monsieur Darnays Hals deponieren?«

»Das können Sie tun«, antwortete Austin, wobei er dem Mann in die Augen blickte, damit keine Irrtümer entstanden. »Aber dann würde wenig später Ihr dicker fetter Schädel auf dem Fußboden neben seinem liegen.«

Er hob die Axt, um seine Worte zu unterstreichen. Die Waffe war primitiv, aber nicht zu unterschätzen. Der Kopf aus Karbonstahl war verlängert und so geformt, dass man ihn als Speer benutzen konnte. Ein Dorn ragte auf der Rückseite des Axtkopfs hervor wie der Schnabel eines Storchs. Stählerne *langelets* schlossen den Axtkopf ab, um den Stiel aus Hartholz zu schützen.

Der Mann dachte über Austins Drohung nach. Dem entschlossenen Tonfall in Austins Stimme konnte er entnehmen, dass er, falls er Darnay oder Skye tötete, ebenfalls sterben müsste. Er würde sich zuerst um Austin kümmern müssen und sich dann die anderen vornehmen. Austin hatte mit dieser Reaktion gerechnet, genau genommen wünschte er sie sich sogar. Nach seiner Erfahrung unterschätzten große Männer kleiner gewachsene Gegner des Öfteren.

Der Mann machte einen Schritt auf Austin zu, holte mit dem Schwert aus und schwang es in einem Bogen abwärts. Austin war auf diese Aktion nicht vorbereitet und begriff, dass er es war, der seinen Gegner unterschätzt hatte. Trotz seiner massigen Gestalt bewegte der Mann sich mit raubtierhafter Schnelligkeit. Austins Reflexe übernahmen das Kommando, ehe sein Geist Zeit fand, das metallische Blitzen zu verarbeiten. Seine Arme rissen die Axt hoch.

Die Schwertklinge prallte klirrend gegen die schützenden Stahlzungen am Stiel. Ein scharfer Schmerz schoss durch Austins Arme, doch die Klinge wurde nur wenige Zentimeter über seinem Kopf gebremst. Er stieß das Schwert beiseite, ließ den Axtstiel durch die Hand gleiten und schwang die Axt wie einen Baseballschläger. Es war ein aggressiver Schachzug, zum Teil ausgelöst durch die dringende Notwendigkeit, sein Leben zu verteidigen. Es gab aber auch noch einen anderen Grund: Er konnte diesen Kerl ganz einfach nicht ausstehen.

Die tödliche Axtklinge hätte den großen Mann zerfleischt, wenn er die Schlagrichtung nicht geahnt und seinen Oberkörper nach hinten geneigt hätte. Austin lernte auf unangenehme Art und Weise, dass zu einem mittelalterlichen Kampf Mann gegen Mann mehr gehörte als reine Muskelkraft. Er drehte sich einmal um die eigene Achse, ehe er in der Lage war, seinen Schlag zu kontrollieren.

Teiggesicht wurde durch die unerwartete Wildheit des Angriffs zurückgetrieben, doch er erholte sich schnell. Als er sah, dass Austins wilde Attacke ihn aus dem Gleichgewicht gebracht hatte, änderte er seine Taktik. Er hielt das Schwert gerade vor sich und stieß zu.

Austin zog die Brust ein und machte einen Satz rückwärts, wobei er seinem Angreifer die Seite zuwandte. Er entging dem Hauptstoß, der unter der hochgehaltenen Axt ins Leere ging, doch das Schwert stanzte ein Loch in sein Hemd und ritzte die Haut, sodass Blut hervorquoll. Austin schlug das Schwert aus dem Weg und reagierte mit einem eigenen Angriff.

Allmählich bekam Austin ein Gefühl für die Axt. Mit dieser Waffe konnte ein Infanterist einen Reiter leicht von seinem Pferd herunterholen, dann seine Rüstung durchbohren und ihn erstechen. Der lange Stiel verlieh Austin einen geringen Vorteil. Und er stellte fest, dass kurze Schwünge und Schläge die tödlichste Art und Weise waren, mit dieser Waffe umzugehen.

Teiggesicht lernte schnell. Er wich zurück, stieß dabei gegen den Tisch, auf dem zahlreiche Ritterhelme lagen. Nicht in der Lage, sich weiter zurückzuziehen, hob er das Schwert zur Vorbereitung auf einen wilden Gegenangriff. Austin kam ihm mit einem plötzlichen Sprung nach vorne zuvor. Der große Mann prallte gegen den Tisch, und die Helme purzelten mit lautem Getöse auf den Boden.

Teiggesicht stolperte über einen Helm, ehe er wieder sicheren Stand hatte. Er brüllte wie ein verwundeter Löwe und ging auf Austin los, schlug mit wilden Hieben aus allen Richtungen auf ihn ein. Schweiß rann in Austins Augen, behinderte seine Sicht, und er zog sich vor der heftigen Attacke zurück, bis sein Rücken die Wand berührte.

Als er sah, dass Austin nicht weiter ausweichen konnte, knurrte Teiggesicht siegessicher und holte mit dem Schwert aus, um mit aller Kraft zuzuschlagen. Austin sah den Hieb kommen und wusste, dass er ihn niemals mit der Axt würde auffangen können.

Er ging in die Offensive. Die Axt hoch über seinen Kopf haltend, sprang er vorwärts, rammte mit ausgestreckten Armen den Axtstiel gegen den Adamsapfel seines Gegners und ließ die Breitseite gegen seinen Hals krachen. Die Augen des Mannes quollen hervor, und er gab ein ersticktes Stöhnen von sich.

Teiggesicht rang nach Luft, aber das Fett um seinen Hals hatte verhindert, dass seine Luftröhre völlig zusammengequetscht wurde. Er löste die linke Hand vom Schwertgriff und fasste nach dem Axtstiel. Austin versuchte erneut, den Stiel dem Mann gegen die Kehle zu rammen. Als er das nicht schaffte, riss er die Waffe zurück, doch der Mann hatte den Stiel gepackt und wollte nicht loslassen.

Austin hob das Knie an und rammte es in den Unterleib des Mannes, doch sein Gegner grunzte nur. *Er muss Eier aus Stahl haben*, dachte Austin und versuchte, dem Mann den Axtstiel aus den Händen zu winden. Teiggesicht ließ das Schwert fallen und packte nun mit der rechten Hand den Stiel. Sie waren wie zwei Schuljungen, die sich um einen Baseballschläger stritten, nur dass der Verlierer in diesem tödlichen Spiel im Sarg enden würde.

Teiggesichts überlegene Kraft und sein höheres Gewicht begannen sich auszuzahlen. Seine Hände befanden sich jeweils an den äußeren Enden des Stiels, wo er sich auch der Hebelkraft bedienen konnte. Sein irres Grinsen wechselte zu einem raubtierhaften Fauchen des Triumphs, und er drehte Austin die Axt aus der Hand.

Austin schaute sich gehetzt um. Überall in der Werkstatt lagen Waffen herum, aber keine befand sich in seiner Reichweite. Teiggesicht lächelte, machte einen Schritt vorwärts. Austin wich zurück, bis er rücklings vor einer Wand stand. Teiggesicht lächelte noch immer und hob die Axt zu einem Hieb, der Austin in zwei saubere Hälften zerteilen würde.

Als er sah, dass die Körpermitte des Mannes kurzzeitig völlig ungedeckt war, benutzte Austin seine kräftigen Beine, um sich abzustoßen und seinen Kopf dem Mann mit der Wucht eines Rammbocks in die Magengrube zu bohren. Der Mann gab einen Laut wie ein gequetschtes Bellen von sich, und die Axt entfiel seiner Hand.

Austin richtete sich nach seinem Angriff auf, hatte die Beine gespreizt und war bereit, seine Fäuste in die teigige Visage zu hämmern. Austins Kopfstoß hatte Teiggesicht zweifellos wehgetan. Sein bleiches Gesicht war noch bleicher als zuvor, und er schnappte krampfhaft nach Luft.

Doch rasch hatte er sich wieder erholt. Er griff lächelnd in seine Jacke, und seine Hand kam mit einer Pistole zum Vorschein, auf deren Lauf ein Schalldämpfer aufgeschraubt war. Doch das Lächeln des Mannes zerbröckelte, um durch einen total perplexen Blick ersetzt zu werden. Ein gefiederter Stock ragte plötzlich aus seiner rechten Schulter. Die Pistole rutschte ihm aus den Fingern.

Austin drehte sich um und sah Skye mit einer Armbrust in der Hand. Sie hatte einen weiteren Pfeil eingelegt und versuchte hektisch, die Sehne zu spannen. Teiggesichts Blick richtete sich auf Austin, der sich nach der heruntergefallenen Pistole bückte, und kehrte dann zurück zu Skye. Er öffnete den Mund und gab ein Bellen von sich. Dann schnappte er sich einen Helm aus dem Haufen, der auf dem Fußboden gelandet war, schlurfte zur Ladentür und riss in seinem hastigen Bemühen zu entkommen den Vorhang zur Seite.

Austin folgte ihm vorsichtig mit der Pistole im Anschlag. Er hörte das Läuten der Türglocke, doch als er auf die Straße hinaustrat, war diese völlig verlassen. Er ging zurück in den Laden und achtete darauf, die Tür zu verriegeln. Skye hatte mittlerweile Darnays Fesseln durchgeschnitten.

Austin half Darnay aufzustehen. Der Antiquitätenhändler war etwas steif vom langen Niederknien, doch ansonsten schien er wohlauf zu sein. Austin wandte sich an Skye und sagte: »Sie haben mir noch gar nicht verraten, dass Sie mit der Armbrust eine absolute Meisterschützin sind.«

Sie hatte einen völlig perplexen Ausdruck im Gesicht. »Ich kann nicht glauben, dass ich ihn getroffen habe. Ich habe die Augen geschlossen und lediglich in die ungefähre Richtung gezielt.« Sie sah Austins blutbeflecktes Hemd. »Sie sind verletzt.«

Austin inspizierte die Wunde. »Es ist nur ein Kratzer, aber jemand schuldet mir ein neues Hemd.«

»Sie haben die *fauchard* aber gekonnt eingesetzt«, sagte Darnay, während er sich die Knie und die Ellbogen massierte.

»Was haben Sie gesagt?«, erwiderte Austin.

»Die Waffe, mit der Sie so geschickt umgegangen sind. Es ist eine *fauchard*, eine Art Streitaxt aus dem fünfzehnten Jahrhundert, ähnlich einer *glaive*. Es gab Bemühungen, sie im Mittelalter zu verbieten, weil sie so schreckliche Verletzungen hervorrief. Diese Waffe hier ist eine Kombination aus einer *fauchard* und einer Streitaxt. Sie machen so ein verwirrtes Gesicht?«

»Das liegt nur daran, dass ich diesen Namen in letzter Zeit ziemlich oft höre.«

»Ich finde diese waffentechnische Fachsimpelei zwar hochinteressant«, sagte Skye, »aber könnte irgendjemand mir mal verraten, was wir jetzt tun sollen?«

»Wir können immer noch die Polizei benachrichtigen«, schlug Austin vor.

Darnay wurde sichtlich unruhig. »Ich möchte die Gendarmen lieber nicht ins Haus holen. Einige meiner Geschäfte ...«

»Skye hat mich bereits entsprechend ins Bild gesetzt. Aber Sie haben Recht. Die Polizei könnte Schwierigkeiten haben zu glauben, dass ein großer Mann uns mit einem Schwert angegriffen hat.«

Der Antiquitätenhändler atmete erleichtert auf und sah sich das herrschende Chaos an. »Ich hätte niemals geglaubt, dass mein Büro einmal der Schauplatz einer Wiederholung der Schlacht von Agincourt sein würde.«

Skye inspizierte den Stapel Helme. »Er ist nicht da«, stellte sie mit trauriger Miene fest.

Darnay hatte dafür nur ein verschmitztes Lächeln übrig, ging zu einer Wand und drückte auf ein Holzpaneel. Ein rechteckiger Teil schwang auf und gab den Blick auf einen größeren Safe frei, den Darnay mit ein paar Drehungen am Kombinationsschloss öffnete. Er griff hinein und zog Skyes Helm heraus. »Dieses hübsche Stück scheint einen ziemlichen Wirbel auszulösen.«

»Es tut mir Leid, dich in die Sache hineingezogen zu haben«, sagte Skye. »Dieser schreckliche Mann hat in meinem Apartment auf mich gewartet und offenbar deinen Anruf mitgehört. Ich hätte niemals auch nur geahnt ...«

»Es ist nicht deine Schuld. Wie ich schon am Telefon meinte, ich muss dieses Prachtstück eingehender untersuchen. Ich glaube, es wäre klug, den Laden für einige Zeit zu schließen und weitere Geschäfte von meiner Villa in der Provence aus zu tätigen. Vielleicht möchtest du mich begleiten. Ich werde mir schreckliche Sorgen um dich machen, solange dieser *gros cochon* noch auf freiem Fuß ist.«

Skye ließ sich das durch den Kopf gehen. »Vielen Dank, aber ich habe zu viel Arbeit zu erledigen. Nach Renauds unfreiwilligem Abgang wird in der Abteilung erst mal die Hölle los sein. Behalte den Helm, so lange du willst.«

»Na schön, aber überlege, ob du nicht wenigstens heute in meiner Wohnung übernachten willst.«

»Nehmen Sie Monsieur Darnays Einladung ruhig an«, empfahl Austin. »Wie es weitergeht, können wir morgen früh noch klären.«

Sie nickte zögernd und erklärte, vorher müsse sie noch einmal in ihre Wohnung zurückkehren, um ein paar persönliche Dinge und frische Kleidung zu holen.

In ihrem Haus ließ Austin sie in der Eingangshalle warten, während er sich vergewisserte, dass ihr in der Wohnung keinerlei Gefahr drohte. Er glaubte nicht, dass Teiggesicht sich mit einem Armbrustpfeil in der Schulter allzu frisch fühlte, obgleich der Mann eine sehr hohe Schmerzgrenze zu haben schien und ein Talent, Dinge zu tun, die niemand erwartete.

Skye hatte ihre Reisetasche fast vollständig gepackt, als Austins Mobiltelefon zwitscherte.

Er unterhielt sich eine Zeit lang mit seinem Gesprächspartner, und als er die Verbindung unterbrach, lag ein Grinsen auf seinem Gesicht. »Wenn man vom Teufel spricht. Das war Racine Fauchards Büro. Ich bin morgen zu einer Audienz bei der *grande dame* persönlich eingeladen.«

»Fauchard? Ich habe Ihre Reaktion bemerkt, als Darnay die Streitaxt erwähnte. Was ist los?«

Austin lieferte Skye eine knappe Schilderung seines Besuchs im Luftfahrtmuseum und berichtete von der Verbindung zwischen dem Mann im Eis und den Fauchards.

Skye klappte die Reisetasche zu. »Ich möchte Sie begleiten.«

»Das halte ich für keine gute Idee. Es könnte gefährlich werden.«

Skye reagierte mit einem spöttischen Lachen. »Eine alte Dame? *Gefährlich?*«

»Es klingt lächerlich«, gab Austin zu, »aber diese ganze Geschichte mit dem Toten im Eis, dem Helm und dem Kerl, der Renaud getötet hat, scheint ihren Ursprung bei den Fauchards zu haben. Ich möchte Sie in diese Angelegenheit nicht hineinziehen.«

»Ich bin bereits *drin*, Kurt. Ich war unter dem Gletscher gefangen. Es waren mein Büro und meine Wohnung, die der Mann durchwühlt hat, offensichtlich auf der Suche nach dem Helm, den ich vom Gletscher mitgebracht habe. Es war mein Freund Darnay, der beinahe getötet worden wäre.« Sie verschränkte die Arme vor der Brust und brachte dann ihr stärkstes Argument vor. »Außerdem bin ich eine Spezialistin für alte Waffen, und meine Kenntnisse könnten sich als nützlich erweisen.«

»Dem kann ich nicht viel entgegenhalten.« Austin ließ sich das Für und Wider eines solchen Arrangements durch den Kopf gehen. »In Ordnung. Ich schlage folgendes Geschäft vor. Ich stelle Sie als meine Assistentin vor, und wir benutzen einen falschen Namen.«

Skye beugte sich vor und hauchte Austin einen Kuss auf die Wange. »Sie werden es nicht bereuen.«

»Gut«, sagte Austin. Er klang nicht überzeugt, aber er wusste gleichzeitig, dass Skyes Vorschlag einiges für sich hatte.

Skye war eine attraktive Frau, und die Zeit, die man in ihrer Gesellschaft verbrachte, war niemals vergeudet. Es gab keine direkte Verbindung zwischen den Fauchards und dem gewalttätigen Mann, dem er den Spitznamen Teiggesicht verpasst hatte. Gleichzeitig geisterte aber auch Grossets Bemerkung über die Fauchards durch sein Bewusstsein.

*Es heißt, sie haben eine Vergangenheit.*

## 16

Der Bauer sang gerade eine gefühlvolle Version von »Le Souvenir«, als eine rote Wolke seine Windschutzscheibe ausfüllte und das Führerhaus seines Lastwagens unter ohrenbetäubendem Dröhnen erzitterte. Er riss das Lenkrad nach rechts und lenkte das schwer beladene Fahrzeug frontal in einen Entwässerungsgraben. Der Lastwagen krachte gegen eine Böschung, und die Ladung Holzkisten wurde von der Ladefläche herunterkatapultiert. Als sie auf dem Erdboden aufschlugen, lösten die Kisten sich zu einem Splitterregen auf, und hunderte gackernder Hühner entkamen in die Freiheit. Der Fahrer schlängelte sich aus dem Führerhaus und drohte mit der Faust dem karminroten Flugzeug mit dem Adleremblem auf dem Leitwerk. Er warf sich in einer Wolke umherflatternder Federn in Deckung, als das Flugzeug erneut über die Szene hinwegzischte.

Die Maschine stieg in den Himmel und vollführte eine triumphierende Rolle. Der Pilot lachte so heftig, dass er fast die Kontrolle über das Flugzeug verlor. Er wischte sich mit einem Ärmel die Tränen aus den Augen und flog niedrig über die Weinberge, die sich kilometerweit in alle Richtungen erstreckten. Indem er einen Schalter betätigte, schickte er eine Wolke Pestizide auf die

Reise, die von den Zwillingsdüsen unter den Tragflächen ausgestoßen wurde. Dann schwenkte er in eine andere Richtung. Die Weinberge gingen in düsteren Wald und dunkle Seen über, die der Landschaft unter ihm einen schwermütigen Charakter verliehen.

Das Flugzeug schwebte über die Wipfel hinweg und hielt auf vier ferne Türme zu, die über die Bäume hinausragten. Während das Flugzeug sich ihnen näherte, entpuppten sie sich als Wachtürme, die die Ecken einer dicken, mit Zinnen versehenen Steinmauer bildeten. Ein breiter Graben, gefüllt mit stehendem grünem Wasser, umgab die Mauer und wurde von ausgedehnten Ziergärten und Waldwegen gesäumt. Das Flugzeug überquerte das Dach des imposanten Schlosses innerhalb der Mauer, flog dann weiter über den Wald, landete auf einer grasbewachsenen Fläche und rollte zu einer Jaguarlimousine, die am Rand der Rollbahn geparkt war. Während der Pilot aus dem Cockpit kletterte, erschien wie aus dem Nichts eine Bodenmannschaft und schob das Flugzeug in einen kleinen gemauerten Hangar.

Ohne sich um die Mannschaft zu kümmern, schritt Emil Fauchard zu seinem Wagen. Dabei bewegte er sich mit athletischer Eleganz, die die Muskeln unter seiner Fliegerkluft aus schwarzem Leder spielen ließ. Er riss sich die Fliegerbrille herunter und reichte sie zusammen mit seinen Handschuhen dem wartenden Chauffeur. Immer noch über den entsetzten Ausdruck auf dem Gesicht des Lastwagenfahrers lachend, ließ er sich auf den bequemen Rücksitz sinken und schenkte sich aus einer Bordbar einen doppelten Cognac ein.

Fauchard hatte die klassischen Gesichtszüge eines Stummfilmstars und ein Profil, auf das die Schauspielerdynastie der Barrymores stolz gewesen wäre. Trotz all der physischen Vollkommenheit war Fauchard jedoch ein abstoßender Mensch. Mit seinem attraktiven, nahezu ebenmäßigen Gesicht wirkte er wie eine Marmorskulptur, die zwar mit Leben, aber nicht mit Menschlichkeit erfüllt war.

Die einheimischen Bauern erzählten sich hinter vorgehaltener Hand, dass er aussah wie ein Mensch, der einen Pakt mit dem Teufel geschlossen hatte. Vielleicht war er sogar der Teufel höchstpersönlich, meinten andere. Die Abergläubischen unter ihnen gingen jedenfalls kein Risiko ein und schlugen das Kreuzzeichen, wenn sie ihm begegneten, ein Überbleibsel aus der Zeit, als man noch an den bösen Blick glaubte.

Der Jaguar folgte einem Fahrweg, der unter einem lang gestreckten tunnelähnlichen Baldachin aus Baumkronen verlief und sich dann zur Einfahrt des Schlosses hinaufschwang. Er rollte über eine gewölbte Brücke, die den Graben überspannte, dann durch das Tor in der Mauer und auf einen weiträumigen gepflasterten Innenhof.

Das Schloss der Fauchards war ein in jeder Hinsicht feudales Bauwerk, jedoch zeigte es nichts von jenen architektonischen Feinheiten, wie man sie bei Renaissanceschlössern bewundern kann. Es war ein eher schlichter, etwas geduckt wirkender Bau von imposanten Ausmaßen, gesichert von mittelalterlichen Türmen an seinen vier Ecken – Pendants zu den Wachtürmen der Außenmauer. Große Fenster ersetzten hier und da die Schießscharten seiner Außenfassade, und flache Steinreliefs waren an verschiedenen Stellen als Zierrat angebracht worden, doch diese kosmetischen Verschönerungen konnten die düstere, kriegerische Ausstrahlung des Bauwerks nicht verbergen.

Ein stämmiger Mann mit rasiertem Schädel und der Physiognomie eines Pitbulls stand an den mit Schnitzereien versehenen Doppeltüren des Schlosses Wache. Irgendwie war es ihm gelungen, seinen eher an einen Eisschrank erinnernden Körper in die Livree eines Butlers zu zwängen.

»Ihre Mutter ist in der Waffenkammer«, meldete der Mann mit rauer Stimme. »Sie erwartet Sie bereits.«

»Das tut sie ganz sicher, Marcel«, sagte Emil und ging an dem Butler vorbei.

Marcel befehligte die kleine Armee, die seine Mutter umgab wie eine Prätorianergarde. Selbst Emil kam nicht an sie heran, ohne von dem einen oder anderen kampferprobten Angestellten aufgehalten zu werden. Viele der narbengesichtigen Domestiken, die Posten einnahmen, die normalerweise für Hausangestellte reserviert waren, hatten früher als Schläger in der Unterwelt gearbeitet; allerdings bevorzugte Madame Fauchard ehemalige Angehörige der Fremdenlegion wie Marcel. Sie blieben die meiste Zeit unsichtbar, aber Emil spürte ständig, dass sie da waren und alles beobachteten, selbst wenn er sie nicht sehen konnte. Er hasste die Leibwächter seiner Mutter. Sie vermittelten ihm das Gefühl, ein Fremder in seinem eigenen Haus zu sein; und was noch schlimmer war: Er hatte keine Macht über sie.

Er betrat ein geräumiges Vestibül, das mit Wandteppichen ausgestattet war, und schritt durch eine Porträtgalerie, die sich an einer Wand des Schlosses erstreckte und kein Ende zu nehmen schien. Hunderte von Gemälden säumten die Galerie. Emil würdigte seine Vorfahren kaum eines Blickes. Sie hatten für ihn nicht mehr Bedeutung als die Gesichter auf Briefmarken. Ebenso wenig interessierte ihn, dass viele der Vorfahren in diesem Haus eines gewaltsamen Todes gestorben waren. Die Fauchards bewohnten das Schloss seit Jahrhunderten, seit sie seinen ehemaligen Besitzer ermordet hatten. Es gab kaum eine Kammer, ein Zimmer oder eine Halle, wo nicht irgendein Angehöriger der Familie Fauchard erwürgt, erstochen oder vergiftet worden war. Wenn das Schloss immer noch von den Geistern der in seinen Mauern Ermordeten heimgesucht würde, wäre jeder Korridor in dem weitläufigen Gebäude mit ruhelosen Seelen bevölkert gewesen.

Er trat durch eine hohe Tür in die Waffenkammer, einen riesigen Saal mit gewölbter Decke, an dessen Wänden Waffen aus vielen Jahrhunderten hingen, von schweren Bronzeschwertern bis hin zu Maschinengewehren, alle nach Jahreszahlen geordnet. Den Mittelpunkt der Waffenkammer bildete ein Arrangement von Rittern in ihren Rüstungen, die soeben einen unsichtbaren Feind angriffen. Riesige bunte Glasfenster, auf denen statt Heiligen Krieger zu sehen waren, nahmen den Großteil einer Wand des Raums ein und erzeugten eine geradezu religiöse Atmosphäre, als ob die Waffenkammer eine der Gewalt geweihte Kapelle wäre.

Emil ging durch eine weitere Tür und gelangte in eine Bibliothek mit militärgeschichtlichen Werken, die an die Waffenkammer angrenzte. Licht, das durch eine achteckige Wandöffnung hereinfiel, erhellte einen großen Mahagonischreibtisch in der Mitte des mit Büchern gefüllten Raums. Im Gegensatz zu der den Raum beherrschenden militanten Thematik war der dunkle Tisch mit geschnitzten Blumen und Waldnymphen verziert. Eine Frau in einem dunklen Straßenanzug saß hinter diesem Schreibtisch und arbeitete einen Papierstapel durch.

Obgleich Racine Fauchard nicht mehr die Jüngste war, konnte man sie noch immer als auffallend schön bezeichnen. Sie war so schlank wie ein Mannequin und hielt sich im Gegensatz zu einigen Frauen, die mit zunehmendem Alter in sich zusammenzusinken schienen, kerzengerade. Ihre Haut wies feine Fältchen auf, doch ihr Teint war so makellos wie edles Porzellan. Einige verglichen Racines Profil mit dem der berühmten Büste Nofretetes. Andere meinten, sie sehe eher aus wie die Kühlerfigur eines klassischen Automobils.

Madame Fauchard blickte beim Eintreten ihres Sohnes auf und musterte ihn mit Augen, die an brünierten Stahl erinnerten.

»Ich habe auf dich gewartet, Emil«, sagte sie. Ihre Stimme klang sanft, aber die unbeugsame Autorität darin war nicht zu überhören.

Fauchard ließ sich in einen Ledersessel aus dem vierzehnten Jahrhundert fallen, der mehr wert war, als viele Leute in einem Jahrzehnt verdienten.

»Tut mir Leid, Mutter«, entschuldigte er sich mit sorgloser Miene. »Ich habe die Weinstöcke mit der Fokker besprüht.«

»Ich habe gehört, wie du beinahe das Dach abgedeckt hast.« Racine runzelte die makellos geformte Stirn. »Wie viele Kühe und Schafe hast du heute Morgen erschreckt?«

»Keine«, antwortete er mit einem zufriedenen Lächeln, »aber ich habe einen Konvoi angegriffen und ein paar alliierte Kriegsgefangene befreit.« Bei ihrem strafenden Blick brach er in schallendes Gelächter aus. »Nun ja, ich habe einen Geflügeltransporter attackiert und in einen Graben gescheucht.«

»Deine fliegerischen Kapriolen sind höchst amüsant, Emil, aber ich bin es leid, ständig den einheimischen Bauern die Schäden zu ersetzen, die deine Mätzchen anrichten. Es gibt ernstere Dinge, die deine Aufmerksamkeit erfordern. Da wäre zum Beispiel die Zukunft des Fauchard-Konzerns.«

Fauchard vernahm den eisigen Tonfall in ihrer Stimme und richtete sich in seinem Sessel auf wie ein Schuljunge, der wegen eines üblen Streichs getadelt worden war. »Das weiß ich, Mutter. Das ist nur meine Methode, ein wenig Dampf abzulassen. Da oben kann ich nun mal viel besser denken.«

»Ich hoffe, du hast darüber nachgedacht, wie du den Gefahren begegnest, die unserer Familie und unserer Existenz drohen. Du bist der Erbe all dessen, was die Fauchards in vielen Jahrhunderten aufgebaut haben. Es ist eine Pflicht, die du nicht auf die leichte Schulter nehmen solltest.«

»Das tue ich auch nicht. Du musst zugeben, dass wir ein wahrscheinlich peinliches Problem unter tausenden Tonnen Gletschereis begraben haben.«

Racines Lippen teilten sich zu der Andeutung eines Lächelns und enthüllten ihre makellosen weißen Zähne. »Ich bezweifle, dass es Jules gefallen hätte, als ›peinliches Problem‹ bezeichnet zu werden. Sebastian hat sich nicht gerade mit Ruhm bekleckert. Dank seiner Tollpatschigkeit hätten wir die Reliquie beinahe für alle Zeiten verloren.«

»Er hatte keine Ahnung, dass sie sich unter dem Eis befand. Er war nur darauf bedacht, die Kassette herauszuholen.«

»Und es hat nichts gebracht.« Sie klappte den Deckel der verbeulten Stahlkassette auf, die auf ihrem Schreibtisch stand. »Die möglicherweise belastenden Dokumente darin wurden schon vor Jahren durch eindringendes Wasser verdorben.«

»Das wussten wir nicht.«

Sie überging diese Rechtfertigung. »Ebenso wenig hast du

gewusst, dass diese Archäologin mit der Reliquie entkommen konnte. Wir müssen den Helm zurückbekommen. Der Erfolg oder das Scheitern unseres gesamten Unternehmens hängt von seiner Wiederbeschaffung ab. Das Fiasko an der Sorbonne war ganz einfach schlechte Arbeit und hat die Polizei auf den Plan gerufen. Dann hat Sebastian einen weiteren Versuch vermasselt, unser Eigentum zurückzuholen. Der Helm, den er von dem Antiquitätenhändler mitgebracht hat, war nichts anderes als eine billige Kopie, die in China für Theaterzwecke hergestellt wurde.«

»Ich werde die Angelegenheit prüfen ...«

»Du sollst nicht prüfen, sondern *handeln*. Unsere Familie hat ein Versagen, gleich welcher Art, niemals geduldet. Wir dürfen keine Schwäche zeigen, sonst werden wir vernichtet. Sebastian ist zu einer Belastung geworden. Möglich, dass man ihn an der Sorbonne gesehen hat. Kümmere dich darum.«

Emil nickte. »Ich werde ihn mir vornehmen.«

Racine wusste, dass ihr Sohn log. Sebastian war wie ein römischer Kampfhund dafür ausgebildet, auf Befehl zu töten, und nur ihrem Sohn treu ergeben. Einen Angestellten wie ihn zu haben, dürfte aus rein praktischen Erwägungen nicht geduldet werden. Sie wusste, dass familiäre Bindungen niemals einen tödlichen Messerstich abgewehrt oder ein erstickendes Kissen verhindert hatten, wenn Macht und Reichtum auf dem Spiel standen.

»Tu das, und zwar bald.«

»Das werde ich. In der Zwischenzeit ist unser Geheimnis sicher.«

»Sicher! Beinahe wären wir durch einen Zufall entlarvt worden. Der Schlüssel zur Zukunft der Familie befindet sich in den Händen eines Fremden. Ich zittere bei dem Gedanken, wie viele andere Minenfelder noch da draußen lauern. Nimm dir an mir ein Beispiel. Als mein reisefreudiger Chemiker Dr. MacLean sich aus dem Reservat entfernte, habe ich ihn mit einem Minimum an Aufsehen wieder zurückgeholt.«

Emil kicherte. »Aber, Mutter, du warst es doch, die für alle am Projekt beteiligten Wissenschaftler außer MacLean tödliche ›Unfälle‹ arrangiert hat, ehe ihre Arbeit beendet war.«

Racine durchbohrte ihren Sohn mit einem eisigen Blick. »Eine Fehleinschätzung. Ich habe niemals behauptet, dass ich unfehlbar sei. Es ist ein Zeichen von Reife, einen Fehler einzugestehen und ihn zu korrigieren. Dr. MacLean arbeitet zurzeit an der Formel. In der Zwischenzeit müssen wir die Reliquien zusammentragen, um unsere Familie wieder zu sammeln. Hast du irgendwelche Fortschritte gemacht?«

»Der Antiquitätenhändler, Darnay, ist verschwunden. Wir versuchen, ihn ausfindig zu machen.«

»Was ist mit dieser Archäologin?«

»Sie scheint in Paris untergetaucht zu sein.«

»Halte die Augen offen. Ich habe meine persönlichen Agenten auf die Suche nach ihr ausgeschickt. Außerdem ist da eine Bedrohung, die unserem größeren Vorhaben gilt. Die Woods Hole Oceanographic Institution arbeitet mit der NUMA zusammen, um Lost City zu erforschen.«

»Kurt Austin, der Mann, der die Leute unter dem Gletscher gerettet hat, kommt von der NUMA. Gibt es da irgendeine Verbindung?«

»Nicht dass ich wüsste«, sagte Racine. »Die gemeinsame Expedition wurde schon vorbereitet, ehe Austin am Ort des Geschehens auftauchte. Ich mache mir Sorgen, dass die Expedition auf die Ergebnisse unserer Arbeit stößt und unbequeme Fragen gestellt werden.«

»Das können wir uns nicht leisten.«

»Du hast Recht. Deshalb habe ich einen Plan in Gang gesetzt. Das Tiefseetauchboot *Alvin* soll mehrere Tauchfahrten durchführen. Schon bei der ersten wird es verschwinden.«

»Ist das klug? Dadurch würde eine umfangreiche Such- und Rettungsaktion ausgelöst. Ermittler und Reporter werden den Ort überschwemmen.«

Ein freudloses Lächeln stahl sich auf Racines Lippen. »Stimmt, aber nur, wenn das Verschwinden bekannt wird. Das Hilfsschiff wird ebenfalls verschwinden, mit der gesamten Mannschaft, ehe das Verschwinden der *Alvin* gemeldet wird. Suchaktionen müssen dann in tausenden von Quadratkilometern durchgeführt werden.«

»Ein mitsamt Mannschaft verschwundenes Schiff! Deine Talente habe ich schon immer bewundert, Mutter, aber ich wusste nicht, dass du auch zaubern kannst.«

»Dann lerne von mir. Benutze Versagen als Sprungbrett zum Erfolg. Ein Schiff ist unterwegs zu Lost City, und seine Laderäume bergen eine Überraschung. Es wird von einem anderen Schiff, das einige Meilen entfernt ist, ferngesteuert und soll in der Nähe des Tauchortes ankern. Sobald das Tauchboot zu Wasser gelassen wurde, wird das Schiff SOS funken – wegen eines angeblichen Feuers an Bord. Das Forschungsschiff wird ein Boot rüberschicken, um nachzuschauen. Und die Leute, die an Bord kommen, werden von unseren hungrigen Lieblingen schon erwartet. Sobald sie ihr Werk vollendet haben, wird der Frachter ans Forschungsschiff herangeführt, und der an Bord befindliche Sprengstoff wird per Fernsteuerung gezündet. Beide Schiffe werden verschwinden. Keine Zeugen. Wir wollen auf keinen Fall die Geschichte mit den Fernsehleuten wiederholen.«

»Das war eine Beinahe-Katastrophe«, gab Emil zu.

»Echtes Realityfernsehen«, sagte sie. »Wir hatten Glück, dass die einzige Überlebende als durchgedrehte Verrückte betrachtet wird. Eine Sache noch. Kurt Austin hat um einen Besuchstermin gebeten. Er sagte, er verfüge über Informationen, die in Bezug auf den Toten im Gletscher für unsere Familie von Bedeutung sein könnten.«

»Er weiß über Jules Bescheid?«

»Das werden wir in Erfahrung bringen. Ich habe ihn hierher eingeladen. Wenn ich zu dem Schluss kommen sollte, dass er zu viel weiß, lege ich sein Schicksal in deine Hände.«

Emil erhob sich und umrundete den Schreibtisch. Er gab seiner

Mutter einen Kuss auf die Wange. Racine schaute ihm nach, während er die Waffenkammer verließ, und dachte, wie gut Emil den Geist der Fauchards verkörperte. Genauso wie sein Vater war er brillant, grausam, sadistisch, mörderisch und habgierig. Dies waren die gleichen Charakterzüge, die Racine vor vielen Jahren dazu gebracht hatten, ihren Mann zu töten, als seine Aktivitäten im Begriff waren, ihre Pläne zu vereiteln.

Emil wollte sich ihres Schutzes versichern, aber sie fürchtete um die Zukunft des Fauchard-Imperiums und ihrer sorgfältig vorbereiteten Pläne. Sie wusste auch, dass Emil nicht zögern würde, sie zu töten, wenn es an der Zeit war. Dies war ein Grund, weshalb sie Emil hinsichtlich der wahren Bedeutung der Reliquie im Dunkeln tappen ließ. Es würde ihr nicht gefallen, sich ihres einzigen Nachkommens zu entledigen, aber man musste vorsichtig sein, wenn man sein Haus mit einer Viper teilte.

Sie griff nach dem Telefon. Der Geflügelzüchter, den Emil von der Straße gedrängt hatte, musste gefunden und für seine Schäden und seinen verletzten Stolz entschädigt werden.

Sie seufzte sorgenvoll und dachte, dass die Pflichten einer Mutter niemals aufhörten.

# 17

Dank ruhiger See und günstiger Winde schaffte das Forschungsschiff *Atlantis* die Fahrt von den Azoren in einer guten Zeit und ging über einem unterseeischen Gebirge mit dem Namen Atlantis-Massiv vor Anker. Der Berg erhebt sich fünfzehnhundert Meilen östlich von Bermuda und südlich der Azoren steil vom Grund des Ozeans. In ferner Vergangenheit ragte das Massiv sogar aus dem Meer, doch nun befindet seine abgeflachte Spitze sich knapp achteinhalbtausend Meter unterhalb des Meeresspiegels.

Laut Plan sollte die *Alvin* am nächsten Morgen tauchen. Nach dem Abendessen trafen Paul und Gamay sich mit den anderen Wissenschaftlern an Bord, um die Tauchfahrt zu besprechen. Sie beschlossen, Gesteins-, Mineral- und Pflanzenproben in der Region um Lost City einzusammeln und so viele visuelle Beobachtungen durchzuführen wie möglich.

Die *Alvin*-Gruppe, ein sieben Personen starkes Team von Piloten und Technikern, war schon bei Tagesanbruch auf den Beinen und begann gegen sechs Uhr, eine vierzehn Seiten starke Checkliste durchzugehen. Gegen sieben nahmen sie sich das Tauchboot vor, überprüften seine Batterien, die Elektronik und andere Systeme und Instrumente. Sie luden die Standbild- und die Videokamera ein sowie Verpflegung und zusätzliche warme Kleidung für die Pilotin und die Wissenschaftler.

Dann packten sie stapelweise Eisenstangen auf den Rumpf, damit das Tauchboot schwer genug war, um bis auf den Grund zu sinken. Der Ausflug der *Alvin* zum Meeresgrund war eher ein freies Absinken als eine Tauchfahrt im klassischen Sinn. Wenn es Zeit wurde, wieder aufzutauchen, würde das Tauchboot die Ballastgewichte abwerfen und zur Oberfläche steigen. Aus Sicherheitsgründen konnten die Manipulatorarme abgetrennt werden, falls sie sich irgendwo festhakten, und falls das Tauchboot in Schwierigkeiten geriet, konnte es den äußeren Glasfiberrumpf absprengen, sodass die Kapsel mit der Besatzung aus eigener Kraft zur Oberfläche aufsteigen konnte. Und falls das Tauchboot in eine ernste Notlage geriet, konnte die Besatzung insgesamt zweiundsiebzig Stunden überleben.

Paul Trout war ein alter Fischer, der sich mit den Eigenarten des Meeres bestens auskannte. Er hatte zwar die Wetterberichte überprüft, doch er verließ sich hauptsächlich auf seinen Instinkt und seine Erfahrung. Er verfolgte die Wetterbedingungen und den Zustand des Meeres vom Deck der *Atlantis* aus. Der tiefblaue Himmel wurde nicht durch Wolken verunstaltet, abgesehen von vereinzelten Federwolken, und was das Meer betraf, so hatte er in Badewannen schon schlimmeren Seegang erlebt. Die Bedingungen für eine Tauchfahrt waren ideal.

Sobald es hell war, hatte das Tauchteam im Bereich des berechneten Bodenkontakts der *Alvin* zwei Transponder abgesetzt. Diese sendeten einen Peilton, der es dem Tauchboot gestattete, seine jeweilige Position in einer dunklen Welt zu bestimmen, in der es keine Straßenschilder gab und die gewöhnlichen Techniken der Navigation sich als nutzlos erwiesen.

Gamay stand in der Nähe und war in ein Telefongespräch mit Dr. Osborne vertieft. Sie unterhielten sich über die letzten Satellitenfotos von der Gorgonenalgenpest.

»Die Alge breitet sich schneller aus, als wir vorausberechnet haben«, sagte Osborne. »Große Mengen treiben zur Zeit auf die Ostküste der Vereinigten Staaten zu. Und erste Algenteppiche sind bereits im Pazifik zu beobachten.«

»Wir sind im Begriff, die *Alvin* zu Wasser zu lassen«, erwiderte Gamay. »Wir haben gerade eine ruhige Phase, daher müsste das Wasser relativ klar sein.«

»Sie brauchen möglichst gute Sicht«, sagte Osborne. »Achten Sie vor allem auf die Bereiche, in denen sie gedeiht. Es ist zu erwarten, dass der Ursprung der Verseuchung nicht auf Anhieb zu erkennen ist.«

»Die Kameras sind die ganze Zeit in Betrieb, und es ist durchaus möglich, dass wir etwas finden, wenn wir nachher die Fotos studieren«, sagte Gamay. »Ich schicke sie Ihnen zu, sobald wir etwas gefunden haben.«

Nachdem Gamay die Verbindung unterbrochen hatte, berichtete sie Paul, was Osborne gesagt hatte. Es wurde Zeit aufzubrechen. Eine Schar Leute versammelte sich auf dem hinteren Deck, um das Geschehen zu verfolgen. Einer von ihnen war ein drahtiger Mann mit graumeliertem Haar, der jetzt herüberkam und ihnen viel Glück wünschte. Charlie Beck war der Leiter des Teams, das die Schiffscrew in Sicherheitsmaßnahmen ausgebildet hatte.

»Sie haben eine Menge Mut, in diesem Ding dort runterzugehen«, sagte er. »Die SEAL-Vehikel haben bei mir immer klaustrophobische Anfälle ausgelöst.«

»Es ist wirklich ein wenig eng«, gab Gamay zu, »aber es dauert nur ein paar Stunden.«

Wenn es nicht auf Tauchfahrt war, war das Tauchboot auf dem

Achterdeck in einem speziellen Gehäuse untergebracht, das allgemein als *Alvin*-Hangar bekannt war. Nun öffneten sich die Türen des Hangars, und die *Alvin* tauchte auf, bewegte sich auf Schienen zum Heck und hielt schließlich unter den Davits an. Die Trouts und der Pilot stiegen eine Leiter hinauf und gingen über die schmale Brücke zum rot lackierten Aufsatz, oder »Segel«, wie es genannt wurde. Sie streiften ihre Schuhe ab und zwängten sich durch den fünfzig Zentimeter großen Einstieg.

Die Hilfstaucher kletterten auf das Tauchboot und befestigten eine Winschleine, die von den Davits heruntergelassen wurde. Gleichzeitig wurde ein kleines Schlauchboot über die Reling ins Wasser geworfen. Von einem Techniker in der »Hundehütte«, einem kleinen Raum auf dem Hangar, bedient, hievten die Davits das achtzehn Tonnen schwere Vehikel vom Deck und ließen es ins Meer hinunter, wobei die Hilfstaucher an Ort und Stelle blieben. Die Taucher lösten dann die Leinen, die den Sammelkorb am Bugende des Tauchboots sicherten, nahmen eine letzte Überprüfung vor und schwammen dann zu dem Schlauchboot, um zum Schiff zurückgezogen zu werden.

Das Tauchteam nahm in der engen Kabine des Tauchboots Platz. Es war eine Titankapsel mit einem Durchmesser von etwa zwei Metern. Praktisch jede freie Fläche innerhalb der Kapsel war mit Instrumententafeln bedeckt, die Schalter für den Antrieb, die Ballastkontrolle, die Anzeigen für Sauerstoff und Kohlendioxid und andere Instrumente enthielten. Die Pilotin saß auf einem niedrigen Hocker, von wo aus sie die Fahrt des Tauchboots mit einem Joystick steuern konnte.

Die Trouts zwängten sich in den knappen Raum rechts und links von der Pilotin und saßen dabei auf kissenähnlichen Polstern, die ein Minimum an Komfort boten. Trotz der Enge war Trout aufgeregt wie ein Kind. Nur seine für einen Bewohner New Englands typische Reserviertheit hielt ihn davon ab, ein Freudengeheul anzustimmen. Ein Tiefseegeologe fühlte sich in den extrem engen Räumlichkeiten der *Alvin* wohler als in einer Luxuskabine auf der *Queen Elizabeth 2*.

Seit ihrem Bau für die U.S. Navy im Jahr 1964 hatten die Unternehmungen der *Alvin* sie zum berühmtesten Tauchboot der Welt gemacht. Das gedrungene siebeneinhalb Meter lange kleine Vehikel, das nach dem singenden Streifenhörnchen benannt wurde, konnte in einer Tiefe von viereinhalbtausend Metern operieren. Das Fahrzeug war in die internationalen Schlagzeilen gelangt, nachdem es vor der spanischen Küste eine verlorene Wasserstoffbombe aufgespürt hatte. Bei einer anderen Expedition brachte es die ersten Besucher zum Grab der *Titanic*.

Möglichkeiten, mit der *Alvin* zu tauchen, waren rar. Trout schätzte sich deshalb als extrem glücklich ein. Wäre der Grund für die Expedition nicht so dringend gewesen, hätte er wahrscheinlich Jahre auf eine Tauchfahrt warten müssen, und das trotz seiner eindrucksvollen NUMA-Referenzen und Beziehungen zu höchsten Kreisen.

Die Pilotin war eine junge Meeresbiologin aus South Carolina namens Sandy Jackson. Mit ihrer ruhigen, gelassenen Art und ihrer lakonischen Sprechweise erschien Sandy wie die jüngere Version der legendären Fliegerin Jacqueline Cochran. Sie war eine schlanke Frau in den Dreißigern, und unter ihrer Jeans und ihrem Wollpullover verbarg sich die drahtige Statur einer Marathonläuferin. Ihr karottenrotes Haar war unter die braune *Alvin*-Baseballmütze gestopft, die sie umgekehrt trug.

Während Gamay sich für einen funktionellen Overall entschieden hatte, sah Trout keinen Grund, für einen Tiefseetauchgang auf seine gewöhnliche Eleganz zu verzichten. Er war, wie üblich, makellos gekleidet. Seine Jeans waren maßgeschneidert, sein Oberhemd mit Button-Down-Kragen kam von Brooks Brothers, und dazu trug er einen seiner farbenfrohen Querbinder aus seiner umfangreichen Sammlung. Dieser hatte ein Seepferdchenmuster. Seine Bomberjacke bestand aus dem feinsten Leder. Sogar seine seidene Unterwäsche war eine Spezialanfertigung. Sein hellbraunes Haar war in der Mitte sorgfältig gescheitelt und an den Schläfen zurückgekämmt, sodass er aussah wie eine Figur aus einem Roman von F. Scott Fitzgerald.

»Das wird ein einfacher Trip«, sagte Sandy, während die Tanks sich mit Wasser füllten und das Tauchboot mit seinem Abstieg begann. »*Alvin* sinkt mit einer Geschwindigkeit von ungefähr hundert Fuß in der Minute, sodass wir in weniger als einer halben Stunde auf dem Grund aufsetzen. Wenn wir auf die größte Tauchtiefe gingen, wären wir etwa anderthalb Stunden lang unterwegs. Gewöhnlich spielen wir auf der Abwärtstour klassische Musik und beim Aufstieg Soft Rock«, fuhr Sandy fort, »aber das müssen Sie entscheiden.«

»Mozart würde für die passende Stimmung sorgen«, sagte Gamay.

Wenig später war die kleine Kabine von den Klängen eines Klavierkonzerts erfüllt.

»Wir haben etwa die Hälfte hinter uns«, meldete Sandy nach einer Viertelstunde.

Trout quittierte diese Ansage mit einem breiten Grinsen. »Ich kann es kaum erwarten, diese Unterwassermetropole zu sehen.«

Während die *Alvin* im Sinken begriffen war, kreiste die *Atlantis* langsam über dem Tauchgebiet. Die Hilfsmannschaft hatte sich mit den Wissenschaftlern im oberen Labor, zwischen Brücke und Kartenraum, versammelt, wo der Tauchgang überwacht wurde.

Sandy gab ihre Fortschritte über das akustische Telefon durch, bestätigte die verzerrte Rückmeldung und wandte sich dann an die Trouts.

Das U-Boot setzte den Abstieg fort.

»Was wissen Sie über Lost City?«, fragte sie.

»Nach dem, was ich gelesen habe, wurde dieser Ort per Zufall im Jahr 2000 gefunden. Die Entdeckung war eine große Überraschung«, erzählte Gamay.

Sandy nickte. »Überraschung beschreibt unsere Reaktion nicht einmal andeutungsweise. Schockiert wäre wohl der treffendere Begriff. Wir zogen die *Argo II* hinter dem Schiff her und suchten auf dem Atlantischen Rücken nach vulkanischer Aktivität. Gegen Mitternacht entdeckte der Schichtführer etwas, das auf den Videomonitoren aussah wie gefrorene weiße Christbäume, und begriff, dass wir auf hydrothermale Krater gestoßen waren. Wir sahen aber keine Röhrenwürmer oder Muscheln, wie man sie in anderen Kraterregionen im Ozean finden kann. Die Nachricht verbreitete sich in Windeseile. Nicht lange, und jeder auf dem Schiff schien sich in die Kontrollkabine drängen zu wollen. Zu diesem Zeitpunkt erblickten wir die ersten Türme.«

»Ein Wissenschaftler meinte, wenn Lost City sich an Land befände, würde man daraus einen Nationalpark machen«, sagte Trout.

»Es war nicht nur das, was wir fanden, sondern auch der Ort selbst. Die meisten Krater und Kamine, die schon früher entdeckt worden waren, wie die ›schwarzen Raucher‹ zum Beispiel, befanden sich in der Nähe des Atlantischen Rückens, der von tektonischen Platten gebildet wurde. Lost City ist neun Meilen vom nächsten vulkanischen Zentrum entfernt. Am nächsten Tag haben wir dann die *Alvin* hinuntergeschickt.«

»Soweit ich weiß, sollen einige Säulen zwanzig Stockwerke hoch sein«, sagte Trout.

Sandy schaltete die Außenscheinwerfer ein und blickte durch ihr Sichtfenster. »Sehen Sie selbst.«

Paul und Gamay blickten durch die kreisrunden Fenster. Sie hatten bereits die Standfotos und Videos von Lost City gesehen, aber nichts hatte sie auf die Szenerie vorbereiten können, die sich vor ihnen entfaltete. Pauls große braune Augen blinzelten aufgeregt, während das Vehikel über einen phantastischen Wald hoch aufragender Säulen hinwegglitt. Gamay, die genauso verzaubert war, sagte, dass die Säulen sie an die »Schneeteufel« erinnerten, die sich auf Bergen bilden, wo extrem kalter Nebel sich an Baumästen festsetzt und bizarre Gebilde aus Raureif entstehen lässt.

Die Farbe der Kalkstein- und Glimmersäulen reichte von Grellweiß bis Beige. Gamay wusste aus ihren Untersuchungen, dass die helleren Säulen aktiv, die dunkleren jedoch erloschen waren. Die Türme verzweigten sich an ihren Spitzen zu dünnen, federähnlichen Strukturen. Regelmäßig geformte weiße Ausbuchtungen besetzten die Seiten ähnlich Pilzen, die auf altem Holz gedeihen.

Neue Kristalle bildeten sich in einem fort und verliehen den Kanten das Aussehen von spanischer Spitze.

Irgendwann bremste Sandy das Absinken der *Alvin*, und das Tauchboot verharrte neben einem Krater, dessen abgeflachte Spitze einen Durchmesser von mindestens zehn Metern hatte. Der Turm schien zu leben und sich zu bewegen. Der Kamin war mit einem Teppich aus Bewuchs bedeckt, der in der Bodenströmung hin und her wogte, als folge er dem Takt von Mozarts Musik.

Gamay, die die ganze Zeit die Luft angehalten hatte, atmete jetzt aus. »Das ist wie in einem Traum.«

»Ich habe das alles schon mehrmals gesehen, aber ich muss immer wieder staunen«, sagte Sandy. Sie lenkte die *Alvin* dicht an die Spitze der hohen Säule heran. »Hier wird es erst richtig interessant. Das warme Wasser, das aus der Erde unter dem Meer aufsteigt, sammelt sich unter diesen Hauben. Diese Teppiche und Matten da draußen sind in Wirklichkeit dichte Mikrobenkolonien. Die Hauben fangen die teilweise kochend heißen alkalischen Lösungen auf, die von unterhalb des Meeresbodens, der 1,5 Milliarden Jahre alt ist, aufsteigen. Im Wasser enthalten sind Methan, Wasserstoff und Mineralien, Stoffe, die von den Kaminen ausgestoßen werden. Einige Leute glauben, dass wir einen Blick auf die Anfänge des Lebens werfen«, sagte sie mit ehrfürchtig gedämpfter Stimme.

Trout wandte sich zu seiner Frau um. »Ich beschäftige mich ja ausschließlich mit Steinen und Geröll«, sagte er. »Was hältst du als Biologin von der Theorie?«

»Das ist sicherlich durchaus möglich«, sagte Gamay. »Die Bedingungen da draußen können durchaus denen ähnlich sein, wie sie in den Anfangstagen der Erde herrschten. Diese Mikroben, die im Bereich der Säulen und der Krater leben und gedeihen, stellen die ersten Lebensformen dar, die sich im Meer entwickelt haben. Wenn dieser Prozess auch ohne das Zutun von Vulkanen stattfinden kann, erhöht sich damit drastisch die Anzahl von Orten auf dem Meeresboden, an denen das Leben von

Mikroben begonnen haben könnte. Kamine wie diese können auch auf anderen Planeten Brutstätten für das organische Leben gewesen sein. Auf den Jupitermonden könnten sich vielleicht gefrorene Ozeane befinden, in denen es von Leben nur so wimmelt. Der Atlantische Rücken ist tausende von Meilen lang, daher sind die Möglichkeiten, dort neues Leben zu entdecken, unendlich groß.«

»Faszinierend«, sagte Trout.

»Wie weit ist das Zentrum der Verseuchung mit Gorgonenalgen von hier entfernt?«, fragte Gamay.

Sandy schaute auf ihre Instrumente. »Leicht östlich von hier. Das Tempo der *Alvin* ist nicht gerade berauschend – höchstens zwei Knoten. Lehnen Sie sich also zurück und genießen Sie den Flug, wie Flugzeugpiloten gerne sagen.«

Die Anzahl der Türme nahm ab, und sie verschwanden nach und nach ganz, während das Tauchboot Lost City verließ. Schließlich erschienen wieder zahlreichere spitze Säulengebilde.

Sandy stieß einen leisen Pfiff aus. »Donnerwetter! Das ist ja eine ganz neue Lost City. Unglaublich!«

Das Tauchboot suchte sich seinen Weg durch ein Dickicht von Türmen, die in allen Richtungen, so weit das Licht der Tauchbootscheinwerfer reichte, vom Meeresboden aufragten.

»Dagegen sieht die ursprüngliche Lost City aus wie ein armseliges Dorf«, stellte Trout fest, während er mit staunenden Augen durch die Sichtscheibe starrte. »Hier gibt es regelrechte Wolkenkratzer. Der da drüben zum Beispiel sieht aus wie das Empire State Building.«

Sie stießen auf einen dunkelgrünen Algenvorhang, der wie ein dunkles Leichentuch zwischen den Zinnen schwebte.

Die *Alvin* stieg ungefähr zehn Meter hoch, glitt über die Wolke hinweg, dann sank sie wieder herab, sobald sie wieder freie Bahn hatten.

»Schon seltsam, solches Zeug in dieser Tiefe anzutreffen«, meinte Gamay kopfschüttelnd.

Trout klebte regelrecht an seinem Sichtfenster. »Nicht nur das ist seltsam«, murmelte er. »Sehe ich dort auf der rechten Seite Gespenster?«

Sandy richtete die *Alvin* so aus, dass die Scheinwerfer direkt auf den Meeresboden gerichtet waren.

»Das kann nicht sein!«, sagte sie, als hätte sie ein McDonald's-Restaurant in der unterseeischen Stadt entdeckt. Sie ließ das Tauchboot noch ein Stück dem Meeresboden entgegensinken. Zwei parallel verlaufende Schienenpaare, rund zehn Meter voneinander entfernt, führten in die Dunkelheit.

»Es scheint, als seien wir nicht die ersten Besucher«, stellte Trout fest.

»Es sieht so aus, als wäre die große Planierraupe hier vorbeigekommen«, sagte Sandy. »Aber das ist unmöglich.« Sie hielt inne und meinte dann in gedämpftem Ton: »Vielleicht ist das tatsächlich das versunkene Atlantis.«

»Ein netter Versuch, aber diese Schienen sehen viel zu neu aus«, sagte Paul.

Die Schienen verliefen eine Zeit lang schnurgerade, dann beschrieben sie eine Kurve zwischen zwei Türmen hindurch, die jeder fast hundert Meter hoch waren. An mehreren Stellen entlang ihres Kurses stießen sie auf Türme, die herumlagen wie umgekippte Bowlingkegel. Andere Säulen waren von riesigen Tritten zu Staub zermahlen worden. Etwas sehr Großes und Mächtiges hatte seinen Weg quer durch die neue Lost City genommen.

»Das sieht aus wie eine unterseeische Abholzaktion«, sagte Trout.

Gamay und Paul betätigten die Video- und die Standbildkameras, um diese Szene der Vernichtung festzuhalten. Sie waren fast eine Meile in dieses neue Kaminfeld vorgedrungen. Einige der Türme waren so hoch, dass ihre Spitzen unsichtbar waren. Von Zeit zu Zeit mussten sie riesigen Algenkolonien ausweichen.

»Gut, dass wir die Kameras haben«, sagte Sandy. »Die Leute oben würden niemals glauben, was wir hier sehen.«

»Ich glaube es ja selbst nicht so richtig«, sagte Trout. »Ich ... was war das?«

»Ich habe es auch gesehen«, bestätigte Gamay. »Ein riesiger Schatten ist über uns hinweggeglitten.«

»Ein Wal?«, fragte Trout.

»Nicht in dieser Tiefe«, erwiderte Gamay.

»Und wie wäre es mit einem Riesentintenfisch? Ich habe gehört, dass sie tiefer tauchen können als Wale.«

»An einem Ort wie diesem ist alles möglich«, sagte Gamay.

Trout bat Sandy, das Fahrzeug zu drehen.

»Kein Problem«, sagte Sandy und betätigte die Steuerung. Das Fahrzeug begann langsam zu rotieren. Sie befanden sich inmitten einer dicht gestaffelten Gruppe von Türmen, die in jede Richtung die Sicht versperrten.

Die Türme direkt vor der *Alvin* schienen zu vibrieren wie die Saiten eines Klaviers. Dann zerfielen zwei oder drei der Nadeln in Zeitlupe und brachen in einer rauchähnlichen Wolke zusammen. Trout hatte den vagen Eindruck, dass etwas Schwarzes und Monströses aus dem Rauchvorhang auftauchte und direkt auf sie zuhielt.

Trout brüllte Sandy zu, sie solle mit der *Alvin* auf Rückwärtsfahrt gehen, wohl wissend, dass das Boot zu langsam war, um irgendeiner Gefahr zu entfliehen, die schneller war als eine wandernde Qualle. Doch die Pilotin war völlig gebannt von dem sich nähernden Ungetüm und reagierte nicht, bis es zu spät war.

Das Fahrzeug erzitterte, und ein lautes metallisches Dröhnen schüttelte die Druckkapsel durch.

Sandy versuchte, das Tauchboot rückwärts Fahrt aufnehmen zu lassen, doch es erfolgte keine Reaktion auf ihre Bemühungen.

Trout blickte wieder durch seine Sichtscheibe.

Dort, wo die Scheinwerfer vorher einen Wald aus weißen und beigen Türmen beleuchtet hatten, gähnte jetzt ein gigantisches Maul.

Und unerbittlich wurde die *Alvin* in diesen riesigen, leuchtenden Schlund hineingezogen.

# 18

Die *Alvin* hatte nicht auf den Ruf geantwortet, und obgleich es noch nicht Zeit zum Auftauchen war, nahm die Besorgnis auf der *Atlantis* mit jeder Sekunde zu. Anfangs hatte man dieser Tatsache keine Bedeutung beigemessen. Das Tauchboot hatte, was seine Sicherheit betraf, einen makellosen Rekord vorzuweisen. Außerdem verfügte es über zuverlässige Ersatzsysteme, falls einmal ein Notfall eintreten sollte. Die Anspannung war bereits beträchtlich, als das seltsame Schiff eintraf.

Charlie Beck lehnte an der Reling und betrachtete das Schiff durch sein Fernglas. Es war ein kleiner Frachter, der deutlich seine beste Zeit hinter sich hatte. Der Rumpf war mit großen Rostflecken übersät und brauchte dringend einen neuen Farbanstrich. Das Schiff befand sich in einem verwahrlosten Zustand und fuhr offenbar unter Malteser Flagge.

Beck wusste, dass dies wenig zu sagen hatte. Der Name des Schiffs konnte während des vergangenen Jahres fünfmal geändert worden sein. Seine Mannschaft bestand zweifellos aus schlecht bezahlten Matrosen aus Ländern der Dritten oder Vierten Welt. Es war das perfekte Beispiel für ein potenzielles Piraten- oder Terroristenschiff und gehörte möglicherweise zu dem, was in der Seefahrt als »Al Kaida Navy« bezeichnet wurde.

Als professioneller Krieger lebte Charlie Beck in einer relativ unkomplizierten Welt. Klienten gaben ihm Aufträge, und er führte sie aus. In seinen nachdenklicheren Momenten kam Beck schon mal zu der Überlegung, dass er Blackbeard dem Piraten, eines Tages zum Dank ein Denkmal setzen müsste. Hätte es William Teach und die blutrünstigen Gesinnungsgenossen, die ihm nachfolgten, nicht gegeben, besäße er wohl kaum seinen Mercedes, sein Motorboot in der Chesapeake Bay oder sein mit Trophäen gefülltes Anwesen in Virginia, dem Mekka der Pferdezucht. Dann wäre er nämlich ein an Leib und Seele gebrochener Bürohengst und säße an irgendeinem Schreibtisch in den staubigen Labyrinthen des Pentagon, würde jeden Tag aufs Neue seine Dienstpistole anstarren und überlegen, ob er sich nicht eine Kugel in den Kopf schießen sollte.

Beck war Inhaber von Triple S – Abkürzung für Sea Security Services –, einer speziellen Beratungsfirma, die von Schiffseignern engagiert wurde, die sich Sorgen wegen des zunehmenden Piratenunwesens machten. Seine Sicherheitsteams waren auf der ganzen Welt im Einsatz und brachten Schiffsbesatzungen bei, wie man Piraten erkannte und sich am besten vor ihren Angriffen schützte. In besonders gefährlichen Gewässern fungierten Triple-S-Teams auch schon mal als Begleitschutz.

Gestartet war die Firma mit einigen ehemaligen Navy SEAL's, die ihrem aktionsreichen Arbeitsleben nachtrauerten. Das Geschäft blühte und wurde durch die Zunahme der Piraterie weiter angekurbelt, aber die Attacke auf das World Trade Center hatte die Wachsamkeit hinsichtlich terroristischer Angriffe erheblich gesteigert, und Beck sah sich schon bald an der Spitze eines in allen Bereichen operierenden Multimillionen-Dollar-Unternehmens.

Handelsschiffseigner hatten sich schon immer Sorgen wegen möglicher Übergriffe durch Piraten gemacht, doch es war der Überfall auf das Forschungsschiff *Maurice Ewing* gewesen, der das wissenschaftliche Lager wachgerüttelt hatte. Die *Ewing* befand sich auf einer ozeanographischen Expedition vor der Küste Somalias, als eine Gruppe von Männern in einem kleinen Boot das Schiff beschoss und eine Granate auf seinen Rumpf abfeuerte.

Die Granate verfehlte die *Ewing*, und das Schiff konnte unbehelligt flüchten, aber der Vorfall demonstrierte, dass ein Forschungsschiff auf einer friedlichen, wissenschaftlichen Mission ebenso als Beute betrachtet wurde wie ein Containerschiff mit wertvoller Ladung. Für einen Piraten war ein Forschungsschiff ein schwimmender Goldschatz. Ein Pirat konnte einen gestohlenen Laptopcomputer auf dem schwarzen Markt für mehr Geld verhökern, als er in einem Jahr mit einem legalen Job verdienen würde.

Als kluger Geschäftsmann erkannte Beck sofort eine Marktlücke, die er füllen könnte. So hart gesotten Beck auch war, er hatte auch Gefühle. So hegte er eine ganz spezielle Liebe zum Meer, und Attacken gegen meereswissenschaftliche Forschungsvorhaben empfand er als persönliche Angriffe.

Becks Firma hatte ein Programm entwickelt, in dessen Mittelpunkt die Sicherheit von Forschungsschiffen stand. Gerade sie waren besonders gefährdet und verwundbar, da sie über längere Zeiträume vor Anker lagen, um Tiefseebohrungen vorzunehmen oder um Schleppfahrzeuge oder Tauchboote zu unterstützen. Ein still liegendes Schiff war für Piraten so etwas wie eine »sitting duck«.

Beck und ein Trupp SEAL's waren dank eines früheren Arrangements mit der Expeditionsplanung bei der Woods Hole Oceanographic Institution an Bord des Forschungsschiffs *Atlantis* gekommen. Nach einem wenige Tage dauernden Zwischenstopp, um eine Überprüfung von Lost City durchzuführen, hatte die *Atlantis* geplant, ihre Reise in den Indischen Ozean fortzusetzen, und ein Triple-S-Team angeheuert, welches die Fahrt begleiten sollte. Beck, der, wann immer es seine Zeit zuließ, aktiv an Einsätzen seiner Leute teilnahm, wollte, dass die Schiffsbesatzung und seine Männer zu jeder Zeit auf Notfälle vorbereitet waren. Er hatte über Lost City einen Artikel in einem wissenschaftlichen Magazin gelesen und wollte auf jeden Fall dabei sein, wenn die Expedition sich auf den Weg machte.

Beck war Ende fünfzig, und sein Haar war mittlerweile grau meliert. Lachfältchen umrahmten seine grauen Augen. Er führte mittels Diät und sportlicher Betätigung einen ständigen Kampf gegen einen sich hartnäckig in Erinnerung bringenden Wohlstandsbauch. Dennoch hatte er sich die ständige Kampfbereitschaft und Drahtigkeit bewahrt, die ihn die kräfteraubende, manchmal sogar brutale SEAL-Ausbildung hatten überstehen lassen, und er achtete in seiner Firma auf militärische Disziplin.

Auf der Fahrt zum ersten Ziel hatten Beck und seine Leute die Schiffsbesatzung und die Wissenschaftler dem üblichen Training unterzogen. Sie machten den Wissenschaftlern klar, dass Geschwindigkeit und das Überraschungsmoment die wirkungsvollsten Verbündeten der Piraten waren. Die Matrosen lernten, wie Terminpläne verändert wurden, wie der Zugang durch Fremde beim Aufenthalt im Hafen verhindert werden konnte und wie man unerwünschte Besucher mit Feuerwehrschläuchen von Bord verjagte. Und wenn sie mit alldem keinen Erfolg haben sollten, dann blieb ihnen nichts anderes übrig, als den Piraten zu überlassen, was sie wollten. Kein Schiffscomputer war es wert, dass deswegen jemand sein Leben riskierte.

Das Training war erfolgreich verlaufen, doch als die wissenschaftlichen Aktivitäten an Bord zunahmen, wurden Sicherheitsfragen beiseite geschoben. Anders als in Südostasien und in Afrika wurden die Gewässer über dem Atlantischen Rücken nicht als Operationsgebiet von Piraten betrachtet. Es gab einige Aufregung, als die *Alvin* zu Wasser gelassen wurde, aber es gab nicht viel zu tun, bis sie wieder auftauchte.

Dann kam während der *Alvin*-Krise plötzlich das fremde Schiff in Sicht. Das war für Beck alles andere als ein Zufall.

Obgleich er wusste, dass die *Atlantis* nicht in gefährlichen Gewässern kreuzte und jenes Schiff keinerlei Bedrohung darzustellen schien, beobachtete er es aufmerksam, nachdem es seine Fahrt gestoppt hatte. Dann begab er sich auf die Brücke, um sich mit dem Kapitän zu beraten. Während Beck das Steuerhaus betrat, konnte er eine Stimme aus dem Sprechfunkgerät hören.

»*Mayday, Mayday. Bitte kommen!*«

Der Kapitän hatte das Mikrofon in der Hand und versuchte, auf den Hilferuf zu antworten. »Mayday empfangen. Hier ist das Forschungsschiff *Atlantis*. Bitte nennen Sie den Grund für Mayday.«

Der Notruf wurde ohne weitere Erklärung wiederholt.

Während der Kapitän erneut versuchte, den Kontakt herzustellen, auch diesmal ohne Erfolg, stieg fettiger schwarzer Qualm vom Deck des Schiffs auf.

Der Kapitän inspizierte das Schiff durch sein Fernglas. »Es sieht so aus, als sei in einem der Laderäume Feuer ausgebrochen.«

Er gab dem Rudergänger den Befehl, näher an das andere

Schiff heranzusteuern. Der Notruf wurde ständig wiederholt. Etwa zweihundert Meter von dem Frachter entfernt stoppte die *Atlantis*. Beck suchte das Schiffsdeck ab. Immer noch drang Qualm aus einem der Laderäume, aber er stellte überrascht fest, dass niemand von der Mannschaft sich an Deck zeigte. Bei einem Feuer an Bord hätten Matrosen sich an der Reling drängen und versuchen müssen, auf sich aufmerksam zu machen oder die Rettungsboote zu besteigen.

Becks Alarmglocken begannen zu schrillen.

»Was halten Sie davon?«, fragte er den Kapitän.

Dieser ließ das Fernglas sinken. »Ich habe keine Erklärung dafür. Ein Feuer dürfte nicht die gesamte Mannschaft außer Gefecht gesetzt haben. Immerhin hat jemand bis vor wenigen Minuten das Schiff noch gesteuert. Und dann befindet sich offensichtlich jemand auf der Brücke, der das Notsignal sendet. Ich schicke lieber einen Trupp rüber, um nachzuschauen. Vielleicht ist die Mannschaft irgendwo im Schiffsrumpf eingesperrt.«

Beck nickte. »Nehmen Sie meine Männer. Sie sind im Entern von Schiffen und in erster medizinischer Hilfe ausgebildet.« Er grinste. »Außerdem werden sie allmählich träge, und ein wenig aktives Training dürfte ihnen nicht schaden.«

»Nichts dagegen«, sagte der Kapitän. »Ich habe mit der *Alvin* schon genug Sorgen.« Er gab einem Matrosen den Befehl, ein kleines Beiboot klar zu machen.

Becks Männer waren an Deck gekommen und hatten nur Augen für den dramatischen Anblick des brennenden Schiffs. Er befahl ihnen, ihre Ausrüstungen und Munition zu holen.

»Ihr werdet allmählich ein wenig zu nachlässig«, erklärte er ihnen. »Betrachtet das Ganze als eine Übung, aber haltet eure Waffen bereit. Und vor allem die Augen offen!«

Der Trupp ließ sich das nicht zweimal sagen. Die Männer litten durch die Ereignislosigkeit bereits unter Langeweile und hießen diese Abwechslung dankbar willkommen. Navy SEAL's sind für ihre unkonventionelle Kleidung berühmt. Ein scharfes Auge hätte die Stirnbänder mit ihren provozierenden Aufschriften sicherlich sofort erkannt. Sie waren die inoffizielle Kopfbekleidung, die viele SEAL's dem traditionellen Schlapphut vorzogen. Aber sie hatten ihre Tarnkleidung gegen Jeans und Arbeitshemden eingetauscht.

Selbst ein kleines SEAL-Team wie Becks konnte eine erstaunliche Feuerkraft entwickeln. Sie hatten ihre Waffen in Tücher eingewickelt und achteten darauf, sie verborgen zu halten. Beck selbst bevorzugte die kurze Schrotflinte Kaliber 12, die einen Mann sauber halbieren konnte. Seine Männer hatten die schwarze Car-15, eine kompakte Version des M-16, die von vielen SEAL's mit Vorliebe benutzt wurde.

Beck und seine Männer stiegen in ein mit Außenbordmotor ausgerüstetes Schlauchboot und überwanden schnell die Distanz zwischen den beiden Schiffen. Beck, der am Bug saß, fuhr einen Scheinangriff auf das Schiff. Als keinerlei Reaktion erfolgte, entschloss er sich, die Sache ein wenig genauer anzusehen, und steuerte auf die Leiter zu, die unweit des Bugs an der Seite herunterhing.

Im Schatten des hohen Rumpfs setzten die Männer ihre Gasmasken auf und schulterten ihre Waffen. Dann kletterten sie zum raucherfüllten Deck hinauf. Beck nahm sich den am wenigsten erfahrenen Mann als Partner und schickte den restlichen Trupp zur anderen Seite mit dem Auftrag, sich in Richtung Heck vorzuarbeiten.

Sie trafen wenig später wieder zusammen, ohne eine Menschenseele angetroffen zu haben, und begannen sich an die Brücke anzuschleichen. In kurzen Sprüngen überwanden sie die Laufgänge, wobei jedes Zweimannteam das andere deckte.

»*Mayday, Mayday. Bitte kommen.*«

Die Stimme drang aus der offenen Tür des Steuerhauses. Aber als sie es betraten, war das Steuerhaus leer.

Beck durchquerte es und inspizierte das Tonbandgerät neben dem Mikrofon. Es war so eingestellt, dass es die Botschaft ständig abspielte.

»*Verdammt noch mal!*«, fluchte einer seiner Männer. »Was für ein *Gestank* ist das, zum Teufel?«

Er drang sogar durch ihre Gasmasken.

»Kümmert euch nicht um den Geruch«, sagte Beck ruhig und lud seine Schrotflinte durch. »Zurück zum Boot. Dalli, dalli.«

Beck hatte kaum ausgesprochen, als ein grauenvoller Schrei das Steuerhaus zu sprengen schien. Eine grässliche Erscheinung hatte sich durch die offene Tür geworfen. Seinem Instinkt gehorchend, riss Beck die Waffe hoch und schoss aus der Hüfte.

Weitere Schreie mischten sich mit den lauten Rufen seiner Männer, und er sah verschwommene Bilder von langen weißen Haaren, gelben Zähnen, rot glühenden Augen und grotesken Leibern.

Die Schrotflinte wurde ihm aus den Händen geschlagen. Runzelige Klauen reckten sich nach seinem Hals. Er wurde aufs Deck geschleudert, und der betäubende Gestank von verwesendem Fleisch lähmte seinen Geruchssinn.

## 19

Der Rolls-Royce Silver Cloud rauschte durch die sonnige französische Landschaft und passierte dabei Bauernhäuser, grüne Weiden und gelbe Heuhaufen. Darnay hatte ihnen seinen Wagen zur Verfügung gestellt, ehe er in die Provence geflogen war. Im Gegensatz zu seinem Kollegen Dirk Pitt, der ein Faible für exotische Automobile hatte, fuhr Austin daheim einen unauffälligen Wagen aus dem NUMA-Wagenpark. Während der Rolls über Berg und Tal glitt, kam Austin sich vor, als lenke er einen fliegenden Teppich.

Skye saß neben ihm, ihr Haar spielerisch zerzaust von der warmen Brise, die durch die offenen Fenster hereinwehte. Sie bemerkte das leichte Lächeln, das um seine Lippen spielte. »Ein Penny für Ihre Gedanken.«

»Ich habe mich gerade selbst beglückwünscht. Ich lenke ein prachtvolles Automobil durch eine Landschaft, die einen van Gogh zu einem Gemälde hätte inspirieren können. Neben mir sitzt eine wunderbare Frau. Und ich stehe auf der NUMA-Gehaltsliste.«

Skye betrachtete sehnsüchtig die vorbeifliegende Szenerie. »Eigentlich ist es schade, dass Sie diesen Job haben. Anderenfalls könnten wir nämlich die Fauchards vergessen und uns einen schönen Tag machen. Ich bin diese ganze hässliche Angelegenheit unendlich leid.«

»Das Ganze dürfte nicht allzu lange dauern«, sagte Austin. »Vor ein paar Kilometern sind wir an einer reizenden *auberge* vorbeigekommen. Nachdem wir den Fauchards unseren Besuch abgestattet haben, können wir dort anhalten und das Abendessen einnehmen, das wir wieder einmal verschoben haben.«

»Ein Grund mehr, unseren Besuch so schnell wie möglich zu beenden.« Der Wagen näherte sich einer Kreuzung. Skye zog die Straßenkarte zu Rate. »Nicht mehr lange, und wir müssen abbiegen.«

Mehrere Minuten später lenkte Austin den Wagen auf einen schmalen Asphaltstreifen. Unbefestigte Wege zweigten von der Straße ab und gestatteten den Zugang zu den Weinbergen, die sich zu beiden Seiten erstreckten, so weit das Auge reichte. Dann blieben die Weinberge zurück, und der Wagen rollte auf einen unter Strom stehenden Maschendrahtzaun zu. Schilder mit der Aufschrift ZUGANG VERBOTEN in mehreren Sprachen hingen an dem Zaun. Das Tor stand offen, daher fuhren sie weiter und tauchten in einen dichten Wald ein. Dicke Baumstämme säumten die Straße, und das dichte Blätterdach ließ nur wenige Sonnenstrahlen durch.

Die Temperatur sank merklich. Skye verschränkte die Arme und zog die Schultern hoch.

»Ist Ihnen kalt?«, fragte Austin. »Ich kann die Fenster schließen.«

»Mir geht es gut«, sagte sie. »Ich war nach der idyllischen Landschaft und den Weinbergen nicht auf diesen abrupten Wechsel vorbereitet. Dieser Wald ist ... wie ein böses Omen.«

Austin warf einen Seitenblick auf das dichte Unterholz. Er sah jenseits der Baumreihen nur dunkle Schatten. Gelegentlich wichen die Bäume zurück und gaben den Blick auf einen Sumpf frei. Er schaltete die Scheinwerfer ein, doch sie verstärkten den düsteren Eindruck noch.

Dann veränderte sich die Szenerie. Die Straße wurde breiter und rechts und links von hohen Eichen begrenzt. Ihre Äste verzahnten sich hoch über ihren Köpfen und schufen einen langen Baumtunnel, der etwa eine Meile lang war, bis er abrupt endete. Die Straße begann anzusteigen.

»*Mon Dieu!*«, rief Skye aus, als sie den wuchtigen Granithaufen erblickte, der den niedrigen Hügel vor ihnen beherrschte.

Austin registrierte die konischen Türme und die hohen, mit Zinnen besetzten Mauern.

»Es scheint, als wären wir durch eine Zeitverschiebung im Transsylvanien des vierzehnten Jahrhunderts gelandet.«

Skye meinte mit andächtiger Stimme: »Es ist auf eine unheimliche Art und Weise großartig.«

Austin war von der Architektur des Schlosses weniger beeindruckt. »Das Gleiche hat man auch über das Schloss von Dracula gesagt.«

Er lenkte den Rolls auf eine mit weißem Kies bestreute Auffahrt, die einen Zierbrunnen umrundete; in dessen Mitte schlug eine Gruppe von Männern in Rüstungen verbissen aufeinander ein. Die Bronzegesichter der kämpfenden Krieger waren schmerzverzerrt.

»Wie nett«, sagte Austin.

»*Igitt!* Es ist absolut grotesk.«

Austin parkte den Rolls in der Nähe einer Brücke, die über einen breiten Graben führte. Ein sumpfiger Geruch stieg von der grünlich braunen Oberfläche des stehenden Wassers hoch. Sie überquerten die Brücke und danach die Zugbrücke und gelangten durch ein Tor auf einen weitläufigen gepflasterten Hof, der das Schloss umgab und das Gebäude von der Mauer trennte. Niemand erschien, um sie zu begrüßen, daher gingen sie über den Hof und stiegen zu einer Terrasse hinauf, die sich über die gesamte Front des Gebäudes erstreckte.

Austin legte eine Hand auf den massiven Türklopfer, der die mit Eisenbändern beschlagene Tür zierte. »Kommt Ihnen das irgendwie bekannt vor?«

»Es ist das gleiche Adler-Emblem wie auf dem Helm und dem Flugzeug.«

Austin nickte zustimmend, hob den Türklopfer und ließ ihn zweimal fallen.

»Ich prophezeie, dass ein zahnloser Buckliger namens Igor die Tür öffnen wird«, sagte er.

»Wenn das geschieht, dann renne ich sofort zum Wagen zurück.«

»Wenn es geschieht, dann rate ich Ihnen, mir nicht im Weg zu stehen«, sagte Austin.

Der Mann, der beim Klang der Türglocke erschien, war weder zahnlos, noch besaß er einen Buckel. Er war hoch gewachsen und trug ein weißes Tennisdress. Er konnte um die vierzig oder fünfzig Jahre alt sein, obgleich sein Alter schwer zu schätzen war, da sein Gesicht faltenlos und er selbst so gut in Form war wie ein Profisportler.

»Sie müssen Mr. Austin sein«, sagte der Mann mit einem erfreuten Lächeln und streckte ihnen zur Begrüßung eine Hand entgegen.

»Das ist richtig. Und das ist meine Assistentin, Mademoiselle Bouchet.«

»Ich bin Emil Fauchard. Es freut mich, Sie kennen zu lernen. Es war sehr nett, dass Sie den weiten Weg von Paris zurückgelegt haben. Meine Mutter wartet schon auf Ihr Erscheinen. Bitte kommen Sie hier entlang.«

Er führte seine Gäste in ein geräumiges Foyer und ging mit zügigem Tempo durch einen langen Korridor voraus. Auf den hohen Kuppeldecken waren mythologische Szenen zu sehen, an denen Nymphen, Satyrn und Zentauren in einer überirdisch anmutenden Waldlandschaft beteiligt waren. Während sie ihrem Führer folgten, beugte Skye sich zu Austins Ohr hinüber.

»So viel zu Ihrer Igor-Theorie.«

»Es war doch nur so eine Ahnung«, erklärte Austin mit ernster Miene.

Skye verdrehte die Augen. Es war die einzige angemessene Reaktion auf Austins Scherz.

Der Korridor schien kein Ende nehmen zu wollen. Auf der dunklen Holztäfelung hingen riesige Wandteppiche. Sie zeigten mittelalterliche Jagdszenen. Lebensgroße Figuren von Adligen und Landedelleuten verwandelten mit ihren Pfeilen arme Rehe und Wildschweine in wandelnde Nadelkissen.

Fauchard blieb vor einer Tür stehen, öffnete sie und lud sie dann mit einer Handbewegung zum Eintreten ein.

Der Raum, den sie betraten, stand in krassem Kontrast zur überwältigenden Architektur des Schlosses. Er war klein und von intimer Ausstrahlung. Mit seiner niedrigen Balkendecke und Regalen voll alter Bücher entsprach er eher einer Bibliothek in einem Landhaus. Eine Frau saß in einem Ledersessel in einer Ecke des Raums und las im Licht, das durch ein hohes Fenster hereindrang.

»Mutter«, rief Fauchard halblaut. »Unsere Besucher sind eingetroffen. Das sind Mr. Austin und seine Assistentin, Mademoiselle Bouchet.« Austin hatte sich ihren Tarnnamen aus dem Pariser Telefonbuch herausgesucht.

Die Frau lächelte und legte ihr Buch beiseite. Dann erhob sie sich, um sie zu begrüßen. Sie war groß und nahm eine fast militärische Haltung ein. Ein schwarzer Straßenanzug und ein lavendelfarbener Schal unterstrichen ihren blassen Teint und ihr silberfarbenes Haar. Graziös wie eine Ballerina kam sie herüber und schüttelte ihnen die Hand. Ihr Händedruck war unerwartet fest.

»Bitte setzen Sie sich.« Sie deutete auf zwei gemütliche Ledersessel. Sie sah kurz ihren Sohn an und meinte: »Unsere Gäste sind nach der langen Fahrt sicherlich durstig.« Sie sprach ein völlig akzentfreies Englisch.

»Ich werde auf dem Weg nach draußen Bescheid geben«, entgegnete Emil.

Sekunden später erschien ein Angestellter mit gekühltem Mineralwasser und Gläsern auf einem Tablett. Austin studierte

Madame Fauchard, während sie den Angestellten wegschickte und ihre Gläser füllte. Wie schon bei ihrem Sohn war es auch bei ihr schwierig, ihr Alter zu schätzen. Zwischen vierzig und sechzig hätte jede Jahreszahl die richtige sein können. Aber egal, wie ihr genaues Alter lautete, sie war sehr schön in einem klassischen Sinn. Abgesehen von einem Netz feiner Fältchen, war ihr Teint so makellos wie eine Kamee, und ihre grauen Augen waren wach und intelligent. Ihr Lächeln spielte zwischen betörend und geheimnisvoll, und als sie etwas sagte, war in ihrer Stimme nur andeutungsweise das raue Kratzen zu hören, das sich mit zunehmendem Alter entwickeln kann.

»Es war sehr nett von Ihnen und Ihrer Assistentin, den weiten Weg von Paris hierher zu kommen, Mr. Austin.«

»Es war überhaupt keine Mühe, Madame Fauchard. Sie haben sicherlich sehr viel zu tun, und ich freue mich, dass Sie uns so kurzfristig empfangen konnten.«

Sie hob die Hände in einer Geste des Erstaunens.

»Wie hätte ich Sie *nicht* empfangen können, nachdem ich von Ihrer Entdeckung erfuhr? Offen gesagt war ich wie vom Donner gerührt, als ich hörte, dass der Tote, der im Lac-du-Dormeur-Gletscher gefunden wurde, mein Großonkel Jules Fauchard sein könnte. Ich habe die Alpen schon sehr oft im Flugzeug überquert und dabei niemals auch nur geahnt, dass ein bekanntes Mitglied meiner Familie unter mir eingefroren im Eis liegen könnte. Sind Sie ganz sicher, dass es sich um Jules handelt?«

»Ich habe den Toten nie gesehen und kann mich zu seiner Identität nicht mit letzter Sicherheit äußern«, erwiderte er. »Aber das Flugzeug, eine Morane-Saulnier N, die ich im Gletschersee entdeckte, konnte mittels ihrer Seriennummer bis zu Jules zurückverfolgt werden. Ein reiner Indizienbeweis, aber nichtsdestoweniger überzeugend.«

Madame Fauchard blickte ins Leere. »Es kann eigentlich nur Jules sein«, sagte sie mehr zu sich selbst als zu ihren Gästen. Ihre Gedanken sammelnd fuhr sie fort: »Er verschwand im Jahr 1914, nachdem er von hier mit seiner Maschine, einer Morane-Saulnier, gestartet war. Das Fliegen war seine Passion, und er hatte französische Flugschulen besucht; er war durchaus erfahren und beherrschte sein Metier. Der arme Mann. Ihm muss der Treibstoff ausgegangen sein, oder er hat in den Bergen widrige Witterungsbedingungen vorgefunden.«

»Was könnte ihn dazu gebracht haben, in die Alpen zu fliegen?«, fragte Skye.

Madame Fauchard reagierte auf diese Frage mit einem gewinnenden Lächeln. »Er war ziemlich verrückt, müssen Sie wissen. So etwas kommt in den besten Familien vor.« Sie wandte sich wieder an Austin. »Wie ich hörte, sind Sie bei der NUMA beschäftigt. Nun sehen Sie mich nicht so überrascht an. Ihr Name hat in allen Zeitungen gestanden und wurde oft genug im Fernsehen genannt. Es war sehr mutig und clever von Ihnen, ein U-Boot zur Rettung der Wissenschaftler einzusetzen, die unter dem Gletscher gefangen waren.«

»Ich habe das nicht alleine getan. Ich hatte dabei eine Menge Unterstützung.«

»Auch noch bescheiden dazu.« Sie nickte anerkennend und fixierte ihn mit einem Blick, der mehr als nur beiläufiges Interesse bekundete. »Ich habe von diesem schrecklichen Mann gelesen, der die Wissenschaftler bedroht hat. Was könnte er gewollt haben?«

»Eine komplizierte Frage, auf die es keine einfache Antwort gibt. Er wollte offenbar dafür sorgen, dass niemand den Toten würde bergen können. Und er hat eine Stahlkassette mitgenommen, die möglicherweise irgendwelche Dokumente enthielt.«

»Sehr schade«, sagte sie seufzend. »Vielleicht hätten diese Dokumente Licht in das seltsame Verhalten meines Großonkels bringen können. Sie fragten, was er in den Alpen zu suchen hatte, Mademoiselle Bouchet. Darüber kann ich nur vage Vermutungen anstellen. Sehen Sie, Jules hat sehr gelitten.«

»War er krank?«

»Nein, aber er war ein sehr sensibler Mensch, der die Kunst und die Literatur liebte. Er hätte in eine andere Familie hineingeboren werden sollen. Jules hatte Probleme damit, zu einer Familie zu gehören, deren Mitglieder auch als ›Händler des Todes‹ bekannt waren.«

»Das ist durchaus verständlich«, sagte Austin.

»Man hat uns schon schlimmere Titel verliehen, Monsieur. Das können Sie mir glauben. Es muss als besondere Ironie des Schicksals betrachtet werden, dass Jules der geborene Geschäftsmann war. Er war verschlagen, und die Art und Weise, wie er hinter den Kulissen seine Fäden spann, hätte einem Machiavelli Ehre gemacht. Unser Familienunternehmen florierte unter seiner Ägide.«

»Dieses Bild passt aber gar nicht zu dem, was Sie mir über seinen sanften Charakter erzählt haben.«

»Jules hasste das Gewaltpotenzial, das in den Waren steckte, mit denen er Handel trieb. Aber er argumentierte, wenn wir keine Waffen herstellten und verkauften, würde das ganz gewiss jemand anderer tun. Er war ein aufrichtiger Bewunderer Alfred Nobels. Genauso wie sein großes Vorbild verwendete er einen großen Teil des Familienvermögens für friedliche Zwecke. Er betrachtete sich selbst als eine Art Beispiel für das Gleichgewicht der Kräfte der Natur.«

»Irgendetwas oder irgendwer muss ihn aus dem Gleichgewicht gebracht haben.«

Sie nickte bestätigend. »Wir glauben, es waren die Vorzeichen und Begleitumstände des Ersten Weltkriegs. Begonnen wurde dieser Krieg von wichtigtuerischen und beschränkten politischen Führern, doch es ist kein Geheimnis, welche Rolle die Waffenhändler dabei gespielt haben.«

»Waffenhändler wie die Fauchards und die Krupps?«

»Die Krupps sind Emporkömmlinge«, sagte sie und rümpfte die Nase, als nehme sie einen fauligen Geruch wahr. »Sie waren im Grunde nichts anderes als bessere Bergleute, Parvenüs, die ihr Vermögen dem Blut und dem Schweiß anderer zu verdanken hatten. Die Fauchards waren bereits seit Jahrhunderten im Waffengeschäft tätig, ehe die Krupps im 19. Jahrhundert zum ersten Mal in Erscheinung traten. Was wissen Sie über unsere Familie, Mr. Austin?«

»Im Grunde nicht viel mehr, als dass Sie äußerst verschwiegen und öffentlichkeitsscheu sind.«

Madame Fauchard lachte amüsiert. »Wenn man mit Waffen handelt, ist *Verschwiegenheit* kein Schimpfwort. Ich hingegen ziehe den Begriff *Diskretion* vor.« Sie wiegte den Kopf nachdenklich, während sie sich aus ihrem Sessel erhob. »Bitte folgen Sie mir. Ich möchte Ihnen etwas zeigen, das Ihnen mehr über die Fauchards verrät als tausend Worte.«

Sie führte sie durch einen langen Korridor zu einer hohen gewölbten Doppeltür, die mit dem Emblem eines dreiköpfigen Adlers aus schwarzem Stahl verziert war.

»Dies ist die Waffenkammer des Schlosses«, sagte sie, während sie durch die Türöffnung traten. »Sie ist Herz und Seele des Fauchard-Imperiums.«

Sie befanden sich in einem riesigen Raum mit hoch aufragenden Wänden und einer geriffelten Decke. Sein Grundriss entsprach offenbar dem einer Kathedrale. Sie standen in einem langen, mit Säulen gesäumten Hauptschiff, das von einem Querschiff gekreuzt wurde, hinter dem sich der Altarraum anschloss. Das Mittelschiff wurde von Nischen gesäumt, doch anstelle von Heiligenfiguren enthielten die Nischen Waffen, die offensichtlich in chronologischer Reihenfolge geordnet waren. Weitere Waffen und Rüstungen waren auf einem Sims über den Nischen zu sehen, das sich rund um den gesamten Raum an den Wänden entlangzog.

Direkt vor ihnen, mitten in der Bewegung erstarrt, saßen vier lebensgroße Ritter auf ihren imposanten ausgestopften Rössern, alle in voller Rüstung, und hielten die Lanzen angriffsbereit, als wollten sie die Waffenkammer gegen Eindringlinge verteidigen.

Skye betrachtete das Arrangement mit kundigem Blick. »Der zeitliche Rahmen und der Umfang der Sammlung rauben einem den Atem.«

Madame Fauchard ging ein paar Schritte weiter und blieb neben den Rittern auf ihren Pferden stehen. »Sie waren sozusagen die Panzertruppe ihrer Zeit«, sagte sie. »Versetzen Sie sich in die Rolle eines armseligen Infanteristen, nur mit einer einzigen Lanze bewaffnet, der sich diesen Herren gegenübersieht, die in vollem Galopp auf ihn zustürmen.« Sie lächelte, als genieße sie diese Vorstellung.

»Höchst eindrucksvoll«, sagte Skye, »aber nicht unbesiegbar, als Waffentechnik und Taktik sich weiter entwickelten. Der Langbogen konnte Pfeile verschießen, die sogar auf weite Entfernung Rüstungen durchlöchern konnten. Eine Hellebarde konnte Rüstungen durchbohren, und ein zweihändig geführtes Schwert konnte einen Ritter ausschalten, wenn es gelang, ihn von seinem Pferd herabzuzerren. Und gegen Feuerwaffen war ihre gesamte Panzerung völlig nutzlos.«

»Sie haben, was den Erfolg unseres Familienunternehmens betrifft, genau ins Schwarze getroffen. Jede Weiterentwicklung im Bereich der Waffentechnik wurde durch noch fortschrittlichere Waffen übertroffen. Mademoiselle klingt, als wüsste sie, wovon sie redet«, stellte Madame Fauchard mit der Andeutung eines Stirnrunzelns fest.

»Das Hobby meines Bruders waren und sind alte Waffen. Dadurch habe ich einiges darüber erfahren, ob ich wollte oder nicht.«

»Sie haben sehr gut aufgepasst. Jedes Stück in diesem Raum wurde von den Fauchards hergestellt. Was halten Sie von der Kunstfertigkeit unserer Familie?«

Skye inspizierte die Ausstellungsstücke in der nächsten Nische und schüttelte den Kopf. »Diese Helme sind sehr primitiv, aber handwerklich außerordentlich gut gefertigt. Sie sind schätzungsweise mehr als zweitausend Jahre alt.«

»Bravo! Sie stammen aus vorrömischer Zeit.«

»Ich wusste gar nicht, dass die Geschichte der Fauchards sich so weit zurückverfolgen lässt«, sagte Austin.

»Es würde mich nicht überraschen, wenn jemand eine Höhlenzeichnung von einem Fauchard entdecken würde, wie er gerade damit beschäftigt ist, eine Speerspitze für einen Kunden aus der Jungsteinzeit herzustellen.«

»Dieses Schloss ist aber zeitlich und geographisch von einer Höhle der Jungsteinzeit ziemlich weit entfernt.«

»Seit unseren bescheidenen Anfängen haben wir einen weiten Weg zurückgelegt. Unsere Familie betrieb seinerzeit eine Waffenschmiede auf Zypern. Die Kreuzfahrer landeten dort, um auf der Insel einen Stützpunkt aufzubauen, und bewunderten unsere Handwerkskunst. Es war damals Sitte, dass reiche Adlige in ihren Häusern eigene Waffenschmiede beschäftigten. So gelangten meine Vorfahren nach Frankreich und gründeten in der Folgezeit mehrere Handwerksgilden. Die in den Gilden organisierten Familien heirateten untereinander und verbanden sich mit zwei anderen Familien.«

»Stammen daher die drei Adler in Ihrem Wappen?«

»Sie sind sehr aufmerksam, Monsieur Austin. Ja, aber im Laufe der Zeit verloren die anderen Familien an Bedeutung, und am Ende beherrschten die Fauchards das Geschäft. Sie unterhielten verschiedene spezialisierte Werkstätten und schickten ihre Agenten durch ganz Europa. Vom Dreißigjährigen Krieg bis zur Napoleon-Ära herrschte eine ständige Nachfrage. Der Deutsch-Französische Krieg erwies sich als sehr lukrativ und schuf die Grundlagen für den Ersten Weltkrieg.«

»Womit wir wieder bei Ihrem Großonkel angekommen wären.«

Sie nickte. »Jules wurde zunehmend depressiv, als der Krieg unvermeidlich erschien. Mittlerweile waren wir zu einem regelrechten Waffenkartell angewachsen und nannten uns Spear Industries. Er plädierte dafür, dass die Familie sich aus dem Wettrüsten heraushielt, aber es war schon zu spät. Wie Lenin damals einmal sagte: Europa war ein Pulverfass.«

»Zu dessen Explosion das Attentat auf den Erzherzog Ferdinand den notwendigen Funken lieferte.«

»Der Großherzog war ein Flegel«, sagte sie mit einer wegwerfenden Geste ihrer schlanken Hand. »Sein Tod war weniger ein Funke als eher ein Vorwand. Die internationale Waffenindustrie hatte untereinander Vereinbarungen getroffen und Patente angemeldet. Jede abgefeuerte Patrone oder explodierte Bombe, gleich auf welcher Seite, versprach gemeinsame Profite für Eigentümer und Aktionäre. Die Krupps verdienten Geld mit dem Tod deutscher Soldaten, und Spear Industries profitierte von gefallenen französischen Soldaten. Diese Entwicklung hatte Jules vorausgesehen, und die Tatsache, dass er letztendlich dafür mitverantwortlich war, dürfte ihn aus dem Gleichgewicht gebracht haben.«

»Also war auch er in gewissem Sinne ein Kriegsopfer?«

»Mein Großonkel war ein Idealist. Seine Überzeugung bescherte ihm einen viel zu frühen und sinnlosen Tod. Das Traurige an der Geschichte war, dass sein Tod ebenso wenig bewirkte wie der Tod eines einfachen Soldaten, der im Schützengraben einem Gasangriff zum Opfer fiel. Nur wenige Jahrzehnte später verwickelten unsere Staatenlenker uns in einen weiteren Weltkrieg. Die Fabriken der Fauchards wurden in Schutt und Asche gebombt, und unsere Arbeiter wurden getötet. Unsere Verluste glichen wir sehr schnell während des Kalten Krieges wieder aus. Doch die Welt hat sich verändert.«

»Als ich sie mir das letzte Mal eingehender ansah, kam sie mir noch immer als ein ziemlich gefährlicher Ort vor«, sagte Austin.

»Ja, die Waffen sind tödlicher als je zuvor, aber die Konflikte sind mittlerweile noch enger regional begrenzt, und sie dauern bei weitem nicht mehr so lange wie früher. Regierungen – wie unsere eigene, zum Beispiel – haben den bedeutenden Waffenhändlern längst den Rang abgelaufen. Als ich die Leitung von Spear Industries geerbt habe, haben wir unsere Fabriken stillgelegt und sind nun im Grunde nicht mehr als eine Holdinggesellschaft, die Warenliefer- und Dienstleistungsverträge mit wechselnden Geschäftspartnern abschließt. Dank der Furcht vor Schurkenstaaten und Terroristen laufen unsere Geschäfte bestens.«

»Eine erstaunliche Geschichte«, sagte Austin. »Vielen Dank, dass Sie uns einen so tiefen historischen Einblick in Ihre Familiengeschichte gestattet haben.«

»Nun aber zurück in die Gegenwart«, sagte sie mit einem knappen Kopfnicken. »Mr. Austin, wie sind die Aussichten, das Flugzeug zu bergen, das Sie in dem Gletschersee gefunden haben?«

»Es wäre eine schwierige Angelegenheit, aber für ein erfahrenes Bergungsunternehmen nicht unmöglich. Wenn Sie wollen, könnte ich Ihnen einige Firmen nennen.«

»Vielen Dank. Wir sind stets daran interessiert, *alles* zurückzuholen, was von Rechts wegen uns gehört. Haben Sie die Absicht, heute noch nach Paris zurückzukehren?«

»So hatten wir es eigentlich geplant.«

»*Bien*. Ich bringe Sie hinaus.«

Madame Fauchard führte sie durch einen anderen Korridor, an dessen Wänden hunderte von Porträts hingen. Vor dem Gemälde eines Mannes in einem langen Ledermantel blieb sie stehen.

»Das ist mein Großonkel Jules Fauchard«, sagte Madame Fauchard.

Der Mann auf dem Gemälde hatte eine Adlernase und einen Schnurrbart und stand vor einem Flugzeug ähnlich dem, das Austin im französischen Luftfahrtmuseum gesehen hatte. Er trug denselben Helm, den Skye ihrem Freund Darnay überlassen hatte.

Ein leiser Zischlaut drang über Skyes Lippen. Er war kaum zu hören, doch Madame Fauchard fixierte Skye und fragte: »Gibt es ein Problem, Mademoiselle?«

»Nein«, antwortete Skye und räusperte sich. »Ich habe nur diesen Helm bewundert. Befindet er sich in Ihrer Waffensammlung?«

Racine musterte Skye argwöhnisch.

»Nein. Das tut er nicht.«

Austin versuchte, das Gespräch in andere Bahnen zu lenken.

»Er hat keine große Ähnlichkeit mit Ihnen oder Ihrem Sohn«, stellte er fest.

Racine lächelte. »Die Fauchards waren das, was man gerne als herbe Schönheiten bezeichnet, wie Sie sehen können. Wir kommen eher nach meinem Großvater, der gar nicht zur Familie gehörte. Er heiratete in die Familie der Fauchards ein und nahm ihren Namen als seinen eigenen an. Es war eine arrangierte Ehe, um zwei Familien zu beider Nutzen miteinander zu verbinden. Damals hatten die Fauchards keinen männlichen Erben, daher schufen sie sich einen.«

»Sie haben in der Tat faszinierende Vorfahren«, sagte Skye.

»Sie ahnen gar nicht, wie faszinierend.« Racine musterte Skye für einen kurzen Moment nachdenklich und lächelte. »Mir kommt gerade eine wunderbare Idee. Warum bleiben Sie nicht zum Abendessen? Wir haben sowieso Gäste. Wir verkleiden uns ein wenig, so wie in der guten alten Zeit. Es ist eine Kostümparty.«

»Es ist eine ziemlich lange Fahrt zurück nach Paris. Außerdem haben wir keine Kostüme mitgebracht«, sagte Austin.

»Sie können hier übernachten. Und was die Party betrifft, so haben wir ein paar Kostüme in Reserve. Wir werden für Sie schon etwas Passendes finden. Es ist alles da, damit Sie sich fühlen wie zu Hause. Und morgen können Sie in aller Frühe aufbrechen, wenn Sie wollen. Ein ›Nein‹ lasse ich allerdings nicht gelten. Das sollte Ihnen klar sein.«

»Sie sind sehr großzügig, Madame Fauchard«, sagte Skye. »Wir wollen keine Umstände machen.«

»Sie machen absolut keine Umstände. Wenn Sie mich jetzt entschuldigen wollen, ich muss mit meinem Sohn noch die notwendigen Arrangements für heute Abend besprechen. Schauen Sie sich nach Belieben im Erdgeschoss um. In den oberen Etagen befinden sich die Wohnräume.«

Ohne ein weiteres Wort entfernte Madame Fauchard sich, eilte durch den Korridor davon und ließ sie in der Ahnengalerie der Fauchards zurück.

»Was hatte das alles zu bedeuten?«, fragte Austin, während Madame Fauchard um eine Ecke verschwand. Skye klatschte in die Hände und rieb die Handflächen aneinander.

»Mein Plan hat funktioniert! Ich habe mit voller Absicht in der Waffenkammer meine Kenntnisse alter Waffen erwähnt, um ihr Interesse zu wecken. Und nachdem ich den Köder ausgeworfen hatte, hat sie sofort danach geschnappt, und jetzt habe ich sie an der Angel. Sehen Sie, Kurt, Sie sagten doch, dass die Fauchards der Schlüssel zu den Geschehnissen unter dem Gletscher und dem Vorfall in Darnays Laden sind. Wir können doch wohl kaum mit leeren Händen von hier abreisen. Also, wo liegt das Problem?«

»Es könnte für Sie gefährlich werden. *Das* ist das Problem. Ihr Mund klappte auf wie ein Scheunentor, als Sie das Porträt des guten alten Jules entdeckten. Sie weiß jetzt, dass Sie den Helm schon mal gesehen haben.«

»Das war nicht geplant. Ich war ehrlich verblüfft, als ich Jules mit dem Helm sah, den ich vom Gletscher mitgenommen hatte. Sehen Sie, ich bin bereit, das Risiko einzugehen. Außerdem ist eine Kostümparty sicherlich ganz lustig. Sie wird in Anwesenheit so vieler Gäste sicherlich nichts Schlimmes versuchen. Mir kommt sie ausgesprochen großzügig und freundlich vor. Sie ist ganz und gar nicht die Drachenlady, die ich erwartet hatte.«

Austin war nicht überzeugt. Madame Fauchard war eine charmante Frau, aber er hatte den Verdacht, dass ihr Auftreten als treusorgende Mutter der Kompanie nichts anderes als Schauspielerei war. Er hatte sehr wohl gesehen, wie ihr Gesicht sich bei Skyes Reaktion auf das Porträt an der Wand kurz verfinsterte. Madame Fauchard, und nicht Skye, hatte den Köder ausgeworfen und sie eingefangen. In seinem Kopf schlugen Alarmglocken an, doch er lächelte. Er wollte Skye keine Angst einjagen.

»Schauen wir uns um«, schlug er vor.

Sie brauchten ungefähr eine Stunde, um sich einen Eindruck vom Erdgeschoss zu verschaffen. Es war sehr weitläufig, aber sie sahen hauptsächlich Korridore. Jede Tür, an der sie ihr Glück versuchten, war verriegelt. Während sie durch das Labyrinth von Verbindungsgängen schlenderten, versuchte Austin sich deren Verlauf einzuprägen. Am Ende standen sie wieder in der Eingangshalle. Sein Unbehagen nahm deutlich zu.

»Seltsam«, sagte er. »Ein Gebäude von solchen Ausmaßen erfordert umfangreiches Personal, doch wir haben außer den Fauchards und dem Bediensteten, der uns das Wasser gebracht hat, keine Menschenseele angetroffen.«

»Das ist wirklich seltsam«, gab Skye ihm Recht. Sie drückte die Klinke der Eingangstür herab und lächelte. »Sehen Sie doch, Mr. Schwarzseher. Wir können das Haus jederzeit verlassen.«

Sie traten hinaus auf die Terrasse und spazierten über den Hof zum Tor. Die Zugbrücke war noch immer unten, doch die Fallgitter, die bei ihrer Ankunft hochgezogen gewesen waren, hatte man mittlerweile herabgelassen. Austin umfasste die Gitterstäbe und blickte zwischen ihnen hindurch nach draußen.

»So bald werden wir von hier nicht wegkommen«, meinte er mit einem grimmigen Lächeln.

Der Rolls-Royce war aus der Auffahrt verschwunden.

## 20

Die *Alvin* war aufgestiegen wie eine Möwe auf einer rollenden Woge, ehe sie in den freien Fall überging, der mit einem ohrenbetäubenden Dröhnen von Stahl gegen Stahl endete. Der Aufprall schleuderte die drei Personen in der *Alvin* von ihren Plätzen. Trout versuchte, eine Kollision mit Gamay und der zierlichen Pilotin zu vermeiden, doch sein ein Meter achtzig großer Körper war für akrobatische Übungen ungeeignet, und er krachte gegen das Schott. Ganze Sterngalaxien wirbelten durch seinen Kopf, und als die Sterne verblassten, erkannte er Gamays Gesicht dicht vor seinem. Sie studierte ihn besorgt.

»Bist du okay?«, fragte sie, als rechnete sie mit dem Schlimmsten.

Trout nickte. Dann zog er sich in seinen Sitz zurück und tastete behutsam mit den Fingerspitzen seinen malträtierten Schädel ab. Die Haut reagierte auf jede Berührung mit einer kleinen Schmerzexplosion, aber er blutete wenigstens nicht.

»Was ist geschehen?«, fragte Sandy.

»Keine Ahnung«, sagte Trout. »Ich schaue mal nach.«

Er versuchte, das Gefühl der Übelkeit in seiner Magengrube zu ignorieren, und kroch hinüber zu einem Sichtfenster. Für einen kurzen Moment fragte er sich, ob der Schlag gegen den Kopf dafür verantwortlich war, dass er seltsame Visionen hatte. Die finstere Miene eines Mannes starrte ihn an. Der Mann sah Trout. Er klopfte mit dem Lauf einer Pistole gegen die Acrylglasscheibe und stieß einen Daumen nach oben. Die Botschaft war eindeutig. Sofort die Luke öffnen.

Gamay drückte ihr Gesicht gegen ein anderes Bullauge. »Da draußen ist ein richtig übler Zeitgenosse«, flüsterte sie. »Er hat eine Waffe.«

»Hier auch«, meldete Trout. »Sie wollen, dass wir rauskommen.«

»Was sollen wir tun?«, fragte Sandy.

Jemand schlug gegen den Bootsrumpf.

»Unser Empfangskomitee wird allmählich ungeduldig«, sagte Gamay.

»Das sehe ich«, bestätigte Trout. »Solange uns nichts einfällt, wie wir die *Alvin* in ein Kampf-U-Boot verwandeln können, schlage ich vor, dass wir tun, was sie von uns verlangen.«

Er griff nach oben und öffnete die Luke. Warme, feuchte Luft drang herein, und dasselbe Gesicht, das er am Bullauge gesehen hatte, wurde jetzt von der kreisrunden Lukenöffnung umrahmt. Der Mann gab Trout ein Zeichen und verschwand außer Sicht. Trout schob den Kopf und die Schultern durch die Luke und sah, dass die *Alvin* von sechs bewaffneten Männern umringt war.

Mit betont langsamen Bewegungen kletterte Trout hinaus auf den Rumpf des U-Boots. Sandy erschien, und sämtliches Blut wich aus ihrem Gesicht, als sie das Empfangskomitee erblickte. Sie erstarrte auf halbem Weg, bis Gamay ihr von unten einen Stups gab und Trout ihr dabei half, vollends aufs Stahldeck hinunterzusteigen.

Die *Alvin* war in einem hell erleuchteten Raum von der Größe einer Dreiergarage gestrandet. Ein kräftiger Meerwassergeruch lag in der Luft. Wasser troff vom Rumpf der *Alvin* und lief gurgelnd durch entsprechende Bodenöffnungen ab. Trout schloss aus seiner Umgebung, dass sie sich in der Luftschleuse eines riesigen Unterseebootes befanden. Am Ende der Kammer trafen die gekrümmten Wände in einem horizontalen Spalt aufeinander, sodass das gesamte Abteil an ein großes mechanisches Maul erinnerte. Das U-Boot musste die *Alvin* geschnappt haben wie ein Barsch, der eine Garnele verschlingt.

Ein Wächter betätigte einen Wandschalter, und im Schott gegenüber dem mechanischen Maul öffnete sich eine Tür. Derselbe Wächter wies der *Alvin*-Besatzung mit dem Lauf seiner Pistole den Weg. Die Gefangenen traten durch die Türöffnung in einen kleineren Raum, in dem es aussah wie in einer Roboterfabrik. An Wandhaken hingen mindestens ein Dutzend »Weltraumanzüge«, deren mit dicken Gelenken versehene Arme in Greifklauen endeten. Durch seine Arbeit für die NUMA wusste Trout, dass diese Anzüge spezielle Tauchkombinationen waren, die bei längeren Tauchgängen in extremen Tiefen zum Einsatz kamen.

Die Tür glitt zischend zu, und die Gefangenen marschierten, eskortiert von drei Wächtern vor und drei hinter ihnen, durch einen Korridor. Die marineblauen Overalls der Wächter wiesen keinerlei Rangabzeichen oder sonstige Identifikationsmerkmale auf. Die Männer waren muskulöse, offensichtlich kampferprobte Typen mit kurz geschnittenen Haaren, und sie bewegten sich mit der selbstsicheren Lässigkeit bestens ausgebildeter Elitesoldaten. Es war unmöglich, Vermutungen hinsichtlich ihrer Nationalitäten anzustellen, da sie die ganze Zeit stumm geblieben waren und es vorzogen, ihre Forderungen mittels eindeutiger Gesten mit ihren Waffen kundzutun. Trout tippte auf Söldner, die wahrscheinlich früher in Spezialeinheiten gedient hatten.

Die Parade bewegte sich durch ein Labyrinth von Korridoren. Am Ende wurden die Gefangenen in eine Kabine geschoben, deren Tür mit einem Klicken hinter ihnen ins Schloss fiel. Der kleine Raum verfügte über zwei Schlafkojen, einen leeren Wandschrank und ein kleines Bad mit Toilette.

»Wie heimelig«, sagte Gamay und schaute sich in ihrem engen Quartier um.

»Das ist offenbar die Dritter-Klasse-Kabine«, stellte Trout fest. Ihm wurde für einen kurzen Moment schwarz vor Augen, und er musste sich am Schott abstützen, bis der Zustand nachließ. Als er die besorgte Miene Gamays sah, meinte er schnell: »Ich bin völlig okay. Aber ich muss mich für einen Moment hinsetzen.«

»Du brauchst erste Hilfe«, sagte Gamay.

Während Trout sich auf die Kante einer Schlafkoje setzte, ging Gamay zur Toilette und tränkte ein Handtuch mit kaltem Wasser. Trout drückte das Handtuch gegen seine Schläfe, um die Schwellung abklingen zu lassen. Sandy und Gamay gingen abwechselnd zum Waschbecken, um die notdürftige Kompresse zu kühlen. Schließlich war die Schwellung deutlich zurückgegangen. Sorgfältig richtete Trout seine Fliege, die halb offen um seinen Hals hing, und fuhr sich mit den Fingern durch die Haare.

»Besser?«, fragte Gamay.

Einigermaßen erfrischt, grinste Trout und meinte: »Du hast mir schon immer prophezeit, dass ich irgendwann mal eins auf den Kopf kriege.«

Sandy lachte trotz ihrer Ängste. »Wie können Sie beide nur so ruhig sein?«, fragte sie staunend.

Trouts Unerschütterlichkeit war weniger gespielte Tapferkeit als vielmehr Pragmatismus und Vertrauen in seine Fähigkeiten. Als Angehöriger des NUMA-Teams für Sondereinsätze war für Trout Gefahr ein vertrauter Partner. Sein lässiges akademisches Auftreten kaschierte eine natürliche innere Härte, die er seinen robusten Vorfahren aus New England verdankte. Sein Urgroßvater war Ruderer beim Lifesaving Service gewesen, dessen Motto lautete: »Du musst rausgehen, aber du brauchst nicht zurückzukommen.« Der Großvater und sein Vater, beide Fischer, hatten ihn das Seemannshandwerk und Achtung vor dem Meer gelehrt, und Trout hatte im Laufe der Zeit gelernt, sich auf seine eigene Erfindungsgabe zu verlassen.

Mit ihrer schlanken, athletischen Figur und ihrem graziösen Gang, ihrem üppigen roten Haar und dem strahlenden Lächeln wurde Gamay manchmal fälschlicherweise für ein Mannequin oder eine Filmschauspielerin gehalten. Nur wenige hätten geglaubt, dass sie in ihrer Jugend in Wisconsin ein schwer zu bändigender Wildfang gewesen war. Obgleich sie zu einer Frau herangewachsen war, die über sämtliche erstrebenswerten femininen Vorzüge verfügte, war sie keine empfindliche Teepuppe. Rudi Gunn, der stellvertretende Direktor der NUMA, hatte ihre Intelligenz sofort erkannt, als er vorschlug, sie und ihren Ehemann in die Agentur aufzunehmen. Admiral Sandecker hatte Gunns Vorschlag rückhaltlos befürwortet. Seitdem hatte Gamay ihre Intelligenz und leidenschaftslose Umsicht und Findigkeit bei zahlreichen Einsätzen mit dem Team unter Beweis gestellt.

»Ruhe hat damit nichts zu tun«, sagte Gamay. »Wir sind einfach nur praktisch. Ob es uns gefällt oder nicht, erst mal hängen wir hier fest. Daher sollten wir versuchen, mit reiner Logik zu ergründen, was hier im Gange ist.«

»Als Wissenschaftler sollten wir eigentlich keine Schlussfolgerungen ziehen, ehe wir sie mit Fakten untermauern können«, gab Sandy zu bedenken. »Und im Augenblick haben wir keine ausreichenden Fakten.«

»Sie haben die wissenschaftliche Methode gut verinnerlicht«, stellte Trout fest. »Wie Ben Johnson einmal gesagt hat, gibt es nichts Besseres als die Aussicht, gehenkt zu werden, um dem Verstand eines Menschen auf die Sprünge zu helfen. Da wir nicht alle Fakten kennen, können wir versuchen, mithilfe wissenschaftlicher Analyse zu einer Beurteilung unserer Lage zu gelangen. Zuerst einmal wissen wir, dass wir entführt wurden und in einem sehr großen Unterseeboot ungewöhnlicher Konstruktion gefangen gehalten werden.«

»Könnte dies das Fahrzeug sein, das diese Spuren geschaffen hat, die sich durch Lost City ziehen?«, fragte Sandy.

»Wir verfügen nicht über die notwendigen Fakten, um diese Theorie zu stützen«, sagte Trout. »Aber es wäre keinesfalls unmöglich, ein Tauchboot zu konstruieren, das sich auf dem Meeresgrund vorwärts bewegen kann. Die NUMA hat selbst mal vor Jahren ein solches Gefährt besessen.«

»Okay, nächste Frage: Was hat es hier zu suchen? Wer sind diese Leute? Und was haben sie mit uns vor?«

»Ich habe das Gefühl, als würden diese Fragen schon bald beantwortet«, sagte Gamay.

»Sie reden wie ein indischer Guru, nicht wie eine Wissenschaftlerin«, sagte Sandy.

Gamay legte einen Finger auf die Lippen und deutete auf die Tür. Deren Klinke bewegte sich. Dann öffnete die Tür sich, und ein Mann betrat die Kabine. Er war so groß, dass er den Kopf in der Türöffnung einziehen musste. Der Besucher trug einen Overall wie die anderen, außer dass dieser lindgrün war. Er schloss die Tür leise hinter sich und musterte die Gefangenen.

»Bleiben Sie ganz ruhig«, sagte er. »Ich bin einer von den Guten.«

»Dann lassen Sie mich raten«, erwiderte Trout. »Sie sind Kapitän Nemo, und dies hier ist die *Nautilus*.«

Der Mann blinzelte überrascht. Er hatte erwartet, dass die Gefangenen eingeschüchtert wären.

»Nein, ich heiße Angus MacLean«, sagte er mit weichem schottischem Akzent. »*Dr.* MacLean. Ich bin Chemiker. Aber was das Unterseeboot betrifft, haben Sie Recht. Es ist in jeder Hinsicht genauso wundervoll wie das Schiff von Kapitän Nemo.«

»Und sind wir etwa Figuren in einem Roman von Jules Verne?«, fragte Gamay.

MacLean reagierte darauf mit einem tiefen Seufzer. »Ich wünschte, es wäre so einfach. Ich will Ihnen keinen unnötigen Schrecken einjagen«, fuhr er mit ernster Stimme fort, »aber Ihr Leben hängt vielleicht von dem Verlauf unserer Unterhaltung in den nächsten Minuten ab. Bitte nennen Sie mir Ihre Namen und die Art Ihrer Tätigkeit. Ich flehe Sie an, ehrlich zu sein. In diesem Schiff gibt es kein richtiges Gefängnis.«

Die Trouts begriffen sofort, was er damit ausdrücken wollte. Kein Gefängnis bedeutete keine Gefangenen. Trout blickte in MacLeans blaue Augen und entschied, ihm zu vertrauen.

»Mein Name ist Paul Trout. Das ist meine Frau Gamay. Wir sind beide bei der NUMA. Und dies dort ist Sandy Jackson, die Pilotin der *Alvin.*«

»Und aus welchem wissenschaftlichen Lager kommen Sie?«

»Ich bin Meeresgeologe. Gamay und Sandy sind beide Meeresbiologen.«

MacLeans ernstes Gesicht verzog sich zu einem erleichterten Lachen. »Gott sei Dank«, murmelte er. »Dann gibt es Hoffnung.«

»Vielleicht können Sie mir eine Frage beantworten«, sagte Trout. »Warum wurden wir gekidnappt, und weshalb wurde die *Alvin* gekapert?«

MacLean reagierte mit einem traurigen Lächeln. »Damit hatte ich nichts zu tun. Ich bin hier genauso ein Gefangener wie Sie.«

»Das verstehe ich nicht«, sagte Sandy.

»Ich kann es Ihnen im Moment nicht erklären. Ich kann nur so viel sagen: Wir haben das Glück, dass sie unsere berufliche Erfahrung brauchen. Genauso wie mich werden diese Leute Sie am Leben lassen, solange sie Sie brauchen.«

»Und wer sind *sie*?«, wollte Trout wissen.

MacLean strich sich mit seinen langen Fingern durch sein grau meliertes Haar. »Das zu wissen, könnte für Sie gefährlich werden.«

»Wer immer sie sind«, sagte Gamay, »bitte erklären Sie den Leuten, die uns gefangen genommen und unser Unterseeboot einkassiert haben, dass unser Hilfsschiff in dem Moment, in dem wir vermisst werden, einige Leute nach uns suchen lässt.«

»Sie haben mir erklärt, das stelle kein Problem dar. Ich habe keinen Grund, das anzuzweifeln.«

»Was soll das heißen?«, fragte Trout.

»Keine Ahnung. Aber ich weiß, dass diese Leute in der Verfolgung ihrer Ziele skrupellos sind.«

»Welches sind ihre Ziele?«, fragte Gamay.

Die blauen Augen wurden unergründlich. »Es gibt Fragen, die Sie lieber nicht stellen und die ich nicht beantworten sollte.« Er erhob sich von seinem Stuhl und sagte: »Ich muss das Ergebnis meiner Befragung weitergeben.« Er deutete auf die Lampenfassung in der Decke und legte seinen Finger als unmissverständliche Warnung vor einem versteckten Mikrofon auf die Lippen. »Ich komme in Kürze mit Essen und Trinken zurück. Bis dahin sollten Sie sich ein wenig ausruhen.«

»Vertrauen Sie ihm?«, fragte Sandy, nachdem MacLean sie wieder alleine gelassen hatte.

»Seine Geschichte klingt verrückt genug, um wahr zu sein«, sagte Gamay.

»Haben Sie irgendeine Idee, was wir tun sollen?«, lautete Sandys nächste Frage, während ihr Blick zwischen den Gesichtern ihrer Leidensgenossen hin und her wanderte.

Trout ließ sich auf seine Koje zurücksinken und versuchte sich auszustrecken, wobei seine langen Beine über den Rand der Matratze hinausragten. Er deutete auf die Lampenfassung und sagte: »Solange niemand anderer diese Koje für sich beansprucht, werde ich MacLeans Rat befolgen und mir ein wenig Ruhe gönnen.«

MacLean kehrte nach etwa einer halben Stunde mit Käsesandwiches, einer Thermosflasche heißen Kaffees und drei Tassen zurück. Noch wichtiger war, dass er lächelte.

»Herzlichen Glückwunsch«, sagte er, während er die Sandwiches herumreichte. »Sie sind jetzt offiziell als Mitarbeiter in unser Projekt aufgenommen.«

Gamay wickelte ihr Sandwich aus und nahm einen Bissen. »Was genau ist dieses Projekt?«

»Ich kann Ihnen nicht alles verraten. Im Augenblick reicht es, wenn ich sage, dass Sie zu einem Forschungsteam gehören. Sie werden jeweils nur das erfahren, was Sie für Ihre Arbeit wissen müssen. Mir wurde gestattet, mit Ihnen einen Rundgang zu veranstalten, damit Sie sich mit der Aufgabe, die vor Ihnen liegt, vertraut machen können. Ich werde Ihnen unterwegs weitere Erklärungen liefern. Unser Babysitter wartet schon auf uns.«

Er klopfte an die Tür, die von einem Wächter mit grimmiger Miene geöffnet wurde, der beiseite trat, um MacLean und die anderen herauszulassen. Während der Wächter ihnen folgte, führte MacLean sie durch ein Labyrinth von Korridoren, bis sie in einen großen Raum gelangten, dessen Wände mit Fernsehmonitoren und Reihen leuchtender elektronischer Anzeigen bedeckt waren. Der Wächter suchte sich eine Position, von der aus er sie genau im Auge hatte, hielt sich aber ansonsten zurück.

»Das ist der Kontrollraum«, sagte MacLean.

Trout schaute sich um. »Wo ist die Mannschaft?«

»Dieses Schiff ist fast vollständig automatisiert. Es gibt nur eine kleine Besatzung und natürlich eine kleine Gruppe Wächter und Taucher.«

»Ich habe die Tauchanzüge im Raum in der Nähe der Luftschleuse gesehen.«

»Sie sind sehr aufmerksam«, stellte MacLean mit einem Kopfnicken fest. »Wenn Sie jetzt einen Blick auf diesen Bildschirm werfen, sehen Sie die Taucher bei der Arbeit.«

Ein Bildschirm zeigte die Ansicht einer Säule, wie sie für Lost City typisch war. Am unteren Rand des Bildschirms nahmen sie eine Bewegung wahr. Ein Taucher in einem wulstigen Tauchanzug stieg an der Seite der Säule empor, angetrieben von vertikalen Korrekturdüsen, die in den Anzug eingebaut waren. Ihm folgten drei weitere genauso ausgerüstete Taucher. Sie alle hielten dicke Gummischläuche in den mechanischen Greifklauen, die ihnen als Hände dienten.

Lautlos schwebten die grotesken Gestalten aufwärts, bis sie den oberen Rand des Bildschirms erreichten. Wie Bienen, die Nektar sammelten, verharrten sie unter den pilzförmigen Felsdeckeln.

»Was tun die?«, fragte Trout.

»Ich weiß es«, meldete Sandy sich zu Wort. »Sie sammeln Bioorganismen von den Mikrobenkolonien, die in der Umgebung der Kamine gedeihen.«

»Das ist richtig. Sie saugen ganze Kolonien ab«, erklärte MacLean. »Das lebendige Material und die Flüssigkeit, in der sie leben, werden durch die Schläuche in Lagertanks geleitet.«

»Wollen Sie damit sagen, es handelt sich um eine *wissenschaftliche* Expedition?«, fragte Gamay.

»Nicht ganz. Schauen Sie hin.«

Zwei Taucher hatten sich von den anderen getrennt und trieben zur Spitze einer anderen Säule. Das zurückgebliebene Paar begann jetzt, die Säule selbst mit handlichen Sägen zu zerlegen.

»Sie zerstören die Säulen«, sagte Sandy. »Das ist *verboten*!«

MacLean schaute hinüber zu dem Wächter, um festzustellen, ob er Sandys heftige Reaktion mitbekommen hatte. Er lehnte mit gelangweiltem, unbeteiligtem Gesichtsausdruck an der Wand. MacLean winkte, um den Wächter auf sich aufmerksam zu machen, und deutete auf eine Tür, die aus dem Kontrollraum hinausführte. Der Wächter gähnte und nickte zustimmend. MacLean geleitete die anderen durch die Tür in einen Raum, in dem große runde Plastikfässer standen.

»Hier können wir reden«, sagte MacLean. »Dies sind Lagerbehälter für das biologische Material.«

»Das müssen enorme Mengen sein«, stellte Gamay fest.

»Es ist sehr schwierig, die Organismen außerhalb ihres natürlichen Habitats am Leben zu erhalten. Deshalb zerkleinern sie einige der Säulen. Bis wir wieder an Land zurückkehren, ist nur noch ein kleiner Prozentsatz der Ernte zu verwenden.«

»Sagten Sie an *Land*?«, fragte Trout.

»Ja, die gesammelten Proben werden am Ende in einer Einrichtung verarbeitet, die sich auf einer Insel befindet. Diese steuern wir regelmäßig an, um die Tanks zu entleeren. Ich weiß allerdings nicht, wo genau diese Insel liegt.«

MacLean bemerkte, wie der Wächter zu ihnen herüberschaute. »Tut mir Leid. Unser Babysitter scheint aus seiner Lethargie aufgewacht zu sein. Wir müssen unser Gespräch später fortsetzen.«

»Erzählen Sie schnell von der Insel. Sie ist vielleicht unsere einzige Möglichkeit zur Flucht.«

»Flucht? Daran zu denken, ist hoffnungslos.«

»Es gibt immer Hoffnung. Wie sieht es auf dieser Insel aus?«

MacLean sah, wie der Wächter zu ihnen herüberkam, und senkte die Stimme, sodass seine Antwort noch drohender klang. »Schlimmer, als Dante es sich jemals hätte ausmalen können.«

## 21

Während Austins Blick über die hohen Mauern und wuchtigen Zinnen wanderte, die das Schloss der Fauchards umgaben, empfand er große Hochachtung für die Handwerker, die die schweren Steinklötze aufeinander geschichtet hatten. Seine Bewunderung wurde von der Erkenntnis gedämpft, dass diese wirkungsvollen Schutzanlagen, die jene längst verblichenen Baumeister errichtet hatten, um Angreifer fern zu halten, genauso perfekt funktionierten, um die, die sich im Innern befanden, am Ausbrechen zu hindern.

»Nun«, sagte Skye. »Was denken Sie?«

»Wenn Alcatraz auf dem Festland erbaut worden wäre, würde es wahrscheinlich in etwa so aussehen.«

»Was sollen wir jetzt tun?«

Er hakte sich bei ihr unter. »Wir setzen unseren Rundgang fort.«

Nachdem sie festgestellt hatten, dass das Fallgitter geschlossen und ihr Wagen verschwunden war, waren Austin und Skye über den Hof geschlendert wie Touristen auf Besichtigungstour. Von Zeit zu Zeit blieben sie stehen und unterhielten sich kurz, ehe sie weitergingen. Diese Unbeschwertheit war als Täuschung gedacht. Austin hoffte, dass jeder, der sie beobachtete, zu dem Schluss käme, sie seien völlig unbesorgt.

Auf ihrem Weg suchten Austins korallenblaue Augen die Mauer nach Schwachpunkten ab. Sein Gehirn katalogisierte jedes noch so winzige Detail. Als sie den Rundgang über den Schlosshof beendet hatten und wieder zu ihrem Ausgangspunkt zurückgekehrt waren, hätte er aus dem Gedächtnis einen genauen Lageplan des gesamten Schlosskomplexes zeichnen können.

Skye blieb stehen und rüttelte an einem schmiedeeisernen Tor, das eine schmale Treppe zur Brustwehr versperrte. Es war verriegelt. »Wir werden Flügel brauchen, um diese Mauern zu überwinden«, sagte sie.

»Meine Flügel sind gerade in der Reinigung«, erwiderte Austin. »Wir müssen uns etwas anderes einfallen lassen. Gehen wir wieder hinein und schnüffeln dort ein wenig herum.«

Emil Fauchard begrüßte sie auf der Terrasse. Er entblößte die Zähne zu seinem typischen Grinsen und fragte: »Na, gefällt Ihnen das Schloss?«

»So etwas wird heute nicht mehr gebaut«, erwiderte Austin. »Übrigens mussten wir feststellen, dass unser Wagen verschwunden ist.«

»Oh ja, wir haben ihn weggefahren, um Platz für die anderen Gäste zu schaffen. Der Schlüssel steckte im Zündschloss. Wir fahren ihn wieder vor, wenn Sie uns verlassen. Ich hoffe, es macht Ihnen nichts aus.«

»Ganz und gar nicht«, meinte Austin mit einem gequälten Lächeln. »So brauchte ich es nicht selbst zu tun.«

»Prima. Dann lassen Sie uns hineingehen. Unsere Gäste werden bald eintreffen.«

Emil geleitete sie zurück ins Schloss und über die breite Verandatreppe hinauf in die erste Etage, wo er ihnen nebeneinander liegende Gästezimmer zuwies. Austins Zimmer war in Wirklichkeit eine Suite mit Schlafzimmer, Bad und Wohnbereich. Eingerichtet war das Domizil in barockem Stil mit viel rotem Samt und Goldbrokat wie ein viktorianisches Freudenhaus.

Sein Kostüm lag auf dem Baldachinbett bereit. Es passte, außer dass es an seinen breiten Schultern ein wenig spannte. Nachdem er sich in einem Spiegel begutachtet hatte, klopfte er an die Tür, die seine Suite mit der von Skye verband. Die Tür öffnete sich einen Spalt breit, und Skye schob den Kopf herein. Sie brach in schallendes Gelächter aus, als sie Austin in seinem schwarz-weiß karierten Kostüm und der Schellenkappe eines Hofnarren sah.

»Madame Fauchard hat viel mehr Sinn für Humor, als ich ihr zugetraut habe«, sagte sie.

»Meine Lehrer in der Schule meinten immer, ich wäre der Klassenclown. Zeigen Sie mal, wie Sie aussehen.«

Skye betrat Austins Zimmer und drehte sich langsam wie ein Mannequin auf dem Laufsteg. Sie trug ein hautenges schwarzes Trikot, das jede Kurve und Wölbung ihres Körpers aufs Reizvollste betonte. Ihre Füße und Hände steckten in pelzbesetzten Pantoffeln und Handschuhen. Zusammengehalten wurden ihre Haare von einem Stirnband, an dem ein Paar großer, spitzer Ohren befestigt war.

»Wie finden Sie das?«, fragte sie und vollführte eine weitere Pirouette.

Austin betrachtete Skye mit einem Ausdruck unverhohlener männlicher Bewunderung, die an Lüsternheit grenzte. »Ich glaube, Sie sind das, was mein Großvater als ›heiße Katze‹ zu bezeichnen pflegte.«

Ein leises Klopfen erklang an der Tür. Es war der glatzköpfige Diener namens Marcel. Er starrte Skye an wie ein Löwe, der eine fette Beute beäugt, dann fiel sein Blick auf Austins Kostüm, und seine Lippen verzogen sich zu einem eindeutig verächtlichen Grinsen.

»Die Gäste sind da«, sagte Marcel, und es klang wie eine Ladung Kies, die von einer Schaufel rutscht. »Madame Fauchard bittet Sie, mir in die Waffenkammer zu folgen, wo Cocktails gereicht werden und der Tisch zum Dinner gedeckt ist.« Sein gangsterhafter Tonfall stand in einem seltsamen Gegensatz zu seiner Butler-Rolle.

Austin und seine katzenhafte Gefährtin setzten ihre schwarzen Samtmasken auf, folgten dem bulligen Diener hinunter ins Parterre und durch ein Gewirr von Korridoren. Lange bevor sie die Waffenkammer betraten, konnten sie Stimmen und Gelächter hören. Etwa zwei Dutzend Männer und Frauen in phantastischen Kostümen drängten sich um eine Bar, die vor einem Arrangement aus mit Stacheln versehenen Keulen aufgestellt worden war. Diener, die aussahen wie leibhaftige Marcel-Klons, schoben sich mit Tabletts voll Kaviar und Champagner durch die Gästeschar. Ein als Mäuse oder Ratten kostümiertes Streichquartett sorgte für gedämpfte Hintergrundmusik.

Austin fischte sich zwei gefüllte Champagnerflöten von einem vorbeischwebenden Tablett und reichte eine an Skye weiter. Danach fanden sie einen Aussichtspunkt unter den Lanzen der im Zweikampf erstarrten Ritter, wo sie in Ruhe ihren Champagner schlürfen und die Versammlung betrachten konnten. Das Verhältnis zwischen Männern und Frauen schien ausgeglichen zu sein, obgleich man das aufgrund der Vielfalt der Kostümierungen nicht genau feststellen konnte.

Austin versuchte sich über das Motto der Party klarzuwerden, als ein rundlicher schwarzer Vogel erschien, der wie ein Schiff bei schwerer See durch die Menge pflügte. Der Vogel wackelte auf seinen gelben Beinen hin und her und beugte sich vor, wobei sein glänzender schwarzer Schnabel Austins Augen bedenklich nahe kam. Gleichzeitig deklamierte er angetrunken lallend mit britischem Akzent: »*Einst, um eine Mitternacht graulich* ... verdammt, wie geht es jetzt weiter?«

*Niemand ist schwieriger zu verstehen als ein besoffener Brite der Oberklasse*, dachte Austin. Er lieferte den Rest der Gedichtzeile: »*... da ich trübe sann und traulich ...*«

Der Vogel schlug die Flügel zusammen und schnappte sich dann ein Champagnerglas vom nächsten Tablett. Ihm war der lange Schnabel im Weg, als er trinken wollte, daher schob er ihn hoch auf die Stirn. Das gerötete, feiste Gesicht hinter dem Schnabel erinnerte Austin an Witzzeichnungen von John Bull, der englischen Symbolfigur.

»Es ist immer eine Freude, einen lit'raturkundigen Gentl'man zu treffen«, lallte der Vogel.

Austin stellte sich und Skye vor. Der Vogel streckte eine Flügelhand aus. »Anlässlich der heutigen Festivitäten heiße ich ›Nevermore‹, doch ansonsten höre ich auf den Namen Cavendish, wenn ich nicht als Poes düsterer Vogel herumlaufe. *Lord* Cavendish, was Ihnen den traurigen Zustand unseres einst so stolzen Weltreichs demonstrieren dürfte, in dem ein alter Sack wie ich zum Ritter geschlagen wurde. Entschuldigen Sie, ich sehe, dass mein Glas leer ist. Nimmermehr, alter Knabe.« Er rülpste laut und stolperte davon auf der Suche nach einem weiteren Glas Champagner.

*Edgar Allan Poe.* Natürlich.

Cavendish war ein ziemlich betrunkener Rabe. Skye stellte *Die schwarze Katze* dar. Austin war der Hofnarr aus dem *Fass Amontillado*.

Austin studierte nun die anderen Gäste. Er sah eine totenblasse Frau, die ein schmutziges und blutbesudeltes langes Hemd trug. *Der Untergang des Hauses Usher.* Eine andere Frau trug ein Gewand, das mit winzigen Glöckchen bedeckt war. *Die Glocken.* Ein Affe lehnte an der Bar und genehmigte sich einen Martini. *Der Mord in der Rue Morgue.* Der Affe unterhielt sich mit einem überdimensionierten Käfer mit einem Totenkopf auf dem Rückenpanzer. *Der Goldkäfer.* Madame Fauchard hatte nicht nur einen Sinn für Humor, dachte Austin, sie hatte auch eine Vorliebe für das Groteske.

Die Musik verstummte, und im Raum wurde es still. Eine Gestalt stand in der Türöffnung und war im Begriff, die Waffenkammer zu betreten. Cavendish, der mit einem Glas in der Hand zurückgekehrt war, murmelte: »Du liebe Güte!« Er verzog sich zu den anderen Gästen, als suche er den Schutz der Menge.

Alle Augen waren auf die hoch gewachsene Frau gerichtet, die aussah, als wäre sie aus einem Grab geholt worden. Blut befleckte ihr langes Totenhemd und ihr hageres Leichengesicht. Die Lippen waren vertrocknet, und die Augen saßen tief in knochigen Höhlen. Erschrockene Seufzer erklangen, während sie in den Raum kam. Abermals blieb sie stehen und starrte jedem Gast in die Augen. Dann durchquerte sie den Raum, als schwebte sie auf einem Luftkissen. Vor einer riesigen Standuhr aus Ebenholz blieb sie stehen und klatschte in die Hände.

»Die Maske des Roten Todes heißt Sie alle willkommen«, sagte sie mit der prägnanten Stimme Racine Fauchards. »Bitte machen

Sie weiter, meine Freunde. Denken Sie daran« – ihre Stimme verfiel in ein melodramatisches Zittern –, »das Leben vergeht, wenn der Rote Tod über Land zieht.«

Die schartigen Lippen verzogen sich zu einem grässlichen Lächeln. Nervöses Lachen erklang vereinzelt, und das Streichquartett begann wieder zu spielen. Diener, die wie erstarrt stehen geblieben waren, setzten ihre Rundgänge fort. Austin erwartete, dass Madame Fauchard ihre Gäste begrüßte, doch zu seiner Überraschung kam die Erscheinung auf ihn zu und nahm die schreckliche Maske ab, unter der ihr puppenhaftes Gesicht zum Vorschein kam.

»Sie sehen in Ihrer Schellenkappe und dem Kostüm reizend aus, Monsieur Austin«, sagte sie in verführerischem Tonfall.

»Vielen Dank, Madame Fauchard. Und ich habe noch nie eine reizvollere Pest kennen gelernt.«

Madame Fauchard reckte kokett den Kopf. »Sie scheinen sich in höfischer Etikette bestens auszukennen.« Sie wandte sich an Skye. »Und Sie sind eine wunderschöne schwarze Katze, Mademoiselle Bouchet.«

»*Merci*, Madame Fauchard.« Skye lächelte knapp. »Ich bemühe mich, das Streichquartett nicht aufzufressen, so sehr ich Mäuse liebe.«

Madame Fauchard musterte Skye mit dem neidvollen Ausdruck, den alternde Schönheiten für junge Frauen reservieren. »Eigentlich sind es Ratten. Ich wünschte, wir hätten Ihnen eine umfangreichere Auswahl an Kostümen anbieten können. Aber es macht Ihnen doch nichts aus, den Narren zu spielen, nicht wahr, Mr. Austin?«

»Ganz und gar nicht. Hofnarren fungierten früher als Berater der Könige. Es ist immer besser, den Narren zu *spielen*, als einer zu sein.«

Madame Fauchard lachte fröhlich und blickte zur Tür. »*Bien*, ich sehe, dass Prinz Prospero eingetroffen ist.«

Eine maskierte Gestalt, bekleidet mit einem Trikot und einem Umhang aus rotem, mit Goldfäden gesäumtem Samt und einer dazu passenden Maske kam auf sie zu. Er nahm mit feierlicher Geste den Samthut ab und verbeugte sich vor Madame Fauchard.

»Ein wundervoller Auftritt, Mutter. Unsere Gäste waren richtig entsetzt.«

»Was sie auch sein sollten. Ich werde die anderen begrüßen, nachdem ich mit Mr. Austin gesprochen habe.«

Emil verbeugte sich abermals, diesmal vor Skye, und entfernte sich.

»Sie haben interessante Freunde«, stellte Austin fest und ließ seinen Blick über die Versammelten wandern. »Sind diese Leute Ihre Nachbarn?«

»Im Gegenteil. Sie sind die Nachkommen der großen Waffenproduzentenfamilien dieser Welt. In diesem Raum ist unendlicher Reichtum zugegen, der seine Existenz dem Tod und der Vernichtung verdankt. Ihre Vorfahren entwarfen die Speer- und Pfeilspitzen, die hunderttausende töteten, sie bauten die Kanonen, die Europa im vergangenen Jahrhundert verwüsteten, und stellten die Bomben her, die ganze Städte dem Erdboden gleich machten. Sie sollten sich der Ehre bewusst sein, sich in einer solchen erlauchten Gesellschaft bewegen zu dürfen.«

»Ich hoffe, Sie sind nicht beleidigt, wenn ich gestehe, dass ich nicht sonderlich beeindruckt bin.«

Madame Fauchard quittierte diese Bemerkung mit einem schrillen Lachen. »Ich nehme es Ihnen nicht übel. Diese umherstolzierenden, plappernden Narren sind dekadenter Euroschrott, der von den Reichtümern lebt, die der Schweiß ihrer Vorfahren geschaffen hat. Ihre einst so stolzen Firmen und Kartelle sind mittlerweile nicht mehr als gesichtslose Konzerne, deren Aktien an der New Yorker Börse gehandelt werden.«

»Was ist mit Lord Cavendish?«, wollte Austin wissen.

»Er ist noch bemitleidenswerter als die anderen, denn er hat nur seinen Namen und keine Reichtümer. Seine Familie war einst im Besitz des Verfahrens zum Schmieden von Stahl, ehe die Fauchards es ihr entwendeten.«

»Was ist mit den Fauchards? Sind sie immun gegen Dekadenz?«

»Niemand ist dagegen immun, nicht einmal meine Familie. Deshalb werde ich, solange ich lebe, die Kontrolle über Spear Industries behalten.«

»Niemand lebt ewig«, bemerkte Skye.

»Was haben Sie gesagt?« Madame Fauchards Kopf fuhr ruckartig herum, und sie fixierte Skye mit Augen, die leuchteten wie glühende Kohlen.

»Ich wollte damit ausdrücken, dass wir alle sterblich sind.«

Die Flamme in Racines Augen flackerte und erstarb. »Das stimmt, aber einige von uns sind sterblicher als andere. Die Fauchards werden auch in den kommenden Jahrzehnten und Jahrhunderten vom Glück begünstigt sein. Merken Sie sich meine Worte. Aber wenn Sie mich jetzt entschuldigen würden, ich muss mich um meine Gäste kümmern.«

Sie setzte ihre schreckliche Maske wieder auf und glitt davon, um ihren Sohn zu suchen.

Skye schien ein wenig aus dem Gleichgewicht gebracht worden zu sein. »Was hatte *das* denn zu bedeuten?«

»Madame Fauchard ist ziemlich empfindlich, wenn es um Altersfragen geht. Das nehme ich ihr nicht übel. Sie muss früher eine Schönheit gewesen sein. Sicherlich hätte auch ich ein Auge auf sie geworfen.«

»Wenn Sie gerne mit einer Leiche schlafen«, erwiderte Skye mit einer herausfordernden Kopfbewegung.

Austin grinste. »Mir scheint, die Katze zeigt ihre Krallen.«

»Die sind ganz schön scharf, und ich würde sie gerne an Ihrer Freundin ausprobieren. Ich weiß nicht, weshalb Sie sich solche Sorgen gemacht haben. Ich langweile mich zu Tode.«

Austin hatte die Ankunft weiterer Diener verfolgt. Ungefähr ein Dutzend hart aussehender Männer war unauffällig in die Waffenkammer gekommen und hatte sich neben jeder Tür aufgebaut, die in die geräumige Kammer oder aus ihr hinausführte.

»Warten Sie ab«, murmelte Austin. »Ich habe das Gefühl, als würde die richtige Party erst noch anfangen.«

# 22

Cavendish hatte einen grandiosen Rausch. Der Engländer hatte sich den Rabenschnabel auf den Kopf geschoben, um seinem rosigen Mund ungehinderten Zugang zu seinem Weinglas zu gestatten. Er hatte während des gesamten im mittelalterlichen Stil gestalteten Dinners Wein in sich hineingeschüttet und damit die exotischen Wildgerichte – alles von Lerche bis zu Wildschwein – hinuntergespült wie ein menschlicher Müllschlucker. Austin aß aus Höflichkeit nur eine Kleinigkeit, trank gelegentlich einen kleinen Schluck Wein und riet Skye, seinem Beispiel zu folgen. Wenn sein Instinkt ihn nicht täuschte, würden sie einen klaren Kopf brauchen.

Sobald die Dessertteller abgedeckt waren, erhob Cavendish sich schwankend von seinem Platz und klopfte mit einem Löffel gegen sein Weinglas. Alle Blicke richteten sich auf ihn. Er hob sein Glas. »Ich möchte einen Toast auf unseren Gastgeber und unsere Gastgeberin ausbringen.«

»Hört, hört«, riefen die anderen Gäste in weinseliger Laune und hoben ebenfalls ihre Gläser.

Ermutigt durch diese Reaktion lächelte Cavendish. »Wie viele von Ihnen wissen, bestehen zwischen den Familien der Fauchards und der Cavendishs jahrhundertalte Beziehungen. Wir alle wissen, wie die Fauchards sich den Cavendish-Prozess zum Schmieden von Stahl auf Großmengenbasis, äh, ausgeliehen haben und damit ihren eigenen Aufstieg sicherten, während meine Familie von der Bildfläche abtrat.«

»So ist es nun mal im Krieg«, kommentierte der Affe aus *Der Mord in der Rue Morgue*.

»Darauf trinke ich.« Cavendish nahm einen Schluck aus seinem Weinglas. »Unglücklicherweise, oder *glücklicherweise*, wenn man bedenkt, wie leicht und häufig Fauchards tödliche Unfälle erleiden, haben wir nie in ihre Familie eingeheiratet.«

»So ist es nun mal mit der Liebe«, sagte die Frau im Glockenkostüm. Die Gäste am Tisch applaudierten lautstark.

Cavendish wartete, bis das Gelächter verstummt war, und sagte dann: »Ich wage zu bezweifeln, dass das Wort *Liebe* jemals in diesem Haushalt ausgesprochen wurde. Aber *jeder* kann lieben. Wie viele Familien können sich damit brüsten, ganz alleine den Krieg, der alle Kriege beenden sollte, begonnen zu haben?«

Bedrücktes Schweigen senkte sich auf den Tisch herab. Die Gäste blickten verstohlen zu Madame Fauchard, die zusammen mit ihrem Sohn zu ihrer Rechten am Kopfende des Tisches saß. Sie behielt ihr wächsernes Lächeln bei, das sie während der Ansprache gezeigt hatte, doch ihre Augen versprühten die gleiche Hitze, die Austin bemerkt hatte, als Skye ihre Sterblichkeit erwähnte.

»Monsieur Cavendish ist ein wahrer Schmeichler, aber er übertreibt den Einfluss der Fauchards«, sagte sie mit kühler Stimme. »Es gab viele Gründe für den Ersten Weltkrieg. Habgier, Dummheit und Arroganz, um nur ein paar zu nennen. Jede Familie in diesem Raum war Teil der chauvinistischen Bande, die den Krieg vorantrieben, der uns alle reich gemacht hat.«

Cavendish ließ sich dadurch nicht entmutigen. »Ehre, wem Ehre gebührt, meine liebe Racine. Es stimmt, dass wir Waffenproduzenten die Zeitungen besaßen und die Politiker bestachen, die nach Krieg schrien, aber es waren die Fauchards in ihrer grenzenlosen Weisheit, die dafür bezahlten, dass der Großherzog Ferdinand erschossen wurde, und so die Welt in ein blutiges Inferno stürzten. Wir alle kennen auch die Gerüchte, dass Jules Fauchard sich von dieser Bande trennte und so für seinen vorzeitigen Abschied von dieser Welt sorgte.«

»Monsieur Cavendish«, sagte Madame Fauchard, und in ihrer Stimme lag ein bedrohliches Knurren. Aber der Engländer war in Fahrt gekommen.

»Aber was viele nicht wissen«, fuhr er fort, »ist, dass die Fauchards außerdem einen gewissen österreichischen Gefreiten während seiner gesamten politischen Laufbahn finanziell unterstützten und Angehörige der japanischen kaiserlichen Armee ermutigten, sich mit den Vereinigten Staaten auf eine Auseinandersetzung einzulassen.« Er hielt kurz inne, um zu trinken. »Das stellte sich für sie als eine Nummer zu groß heraus, und die Dinge gerieten ein wenig außer Kontrolle, indem ihre Sklavenfabriken zerbombt wurden. Doch wie gerade eben jemand bemerkte, ›so ist das nun mal im Krieg‹.«

Im Raum entstand plötzlich eine fast unerträgliche Spannung.

Madame Fauchard hatte ihre Pestmaske abgenommen, und die Abscheu, die wie eingemeißelt in ihrem Gesicht stand, war noch furchtbarer als der Rote Tod. Austin hatte keinen Zweifel: Wäre Racine der Telekinese fähig gewesen, wären die Waffen von den Wänden gesprungen und hätten Cavendish in Stücke gehauen.

Einer der Gäste brach das lastende Schweigen. »Cavendish, Sie haben genug geredet. Setzen Sie sich hin.«

Zum ersten Mal wurde Cavendish sich Madame Fauchards drohenden Blickes bewusst. Das Gehirn des Engländers hatte seinen Mund eingeholt, und er wusste, dass er zu weit gegangen war. Sein närrisches Grinsen verflog, und er sackte in sich zusammen wie eine Blume, die in der Hitze einer Höhensonne verwelkt. Er setzte sich schwerfällig hin, nun um einiges nüchterner.

Madame Fauchard stand auf wie eine zum Zustoßen bereite Kobra und hob ihr Glas. »*Merci.* Nun möchte ich auf das große, verblichene Haus der Cavendishs anstoßen.«

Der rötliche Teint des Engländers wurde schlagartig wachsbleich. Er murmelte seinen Dank und sagte: »Sie müssen mich entschuldigen. Ich fühle mich nicht besonders wohl. Ich fürchte, es ist eine Magenverstimmung.«

Er erhob sich von seinem Stuhl, stolperte zum Ausgang und verschwand durch die Türöffnung.

Madame Fauchard sah ihren Sohn an. »Bitte kümmere dich um unseren Gast. Wir wollen doch nicht, dass er in den Graben stürzt.«

Die scherzhafte Bemerkung schien die Spannung zu lösen, und die allgemeine Unterhaltung setzte wieder ein, als hätten die vorangegangenen Minuten gar nicht stattgefunden. Austin war weniger optimistisch. Während er verfolgte, wie Cavendish den Raum verließ, dachte er, dass der Engländer soeben sein eigenes Todesurteil gesprochen hatte.

»Was ist los?«, fragte Skye.

»Den Fauchards gefällt es gar nicht, wenn ihre schmutzige Wäsche in der Öffentlichkeit gewaschen wird. Vor allem wenn Fremde zugegen sind.«

Austin beobachtete, wie Madame Fauchard sich zur Seite beugte, um ihrem Sohn noch etwas zuzuflüstern. Emil nickte lächelnd und erhob sich. Er gab Marcel ein Zeichen, ihm zu folgen, und gemeinsam verließen die beiden Männer die Waffenkammer. Der Cognac wurde gerade serviert, als Emil zehn Minuten später ohne Marcel zurückkehrte. Er schaute direkt zu Austin und Skye, während er seiner Mutter etwas ins Ohr flüsterte. Madame Fauchard nickte mit ausdrucksloser Miene. Die Bewegung war kaum wahrzunehmen, aber Austin entging ihre tiefere Bedeutung nicht. Sein und Skyes Name waren soeben dem Todesurteil Cavendishs hinzugefügt worden.

Mehrere Minuten später kam Marcel von seiner Mission zurück. Emil bemerkte es, dann stand er auf und klatschte in die Hände. »Ladys und Gentlemen, Prinz Prospero hat ein denkwürdiges Amüsement vorbereitet, um die Festlichkeiten dieses Abends würdig abzurunden.«

Er gab einem Diener ein Zeichen, der an den Flammen einer Kohlenpfanne eine Fackel entzündete und diese Emil reichte. Mit feierlicher Geste holte Emil einen großen Schlüssel aus den Falten seines Umhangs, ging voraus durch das Mittelschiff und kreuzte das Querschiff auf dem Weg zum hinteren Teil der Waffenkammer. Vor einer niedrigen Holztür, in die Schädel und menschliche Knochen eingeschnitzt waren, blieb er stehen, um den Schlüssel ins Schlüsselloch zu stecken. Als er die Tür öffnete, flackerte und knisterte die Fackel in der kühlen feuchten Luft, die durch das Portal hereindrang.

»Folgen Sie mir, wenn Sie sich trauen«, sagte Emil mit einem herablassenden Grinsen, dann duckte er sich, um unter dem Türbalken hindurchzugehen.

Ausgelassen kichernd hielten die Gäste inne, dann, die Weingläser in den Händen, folgten sie Emil wie die Kinder von Hameln dem Rattenfänger. Austin legte eine Hand auf Skyes Arm und hielt sie davon ab, hinter den anderen herzugehen.

»Tun Sie so, als seien Sie betrunken«, murmelte Austin.

»Ich wünschte, ich wäre tatsächlich betrunken«, sagte Skye. »*Merde*. Da kommt die Drachenlady.«

Madame Fauchard kam herangeschwebt und sagte: »Der Rote Tod muss sich verabschieden, Monsieur Austin. Schade, dass wir einander nicht besser kennen lernen konnten.«

»Das tut mir auch Leid. Es war ein interessanter Trinkspruch, den Sir Cavendish vorgetragen hat«, sagte er und nuschelte die Worte.

»Bedeutende Familien sind häufig das Opfer bösartigen Klatsches.« Sie wandte sich an Skye. »Die Maskerade ist beendet. Ich glaube, Sie sind im Besitz einer Reliquie, die meiner Familie gehört.«

»Was meinen Sie?«

»Treiben Sie keine dummen Spielchen mit mir. Ich weiß, dass Sie den Helm haben.«

»Dann waren *Sie* es, die diesen schrecklichen Mann geschickt hat.«

»Sebastian? Nein, er ist der Schoßhund meines Sohnes. Falls es Sie tröstet, er wird infolge seines Versagens eliminiert. Aber keine Sorge, wir werden es schon aus Ihnen herausbekommen, wo unser Eigentum deponiert ist. Was Sie betrifft, Monsieur Austin, so muss ich Ihnen Lebewohl sagen.«

»Bis zum nächsten Wiedersehen«, erwiderte Austin und deutete ein leichtes Schwanken an.

Sie musterte ihn mit einem Ausdruck, der an Traurigkeit grenzte. »Ja. Bis zum nächsten Wiedersehen.«

Eskortiert von einer Gruppe Diener entfernte Madame Fauchard sich in Richtung Ausgang. Marcel hatte abwartend in der Nähe gestanden. Jetzt kam er herüber und verzog seine Lippen zu einem filmreifen Gangstergrinsen. »Monsieur Emil wäre untröstlich, wenn ihnen das Amüsement entginge, das er für Sie vorbereitet hat.«

»Das will ich mir für nichts in der Welt entgehen lassen«, erklärte Austin und schien Mühe zu haben, die Worte deutlich herauszubringen.

Marcel zündete eine weitere Fackel an und deutete auf die Tür. Austin und Skye holten die Nachzügler der vergnügungssüchtigen Gästeschar ein. Marcel bildete die Nachhut, um sicherzugehen, dass niemand zurückblieb.

Die Prozession stieg eine kurze Steintreppe zu einem knapp zwei Meter breiten Korridor hinunter. Während die Gäste immer tiefer in die Eingeweide des Schlosses vordrangen, begann das Gelächter nachzulassen. Die ausgelassene Stimmung sowie die angeregten Gespräche erstarben völlig, als die Gäste einen Tunnelbereich betraten, dessen in Augenhöhe herausgemeißelte Felssimse von menschlichen Knochen überquollen. Emil blieb vor einem solchen Sims stehen, pickte wahllos einen Schädel heraus und hielt ihn hoch über seinen Kopf, von wo er grinsend auf die Gäste herabschaute, als amüsiere er sich über ihre originellen Kostüme.

»Willkommen in den Katakomben von Château Fauchard«, verkündete Emil mit der professionellen Fröhlichkeit eines Disney-World-Führers. »Begrüßen Sie einen meiner Vorfahren. Entschuldigen Sie, wenn er ein wenig schüchtern ist. Er bekommt nicht oft Besuch.«

Er stellte den Schädel auf das Sims zurück, wo er eine kleine Lawine aus Oberschenkelknochen, Rippen und Schlüsselbeinen auslöste. Dann eilte Emil weiter und trieb die Gäste zur Eile, damit sie die Show nicht versäumten. Der Tunnel führte an einer Reihe großer, mit Gittern versehener Räume vorbei, bei denen es sich laut Emils Erklärung um die Verliese und Folterkammern des Schlosses handelte. Kohlenpfannen waren in jedem Raum aufgestellt worden, sodass der flackernde Feuerschein durch getönte Glasscheiben mit verschiedenen Farben drang.

Das unheimliche farbige Licht illuminierte die Wachsgesichter von Figuren, die so lebensecht wirkten, dass niemand sich gewundert hätte, wenn sie sich plötzlich bewegt hätten. In einer Kammer stopfte ein riesiger Affe soeben eine Frau in einen Kamin. In einer anderen wühlte ein Mann sich aus eigener Kraft aus einem Grab heraus. In jedem Raum war eine Szene aus einer Edgar-Allan-Poe-Geschichte aufgebaut.

Emil trat zu Austin, der am Ende der Prozession ging. Das Licht der Fackel verlieh seinem sarkastisch grinsenden Gesicht eine satanische Ausstrahlung, die perfekt zu der Umgebung passte.

»Nun, Monsieur Austin, was halten Sie bis jetzt von meiner kleinen Show?«

»So viel Spaß hatte ich nicht mehr, seit ich das Wachsfigurenkabinett der Madame Tussaud besucht habe.«

»Sie schmeicheln mir! Bravo! Aber das Beste kommt noch!«

Emil setzte den Weg fort, bis er zu einer Kammer kam, deren rotes Licht mit seiner ganz besonderen Strahlkraft alle innerhalb des Raumes aussehen ließ wie Opfer des Roten Todes. Im Fußboden des Raums klaffte ein kreisrunder Schacht. Ein rasiermesserscharfes Pendel schwang über einem Holzgestell hin und her. Der große schwarze Vogel war auf das Gestell gefesselt, und über seine Brust liefen Ratten. Es war eine Szene aus *Die Grube und das Pendel*, wo das Opfer von der Spanischen Inquisition gequält wird. Nur war in diesem Moment Cavendish das Opfer, der gefesselt und geknebelt auf dem Tisch lag.

»Ihnen werden in dieser Szene sicherlich einige Abweichungen auffallen«, sagte Emil. »Die Ratten, die Sie im Verlies herumlaufen sehen, sind echt. Desgleichen das Opfer. Mr. Cavendish ist kein Spielverderber, wie die Engländer sagen würden, und hat sich netterweise bereit gefunden, uns zuliebe an dieser kleinen Vorstellung aktiv teilzunehmen.«

Während Emil die Gäste zu höflichem Applaus animierte, wehrte Cavendish sich gegen die Fesseln, die ihn festhielten.

Das Pendel schwang tiefer und tiefer, bis es nur noch wenige

Zentimeter von der sich heftig hebenden und senkenden Brust entfernt war. »Er wird getötet!«, kreischte eine Frau.

»Zerschnitten und gewürfelt«, sagte Emil mit unangemessener Fröhlichkeit. Er senkte die Stimme zu einem Bühnenflüstern ab. »Ich fürchte, Lord Cavendish ist nur ein Schmierenkomödiant und übertreibt entsetzlich. Keine Sorge, meine Freunde. Das Messer besteht aus Holz. Wir wollen doch nicht, dass unsere Gäste zerlegt werden. Aber wenn es Ihnen tatsächlich so nahe geht ...«

Er schnippte mit den Fingern, und das Pendel schwang aus und blieb stehen. Cavendish bäumte sich noch einmal heftig auf, dann lag er still und rührte sich nicht mehr.

Emil geleitete die Gäste ins letzte Verlies. Obgleich in diesem Raum keine Szene aufgebaut worden war, war er der furchteinflößendste von allen. Die Wände waren mit schwarzem Samt bezogen, der alles Licht verschluckte. Die Atmosphäre war äußerst bedrückend. Alle atmeten erleichtert auf, als Emil seinen Gästen erklärte, welchem Korridor sie folgen mussten, um aus den Verliesen herauszufinden. Als Austin und Skye Anstalten machten, den anderen Gästen zu folgen, versperrte er ihnen den Weg.

Austin stolperte betrunken und riss sich mit einer übertriebenen Geste die Kappe vom Kopf. »Nach Ihnen, Gaston.«

Emil hatte seine lächerliche Prospero-Rolle abgelegt, und seine Stimme klang jetzt so geschäftsmäßig und hart wie kalter Stahl.

»Während Marcel unsere Gäste aus den Katakomben herausführt, muss ich Ihnen und der jungen Lady etwas ganz Besonderes zeigen«, sagte er und hob einen Vorhang aus schwarzem Samt hoch, der vor einer Wand hing. Hinter dem Vorhang befand sich eine Öffnung im Mauerwerk, die etwa einen halben Meter breit war.

Austin blinzelte. »Was geht hier vor? Gehört das noch zu der Show?«

»Ja«, antwortete Emil mit eisigem Lächeln. »Das gehört zu der Show.« Er zückte eine Pistole.

Austin betrachtete die Pistole und lachte trunken. »Verdammt gute Show«, sagte er und schüttelte den Kopf, sodass die Glöckchen an der Kappe, die er wieder aufgesetzt hatte, heftig klingelten.

Er trat durch die Öffnung, dann folgte Skye, und Emil bildete die Nachhut. Sie stiegen zwei weitere Treppen hinunter. Die Temperatur sank merklich, und die Luft roch sumpfig. Wasser glitzerte an den Wänden und tropfte auf ihre Köpfe. Sie setzten den Abstieg fort, bis Emil ihnen schließlich befahl, vor einer Art Nische stehen zu bleiben, die etwa einen Meter fünfzig breit und fast ebenso tief war.

Er steckte die Fackel in eine Wandhalterung und zog ein Tuch von einem Stapel Ziegelsteine. Ein Kübel voll Mörtel mit einer Maurerkelle darin stand neben den Ziegelsteinen. Aus einer Nische zog Emil eine Weinflasche, deren dunkelgrünes Glas mit Staub und Spinnweben bedeckt war. Die Flasche war mit einem Korken verschlossen, den Emil mit den Zähnen herauszog. Er reichte Austin die Flasche.

»Trinken Sie, Monsieur Austin.«

Austin starrte die Flasche an. »Vielleicht sollten wir den Inhalt eine Weile atmen lassen.«

»Er hatte Jahrhunderte Zeit zum Atmen«, sagte Fauchard. Er wedelte mit der Pistole. »Trinken Sie.«

Austin grinste einfältig, als glaubte er, dass die Pistole ein Spielzeug war, und setzte die Flasche an die Lippen. Ein paar Tropfen Wein sickerten an seinem Kinn herab, und er wischte sie weg. Er bot die Flasche Fauchard an, doch dieser lehnte ab. »Nein, danke. Ich ziehe es vor, bei Bewusstsein zu bleiben.«

»Hm?«

»Sie haben uns eine ganze Menge Ärger bereitet«, sagte Emil. »Meine Mutter meinte, ich solle Sie auf die angemessenste Art und Weise, die ich mir vorstellen kann, aus dem Weg schaffen. Ein guter Sohn tut immer, was seine Mutter von ihm verlangt. Sebastian, sag noch einmal hallo zu *Ms. Bouchet.*«

Eine Gestalt trat aus den Schatten, und die Fackel erhellte das bleiche Gesicht des Mannes, den Austin Teiggesicht getauft hatte. Sein rechter Arm steckte in einer Schlinge.

»Ich glaube, Sie kennen Sebastian bereits«, sagte Emil. »Er hat ein Geschenk für Sie, Mademoiselle.«

Sebastian warf Skye einen Armbrustbolzen vor die Füße. »Der gehört Ihnen.«

»Was geht hier vor?«, fragte Austin.

»Ihr Wein enthielt eine Lähmungen erzeugende Substanz«, erklärte Emil. »In wenigen Sekunden werden Sie sich nicht mehr bewegen können, aber all Ihre anderen Sinne werden bestens funktionieren, und Sie werden genau wissen, was mit Ihnen geschieht.« Er holte ein Paar Handfesseln unter seinem Mantel hervor und ließ sie vor Austins Gesicht hin und her baumeln. »Wenn Sie sagen ›Um der Liebe Gottes willen, Montresor‹ ... vielleicht lasse ich Sie dann laufen.«

»Sie Schwein«, stieß Austin hervor. Er stützte sich mit einer Hand an der Wand ab, als ob die Kraft aus seinen Beinen heraussickern würde, doch seine Blicke waren auf den Armbrustbolzen ein paar Schritte entfernt gerichtet.

Skye hatte einen Schrei unterdrücken müssen, als sie Sebastian plötzlich erblickte. Nun, da sie Austins Notlage sah, stürzte sie sich auf Fauchards Pistolenhand und packte sein Handgelenk. Sebastian kam von hinten heran und legte seinen heilen Arm um ihren Hals. Obgleich er mit einem Arm in einer Schlinge agierte, war seine Kraft immer noch enorm, und Skye begann wegen Luftmangels allmählich das Bewusstsein zu verlieren.

Austin richtete sich plötzlich auf. Er hatte die Flasche noch immer in der Hand und schmetterte sie Sebastian auf den Kopf. Die Flasche zerschellte zu einem Schauer aus Wein und Glassplittern. Sebastian ließ von Skye ab, die zu Boden sank, dann stand er einige Sekunden lang reglos da, einen verwunderten Ausdruck in den Augen, und kippte dann um wie ein gefällter Redwoodbaum.

Emil trat beiseite, um Sebastians zusammenbrechendem Körper auszuweichen, und die hässliche Pistolenmündung richtete sich auf Austin. Dieser rammte Emil mit seinem vollen Gewicht und schleuderte ihn in die Wandvertiefung. Er angelte nach Emils Pistolenhand, doch Fauchard schaffte es, einen Schuss abzufeuern. Der Schuss ging daneben, und die Kugel prallte wenige Zentimeter von Austins Gesicht entfernt gegen die Wand. Steinsplitter prasselten gegen Austins Wange, und er war kurzzeitig durch den Mündungsblitz geblendet. Er stolperte über die Ziegelsteine und landete auf den Knien. Fauchard tänzelte zur Seite.

»Zu schade, dass Sie nicht den schleichenden Tod erleiden, den ich für Sie geplant habe«, hörte er Fauchard sagen. »Da Sie nun schon vor mir knien, warum betteln Sie nicht um Ihr Leben?«

»Ich glaube, das will ich nicht«, erwiderte Austin. Seine Finger legten sich um einen dünnen Holzschaft. Er riss den Armbrustbolzen hoch und rammte die Spitze in Emils Fuß.

Der scharfe Stahl drang mühelos durch den goldenen Slipper. Emil stieß einen Schrei aus, der durch das Verlies hallte, und ließ die Pistole sinken.

Mittlerweile war Austin wieder auf den Füßen. Er suchte sich einen Punkt an Emils Kinn und legte sein Gewicht und seine ganze Kraft hinter einen harten rechten Haken, der Fauchard beinahe den Kopf von den Schultern riss. Die Pistole fiel klirrend auf den Boden, und Emil sackte neben seinem Faktotum zu einem jämmerlichen Haufen zusammen. Austin half Skye beim Aufstehen. Sie betastete mit einer Hand ihren malträtierten Hals und hatte Mühe zu atmen.

Austin versicherte sich erst, dass es ihr besser ging, dann beugte er sich über den teiggesichtigen Mann.

»Sieht so aus, als wäre Sebastian der Wein zu Kopfe gestiegen.«

»Emil sagte doch, der Wein sei vergiftet. Wie ...«

»Ich habe ihn am Kinn herablaufen lassen. Wein, der so alt ist, schmeckt meistens nur noch nach Essig.«

Austin packte Emil an den Füßen und zerrte ihn in die Wandnische. Dann legte er ein Ende der Handfessel um Emils Handgelenk, und das andere befestigte er an einem Eisenring, der in die Wand eingemauert war. Während er die Narrenkappe abnahm und über Fauchards Augen zog, sagte er: »Um der Liebe Gottes willen, Montresor.«

Austin nahm die Fackel aus ihrer Halterung und ging voraus

durch den Tunnel. Trotz seiner gespielten Trunkenheit hatte er versucht, sich jeden Meter des Weges einzuprägen, den sie zurückgelegt hatten. Es dauerte nicht lange, und sie befanden sich wieder in den Verliesen und standen vor Cavendishs Körper. Die Ratten hatten bei ihrem Näherkommen die Flucht ergriffen. Das Gesicht des Engländers war zu einer Maske des Grauens erstarrt.

Austin legte einen Finger an Cavendishs Hals, doch er spürte keinen Puls. »Er ist tot.«

»Das verstehe ich nicht«, sagte Skye. »Ich sehe nirgendwo Blut.«

Austin strich mit dem Daumen über die Schneide der Klinge, die die Federn auf Cavendishs Brust berührte. »Zur Abwechslung hat Fauchard einmal die Wahrheit gesagt. Die Klinge ist aus Holz. Nur hat Emil versäumt, Cavendish einzuweihen. Ich glaube, unser Freund hat sich zu Tode geängstigt. Kommen Sie, es gibt nichts mehr, was wir für ihn tun können.«

Sie wanderten weiter zu einer steilen, engen gewundenen Treppe. Die Atmosphäre im Tunnel wurde weniger modrig, je höher sie stiegen, und bald wehte frische Luft in ihre Gesichter. Sie gelangten zu einer Tür, die auf den Schlosshof führte, und folgten dem Gelächter zur Vorderseite des Schlosses, wo die Gäste unter dem offenen Fallgitter hindurchgeleitet wurden.

Langsam gehend und schwankend, als seien sie betrunken, holten Austin und Skye die anderen ein. Sie mischten sich unter die Gäste, schlenderten durch das Tor und wanderten dann über die gewölbte Steinbrücke. Wagen standen aufgereiht auf der runden Zufahrt, um die Gäste mitzunehmen, die einander überschwänglich eine gute Nacht wünschten. Bald waren alle Gäste abgefahren, nur Austin und Skye waren noch übrig. Ein weiterer Wagen fuhr vor. Es war Darnays Rolls-Royce. Der Fahrer musste angenommen haben, dass der Wagen einem der Gäste gehörte. Austin trat zur hinteren Tür und öffnete sie für Skye.

Er hörte jemanden etwas auf Französisch rufen und wandte sich um. Marcel rannte über die Brücke. Ein Diener, der in der Nähe gestanden hatte, hörte Marcels Befehl und schob sich zwischen Austin und den Wagen. Der Wächter griff in seine Smokingjacke, während Austin ihn mit einer kurzen Rechten in die Magengrube ausschaltete und dann Skye anbrüllte, sich auf den Rücksitz zu setzen. Er eilte zur anderen Seite des Wagens, riss die Tür auf, zerrte den Fahrer heraus, legte ihn mit einem gezielten Ellbogenstoß zum Kinn schlafen und glitt hinter das Lenkrad.

Er legte den Gang ein und trat aufs Gaspedal. Der Rolls startete durch, wobei seine Reifen einen Kieshagel hochschleuderten, und schlitterte um den Springbrunnen herum. Austin gewahrte zu seiner Linken eine Bewegung. Jemand rannte auf den Wagen zu. Er riss das Lenkrad herum. Ein weiterer Wächter erschien im Licht der Scheinwerfer. Er hatte beide Hände um eine Pistole gelegt.

Austin ging hinter dem Armaturenbrett in Deckung und nagelte das Gaspedal aufs Bodenblech. Der Mann krachte auf die Motorhaube und dann gegen die Windschutzscheibe, ehe er zur Seite herunterrollte. Doch die Windschutzscheibe hatte sich durch den Kontakt mit dem Körper des Mannes in ein Spinnennetz aus winzigen Sprüngen und Rissen verwandelt. Dann zerplatzte das Fenster auf der Beifahrerseite. Austin sah Mündungsfeuer vor sich und hörte ein Geräusch, als wäre ein Vorschlaghammer gegen den Kühlergrill geschmettert worden. Er riss abermals das Lenkrad herum, spürte den Aufprall eines weiteren menschlichen Körpers und lenkte wieder gegen.

Ein Scheinwerfer leuchtete ihm ins Gesicht und machte es ihm unmöglich, durch die gesprungene Windschutzscheibe etwas zu erkennen. Austin trat erneut aufs Gaspedal, glaubte, in Richtung Ausfahrt zu rollen, doch sein Orientierungssinn war durcheinander geraten. Der Rolls verließ den festen Boden am Rand des Grabens, segelte durch die Luft und tauchte ins Wasser. Der Airbag wurde ausgelöst, und während er sich abmühte, ihn zur Seite zu schieben, konnte er spüren, wie Wasser durchs Seitenfenster strömte und über seine Beine rann. Kugeln prasselten auf das Dach des untergehenden Wagens, aber das Wasser dämpfte ihre Wirkung. Austin kauerte sich hinter das Armaturenbrett und füllte seine Lungen mit Luft. Eine Sekunde später soff der Wagen vollständig ab.

# 23

Der Rolls-Royce tauchte mit seiner langen Motorhaube ins Wasser wie ein U-Boot beim Schnelltauchen, und Sekunden später landete er im Morast, angesammelt im Laufe der Jahrhunderte. Austin kroch nach hinten auf den geräumigen Rücksitz, wobei er die Hände blind ausstreckte. Seine tastenden Finger trafen auf weiches Fleisch. Skye packte sein Handgelenk und zog ihn hoch in eine flache Luftblase. Er konnte ihr hektisches Atmen hören.

Er spuckte einen Mund voll fauligen Wassers aus. »Kannst du mich hören?«

Die gegurgelte Antwort konnte nur ein Ja gewesen sein.

Das Wasser reichte bis zu seinem Kinn. Er streckte den Hals, um Mund und Nase über Wasser zu halten, und stieß schnelle Instruktionen hervor.

»Keine Panik. Bleibe bei mir. Drücke meine Hand, wenn du Luft brauchst. Verstanden?«

Ein weiteres Gurgeln.

»Jetzt nimm mal drei tiefe Atemzüge und halte beim letzten die Luft an.«

Indem sie gemeinsam hyperventilierten, füllten sie ihre Lungen bis zum Limit, als plötzlich die Luftblase verschwand. Austin zog Skye zur Tür und stieß sie mit der Schulter auf. Er schlängelte sich hinaus und zog Skye mit sich. Das Wasser leuchtete grün von den Lichtkegeln der Taschenlampen, die über die Wasseroberfläche glitten. Er und Skye wären tot, kaum dass sie ihre Köpfe über Wasser zeigten. Er ergriff Skyes Hand und zog sie von den tanzenden Lichtkreisen weg.

Sie waren nur ein paar Yards vorangekommen, ehe Skye seine Hand drückte. Austin erwiderte den Druck und schwamm weiter. Skye quetschte seine Finger abermals. Sie hatte keine Luft mehr. Austin stieg nach oben und steuerte auf einen dunklen Fleck zu. Er legte den Kopf schief, als er aus dem Wasser auftauchte, achtete darauf, dass nur ein Ohr und ein Auge über die Oberfläche ragten. Marcel und seine Männer feuerten auf die Luftblasen, die von dem untergegangenen Fahrzeug hochstiegen. Er zerrte Skye neben sich, und sie pfiff wie eine defekte Lenzpumpe. Austin ließ ihr einen kurzen Moment Zeit, um ihre Lungen zu füllen, und zog sie wieder nach unten.

Indem sie abwechselnd schwammen und auftauchten, hatten sie einige Entfernung zwischen sich und die Verfolger gebracht, doch Marcel und seine Männer begannen die Suche auszuweiten. Lichter wanderten am Rand des Grabens entlang, und Lichtstrahlen tasteten das Wasser ab. Austin schwamm näher an die Schlossmauer heran. Sein linker Arm war ausgestreckt, und er nutzte die glitschigen Steine des Fundaments als Orientierungshilfen. Sie umkreisten schwimmend einen der Stützpfeiler, der aus den Befestigungen des Schlosses herausragte und sich im Schatten eines riesigen Steinknies verbarg.

»Wie viel länger?«, fragte Skye, die kaum fähig war, die Worte hervorzubringen.

»Noch ein einziger Tauchgang. Wir müssen aus dem Graben raus.«

Skye fluchte auf Französisch. Dann tauchten sie abermals, schwammen rüber zur anderen Seite und kamen unter einem Gebüsch hoch, das über das Ufer herabhing.

Austin ließ Skyes Handgelenk los, griff nach oben und packte mehrere Äste. Indem er seine Zehen in die Fugen zwischen den Steinblöcken schob, die den Graben säumten, zog er sich hoch wie ein Kletterer, der eine Felswand überwindet. Dann schob er sich im Schildkrötengang auf dem Bauch zum Rand und streckte die Arme nach unten. Während er Skye auf festen, trockenen Grund zog, erstrahlte das Gebüsch in grellem Licht.

Sie rollten sich in den Schatten, aber es war zu spät. Ein Chor lauter Rufe ertönte, während Marcels Männer sich in einer Zangenbewegung von beiden Seiten näherten. Aus Angst, sich gegenseitig durch Kugeln zu verletzen, hatten sie ihr Feuer eingestellt. Der einzige Fluchtweg führte in die Wälder, die das Schloss umgaben.

Austin steuerte auf eine Lücke im Wald zu, dessen Silhouette vor dem blauschwarzen Nachthimmel zu erkennen war. Ein bleicher weißer Streifen schälte sich aus der Dunkelheit: ein Kiesweg, der in den Wald führte. Ihre nassen Kleider und ihre Erschöpfung hinderten sie daran, irgendwelche olympischen Rekorde zu brechen, aber die Verzweiflung verlieh ihren Füßen Flügel.

Marcels Männer brüllten aufgeregt, als sie ihre Beute so nahe vor sich sahen. Der Weg führte zu einer Kreuzung.

»In welche Richtung?«, fragte Skye.

Ihre Auswahl war begrenzt. Die Stimmen ihrer Verfolger kamen näher.

»Geradeaus«, entschied er.

Austin spurtete über die Kreuzung mit Skye im Schlepptau. Während sie rannten, suchte er den Wald ab und hielt Ausschau nach einer Lücke, doch die Bäume standen dicht, und undurchdringliches Gestrüpp und Dornbüsche versperrten den Weg. Dann blieb der Wald plötzlich zurück, und der Weg verlief zwischen Hecken, die mindestens drei Meter hoch waren. Sie gelangten zu einer weiteren Kreuzung, diesmal mit zwei Wegen. Austin schlug erst die eine Richtung ein, dann kam er zurück und ging in die andere. Beide Wege wurden von hohen Hecken flankiert, die fast genauso undurchdringlich waren wie die Schlossmauern.

»Oh-oh«, sagte er.

»*Qu'est-ce que c'est* ›Oh-oh‹?«

»Ich glaube, wir befinden uns in einem Gartenlabyrinth.«

Skye schaute sich um. »Oh, *merde*!«, schimpfte sie. »Was tun wir jetzt?«

»Wir haben leider keine Laborratte zur Verfügung, die uns den Weg durch dieses Ding zeigen kann, daher schlage ich vor, dass wir in Bewegung bleiben, bis wir einen Ausgang finden.«

Da es keinen großen Unterschied zu machen schien, nahmen sie den linken Weg, der an einem langen, gebogenen Stück Hecke entlangführte, dann in die entgegengesetzte Richtung, und sich schließlich erneut gabelte. Das Labyrinth entpuppt sich als ernsthafte Herausforderung, dachte Austin.

Marcels Männer befanden sich jetzt ebenfalls in dem Labyrinth. Zweimal blieben Austin und Skye stocksteif stehen und hielten den Atem an, bis die Stimmen auf der anderen Seite der Hecke leiser wurden. Sie waren nur wenige Schritte voneinander entfernt, allein durch Gebüsch voneinander getrennt.

Austin wusste, dass Marcel Verstärkung anfordern würde, und es wäre nur eine Frage der Zeit, bis sie geschnappt würden. Es gäbe für ihre Geschichte ganz gewiss kein Happy End, es sei denn sie fanden einen Weg aus diesem grünen Labyrinth heraus. An Marcels Stelle hätte er jeden Fluchtweg aus dem Labyrinth heraus bewachen lassen.

*Verdammt!*

Austin hatte sich den Zeh an einem harten Gegenstand gestoßen. Er ging auf ein Knie hinunter und ließ eine Kette stummer Flüche los. Doch seine Wut verwandelte sich sofort in gedämpfte Freude, als er entdeckte, dass er über eine Holzleiter gestolpert war, die wahrscheinlich von einem Gärtner zurückgelassen worden war.

Er hob die Leiter hoch, lehnte sie gegen die Hecke und kletterte zu der Krone hinauf. Auf dem Bauch kroch er über die sorgfältig gestutzte ebene Fläche, und als die spitzen Äste sich durch sein Hofnarrenkostüm bohrten, hatte er das Gefühl, auf einem schwammartigen Nagelbrett zu liegen. Aber die Hecke trug sein Gewicht.

Lichter bewegten sich an mehreren Punkten in dem Labyrinth. Ein Suchtrupp näherte sich Skye. Austin rief halblaut ihren Namen und erklärte ihr, sie sollte über die Leiter auf die Hecke klettern. Dann zog er die Leiter hoch, und sie legten sich darauf. Und keinen Moment zu früh. Sie konnten Kies unter Schuhsohlen knirschen hören, dazu heftiges Atmen und Geflüster.

Austin wartete, bis die Suchenden in einen anderen Weg abgebogen waren, dann schob er die Leiter so zurecht, dass ihr anderes Ende auf der nächsten Hecke ruhte und den Zwischenraum zwischen beiden überbrückte. Er kroch über die Leiter und hielt sie fest, damit Skye ihm folgen konnte. Diese Technik kam auch bei der nächsten Hecke zur Anwendung.

Solange sie einen schnurgeraden Kurs verfolgten, würden sie sich aus dem Labyrinth hinausschleichen können. Dabei arbeiteten sie als Team, legten ihre improvisierte Brücke zurecht, krochen darüber, hielten Ausschau nach ihren Verfolgern und wiederholten die ganze Prozedur. Die Äste zerkratzten ihre Hände und Knie, aber sie achteten nicht auf diese Unannehmlichkeiten.

Austin konnte die schwarze Linie der Bäume in der Dunkelheit sehen – sie brauchten bis dorthin nur noch ein paar Heckenreihen zu überwinden –, als er das dumpfe Peitschen von Hubschrauberrotoren näher kommen hörte. Der Helikopter hatte eine Flughöhe von wenig mehr als hundert Metern und kam auf das Labyrinth zu. Dann flammte ein Paar Suchscheinwerfer auf und suchte den Boden unter der Maschine ab.

Austin schob die Leiter schnell zur nächsten Hecke, doch in seiner Hast schätzte er die Entfernung falsch ein. Als er über die Leiter kroch, rutschte sie von der angepeilten Hecke ab, und er stürzte auf den Kiesweg. Er sprang auf, kletterte zurück zu Skye auf die Hecke und legte diesmal die Leiter ein wenig sorgfältiger zurecht. Dann war er auf der anderen Seite, wohin Skye ihm eilig folgte.

Der Fehler hatte sie wertvolle Zeit gekostet. Der Helikopter überflog den ersten Abschnitt des Labyrinths, wobei die grellen Suchscheinwerfer die Nacht zum Tage machten. Austin überbrückte den letzten Zwischenraum und wandte sich um, damit er Skye helfen konnte. Ihr Fuß rutschte etwa in der Mitte von einer der Sprossen ab, und er streckte die Hand aus, um sie zu sich herüberzuziehen.

Der Helikopter kam unaufhaltsam näher.

Als er Skye sicher neben sich wusste, ließ Austin die Leiter an der Außenseite der letzten Hecke herab. Skye rutschte mit der Gewandtheit eines Spinnenaffen an ihr hinunter. Ihre Eile hatte zum Teil sicher auch damit zu tun, dass sie vermeiden wollte, dass Austin auf ihre Hände trat. Sobald auch er wieder auf festem Boden stand, kippte er die Leiter um und schob sie halb unter die Hecke. Dann streckten er und Skye sich daneben aus.

Der Helikopter donnerte über sie hinweg.

Sie konnten den Luftzug spüren, während der Helikopter eine enge Kurve flog und zum Labyrinth zurückkam, um abermals über den Heckenreihen hin und her zu fliegen. Nach ungefähr einer Minute entfernte der Hubschrauber sich und begann, den Wald abzusuchen.

Bei seiner Wende hatten die Scheinwerfer der Maschine eine Öffnung in der Baumreihe erhellt. Austin half Skye auf die Beine, und sie rannten auf dem Kiesweg los, der an der Hecke entlangführte, dann sprinteten sie über einen mit Gras bewachsenen Weg zum Wald. Noch wussten sie nicht, was sie als Nächstes tun würden, aber sie waren froh, dem Labyrinth und ihren Verfolgern entronnen zu sein.

Mehrere Minuten später wagten sie sich hinaus ins Freie. Sie befanden sich am Rand einer Wiese oder eines Ackers, aber Austin interessierte sich viel mehr für die geisterhafte Silhouette eines Gebäudes unweit des Waldrandes.

»Was ist das?«, fragte Skye im Flüsterton.

»Irgendein Hafen in stürmischer See«, flüsterte er zurück.

Er bat sie, zurückzubleiben und an Ort und Stelle zu warten, und überquerte dann im silbernen Lichtschein des Mondes das Feld.

## 24

Austin gelangte ohne Zwischenfall auf die andere Seite des Feldes und schlich sich an der Mauer des Gebäudes aus Naturstein entlang. Er fand eine unverschlossene Tür und betrat den dunklen Raum dahinter, wo seine Nase den Geruch von Öl und Benzin identifizierte. Er gönnte sich ein gewisses Maß an Optimismus: Eine Garage beherbergte vielleicht einen Pkw oder einen Truck. Seine tastenden Finger fanden einen Lichtschalter, und er entdeckte eine Sekunde später, dass er sich nicht in einer Garage befand, sondern in einem kleinen Flugzeughangar.

Der hellrote Doppeldecker hatte nach hinten abgewinkelte Tragflächen und ein herzförmiges Leitwerk, das mit einem schwarzen Emblem verziert war, auf dem man einen dreiköpfigen schwarzen Adler erkennen konnte. Er strich mit den Fingern über den mit Stoff bezogenen Rumpf und bewunderte die minutiös genaue – wenn auch unvollständige – Arbeit, mit der die Maschine restauriert worden war. An der Unterseite jeder Tragfläche war ein torpedoförmiger Stahltank befestigt. Ein Schädel und gekreuzte Knochen waren auf die Außenseite der Container gepinselt worden. Gift.

Er warf einen Blick in das Zwillingscockpit. Die Kontrollen des Piloten im hinteren Teil des Cockpits bestanden aus einem einzigen Hebel vor seinem Sitz und einem Fußpedal, welches das Steuerruder kontrollierte. Vorwärts- und Rückwärtsbewegung des Hebels steuerten Steig- und Sinkflug der Maschine. Wenn man den Knüppel seitwärts bewegte, reagierten die Seitenruder an den Enden der Tragflächen. Das System war primitiv, aber gleichzeitig war es ein wahres Wunder an Einfachheit, das zuließ, dass das Flugzeug mit nur einer Hand gesteuert werden konnte.

Das Cockpit beherbergte eine Reihe von Instrumenten, die nicht ins ursprüngliche Modell gehörten. Nun jedoch konnte es sich mit einem Funkgerät neuester Produktion, einem modernen Kompass und einem GPS-Navigationssystem brüsten. Kopfhörer verbanden die beiden Cockpits miteinander. Austin nahm eine kurze Inspektion des Hangars vor. An den Wänden hingen Werkzeuge und Ersatzteile. Er warf einen Blick in einen Lagerraum, der mit Plastikbehältern gefüllt war, die mit einem Schädel und gekreuzten Knochen gekennzeichnet waren. Die Aufkleber wiesen den Inhalt der Behälter als Pestizid aus.

Austin nahm eine Taschenlampe von einem Wandbrett, knipste das Licht aus und ging zur Tür. Alles war ruhig. Er knipste die Taschenlampe dreimal an und aus und verfolgte dann, wie ein Schatten aus dem Wald herauskam und lautlos über das Feld zum Hangar trabte. Er suchte die Wiese und den Waldrand ab, um sich zu vergewissern, dass Skye nicht beobachtet worden war, dann zog er sie in den Hangar hinein und schloss die Tür.

»Warum haben Sie so lange gebraucht?« Der anklagende Unterton in ihrer Stimme war nicht zu überhören. »Ich habe mir große Sorgen gemacht, als ich das Licht an- und ausgehen sah.«

Austin störte Skyes vorwurfsvoller Tonfall nicht im Mindesten. Er betrachtete ihn als Zeichen dafür, dass sie ihren alten Schwung wiedergefunden hatte. Er küsste sie auf die Wange. »Ich bitte um Entschuldigung«, sagte er. »Aber am Reservierungsschalter hatte sich eine lange Schlange gebildet.«

Sie blinzelte in der Dunkelheit. »Was ist das denn hier?«

Austin knipste die Taschenlampe an und ließ den Lichtstrahl über die gesamte Länge des Flugzeugrumpfs wandern, vom hölzernen Propeller bis zum Familienwappen auf dem Leitwerk.

»Sie sehen die Luftwaffe der Fauchards vor sich. Sie benutzen sie vermutlich, um ihre Weinfelder zu besprühen.«

»Es ist wunderschön«, sagte sie.

»Es ist sogar noch viel mehr als wunderschön. Es ist unser Rückflugticket von hier.«

»Können Sie dieses Ding denn fliegen?«

»Ich denke schon.«

»Sie *denken* schon?« Skye schüttelte ungläubig den Kopf. »Haben Sie denn überhaupt schon mal so eine Maschine geflogen?«

»Dutzende Male.« Er erkannte die Zweifel in ihren Augen und sagte: »Okay. Einmal, auf einer Kirmes.«

»Auf einer Kirmes«, wiederholte sie tonlos.

»Es war eine große Kirmes. Sehen Sie, die Maschinen, die ich geflogen habe, verfügten über technisch raffiniertere Kontrollsysteme, aber die Prinzipien sind überall die gleichen.«

»Ich hoffe, dass Sie besser fliegen, als Sie Auto fahren.«

»Es war nicht meine Idee, ein nächtliches Bad zu nehmen. Sie werden sich erinnern, dass ich durch Fauchards Kampftruppe abgelenkt wurde.«

Sie kniff ihn sanft in die Wange. »Wie könnte ich das vergessen, *Cheri*? Nun, worauf warten wir? Was muss ich tun?«

Austin deutete auf eine Reihe von Schaltern, die französisch beschriftet waren. »Zuerst möchte ich, dass Sie mir die einzelnen Funktionen verraten.«

Austin hörte zu, wie Skye die Beschriftungen übersetzte, dann ging er mit ihr zum vorderen Teil des Flugzeugs. Er legte ihre Hände auf den Propeller und erklärte ihr, sie müsse zurückspringen, sobald sie die Propellerflügel gedreht hatte. Dann stieg er ins Pilotencockpit, machte sich kurz mit den Kontrollen vertraut und gab Skye mit dem Daumen ein Zeichen. Skye packte den Propeller mit beiden Händen, drehte ihn und brachte sich wie angewiesen in Sicherheit. Der Motor hustete zweimal, weigerte sich jedoch anzuspringen.

Austin verstellte die Drosselklappe ein wenig und bat sie, es noch einmal zu versuchen. Grimmige Entschlossenheit spiegelte sich in Skyes Gesicht wider, während sie ihre sämtlichen Kraftreserven mobilisierte. Sie legte ihre gesamte Energie in diesen Versuch. Diesmal sprang der Motor an und erzeugte ein Lärminferno, das von den Wänden des Hangars noch verstärkt wurde.

Skye rannte durch den violetten Auspuffqualm und betätigte die entsprechenden Schalter, um die Tore zu öffnen und die Flugplatzbeleuchtung einzuschalten. Dann kletterte sie in das Cockpit. Sie war noch immer damit beschäftigt, sich anzuschnallen, als das Flugzeug schon aus dem Hangar rollte.

Austin vergeudete keine Zeit damit, vor dem Start in Position zu rollen. Stattdessen gab er sofort Vollgas. Die Maschine begann zu beschleunigen und rollte zwischen den Positionslampen über die Startbahn. Er gab sich Mühe, die Kontrollen so behutsam wie möglich zu bedienen, doch unter seiner unerfahrenen Hand geriet das Flugzeug ins Schlingern, und diese Reaktion bremste das Tempo beträchtlich.

Er wusste, wenn die Maschine nicht bald ihre Startgeschwindigkeit erreichte, würde sie unweigerlich in die Baumgruppe am Ende der Rollbahn rauschen. Austin zwang sich dazu, sich zu entspannen und zuzulassen, dass die Kontrollen seinen Händen und

Füßen mitteilten, was sie zu tun hatten. Das Flugzeug beruhigte sich und nahm Geschwindigkeit auf. Austin zog behutsam am Steuerknüppel. Die Räder der Maschine lösten sich vom Erdboden, und das Flugzeug begann seinen Steigflug, lag aber immer noch zu niedrig in der Luft, um den Bäumen zu entgehen.

Austin erbat sich in Gedanken ein paar Meter Höhe von den Tragflächen. Das brave Maschinchen musste seine Gebete erhört haben, denn es schien tatsächlich einen kleinen Hüpfer zu machen und berührte die Baumwipfel noch so eben mit dem Fahrwerk. Die Tragflächen quittierten diese minimale Störung mit einem leichten Wackeln, doch das Flugzeug blieb auf seinem Kurs.

Austin ließ die Maschine stetig steigen und schaute nach links und rechts, um sich zu orientieren. Die Landschaft lag zum größten Teil in tiefem, dunklem Schlaf – bis auf das Schloss der Fauchards, dessen gespenstisch anmutende Zinnen und Türmchen von Scheinwerfern angestrahlt wurden. Er versuchte, in Gedanken eine Landkarte zu zeichnen, indem er seine Erinnerungen an die Autofahrt zu Hilfe nahm. Er konnte die runde Auffahrt mit ihrem seltsamen Brunnen sehen sowie den von Laternen beleuchteten Weg, der den Berg hinunter und in den langen Baumtunnel führte.

Er legte die Maschine in eine Kurve, um sich an der Straße zu orientieren, die durch die Weinfelder verlief, und flog in etwa tausend Fuß Höhe nach Osten. Er hatte gegen einen leichten Gegenwind zu kämpfen, der die Geschwindigkeit der Maschine auf knapp achtzig Meilen pro Stunde reduzierte. Zufrieden, dass er sich auf einem Kurs befand, der sie in die Zivilisation zurückbringen würde, ergriff er das Mikrofon, das mit den Kopfhörern an Skyes Platz verbunden war.

»Entschuldigung für den etwas ruppigen Start«, rief er, um den Motorenlärm zu übertönen. »Ich hoffe, Sie wurden nicht zu heftig durchgeschüttelt.«

»Mir geht es sicher wieder gut, wenn ich erst mal meine Zähne sortiert habe.«

»Das freut mich zu hören. Sie werden nämlich all Ihre Beißerchen brauchen, wenn wir zusammen essen gehen.«

»Schon wieder so ein Mann, der nur an das eine denkt. Haben Sie irgendeine Idee, wohin wir fliegen?«

»Im Großen und Ganzen in die Richtung, aus der wir gekommen sind. Halten Sie Ausschau nach irgendwelchen Lichtern. Ich versuche, auf einer Straße in der Nähe einer Stadt zu landen, und hoffe, dass dort um diese nächtliche Stunde nicht allzu viel Verkehr herrscht. Machen Sie es sich bequem und genießen Sie den Flug.«

Austin konzentrierte sich nun ganz darauf, sie heil nach unten zu bringen. Trotz seiner unbekümmerten Art machte er sich keine Illusionen über die Schwierigkeiten, die vor ihnen lagen. Er befand sich praktisch im Blindflug, war über unbekanntem Gebiet unterwegs und saß in einem altertümlichen Flugzeug, das er trotz seiner umfangreichen Kirmeserfahrungen auf keinen Fall hätte steuern dürfen. Das war echtes Learning-by-doing-Fliegen. Keine Plastikkuppel schützte ihn vor dem kalten Wind, und der Lärm war wirklich ohrenbetäubend. Erneut empfand er großen Respekt vor den Männern, die diese Maschinen im Luftkampf gelenkt hatten.

Er hätte liebend gerne noch einige zusätzliche Knoten Geschwindigkeit aus der Maschine herausgeholt, die sich durch den nächtlichen Himmel zu kämpfen schien. Sein Herz begann vor Freude zu hüpfen, als er nach mehreren Minuten Flug stecknadelkopfgroße Lichter in der Ferne sah. Das Flugzeug näherte sich der Grenze des riesigen Fauchard-Besitzes. Seine Zufriedenheit wurde durch Skyes Stimme, die plötzlich in seinem Kopfhörer erklang, empfindlich gestört.

Gleichzeitig nahm er aus dem Augenwinkel eine Bewegung wahr und blickte nach links. Der Helikopter, der sie im Labyrinth gejagt hatte, war wie durch ein Wunder etwa zehn Meter von ihnen entfernt aufgetaucht. Das Licht im Cockpit war eingeschaltet, und er konnte einen der Wächter des Château Fauchard auf dem Passagiersitz erkennen. Er hatte eine Maschinenpistole auf dem Schoß, machte jedoch keine Anstalten, das Flugzeug abzuschießen, obgleich es ein einfaches Ziel darstellte.

Sekunden später krächzte die mittlerweile vertraute Stimme Emil Fauchards aus dem Sprechfunkgerät des Flugzeugs.

»Guten Abend, Mr. Austin. Wie schön, Sie wiederzusehen.«

»Was für eine angenehme Überraschung, Emil. Ich vermisse Sie im Hubschrauber.«

»Das liegt daran, dass ich im Sicherheitskontrollzentrum des Schlosses sitze. Ich kann Sie jedoch sehr deutlich durch die Hubschrauberkamera sehen.«

Austin blickte zur Kamera, die unter dem Hubschraubercockpit befestigt war, und winkte freundlich hinein.

»Ich hätte angenommen, dass Sie noch immer im Verlies bei den übrigen Ratten sind.«

Emil ignorierte diese Beleidigung. »Wie gefällt Ihnen meine Fokker Aviatik, Austin?«

»Ich hätte eine F-16, beladen mit Luft-Luft-Raketen, vorgezogen, aber diese Kiste reicht einstweilen aus. Nett von Ihnen, dass ich sie benutzen darf.«

»Nichts zu danken. Wir Fauchards sind überaus großzügig zu unseren Gästen. Jetzt muss ich Sie jedoch bitten umzukehren, sonst werden Sie abgeschossen.«

Der Mann im Helikopter bewegte sich und zielte mit seiner Waffe, dem Aussehen nach ein AK-47, durch die Einstiegsöffnung des Cockpits.

»Sie haben uns offensichtlich verfolgt. Warum haben Sie uns nicht abgeschossen, als Sie die Gelegenheit dazu hatten?«

»Mir ist es lieber, wenn mein Flugzeug heil bliebe.«

»Kinder und ihr Spielzeug.«

»*Was?*«

Austin ließ den Doppeldecker ein paar Meter zur Seite driften. Der Helikopter wich aus, um eine Kollision zu vermeiden.

»Verzeihung«, sagte Austin. »Ich bin dieses Flugzeug nicht gewöhnt.«

»Ihre kindischen Manöver bringen Sie keinen Deut weiter. Ich bin mit den Fähigkeiten der Aviatik äußerst vertraut. Ich würde es hassen, sie zu verlieren, aber ich bin bereit, den Verlust des Flugzeugs hinzunehmen, wenn es unbedingt nötig ist. Passen Sie auf.«

Emil musste seinem Piloten einen entsprechenden Befehl gegeben haben, weil der Helikopter nämlich hochstieg, sich über die Aviatik setzte und sank, bis die Landekufen nur wenige Meter über Austins Kopf schwebten. Der Doppeldecker schaukelte und bockte gefährlich unter dem mächtigen Luftdruck der Rotorflügel. Austin drückte die Nase des Flugzeugs nach unten, und der Hubschrauber folgte und blieb über der Maschine, um zu demonstrieren, dass eine Flucht unmöglich war. Nach ein paar Sekunden zog der Helikopter zur Seite weg und flog wieder neben dem Flugzeug her.

Emils Stimme erklang in Austins Kopfhörern. »Wie Sie sehen, kann ich Sie jederzeit zur Landung zwingen. Also kehren Sie um, oder Ihre Freundin muss sterben.«

»Ich bin für Sie vielleicht nicht von Nutzen, aber wenn sie stirbt, dann geht das Geheimnis des Helms mit ihr unter.«

»Dieses Risiko gehe ich ein.«

»Vielleicht sollten Sie lieber vorher Ihre Mutter fragen«, sagte Austin.

Emil fluchte auf Französisch, und Sekunden später erschien der Helikopter über dem Doppeldecker. Die Kufen setzten über Austins Kopf hart auf den Tragflächen auf und drückten den Doppeldecker nach unten. Der Hubschrauber stieg ein Stück hoch und ließ sich abermals auf die Aviatik fallen. Austin hatte Mühe, das Flugzeug auf Kurs zu halten. Es war ein ungleicher Kampf. Das aus Holz und Stoff bestehende Flugzeug war kein Gegner für den schnelleren und wendigeren Helikopter. Dieser konnte das Flugzeug rammen, bis es endgültig abstürzte oder schon in der Luft auseinanderbrach.

Austin schnappte sich das Mikrofon. »Sie haben gewonnen, Emil. Was soll ich tun?«

»Fliegen Sie zurück zum Flugplatz. Versuchen Sie keine Tricks. Ich warte auf Sie.«

*Da kannst du lange warten*, dachte Austin.

Austin legte das Flugzeug in eine Kurve und ging auf Gegenkurs. Skye hatte die Unterhaltung über ihren Kopfhörer verfolgt. »Kurt, wir können nicht zurückkehren«, sagte sie über die Sprechanlage. »Er wird Sie umbringen.«

»Wenn wir nicht zurückfliegen, tötet er uns beide.«

»Ich will nicht, dass Sie das für mich tun.«

»Das tue ich auch nicht. Ich tue es für *mich*.«

»*Verdammt*, Austin. Sie sind so stur wie ein Franzose.«

»Ich betrachte das als Kompliment. Aber wenn ich jetzt Schnecken oder Froschschenkel essen muss, streike ich.«

»Na schön, ich gebe auf«, sagte sie wütend. »Aber ich gebe mich nicht kampflos geschlagen.«

»Ich auch nicht. Sorgen Sie dafür, dass Sie richtig angeschnallt sind.«

Er konzentrierte sich nun auf die Türme, die den Familiensitz des Mannes zierten, der ihn umbringen wollte. Während der Doppeldecker sich dem Schloss näherte, konnte Austin die beiden Lichterketten sehen, die den Flugplatz markierten. Er legte die Aviatik in eine Kurve, als wollte er die Lichter ansteuern, doch als er dem Schloss nahe genug war, steuerte er in die entgegengesetzte Richtung und flog direkt auf den nächsten Turm zu.

Der Helikopter blieb auf gleicher Höhe. Emils Stimme kam über den Sprechfunk. Er rief etwas auf Französisch. Austin zuckte die Achseln, schaltete das Sprechfunkgerät aus und konzentrierte sich auf die vor ihm liegende Aktion.

Der Helikopter setzte sich in dem Moment ab, als es so aussah, als würde das Flugzeug den nächsten Turm rammen. Mit wenigen Metern Abstand schwenkte Austin ab, verfehlte den Turm um Haaresbreite und flog über das Schloss hinweg zum gegenüberliegenden Turm. Er beschrieb einen Kreis um das Bauwerk und kam in einer Acht über den Komplex zurück. Dann flog er um den nächsten Turm und führte das gleiche Manöver aus. Er konnte sich vorstellen, wie Emils Reaktion aussah, doch das war ihm gleichgültig. Er vertraute darauf, dass Fauchard nicht versuchen würde, ihn zur Landung zu zwingen, solange er über dem Schloss blieb.

Austin wusste, dass er nicht ewig seine Achten fliegen konnte. Das hatte er auch nicht vor. Bei jeder Kurve suchten seine Augen das Gelände jenseits des Grabens ab. Er schaltete das Sprechfunkgerät wieder ein. Dann umrundete er den nächsten Turm und setzte zu einer weiteren Acht an, doch auf halbem Wege verließ er den Kurs, überflog die runde Auffahrt mit ihrem bizarren Brunnen und steuerte auf die Lichter zu, die zu der langen Zufahrt gehörten.

Der Helikopter hatte in großer Höhe seine Kreise gezogen. Sobald Austin die Mauern des Schlosses hinter sich gelassen hatte, tauchte der Helikopter nach unten, bis er sich wieder über der Aviatik befand. Austin ging in einen langen Sinkflug, bis die Räder des Fahrwerks sich nur wenige Meter über der Fahrbahn befanden. Fauchards Pilot hätte ihn jederzeit zu Boden drücken können, doch er nahm vermutlich an, dass Austin auf der Zufahrt landen wollte, daher hielt er sich zurück. Dieser Moment der Unentschiedenheit sollte ihn teuer zu stehen kommen.

Anstatt zu landen flog Austin in den aus Bäumen gebildeten Tunnel.

Der Hubschrauber stieg hoch, wobei seine Kufen die Baumwipfel kappten. Der Pilot wendete fast auf der Stelle und begann zu kreisen.

Austin hörte Fauchards Stimme im Kopfhörer. Er brüllte: »Schnappt ihn! Schnappt ihn!«

Fauchards Befehl gehorchend, folgte der Pilot der Aviatik in den Wald wie ein Bluthund, der einem Fuchs in seinen Bau nachsetzt.

Dank seiner höheren Geschwindigkeit holte der Helikopter das Flugzeug sehr schnell ein. Austin hörte das Flappen der Rotoren durch das Dröhnen des Aviatikmotors. Seine Lippen verzogen sich zu einem breiten Grinsen. Er hatte befürchtet, dass der Helikopter einfach den Wald überfliegen und auf ihn warten würde, wenn er am anderen Ende des Tunnels wieder auftauchte. Die Bemerkung über Fauchards Mutter musste Emil in rasende Wut versetzt haben, wie Austin gehofft hatte. Niemand lässt sich gern als Muttersöhnchen titulieren, vor allem dann, wenn es zutrifft.

Austin hielt die Räder des Flugzeugs rund zwei Meter über der Fahrbahn. Er hatte über und neben sich ein paar Meter Platz, aber es war trotzdem eine enge Angelegenheit, und schon ein leichtes Schlingern hätte die Maschine ihre Tragflächen oder Austin den Kopf gekostet.

Der Helikopter befand sich dicht hinter ihm, aber Austin bemühte sich, seinen Verfolger aus seinem Bewusstsein zu verdrängen. Er konzentrierte sich auf den hellen Fleck in der Ferne, der das andere Ende des Tunnels markierte. Etwa auf halbem Weg durch den Tunnel streckte Austin lässig die Hand aus und betätigte den Hebel, der die Sprühdüsen aktivierte.

Unkrautvernichtungsmittel spritzte in einem giftigen Zwillingsstrom aus den Tragflächentanks und blähte sich zu einer tödlichen Wolke auf. Die Flüssigkeit verschmutzte die Windschutzscheibe des Helikopters und behinderte die Sicht des Piloten, dann drang sie durch die offenen Seitenfenster und verwandelte das Cockpit des Helikopters in eine fliegende Gaskammer.

Der Pilot schrie vor Schmerzen auf und nahm die Hände von den Kontrollen, um sich die beißende Flüssigkeit aus den Augen zu wischen. Der Helikopter kippte zur Seite, wobei die Rotoren die Äste der Bäume touchierten. Die Rotorflügel zersplitterten, der Rumpf schwang ruckartig herum, raste in den Wald und zerbrach. Herumspritzendes Flugbenzin entzündete sich, und der Hubschrauber explodierte in einem gigantischen orange-weißen Feuerball.

Vor der Explosion herfliegend, kam Austin aus dem Tunnel heraus wie eine Kanonenkugel. Er zog den Steuerknüppel zurück, und das Flugzeug stieg aus dem Wald auf. Während die Aviatik an Höhe gewann, blickte Austin über die Schulter. Qualm und Flammen quollen aus der Tunnelöffnung, und das Feuer hatte die Bäume erfasst.

Er schaltete die Sprechanlage wieder ein. »Wir haben es geschafft«, meldete er.

»Ich versuche die ganze Zeit, Sie zu erreichen«, antwortete Skye. »Was ist da hinten passiert?«

»Ich habe ein wenig Ungeziefer vernichtet«, sagte Austin.

In der Ferne konnte er Lichtpunkte erkennen, die auf Straßen und Städte hinwiesen. Nicht lange, und er sah unter sich die ersten Autoscheinwerfer dahingleiten. Austin ging auf die Suche, bis er eine Straße fand, auf der kaum Verkehr herrschte, und brachte das Flugzeug holprig, aber sicher nach unten und zum Stand. Er lenkte es von der Straße herunter und ließ es am Rand einer Wiese stehen.

Sobald sie wieder auf festem Boden standen, fiel Skye Austin um den Hals und drückte einen Kuss auf seine Lippen, der mehr als nur freundschaftlich schmeckte. Dann machten sie sich auf den Weg. Trotz ihrer Blessuren waren sie nach ihrer gelungenen Flucht in ausgelassener Stimmung. Austin atmete genussvoll den Duft von Heu und Landwirtschaft ein und legte einen Arm um Skyes Schultern.

Nachdem sie etwa eine Stunde gewandert waren, gelangten sie zu einer niedlichen *Auberge*. Der Nachtportier döste im Halbschlaf vor sich hin, richtete sich aber schnell hellwach auf, als Austin und Skye das Foyer betraten und sich erkundigten, ob sie ein Zimmer haben könnten.

Der Nachtportier starrte Austins Narrenkostüm an, dann wanderte sein Blick zu Skye, die aussah wie eine streunende Katze, die soeben einer Balgerei entronnen war. Dann richtete sein Blick sich wieder auf Austin.

»*Americain?*«, fragte er.

»*Oui*«, antwortete Austin mit einem müden Grinsen.

Der Portier nickte verstehend und schob das Gästebuch über das Pult.

## 25

Trout lag mehr schlecht als recht ausgestreckt auf der schmalen Koje und hatte die Hände hinter dem Kopf verschränkt, als er spürte, dass ein kaum hörbares Vibrieren das dumpfe Dröhnen des U-Boot-Antriebs ersetzt hatte. Er nahm einen sanften Ruck wahr, als hätte das U-Boot einen abgefederten Stopp vollzogen. Dann herrschte Stille.

Gamay, die auf der oberen Koje ein wenig gedöst hatte, erwachte. »Was war das?«

»Ich glaube, wir sind ins Dock eingelaufen«, antwortete Trout.

Er rollte seinen langen Körper von der schmalen Liegefläche herunter und presste ein Ohr gegen die Tür. Er hörte nichts und nahm daher an, dass das U-Boot seinen Bestimmungsort erreicht hatte. Minuten später entriegelten zwei bewaffnete Wächter die Kabinentür und forderten das Paar auf mitzukommen. Sandy wartete bereits unter den aufmerksamen Blicken eines zweiten Wächterpaars auf dem Korridor. Sie war in eine andere Kabine verlegt worden, und dies war seit MacLeans Besuch das erste Mal, dass sie die Pilotin der *Alvin* wieder sahen.

Trout zwinkerte Sandy aufmunternd zu, und sie erwiderte den Gruß mit einem nervösen Lächeln. Sandy hielt sich tapfer, aber Trout war über ihre Zähigkeit nicht überrascht. Jeder, der als Dauerjob ein Tiefseetauchboot lenkte, mochte es schon mal mit der Angst zu tun bekommen, aber er ließ sich nicht einschüchtern. Mit Wächtereskorten hinter und vor ihnen stiegen sie mehrere Etagen zu einer Luke hoch, durch die sie auf das Deck des U-Boots vor dem Kommandoturm gelangten.

Das Boot war etwa hundertdreißig Meter lang. Es ankerte in einer höhlenartigen U-Boot-Garage, die über ein hohes, gewölbtes Dach verfügte. Am hinteren Ende der Kammer entdeckte Trout ein kompliziertes System aus Förderbändern und Ladevorrichtungen. Die Wächter trieben sie über eine Gangway. MacLean wartete auf dem Pier.

»Guten Tag, liebe Mitreisende«, sagte der Chemiker mit einem freundlichen Lächeln. »Folgen Sie mir zur nächsten Phase unseres Abenteuers.«

MacLean ging voraus zu einem geräumigen Lastenfahrstuhl. Während die Tür zuglitt, schaute er auf die Uhr, und sein Lächeln verflog.

»Wir haben etwa zweiunddreißig Sekunden Zeit zum Reden«, sagte er.

»Ich brauche nur zwei Sekunden, um Sie zu fragen, wo wir sind«, sagte Trout.

»Ich weiß es nicht, aber dem Klima und dem Terrain entnehme ich, dass der Ort irgendwo an der Nordsee oder in Skandinavien liegen muss. Vielleicht sogar in Schottland.« Er blickte abermals auf die Uhr. »Die Zeit ist abgelaufen.«

Die Fahrstuhltür öffnete sich zischend, und sie traten in einen kleinen Raum. Der bewaffnete Wächter, der sie dort erwartete, bellte in sein Walkie-Talkie, dann brachte er sie nach draußen zu einem fahrbereiten Minibus. Der Wächter bedeutete ihnen durch Handzeichen, sie sollten einsteigen, folgte ihnen dann und setzte sich nach hinten, von wo aus er die Passagiere stets im Auge hatte. Ehe der Wächter die Fensterjalousien schließen konnte, erhaschte Trout noch einen Blick auf eine lange, schmale Bucht tief unterhalb der Straße.

Nach einer Fahrt von ungefähr zwanzig Minuten über ungepflasterte Straßen stoppte der Bus, und der Wächter gab den Befehl zum Aussteigen. Sie befanden sich in einem Gebäudekomplex, der von hohen Stacheldrahtzäunen umschlossen war, deren Pfähle von elektrischen Transformatoren gekrönt wurden. Überall waren Wächter zu sehen, und der Komplex erinnerte verstörend an ein Konzentrationslager. Der Wächter deutete auf ein wuchtiges Betongebäude von der Größe einer Lagerhalle. Um dorthin zu gelangen, mussten sie mehrere Stacheldrahtzäune passieren. Während sie sich dem Bauwerk näherten, zerschnitt ein unheimlicher Schrei aus dem Bau die Luft. Ein Chor wilden Geheuls folgte.

Sandys Gesicht verriet ihren Schrecken. »Ist das ein Zoo?«, fragte sie.

»Ich denke, so könnte man es bezeichnen«, sagte MacLean. Sein grimmiges Lächeln war nicht besonders ermutigend. »Aber hier werden Sie Kreaturen antreffen, von deren Existenz der Londoner Zoo nicht einmal träumen würde.«

»Das verstehe ich nicht«, sagte Gamay.

»Sie werden es.«

Trout packte den Chemiker am Arm. »Bitte keine Spielchen mit uns.«

»Entschuldigen Sie meine jämmerlichen Versuche, witzig zu sein. Ich habe diesen kleinen Rundgang schon zu oft unternommen, und er geht mir allmählich an die Nieren. Versuchen Sie, über das, was Sie gleich sehen werden, nicht allzu entsetzt zu sein. Die kleine Tierschau soll Sie nicht erschrecken, sondern nur dazu bringen, sich in Ihr Schicksal zu fügen und kooperativ zu sein.«

Trout lächelte knapp. »Sie ahnen ja gar nicht, wie gut wir uns jetzt fühlen, Dr. MacLean.«

MacLean hob eine buschige Augenbraue. »Ich sehe, dass auch Sie einen Sinn für düsteren Humor haben.«

»Das ist meine Yankee-Erziehung. Unsere langen harten Winter vertreiben einem die sonnige Weltsicht.«

»Gut«, sagte MacLean. »Sie brauchen wirklich jedes Quäntchen Pessimismus, wenn Sie einen Aufenthalt in diesem Höllenloch lebendig überstehen wollen. Willkommen auf der seltsamen Insel des Dr. Moreau«, sagte er und spielte auf den Roman über den verrückten Wissenschaftler an, der Menschen in Tiere verwandelte.

Der Wächter hatte die doppelte stählerne Sicherheitstür geöffnet, und der Gestank, der aus dem Gebäude herausströmte, überwältigte sie beinahe. Der faulige Geruch war jedoch verglichen mit dem, was in dem weitläufigen Raum zu sehen und zu hören war, nur eine harmlose Unannehmlichkeit.

An den Wänden waren Käfige aufgereiht, die von menschenähnlichen Tieren bewohnt wurden, die die Gitter mit Klauen und Zähnen bearbeiteten. In den Käfigen befanden sich fünfundzwanzig bis dreißig dieser Kreaturen. Sie standen auf zwei Beinen, trugen schmutzige Lumpen und nahmen eine geduckte Haltung ein. Ihr langes, strähniges weißes Haar und ihre Bärte verdeckten den größten Teil ihrer Gesichter, aber man konnte vereinzelt schlaffe und runzlige Gesichtszüge erkennen und Haut, die von dunklen Altersflecken übersät war. Die Münder waren zu einem raubtierhaften Geheul der Wut geöffnet und gaben den Blick auf schartige und fleckige Zähne frei. Die Augen waren blutrot und mit einem grässlichen Leuchten erfüllt.

Sandy hatte genug. In einer Demonstration gesunden Menschenverstandes stürzte sie zur Tür, nur um dort von einem hoch gewachsenen Mann in militärischer Tarnkleidung zurückgehalten zu werden. Er ergriff mit lässiger Geste ihren Arm und führte sie ins Gebäude zurück. Er hatte eine ausgeprägte Hakennase, ein scharfkantiges Kinn und einen ständig zu einem Grinsen verzogenen Mund voller Goldzähne. Eine schwarze Uniformmütze saß verwegen auf seinem Kopf. Seine Anwesenheit hatte einen seltsamen Effekt auf die Kreaturen in den Käfigen. Sie wurden bei seinem Erscheinen ganz ruhig und zogen sich in den rückwärtigen Teil ihrer vergitterten Behausungen zurück.

»Guten Tag, Dr. MacLean«, sagte er. Er hatte einen unüberhörbaren europäischen Akzent. Sein Blick fixierte die Trouts und verharrte ein wenig länger auf Gamay. »Sind dies unsere neuesten Rekruten?«

»Sie sind Experten auf unserem Forschungsgebiet«, sagte MacLean.

»Was für ein Glück. Sie und Ihre neuen Gäste kommen gerade rechtzeitig zur nächsten Fütterung.«

Ein Trupp Wächter kam herein. Sie schoben einen Rollwagen vor sich her, der mit Rattenfallen beladen war, und zwar mit solchen, die die Nagetiere einfingen, ohne sie zu töten. Die Wächter entluden den Wagen, trugen die Fallen und ihre quiekenden Insassen zu den Käfigen, wo sie sie öffneten und die Ratten freiließen.

Mit Augen, die wie Rubine funkelten, waren die weißhaarigen Kreaturen wieder nach vorne zu den Gitterstäben gekommen. Sie mussten mit dem Ablauf des Geschehens bestens vertraut sein, denn sie waren bereit, als die Ratten aus den Fallen herausrannten. Sie stürzten sich wie Panther auf die unglücklichen Nager. Mit wütendem Knurren rissen sie die Ratten in Stücke und verzehrten sie.

Sandy rannte abermals zur Tür. Diesmal machte der Mann mit der schwarzen Mütze ihr Platz, trat beiseite und ließ sie unter brüllendem Gelächter gehen. Gamay hätte nicht übel Lust gehabt, ihr zu folgen, doch sie wusste, dass sie dem Mann den Arm abreißen würde, wenn er sie berühren sollte.

»Die junge Dame hat offenbar für unser Recyclingsystem nicht viel übrig. Wir halten unsere Rattenplage unter Kontrolle und kriegen gleichzeitig unsere Schoßtiere satt.« Sich an MacLean wendend fuhr er fort: »Ich hoffe, Sie haben unseren Gästen klar gemacht, was für ein reizender Ort dies hier ist.«

»Sie sind weitaus eloquenter und überzeugender, als ich es jemals sein könnte, Colonel«, sagte MacLean.

»Das ist wahr.« Der Mann wandte sich an Trout. »Ich bin Colonel Strega, der Kommandant dieser Laboranlage. Die schmutzigen Teufel, die soeben ihre Mahlzeit genießen, waren früher einmal Menschen wie Sie. Wenn Sie und die Ladys nicht das tun, was man von Ihnen verlangt, können wir Sie sehr schnell in eins dieser Wesen verwandeln. Oder wir können Sie an sie verfüttern. Es hängt nur von meiner Laune und meiner Großzügigkeit ab. Die Regeln hier sind simpel. Sie werden arbeiten, ohne sich zu beklagen, und zur Belohnung bleiben Sie am Leben. Haben Sie verstanden?«

Trout tat sein Bestes, um das Schmatzen und Rülpsen, das von den Käfigen herüberdrang, zu ignorieren. »Ich verstehe, Colonel, und ich werde Ihre Botschaft unserer zartbesaiteten Freundin übermitteln.«

Strega starrte Trout mit seinen wölfischen gelben Augen an, als versuchte er, sich sein Gesicht einzuprägen. Dann schenkte er Gamay ein 14-Karat-Lächeln, schlug die Hacken zusammen, machte kehrt und ging zur Tür. Die Wächter trieben die Trouts aus dem Gebäude, obgleich diese dazu keinerlei Aufforderung bedurften. Strega stieg soeben in ein Mercedes-Kabrio. Sandy lehnte am Gebäude und übergab sich. Gamay eilte an ihre Seite und legte einen Arm um die Pilotin der *Alvin*.

»Das alles tut mir schrecklich Leid«, sagte MacLean. »Strega besteht auf dieser Vorführung für Neuankömmlinge. Sie jagt garantiert auch dem Hartgesottensten schreckliche Angst ein.«

»Mir hat sie nicht nur Angst eingejagt«, sagte Sandy. »Nächstes Mal denke ich daran, eine Windel zu tragen.«

MacLean seufzte. »Wir alle hatten einen anstrengenden Tag. Sehen wir zu, dass Sie Ihr Quartier beziehen. Nachdem Sie Gelegenheit hatten, zu duschen und sich umzuziehen, treffen wir uns auf einen Drink in meiner Behausung.«

Der Bus fuhr noch etwa eine halbe Meile, ließ mehrere Stacheldraht- und Elektrozäune hinter sich und stoppte schließlich vor einem Komplex, der aus einem großen Gebäude mit gewölbtem Dach bestand und von mehreren Häusern mit flachen Dächern umgeben wurde.

»Das ist das Labor, in dem wir arbeiten werden«, erklärte MacLean. Er deutete auf ein einzelnes, ein wenig abseits stehendes Gebäude. »Dies ist Stregas gemütliches Heim. Die Wächter haben ihre Quartiere gleich nebenan. Die Hütten sind für das wissenschaftliche Team reserviert. Sie sehen zwar aus wie Baracken, aber Sie werden finden, dass sie recht gemütlich sind.«

Der Wächter befahl ihnen, aus dem Bus zu steigen, und wies den Trouts und Sandy zwei nebeneinander stehende Hütten zu. MacLeans Wohnung lag gleich nebenan. Trout und Gamay begaben sich in ihr Quartier, das im Grunde nur aus einem Raum mit einem eisernen Bettgestell, einem kleinen Tisch, einem Stuhl und einem Bad bestand. Es war spartanisch, aber sauber. Sie entledigten sich ihrer Kleidung und nahmen jeder eine lange heiße Dusche. Trout rasierte sich mit dem stumpfen Wegwerfrasierer, den man für ihn bereitgelegt hatte.

Zwei lindgrüne Overalls lagen säuberlich gefaltet auf dem Bett. Trout und Gamay hatten kein Bedürfnis, sich Gefängniskluft überzuziehen, aber ihre eigene Kleidung hatte bereits einen unangenehmen Geruch angenommen, bevor sie das Tiermenschenhaus besichtigt hatten. Trouts Overall war an den Ärmeln und den Beinen ein wenig kurz geraten, aber nicht unbequem. Die Fliege passte nicht dazu, aber er trug sie trotzdem. Gamay hätte sogar in einem Sack zum Anbeißen ausgesehen.

Sie gingen nach nebenan, um Sandy zu holen, aber sie schlief, und sie entschieden, sie nicht zu wecken. MacLean hieß sie in seiner Hütte willkommen, die mit den anderen identisch war, außer dass sie auch noch über eine bestens bestückte Bar verfügte. Er bestand darauf, dass sie ihn Mac nannten, dann füllte er drei Gläser mit Scotch und nahm die Flasche mit, als sie nach draußen gingen. Die Luft war kühl, aber nicht unangenehm.

»Ich glaube, dass mein Quartier verwanzt ist«, meinte MacLean als Begründung. »Colonel Strega ist ein einfallsreicher Mann.«

»Ich weiß nicht, ob mir sein Sinn für Humor gefällt«, sagte Gamay.

»Besser bekannt ist er jedenfalls für seine anderen Qualitäten. Der Internationale Gerichtshof würde sich liebend gerne mit ihm über ein paar Massengräber in Bosnien unterhalten. Wie ist Ihr Drink?«

»Hervorragend. Im Club Med könnte es uns nicht besser gehen«, beteuerte sie.

»Wenn ich zu deprimiert bin, dann rede ich mir ein, ich mache Urlaub an irgendeinem abgelegenen Ferienort«, sagte MacLean.

»In den Ferienorten, die ich kenne, wurde und wird das Mittagessen nicht in Rattenfallen serviert«, sagte Trout.

Ein betretenes Schweigen setzte ein, das von Gamay gebrochen wurde. »Was oder wer waren diese schrecklichen Kreaturen in diesen Käfigen?«

MacLean nahm sich Zeit mit der Antwort. »Das waren *Fehler*.«

»Als Wissenschaftler werden Sie sicherlich verstehen, wenn wir Sie bitten, ein wenig genauer zu sein«, meinte Trout.

»Tut mir Leid. Vielleicht sollte ich lieber ganz von vorne anfangen.«

MacLean schenkte mehr Whisky in die Gläser, trank einen kräftigen Schluck und starrte mit einem abwesenden Gesichtsausdruck ins Leere.

»Es scheint so lange her zu sein, dabei sind erst drei Jahre vergangen, seit ich von einer kleinen Forschungsfirma außerhalb von Paris engagiert wurde, um mit Enzymen – den Proteinen, die von lebenden Zellen hergestellt werden – zu arbeiten. Wir interessieren uns dafür, welche Rolle diese Enzyme beim Alterungsprozess spielen. Unsere Firma hatte nur begrenzte Mittel, daher waren wir selig, als ein großes Firmenkonglomerat unser Labor schluckte.«

»Wer stand hinter diesem Konglomerat?«, fragte Trout.

»Das wussten wir nicht, und das war uns auch egal. Es hatte noch nicht einmal einen Namen. Wir erhielten beträchtliche Gehaltserhöhungen. Uns wurden umfangreichere Forschungsetats und Hilfen versprochen. Wir hatten auch nichts einzuwenden, als neue Bedingungen erlassen wurden.«

»Welcher Art waren diese Bedingungen?«

»Unter der neuen Geschäftsleitung wurden wir ständig überwacht. Die dafür zuständigen Männer trugen zwar Laborkittel und Laboranzüge, aber sie waren nichts anderes als Wächter. Wir wohnten in einem Komplex in der Nähe des Labors. Jeden Morgen und Abend wurden wir von Firmenfahrzeugen abgeholt. Diejenigen, die Familien hatten, durften von Zeit zu Zeit Besuch empfangen, aber wir alle wurden darauf eingeschworen, dass unsere Arbeit geheim sei. Wir unterschrieben sogar Verträge, in denen wir uns mit diesen strikten Regeln einverstanden erklärten, aber Sie müssen auch verstehen, dass wir wie berauscht waren. Immerhin waren wir ernsthaft auf der Suche nach dem Stein der Weisen.«

»Ich dachte, Sie seien Chemiker und kein Alchimist«, sagte Gamay. »Soweit ich mich erinnere, war der Stein der Weisen eine Substanz, die bestimmte unedle Metalle wie Blei in Silber oder Gold verwandeln konnte.«

MacLean nickte. »Das ist ein allgemeines *Miss*verständnis. Früher glaubten viele, dass der Stein das legendäre ›Elixier des Lebens‹ sei. Wenn man diese wunderbare Substanz mit Wein vermischte, konnte diese Lösung Wunden heilen, die Jugend wiederherstellen und das Leben verlängern. *Das* ist der Stein, nach dem wir gesucht haben.«

»Die Suche nach der Unsterblichkeit«, meinte Trout nachdenklich. »Es wäre vielleicht einfacher gewesen, Blei in Gold zu verwandeln.«

Die Andeutung eines Lächelns spielte um MacLeans Lippen. »Während unserer Forschungen ist mir oft der gleiche Gedanke gekommen. Ich habe oft über die Unmöglichkeit des Ziels nachgedacht, das wir uns selbst gesteckt hatten.«

»Sie sind nicht der Erste, der bei dieser Suche gescheitert ist«, sagte Trout.

»Oh *nein*, Dr. Trout. Sie missverstehen mich. Wir haben nicht versagt.«

»Nun mal langsam, Mac. Wollen Sie behaupten, es gibt so etwas wie das ›Elixier des Lebens‹?«

»Ja. Wir haben es auf dem Grund des Meeres in den hydrothermalen Kaminen von Lost City entdeckt.«

Sie starrten MacLean an und fragten sich, ob der Wahnsinn dieser Insel den Schotten in einen Irren verwandelt hatte.

»Ich wühle schon lange mit meinem Rüssel im Schlamm auf dem Meeresgrund herum«, sagte Trout nach einigen Sekunden. »Aber so etwas wie den Jungbrunnen habe ich dabei bis heute nicht entdeckt.«

Gamay schüttelte den Kopf. »Sie müssen meine Skepsis entschuldigen. Als Meeresbiologin bin ich mit diesen Kaminen vertrauter als Paul, und um ehrlich zu sein, ich habe keine Ahnung, wovon Sie reden.«

MacLeans Augen funkelten vergnügt. »Sie wissen mehr, als Sie glauben, Kindchen. Bitte erklären Sie doch mal, weshalb die Wissenschaftler wegen der Mikroben, die in der Umgebung der Kamine gefunden wurden, so aus dem Häuschen geraten sind.«

»Das ist einfach.« Gamay zuckte die Achseln. »Diese Bakterien sind mit nichts zu vergleichen, was in dieser Richtung jemals gefunden wurde. Sie sind lebende Fossilien. Die Bedingungen in Lost City gleichen denen, die während der Entstehung des Lebens auf der Erde herrschten. Wenn man erklären kann, wie Leben sich im Bereich der Kamine entwickeln konnte, dann weiß man auch, wie es auf der Erde begonnen hat oder sogar auf anderen Planeten.«

»Stimmt genau. Meine Arbeit begann mit einer einfachen Prämisse. Wenn man etwas hätte, das an der Entstehung von Leben beteiligt war, dann könnte dies möglicherweise auch bestehendes Leben verlängern. Unsere Firma hatte Zugang zu Proben, die bei früheren Expeditionen nach Lost City entnommen worden waren. Die Enzyme, die diese Mikroben produzierten, waren der Schlüssel.«

»Auf welche Weise?«

»Jede lebende Kreatur auf dieser Erde ist für die eine Aufgabe programmiert, sich selbst so oft wie möglich zu reproduzieren. Sobald das geschehen ist, wird die Kreatur überflüssig, daher haben sämtliche Organismen ein Selbstvernichtungsgen, das sie auslöscht, um Platz für neue Generationen zu schaffen. Bei den Menschen wird dieses Gen manchmal vorzeitig aktiviert, und dann hat man es mit dem Werner-Syndrom zu tun, das bewirkt, dass ein achtjähriges Kind aussieht wie ein achtzigjähriger Greis. Unsere Theorie war folgende: Wenn dieses Gen eingeschaltet werden kann, müsste es sich auch ausschalten lassen, mit dem Ergebnis, das man langsamer altert.«

»Wie wollen Sie so etwas testen?«, fragte Trout. »Sie müssten es Testobjekten verabreichen und Jahrzehnte warten, um zu sehen, ob diese Objekte länger leben als Ihre Kontrollgruppe.«

»Das ist ein gutes Argument. Es gäbe aber auch Fragen hinsichtlich des Patents. Das Patent könnte auslaufen, ehe man das Produkt auf den Markt bringen kann. Aber dieses Enzym schaltet das Gen nicht nur aus, es wirkt auch als Superantioxydant, indem es freie Radikale unschädlich macht. Es kann nicht nur die chemischen Prozesse umkehren, die den Alterungsprozess auslösen, sondern es kann auch Jugend wiederherstellen.«

»Der Stein der Weisen?«

»Ja. Jetzt haben Sie verstanden.«

»Und Sie haben damit tatsächlich Erfolg gehabt?«, fragte Trout.

»Ja. Bei Labortieren. Wir haben Mäuse genommen, die nach menschlichen Maßstäben Seniorenstatus hatten, und sie auf dramatische Weise verjüngt.«

»Wie dramatisch?«

»Um bei dem Vergleich mit der menschlichen Lebensspanne zu bleiben: von neunzig auf fünfundvierzig Jahre.«

»Sie wollen damit sagen, Sie hätten das Alter eines Tiers halbiert?«

»*Genau.* Muskeltonus. Knochenstruktur. Energiehaushalt. Reproduktionsfähigkeit. Die Mäuse waren darüber mehr überrascht als wir.«

»Das ist eine bemerkenswerte Leistung«, sagte Gamay, »aber menschliche Wesen sind um einiges komplexer als Mäuse.«

»Ja«, gab der Chemiker seufzend zu. »Das wissen wir jetzt.«

Gamay sprach aus, was MacLean nur vage angedeutet hatte. »Sie haben mit Menschen experimentiert, nicht wahr?«

»Nicht mein ursprüngliches Team. Es hätte noch Jahre gedauert, ehe wir mit Menschenversuchen angefangen hätten. Und wir hätten es unter strengsten Bedingungen getan.« Er trank von seinem Whisky, als könnte er auf diese Weise unangenehme Erinnerungen hinunterspülen. »Mein Team präsentierte der Firmenleitung die ersten Erkenntnisse, und für eine Weile hörten wir nichts. Dann wurden wir darüber informiert, dass das Team aufgelöst und das Labor geschlossen würde. Es lief alles sehr zivilisiert ab. Ein Händedruck und ein freundliches Lächeln. Wir erhielten sogar Abfindungen und Bonuszahlungen. Einige Zeit später stieß ein Kollege, während er seine Computerdaten bereinigte, auf eine Videoaufzeichnung von Menschenversuchen. Sie wurden auf irgendeiner Insel durchgeführt.«

Trout deutete auf den Boden unter seinen Füßen. »Hier?«

»Eine begründete Annahme, meinen Sie nicht auch?«, sagte MacLean.

»Was geschah dann?«

»Wir machten einen zweiten fatalen Fehler, indem wir die Skrupellosigkeit dieser Leute unterschätzten. Wir wandten uns als Gruppe an die Firma und verlangten, dass sie sofort aufhörten. Uns wurde erklärt, die Beteiligten seien Freiwillige und dass uns die ganze Angelegenheit nichts mehr angehe. Wir drohten damit, mit unseren Informationen an die Öffentlichkeit zu gehen. Sie baten uns, damit zu warten. Innerhalb einer Woche erlitten viele Mitglieder meines Teams tödliche ›Unfälle‹. Verkehrsunfälle mit

Fahrerflucht. Brände. Stromschläge auf Grund unsachgemäßen Umgangs mit Haushaltsgeräten. Ein paar kerngesunde Männer erlitten plötzlich Herzinfarkte. Insgesamt einundzwanzig Todesfälle.«

Trout stieß einen leisen Pfiff aus. »Sie glauben, sie wurden ermordet?«

»Ich *weiß*, dass sie ermordet wurden.«

»Hatte die Polizei irgendeinen Verdacht?«, fragte Gamay.

»Ja, in einigen Fällen, aber sie konnten nie irgendetwas beweisen. Meine Kollegen lebten über die ganze Welt verstreut in verschiedenen Ländern. Und außerdem haben wir unter völliger Geheimhaltung gearbeitet, wie ich anfangs sagte.«

»Aber Sie haben überlebt«, stellte sie fest.

»Reines Glück. Ich hatte an einer archäologischen Ausgrabung teilgenommen. Das ist mein Hobby. Als ich nach Hause zurückkehrte, fand ich die Nachricht eines Kollegen, der kurz darauf ebenfalls ermordet wurde, in der er mich warnte, mein Leben sei in Gefahr. Ich flüchtete nach Griechenland, doch meine ehemaligen Arbeitgeber stöberten mich dort auf und brachten mich hierher.«

»Warum hat man Sie nicht ebenfalls umgebracht?«

MacLean lachte freudlos. »Sie wollten, dass ich die Leitung eines neu gebildeten Forschungsteams übernahm. Es scheint, als wären sie ein wenig zu schlau gewesen. Nachdem sie das ursprüngliche Team nach und nach beseitigt hatten, tauchten erste Fehler in der Formel auf. Das war bei derart komplexen Forschungen unvermeidbar. Sie haben ihre Fehler vor einer Weile in den Käfigen herumspringen gesehen.«

»Soll das heißen, dass dieses Jugendelixier jene knurrenden Bestien geschaffen hat?« Trout schüttelte ungläubig den Kopf.

MacLean lächelte. »Wir erklärten den Narren, dass weitere Arbeiten nötig seien. Das Enzym entfaltet unterschiedliche Wirkungen bei Menschen. Wie Sie schon bemerkten, sind wir sehr komplexe Wesen. In der falschen Mischung tötete die Chemikalie das Testobjekt. Bei anderen löste es Progerie, vorzeitige Vergreisung, aus. Bei den armen Kreaturen, die Sie gesehen haben, hat die Substanz die aggressiven Anlagen zutage treten lassen, die sich für unsere Vorfahren als nützlich erwiesen hatten, als sie noch Reptilien oder Affen waren. Lassen Sie sich von ihrem äußeren Erscheinungsbild nicht täuschen. Sie verfügen noch immer über menschliche Intelligenz, wie Strega erfahren hat.«

»Was meinen Sie?«

»Es gibt zwei Arten von Kreaturen. Die Alphas waren Teil des ursprünglichen Experiments, das, wie man mir berichtete, vor vielen Jahren begann. Die Betas wurden im Verlauf des jüngsten Testzyklus geschaffen. Vor nicht allzu langer Zeit hatte eine Reihe von ihnen es geschafft zu fliehen. Offensichtlich wurden sie von den Alphas angeführt. Sie bauten sich ein einfaches Floß und landeten auf einer anderen Insel, wo sie eine Reihe von Leuten umbrachten. Strega hat sie verfolgt und wieder hierher zurückgebracht. Er unterzog einige von den Alphas den grauenvollsten Foltern, ehe er sie vor den Augen der anderen endgültig tötete. Es sollte eine Lektion für sie sein.«

»Wenn sie so problematisch sind, weshalb behalten Sie sie hier?«, wollte Gamay wissen.

»Offensichtlich glauben unsere Arbeitgeber, dass sie einen gewissen Wert haben. Sie sind ein wenig wie wir. Wegwerfmaterial. Nach Benutzung sofort zu vernichten. Die letzten Testobjekte waren illegale Einwanderer aus Drittweltländern, die glaubten, sie würden nach Europa oder Amerika gebracht, wo Jobs und ein besseres Leben auf sie warteten.«

Trout biss die Zähne zusammen. »Das ist eine der monströsesten Intrigen, von denen ich je gehört habe. Eines kann ich nicht verstehen. Warum haben diese Verbrecher die *Alvin* gekapert und uns gekidnappt?«

»Das Enzym hat nur eine sehr kurze Lagerfähigkeit. Sie haben das Unterseeboot gebaut, damit das Enzym extrahiert werden kann, sobald es geerntet wurde. Es wird von den Mikroben getrennt. Wenn es erst einmal stabilisiert wurde, transportiert das U-Boot das fertige Produkt zwecks weiterer Forschung und Entwicklung hierher. Sie wussten über Ihre Expedition Bescheid. Sie müssen befürchtet haben, dass ihr unterseeisches Bergbauprojekt entdeckt würde. Durch Zufall standen Sie kurz davor, es tatsächlich zu entdecken.«

»Es war überhaupt kein Zufall. Wir waren auf der Suche nach der Quelle der Gorgonenalge«, sagte Gamay.

»Jetzt bin ich an der Reihe, verwirrt zu sein. Was ist die Gorgonenalge?«

»Die mutierte Form einer gewöhnlichen Alge«, sagte Gamay. »Sie verursacht auf der ganzen Welt absolutes Chaos. Die Quelle dieser Mutation wurde bis nach Lost City zurückverfolgt. Wir wollten die genaue Ursache feststellen. Zu diesem Teil der Expedition haben wir uns nicht in der Öffentlichkeit geäußert, weil wir den Menschen keine Angst machen wollten. Die Lage ist weit schlimmer, als bisher in der Öffentlichkeit zugegeben wurde.«

»Wie schlimm?«

Gamay hob die Schultern. »Wenn die Alge sich verbreiten kann, verwandeln die Ozeane sich über kurz oder lang in riesige nasse Pflanzensümpfe. Seehandel wäre dann unmöglich. Häfen müssten geschlossen werden. Die meisten Fischarten würden aussterben, wodurch eine empfindliche Störung der Nahrungskette ausgelöst würde, die wiederum die Nahrungsproduktion an Land nachteilig beeinflussen würde. Die von den Ozeanen gesteuerten Wetterzyklen würden verrückt spielen. Regierungen würden stürzen. Epidemien und Hungersnöte würden ausbrechen. Millionen von Menschen würden sterben.«

»Du lieber Himmel. Ich hatte befürchtet, dass so etwas passieren könnte.«

»Was meinen Sie?«, fragte Gamay.

»In ihrem natürlichen Habitat waren die Mikroben völlig harmlos. Es bestand immer die Möglichkeit, dass sie weiterwandern würden, sobald wir ihr Habitat störten. Offensichtlich haben sie die Mutation von Genen höherer Organismen ausgelöst.«

»Kann dieser Prozess rückgängig gemacht werden?«

»Es besteht eine gute Chance, dass die Arbeit, mit der wir uns im Augenblick befassen, zu einer Lösung des Problems führt.«

»Glauben Sie, dass Colonel Strega sich für einen Vorschlag erwärmen kann, der darauf abzielt, unsere Energien für die Rettung der Welt vor der Gorgonenalge einzusetzen?«, fragte Trout.

MacLean lachte schallend. »Colonel Strega glaubt, dass dieses Camp hier die Welt ist. Und dass er Gott ist.«

»Ein weiterer Grund, um zu fliehen«, sagte Trout.

»Die Leute, die uns gekidnappt haben, müssen gewusst haben, dass eine Riesensuchaktion nach der *Alvin* in Gang gesetzt werden würde«, fügte Gamay hinzu.

MacLean schaute in sein leeres Glas, dann sah er sie an. »Laut Strega kümmert man sich um diese Angelegenheit. Er nannte keine Einzelheiten, aber eine Reihe Mutanten wurden vor nicht allzu langer Zeit von der Insel geholt. Ich glaube, sie hatten etwas mit dem Plan zu tun.«

»Keine Details?«

MacLean schüttelte den Kopf.

Trout zwang sich, das aktuelle Problem in Angriff zu nehmen.

»Sie sagten, Sie seien hierher gebracht worden, um ein neues wissenschaftliches Team zusammenzustellen«, sagte er. »Ja, es gibt noch sechs weitere unglückliche Seelen, die hierher gelockt wurden, und zwar wie die Einwanderer mit dem Versprechen, dass es hier Arbeit gebe. Sie werden sie beim Abendessen kennen lernen. Unser Arbeitgeber hat keine Mühen gescheut, sich zu vergewissern, dass sie allein stehend und ohne irgendwelche familiäre Bindungen sind.«

»Wie viel Zeit haben wir?«

»Uns ist schon lange bekannt, dass wir dem Tod geweiht sind, sobald wir das reine Elixier extrahiert haben. Wir haben die Arbeiten verzögert, so gut es eben ging, und gelegentlich einen kleinen Erfolg gemeldet. Es ist ein gewagtes Spiel. Eine Lieferung des Elixiers ist auf die Reise gegangen, während wir mit dem U-Boot unterwegs waren.«

»Und was bedeutet das für uns?«

»Wir werden überflüssig, sobald die Substanz ihren Bestimmungsort erreicht hat und unsere Arbeitgeber wissen, ob sie wirksam ist.«

»Wird sie das sein?«

MacLean nickte. »Oh ja. Die ersten Ergebnisse werden sehr schnell vorliegen und dramatisch sein. Sobald Strega davon Nachricht erhält, wird er damit anfangen, uns den Tieren zum Fraß vorzuwerfen, einen nach dem anderen.« Er schüttelte den Kopf. »Ich fürchte, ich habe Sie nur gerettet, um Sie in eine absolut hoffnungslose Lage zu bringen.«

Trout erhob sich von seinem Stuhl und ließ den Blick über das Lager schweifen. Dabei dachte er, dass die raue Schönheit dieser Insel gar nicht zu dem Grauen passen wollte, das er hatte mit ansehen müssen.

»Irgendwelche Ideen?«, fragte er.

»Ich denke, es wäre hilfreich, wenn Mac uns alles erzählt, was er über diesen Ort weiß«, schlug Gamay vor. »Jedes Detail, ganz gleich wie nebensächlich oder albern es einem vorkommen mag.«

»Wenn Sie noch immer an Flucht denken, dann vergessen Sie's«, sagte MacLean düster. »Es gibt keinen Weg.«

Gamay sah ihren Mann von der Seite an. »Es gibt *immer* einen Weg«, erklärte sie lächelnd. »Wir wissen nur noch nicht, wie er aussieht.«

## 26

Als Austin unter das warme Federbett schlüpfte, war Skye längst in einen tiefen Schlaf gesunken. Die ganze Nacht klammerte sie sich an ihn, während ihr Schlaf ständig durch fiebriges Gemurmel von rotem Tod und dunklem Wasser gestört wurde. Austins Nerven waren mindestens genauso strapaziert. Mehrmals löste er sich aus Skyes hitziger Umarmung und ging zum Fenster. Bis auf die Motten, die im Lichtschein der Neonreklame des Hotels herumflatterten, war alles still. Aber Austin war alles andere als zufrieden mit ihrer augenblicklichen Lage. Die Fauchards hatten einen langen Arm.

Nach einer unruhigen Nacht wurden sie durch den hellen Sonnenschein geweckt, der in ihr Zimmer flutete. Sie schlüpften in die Frotteebademäntel, die Skye in einem Wandschrank gefunden hatte, und ließen sich das Frühstück aufs Zimmer bringen. Austin hatte ihre ramponierten Kostüme in den Abfalleimer gestopft. Sie schickten das Zimmermädchen, das ihnen das Frühstück gebracht hatte, in den Ort, um für sie etwas zum Anziehen zu besorgen. Gestärkt durch eine Tasse Kaffee, fand Skye zu ihrem alten Charme zurück, doch die Ereignisse der letzten Nacht lasteten noch immer schwer auf ihr.

»Sollten wir die Fauchards nicht anzeigen?«, fragte sie.

»Die Fauchards sind eine reiche und mächtige Familie«, gab Austin zu bedenken.

»Das heißt aber noch lange nicht, dass sie über dem Gesetz stehen«, hielt sie ihm entgegen.

»Ich stimme dir zu. Aber was glaubst du, welchen Teil der Geschichte die Polizei uns glauben wird? *Das Pendel* oder *Das Fass Amontillado*? Wenn wir einen Aufstand inszenieren, werden wir am Ende noch beschuldigt, Emils Flugzeug gestohlen zu haben.« Das vertraute »Du« ging ihm wie selbstverständlich über die Lippen.

Skye schien es genauso zu gehen, denn sie sagte stirnrunzelnd: »Ich verstehe, was du meinst. Na schön, was tun wir jetzt?«

»Wir kehren nach Paris zurück. Schließen die Reihen, halten Kriegsrat und graben über die Fauchards alles aus, was wir finden können.« Austin räusperte sich. »Wer bringt deinem Freund Darnay denn bei, dass sein von Kugeln durchlöcherter Rolls-Royce auf dem Grund eines Schlossgrabens parkt?«

»Das übernehme ich. Keine Sorge, Charles hatte ohnehin daran gedacht, ihn gegen einen Bentley auszutauschen. Er wird ihn ganz einfach als gestohlen melden.« Ihre Lippen verzogen sich zu ihrem typischen sonnigen Lächeln. »Wie ich Charles kenne, nehme ich sowieso an, dass der Wagen gestohlen war.« Eine dunkle Wolke warf einen Schatten auf ihr Lächeln. »Glaubst du, was dieser arme Cavendish gesagt hat? Dass die Fauchards den Ersten Weltkrieg ausgelöst haben und zumindest einen Teil Verantwortung für den Zweiten Weltkrieg tragen?«

Austin ließ sich die Frage lange durch den Kopf gehen, während er auf einem Bissen Croissant herumkaute.

»Keine Ahnung. Es sind wohl mehr als ein paar Leute nötig, um einen Krieg zu beginnen. Hochmut, Dummheit und Fehlkalkulation spielen sicherlich auch eine wichtige Rolle.«

»Richtig, aber denk doch mal nach, Kurt. 1914 wurden die Großmächte von einigen der unfähigsten Staatenlenker der Geschichte regiert. Die Entscheidung, einen Krieg zu beginnen, lag in den Händen von nur wenigen Menschen. Keiner von ihnen war besonders intelligent. Ein Zar oder ein Kaiser brauchte seine Untertanen nicht um Erlaubnis zu bitten, einen Krieg zu beginnen. Konnte eine kleine, reiche und entschlossene Gruppierung wie die Fauchards und andere Waffenproduzenten diese Führer nicht manipulieren, sich ihrer geistigen und moralischen Defizite bedienen und ihre Entscheidungen nachhaltig beeinflussen? Und dann ein Ereignis inszenieren wie das Attentat auf den Großherzog, das dann die Kampfhandlungen auslöste?«

»Das ist sicherlich möglich. Der Zweite Weltkrieg war eine ganz andere Geschichte, aber auch in diesem Fall gab es die gleiche explosive Mischung, die nur auf den Funken wartete, um mit einem großen Knall hochzugehen.«

»Demnach glaubst du tatsächlich, dass an den Vorwürfen etwas dran ist, nicht wahr?«

»Nun, da ich die Fauchards kennen gelernt habe, und zwar sowohl die Mutter wie den Sohn, würde ich es zumindest für möglich halten. Wenn jemand einen Krieg vom Zaun brechen könnte, wären es ganz bestimmt sie. Die mörderische Art und Weise, wie sie reagierten, als Cavendish sein loses Maul nicht halten konnte, spricht Bände.«

Sie fröstelte, als sie sich an den Abgang des Engländers erinnerte. »Cavendish behauptete, dass Jules Fauchard versucht habe, den Krieg aufzuhalten«, sagte Skye. »Wir wissen, dass er nur bis zum Dormeur-Gletscher kam. Wenn er es über die Alpen geschafft hätte, wäre er in der Schweiz gelandet.«

»Ich erkenne, worauf du hinauswillst. Ein neutrales Land, wo er der Welt hätte enthüllen können, was seine Familie plante.« Er hielt inne. »Überlegen wir mal. Fauchard war reich und hatte Einfluss, aber er brauchte Beweise für seine Behauptung. Dokumente oder Geheimpapiere.«

»Natürlich!« Skye schlug sich mit der flachen Hand gegen die Stirn. »Die *Kassette*, die Jules bei sich hatte. Die Fauchards wollten nicht, dass ihr schmutziges kleines Familiengeheimnis an die Öffentlichkeit gelangte.«

»Ich bin immer noch unsicher«, sagte Austin nach einigen Sekunden angestrengten Nachdenkens. »Angenommen wir würden es schaffen, Jules' Leiche zu exhumieren und belastende Dokumente zu bergen. Die Fauchards könnten der schlechten Publicity den Wind aus den Segeln nehmen. Sie würden eine teure PR-Firma engagieren, die dann der Story einen anderen Dreh gibt. Sie könnten sagen, die Dokumente seien Fälschungen. Ich bin mir nicht sicher, ob abgesehen von einigen Historikern irgendjemand noch großes Interesse an diesen Dingen hätte, die schon eine Ewigkeit zurückliegen.«

»Warum haben sie dann keine Mühe gescheut, den Tunnel zu fluten, Renaud zu töten und auch uns nach dem Leben zu trachten?«

»Versuchen wir es mit einer anderen Theorie. Angenommen Spear Industries steht vor einem dicken Geschäft. Einer Fusion. Ein neues Produkt. Vielleicht sogar ein neuer Krieg«, sagte er mit einem schiefen Grinsen. »Schlagzeilen über die unappetitliche Vergangenheit der Familie könnten ihren Plänen schaden.«

»Das würde einen Sinn ergeben«, sagte sie.

»Was keinen Sinn ergibt, ist, weshalb Jules den Helm bei sich hatte.«

»Die Fauchards sind ziemlich exzentrisch«, bot sie an.

»Du gehst aber sehr gnädig mit ihnen um.« Austin schüttelte

den Kopf. Er legte die Stirn in Falten. »Sie sind mörderische Irre, aber sie handeln nicht ohne eine bestimmte Absicht. Ich glaube, dass die Fauchards sich nicht nur Sorgen wegen eines möglichen Bekanntwerdens ihrer diversen Geheimnisse gemacht haben. Sie wollten um jeden Preis den Helm wieder in ihren Besitz bringen. Irgendetwas an diesem alten Stahltopf ist für sie von größter Wichtigkeit. Wir müssen nur herauskriegen, was.«

»Vielleicht hat Charles bei seiner Untersuchung Fortschritte gemacht. Ich muss ihn aufsuchen, sobald ich kann.«

Ein Klopfen an der Tür unterbrach ihre Diskussion. Das Zimmermädchen war mit Einkaufstüten in der Hand von ihrer Mission zurückgekehrt. Austin hatte ein wenig Bargeld sowie Kreditkarten und seinen Reisepass in einem Brustbeutel. Er gab dem Zimmermädchen ein fürstliches Trinkgeld, und dann probierten er und Skye ihre neue Ausstattung an. Das rote Kleid schmiegte sich wie ein Handschuh um Skyes schlanke Gestalt. Austin schlüpfte in eine schwarze Hose und ein weißes Oberhemd. Sehr konservativ, aber so würden sie wenigstens kein Aufsehen erregen.

Der Empfangschef rief in ihrem Auftrag eine Autovermietung an, und wenn auch der Peugeot, den sie mieteten, kein Rolls war, so half die Rückfahrt nach Paris durch die sonnige Landschaft, die wie Spinnweben in ihrem Bewusstsein hängenden Erinnerungen an die Katakomben der Fauchards zu vertreiben. Austin hatte den Fuß ständig auf dem Gaspedal. Je mehr Distanz er zwischen sie und das Schloss legte, desto besser war es für sie.

Austin hätte beinahe die »Marseillaise« angestimmt, als er die Nadel des Eiffelturms in der Ferne aufragen sah. Kurze Zeit später waren sie in Paris. Austin fuhr an Skyes Apartment vorbei, und sie rief den Antiquitätenhändler an, um ihm mitzuteilen, dass sie zu ihm in die Provence kommen wolle. Darnay war hocherfreut, als er von ihren Plänen hörte, und meinte, sie hätten sehr viel zu bereden. Skye packte einen Wochenendkoffer, und Austin setzte sie am Bahnhof ab, wo sie sich wie ein französisches Paar auf beide Wangen küssten, ehe sie den Zug nach Süden bestieg.

Der Empfangschef des Hotels lächelte strahlend, als Austin seinen Schlüssel haben wollte.

»Ah, Monsieur Austin. Wir sind ja so froh, dass Sie wieder zurück sind. Ein Gentleman wartet schon seit einiger Zeit auf Sie.« Er blickte ins Foyer.

Eine Gestalt lag ausgestreckt in einem gemütlichen Ledersessel und schlief offensichtlich. Eine Ausgabe des *Le Figaro* bedeckte das Gesicht. Austin ging hinüber, hob die Zeitung hoch und sah die dunklen Züge von Joe Zavala.

Austin tippte auf Zavalas Schulter. »Sicherheitsdienst«, sagte er in einem Inspektor-Clouseau-Tonfall. »Sie müssen mich begleiten.«

Zavala schlug die Augen auf. »Das wurde aber auch Zeit.«

»Danke gleichfalls, alter Junge. Ich dachte, du seist noch in den Alpen und damit beschäftigt, die frankoamerikanischen Beziehungen zu verbessern.«

Zavala richtete sich in seinem Sessel auf. »Denise wollte, dass ich ihre Eltern kennen lerne. Das ist immer ein schlechtes Zeichen. Wo warst du? Ich habe versucht, dich anzurufen, aber dein Handy hat nicht reagiert.«

Austin ließ sich in einen Sessel fallen. »Dafür gibt es eine einleuchtende Erklärung. Mein Mobiltelefon liegt auf dem Grund eines Schlossgrabens.«

»Ich muss zugeben, so eine Entschuldigung habe ich noch nie gehört. Soll ich fragen, wie es dorthin gekommen ist?«

»Das ist eine lange Geschichte. Was war denn so dringend, dass du hier im Hotelfoyer campieren musstest?«

Zavalas Gesicht wurde unerwartet ernst. »Rudi hat mich angerufen, als er dich nicht erreichen konnte.« Rudi Gunn war Pitts Stellvertreter. »In Lost City hat es einen Unfall gegeben. Paul und Gamay sind dort mit der *Alvin* getaucht. Sie sind bis jetzt nicht hochgekommen. Sie hatten auch eine Pilotin an Bord.«

»Verdammt«, sagte Austin. »Was ist passiert?«

»Das scheint niemand so genau zu wissen. Es gab einen Angriff auf das Forschungsschiff etwa zur gleichen Zeit, als sie den Kontakt zum Tauchboot verloren.«

»Das ergibt doch keinen Sinn. Wer würde denn eine friedliche wissenschaftliche Expedition angreifen?«

»Du verstehst also meine Sorgen. Ich bin letzte Nacht mit einem Expresszug nach Paris gekommen, habe mich hier niedergelassen und jede Viertelstunde den Empfangschef mit Fragen gelöchert.«

»Wie lange werden sie schon vermisst?«

»Mehr als vierundzwanzig Stunden.«

»Ich nehme an, Dirk und Rudi wurden bereits informiert?«

Zavala nickte. »Dirk möchte, dass wir ihn auf dem Laufenden halten. Er hat die Navy um Hilfe gebeten. Ich selbst habe vor einer halben Stunde mit Rudi gesprochen. Er hat das Forschungsschiff *Searcher* hingeschickt, daher könnten wir jede Minute Neues erfahren.«

»Wie sieht die Überlebensmöglichkeit auf der *Alvin* aus?«

»Für etwa achtundvierzig Stunden sind noch Lebensmittel und Luft vorhanden.«

Zavala blickte auf die Uhr.

Austin fluchte stumm. Während er bei ein paar Croissants mit Skye ein Schwätzchen gehalten hatte, brauchten die Trouts, wenn sie überhaupt noch am Leben waren, dringend Hilfe. »Wir müssen schnell handeln.«

»Auf dem Flughafen Charles de Gaulle steht ein Firmenjet der NUMA. Wir können in ein paar Stunden auf den Azoren sein, und Rudi hat bereits alles für die zweite Etappe der Reise organisiert.«

Austin bat Zavala zu warten, während er auf sein Zimmer ging. Er wechselte seine neue Garderobe gegen seine Standardkluft – Jeans und Pullover – aus, dann stopfte er ein paar Sachen in eine Reisetasche und kehrte schon nach wenigen Minuten ins Foyer zurück. Der Jet ließ seine Triebwerke bereits warm laufen, als sie am Flughafen ankamen. Nach einem schnellen Trip zu den Azoren stiegen sie in ein Wasserflugzeug um und flogen hinaus auf den Atlantik.

Das NUMA-Forschungsschiff *Searcher* hatte sich auf dem Heimweg von Europa befunden, als Gunns Anruf es zum Atlantischen Rücken umgeleitet hatte. Austin erfuhr zu seiner Zufriedenheit, dass die *Searcher* sich bereits an Ort und Stelle befand. Das Forschungsschiff war nur wenige Monate alt und voll gestopft mit hochmodernen ferngesteuerten Suchsystemen und Tauchrobotern.

Während das Wasserflugzeug in den Sinkflug ging, blickte Austin aus dem Fenster und sah, dass die Navy wirklich keine Zeit verloren hatte, auf Pitts Anfrage zu reagieren. Das NUMA-Schiff und die *Atlantis* wurden von einem Marinekreuzer begleitet.

Das Wasserflugzeug landete unweit des schlanken NUMA-Schiffs. Vom Piloten der Maschine in Kenntnis gesetzt, hielt die *Searcher* bereits ein Boot bereit, um Austin und Zavala aufs Schiff zu holen. Der Skipper, ein hoch gewachsener dunkelhäutiger Kalifornier namens Paul Gutierrez wartete auf sie. Er brachte sie sofort zur Kommandobrücke. Von dort beobachteten sie, wie ein Motorboot des Marinekreuzers sich zügig der *Atlantis* näherte.

»Sieht so aus, als bekämen wir gleich Gesellschaft.«

»Die Navy war schon nach wenigen Stunden hier«, sagte Gutierrez. »Sie hält die Augen offen und achtet auf mögliche weitere Attacken. Lassen Sie mich Ihnen zeigen, was wir bisher unternommen haben.« Er breitete eine Karte vom Seegebiet aus, in dem sie sich befanden. Teile der Karte waren mit einem schwarzen Fettstift gekennzeichnet. »Wir hatten bisher Glück mit den Wetterverhältnissen. Dies hier vermittelt Ihnen einen Eindruck von den Bereichen, die wir bereits abgesucht haben. Wir arbeiten mit Sonaren und haben Remote Operated Vehicles, kurz ROV's, eingesetzt. Das sind unsere ferngesteuerten Unterwasserfahrzeuge.«

»Beeindruckend.«

»Danke. Die Geräte der *Searcher* können einen Vierteldollar in tausend Faden Tiefe lokalisieren. Wir haben ganz Lost City abgesucht sowie einige der umliegenden Gebiete, wo wir weitere Felder mit hydrothermalen Kaminen entdeckt haben. Die *Atlantis* hat außerdem den Gebirgskamm in diesem Teil des Atlantischen Rückens überprüft. Die Fähigkeiten der *Searcher* sind fantastisch, wenn ich das sagen darf.« Er schüttelte den Kopf. »Ich begreife das nicht. Die *Alvin* ist eines der robustesten Klein-U-Boote der Welt. Sie hat hunderte Tauchgänge ohne irgendwelche Probleme absolviert.«

»Bisher keine Spur von dem Tauchboot?«

»Keine, aber das ist noch nicht das Ende der Geschichte.«

Gutierrez reichte Austin einen Ausdruck, der den Meeresboden genau so zeigte, wie er auf dem Sonarmonitor zu sehen war. »Nachdem wir Lost City untersucht haben, begannen wir, uns die umliegende Region anzusehen. Es gibt dort mindestens drei weitere Kaminstädte von vergleichbarer oder sogar größerer Ausdehnung. Sehen Sie sich mal an, was wir in einer dieser Städte, wir haben Sie ›LC II‹ getauft, gefunden haben. Das hat uns aufs Höchste verblüfft.«

Austin lieh sich ein Vergrößerungsglas. Jahre intensiver Forschungsarbeit hatten seine Augen geschult, Sonare zu »lesen«, aber die Spuren, die er vor sich sah, waren verwirrend. »Was haben diese seltsamen parallelen Linien zu bedeuten?«

»Die Frage haben wir uns ebenfalls gestellt. Also haben wir ein ROV nach unten geschickt und diese Bilder geschossen.«

Austin studierte die großformatigen Hochglanzfotos. Die hohen Säulen von Lost City II waren deutlich zu identifizieren, desgleichen die Spuren, die sich zwischen den Türmen hindurchschlängelten.

»Sie sehen aus wie Fahrspuren von einem großen Bulldozer oder Panzer«, sagte Austin.

»Von einem *sehr* großen«, korrigierte der Kapitän. »Als wir die Säulen als Maßstab benutzten, gelangten wir zu der Schätzung, dass der Abstand zwischen den Spuren mindestens zehn Meter beträgt.«

»Wie tief ist es dort?«

»Gut siebentausend Meter.«

Zavala stieß einen leisen Pfiff aus. »Eine beachtenswerte technische Herausforderung, aber nicht unmöglich. Erinnert dich das nicht an etwas, Kurt?«

»An Big John«, erwiderte Austin grinsend. Als Antwort auf den fragenden Gesichtsausdruck des Kapitäns erklärte er, dass Big John der Spitzname für ein über den Meeresboden kriechendes Gefährt war, das die NUMA vor mehreren Jahren als fahrbares Tiefseelabor entwickelt hatte. Er deutete auf ein Foto, auf dem die Spuren abrupt abbrachen. »Was immer dort unten war, scheint aufgestiegen zu sein. Im Gegensatz zu Big John kann diese mechanische Schildkröte sowohl schwimmen wie auch kriechen.«

»Und ich vermute, dass sie die *Alvin* mitgenommen hat«, sagte Zavala.

»Es erscheint mir als ein zu unwahrscheinlicher Zufall, dass die *Alvin* in nächster Nähe dieser Spuren verschwunden ist«, meinte Kapitän Gutierrez mit einem Kopfnicken.

»Es gibt noch einen anderen seltsamen Zufall«, sagte Austin. »Soweit ich es verstanden habe, wurden Sie ungefähr zum gleichen Zeitpunkt angegriffen, als die *Alvin* verschwand.«

»Während wir wegen der *Alvin* allmählich in Panik gerieten, näherte sich uns ein seltsames Schiff«, berichtete Gutierrez. »Es war ein alter Rosteimer von einem Frachter. Der Name auf dem Rumpf lautete *Celtic Rainbow*, und das Schiff kam aus Malta. Es setzte einen Notruf ab. Als wir diesen Ruf bestätigten, erhielten wir keine Antwort. Nur den Notruf, der ständig wiederholt wurde. Dann beobachteten wir Qualm, der offenbar aus dem Frachtraum aufstieg.«

»Hat jemand versucht, das Schiff zu verlassen?«

»Das war ja das Verrückte. *Niemand.* An Deck war nicht eine Menschenseele zu sehen. Ich wollte ein Boot zum Nachschauen rüberschicken, aber Captain Beck erklärte sich bereit, mit einem Trupp seiner Männer überzusetzen.«

»Beck?«

»Er betrieb den auf See operierenden Sicherheitsdienst Triple S. Wie Sie wissen, haben Piraten auf der ganzen Welt Forschungsschiffe überfallen oder bedroht. Das Institut arbeitete mit Beck zusammen, um Sicherheitsmaßnahmen für seine Forschungsschiffe zu entwickeln. Er hatte drei Männer, allesamt ehemalige SEALs wie er selbst, zu einem Trainingsprogramm an Bord. Sie haben der Mannschaft und den Wissenschaftlern beigebracht, wie man auf einen Piratenangriff reagiert. Er schien mir ein sehr fähiger Mann zu sein.«

»Es gab keinen besseren«, bemerkte ein Mann in Navy-Uniform, der das Steuerhaus betreten hatte. »Soweit ich gehört habe, war Beck ein echter Profi. Ich bin Leutnant zur See Pete Muller. Das ist mein Schiff da drüben.« Er deutete auf den Marinekreuzer.

Austin streckte ihm die Hand entgegen. »Freut mich, Sie kennen zu lernen, Leutnant.«

»Es ist mir immer ein Vergnügen, Leuten von der NUMA zu begegnen.«

»Was ist mit Captain Beck und seinen Männern geschehen?«, fragte Austin.

»Ich fürchte, sie wurden alle getötet«, sagte der Offizier.

»Das tut mir aufrichtig Leid.«

»Wir fischten die Leiche des Captains aus dem Wasser, fanden aber keine Spur von seinen Männern oder dem Schiff«, sagte Muller.

»Wie kann ein Frachter so einfach verschwinden?«

»Unser Schiff war am nächsten dran, als die *Atlantis* SOS funkte. Als wir dort eintrafen, waren die Angreifer verschwunden. Wir haben die Lage hier gesichert, dann verfolgten wir die Angreifer. Wir kannten die Richtung, in der sie unterwegs waren, und hätten sie mit unserer überlegenen Geschwindigkeit rasch einholen müssen. Wir hatten sie auch auf dem Radar, als der Blip plötzlich verschwand. Wir fanden Trümmer und einen Ölfleck, aber kein Schiff.«

»Das begreife ich nicht«, sagte Austin. »SEALS gehören zu den bestausgebildeten Kampfspezialisten auf dieser schönen Erde. Ein potenziell feindliches Schiff zu entern, ist eine ihrer Spezialitäten.«

»Ich fürchte, sie sind auf etwas gestoßen, wofür sie niemals ausgebildet wurden.« Austin bemerkte in Leutnant Pete Mullers Gesichtsausdruck etwas, das er nur selten in der Miene eines Soldaten gesehen hatte. Es war nackte Angst.

»Ich habe das Gefühl, dass es hier noch mehr gibt, als man mir mitgeteilt hat. Vielleicht kann der Kapitän uns mehr über diesen Angriff erzählen.«

»Ich kann sogar noch mehr«, sagte Gutierrez. »Ich kann es Ihnen *zeigen.*«

## 27

Die wackligen Bilder auf dem Videoschirm hüpften grotesk und verrieten, dass die Aufnahmen unter ungünstigen Bedingungen mit einer Handkamera gemacht worden waren. Die Kamera zeigte drei Männer von hinten. Sie hatten sich Kopftücher umgebunden und trugen Maschinenpistolen über den Schultern. Sie waren in einem Schlauchboot unterwegs, und die Szenerie hob und senkte sich mit dem Wellengang, während sich das Boot einem rostigen Frachtschiff mittlerer Größe näherte. Eine harte Stimme war über dem Summen des Außenbordmotors zu hören.

»Wir nähern uns dem Zielobjekt. Köpfe hoch, Jungs, das ist keine Vergnügungsfahrt. Wir täuschen ein Eindringen vor, um zu sehen, ob wir beschossen werden.«

Der Mann, der dem Kameraobjektiv am nächsten war, drehte sich um und stieß den Daumen nach oben. Dann erstarrte das Bild.

Leutnant zur See Muller erhob sich von seinem Stuhl und trat neben den flachen Wandbildschirm. Er deutete auf den dunkelhäutigen Mann, der ins Kameraobjektiv grinste.

»Das ist Sal Russo«, sagte er zu Austin und den anderen im Raum Versammelten. »Erste Klasse. Mutig und hart wie Stahl. Er war maßgeblich an der Entstehung von SEAL-Team Sechs beteiligt. Das ist die Antiterror-Truppe. Hat im Golfkrieg einen ganzen Sack Orden eingeheimst, ehe er seinen Abschied nahm, um in Becks Firma einzutreten.«

»Und das im Hintergrund muss Becks Stimme gewesen sein«, sagte Austin. Er saß auf einem Klappstuhl neben Zavala und Gutierrez.

»Das ist richtig. Beck hatte eine Videokamera an seinem Brustgeschirr. Er benutzte sie immer beim Training, um seinen Teams anschließend vorzuführen, wo ihnen Fehler unterliefen und was sie richtig machten. Er trug die Kamera immer noch, als wir seine Leiche aus dem Wasser holten. Glücklicherweise steckte sie in einem wasserdichten Gehäuse. Das Bild wird gelegentlich wackelig, aber es vermittelt Ihnen einen ziemlich guten Eindruck von dem, was dort geschah.«

Muller ließ die Aufzeichnung weiterlaufen und kehrte zu seinem Stuhl zurück. Der Mann auf dem Bildschirm erwachte wieder zum Leben und drehte der Kamera erneut den Rücken zu. Das Summen des Bootsmotors wurde um einige Dezibel lauter, der Bug stieg hoch, während das Boot in die Gleitphase wechselte und auf die Strickleiter zusteuerte, die an Steuerbord vom Bug herabhing. Etwa dreißig Meter vor der Leiter drehte das Boot ab und entfernte sich vom Frachter.

»Versuch, Abwehrfeuer zu provozieren, war negativ«, sagte die Stimme. »Sehen wir uns am Heck den Schiffsnamen an.«

Die Kamera zeigte, wie das Schlauchboot das Schiff umrundete und zum Heck kam, wo die Worte CELTIC RAINBOW und darunter MALTA auf dem rostigen Rumpf zu erkennen waren. Dann fuhr das Boot am Rumpf des Frachters entlang und kehrte zur Leiter zurück. Als sie sie erreichten, ergriff ein Mann eine Sprosse und hielt das Boot in Position.

Jeder der Männer setzte eine Gasmaske auf, und zwei SEALs kletterten die Leiter hoch. Der Mann am Bug stieß das Boot ein Stück vom Rumpf weg und brachte seine Maschinenpistole in Anschlag, bereit, jeden unter Feuer zu nehmen, der seine Kollegen bedrohte. Die beiden gelangten ohne Zwischenfall an Deck. Der erste Mann winkte das Boot wieder heran.

»Schnelles Eindringen ohne Gegenwehr«, sagte Beck. »Die Rückendeckung geht jetzt rein.«

Nachdem das Boot an der Leiter vertäut worden war, begannen Beck und Russo mit dem Aufstieg. Man sah ein hüpfendes Bild vom Schiffsrumpf, und das Mikrofon nahm das Geräusch heftiger Atemzüge auf. Man konnte Becks Stimme murmeln hören: »Ich werde allmählich zu alt für diesen Quatsch. Aber verdammt viel lustiger, als an einem Schreibtisch zu hocken.«

Die Kamera strich über das Deck, um die SEAL-Leute zu zeigen, die in Deckung hockten, die Waffen schussbereit. Schwaden von einer aufwallenden Qualmwolke trieben über das Deck. Wie zuvor geplant, nahm Russo sich einen Mann und rannte geduckt zur anderen Seite des Schiffs. Beck und der andere SEAL arbeiteten sich auf der Steuerbordseite zum Heck vor. Dann traf das Team an der Heckreling wieder zusammen.

»Die Backbordseite ist klar«, meldete Russo. Er betrachtete mit zusammengekniffenen Augen den Qualm. »Es sieht so aus, als würde das Feuer erlöschen.«

»Du hast Recht«, bestätigte Beck. »Der Qualm wird weniger. Nehmt die Masken ab.«

Die Männer befolgten den Befehl und hängten sich die Gasmasken an ihre Gürtel.

»Okay, sehen wir auf der Brücke nach, wer die Botschaft sendet.«

Die Kamera zeigte, dass die Männer sich wie beim Bockspringen vorwärts bewegten, zuerst das eine Team, dann das andere, sodass ein Team immer gedeckt war. Sie stiegen die Niedergänge hinauf, machten auf jedem Deck eine kurze Pause, ehe sie weiter vordrangen, und erreichten die Brücke ohne Zwischenfall.

Die Stimme von jemandem, der »Mayday« rief, drang aus der offenen Tür des Steuerhauses.

Tempo, Überraschung und Tarnung sind die Grundlagen einer SEAL-Mission. Ein Schiff an helllichtem Tag zu entern, schloss zwei dieser Elemente aus, daher vergeudeten sie keine Zeit außerhalb des Steuerhauses. Die Kamera folgte ihnen hinein, und Becks Stimme sagte: »Gut gemacht. Verdammt. Die Bude ist leer.«

Die Kamera zeigte eine Rundumsicht vom Steuerhaus, und dann ging Beck zum Funkgerät des Schiffs. Eine Hand, offensichtlich seine, griff nach einem Kassettenrekorder neben dem Mikrofon des Sprechfunkgeräts. Der Mayday-Ruf, den sie gehört hatten, wurde ständig wiederholt. Die Hand schaltete den Rekorder aus, und der Notruf verstummte.

»*Verdammt noch mal!*«, rief einer der Männer. »Was für ein Gestank ist das?«

Becks Stimme war im Hintergrund zu hören, wie sie ruhig, aber mit einem unmissverständlichen Ausdruck von Dringlichkeit, den Männern befahl, ihre Waffen zu entsichern, wachsam zu bleiben und schnellstens zu ihrem Boot zurückzukehren.

Dann öffneten sich die Pforten der Hölle.

Jemand oder etwas warf sich durch die Tür und schrie dabei wie ein wütender Todesengel. Dann ertönte der donnernde Knall einer Schrotflinte in nächster Nähe. Weitere Schreie, wirbelnde Körper und das Rattern von Maschinengewehrfeuer. Man sah verschwommene Fetzen schmutzig weißer Haarmähnen oder Pelze und kurz auch Gesichter wie aus einem Alptraum.

»Hier entlang, Captain!«

Russo hatte den Rücken der Kamera zugewandt und verdeckte den größten Teil des Bildes. Weitere Schüsse und entsetzliche Schreie. Dann eine ganze Serie verschwommener Bilder.

Beck hatte das Steuerhaus verlassen und schien die Niedergänge halb hinunterzustürzen. Sein Atem ging in kurzen, rauen Stößen. Man konnte Russo im Hintergrund brüllen hören.

»Tempo, Cap, *schnell!* Ich habe einen dieser rotäugigen Hurensöhne umgenietet, aber sie sitzen uns im Nacken!«

»Meine Männer ...«

»Zu *spät!* Bewegt euch! Zur Hölle!«

Ein weiterer Feuerstoß. Dann schrie ein Mann.

Beck hatte es bis aufs Hauptdeck geschafft. Er rannte jetzt und keuchte dabei wie eine Lokomotive, die einen steilen Berg hinaufstampft. Er hatte den Bug erreicht und war fast an der Leiter.

Außerhalb des Kamerablickwinkels ertönte ein unmenschlicher Schrei. Wieder weiße Haare und wirbelnde Körper, dann der nächste Schuss einer Schrotflinte. Leuchtende rote Augen. Ein Gurgeln, wogender Himmel, das Meer. Der Schirm verdunkelte sich.

Austin brach das Schweigen als Erster. »Ihre Videoaufnahme wirft mehr Fragen auf, als dass sie Antworten liefert.«

»Beck hatte es fast bis ins Boot geschafft«, sagte Muller, »aber irgendwer oder irgendwas hat ihn erwischt, als er im Begriff war, die Leiter hinunterzuklettern. Als seine Leiche gefunden wurde, war seine Kehle zerfetzt.«

»Können Sie die Videoaufnahme einige Sekunden zurücklaufen lassen?«, fragte Zavala. Muller tat ihm den Gefallen. »Okay, halten Sie hier an.«

Die glühenden roten Augen füllten fast den ganzen Bildschirm aus. Das Bild war verschwommen, doch diese Undeutlichkeit minderte nicht den raubtierhaften Eindruck. Stille senkte sich über den Raum, nur unterbrochen vom Summen des Ventilators.

Schließlich gab Austin sich einen Ruck. »Wie erklären Sie sich dieses Video, Leutnant?«

Muller schüttelte den Kopf wie jemand, der aufgefordert wurde, die Geheimnisse des Universums zu erklären. »Das Einzige, was ich mit Sicherheit feststellen kann, ist, dass Captain Beck und seine Männer in einen Riesenschlamassel geraten sind. Wer oder was immer sie in den Hinterhalt lockte, hat nicht erwartet, auf ein bewaffnetes SEAL-Team zu treffen.«

»Meine Vermutung geht dahin, dass sie die Absicht hatten, die *Atlantis* anzugreifen, es sich jedoch nach der Auseinandersetzung mit Beck und seinen Männern anders überlegten«, sagte Austin.

»Das war auch meine Annahme«, bestätigte Muller.

Kapitän Gutierrez erhob sich von seinem Stuhl. »Ich muss zurück auf die Brücke. Lassen Sie mich wissen, wenn ich Ihnen noch auf irgendeine Weise helfen kann.«

Austin bedankte sich bei Gutierrez und wandte sich, nachdem er gegangen war, an Muller. »Ich nehme an, Sie kehren jetzt auf Ihr Schiff zurück.«

»Nicht ganz. Ein Hilfsschiff ist unterwegs, um hier Wache zu halten. Es müsste in ein paar Stunden hier sein. Ich habe Zeit. Nun, da der Kapitän sich verabschiedet hat, würde ich mich gerne über diesen Vorfall unterhalten, wenn es Ihnen nichts ausmacht.«

»Ganz und gar nicht«, sagte Austin. »Dem wenigen nach zu urteilen, was ich gesehen habe, gibt es eine ganze Menge zu bereden.«

Muller lächelte. »Als ich diese verrückte Geschichte zum ersten Mal hörte, dachte ich, wir hätten es mit Piraten zu tun, obgleich es nicht den geringsten Hinweis gibt, dass sie auch in diesem Teil der Welt ihr Unwesen treiben.«

»Haben Sie Ihre Meinung geändert, was die Piraten betrifft?«, fragte Austin.

»Diese Theorie habe ich verworfen. Ich habe vergessen zu erwähnen, dass ich Nachrichtenoffizier bei der Navy bin. Nachdem ich das Video gesehen hatte, rief ich meinen Stab in Washington an und habe darum gebeten, alles über ›rotäugige Monster oder Unholde‹ zusammenzutragen, was sie auftreiben können. Sie hätten die spöttischen Bemerkungen hören sollen, die ich mir gefallen lassen musste, aber sie haben jede Quelle überprüft, die sie finden konnten, von Dracula über Fotografie bis hin zu Hollywoodfilmen. Wussten Sie, dass es eine Rockband gibt, die sich ›Red-Eyed Demons‹ nennt?«

»Meine Rock-'n'-Roll-Kenntnisse enden bei den Rolling Stones«, gestand Austin.

»Meine auch. Wie dem auch sei, ich habe einige Zeit damit zugebracht, ihre Berichte durchzugehen, und bin dann auf dies hier gestoßen.«

Muller zog einen Bogen Papier aus seinem Aktenkoffer und reichte ihn Austin, der ihn auseinander faltete und die Überschrift las.

TV-TEAM UND ENSEMBLE IMMER NOCH VERMISST
POLIZEI STEHT VOR EINEM RÄTSEL

Es war eine Reuters-Meldung aus London. Er las weiter. Örtliche Behörden erklären, dass sie noch immer über keinerlei Hinweise bezüglich des Verschwindens von sieben Kandidaten und vier Technikern verfügen, die auf einer abgelegenen Insel vor der schottischen Küste eine Folge der Fernsehshow *Outcasts* drehten.

Nach den Regeln des Spiels wählen die Mitglieder eines so genannten Clans jede Woche einen »Outcast«, der die Insel verlassen muss. Ein Helikopter, der den letzten Verbannten abholen sollte, fand keine Spur von Clan und Crew. Die Polizei, in Zusammenarbeit mit dem FBI, fand Blutspuren, die die Möglichkeit einer Gewalttat nahe legen.

Die einzige Überlebende, die in einem Versteck gefunden wurde, erholt sich zur Zeit in ihrem Heim von den Strapazen. Sie hat ausgesagt, dass die anderen Crewmitglieder von »rotäugigen Unholden« angegriffen wurden. Die Polizei hat diese Darstellung mit Vorsicht aufgenommen und lässt verlauten, dass das Opfer unter Halluzinationen leide, die durch einen schweren Schock ausgelöst wurden.

Die beliebte TV-Show, ein Ableger früherer Überlebenscamp-Produktionen, wurde von den verschiedensten Organen heftig kritisiert, weil sie willkürlich Spannungen unter den Teilnehmern erzeugt und sie riskanten Prüfungen unterzieht, die starken mentalen und physischen Stress auslösen. Der verantwortliche Fernsehsender hat eine Belohnung von $ 50 000 für sachdienliche Informationen ausgesetzt.

Kurt gab das Blatt Papier an Zavala weiter, der die Meldung las und fragte: »Was hat das mit dem Verschwinden der *Alvin* zu tun?«

»Es ist nur eine vage Verbindung, das gebe ich zu, aber versuchen Sie einfach, meinem verwickelten Gedankengang zu folgen. Ich dachte an diese Tiefseespuren. Es war klar, dass irgendetwas in Lost City im Gange war und jemand diese Aktivitäten geheim halten wollte.«

»Das scheint richtig zu sein«, sagte Zavala. »Wer immer diese Spuren hinterlassen hat, wollte nicht, dass jemand im Bereich der hydrothermalen Kamine herumschnüffelt.«

»Wenn Sie ein solches Geheimnis hätten, was würden Sie tun, wenn ein Tauchboot, beladen mit Kameras, plötzlich vor Ihrer Nase auftaucht?«

»Das ist einfach«, sagte Zavala. »Die Expedition wurde zuvor in der Öffentlichkeit angekündigt, also würde ich zusehen, dass ich meine Ausrüstung in Sicherheit bringe.«

Austin schüttelte den Kopf. »So einfach ist das nicht. Jemand würde irgendwann diese Spuren sehen und entsprechende Fragen stellen. Man müsste die fremden Beobachter irgendwie eliminieren. Und man müsste sich um mögliche Zeugen kümmern.«

»Und deshalb wurde eine Schiffsladung rotäugiger Freaks auf die *Atlantis* losgelassen?«, meinte Zavala.

Austin nickte. »Angenommen, die *Atlantis* wäre verschwunden. Eine Weile später wäre die *Alvin* aufgetaucht, und wenn sie sieht, dass das Hilfsschiff nicht mehr da ist, ruft sie um Hilfe. Eine umfangreiche Suche wäre in Gang gesetzt worden.«

»Was oder wer immer diese doppelten Spuren hinterlassen hat, könnte sich also die *Alvin* geschnappt haben«, sagte Zavala.

»Gutierrez sagt, dass das Tauchboot nicht mehr da unten ist, und ich glaube ihm«, meinte Muller.

Austin blickte wieder auf den Zeitungsartikel. »Rote Augen hier. Rote Augen dort. Wie Sie sagen, eine vage Verbindung.«

»Dem stimme ich durchaus zu. Deshalb habe ich auch eine Reihe von Satellitenfotos von den Gewässern rund um die TV-Insel angefordert.« Nun holte er einen Stapel Fotos aus seinem Aktenkoffer und breitete sie auf einem Tisch aus. »Auf den meisten Inseln gibt es kleine Fischerdörfer, die dort schon seit Jahren existieren. Andere sind ausschließlich von Vögeln bewohnt. Doch diese Insel hier war ungewöhnlich genug, um meine Aufmerksamkeit zu erregen.«

Er schob ein Bild zu Austin hinüber. Das Foto zeigte mehrere

Gebäude, von denen die meisten ziemlich weit von der Küste entfernt standen, und einige primitive Straßen.

»Haben Sie irgendeine Idee, worum es sich bei diesen Bauten handelt?«, fragte Austin.

»Diese Insel gehörte ursprünglich der englischen Regierung, die sie während des Zweiten Weltkriegs und während des Kalten Krieges als U-Boot-Stützpunkt genutzt hat. Später wurde sie an ein privates Unternehmen verkauft. Diesen Punkt überprüfen wir noch. Angeblich wurden dort Forschungen über die Vogelwelt durchgeführt, doch Genaues weiß man nicht, weil der Zugang zu dieser Insel verboten ist.«

»Dies könnte ein Patrouillenboot sein, das für die Einhaltung dieses Verbots sorgen soll«, sagte Austin und deutete auf etwas, das eine Kiellinie zu sein schien.

»Eine nahe liegende Vermutung«, stimmte Muller ihm zu. »Ich habe die Bilder zu verschiedenen Tageszeiten schießen lassen. Das Boot befindet sich vor der Küste der Insel und folgt im Großen und Ganzen immer der gleichen Route.«

Während er die Felsen und Untiefen betrachtete, die die Insel schützten, bemerkte Austin ein dunkles ovales Objekt unweit der Hafeneinfahrt. Er sah es auch auf anderen Bildern, aber stets in anderen Positionen. Es hatte einen undeutlichen Umriss, als befände es sich unter Wasser anstatt auf der Wasseroberfläche. Er drehte das Foto zu Zavala.

»Sieh dir die Bilder mal an und sag mir, ob du etwas Ungewöhnliches bemerkst, Joe.«

Als Fachmann für ferngesteuerte und bemannte Unterseeboote fiel Zavala das seltsame Objekt sofort auf. Er breitete die Bilder aus. »Es ist irgendeine Art von Unterwasserfahrzeug.«

»Lassen Sie mich mal sehen«, sagte Muller. »Mich laust der Affe. Ich habe mich so sehr auf das konzentriert, was über Wasser ist, dass ich gar nicht bemerkt habe, was sich *unter* Wasser abspielt. Ich muss wohl angenommen haben, dass es irgendein Fisch ist.«

»Ein Fisch ist es ganz bestimmt«, sagte Zavala. »Batteriebetrieben und motorisiert. Ich tippe auf ein AUV.«

»Ein Autonomes Unterwasservehikel.«

Ursprünglich gebaut für kommerzielle und wissenschaftliche Zwecke, waren AUVs die aufregendste Entwicklung in der Unterwassertechnologie. Die Robotfahrzeuge konnten völlig selbständig operieren, geleitet von vorprogrammierten Instruktionen, ganz anders als die Remote Operated Vehicles, die mit einem Seil gelenkt wurden.

»Dieses AUV könnte über Sonar und akustische Lauscheinrichtungen verfügen und wäre in der Lage, alles aufzuspüren, was sich auf oder unter den Gewässern rund um die Insel bewegt. Es könnte dann einen Alarm an auf dem Land stationierte Monitore senden.«

»Die Navy hat AUVs als Ersatz für die Delphine benutzt, die zur Minensuche abgerichtet wurden. Ich habe gehört, dass AUVs sogar auf Angriffsaktionen programmiert werden können«, sagte Muller.

Austin betrachtete nachdenklich die Fotos. »Es scheint, als müssten wir eine schnelle Entscheidung treffen.«

»Sehen Sie, ich kann Ihnen nicht vorschreiben, wie diese Entscheidung aussehen sollte, und ich weiß, dass Sie sich wegen Ihrer Freunde große Sorgen machen«, sagte Muller. »Aber es gibt nicht viel, was Sie hier ausrichten können. Kapitän Gutierrez wird die Suche fortsetzen und kann Sie benachrichtigen, wenn er irgendetwas findet.«

»Möchten Sie, dass wir diesen Ort überprüfen?«

»Die U.S. Navy kann sich unmöglich mit dieser Insel befassen, aber zwei bestens ausgebildete und entschlossene Leute könnten das übernehmen.«

Austin wandte sich zu Zavala um. »Was meinst du, was wir tun sollen, Joe?«

»Es ist ein reines Glücksspiel«, entgegnete Zavala. »Während wir Monster mit blutunterlaufenen Augen jagen, könnten Paul und Gamay sich an einer Million anderer Orte aufhalten.«

Austin wusste, dass Zavala Recht hatte, doch sein Instinkt zog ihn zu dieser Insel.

»Wir haben dafür gesorgt, dass das Wasserflugzeug sich hier bereithält«, erklärte er dem Navyoffizier. »Wir fliegen zurück zu den Azoren und nehmen dort einen Jet. Mit ein wenig Glück können wir schon morgen Ihre geheimnisvolle Insel näher in Augenschein nehmen.«

»Ich hatte gehofft, dass Sie das sagen.« Muller lächelte zufrieden.

Weniger als eine Stunde später hob das Wasserflugzeug ab und stieg in den Himmel. Die Maschine beschrieb einen weiten Kreis über dem Forschungsschiff und dem Kreuzer und nahm dann Kurs auf die Azoren, womit Austin und Zavala sich auf der ersten Etappe ihrer Reise ins Ungewisse befanden.

## 28

Darnay wohnte in einem umgebauten Bauernhaus mit roten Dachziegeln und Stuckfassade, das auf die Altstadt von Aixen-Provence hinabschaute. Skye hatte den Antiquitätenhändler vom Bahnhof aus angerufen, um ihm mitzuteilen, dass sie angekommen war, und Darnay wartete an der Haustür, als das Taxi sie vor seiner Villa absetzte. Sie umarmten sich, küssten sich auf beide Wangen, dann führte Darnay sie zu einer breiten Terrasse, die bis an einen von Sonnenblumen gesäumten Swimmingpool heranreichte. Er nötigte sie, an einem schmiedeeisernen Tisch mit Marmorplatte Platz zu nehmen, und schenkte zwei Kir-Cocktails aus Weißwein und Cassis ein.

»Du hast keine Ahnung, wie sehr ich mich freue, dich zu sehen, meine Liebe«, sagte Darnay.

Sie stießen mit den Gläsern an und tranken von der kalten süßen Mixtur.

»Es tut richtig gut, hier zu sein, Charles.« Skye schloss die Augen und ließ den Sonnenschein ihr Gesicht wärmen, während sie die Luft einsog, die mit dem Duft von Lavendel getränkt war.

»Du hast nicht viel erzählt, als du angerufen hast«, sagte

Darnay. »Ich gehe davon aus, dass dein Besuch bei den Fauchards angenehm war.«

Sie schlug die Augen auf. »So angenehm, wie zu erwarten«, antwortete sie.

»*Bon.* Und hat Mr. Austin es genossen, meinen Rolls zu fahren?«

Skye zögerte. »Ja und nein.«

Darnay runzelte die Stirn.

»Ehe ich dir erzähle, was passiert ist, solltest du uns lieber einen weiteren Drink eingießen.«

Darnay füllte ihre Gläser erneut, und Skye verbrachte die nächsten fünfundvierzig Minuten damit, die Ereignisse im Schloss der Fauchards zu schildern, und zwar von dem Moment an, als Emil sie an der Eingangstür begrüßte, bis zu ihrem Wahnsinnsflug im gestohlenen Flugzeug. Darnays Gesicht wurde mit jeder Enthüllung ernster.

»Dieser Emil und seine Mutter sind Monster!«, sagte er.

»Das mit deinem Wagen tut uns schrecklich Leid. Aber wie du siehst, war es unter den gegebenen Umständen nicht zu vermeiden.«

Ein breites Lächeln wischte Darnays ernsten Gesichtsausdruck weg. »Wirklich wichtig ist alleine, dass dir nichts zugestoßen ist. Der Verlust des Rolls hat keinerlei Auswirkungen. Der Wagen hat mich einen Bruchteil dessen gekostet, was er wirklich wert ist. Er war ein ›Schnäppchen‹, wie man so schön sagt.«

»So etwas habe ich mir schon gedacht.«

Darnay hielt nachdenklich inne. »Deine Beschreibung von Jules Fauchards Porträt finde ich hochinteressant. Bist du sicher, dass er denselben Helm trug?«

»Ja. Hast du hinsichtlich der Identifikation irgendwelche Fortschritte gemacht?«

»Sogar sehr große.« Er leerte sein Glas. »Wenn du dich ausreichend erholt hast, werden wir Weebel einen Besuch abstatten.«

»Was ist ein Weebel?«

»Nicht *was*, sondern *wer*. Oskar Weebel ist ein Elsässer, der in der Stadt wohnt. Er hat den Helm.«

»Das verstehe ich nicht.«

Darnay erhob sich und ergriff Skyes Hand. »Das wirst du, wenn du ihn kennen lernst.«

Wenige Minuten später saßen sie in Darnays Jaguar und jagten über eine schmale, gewundene Straße. Darnay lenkte den Wagen lässig um die Haarnadelkurven, als befände er sich auf einer schnurgeraden Autobahn.

»Erzähl mir mehr von deinem Freund«, bat Skye, während sie durch die Gassen der Altstadt rollten. Darnay bog in eine schmale Straße zwischen dem Atelier de Cézanne und der Cathédrale Saint Sauveur ab.

»Weebel ist ein meisterlicher Kunsthandwerker«, erklärte Darnay. »Einer der besten, die mir je untergekommen sind. Er stellt Reproduktionen von antiken Waffen und Rüstungen her. Den größten Teil seiner Produktion hat er delegiert. Aber seine eigenen Arbeiten sind so gut, dass einige der schönsten Museen und kritischsten Sammler der Welt keine Ahnung haben, dass das, was sie für echte antike Objekte halten, in seiner Werkstatt gefertigt wurde.«

»Fälschungen?«

Darnay krümmte sich sichtlich. »Das ist ein hässliches Wort aus einem so schönen Mund. Ich nenne sie lieber erstklassige Reproduktionen.«

»Entschuldige, dass ich frage, Charles, aber sind irgendwelche dieser wunderschönen Reproduktionen an die Museen und Sammler verkauft worden, die zu deinen Kunden gehören?«

»Ich gebe nur selten Erklärungen zur Echtheit meiner Waren ab. Das könnte mich ins Gefängnis bringen. Ich deute lediglich an, dass das in Frage stehende Objekt eine gewisse Provenienz haben könnte, und überlasse es dem Kunden, sich selbst ein Urteil zu bilden. Wie der Amerikaner W.C. Fields einmal sagte: ›Man kann einen ehrlichen Menschen nicht betrügen.‹ So, wir sind da.«

Er lenkte den Jaguar an den Bordstein und geleitete Skye zu einem einstöckigen Gebäude im mittelalterlichen Baustil. Er drückte auf einen Klingelknopf, und nach einem kurzen Moment öffnete ein kleiner, rundlicher Mann in den Sechzigern, der einen hellgrauen Arbeitskittel trug, die Tür und begrüßte sie mit einem freundlichen, offenen Lächeln. Er ließ sie ins Haus ein, wo Darnay seinen Freund und seine Freundin miteinander bekannt machte.

Weebel schien aus nicht zueinander passenden Ersatzteilen zusammengesetzt worden zu sein. Sein kahler Schädel war viel zu groß für seine Schultern. Als er seine altmodische Brille abnahm, war zu erkennen, dass seine freundlichen Augen für sein Gesicht zu klein waren. Seine Beine waren auffällig kurz. Sein perfekt geschnittener Mund und seine Zähne hätten jedoch einem Dressman gehören können, und seine Finger waren lang und schlank wie die eines Konzertpianisten.

Weebel schickte einen schüchternen Blick in Skyes Richtung. Er nickte unwillkürlich. »Jetzt weiß ich, warum ich so lange nichts von dir gehört habe, Charles. Du warst anderweitig beschäftigt.«

»Tatsächlich ist Mademoiselle Labelle erst vor kurzem hier eingetroffen, mein lieber Freund. Ich habe ihr die Zeit seit ihrer Ankunft damit vertrieben, ihr von deinen wunderbaren Fähigkeiten zu erzählen.«

Weebel reagierte mit einer übertrieben abwehrenden Geste, aber sein Gesichtsausdruck ließ keinen Zweifel, dass er sich über dieses Kompliment freute. »Tausend Dank, Charles. Ich war gerade dabei, einen Hibiskustee aufzubrühen«, sagte er und führte sie in eine säuberlich aufgeräumte Küche, wo sie an einem Zeichentisch Platz nahmen. Weebel schenkte den Tee ein, dann überschüttete er Skye mit Fragen nach ihrer Arbeit. Während sie ihm geduldig antwortete, hatte sie das Gefühl, dass Weebel ihre Informationen in einem archivähnlichen Gedächtnis speicherte.

»Charles hat mir auch von Ihrer Arbeit erzählt, Monsieur Weebel.«

Wenn er sich für etwas begeisterte, hatte Weebel die Angewohnheit, seine Sätze durch ein schnelles »Aha«, akzentuiert gesprochen wie ein eigenständiges Wort mit bedeutsamem Inhalt, zu unterbrechen.

»Hat er das. Na schön. Aha. Ich zeige Ihnen meine Werkstatt.«

Er ging mit ihnen über eine enge Treppe in den Keller hinunter, der durch Neonröhren hell erleuchtet wurde. Es war im Grunde eine Schmiedewerkstatt mit Esse, Amboss, Meißeln, speziellen Hämmern und Zangen, also allen Werkzeugen für die Arbeit eines Waffenschmieds, die darin bestand, Platten aus glühendem Metall in Form zu bringen. Eine Ansammlung von Brustpanzern, Beinschienen, Handschuhen und anderen Schutzvorrichtungen hing an den Wänden. Darnays kundiger Blick wanderte zu einem Regalbrett, auf dem mehrere Helme unterschiedlicher Formen standen.

»Wo ist das gute Stück, das ich dir überlassen habe?«

»Ein besonderer Kopfschutz wie dieser verdient eine Sonderbehandlung«, sagte Weebel. Er ging zu einer vollständigen Rüstung, die in einer Ecke des Raums stand, klappte das Visier das Helms hoch und griff in die Höhlung. »Das stammt aus einer Massenproduktion. Aha. Ich lasse diese Dinger, die vorwiegend an Restaurants verkauft werden, in China fertigen.«

Er betätigte einen Schalter im Innern der Rüstung, und ein Teil der Wandtäfelung, etwa einen Meter zwanzig breit, öffnete sich mit einem leisen Klicken und enthüllte eine Stahltür. Er tippte eine Zahlenfolge auf dem Tastenfeld des Kombinationsschlosses ein. Hinter der Tür befand sich ein Raum, so groß wie ein Wandschrank. An den Wänden hingen Regale, die mit Holzkästen unterschiedlicher Größe beladen waren, jeder mit einer Nummer gekennzeichnet.

Weebel suchte einen hohen rechteckigen Kasten aus, den er in die Werkstatt trug. Er stellte ihn auf einen Tisch und hob den Fauchard-Helm heraus. Skye betrachtete das reliefartige Gesicht und rief sich das Porträt von Jules in Erinnerung, das sie im Château Fauchard gesehen hatte.

»Ein bemerkenswertes Stück. Sehr bemerkenswert. *Aha.*« Weebel fuhr mit den Händen über dem Helm durch die Luft wie eine Wahrsagerin, die in eine Kristallkugel blickt. »Ich habe ihn von meinem Metallurgen untersuchen lassen. Das Eisen, aus dem der Stahl hergestellt wurde, ist sehr ungewöhnlich. Der Mann glaubt, es könnte von einem Meteoriten stammen.«

Darnay lächelte Skye an. »Das war auch Mademoiselle Labelles Theorie. Wie würdest du das Stück datieren?«

»Einige Merkmale waren innovativ, wie du schon angedeutet hast. Ich würde auf fünfzehntes Jahrhundert tippen, als man dazu überging, Charakteristika menschlicher oder tierischer Gesichter ins Visier einzuarbeiten. Es ist möglich, dass das Metall viel älter ist und dass der Helm aus einem älteren Exemplar hergestellt wurde. Diese Scharte ist ein Prüfzeichen, offensichtlich entstanden, als getestet wurde, ob das Metall einer Gewehrkugel standhält. Wie man sieht, hat es das Projektil abgehalten. Nicht so bei diesem Loch. Es könnte durch einen Schuss aus nächster Nähe mit einer starken Feuerwaffe erzeugt worden sein, vielleicht sogar vor nicht allzu langer Zeit. Möglich, dass jemand den Helm für Schießübungen benutzt hat.«

»Was weiß man über den Hersteller?«

»Der Helm ist eines der schönsten Stücke, die ich je gesehen habe. Schauen Sie sich nur mal das Innere an. Nicht eine Hammerspur ist dort zu sehen. Auch ohne das Wappen wüsste ich auf Anhieb nur eine Waffenschmiede, die Metall von derartiger Qualität hergestellt hat. Die Fauchards.«

»Was können Sie mir über den Hersteller erzählen?«, fragte Skye.

»Die Fauchards waren eine von drei Familien, die die Gilde gründeten, die sich zu dem entwickelte, was wir heute als Spear Industries kennen. Jede Familie spezialisierte sich auf einen bestimmten Bereich. Eine Familie stellte das Metall her, die andere schmiedete die endgültige Rüstung. Die Fauchards kümmerten sich um den Verkauf und schickten Agenten quer durch Europa, um ihre Waren anzubieten. Infolgedessen hatten sie beste politische Beziehungen. Normalerweise haben sie nicht ihr Wappen benutzt. Sie glaubten, dass die Qualität ihrer Rüstungen für sich selbst sprach, weshalb es sehr seltsam ist, dass sie ihr Wappen in dieses Stück haben eingravieren lassen. Der Helm muss für die Familie eine besondere Bedeutung haben.«

»Madame Fauchard erzählte mir, dass jeder Adlerkopf eine der ursprünglichen Gründerfamilien symbolisiert«, sagte Skye.

Weebels Augen blinzelten kurz und heftig. »Sie haben tatsächlich mit Madame Fauchard *gesprochen*?«

Skye nickte.

»Sehr ungewöhnlich. Es heißt, dass sie total zurückgezogen lebt. Wie war sie?«

»Eine Kombination aus einem Skorpion und einer Schwarzen Witwe«, antwortete Skye ohne zu zögern. »Sie sagte, der Adler in der Mitte repräsentiere die Fauchards, die mittels Tod und Heirat die Firma am Ende beherrschten.«

Weebel lachte nervös. »Hat sie Ihnen auch verraten, dass viele dieser Todesfälle vorzeitig stattfanden und dass die Heiraten meistens erzwungen waren, um ihre Macht zu festigen?«

»Madame Fauchard ist sehr wählerisch, wenn es darum geht, über ihre Familie zu sprechen. Zum Beispiel leugnet sie die Geschichte, dass sie mächtig genug waren, um den Ersten Weltkrieg auszulösen, und dass sie daran beteiligt waren, den Zweiten Weltkrieg vorzubereiten.«

»Diese Gerüchte machen schon seit vielen Jahren die Runde. Eine Reihe von Waffenhändlern hat den Krieg vorbereitet und angeheizt. Die Fauchards steckten mitten drin. Aha. Wo haben Sie diese Geschichte gehört?«

»Von einem Engländer namens Cavendish. Er sagte auch, dass die Fauchards seiner Familie das Know-how zur Herstellung von Stahl gestohlen hätten.«

»Ah, Sir Cavendish. Ja, das ist völlig richtig. Seine Familie entwickelte ein verbessertes Stahlherstellungsverfahren. Dic Fauchards haben es tatsächlich gestohlen.« Seine Finger streichelten den Helm. »Sagen Sie mal, fällt Ihnen an dem Adlerwappen irgendetwas Ungewöhnliches auf?«

Sie inspizierte den Helm und sah zunächst nicht mehr, als sie schon vorher gesehen hatte. Doch dann entdeckte sie etwas.

»Moment mal. Jetzt weiß ich es. In einer Adlerklaue stecken mehr Speere als in der anderen.«

»Sie haben scharfe Augen, *aha*. Ich habe das auch gesehen und es mit dem Wappen der Fauchards verglichen. Im ursprünglichen Wappen ist die Anzahl der Speere in den Klauen gleich. Als ich den Helm ein wenig eingehender untersuchte, stellte ich fest, dass der zusätzliche Speer hinzugefügt wurde, lange nachdem der Helm geschmiedet worden war. Wahrscheinlich erst im Laufe der letzten hundert Jahre.«

»Warum würde jemand so etwas tun?«, fragte Skye.

Weebel lächelte geheimnisvoll und stellte den Helm unter ein Vergrößerungsglas, das auf einem Stativ befestigt war. »Sehen Sie selbst, Mademoiselle Labelle.«

Sie blickte einen Moment lang durch das Glas. »Der Speerschaft und die Spitze sind in Wirklichkeit eine Art Inschrift. Zahlen und Buchstaben. Charles, sieh doch mal.«

Darnay beugte sich über das Vergrößerungsglas. »Es könnte eine algebraische Gleichung sein.«

»Ja, ja, *aha*. Das war auch mein Eindruck«, sagte Weebel. »Ich habe sie aber nicht entziffern können. Dazu brauchen wir einen Spezialisten.«

»Kurt meinte, dieser Helm enthält vielleicht den Schlüssel, der das Fauchard-Rätsel löst«, sagte Skye. »Ich muss ihn nach Paris zurückbringen, damit ich ihn einem Fachmann für die Entschlüsselung derartiger Inschriften oder einem Mathematiker an der Universität zeigen kann.«

»Das ist schade«, sagte Weebel bedauernd. »Ich hatte gehofft, von diesem Prachtstück eine Reproduktion herstellen zu können. Später, vielleicht?«

Skye lächelte. »Ja, Monsieur Weebel. Später vielleicht.«

Er legte den Helm wieder in den Kasten und reichte diesen Skye. Sie und Darnay bedankten und verabschiedeten sich. Sie bat Darnay, sie zum Bahnhof zu bringen. Er war enttäuscht über ihren Entschluss, gleich wieder abzureisen, und versuchte, sie zum Bleiben zu überreden. Sie sagte, sie habe es wirklich eilig, nach Paris zu kommen, versprach aber, schon bald zu einem längeren Besuch zurückzukehren.

»Wenn das deine Entscheidung ist, muss ich sie wohl oder übel respektieren«, sagte Darnay. »Wirst du Mr. Austin treffen?«

»Ich hoffe es. Wir sind zum Essen verabredet. Weshalb fragst du?«

»Ich befürchte, dass du in Gefahr sein könntest, und ich würde mich besser fühlen, wenn ich wüsste, dass er in der Nähe ist, um ein Auge auf dich zu haben.«

»Ich kann sehr gut selbst auf mich aufpassen, Charles.« Sie küsste ihn auf die Wangen. »Aber wenn es dich in irgendeiner Weise beruhigt, werde ich Kurt übers Mobiltelefon anrufen.«

»Es beruhigt mich wirklich. Bitte melde dich, wenn du zu Hause angekommen bist.«

»Mach dir nicht so viele Sorgen«, sagte sie. »Aber ich rufe dich an.«

Wie versprochen versuchte sie Kurt zu erreichen, während der TGV nach Norden jagte. Der Empfangschef des Hotels teilte ihr mit, Austin habe eine Nachricht für sie hinterlassen. »Er sagte, er habe etwas äußerst Dringendes zu erledigen und werde sich so bald wie möglich mit Ihnen in Verbindung setzen.«

Sie fragte sich, was so dringend war, dass er so kurzfristig abgereist war, aber nach dem zu urteilen, was sie beobachtet hatte, war Austin ein Mann der schnellen Entschlüsse, die er stets sofort in die Tat umsetzte, und daher war sie nicht allzu sehr überrascht. Sie war sicher, dass er anrufen würde, wie er es versprochen hatte. Die Fahrt von Aix nach Paris dauerte knapp drei Stunden. Es war später Abend, als sie eintraf. Sie nahm sich ein Taxi, das sie zu ihrer Wohnung brachte.

Sie entlohnte den Chauffeur und ging zur Haustür, als jemand mit lauter Stimme in gebrochenem Französisch sagte: »Entschuldigen Sie, sprechen Sie Englisch?«

Sie wandte sich um und sah im Licht der Straßenbeleuchtung einen hoch gewachsenen Mann mittleren Alters hinter ihr stehen. Die lächelnde Frau an seiner Seite hatte einen *Michelin Green Guide* in der Hand.

Touristen. Wahrscheinlich Amerikaner, dem schrecklichen Akzent nach zu urteilen. »Ja, ich spreche Englisch«, antwortete sie. »Haben Sie sich verlaufen?«

Der Mann grinste verlegen. »Das kann man wohl sagen.«

»Mein Mann hasst es, Leute nach dem Weg zu fragen, und das sogar bei uns zu Hause«, sagte die Frau. »Wir suchen den Louvre.«

Skye verkniff sich ein Lächeln und fragte sich, weshalb jemand nachts den Louvre suchen mochte. »Er liegt auf dem rechten Seineufer. Sie sind ziemlich weit davon entfernt. Aber bis zur nächsten Metrostation ist es nur ein kurzer Spaziergang. Ich erkläre Ihnen den Weg.«

»Wir haben in unserem Wagen einen Stadtplan«, sagte die Frau. »Vielleicht könnten Sie uns darauf zeigen, wo wir im Augenblick sind.«

Das war ja noch schlimmer. Paris war kein Ort für Autofahrer, die sich in der Stadt nicht auskannten. Sie folgte ihnen zu ihrem Wagen, der am Bordstein parkte. Die Frau öffnete die hintere Tür, beugte sich hinein und kam mit dem Kopf wieder halb heraus.

»Würden Sie mal über den Sitz reichen und die Karte nehmen, meine Liebe? Mein Rücken ...«

»Natürlich.« Die Tasche mit dem Helm in der linken Hand, beugte Skye sich in den Wagen, entdeckte jedoch auf dem Sitz keinen Stadtplan. Dann spürte sie einen winzigen nadelfeinen Schmerz an ihrem rechten Bein, als wäre sie von einer Biene gestochen worden. Als sie reflexartig eine Hand auf den Stich legte, wurde ihr bewusst, dass die Amerikaner sie anstarrten. Unerklärlicherweise schienen ihre Gesichter zu zerfließen, als wären sie aus heißem Wachs.

»Geht es Ihnen gut, Liebes?«, fragte die Frau.

»Ich ...« Skyes Zunge schien anzuschwellen und ihren ganzen Mund auszufüllen. Der Gedanke, den sie ausdrücken wollte, wehte wie unter einem Lufthauch davon.

»Warum setzen Sie sich nicht für einen kurzen Moment hin?«, sagte der Mann und schob sie in den Wagen.

Seine Stimme schien von weither zu kommen. Skye war zu schwach, um sich zu wehren, als er ihr den Kasten mit dem Helm aus den Händen nahm. Die Frau rutschte neben sie und schloss die Tür. Skye bekam gerade noch mit, dass der Mann sich hinters Lenkrad gesetzt hatte und der Wagen losfuhr. Sie schaute aus dem Fenster und sah nur verschwommene Bilder.

Dann senkte sich ein schwarzer Vorhang über ihre Augen.

## 29

Trout betrachtete das Diagramm auf dem Spektrometerschirm und hielt seine Beobachtungen auf einem Notizblock fest. Es war schon das dritte Mal, dass er dieselbe Mineralprobe aus Lost City analysierte, doch die Notizen hatten nichts mit dem zu tun, was auf dem Schirm zu sehen war. Aufgrund der Informationen, die er von MacLean erhalten hatte, fertigte Trout eine Skizze von der Insel an.

Das Laboratorium sah von außen eher bescheiden aus. Es war in drei Baracken untergebracht, die die Wartungsmannschaft der alten englischen U-Boot-Basis, die einst die Insel besetzt hatte, als Unterkunft benutzt hatte. Zwei der wie der Länge nach halbierte Zylinder aussehenden Bauwerke aus Wellblech waren Kopf an Kopf zusammengeschweißt worden. Eine dritte Baracke saß am Mittelteil, sodass die Grundfläche des Labors die Form eines großen T hatte. Eine ganze Baracke war mit Materialbehältern gefüllt, der Rest des zur Verfügung stehenden Raums wurde für wissenschaftliche Untersuchungen benutzt.

Das matte, olivgrüne Äußere war mit Rostflecken übersät und vermittelte einen Eindruck der Vernachlässigung, doch im Innern waren die Hütten warm und ausreichend beleuchtet. Ausgerüstet war das geräumige Labor mit modernsten wissenschaftlichen Gerätschaften, mindestens genauso modern wie das, was Trout von der NUMA her kannte. Der wesentliche Unterschied waren die Wächter, die mit Maschinenpistolen über den Schultern neben jeder Tür herumlungerten.

MacLean hatte berichtet, er wäre mit einem Flugzeug hergebracht worden, wodurch er die Insel aus der Vogelperspektive hatte betrachten können. Während des Anflugs hatte er gesehen, dass die Insel die Form einer Teetasse hatte. Hohe steile Felswände bildeten den Rand der Insel und waren nur an einer Stelle durch einen langen, spitz zulaufenden Hafen unterbrochen. Ein halbmondförmiger Strand, etwa eine halbe Meile lang, erstreckte sich zwischen dem Hafen und Klippen, die eine hohe Mauer bildeten, deren Front vom aufgeregten Gewimmel unzähliger Seevögel schneeweiß war.

Der U-Boot-Schuppen befand sich am Ende der Bucht. Eine Straße verlief von den Mannschaftsquartieren oberhalb der Schuppeneinfahrt über die Klippen, die den Hafen säumten. Nachdem die Straße eine verlassene Kirche, einen zugewucherten Friedhof und die Ruinen eines alten Fischerdorfs passiert hatte, verschmolz sie mit einem anderen Fahrweg, der landeinwärts führte, sich durch einen engen Pass zwängte und zum Innern der Insel abfiel. Es handelte sich um die Caldera eines längst erloschenen Vulkans.

Das Inselinnere war eine wellige Moorlandschaft, die mit verkrüppelten, sich gruppenweise zusammendrängenden Kiefern und Eichen bewachsen war. Die Straße endete in der früheren Marinebasis, die jetzt den Laborkomplex unter Stregas Kommando beherbergte.

MacLean kam durch das Labor zu Trouts Arbeitsplatz. »Ich störe Sie nur ungern«, sagte er, »aber wie kommen Sie mit der Analyse voran?«

Trout tippte mit dem Kugelschreiber auf seinen Notizblock. »Es geht so, Mac.«

MacLean beugte sich über Trouts Schulter, als ob sie sich miteinander berieten. »Ich komme soeben von einem Treffen mit Strega«, murmelte er. »Offenbar ist der Test der Substanz erfolgreich verlaufen.«

»Herzlichen Glückwunsch. Dann bedeutet das, wir haben unseren Zweck erfüllt und sind nicht weiter von Nutzen, oder? Warum sind wir nicht schon längst tot?«

»Strega mag ein mordgieriger Mistkerl sein, aber er ist auch ein sorgfältiger Organisator. Er wird sich erst darum kümmern, den gesamten Betrieb auf der Insel abzubauen, damit er nachher genügend Zeit hat, sich ein ungestörtes Vergnügen zu gönnen. Ich schätze, dass er uns morgen zu einem fröhlichen Picknick mitnimmt und jeden von uns sein eigenes Grab schaufeln lässt.«

»Damit bleibt uns noch die Nacht«, sagte Trout. Er reichte MacLean den Notizblock. »Wie weit stimmt das mit Ihren Kenntnissen von der Topographie der Insel überein?«

MacLean betrachtete die Skizze. »An Ihnen ist ein Kartograph verloren gegangen. Sie ist in allen Einzelheiten äußerst genau. Was nun?«

»Ich sehe das Ganze wie folgt, Mac. Wie Kurt Austin sagen würde, machen wir's kurz und schmerzhaft.«

»Wie das denn?«

»Wir gehen über den Pass, der zufälligerweise unser einziger Weg nach draußen ist. Dann runter zum Hafen. Sie sagten, da unten gibt es einen Pier?«

»Ich bin mir nicht mehr ganz sicher.«

»Es ist auf jeden Fall eine begründete Annahme. Wir nehmen an, dass dort, wo ein Pier ist, auch ein Boot sein muss. Das leihen wir uns aus. Und wenn wir erst mal auf See sind, versuchen wir rauszukriegen, wo wir sind.«

»Wie sieht es mit Alternativen aus, falls irgendetwas schief geht?«

»Es gibt keine Alternativen. Wenn etwas schief geht, sind wir tot. Aber es ist einen Versuch wert, wenn Sie sich die Alternative vor Augen halten.«

MacLean studierte Trouts Gesicht. Hinter den akademischen Zügen lauerte eine unverkennbare Stärke und Entschlossenheit. Sein Mund verzog sich zu einem grimmigen Lächeln. »Die Einfachheit des Plans gefällt mir. Was mir nur Sorgen macht, ist, dass er uns den Kopf und einiges mehr kosten kann.«

Trout sah die Monster aus den Käfigen vor sich und hob abwehrend die Hände. »An das ›mehr‹ will ich jetzt nicht denken.«

»Entschuldigen Sie meinen Pessimismus. Diese Leute haben mich ziemlich fertig gemacht. Ich bin auf jeden Fall dabei, und zwar mit vollem Einsatz.«

Trout lehnte sich auf seinem Stuhl zurück und schaute durch den Raum hinüber zu Gamay und Sandy, die nebeneinander saßen und Proben aus den hydrothermalen Kaminen untersuchten. Dann wanderte sein Blick weiter durch das Labor und dorthin, wo die anderen Wissenschaftler in ihre Aufgaben vertieft waren und nicht die geringste Ahnung von ihrem unmittelbar bevorstehenden Tod hatten. MacLean folgte seinem Blick. »Was ist denn mit diesen anderen armen Teufeln?«

»Könnte Strega einen von ihnen als eine Art Spion eingeschleust haben, damit er ein Auge auf uns hat?«

»Ich habe mich im Laufe der Zeit mit jedem von ihnen unterhalten. Deren Angst um ihr Leben ist genauso echt wie die unsere.«

Trout biss die Zähne zusammen, als er sich, Realist, der er war, die Probleme der Flucht und die vielfältigen Möglichkeiten, die zu ihrem Scheitern führen könnten, durch den Kopf gehen ließ.

»Es ist schon für uns vier riskant genug. Eine große Gruppe würde noch schneller die Aufmerksamkeit auf sich ziehen. Unsere einzige Hoffnung ist, halbwegs unversehrt aus diesem Komplex herauszukommen. Wenn wir ein Boot in unsere Gewalt bringen können, verfügt es sicherlich über ein GPS und ein Funkgerät. Dann können wir Hilfe rufen.«

»Und wenn wir es nicht schaffen?«

»Nun, dann sitzen wir alle zusammen auf demselben sinkenden Schiff.«

»Sehr schön. Wie gedenken Sie, uns an den Männern vorbeizulotsen, die den elektrischen Zaun bewachen?«

»Dazu habe ich mir schon etwas überlegt. Wir müssen für eine Ablenkung sorgen.«

»Das muss aber etwas Spektakuläres sein. Stregas Männer sind ausnahmslos professionelle Killer.«

»Möglich, dass sie alle Hände voll zu tun haben, um ihre eigene Haut zu retten.«

MacLeans Gesicht färbte sich grau, als Trout ihm seinen Plan darlegte.

»Mein Gott, Mann. Die Dinge könnten völlig außer Kontrolle geraten!«

»Ich hoffe, dass genau das geschieht. Wenn wir kein irgendwie geartetes Transportmittel in die Finger kriegen, müssen wir es zu Fuß schaffen, was bedeutet, dass wir jede Minute brauchen, die wir rausschlagen können.«

»Schauen Sie nicht hin, aber einer der Wächter beobachtet uns«, sagte MacLean leise. »Ich werde jetzt wild mit den Armen herumfuchteln, als ob ich wütend und enttäuscht bin. Also erschrecken Sie nicht.«

»Tun Sie, was Sie nicht lassen können.«

MacLean deutete auf den Schirm des Spektrometers und runzelte die Stirn. Er griff nach dem Notizblock, warf ihn zurück auf den Tisch, murmelte ein paar Flüche, dann stampfte er quer durch den Raum davon. Trout stand da wie ein begossener Pudel und starrte mit finsterer Miene auf MacLeans sich entfernenden Rücken. Der Wächter quittierte diese offensichtliche Meinungsverschiedenheit mit einem Grinsen, holte eine Schachtel Zigaretten aus der Tasche und ging hinaus, um zu rauchen.

Trout stand auf und durchquerte das Labor, um Gamay und Sandy die neuesten Nachrichten zu überbringen.

## 30

Austin trat durch die Vordertür eines vollen, lauten Pubs namens Bloody Sea Serpent und schlängelte sich durch den verrauchten Gastraum zu einem Ecktisch, wo Zavala mit einem zahnlosen Mann schwatzte, der aussah wie die schottische Version von Hemingways Altem Mann. Zavala sah Austin hereinkommen, verabschiedete sich mit einem Händedruck von dem Mann, der zu seinem Platz an der Theke zurückkehrte.

Austin ließ sich auf den nunmehr freien Stuhl fallen und sagte: »Freut mich zu sehen, dass du dich mit den Leuten anfreundest.«

»Das ist gar nicht so leicht für einen Amerikaner mexikanischer Abstammung, wie ich es bin. Ihr Akzent ist so dick und zäh wie verkochtes Chili, und als wäre das nicht schon schlimm genug, gibt es in der ganzen Stadt nicht einen Tropfen Tequila.« Er hob sein Bierglas, um seine verzweifelte Lage zu unterstreichen.

»Wie entsetzlich«, sagte Austin mit einem deutlichen Mangel an Mitgefühl. Er winkte einer Kellnerin und trank kaum eine Minute später seinen ersten Schluck Bier.

»Wie ist deine Mission gelaufen?«, erkundigte Zavala sich.

Anstelle einer direkten Antwort griff Austin in die Innentasche seiner Windjacke, holte einen Schlüssel hervor und ließ ihn auf den Tisch fallen. »Du siehst vor dir den Zündschlüssel der jüngsten Neuerwerbung für die von der NUMA unterhaltene Flotte modernster Wasserfahrzeuge.«

»Hast du irgendwelche Probleme gehabt?«, fragte Zavala.

Austin schüttelte den Kopf. »Ich bin über den Fischerkai spaziert und habe mir das armseligste Boot ausgesucht, das ich finden konnte. Dann habe ich dem Eigentümer ein Angebot gemacht, das er nicht ablehnen konnte.«

»Ist er nicht misstrauisch geworden?«

»Ich sagte, ich sei ein amerikanischer Fernsehproduzent und wolle einen Bericht über das *Outcasts*-Rätsel drehen, und dass wir sofort irgendein Boot brauchten. Nachdem ich ihm das Bargeld gezeigt habe, hätte ich ihm auch erzählen können, ich käme vom Planeten NUMA. Es wäre ihm gleichgültig gewesen. Mit diesem warmen Regen wird er sich ein gutes neues Boot kaufen können. Wir haben einen kleinen Kaufvertrag aufgesetzt, um die ganze Geschichte legal zu machen. Ich habe ihn zum Schweigen verpflichtet und ihm eine kleine Rolle in der Show versprochen.«

»Hatte er irgendwelche Theorien zum Verschwinden des vermissten *Outcasts*-Teams?«

»Jede Menge, vorwiegend das reinste Seemannsgarn. Er sagte, die Polizei hätte die Insel durchkämmt, doch die Behörden ließen keinerlei Informationen nach draußen sickern. Laut den Gerüchten, die unter den Fischern und Einwohnern der Stadt kursieren, haben die Ermittler Blutspuren und Leichenteile gefunden. Die Leute scheinen durch die Angelegenheit nicht sehr beunruhigt zu sein. Es heißt auch, das Ganze sei nur ein Publicitygag gewesen – und dass die gesamte Mannschaft in Kürze auf irgendeiner tropischen Insel auftaucht, um eine neue Show zu drehen. Sie glauben, diese einzige Überlebende sei eine Schauspielerin, die dickes Geld dafür kassiert, eine Horrorstory über rotäugige Kannibalen in Umlauf zu setzen. Was ist mit deinen Informationsquellen?«

»Ähnliches habe ich von dem Knaben erfahren, mit dem ich mich gerade unterhalten habe. Er läuft hier schon herum, seit sie den Kilt erfunden haben, und kennt alles und jeden. Ich habe mich ihm als Sporttaucher vorgestellt und ein paar Runden spendiert«, berichtete Zavala.

»Hat dein neuer Freund irgendeine Verbindung zwischen dem *Outcasts*-Vorfall und der Insel erwähnt?«

»Zuerst gab es in dieser Richtung einige Vermutungen«, sagte Zavala. »Dann kamen die Gerüchte von dem Publicitygag auf, und das war's dann.«

»Wie weit ist die Insel vom *Outcasts*-Drehort entfernt?«

»Etwa fünf Meilen. Die Einheimischen halten den Laden dort für eine halbamtliche Einrichtung und glauben, dass die Insel immer noch der Regierung gehört«, fuhr Zavala fort. »Angesichts der Geschichte dieses Ortes ist das nicht zu weit hergeholt. Die Fischer meiden den Ort. Kaum dass jemand auch nur vage daran denkt, sich dem Eiland zu nähern, ist er schon von bewaffneten Patrouillenbooten umringt. Einige Fischer wollen sogar beschwören, dass sie von Mini-U-Booten verfolgt wurden.«

»Das würde zu dem passen, was wir von den Satellitenfotos wissen«, sagte Austin. »Sie müssen auf einen AUV-Wachhund gestoßen sein.«

Die Tür des Pubs schwang auf, und der Fischer, der Austin sein Boot verkauft hatte, kam herein. Austin vermutete, dass der Mann jetzt jedem der Anwesenden einen Drink spendieren würde, und wollte nicht in ein Freudenfest und in unvermeidliche Fragen verwickelt werden. Er leerte sein Glas und riet Zavala, das Gleiche zu tun. Sie schlüpften durch die Hintertür des Pubs hinaus und gingen zu ihrer Pension, um ihre Ausrüstung zu holen. Kurz darauf wanderten sie über eine kopfsteingepflasterte Straße zum nebelverhangenen Hafen hinunter.

Austin ging an der Reihe vertäuter Boote entlang und blieb vor einem stehen, das etwa fünfundzwanzig Fuß lang war. Der geklinkerte Rumpf hatte einen hochgezogenen Bug für raueren Wellengang. Das Deck war offen bis auf ein kleines Ruderhaus nicht weit vom Bug. Selbst in dem Nebel konnten sie erkennen, dass das Boot im Wesentlichen durch zahlreiche Farbschichten zusammengehalten wurde.

»So etwas wird von den einheimischen Fischern ›Creeler‹ genannt«, erklärte Austin. »Der ehemalige Besitzer behauptet, der Kahn wäre '71 gebaut worden.«

»Was meint er, 1871 oder 1971?« Zavala kicherte. »Ich kann es kaum erwarten, Pitts Gesicht zu sehen, wenn er die Rechnung für diese kleine Luxusyacht vorgelegt bekommt.«

»So wie ich Pitt kenne, glaube ich, dass er es schon verstehen wird«, sagte Austin.

Zavala las den Namen am Heck. »*Spooter*?«

»Das ist die hiesige Bezeichnung für eine bestimmte Muschelart, *Spoot* genannt. Sie soll angeblich eine aphrodisierende Wirkung haben.«

»Wirklich?« Zavalas Interesse wurde offensichtlich geweckt. »Wahrscheinlich ist das auch so ein Ammenmärchen wie die Sache mit den Rhinozeroshörnern.«

Sie kletterten an Bord, und Zavala orientierte sich auf dem Deck, während Austin den Kopf in ein Ruderhaus steckte, das so groß war wie zwei zusammengeschweißte Telefonzellen. In der Kabine stank es nach kaltem Zigarettenqualm und Dieselöl. Als

Austin herauskam, stampfte Zavala mit dem Fuß auf die Decksplanken.

»Scheint solide zu sein.«

»Der alte Rosteimer ist wahrscheinlich seetüchtiger, als man auf den ersten Blick annimmt. Mal sehen, ob es hier eine Seekarte gibt.«

Austin stöberte im Ruderhaus und fand eine mit Ölflecken verschmierte Karte, die zeigte, dass die Insel etwa zehn Meilen vom Bootshafen entfernt war. Austin deutete auf den Inselhafen und erklärte Zavala seinen Plan.

»Was hältst du davon?«

»Eine simple Lösung für ein hochkompliziertes Problem. Ich denke, es könnte funktionieren. Wann brechen wir auf?«

»Am besten jetzt gleich«, sagte Austin. »Ich habe den ehemaligen Besitzer überredet, auch noch für einen vollen Tank zu sorgen.«

Er ging ins Ruderhaus. Unverzüglich ließen sie die Maschine warm laufen, verstauten ihre Ausrüstung und legten auf dem Kompass einen Kurs fest. Das Boot hatte einiges durchgemacht, aber seine Elektronik war noch ziemlich neu und gestattete es ihnen, auch bei Nacht und Nebel in den unbekannten Gewässern zu operieren.

Zavala löste die Halteleinen, während Austin das Ruder übernahm und den Bug in Richtung Hafenausfahrt drehte. Der Motor ächzte und keuchte, als läge er in den letzten Zügen, doch die *Spooter* schob sich unbeirrt durch die wirbelnden Nebelschwaden und begann ihre Fahrt zu der geheimnisvollen Insel.

## 31

Für jemanden, der gut zwei Meter groß war, bewegte Trout sich ungewöhnlich gewandt. Nur das wachsamste Auge hätte verfolgen können, wie er sich kurz nach Mitternacht aus dem Gefangenenlager schlich. Er huschte von Schatten zu Schatten und hielt sich von den Scheinwerfern fern.

Seine außerordentliche Vorsicht erwies sich als unnötig. Kein Wächter patrouillierte durchs Lager, und die Wachttürme waren unbemannt. Betrunkenes Gelächter und laute Musik drangen aus dem Haus, in dem die Wächter eine Party veranstalteten. Trout vermutete, dass die Wachmannschaft das Ende ihres langweiligen Dienstes auf diesem einsamen Außenposten feierte.

Der ausgelassene Lärm wurde leiser, während Trout sich auf einer unbefestigten Straße von den Häusern entfernte. Da er nicht länger versuchte, unsichtbar zu bleiben, bewältigte er die Strecke schnell mit seinen langbeinigen Schritten. Er wusste, dass er sich seinem Ziel näherte, als der Gestank ihm in die Nase kroch. Seine Entschlossenheit geriet ein wenig ins Wanken, als er die Aufgabe überdachte, die er sich selbst gestellt hatte, doch er biss die Zähne zusammen und steuerte weiterhin auf das Kabinett des Grauens zu, das Colonel Strega scherzhaft als »Zoo« bezeichnet hatte.

Trout verfiel in normales Gehtempo, als er den von Scheinwerfern beleuchteten Bereich um den Zementbau betrat, und ging direkt zur Eingangstür. Er ließ den Strahl seiner Taschenlampe über den Türrahmen wandern, fand jedoch keinen Hinweis auf eine Alarmanlage. Niemand würde und konnte annehmen, dass jemals in diesen Bau eingebrochen würde, dachte Trout, doch es war genau das, was er beabsichtigte.

Die doppelten Stahltüren hätten jedem Rammbock widerstanden, jedoch wurden sie nur durch ein simples Vorhängeschloss gesichert. Mit einem Hammer und einem scharfkantigen Meißel, den er sich im Labor ausgeliehen hatte, wo die Werkzeuge zum Zertrümmern von Gesteinsproben benutzt wurden, machte er mit dem Vorhängeschloss kurzen Prozess. Er sah sich wachsam um und wünschte sich fast, dass jemand ihn aufhielt, dann öffnete er die Türen und betrat das Gebäude.

Der entsetzliche Gestank traf ihn wie der Schlag mit einem Baseballschläger, und er musste einen aufkommenden Würgereiz unterdrücken. In dem großen Raum herrschte gedämpftes Halbdunkel, lediglich erhellt von einigen trüben Deckenlampen. Sein geräuschvolles Eindringen musste die Zoobewohner geweckt haben, denn er nahm in den dunklen Zellen plötzliche Bewegung wahr. Glühend rote Augenpaare verfolgten jede seiner Bewegungen.

Er ließ den Lichtstrahl der Taschenlampe über die Wand gleiten, bis er einen Schalter fand. Während der Raum sich mit Licht füllte, erklang drohendes Knurren, und die Kreaturen verzogen sich in den rückwärtigen Teil ihrer Käfige. Nachdem sie schnell erkannten, dass Trout keine Bedrohung darstellte, kamen sie wieder nach vorne und drückten ihre alptraumhaften Gesichter gegen die Gitterstäbe.

Trout spürte, dass die Wesen ihn mit mehr als nur raubtierhaftem Hunger betrachteten. Sie waren neugierig, und ihr leises Knurren und Gemurmel war eine Form der Kommunikation. Er rief sich in Erinnerung, dass sie einen mörderischen Überfall auf eine benachbarte Insel inszeniert hatten; es wäre ein großer Fehler anzunehmen, diese Kreaturen seien lediglich Tiere. Sie waren früher normale Menschen gewesen, und sie konnten denken.

Trout versuchte ihre starren Blicke zu ignorieren und setzte seine Inspektion des Raums fort. Er fand, was er suchte, hinter einer stählernen Wandverkleidung, und seine Finger wanderten über eine Reihe Schalter mit Nummern, die mit denen korrespondierten, die über jedem Käfig aufgemalt waren. Die Nummern wurden durch die Bezeichnungen Alpha und Beta ergänzt. Er zögerte, als er sich bewusst machte, dass er im Begriff war, die Mächte der Hölle loszulassen. *Jetzt oder nie.* Er betätigte probeweise einen Schalter mit der Bezeichnung Alpha. Ein Motor summte, und eine Käfigtür glitt mit einem leisen metallischen Klirren auf. Das Wesen, das die betreffende Zelle bewohnte, rannte in den hinteren Teil seines Käfigs und schob sich dann wieder allmählich vorwärts. An der offenen Käfigtür verharrte es, als vermutete es einen üblen Trick.

Trout betätigte in schneller Folge die anderen Schalter. Eine Tür nach der anderen schepperte und klirrte. Noch immer wagte keine der Kreaturen sich heraus. Sie plapperten wild durcheinander und gestikulierten. Trout, der wenig Interesse hatte, sich an der »Beratung« zu beteiligen, hielt sich nicht lange auf. Nachdem er die Käfige geöffnet hatte, rannte er zur Tür.

MacLean wartete mit Gamay und Sandy in einer dichten Baumgruppe, etwa hundert Meter vom Tor des Lagers entfernt. Als er ihnen seinen Plan erläuterte, hatte Trout ihnen geraten, sich aus ihren Hütten zu schleichen, sobald er sich auf den Weg gemacht hatte, und sich zu verstecken, bis er wieder zu ihnen stieß.

MacLean hatte den wilden Partylärm im Schlafhaus gehört, doch er war noch immer nervös, da er die unberechenbaren Wächter viel länger kannte als Trout. Seine schlimmsten Befürchtungen fanden ihre Bestätigung, als er das Geräusch von eiligen Schritten hörte. Jemand rannte auf ihn zu. Er versuchte, mit seinen Blicken die Dunkelheit zu durchdringen, und wusste nicht, ob er flüchten oder kämpfen sollte.

Jemand rief: »Mac!« Es war Trout.

Gamay trat aus dem Schatten der Bäume und umarmte ihn heftig. »Ich bin ja so froh, dich wiederzusehen«, sagte sie.

»Um Himmels willen, Mann«, stieß MacLean hervor. »Ich dachte schon, Ihnen sei etwas zugestoßen.«

Trout schnappte nach Luft. »Es war einfacher, als ich gedacht habe.«

Trout erschrak, als eine Gestalt aus der Baumgruppe heraustrat, dann eine andere, bis alle sechs ihrer wissenschaftlichen Kollegen versammelt waren.

»Tut mir Leid«, sagte MacLean. »Ich konnte sie unmöglich zurücklassen.«

»Es war meine Idee«, machte Gamay sich bemerkbar.

»Keine Sorge. Ich hatte es mir bereits anders überlegt und wollte sie selbst holen gehen. Sind alle da?«

»Ja«, antwortete einer der Wissenschaftler. »Niemand hat uns gesehen. Aber was tun wir jetzt?«

»Wir warten«, erwiderte Trout. Er ging zu der Baumgruppe und bezog hinter einer Eiche Posten, von wo aus er einen ungehinderten Blick auf das Haupttor hatte. Zwei Wächter lungerten vor dem Wachhaus herum. Trout kam zu den anderen zurück und bat sie, Geduld zu haben.

Er wusste, dass er ein kalkuliertes Risiko eingegangen war, indem er die Käfigtüren geöffnet hatte. Sobald die Kreaturen erkannten, dass sie frei waren, verschwanden sie vielleicht einfach in die Berge. Er verließ sich darauf, dass ihr Fluchttrieb von einem allzu menschlichen Gefühl überlagert wurde, nämlich dem Wunsch nach Rache an denen, die sie gequält und eingesperrt hatten.

Er blickte wieder zum Tor. Die Wächter rauchten Zigaretten und ließen eine Flasche zwischen sich hin und her gehen. Wenn sie schon an der großen Party nicht teilnehmen konnten, dann wollten sie wenigstens ihre eigene feiern. Er schlich sich durch das kleine Wäldchen zur anderen Seite, von wo aus er den Zoo beobachten konnte.

Bei seinem hastigen Abgang hatte er die Türen des Gebäudes halb offen gelassen. Ein schmaler Lichtstreifen fiel aus dem Gebäude nach draußen. Er sah, wie dunkle Schatten aus dem Gebäude kamen. Sie verharrten, gingen weiter, bewegten sich auf die Quartiere der Wächter zu und verschmolzen mit der Dunkelheit.

Dem heiseren Gelächter und der lauten Musik nach zu urteilen, war die Party in vollem Gang, und für einen kurzen Moment erwachte in Trout die Angst, dass er sich total verrechnet hatte. Dann, abrupt, verstummte das Gelächter. Es wurde abgelöst von gebrüllten Flüchen, zwei Gewehrschüssen, dann Schreien des Schmerzes und des Grauens.

Trout konnte sich nur andeutungsweise das Blutbad vorstellen, das dort unten im Gange war, und er empfand unwillkürlich Mitleid mit den Wächtern. Doch er sagte sich gleichzeitig, dass die Wächter instruiert und jederzeit bereit gewesen waren, ihre Gefangenen auf einen Befehl Stregas zu töten.

Die Wächter am Tor hatten den seltsamen Lärm vernommen, der aus ihren Quartieren drang. Sie berieten sich und wussten offenbar nicht, was sie tun sollten. Sie schienen miteinander zu diskutieren, unterbrachen ihren hitzigen Disput aber, als sie Autoscheinwerfer auf sich zukommen sahen. Sie brachten ihre Maschinenpistolen in Anschlag und zielten auf das heranrasende Fahrzeug, das einen schlingernden Zickzackkurs fuhr und wild hupte.

Der Wagen gelangte in den von den Scheinwerfern beleuchteten Bereich, und Trout erkannte, dass es sich um Stregas Kabriolett handelte, dessen Vorder- und Rücksitze unter einer Masse zuckender und sich windender Leiber verschwanden.

Die Wächter deckten das heranrasende Vehikel mit Maschinengewehrfeuer ein. Zwei der Kreaturen rutschten von der Motorhaube herunter und wälzten sich auf dem Erdboden, zerrissen die Nacht mit ihren schrillen Schreien, doch die anderen blieben an Bord. Der Wagen beschrieb eine scharfe Kurve, geriet außer Kontrolle und krachte mit der Seite gegen das Wachhaus. Der Zusammenprall warf die Kreaturen von dem Kabrio herunter, und die Fahrertür flog auf. Colonel Strega erschien auf der Fahrerseite, eine Pistole in der Hand. Seine sonst makellos gebügelte Uniform war blutverschmiert und zerfetzt. Blut strömte aus einem Dutzend Wunden an seinem Kopf und seinem Körper.

Er stolperte ein paar Schritte weit und gab einen Schuss ab, der einen seiner Angreifer tötete, doch ehe er erneut zielen und schießen konnte, stießen die nachfolgenden Kreaturen den Colonel zu Boden. Trout konnte sehen, wie seine Arme und Beine unter den gierigen Leibern, die sich auf ihn stürzten, zappelten und zuckten. Dann bäumte der Colonel sich ein letztes Mal auf und rührte sich nicht mehr. Die Kreaturen zerrten das, was von ihm noch übrig war, in den Schatten. Die beiden Wächter hatten genug gesehen. Sie feuerten ein paar Schüsse ab, töteten eine oder zwei der Kreaturen und rannten dann um ihr Leben, ein Rudel rotäugiger Dämonen auf den Fersen.

Trout scheuchte Gamay und die anderen auf, führte sie ins offene Gelände und umrundete die zuckenden Körper auf dem Weg zum Mercedes. Er setzte sich hinters Lenkrad und legte den Rückwärtsgang ein, doch das Fahrzeug hatte sich in der Wand des Wachhauses verkeilt. Er wies die Wissenschaftler an, zu ziehen und zu schieben; nach einigen Bemühungen kamen die Räder frei, und sie zwängten sich alle in das Kabriolett.

Trout rammte den Fuß aufs Gaspedal. Der Wagen machte einen Satz nach vorne, brach durch das Tor, als existierte es nicht, und raste dann über die Straße, die sie zum Meer und, wie Trout hoffte, in die Freiheit brachte.

## 32

Die Neuerwerbung der NUMA-Flotte schlug schon wenige Minuten nach Verlassen des Hafens leck. Der Übergang von nahezu spiegelglatter Wasseroberfläche zu einem Wellengang von gut einem halben Meter Höhe auf offener See war kein besonders krasser Wechsel, aber er reichte aus, um Nähte und Fugen im betagten Rumpf des Bootes nachgeben zu lassen. Austin, der am Ruder stand, bemerkte, dass das Rad sehr viel Spiel hatte und das Boot absackte. Er legte den Schalter der Bilgenpumpe um, doch der Motor weigerte sich, seine Arbeit aufzunehmen.

»Sie hätten das Boot lieber *Löchrige Badewanne* nennen sollen«, schimpfte Austin.

»Ich sehe mal nach«, sagte Zavala. Im Grunde ist jeder brillante Ingenieur ein Mechaniker, und Zavala war darin keine Ausnahme. Am glücklichsten war er, wenn er mit seinen Fingern in Motorschmiere herumwühlen konnte. Er stieg durch eine Luke nach unten und brüllte nach ein oder zwei Minuten zu Austin hoch: »Versuch's noch mal.« Die Pumpe startete mit einem Hustenanfall und gequältem Ächzen. Als Zavala wieder auftauchte, sah er aus wie ein wandelnder Ölmessstab, aber auf seinem verschmierten Gesicht lag das strahlende Lächeln eines Siegers.

»Maschinenreparaturanweisung 101. Wenn alles andere nicht hilft, halte Ausschau nach einem losen Draht«, sagte er.

Die Reparatur war keine Minute zu früh erfolgt. Das Boot hing zur Seite, als hätte es einen platten Reifen. Aber die Bilgenpumpe arbeitete heldenhaft, hielt die Lecks in Schach, und nach ein paar

Minuten lag die *Spooter* wieder mehr oder weniger gerade im Wasser und setzte ihre Fahrt fort.

Mittlerweile hatte Austin festgestellt, dass die *Spooter* sich ganz gut manövrieren ließ, wenn sie nicht gerade sank. Der Kutter war für die hiesigen Bedingungen gebaut, und sein eleganter, erhöhter Bug schnitt leicht und glatt durch die Waschküchensee. Mit dem Wind im Rücken und der Maschine, die tapfer dahintuckerte und nur gelegentliche Aussetzer hatte, kamen sie schnell über die Bucht.

Austin warf einen Blick auf den Radarschirm und sah, dass sie genau auf Kurs waren. Er schaute mit zusammengekniffenen Augen durch die von Gischt besprühte Windschutzscheibe, sah aber nur absolute Schwärze. Als Zavala das Ruder übernahm, trat er aus der Steuerkabine. Die kalte feuchte Luft schlug ihm ins Gesicht. Die schwarze Masse, die sich vor ihnen aus dem Meer erhob, spürte er mehr, als dass er sie sah. Er kehrte ins warme Ruderhaus zurück.

»Die Insel muss direkt voraus sein«, sagte er.

Das Boot stampfte durch die Nacht, und es dauerte nicht lange, bis die Silhouette der Insel schließlich vor dem blauschwarzen Nachthimmel deutlich zu erkennen war. Austin drehte das Ruder leicht nach Steuerbord und wich ein paar Kompassgrade von seinem ursprünglichen Kurs ab. Es war eigentlich zu erwarten, dass das Boot schon seit einiger Zeit überwacht wurde, und er wollte bei jedem möglichen Beobachter den Eindruck erwecken, als verfolge die *Spooter* einen Kurs, der um die Insel herumführte.

Die elektronischen Augen des AUVs ließen sich nicht so leicht täuschen. Aber völlig unmöglich war es nicht. Austin hatte die Satellitenfotos, die während eines Zeitraums von mehreren Stunden aufgenommen worden waren, eingehend studiert und danach einen Zeitplan des Vehikels erstellt, wobei er sich völlig darüber im Klaren war, dass die Berechnung von natürlichen und menschlichen Unwägbarkeiten beeinflusst wurde. Aber das AUV kehrte regelmäßig zu seinem Ausgangspunkt zurück, um die Batterien aufzuladen.

Er warf einen Blick auf seine Armbanduhr. Das AUV müsste eigentlich auf der anderen Seite der Insel unterwegs sein. In der Hoffnung, dass sie mit der *Spooter* unterhalb des Radars hereinkamen, drehte Austin am Ruder und lenkte das Boot näher an die Klippen. Gleichzeitig schickte er ein Stoßgebet zum Himmel, dass seine Berechnungen richtig waren.

Das Kommandozentrum, von dem aus darüber gewacht wurde, dass die Insel stets vor neugierigen Besuchern geschützt war, residierte in einem geduckten Gebäude mit Flachdach, das an der Einfahrt der Bucht stand. Fünfzig Prozent des Gebäudes waren voll gestopft mit Überwachungselektronik. Die andere Hälfte diente als Baracke für die zwölf Wächter, die hier ihren Dienst verrichteten.

Die gesamte Truppe war in Vier-Mann-Teams aufgeteilt worden, die in drei Schichten arbeiteten. Tagsüber umrundeten drei Wächter die Insel per Boot, während der vierte Mann im Kommandozentrum zurückblieb.

Nachts wechselte die Routine. Das Patrouillenboot blieb an Land, weil es eine ziemlich kitzelige Angelegenheit war, den messerscharfen Felsen, die in den Gewässern rund um die Insel lauerten, immer rechtzeitig auszuweichen. Das Boot wurde in Bereitschaft gehalten, um sofort starten zu können, falls das AUV oder das Radar Eindringlinge aufspürten.

Der Mann am Radar hatte den Blip schon auf seinem Bildschirm, lange bevor das Boot sich der Insel näherte. Er verfolgte, wie es seinen Kurs änderte und jetzt näher kam. Der Söldner namens Max wusste aus Erfahrung, dass Fischerboote nur selten nachts hinausfuhren, aber er entspannte sich, als der Blip an der Insel vorbeiwanderte. Er zündete sich eine Zigarette an und blätterte für ein paar Minuten weiter in einem zerlesenen Sexmagazin, dann kehrte sein Blick zum Radarschirm zurück. Er war leer. Der Mann fluchte, drückte die Zigarette in einem Aschenbecher aus und beugte sich vor, sodass seine Nase fast den Schirm berührte. Er klopfte sogar mit den Fingerknöcheln gegen das Glas.

Immer noch keine Spur von dem Zielobjekt. Das Boot musste in den toten Winkel entlang der Basis der Klippen geraten sein, während er damit beschäftigt war, die Vielfalt der weiblichen Anatomie zu studieren. Das war unangenehm, aber keine Katastrophe. Da war noch immer das AUV. Er wandte sich einem anderen Monitor zu, der das AUV überwachte. Während es seine Runden machte, schickte das Vehikel eine Reihe von Signalen zu Transpondern, die die Insel wie ein Ring umgaben. Die Transponder sendeten sämtliche Signale zum Kommandozentrum, von wo aus die Position des automatisch operierenden Vehikels während seiner Route jederzeit genau bestimmt werden konnte.

Das Vehikel war insgesamt zwölf Fuß lang, flach und breit, von der äußeren Form her ein Mittelding zwischen Rochen und Hai, gekrönt von einer Rückenflosse. Einer der Wächter hatte gemeint, das Angst einflößende Profil erinnere ihn an seine ehemalige Schwiegermutter, deren Name Gertrude lautete, und der Name war hängen geblieben. *Gertrude* war stets ein paar Fuß unter der Wasseroberfläche unterwegs, wobei ihr Sonar das Wasser in einer Umgebung von dreißig Metern ständig überprüfte. Gleichzeitig nahmen ihre Kameras alles auf, was sich unter Wasser abspielte.

Doch Kommandos konnten auch an das AUV übermittelt werden. Schließlich wurde das Vehikel als Unterwasserwachhund und als bewaffnetes Mini-U-Boot eingesetzt. Das AUV führte vier Minitorpedos mit sich, jedes stark genug, um einen Zerstörer zu versenken.

Max schickte *Gertrude* den Befehl, mit Höchstgeschwindigkeit in das Gebiet zurückzukehren, in dem er das Boot zum letzten Mal gesichtet hatte. Dann schaltete er die Sprechanlage ein.

»Tut mir Leid, euer Spiel unterbrechen zu müssen, Jungs«, sprach er ins Mikrofon. »Aber wir haben ein Boot innerhalb der Sicherheitszone.«

Die Bootsmannschaft hatte in der Baracke gepokert, als der Wandlautsprecher knisternd die Nachricht von dem Eindringling verkündete. Zwei der Männer waren ehemalige Angehörige der französischen Fremdenlegion, der dritte war ein südafrikanischer

Söldner. Der Südafrikaner warf wütend die Karten auf den Tisch und ging zur Sprechanlage.

»Wo ist das Zielobjekt?«

»Es drang auf der Nordseite in den Sicherheitsbereich ein, dann gelangte es in den toten Winkel des Radars. Ich habe *Gertrude* losgeschickt, damit sie sich dort umschaut.«

»Zum Teufel, was soll's«, fluchte der Söldner. »Ich habe heute Abend sowieso kein Glück.«

Die drei Männer schlüpften in ihre Jacken und Stiefel und nahmen ihre kompakten FA-MAS-Sturmgewehre an sich. Sekunden später trotteten sie zum Ende des von Nebel umwaberten Piers und stiegen in ein dreißig Fuß langes starres Schlauchboot. Brüllend erwachten die Zwillingsdieselmotoren zum Leben. Die Männer lösten die Leinen, und schon bald trieb der Jetmotor das Boot mit fast vierzig Knoten über die Wellen.

Das Boot war erst wenige Minuten unterwegs, als der Mann im Kommandozentrum meldete, dass das Zielobjekt vor dem Ausgang der Bucht wieder auf dem Radar erschienen war. Er dirigierte das Boot zum Zielobjekt und verfolgte am Bildschirm, wie die beiden Blips miteinander verschmolzen.

Während zwei Wachleute bereitstanden, um auf alles zu schießen, was sich rührte, lenkte der Steuermann das Patrouillenboot so nahe wie möglich heran, sodass sein Scheinwerfer jeden Quadratzentimeter taghell beleuchtete. Der Südafrikaner ließ das Gewehr sinken und brach in schallendes Gelächter aus. Die anderen stimmten mit ein.

»Wir haben die Pokerrunde wegen eines leeren Kutters unterbrochen!«

»Worüber beklagst du dich? Du hast doch die ganze Zeit bloß verloren?«

Erneut lachten sie brüllend.

»Ihr solltet euch lieber auf dem alten Eimer umsehen«, sagte der Steuermann.

Die Wächter waren ausnahmslos ausgebildete Soldaten, deren Wachsamkeit trotz ihres Vergnügens nicht eine Sekunde nachließ. Ihr Lachen erstarb, und ihr Training bestimmte nun ihr Handeln. Das Patrouillenboot schob sich an den Kutter heran, und zwei Männer mit gezückten Waffen wechselten über, während der dritte sie mit seinem Gewehr deckte. Das Prisenkommando überprüfte das verlassene Ruderhaus und öffnete die Decksluke.

»Nichts!«, rief einer der Söldner dem Mann auf dem Boot zu. Er lehnte sich gegen die Reling und zündete sich eine Zigarette an.

Sein Gefährte meinte: »Ich würde dort nicht allzu lange dumm herumstehen, wenn ich an deiner Stelle wäre.«

Der Legionär grinste und kehrte ins Patrouillenboot zurück. »Pass auf, dass du keine nassen Füße kriegst«, sagte er.

Der Südafrikaner schaute auf seine Stiefel. Wasser strömte aus der Motorluke und überflutete das Deck. Das Boot sank. Er stieß einen Schrei aus, was seine Kollegen abermals in schallendes Gelächter ausbrechen ließ. Der Steuermann lenkte das Patrouillenboot ein paar Meter von dem Havaristen weg, als wolle er seinen Gefährten seinem eigenen Schicksal überlassen, doch er kehrte wieder zurück, als der Südafrikaner eine ganze Kette von Flüchen auf Afrikaans ausstieß.

Er fiel regelrecht ins Patrouillenboot, dann schauten er und die anderen zu, wie das Wasser die Schandeckel erreichte. Schließlich war nur noch der Mast zu sehen, und ein paar Minuten später war auch der verschwunden.

»Okay, jetzt habt ihr miesen Kerle euren Spaß gehabt«, sagte der Südafrikaner. »Kehren wir zurück und brechen noch einer Flasche den Hals.«

Der Steuermann schaltete das Sprechfunkgerät auf Sendung und gab dem Kommandozentrum seinen Bericht durch.

»Das ergibt keinen Sinn«, sagte der Mann am Radar. »Das Ding bewegte sich auf geradem Kurs, als ich es auf dem Radar entdeckte.«

»Hast du vielleicht etwas getrunken?«

»Natürlich habe ich getrunken.«

Die Strandpatrouille hatte gefeiert, nachdem die Männer erfahren hatten, dass sämtliche Tätigkeiten auf der Insel eingestellt würden und dass es für sie wieder zurück in die Heimat ginge.

»Das ist die Erklärung.«

»Aber ...«

»Rund um diese verdammte Insel gibt es starke Strömungen. Möglich, dass der Kahn in so eine hineingeraten ist und mitgenommen wurde, daher der scheinbar gerade Kurs.«

»So wird es wohl gewesen sein«, sagte Max.

»Eine andere Möglichkeit kann ich dir nicht anbieten. Sie ist abgesoffen. Wir kommen wieder zurück.«

Die Stimme aus dem Kommandozentrum antwortete: »Achtet auf *Gertrude*. Sie ist in der Gegend.«

Sekunden später durchschnitt die große Rückenflosse neben dem Boot das Wasser. Die Männer auf dem Patrouillenboot waren an den Anblick *Gertrudes* gewöhnt, aber sie fühlten sich nie besonders wohl, wenn das AUV in der Nähe war. Sie waren nervös wegen seines zerstörerischen Potenzi- als und der Tatsache, dass es vorwiegend alleine und ohne Kontrolle von außen operierte. Das AUV stoppte in fünfzehn Metern Entfernung. Es verglich das Geräuschprofil des Patrouillenbootes mit den in seiner Datenbank gespeicherten Informationen.

»Wir sehen zu, dass wir von hier verschwinden«, meldete der Steuermann.

Die Dieselmotoren dröhnten, das Boot beschrieb eine enge Kurve und kehrte zum Pier zurück.

Die Rückenflosse wanderte noch mehrere Minuten lang hin und her. Das Sonar tastete das Fischerboot ab, das jetzt auf dem Grund des Meeres lag, und übermittelte ein Bild ans Kommandozentrum. Der Mann am Radar betrachtete den Schirm mehrere Minuten lang und schickte dem AUV dann den Befehl, seine routinemäßige Patrouillenfahrt fortzusetzen.

Sekunden nachdem das AUV sich entfernt hatte, tauchten zwei Gestalten aus dem Ruderhaus des untergegangenen Bootes auf.

Mit kräftigen, rhythmischen Schwimmstößen, die sie wie Fische zügig durch das Wasser gleiten ließen, schwammen sie in Richtung der Insel los.

## 33

Trout hatte das Gaspedal bis aufs Bodenblech durchgetreten, nachdem er mit Stregas Mercedes das Lagertor niedergewalzt hatte. MacLean, der mit Gamay auf dem Beifahrersitz saß, hatte fassungslos auf den Tachometer gestarrt, während der Wagen über die schmale Passstraße raste.

»Dr. Trout«, sagte er mit einer Stimme, die ruhig, aber bestimmt klang. »Nicht sehr weit vor uns macht die Straße eine scharfe Kurve. Wenn Sie nicht langsamer fahren, müssen wir uns Flügel wachsen lassen.«

Gamay legte ihrem Mann eine Hand auf den Arm.

Trout warf einen Blick auf den Tachometer. Gut hundertdreißig Stundenkilometer. Er drückte das Bremspedal und schaltete gerade noch rechtzeitig die Scheinwerfer ein, um zu erkennen, dass die Kurve mehr als scharf war. Sie war *rechtwinkelig*. Zur Rechten gähnte ein Abgrund ohne Leitplanke.

Die Reifen schlitterten bis dicht an die schartige Kante der Klippen, aber der Mercedes blieb auf der Fahrbahn, die nun wieder geradeaus verlief und sich leicht talwärts senkte. Trout stieß den Atem aus, den er angehalten hatte, und lockerte Finger für Finger seinen Schraubstockgriff um das Lenkrad.

»Danke für die Warnung, Mac.«

MacLean presste die Lippen in einem verkniffenen Lächeln zusammen. »Ich möchte nicht, dass man uns wegen Rasens anhält.«

Trout blickte über die Schulter auf das Gewirr aus Armen und Beinen auf dem Rücksitz.

»Sind noch alle da?«, fragte er.

»Wir gehen nicht weg, es sei denn, Sie holen uns mit einer Brechstange raus«, sagte Sandy.

Trout gestattete sich den Luxus eines herzlichen Lachens. Trotz seiner nach außen zur Schau gestellten Gelassenheit war er angespannt wie eine Uhrfeder. MacLeans ruhige Art holte Trout auf die Erde zurück. Das Adrenalin, das durch seine Adern strömte, hatte ihm geholfen, die Flucht aus dem Gefängnis zu organisieren und durchzuziehen, doch wenn sie ihr Leben retten wollten, musste er kühl und überlegt vorgehen. Die Straße führte hinunter bis auf Meeresniveau und endete an einem Punkt, von dem zwei andere Straßen abzweigten.

Trout brachte den Mercedes zum Stehen und deutete auf die Straße zu seiner Linken. »Sind wir auf der reingekommen?«

»Richtig«, erwiderte MacLean. »Diese Straße verläuft am Rand der Bucht bis zum U-Boot-Schuppen. Dort befinden sich die Quartiere der Wachmannschaften. Wenn wir uns rechts halten, gelangen wir zur Hafeneinfahrt. Dort steht das Kommandozentrum, und dort finden wir auch den Pier für das Patrouillenboot.«

Trout nickte anerkennend. »Sie haben wirklich Ihre Hausaufgaben gemacht.«

»Sie sind nicht der Einzige, der nach einem Weg gesucht hat, von diesem verdammten Felsen wegzukommen.«

»Es gibt nur eine Möglichkeit: Das Patrouillenboot muss uns von der Insel wegbringen.«

»Das finde ich auch«, sagte Gamay. »Außerdem, wenn wir schon ein Hornissennest aufscheuchen, dann sollten wir froh sein über jede Hornisse, die nicht mehr im Nest ist.«

Trout nickte und lenkte den Mercedes nach rechts. Die Straße verlief für eine halbe Meile an der Bucht entlang. Als er in der Ferne Licht auftauchen sah, verließ er die Fahrbahn. Er erklärte den anderen, was er vorhatte, und schlug vor, dass sie aussteigen und sich die Füße vertreten sollten. Auf jeden Fall müssten sie aber in der Nähe des Wagens bleiben. Dann ging er los. Die Luft war erfüllt mit dem würzigen Geruch des Meeres, und es war ein gutes Gefühl, sich außerhalb des Lagers bewegen zu können. Er machte sich jedoch keinerlei Illusionen. Seine augenblickliche Freiheit war genauso kurzlebig wie die Wellen, die auf den Strand leckten.

Trout erkannte, dass die Lichtquelle ein kompaktes Betongebäude war. Er machte einen weiten Bogen um das Gebäude und wanderte weiter, bis er zu einem hölzernen Pier gelangte, der weit ins Wasser hinausragte. Dort lag kein Patrouillenboot. Nicht mal ein Ruderboot. Der kalte Wind, der vom Meer landeinwärts wehte, war nichts im Vergleich mit der Eiseskälte, die sich in seiner Magengrube ausbreitete. Er trottete zum Mercedes zurück und rutschte hinter das Lenkrad.

»Das Patrouillenboot ist verschwunden«, verkündete er. »Wir können warten und hoffen, dass es zurückkommt, aber sobald die Sonne aufgeht, sind unsere Chancen gleich Null. Ich schlage vor, dass wir uns mal den U-Boot-Schuppen ansehen.«

»Dort erwarten sie uns am wenigsten«, unterstützte Gamay seinen Vorschlag.

Doch MacLean wandte ein: »Wir sind nicht gerade das, was man als Spezial-Einsatzkommando bezeichnen würde.«

»Im Alamo haben auch nur ungefähr hundert arme Teufel gesessen.«

»Ich kenne mich in amerikanischer Geschichte aus, Paul. Die Verteidiger von Alamo wurden meines Wissens massakriert. Und erzählen Sie mir nichts von den Schotten in Culloden. Die mussten ebenfalls allesamt dran glauben.«

Trout grinste. »Schlimme Zeiten verlangen verzweifelte Maßnahmen.«

»Das ist etwas, das ich verstehen kann. Aber mir ist noch immer nicht ganz klar, was Sie vorhaben.«

»Ich versuche, ins U-Boot einzudringen und an ein Funkgerät heranzukommen. Wenn ich das nicht schaffe, lasse ich mir etwas anderes einfallen.«

»Das glaube ich Ihnen aufs Wort«, sagte MacLean und betrachtete Trout, als ob er ein besonders interessantes Versuchstier wäre. »Für einen Tiefseegeologen sind Sie ein äußerst einfallsreicher Mann.«

»Man tut, was man kann«, sagte Trout und drehte den Zündschlüssel.

Er lenkte das Fahrzeug am Rand der schmalen Bucht entlang, bis er die verlassene Kirche und den Friedhof erreichte. Er parkte hinter der Ruine und wies die anderen Insassen an, sich nicht zu rühren und auf ihn zu warten. Diesmal bestand Gamay darauf, ihn zu begleiten. Sie folgten der Schotterstraße, die zum Ende der Bucht führte.

Scheinwerfer erhellten das Gelände um die Baracken. Die Trouts näherten sich den Baracken bis auf gut dreißig Meter und studierten deren Lage. Das Gebäude, das sie suchten, stand dicht am Rand der Klippen und verfügte über eine Beobachtungsplattform, die vom Hauptgebäude über die Bucht hinausragte. Eine durch einen stählernen Korb gesicherte Leiter war an der Unterseite der Plattform zu erkennen.

»Sehen wir uns diese Leiter an«, entschied er.

»Ich glaube nicht, dass wir allzu vorsichtig sein müssen. Es klingt, als sei dort eine wilde Party im Gange«, stellte Gamay fest.

Genauso wie die Männer im Gefangenenlager mussten die U-Boot-Wächter erfahren haben, dass ihr Dienst in Kürze beendet sein würde, denn im Wachhaus fand eine ähnliche von lautem Gegröle begleitete Feier statt. Offensichtlich hatten sie vom Schicksal ihrer Kameraden, die zum Dienst bei den Labors eingeteilt waren, noch keine Ahnung.

Gamay und Trout schlichen weiter, bis sie sich unter der Plattform befanden. Sie stiegen die Leiter an der Klippenwand hinunter bis zu einem schmalen stählernen Laufgang, der ein paar Meter über dem Wasser verlief, und folgten einer Reihe in Fußhöhe installierter Positionslichter bis zur Einfahrt in den U-Boot-Schuppen, die an einen gähnenden Schlund erinnerte.

Das riesige Unterseeboot, das sie entführt hatte, ragte vor ihnen auf. Stellenweise brannte die Decksbeleuchtung, sodass sie die Gangway fanden und auf dem Deck zur Einstiegsluke gehen konnten. Trout hob den Lukendeckel und steckte den Kopf in die Öffnung. Trübe Lampen erhellten notdürftig das Schiffsinnere.

Sie stiegen eine Leiter hinunter und bewegten sich lautlos wie Schatten durch das U-Boot. Trout, der vorausging, hielt inne, um vorsichtig um jede Ecke zu schauen, doch er begegnete niemandem. Im Kontrollraum herrschte ein düsteres Halbdunkel, lediglich erhellt durch die verschiedenen Anzeigeinstrumente. Der Funkraum war eine winzige Kabine, die vom Kontrollraum abgeteilt war. Während Gamay Wache hielt, nahm Trout vor der Bedienungskonsole Platz, ergriff das Funkmikrofon, wählte die Sammelnummer der NUMA und hielt den Atem an, da er keine Ahnung hatte, was geschehen würde.

»National Underwater and ... Agency«, meldete sich eine freundliche weibliche Stimme.

Die schwache Verbindung wurde gelegentlich unterbrochen, vermutlich durch die Wände und die Decke des U-Boot-Schuppens.

»Rudi Gunn, bitte. Sagen Sie ihm, Paul Trout wünsche ihn zu sprechen.«

»Ein ... ...ment.«

Der Moment kam ihm vor wie ein ganzer Tag. Vor seinem geistigen Auge sah er das Foyer des NUMA-Gebäudes mit seinem Globus in der Mitte. Dann erklang die Stimme des stellvertretenden Direktors der NUMA. Er konnte sich vorstellen, wie der eher schmächtig gebaute Rudi Gunn in seinem geräumigen Büro saß und versuchte, mit seinem überragenden Geist ein besonders kompliziertes logistisches Problem zu lösen.

»*Trout?* Wo in drei Teufels Namen ... Sie? Wir suchen schon ... zen Welt nach Ihnen! Sind Sie okay?«

»Alles bestens, Rudi. Gamay ist auch hier. Ich muss mich beeilen. Die *Alvin* wurde gekapert. Wir sind auf einer Insel – ich glaube, sie liegt in schottischen oder skandinavischen Gewässern. Bei uns sind sieben Wissenschaftler, die ebenfalls gefangen gehalten und gezwungen wurden, an einem völlig verrückten Projekt zu arbeiten. Wir konnten fliehen, aber lange können wir uns nicht mehr halten.«

»Kön ... schlecht hör ... aber ...standen. Können Sie ... Funk ... bleiben?«

»Wir müssen zu den anderen zurück.«

»Lassen Sie das Funk ... ein ... schaltet. Wir ... suchen ... Signal zu orten.«

Trouts Antwort wurde durch eine knappe geflüsterte Warnung von Gamay unterbrochen. Jemand pfiff eine Melodie. Er schob das Funkmikrofon behutsam in seine Halterung und schaltete das Funkgerät aus. Dann gingen er und Gamay auf alle viere hinunter und versuchten, sich unter die Konsole zu zwängen. Das Pfeifen kam näher. Der Pfeifer blieb stehen, um durch die Glasscheibe in der Tür zu blicken, und sah offensichtlich nichts Auffälliges, denn das Pfeifen entfernte sich und wurde leiser.

Die Trouts krochen aus ihrem Versteck heraus. Paul rief Gunn erneut und gab durch, dass sie das Funkgerät eingeschaltet ließen. Er warf einen Blick in den Gang, sah, dass er leer war, und sie machten sich auf den Rückweg. Dabei bewegten sie sich noch vorsichtiger als vorher. Sie kletterten aus der Decksluke, eilten über den schmalen Laufgang und stiegen die Leiter hoch, die sie zur Zufahrtsstraße brachte.

Dann kehrten sie zur Kirche zurück und suchten sich einen Weg über den Friedhof, als das Gelände plötzlich taghell erleuchtet wurde. Außerhalb des grellen Lichtscheins waren verschiedene Schemen zu erkennen, die wie rastlose Geister hinter den Grabsteinen auftauchten. Dann packten grobe Hände Trout und Gamay, und Wächter trieben sie in die Kirche. Ein brutal aussehender Wächter hatte sich vor dem Altar aufgebaut. Das Grinsen in seinem Gesicht wollte gar nicht zu der Maschinenpistole passen, die er lässig in Hüfthöhe im Anschlag hielt und deren Mündung auf Trouts Bauchnabel zielte.

»Hallo, Kumpel«, sagte der Mann mit einem kurzen Blick zu Gamay. »Hier dürfte der Weg für dich und deine Freunde zu Ende sein.«

Die Eule saß schon seit einiger Zeit in einem verdorrten Baum, nicht weit vom Meer entfernt. Sie konzentrierte sich auf das Rascheln, das eine Maus verursachte, die im Ufergras umherhuschte. Der Vogel wollte sich gerade auf die unglückselige Kreatur stürzen, als seine gelben runden Augen eine Bewegung am Strand wahrnahmen. Etwas Großes und Glänzendes war von einer Welle an Land getragen worden und watete jetzt durch nassen Sand. Die

Eule breitete die Flügel aus und flog lautlos landeinwärts. Die Maus huschte weiter durch das Gras und ahnte nichts von ihrer Rettung in letzter Sekunde.

Eine zweite Gestalt mit schwarzer Haut entstieg der Brandung wie ein primitives Lebewesen, das aus dem Urschlamm herauskriecht. Austin und Zavala schoben ihre Tauchmasken hoch, öffneten die Reißverschlüsse ihrer wasserdichten Gerätetaschen und holten die SIG-Sauer-Pistolen hervor, die das unglückliche SEAL-Team an Bord des Forschungsschiffs zurückgelassen hatte. Als sie sahen, dass sie alleine auf weiter Flur waren, nahmen sie die Pressluftflaschen ab und schlüpften aus ihren Tauchanzügen.

Während das Patrouillenboot sich genähert hatte, waren sie über den Rand der *Spooter* ins Wasser geglitten, nachdem sie die Ventile der Lenzpumpe geöffnet hatten, um das Fischerboot absaufen zu lassen. Aus dem Ruderhaus hatten sie verfolgt, wie das AUV das versunkene Boot überprüft hatte. Nachdem das AUV sich schließlich entfernt hatte, waren sie an Land geschwommen. Strömungen hatten sie dabei vom Kurs abgebracht, aber Austin war sich einigermaßen sicher, dass sie nicht allzu weit von der Stelle entfernt an Land gegangen waren, die sie ursprünglich angepeilt hatten.

Ein Blick auf die Uhr verriet Austin, dass sie bis zum Tagesanbruch sechs Stunden Zeit hatten. Er gab Zavala ein Zeichen. Nach einem fünf Minuten langen Marsch durch den Sand knirschte Schotter unter ihren Füßen. Austin holte einen Minicomputer aus seinem Gepäck und studierte das Satellitenfoto von der Insel.

»Wenn wir auf dieser Straße bleiben, gelangen wir direkt zum Lager. Der Weg ist etwa zwei Meilen lang und scheint über einen Pass zu führen.«

Ohne einen weiteren Kommentar starteten sie auf der dunklen Straße zu ihrem Fußmarsch.

Der Mann, der mit der Maschinenpistole auf Trout zielte, hatte die Physiognomie einer Eidechse: nur Zähne und keine Lippen.

»Wir haben schon auf Sie gewartet«, sagte der Mann mit australischem Akzent.

»Woher wussten Sie, wo wir waren?«, fragte Trout.

Der Mann lachte. »Ich schätze, Sie hatten keine Ahnung, dass auf der ganzen Insel Überwachungskameras installiert sind. Wenn die Jungs nicht so betrunken gewesen wären, hätten wir Sie schon früher entdeckt.«

»Tut mir Leid, wenn wir Ihre Party gestört haben.«

»Ihre Freunde waren nicht besonders redselig«, fuhr der Mann fort. »Woher haben Sie Stregas Wagen?«

»Der Colonel hatte ihn gerade nicht gebraucht, deshalb haben wir ihn uns ausgeliehen.«

Der Mann drehte die Maschinenpistole um und rammte Trout den Kolben in die Magengrube. Trout hatte das Gefühl, sein Herz bleibe stehen. Er knickte nach vorne ein, presste die Hände auf den Leib und sank auf die Knie. Als die Wogen der Übelkeit sich verzogen hatten, kämpfte er sich schwankend auf die Füße. Der Mann packte Trout an der Brust und zog ihn dicht an sich heran. Er stank nach Whiskey.

»Ich habe etwas gegen Großmäuler«, sagte er. Er stieß Trout zur Seite und richtete die Maschinenpistole auf Gamay. »Woher habt ihr den Wagen?«

»Strega ist tot«, stieß Trout hervor, während er noch immer mühsam nach Luft rang.

»*Tot!*« Die Augen des Wächters verengten sich. »Wie soll er den Tod gefunden haben?«

Trout wusste, selbst wenn er die Wahrheit erzählte, würde der Mann ihm nicht glauben. »Es ist besser, ich zeige es Ihnen.«

Der Wächter zögerte.

»Was haben Sie vor?« Er hob seine Waffe.

»Nichts. Wir sind wohl kaum in der Lage, Ihnen irgendwie zu schaden, oder?«

Diese Bemerkung schmeichelte dem Ego des Mannes, wie Trout hoffte. »Da haben Sie verdammt Recht, Kumpel.«

Er und die anderen führten Trout und Gamay zur Rückseite der Kirche, wo der Mercedes parkte. Sandy, MacLean und die anderen Wissenschaftler drängten sich in der Nähe unter den wachsamen Augen zweier weiterer bewaffneter Männer zusammen. Ein Pick-up mit langer Ladefläche stand neben dem Mercedes. Die Gefangenen inklusive Gamay mussten auf die Ladefläche steigen. Einige Wächter fuhren mit dem Truck, während zwei andere sich auf den Rücksitz des Mercedes zwängten. Der Aussie wies Trout an, den Wagen zu fahren. Dann setzte er sich neben Trout auf den Beifahrersitz und befahl die Rückkehr zum Lager.

»Ich kann nur hoffen, dass Sie nicht gelogen haben«, sagte er drohend.

»Warum lassen Sie uns nicht einfach hier zurück?«, fragte Trout. »Das Experiment wurde abgeschlossen.«

»Netter Versuch. Wir verschwinden, und am nächsten Tag taucht jemand vor der Insel auf und sieht euch am Strand rumlaufen und mit euren Unterhemden winken. In meinem Gewerbe kommt es immer wieder vor, dass man wegen solcher Unachtsamkeiten auf die Nase fällt. Jetzt fahren Sie schon los und halten Sie die Klappe.«

Trout gehorchte. Als sie das Lager erreichten, befahl der Aussie Trout anzuhalten. Er zog den Zündschlüssel aus dem Zündschloss und stieg aus, um sich umzusehen. Die anderen Wächter sprangen vom Truck herunter und starrten, die Waffen im Anschlag, in die Dunkelheit.

Der Aussie inspizierte das demolierte Lagertor und das umgekippte Wachhaus. Eine gespenstische Ruhe lastete über dem Gelände. Kein Nachtvogel gab einen Laut von sich, kein Insekt summte. Nirgendwo war eine Spur von dem Gemetzel zu sehen, dessen Zeuge Trout gewesen war. Er erinnerte sich an die Rattenmahlzeit, die Strega inszeniert hatte, und entschied, dass er gar nicht wissen wollte, was mit den Leichen der Wächter geschehen war.

Der Aussie stieg wieder in den Mercedes. »Was zum Teufel ist hier los?«, fragte er.

»Wussten Sie, woran wir in den Labors gearbeitet haben?«

»Ja. An biologischen Kampfstoffen. Es hatte mit dem zu tun, was das U-Boot vom Grund des Meeres nach oben geholt hat. Sie haben uns ins Lager nicht reingelassen. Sie meinten, wir könnten uns mit irgendetwas anstecken.«

Trout lachte.

»Was ist daran so lustig?« Die Stimme des Mannes klang drohend.

»Sie haben gelogen«, sagte Trout. »Wir haben Enzymforschung betrieben.«

»Wovon reden Sie?«

»Schon mal was vom Stein der Weisen gehört?«

Der Lauf der Maschinenpistole bohrte sich in Trouts Rippen. »Da ist *meine* Weisheit.«

Trout krümmte sich, blieb aber ruhig. »Es war eine geheime Substanz, mit der man alle möglichen Stoffe in Gold verwandeln konnte.«

»So etwas gibt es nicht.«

»Glauben Sie, die Leute, die Sie engagiert haben, würden sich all diese Mühe machen, wenn es so etwas nicht gäbe?«

Pause. »Okay, Kumpel, dann zeigen Sie uns dieses Gold.«

»Ich bringe Sie zu dem Lagerhaus, wo sie es aufbewahren.«

Gefolgt von dem Pick-up fuhren sie zu dem Gebäude, und Trout stoppte vor dem offenen Eingang.

»Da sind wir«, sagte er.

Sie stiegen aus dem Mercedes; der Aussie nahm wieder den Zündschlüssel an sich und befahl seinen Männern, vom Truck abzusteigen. Einen Mann ließ er mit der Anweisung zurück, sofort zu schießen, falls jemand aus der Reihe tanzen sollte. Dann bedeutete er Trout mit einer Handbewegung vorauszugehen.

»*Herr Jesus*, was für ein Gestank ist das?«, fragte der Wächter.

»Das ist der Geruch des Goldes«, meinte der Aussie grinsend.

Trout ging zur Tür, als befände er sich in Trance. Er wusste, dass er ein kalkuliertes Risiko einging, doch ihm erschien es logisch, dass die Kreaturen, die in diesem Gebäude eingesperrt gewesen waren, an den Ort zurückkehren würden, den sie als ihr Heim betrachteten. Er wusste, dass er richtig getippt hatte, als er in die stinkende Dunkelheit trat und rote Augenpaare in der Finsternis glühen sah. Er fuhr mit der Hand an der Wand entlang und schaltete die Beleuchtung ein.

Die Kreaturen hatten sich in ihre Käfige zurückgezogen, doch die Käfigtüren standen offen. Sie waren gerade damit beschäftigt gewesen, die Überreste von Colonel Strega und seinen Gefolgsleuten zu verzehren. Als das Licht aufflammte, wichen sie in den hinteren Teil ihrer Käfige zurück. Der Aussie stieß einen Schrei der Abscheu und der Überraschung aus.

Er packte Trout und stieß ihn gegen die Wand. »Dafür werden du und deine Freunde sterben.«

Trout ergriff den Lauf der Maschinenpistole und versuchte, dem Aussie die Waffe aus den Händen zu winden, doch sein Gegner befand sich im Vorteil, da er die Waffe am Kolben festhielt und den Abzug betätigen konnte. Er drückte ab, und eine Kugel fetzte wenige Zentimeter von Trouts Hals entfernt einen Farbsplitter aus der Wand. Während sie um die Waffe kämpften, kamen die Kreaturen in ihren Käfigen langsam nach vorne. Der Anblick der Wächteruniformen löste einen wütenden Angriff aus. Die Kreaturen drangen in den Raum vor, eine heulende Masse von Reißzähnen und Klauen.

Der Wächter konnte ein paar Schüsse abfeuern, ehe er von dem knurrenden Rudel überwältigt wurde. Zwei Kreaturen sprangen den Aussie von hinten an und stießen ihn zu Boden. Eine andere Kreatur machte Anstalten, Trout anzugreifen, hielt jedoch mitten in der Bewegung inne und starrte ihre potenzielle Beute an. Trout glaubte in diesem kurzen Moment einen Anflug von Menschlichkeit in der grässlichen Fratze aufblitzen zu sehen. Offenbar realisierte das Wesen, dass Trout keine Uniform trug, und stürzte sich stattdessen ebenfalls auf den Australier.

Trout stürmte zur Tür und riss den Wächter um, der die Gefangenen bewacht hatte. Eine der Kreaturen, die Trout durch die offene Tür nach draußen gefolgt war, entdeckte den am Boden liegenden Wächter und machte mit ihm kurzen Prozess.

Trout rief Gamay zu, sie solle den Truck starten. Er selbst setzte sich hinters Lenkrad des Mercedes und streckte die Hand nach dem Zündschlüssel aus. *Verschwunden.* Er erinnerte sich, dass der Aussie ihn mitgenommen hatte. Gamay verkündete, dass der Truckschlüssel ebenfalls fehlte. Trout sprang aus dem Wagen, ergriff Gamays Hand und rief den anderen zu, sie sollten um ihr Leben rennen.

Der plötzlichen Stille im Zoo nach zu urteilen, vermutete Trout, dass die Kreaturen zufrieden damit waren, die Wächter zum Essen bei sich zu haben. Auf keinen Fall wollte er in der Nähe sein, wenn die Frage aufkam, was es zum Dessert gäbe.

Austin und Zavala waren ungefähr eine Meile vom Lager entfernt, als sie auf der Straße in der Dunkelheit vor ihnen hastige Schritte hörten. Sie verließen fluchtartig die Schotterstraße und warfen sich bäuchlings ins hohe Gras.

Während die Schritte sich näherten, vermischten sie sich mit leisem Stimmengewirr und einem Keuchen, das darauf hinwies, dass einige der Leute, die auf sie zukamen, nicht in bester körperlicher Verfassung waren. Dann hörten sie das Flehen einer vertrauten Stimme: »Bitte beeilt euch Leute. Wir haben später genug Zeit, um uns auszuruhen.«

Trout blieb stehen, als zwei Gestalten sich aus der Dunkelheit schälten.

»Du bist aber ziemlich weit von Lost City entfernt«, stellte Austin fest.

»Kurt und Joe?« Trout atmete erleichtert auf. »Verdammt. Das ist ja wie bei einem Familientreffen.«

Gamay schloss ihre NUMA-Kollegen in die Arme.

»Das sind meine Freunde, Mac und Sandy«, sagte Trout. »Die anderen stelle ich euch später vor. Habt ihr ein Boot?«

Austin schüttelte den Kopf. »Ich fürchte, wir haben sämtliche Brücken hinter uns abgebrochen. Wir sahen vor kurzem ein Patrouillenboot auf dem Wasser. Wisst ihr, wo es liegt?«

»Ich weiß, wo es sein *könnte.*« Trout lauschte in die Dunkelheit und runzelte die Stirn. »Wir müssen von hier verschwinden.«

Austin hatte das Geräusch – es klang wie das ferne Heulen des

Windes – ebenfalls gehört. »Was ist das?« Er lauschte abermals. »Klingt wie ein Rudel Wölfe auf der Jagd.«

»Ich wünschte, es wäre so«, sagte Trout. »Seid ihr bewaffnet?«

»Wir haben Pistolen.«

Das Heulen wurde lauter. Trout blickte auf der Straße zurück.

»Schießt auf alles, was sich bewegt, vor allem wenn es rote Augen hat«, sagte er ohne weitere Erklärung. Austin und Zavala erinnerten sich an die rotäugigen Bestien, die sie in dem Video gesehen hatten, und benötigten keine zusätzliche Warnung.

Trout fasste nach Gamays Arm und rief den anderen zu weiterzugehen. Austin und Zavala bildeten jetzt die Nachhut.

Etwa eine Viertelstunde lang wanderte die Gruppe schweigend über die Straße, angetrieben durch das zunehmend lauter werdende Heulen, bis sie die erleuchteten Fenster der Baracken des Wachpersonals am Liegeplatz des Patrouillenbootes sehen konnten. Ihre Verfolger hatten mittlerweile so weit aufgeholt, dass man in ihrem Geheul einzelne Stimmen identifizieren konnte.

Der Lärm musste auch durch die Barackenwände gedrungen sein, denn zwei Wächter stürzten aus dem Gebäude in die Nacht, während die Flüchtlinge auf ihrem Weg zum Pier soeben das Blockhaus umrundeten.

Die Wächter sahen sie im Licht, das aus der offenen Tür drang, und befahlen ihnen, sofort stehen zu bleiben, wenn sie nicht in einem Kugelhagel sterben wollten. Ein Wächter rief etwas in die Baracke, und Sekunden später tauchten zwei weitere Wächter auf. Der eine war nur halb bekleidet, und der andere, eine bullige Erscheinung mit Vollbart, musste geschlafen haben, denn er trug nur seine Unterwäsche. Er grinste und sagte: »Sieht so aus, als hätten wir uns damit einen Bonus von Strega verdient.«

Seine Kameraden brachen in brüllendes Gelächter aus, doch ihr Frohsinn fand ein jähes Ende und verwandelte sich in nackte Angst, als sie das Geheul vernahmen. Die grässlichen Laute schienen aus allen Richtungen zu kommen. Die Männer drängten sich zusammen, hielten die Waffen schussbereit und starrten auf die Augen, die wie Kohlen in der Dunkelheit glühten.

Der Wächter mit dem schwarzen Bart jagte einige Feuerstöße in die Dunkelheit. Schmerzensschreie verrieten, dass einige Kugeln ihr Ziel getroffen hatten. Die Schüsse lösten jedoch einen Angriff aus. Die Kreaturen attackierten von allen Seiten und stürzten sich auf alles, was eine Uniform trug. Die Wissenschaftler und die NUMA-Leute nutzten das blutige Durcheinander und stahlen sich davon, wobei Trout ihnen den Weg zum Pier zeigte, an dem das Patrouillenboot festgemacht war.

Austin sprang ins Boot und startete den Motor, dann kletterte er zurück auf den Pier, um den anderen zu helfen. MacLean trieb seine Wissenschaftlerkollegen wie einen Haufen aufgescheuchter Hühner ins Boot. Dann, als er Anstalten machte, ihnen zu folgen, erklangen Schüsse, und er brach auf dem Kai zusammen.

Die Schüsse kamen von dem bärtigen Wächter, der auf das Boot zurannte. Die Tatsache, dass er keine Uniform trug, hatte ihn davor beschützt, von den Kreaturen angegriffen oder verfolgt zu werden. Austin feuerte einen hastigen Schuss ab, der jedoch danebenging. Der Wächter hatte nicht erwartet, dass jemand zurückschoss, doch er erholte sich schnell von diesem Schreck, ging auf ein Knie herunter und brachte seine Maschinenpistole in Anschlag.

Ein Pistolenschuss ging in nächster Nähe von Austins Ohr los. Gamay hatte über seine Schulter hinweggefeuert. Sie war eine hervorragende Schützin, doch in ihrer Eile hatte sie schlecht gezielt. Die Kugel erwischte den Mann an der linken Schulter. Er brüllte vor Wut und Schmerz auf, schaffte es jedoch, seine Waffe herumzureißen. Obgleich er von dem Schuss dicht neben seinem Ohr so gut wie taub und außerdem leicht benommen war, warf Austin sich vor seine Freunde, um sie abzuschirmen, und hob gleichzeitig seine Waffe.

Ein Chor heulender Stimmen erklang hinter dem bärtigen Wächter. Er fuhr herum und riss seine Maschinenpistole hoch, doch im gleichen Moment wurde er schon von einer Woge knurrender, fauchender Kreaturen überrollt. Austin verstaute seine Pistole im Holster und hievte zusammen mit Zavala MacLean ins

Boot, als eine der Kreaturen sich von ihren Gefährten trennte. Sie kam schwankend zum Rand des Kais. Gamay hob ihre Pistole, um auf die Bestie zu schießen. Trout, der sich soeben anschickte, die Halteleinen zu lösen, hielt damit inne und packte ihr Handgelenk. Er erkannte die Kreatur als diejenige, der er im Blockhaus begegnet war.

»Er ist verwundet«, sagte Trout.

Die Brust des Wesens war schwarz von Blut. Es starrte Trout an, dann gaben seine Knie nach, und es kippte leblos vornüber ins Boot. Austin rief Trout zu, er solle das Ruder übernehmen, während er sich um MacLean kümmerte. Sobald Gamay die Leinen gelöst hatte, gab Trout Vollgas und lenkte den Bug in die Dunkelheit.

Das Boot entfernte sich mit Höchstgeschwindigkeit von der Insel des Grauens. Trout übergab Gamay das Ruder und begab sich zu MacLean, der ausgestreckt im Boot lag. Die anderen Wissenschaftler hatten ihm Platz gemacht. Austin hatte eine Schwimmweste zusammengefaltet und als Kissen unter MacLeans Kopf geschoben; nun kniete er neben dem tödlich verletzten Wissenschaftler. Er hielt sein Ohr dicht an MacLeans Mund, dann richtete er sich halb auf und sagte zu Trout: »Er möchte mir dir reden.«

Trout kniete sich auf der anderen Seite neben den sterbenden Engländer.

»Wir konnten fliehen, Mac«, sagte er. »Wir bringen Sie erst mal zu einem Arzt, damit Sie schnell wieder auf die Beine kommen.«

MacLean antwortete mit einem erstickten Lachen. Blut sickerte aus seinem Mundwinkel. »Versuchen Sie nicht, einem alten Schotten etwas vorzumachen, mein Freund.«

Als Trout Anstalten machte, darauf etwas zu erwidern, hob MacLean mühsam eine Hand. »Nein. Lassen Sie mich reden.« Seine Augen schienen zu brechen, doch er mobilisierte seine letzten Energiereserven.

»Die Formel«, flüsterte er.

»Was ist damit?«

MacLeans Blick suchte Austins Gesicht. Dann starb er.

# 34

Plötzlich tauchte *Gertrude* auf.

Das AUV hatte das Geräusch des sich entfernenden Patrouillenbootes aufgefangen und erwischte es etwa eine Meile vor der Insel. Zavala entdeckte das Vehikel als Erster. Er suchte die Dunkelheit mit einem Scheinwerfer ab und hielt Ausschau nach Felsen auf ihrem Kurs, als die hohe Rückenflosse des Mini-U-Boots in Sicht kam. Zuerst hielt er die Erscheinung für einen Mörderwal, doch als sie näher kam, erkannte er die Rillenstruktur der stählernen Flosse und wusste genau, was er vor sich hatte.

Das Vehikel blieb für ein paar hundert Meter auf gleicher Höhe mit ihnen, dann schwenkte es ab und setzte seine routinemäßige Patrouillenfahrt fort. Niemand an Bord des Patrouillenbootes ahnte, wie nahe sie einer Katastrophe gewesen waren. Im Kommandozentrum hatte Max das AUV hinter dem flüchtenden Boot hergeschickt und alle vier Torpedos scharf gemacht. Er hatte bereits den Startschalter umgelegt und wollte gerade auf den Abschussknopf drücken, als sein Hals von einem der rotäugigen Dämonen zerfetzt wurde.

Das Patrouillenboot setzte seine Fahrt unbehelligt für eine weitere halbe Stunde fort, ehe Austin entschied, die Küstenwache zu rufen und um Hilfe zu bitten. Minuten später fing die *Scapa* von der britischen Küstenwache den Mayday-Ruf eines Bootes mitsamt Positionsangabe auf. Sie beschleunigte sofort auf dreißig Knoten. Aufgrund bisheriger Erfahrungen glaubte der Skipper, den Notruf eines Fischers empfangen zu haben. Während er vom Deck der *Scapa* auf das Schlauchboot hinunterblickte, das im Lichtkegel des Scheinwerfers dümpelte, dachte Captain John Bruce, dass er während der zwanzig Jahre, in denen er zwischen den Orkneyinseln patrouillierte, schon einiges Seltsame gesehen hatte. Doch dies war der absolute Höhepunkt.

Das Schlauchboot war etwa dreißig Fuß lang, schätzte Bruce. Die meisten der frierenden Passagiere an Bord trugen lindgrüne Overalls. Der Kapitän wusste nichts von irgendwelchen Gefängnissen in der Nähe, aber die Umstände waren, gelinde ausgedrückt, höchst verdächtig. Jahrzehnte auf See hatten Captain Bruce gelehrt, vorsichtig zu sein. Er befahl seiner Mannschaft, die Waffen bereit zu halten.

Als das Patrouillenboot mit dem Schlauchboot auf gleicher Höhe war, setzte der Kapitän ein elektrisches Megaphon an die Lippen und sagte: »Bitte identifizieren Sie sich!«

Ein Mann kam an den Seitenwulst und winkte, um sich bemerkbar zu machen. Er hatte breite Schultern, attraktive gebräunte Gesichtszüge, und sein Haar war platinhell, fast silberweiß.

»Kurt Austin von der National Underwater and Marine Agency«, stellte er sich vor, wobei seine Stimme ohne zusätzliche Verstärkung über dem Lärm der Bootsmotoren deutlich zu verstehen war. »Diese Leute sind erschöpft und leiden teilweise an Unterkühlung. Können Sie uns helfen?«

Der Kapitän reagierte zurückhaltend, trotz des unübersehbar ernsten Ausdrucks in Austins Miene. Er hatte schon von der NUMA gehört, dieser einflussreichen amerikanischen Meeresforschungsorganisation, und war gelegentlich einem ihrer Schiffe auf einer Mission begegnet. Aber er konnte die armselige Truppe, die sich in dem kleinen Boot zusammendrängte, nur schwer mit den schlanken, eleganten türkisfarbenen Forschungsschiffen in Einklang bringen, die er bisher kennen gelernt hatte.

Captain Bruce war ein stämmiger Schotte mit einem von Sommersprossen übersäten kahlen Schädel, hellblauen Augen und einem energischen Kinn, das völlig zurecht auf die unbeugsame Entschlossenheit seines Besitzers aufmerksam machte. Er ließ den Blick vom Bug bis zum Heck wandern. Die Erschöpfung und die Angst, die er in den Gesichtern der Schlauchbootinsassen erkannte, waren nicht gespielt. Captain Bruce befahl, ein Boot zu Wasser zu lassen und die fremden Passagiere an Bord zu holen. Er bläute jedoch seinen Leuten ein, ihre Waffen einsatzbereit zu halten und die Neuankömmlinge nicht aus den Augen zu lassen.

Mehrere Fahrten waren nötig, um die Passagiere von einem Boot zum anderen zu transportieren. Aus der Nähe betrachtet, war völlig klar, dass die reichlich mitgenommenen Schlauchbootfahrer keine Bedrohung darstellten. Nachdem sie an Deck geklettert waren, unterzog der Sanitäter sie einer schnellen Untersuchung. Dann erhielt jeder von ihnen eine warme Decke, in die er sich hüllen konnte, und wurde in die Messe geführt, wo heiße Suppe und Kaffee serviert wurden.

Austin kam mit der letzten Fahrt herüber. Begleitet wurde er von einer attraktiven rothaarigen Frau und zwei Männern, einer mit dunkler Haut und der andere so groß, dass er wie ein Segelmast aus dem Boot ragte.

Austin schüttelte dem Kapitän die Hand und stellte seine Gefährten vor. »Dies sind Paul Trout, Gamay Morgan-Trout und Joe Zavala«, sagte er. »Wir gehören alle zur NUMA.«

»Ich wusste gar nicht, dass die NUMA bei den Orkneys eine Operation durchführt«, sagte der Kapitän und schüttelte reihum die Hände seiner Gäste.

»Genau genommen tun wir das auch gar nicht.« Austin erklärte den anderen, er werde in ein paar Minuten zu ihnen in die Messe kommen, dann wandte er sich wieder an den Kapitän. »Die Passagiere hatten eine ziemlich harte Zeit, und einige sind sehr mitgenommen. Außerdem haben wir uns im Nebel verirrt, sodass wir um Hilfe rufen mussten. Tut mir Leid, dass wir Sie belästigt haben.«

»Von Belästigung kann keine Rede sein, Mann. Das ist unser Job.«

»Trotzdem vielen Dank. Ich möchte Sie noch um einen weiteren Gefallen bitten. Können Sie eine Nachricht an Rudi Gunn von der NUMA-Zentrale in Washington übermitteln? Teilen Sie ihm mit, Austin und seine Freunde sind wohlauf und melden sich in Kürze.«

»Ich werde sofort jemanden damit betrauen.«

»In diesem Fall könnte auch ich einen Teller heiße Suppe vertragen«, sagte Austin grinsend. Während er sich entfernte, drehte er sich noch einmal halb um und meinte beiläufig über die Schulter: »Übrigens, im Schlauchboot liegen noch zwei Leute.«

»Tote?«

»Ja. Vielleicht können Ihre Leute sie herüberschaffen, ehe sie das Boot ins Schlepptau nehmen.«

»Ja, natürlich«, sagte Captain Bruce.

»Nochmals vielen Dank, Captain«, sagte Austin. Er legte sich die Decke wie ein Navajoindianer um die Schultern und ging zur Messe.

Der Kapitän schüttelte leicht irritiert den Kopf. Er war nicht daran gewöhnt, dass Fremde ihm auf seinem Schiff Befehle gaben. Dann verzog sein Gesicht sich zu einem Lächeln. Nach Jahren auf See, in denen er sich mit verschiedenen Mannschaften und Situationen hatte auseinander setzen müssen, war er ein recht guter Menschenkenner. Was einige bei Austins lockerem Auftreten als Sorglosigkeit interpretiert hätten, erkannte Bruce als Ausdruck eines ausgeprägten Selbstvertrauens. Er befahl seinen Männern, die Toten zu bergen und ins Lazarett zu bringen. Danach ließ er von seinen Männern eine Schleppleine am Boot befestigen.

Er kehrte auf die Brücke zurück und schickte Austins Nachricht an die NUMA-Zentrale. Er hatte soeben seinen Bericht für das Kommando der Küstenwache fertig gestellt, als der Sanitäter sich über das Interkom meldete. Der Kapitän hörte sich den aufgeregten Bericht des Sanitäters an, dann verließ er abermals die Brücke und begab sich ins Lazarett. Zwei Leichensäcke lagen auf Bahren. Der Sanitäter gab Captain Bruce eine Tube mit stark riechender Vaseline, die er sich unter die Nase schmierte.

»Kriegen Sie keinen Schreck«, warnte der Sanitäter und öffnete einen der Leichensäcke.

Der Kapitän hatte Leichen in verschiedenen Stadien der Verwesung nach längerem Aufenthalt im Seewasser gesehen und gerochen, doch der durchdringende animalische Gestank, der aus dem Sack drang, erschreckte ihn nicht so sehr wie der Anblick, der sich seinen Augen bot. Sein rötliches Gesicht färbte sich aschgrau. Der Kapitän war ein guter Presbyterianer, der weder trank noch fluchte, doch dies war eine der Gelegenheiten, bei denen er sich wünschte, weniger fromm zu sein.

»Was in Gottes Namen ist denn *das*?«, flüsterte er heiser.

»Der Stoff, aus dem Alpträume gemacht werden«, sagte der Sanitäter. »So etwas habe ich noch nie gesehen.«

»Was ist mit dem anderen Toten?«, wollte der Kapitän wissen.

Der Sanitäter öffnete den zweiten Sack. Zum Vorschein kam die Leiche eines gut aussehenden grauhaarigen Mannes Ende fünfzig bis Anfang sechzig.

»Machen Sie beide Säcke zu«, befahl der Kapitän. Als das geschehen war, fragte der Kapitän den Sanitäter: »Woran sind sie gestorben?«

»Diese beiden ... äh ... Männer wurden erschossen.«

Captain Bruce bedankte sich bei dem Sanitäter und schlug dann den Weg zur Messe ein. Die verängstigten Gesichter von vorhin lächelten jetzt dank der großzügigen Verpflegung.

Austin saß an einem Tisch und unterhielt sich mit Paul und Gamay. Er hatte nachdenklich zugehört, während die anderen sich darin abwechselten, ihn über ihre Entführung und ihre Gefangenschaft ins Bild zu setzen. Er entdeckte Captain Bruce und lächelte ihn dankbar an. »Hallo, Captain. Wie Sie sehen, findet Ihre Gastfreundschaft große Anerkennung.«

»Das freut mich zu hören«, erwiderte der Kapitän. »Ist es möglich, dass ich Sie mal unter vier Augen sprechen kann, Mr. Austin?«

Austin war der ernste Ausdruck im Gesicht des Kapitäns nicht entgangen. Er konnte sich sehr gut vorstellen, worüber der Kapitän sich mit ihm unterhalten wollte. »Natürlich.«

Der Kapitän führte ihn in einen Raum unweit der Messe und forderte ihn auf, Platz zu nehmen.

»Ich muss Ihnen einige Fragen stellen.«

»Schießen Sie los.«

»Es geht um diese Toten. Wer oder *was* sind sie?«

»Der eine ist ein schottischer Chemiker namens MacLean. Angus MacLean. Wer der andere ist – oder *war* –, weiß ich nicht genau. Mir wurde erklärt, er sei ein Mutant, das Ergebnis eines schief gegangenen wissenschaftlichen Experiments.«

»Was für ein Experiment sollte das denn sein, das ein solches Monstrum hervorbringt?«

»Über die Details habe ich noch nichts erfahren.«

Der Kapitän schüttelte ungläubig den Kopf. »Wer hat die beiden erschossen?«

»Sie wurden getötet, als sie versuchten, von einer Insel zu fliehen, auf der sie gefangen gehalten wurden.« Er nannte die genaue Position.

»Die *verbotene Insel*? Seit zwanzig Jahren kreuze ich regelmäßig in diesen Gewässern und habe nie einen Fuß auf diesen Flecken Land gesetzt. Was in Gottes Namen hatten Sie dort zu suchen?«

»Meine Kollegen, das Ehepaar Trout und die Pilotin des Tauchboots *Alvin*, wurden dort gegen ihren Willen festgehalten. Wir sind im Zuge einer Rettungsaktion dort an Land gegangen und haben ein wenig Ärger bekommen.«

»Wer hat sie gefangen gehalten?«

»Das weiß ich nicht. Ich schlage vor, wir klären alles auf, wenn wir wieder an Land sind.«

Ein junger Matrose betrat den Raum und reichte Captain Bruce einen Stapel zusammengefalteter Papiere. »Das ist soeben hereingekommen, Sir.«

»Vielen Dank«, sagte der Kapitän. Er las die Nachrichten und reichte eine an Kurt weiter. Sie kam von Rudi Gunn.

»Schön, dass alle okay. Details hoffentlich bald? Rudi.«

Der Kapitän las die andere Nachricht und runzelte die Stirn.

»Es scheint, als verfügten Sie über das, was man so nebulös ›Beziehungen‹ nennt und einem alle Türen öffnet, Mr. Austin. Das Oberkommando der Coast Guard hat einen Anruf von der Admiralität erhalten. Wir sollen Sie mit äußerster Zuvorkommenheit behandeln und Ihnen jeden Wunsch erfüllen.«

»Führen britische Hochseeschiffe noch immer einen Rumvorrat mit sich?«, fragte Austin.

»Mit einem Grog kann ich nicht dienen, aber ich habe in meiner Kabine eine Flasche besten schottischen Whiskeys.«

»Ich denke, der ist für diese Gelegenheit genau das Richtige«, sagte Austin.

# 35

Ein Begrüßungskomitee ganz anderer Art erwartete die *Scapa*, als sie sich in Kirkwall, der Hauptstadt der Orkneyinseln, langsam seitlich an den Kai heranschob. Aufgereiht und auf die Ankunft des Schiffs der Küstenwache wartend standen ein Bus, ein Leichenwagen und etwa zwei Dutzend Gestalten in weißen mit Kapuzen ausgestatteten Schutzanzügen bereit.

Austin hielt sich zusammen mit Captain Bruce an der Reling des Bootes auf. Er betrachtete das Empfangskomitee und meinte: »Das ist entweder ein Dekontaminierungstrupp oder der letzte Schrei in englischer Mode.«

»So wie es aussieht, spricht alles dafür, dass meine Mannschaft so bald keinen Landurlaub kriegt«, sagte der Kapitän. »Die *Scapa* und ihre Besatzung stehen unter Quarantäne für den Fall, dass Sie und Ihre Freunde irgendwelche bösartigen Erreger eingeschleppt haben.«

»Tut mir Leid, dass ich Ihnen so viel Verdruss bereite, Captain.«

»Unsinn.« Captain Bruce machte eine wegwerfende Handbewegung. »Ihr Besuch hat ein wenig Leben in eine ansonsten ziemlich langweilige Routinepatrouille gebracht. Und wie ich schon sagte, es ist unser Job.«

Austin drückte dem Kapitän die Hand, dann begaben er und die anderen Flüchtlinge von der Insel sich über die Gangway an Land. Kaum hatten sie einen Fuß auf den Kai gesetzt, wurde jeder von ihnen aufgefordert, in einen durchsichtigen Plastikoverall zu schlüpfen und sich eine Plastikhaube und einen chirurgischen Mundschutz überzustülpen. Dann wurden sie zum Bus eskortiert, und die Toten wurden in den Leichenwagen eingeladen. Die Buspassagiere wurden gebeten, die Fenstervorhänge nicht zu öffnen. Nach einer Fahrt von fünf Minuten stiegen sie vor einem weitläufigen Ziegelbau, der einmal als Lagerhaus gedient haben könnte, aus dem Bus.

Ein großes Kuppelzelt war in der Mitte des Gebäudes aufgestellt worden und diente als Dekontaminierungslabor, das mit weiteren Personen in weißen Overalls bevölkert war. Jeder, der auf der Insel gewesen war, musste ausgiebig duschen. Seine oder ihre Kleidung wurde in Plastiksäcke gestopft und zwecks weiterer Analysen weggebracht. Nach dem Duschen erhielten sie baumwollene Krankenhauskleidung, in der sie aussahen wie Psychiatriepatienten. Dann wurden sie von einer ganzen Phalanx in Plastikfolie gepackter Ärzte und Ärztinnen gepikst und betastet und für ausreichend harmlos erklärt, um in den Schoß der menschlichen Rasse zurückkehren zu dürfen. Trotz der demütigenden Prozeduren wurden sie mit äußerster Höflichkeit behandelt.

Nach den Untersuchungen erhielten Austin und seine NUMA-Kollegen ihre frisch gewaschene und säuberlich gefaltete Kleidung zurück. Dann wurden sie in einen kleinen, weitgehend kahlen Raum gebracht, der mit mehreren Stühlen und einem großen Tisch möbliert war. Bei ihrem Eintreten erhob sich ein Mann im Nadelstreifenanzug, der am Tisch gesessen hatte, und stellte sich als Anthony Mayhew vor. Er erklärte, er arbeite beim MI5, dem englischen Inlandsgeheimdienst, und forderte sie auf, sich zu setzen. Mayhew hatte ein markantes Gesicht und einen leicht näselnden Oberklassenakzent, der Austin zu der Frage brachte: »Oxford?«

»Nein, Cambridge«, entgegnete der Geheimdienstmann lächelnd. Mayhew sprach in kurzen, abgehackten Sätzen, als hätte er jedes unwichtige Wort aus seinem Vokabular ersatzlos gestrichen. »Der Unterschied ist schwer festzustellen. Entschuldigung für das Theater mit den Medizinmännern und diesen Labortypen in ihren Raumanzügen. Hoffe, es hat Ihnen nicht allzu viel ausgemacht.«

»Ganz und gar nicht. Wir hatten sowieso eine Dusche nötig«, sagte Austin.

»Bitte bestellen Sie Ihrer Wäscherei, das nächste Mal die Kragen etwas sparsamer zu stärken«, fügte Zavala hinzu.

Mayhews dünnlippiger Mund verzog sich zu einem amüsierten Lächeln. »Das werde ich tun. Der MI5 ist mit den Aufgaben des Spezialeinsatzteams der NUMA bestens vertraut. Aber sobald die hohen Tiere von den Toten, von geheimen Experimenten und Mutanten gehört hatten, gerieten sie in Panik. Sie wollten sicher gehen, dass Sie keine Seuchen auf die Britischen Inseln bringen.«

Austin verzog das Gesicht bei der Erinnerung. »Ich hätte nicht geglaubt, dass wir *so* schlimm gestunken haben.«

Mayhew starrte Austin verständnislos an, dann brach er in schallendes Gelächter aus. »Typisch amerikanischer Humor. Ich hätte es mir denken können. Ich habe mehrere Jahre in den Vereinigten Staaten gearbeitet. Meine Vorgesetzten haben sich weniger wegen schlechter Gerüche Sorgen gemacht; sie befürchteten, dass ein tödliches Virus in Umlauf gesetzt werden könnte.«

»Wir würden nicht im Traum daran denken, unsere englischen Vettern zu kontaminieren«, beteuerte Austin. »Bitte versichern Sie Ihren Vorgesetzten, dass dies alles nichts mit biologischer Kriegführung zu tun hat.«

»Auch das tue ich gerne.« Mayhews Blick wanderte von Gesicht zu Gesicht. »Könnte mir einer von Ihnen vielleicht mal erklären, was zur Hölle eigentlich dort vorgeht?«

Austin deutete mit einem Kopfnicken auf Trout. »Paul ist wohl am besten geeignet, Ihnen etwas über das Leben auf der Insel zu erzählen. Wir anderen waren nur für ein paar Stunden dort.«

Trout brachte ein verkniffenes Grinsen zustande. »Lassen Sie mich mit der Feststellung anfangen, dass die Insel nicht gerade ein Ableger des Club Med ist.«

Dann folgte sein ausführlicher Bericht von der Tauchfahrt der *Alvin* in Lost City bis hin zu seiner Flucht und seiner Rettung.

Austin erwartete eine Reaktion der Ungläubigkeit, als Trout die Art der Experimente auf der Insel beschrieb. Stattdessen schlug Mayhew sich in einer ziemlich unbritischen Gefühlsäußerung mit der flachen Hand auf den Oberschenkel. »Das passt wie die Faust aufs Auge. Ich wusste, dass hinter dem überraschenden Ableben der Wissenschaftler irgendetwas Mysteriöses steckte.«

»Ich fürchte, wir haben keine Ahnung, was Sie meinen«, sagte Austin.

»Entschuldigen Sie. Vor mehreren Monaten wurde meine Abteilung damit beauftragt, eine bizarre Serie von Todesfällen zu untersuchen. Stets waren Wissenschaftler betroffen. Der Erste war ein fünfzig Jahre alter Computerfachmann, der sich in den Geräteschuppen in seinem Garten begab, sich einen blanken Draht um die Brust wickelte, sich ein Taschentuch in den Mund stopfte und die Drahtenden in eine Steckdose einführte. Ein Motiv für einen Selbstmord gab es allerdings nicht.«

Austin schüttelte sich. »Sehr einfallsreich.«

»Das war nur der Anfang. Ein anderer Wissenschaftler war nach einer Party in London auf dem Nachhauseweg und lenkte seinen Wagen von einer Brücke. Die Polizei erklärte, der Alkoholspiegel in seinem Blut hätte die legale Grenze bei weitem überschritten. Zeugen, die ebenfalls an der Party teilgenommen hatten, sagten übereinstimmend aus, er habe nichts getrunken, und seine Angehörigen meinten, etwas Stärkeres als gelegentlich ein Glas Portwein habe er nie zu sich genommen. Von starkem Alkohol hätte er sich übergeben müssen. Als Krönung hatte außerdem jemand alte abgefahrene Reifen an seinen ansonsten makellos gewarteten und gepflegten Rover montiert.«

»Sie wecken allmählich mein Interesse«, sagte Austin.

»Oh, es wird noch besser. Ein fünfunddreißig Jahre alter Wissenschaftler lenkte einen mit Benzinkanistern beladenen Wagen frontal gegen eine Mauer. Offensichtlicher Selbstmord, hieß es von Seiten der Behörden. Ein anderer wurde unter einer Brücke aufgefunden. Ein weiterer Selbstmord, ließ die Polizei verlauten. Es gebe Hinweise auf Alkoholmissbrauch und Depressionen. Die Familie widersprach und erklärte, er hätte schon aus religiöser Überzeugung keinen Alkohol angerührt, und von einer Depression könne keine Rede sein. Und noch einen Fall kann ich Ihnen nennen. Ein Wissenschaftler Ende zwanzig band sich das eine Ende einer Nylonschnur um den Hals und das andere um einen Baum, stieg in seinen Wagen und startete durch. Und enthauptete sich dabei.«

»Wie viele dieser seltsamen Todesfälle haben Sie untersucht?«

»Ungefähr zwei Dutzend. Ausnahmslos Wissenschaftler.«

Austin stieß einen leisen Pfiff aus. »Und welche Verbindung besteht zu der verbotenen Insel?«

»Soweit wir damals wussten, keine. Zwei der Wissenschaftler waren amerikanische Staatsbürger, daher bat uns die amerikanische Botschaft, der Angelegenheit nachzugehen. Einige Parlamentsmitglieder haben sogar eine offizielle Untersuchung gefordert. Ich erhielt den Auftrag, das Ganze unter die Lupe zu nehmen, und mir wurde sogar eine kleine Ermittlergruppe zugeteilt. Ich sollte nicht allzu viel Wirbel veranstalten und meine Ergebnisse direkt dem Büro des Premierministers übermitteln.«

»Das klingt fast so, als hätten die ganz oben nicht allzu viel Interesse daran gehabt, Staub aufzuwirbeln«, stellte Austin fest.

»Genau das war auch mein Eindruck«, sagte Mayhew. »Ich habe mit den Angehörigen gesprochen und erfahren, dass alle Verstorbenen für ein und dasselbe Labor gearbeitet haben.«

»MacLeans ehemaliger Arbeitgeber?«, fragte Trout.

»Richtig. Als wir MacLean nicht aufstöbern konnten, nahmen wir an, er sei ebenfalls umgekommen oder habe irgendetwas mit dem Ableben seiner Kollegen zu tun. Nun taucht er auf Ihrer Insel auf, wenngleich leider tot, und stellt auf diese Art und Weise die Verbindung zum Labor her.«

Trout beugte sich auf seinem Stuhl vor. »Welcher Art war die Forschung, die dort betrieben wurde?«

»Angeblich haben sie sich in einer Einrichtung in Frankreich mit dem Immunsystem des Menschen beschäftigt. Anscheinend war das Labor der Ableger eines umfangreichen multinationalen Konzerns, aber sie haben verdammt gute Arbeit geleistet, die tatsächliche Eigentümerschaft durch Tarnfirmen und Bankkonten in Übersee zu verschleiern. Wir versuchen noch immer, den oder die Eigentümer zu bestimmen.«

»Und wenn Sie das geschafft haben, klagen Sie sie wegen Mordes an diesen Wissenschaftlern an«, sagte Austin.

»Das ist das Mindeste.« Mayhew nickte bekräftigend. »Laut Dr.

Trouts Bericht ist wohl auch davon auszugehen, dass die Arbeiten in dem Labor diese Mutanten hervorgebracht haben.«

»Lassen Sie mich zusammenfassen, was wir bisher wissen«, sagte Austin. »Dieses Labor stellt Wissenschaftler für ein Projekt ein, um eine Substanz zu produzieren, welche auf Enzymen basiert, die in Lost City vorkommen. Es handelt sich um eine Substanz, die einerseits das Leben verlängert und andererseits ihren eigenen Tod beschleunigt. MacLean flüchtet, wird jedoch zurückgebracht, um ein neu zusammengestelltes Team zu leiten, dessen Aufgabe darin besteht, Fehler in der Zusammensetzung der Substanz aufzuspüren und zu beseitigen. Fehler, die grässliche Mutationen hervorrufen. Paul platzt in die Rohstoffförderung und wird dazu verdonnert, im Labor mitzuarbeiten.«

»Das alles passt haargenau zusammen«, sagte Mayhew. »Darf ich Sie mal etwas fragen, Mr. Austin? Warum haben Sie sich mit diesen Informationen nicht direkt an die britischen Behörden gewandt?«

»Ich will Ihnen eine Gegenfrage stellen: Hätten Sie mir denn geglaubt, wenn ich bei Ihnen erschienen wäre und Ihnen etwas von rotäugigen Monstren erzählt hätte?«

»Natürlich nicht«, antwortete Mayhew.

»Vielen Dank, dass Sie so ehrlich sind. Sie müssen wissen, dass es verdammt viel Zeit gekostet hätte, den regulären Dienstweg einzuhalten. Wir dachten, dass jedwede Verzögerung katastrophale Folgen haben könnte. Paul Trout ist nämlich sowohl ein Freund als auch ein Kollege.«

»Das kann ich verstehen. Wie ich schon sagte, ich bin mit der Arbeit Ihres Spezialteams durchaus vertraut und weiß, dass Sie für diese Aufgabe bestens geeignet waren. Ich musste Ihnen diese Frage stellen, weil ich sie von meinen Vorgesetzten ganz bestimmt ebenfalls zu hören bekomme.«

Gamay meldete sich zu Wort. »Wird jemand in Ihrer Regierung Ermittlungen über die Insel in die Wege leiten?«

»Ein Schiff der Marine ist bereits dorthin unterwegs«, sagte Mayhew. »Eine Einheit Marineinfanteristen wird an Land gehen, das U-Boot suchen, die Labors schließen und die Wachen und diese Mutanten irgendwie außer Gefecht setzen.«

»Nach dem zu urteilen, was ich habe mitansehen müssen, wird von den Wachen nicht mehr allzu viel übrig sein«, warnte Trout.

Einige Sekunden lang herrschte Schweigen, während die Anwesenden sich über die Bedeutung der Worte Trouts klar wurden, dann meinte Mayhew: »Sie haben die meisten Erfahrungen mit diesen Mutanten gemacht, Dr. Trout. Welchen Eindruck hatten Sie von ihnen?«

»Sie sind wild, haben kannibalistische Neigungen und sind unglaublich stark. Sie können untereinander kommunizieren, und wenn man ihren Angriff auf die Crew der *Outcasts*-Show betrachtet, muss man zu dem Schluss kommen, dass sie auch zu so etwas wie einer Planung fähig sind.« Er hielt für einen kurzen Moment inne und rief sich seine Begegnung mit dem Mutanten im »Zoo« ins Gedächtnis. »Ich glaube jedoch nicht, dass ihre menschlichen Eigenschaften vollkommen ausgelöscht wurden.«

Mayhew quittierte diese Bemerkung mit einem geheimnisvollen Lächeln. »Faszinierend. Ich glaube, damit sind wir hier fertig, aber es wäre schön, wenn Sie noch ein paar Minuten erübrigen könnten. Ich möchte Ihnen etwas Interessantes zeigen.«

Mayhew führte sie durch ein Labyrinth von Fluren und Korridoren bis zu einem mit eisiger Luft erfüllten Raum, den man in ein gerichtsmedizinisches Labor umgewandelt hatte. Eine Plastikplane bedeckte eine Gestalt, die auf einem stählernen Tisch unter einem Scheinwerfer lag. Ein Mann mittleren Alters in einem weißen Laborkittel stand neben dem Untersuchungstisch.

Mayhew gab dem Mann ein Zeichen, und dieser zog die Plane zurück und enthüllte das verwüstete Gesicht des rotäugigen Wesens, das am Kai erschossen worden war. Das Wesen, eindeutig männlichen Geschlechts, erschien mit geschlossenen Augen bei weitem nicht mehr so entsetzlich. Sein Gesicht war keine angriffslustige Fratze mehr, sondern wirkte nun viel ruhiger, entspannter.

»Im Großen und Ganzen eher gewöhnungsbedürftig«, sagte Mayhew mit typisch englischer Untertreibung. »Aber für einen Franzosen sah er nicht mal schlecht aus.«

»Ist das nur ein Ausdruck Ihrer angelsächsischen Überheblichkeit, oder wissen Sie mit Sicherheit, dass es ein Franzose ist?«, fragte Austin.

Mayhew lächelte, griff in seine Hosentasche und holte eine dünne Scheibe aus Metall, die an einer Kette befestigt war, hervor. Er reichte Austin den Gegenstand. »Das hatte der Gentleman um den Hals hängen. Es ist schon ein wenig abgewetzt, aber die Inschrift kann man noch ganz gut lesen.«

Austin hielt die Scheibe ins Licht und las die Worte: *Pierre Levant, Capitaine, L'Armee de la Republique de France, B. 1885.*

»Es sieht so aus, als hätte unser Freund jemandem die Hundemarke gestohlen.«

»Dieser Gedanke kam mir anfangs auch, aber diese Marke gehört tatsächlich diesem Knaben.«

Austin reagierte mit einem fragenden Blick. Mayhew lächelte nicht, was er sicherlich getan hätte, wenn diese ziemlich phantastische Feststellung ein Scherz hätte sein sollen.

»Das würde ihn mehr als hundert Jahre alt machen«, sagte Austin.

»Fast hundertzwanzig Jahre alt, um ganz genau zu sein.«

»Da muss irgendein Irrtum vorliegen. Wie können Sie so sicher sein, dass dieser Mann tatsächlich der ist, dessen Name auf der Marke steht? Während des Ersten Weltkriegs sind Millionen von Männern gefallen oder spurlos verschwunden.«

»Das ist richtig, aber die Armeen haben ziemlich genau darauf geachtet, trotz des Chaos möglichst vollständige Personallisten zu führen. Die Gefallenen wurden häufig von ihren Kameraden oder ihren Offizieren identifiziert. Während das Kampfgeschehen weiterging, wurden von Spezialeinheiten die Leichen weggeräumt; und es wurden die Gräber registriert, meistens unter Leitung des zuständigen Militärgeistlichen. Lagepläne von Friedhöfen wurden gezeichnet, Informationen wurden gesammelt und durchliefen verschiedene Checks, zum Beispiel die Krankenhausregistrierungen oder die Gräberlisten. Diese Informationen wurden später in einer Datenbank korreliert. Darin fanden wir Hinweise auf einen Pierre Levant, der als Offizier in der französischen Armee gedient hat und während eines Einsatzes spurlos verschwand.«

»Viele Männer sind im Einsatz verschwunden.«

»Ach, ihr skeptischen Amerikaner«, sagte Mayhew. Er griff in seine Sakkotasche und holte eine Taschenuhr heraus, die er Austin reichte. »Die haben wir in seiner Hosentasche gefunden. Er war früher ein richtig hübscher Kerl.«

Austin inspizierte die Inschrift auf der Rückseite der Uhr. »*À Pierre, de Claudette, avec amour.*« Dann klappte er den Uhrdeckel auf. Auf der Innenseite befand sich ein Bild von einem jungen Mann und einer jungen Frau.

Er zeigte die Uhr den anderen Mitgliedern des NUMA-Teams. »Was haltet ihr davon?«

Gamay untersuchte die Plakette und die Uhr. »Mit zu den ersten Dingen, die ich über Meeresarchäologie gelernt habe, gehörte, wie wichtig es ist, sich über die Herkunft eines gefundenen Objekts Klarheit zu verschaffen. Zum Beispiel könnte eine römische Münze, die auf einem Maisfeld in Connecticut gefunden wird, bedeuten, dass ein Römer sie dort verloren hat; aber wahrscheinlicher ist es, dass sie von einem Münzsammler stammt.«

Mayhew seufzte. »Vielleicht kann Dr. Blair Sie überzeugen.«

»Ich habe es anfangs auch nicht geglaubt«, gab der Pathologe in dem Laborkittel zu. »Wir haben bei dem Gentleman eine Autopsie vorgenommen. Die Zellen dieses Individuums sind vergleichbar mit denen eines Mannes Ende zwanzig, doch die Kopfnähte, das heißt die Nahtstellen der Schädeldecke, deuten darauf hin, dass der Gentleman ...« Er räusperte sich. »Nun, dass er mehr als hundert Jahre alt ist.«

»Das würde bedeuten, dass die Arbeit an dieser lebensverlängernden Substanz schon viel länger im Gange ist, als wir angenommen haben«, stellte Austin fest.

»Eine geradezu phantastische, aber zugleich auch durchaus vernünftige Annahme«, sagte Mayhew. »Es gab während des

Ersten Weltkriegs Gerüchte, dass Versuche im Gange wären, einen ›Berserker‹ zu entwickeln, eine Art Supersoldaten, der auch bei heftigstem Feuer bereit und gewillt wäre, die feindlichen Schützengräben zu stürmen.«

»Glauben Sie, dass dies in irgendeiner Weise mit den Forschungen über die Verlängerung des Lebens zu tun hat?«

»Keine Ahnung«, sagte Mayhew. Er zog die Plane wieder über das Gesicht der Kreatur.

»Dar arme Kerl«, sagte Zavala und betrachtete das glückliche Paar auf dem Uhrenfoto. »Schade um die hundert Jahre.«

»Möglicherweise haben wir gerade erst die Spitze des Eisbergs freigelegt«, sagte Mayhew. »Wer weiß, wie viele schon gestorben sind, um dieses schreckliche Geheimnis zu wahren?«

»Ich mache ihnen keinen Vorwurf, weil sie damit nicht an die Öffentlichkeit getreten sind«, sagte Gamay.

»Angenommen«, fuhr Mayhew fort, »diese Substanz wurde vervollkommnet. Was für eine Welt hätten wir, wenn einige Menschen sozusagen von Natur aus deutlich länger lebten als andere?«

»Eine ziemlich aus dem Gleichgewicht geratene Welt«, äußerte Gamay.

»Genau meine Meinung, aber ich bin nur ein kleiner Geheimpolizist. Sich damit auseinander zu setzen, überlasse ich den Statistikern und Politikern. Wollen Sie längere Zeit im Vereinigten Königreich bleiben?«, wollte Mayhew von Austin wissen.

»Wahrscheinlich nicht«, antwortete Austin. »Wir werden unsere Pläne durchsprechen und Ihnen dann mitteilen, wie wir uns entschieden haben.«

»Das ist mir sehr recht.« Mayhew holte eine Visitenkarte mit seinem Namen und seiner Telefonnummer hervor und reichte sie Austin. »Bitte rufen Sie an. Egal ob tagsüber oder nachts. In der Zwischenzeit kann ich nicht nachdrücklich genug betonen, wie wichtig es ist, dass Sie diese Angelegenheit für sich behalten.«

»Mein Bericht geht nur an Dirk Pitt und Rudi Gunn. Bestimmt wird die Woods Hole Oceanographic Institution über das Schicksal ihres U-Bootes Bescheid wissen wollen.«

»Sehr schön. Ich lasse Sie beizeiten wissen, was unsere Marine auf der Insel findet. Vielleicht können wir den Leuten auf die Spur kommen, die hinter dieser Geschichte stecken. Mord, Entführung, Hijacking, Sklavenarbeit«, zählte er nachdenklich auf. »Die Unsterblichkeit ist ein sehr starkes Motiv, um böse Dinge zu tun. Ich möchte fast wetten, dass jeder in diesem Raum bereit wäre, sein erstgeborenes Kind herzugeben, wenn er dadurch die Chance hätte, ewig leben zu können.«

»Nicht jeder«, widersprach Austin.

»Was meinen Sie?«

Austin deutete auf den mit der Plastikplane bedeckten Untersuchungstisch. »Fragen Sie mal den alten Soldaten dort auf dem Tisch.«

## 36

»Ich verpasse diesem zu Herzen gehenden Wiedersehen nur ungern eine kalte Dusche«, sagte Gamay, »aber bei all diesem Gerede über rotäugige Monster und den Stein der Weisen haben wir vergessen, dass wir noch einige Dinge zu erledigen haben.«

Nach dem Treffen mit Mayhew hatten sie sich in den Hotelsalon begeben, um über ihre weitere Vorgehensweise zu beraten. Sandy, die Pilotin der *Alvin*, hatte es kaum erwarten können, endlich abzureisen. Mayhew hatte sie daher in eine Maschine nach London gesetzt, wo sie jederzeit einen Flug nach Hause finden würde. Die Wissenschaftler waren noch immer mit ihren Abschlussberichten beschäftigt.

»Du hast Recht«, sagte Zavala und hielt sein Trinkglas gegen das Licht. »Was mein Lebensziel betrifft, sämtlichen Spitzentequila auf dieser Erde zu vernichten, bin ich ziemlich im Hintertreffen.«

»Das ist sehr lobenswert, Joe, aber ich bin eher am *Überleben* der Welt interessiert, nicht an ihrem Tequilavorrat«, sagte Gamay. »Darf ich das Problem mit einem Begriff zusammenfassen? Gorgonenalge.«

»Das habe ich nicht vergessen«, verteidigte Austin sich. »Ich wollte dir nur dein Wiedersehen mit Paul nicht verderben. Da du selbst die Sprache darauf gebracht hast: Wie ist die Lage in diesem Punkt?«

»Nicht gut«, sagte Gamay. »Ich habe mit Dr. Osborne gesprochen. Die Verseuchung breitet sich schneller aus, als man sich hat vorstellen können.«

»Die Tiefsee-Bergbauoperation wurde eingestellt. Wird dadurch denn die Verbreitung der Gorgonenalge nicht gestoppt?«, fragte Austin.

Gamay gab einen tiefen Seufzer von sich. »Ich wünschte, es wäre so. Die mutierte Alge kann sich aus eigener Kraft vermehren und wird sich weiter ausbreiten. Zuerst werden wohl die Häfen an der Ostküste der Vereinigten Staaten dran glauben müssen, dann die in Europa und an der Pazifikküste.«

»Wie viel Zeit bleibt uns?«

»Keine Ahnung.« Gamay zuckte die Achseln. »Die Meeresströmungen transportieren das Zeug durch den gesamten Atlantik.«

Austin versuchte sich vorzustellen, wie sein geliebter Ozean sich in einen stinkenden Salzwassersumpf verwandelte.

»Eine einzige Ironie, nicht wahr?«, stellte Austin fest. »Die Fauchards wollen ihr Leben verlängern und schaffen dabei eine Welt, in der es sich nicht mehr zu leben lohnt.« Er schüttelte den Kopf und sah seine Gefährten fragend an. »Hat jemand eine Idee, wie wir diese Entwicklung verhindern können?«

»Im Lost-City-Enzym liegt der Schlüssel, um die Verbreitung der Alge zu stoppen«, sagte Gamay. »Wenn wir die grundlegende Molekularstruktur kennen würden, könnten wir vielleicht einen Weg finden, den Prozess umzukehren.«

»Mein Körper ist mit blauen Flecken und Verletzungen übersät, die mir klarmachen, dass die Fauchards ihre Familiengeheimnisse nicht so leicht preisgeben«, sagte Austin.

»Deshalb sollten Gamay und ich nach Washington zurückkehren und uns in der NUMA-Zentrale mit Dr. Osborne zusammensetzen«, schlug Trout vor. »Wir können gleich morgen früh versuchen, einen Flug zu kriegen.«

»Dann tut das.« Austin blickte in die besorgten Mienen seiner Kollegen. »Aber vorher sollten wir uns gründlich ausschlafen.«

Nachdem er seinen Freunden eine gute Nacht gewünscht hatte, fand Austin neben dem Hotelfoyer einen Computerraum. Dort verfasste er einen ersten knappen Bericht für Rudi Gunn und schickte ihn per E-Mail zusammen mit der Ankündigung ab, sich am nächsten Morgen telefonisch zu melden. Während er schrieb, musste er sich vor Müdigkeit mehrmals die Augen reiben, und er war schließlich froh, als er die Nachricht über den Ozean jagen konnte.

Er ging hinauf in sein Zimmer und stellte fest, dass jemand versucht hatte, ihn über sein Mobiltelefon zu erreichen. Er rief zurück und hörte Darnay am anderen Ende. Er hatte Austins Aufenthaltsort über die NUMA-Zentrale in Erfahrung gebracht.

»Gott sei Dank habe ich Sie endlich gefunden, Mr. Austin«, sagte der Antiquitätenhändler nach einer knappen Begrüßung. »Haben Sie etwas von Skye gehört?«

»In letzter Zeit nicht«, erwiderte Austin. »Allerdings war ich auch ziemlich viel unterwegs. Ich hatte angenommen, dass sie sich bei Ihnen aufhält.«

»Sie ist noch am Tag ihrer Ankunft wieder abgereist. Wir hatten an dem Helm etwas entdeckt, das aussah wie eine eingravierte chemische Formel, und diese wollte sie umgehend einem Fachmann an der Sorbonne zeigen. Ich habe sie zum Zug gebracht. Als ich nichts von ihr hörte, rief ich am nächsten Morgen die Universität an. Dort erklärte man mir, sie sei gar nicht dort gewesen.«

»Vielleicht war sie krank.«

»Ich wünschte, es wäre so. Ich habe in ihrer Wohnung angerufen. Niemand hat abgehoben. Dann habe ich mit ihrer Vermieterin gesprochen. Laut deren Aussage ist Mademoiselle Skye nach ihrer Reise in die Provence nicht mehr in ihrer Wohnung aufgetaucht.«

»Ich glaube, Sie sollten sich lieber an die Polizei wenden«, meinte Austin, ohne zu zögern.

»Die *Polizei*?«

»Ich weiß, dass Sie eine durchaus verständliche Aversion gegenüber den Behörden empfinden«, sagte Austin ernst, »aber Sie müssen es für Skye tun. Rufen Sie von mir aus anonym von einem Münzfernsprecher an, aber Sie müssen sie alarmieren und Skye als vermisst melden. Möglicherweise hängt ihr Leben davon ab.«

»Ja, ja, natürlich. Ich rufe an. Sie ist für mich wie eine Tochter. Ich habe sie ermahnt, vorsichtig zu sein, aber Sie wissen ja, wie junge Leute manchmal sind.«

»Ich bin zur Zeit in Schottland, aber ich kehre morgen nach Frankreich zurück. Ich rufe Sie wieder an, sobald ich in Paris bin.« Er legte auf, damit Darnay die Polizei benachrichtigen konnte, starrte einige Sekunden lang ins Leere und suchte nach einer logischen Erklärung für Skyes Verschwinden. Sein Mobiltelefon piepte. Es war Lessard, der Betriebsleiter des Gletscherkraftwerks.

»Lessard hier. Gott sei Dank. Ich versuche schon die ganze Zeit, Sie zu erreichen«, sagte er.

»Tut mir Leid. Ich war längere Zeit nicht in der Nähe meines Telefons«, sagte Austin. »Wie sieht es am Gletscher aus?«

»Der Gletscher sieht aus wie immer«, sagte Lessard. »Aber hier gehen einige seltsame Dinge vor.«

»Was meinen Sie?«

»Vor ein paar Tagen erschien auf dem See ein Boot mit Tauchern. Ich fragte mich schon, ob die NUMA zurückgekommen wäre, um ihre Untersuchungen abzuschließen, doch das Boot hatte eine ganz andere Farbe als die, an die ich mich noch erinnern konnte.«

»Die Untersuchung ist beendet«, sagte Austin. »Meines Wissens sind von der NUMA dort keine weiteren Aktivitäten geplant. Was geschieht denn sonst noch?«

»Etwa Unglaubliches. Die Tunnel unter dem Gletscher werden trocken gelegt.«

»Haben Sie nicht gemeint, das sei unmöglich?«

»Da haben Sie mich missverstanden. Es wäre unmöglich gewesen, es schnell genug zu schaffen, um die Menschen zu retten, die in dem Tunnel eingeschlossen waren. Es hat ein paar Tage gedauert, das Wasser umzuleiten und abzupumpen, doch der Forschungstunnel ist so gut wie leer und trocken.«

»War das die Entscheidung des Kraftwerkbetreibers?«

»Meine Vorgesetzten machten mir gegenüber Andeutungen, dass die Entscheidung das Ergebnis massiver Einflussnahme auf höchster Ebene sei. Die Arbeiten werden von einer privaten wissenschaftlichen Stiftung finanziert.«

»Ist Dr. Le Blanc in irgendeiner Weise daran beteiligt?«

»Das hatte ich anfangs ebenfalls angenommen. Sein kleiner Pkw, Fifi, steht immer noch hier, daher ging ich davon aus, dass er zurückkäme. Einer der Männer, die im See getaucht sind, zeigte mir seine Genehmigung, und seine Leute haben den Kontrollraum übernommen. Dem Aussehen nach sind es ziemlich harte Burschen, Mr. Austin. Sie beobachten mich auf Schritt und Tritt. Ich fürchte um mein Leben. Dass ich jetzt mit Ihnen rede, ist äußerst riskant. Man hat mir klar gemacht, ich solle mich auf keinen Fall einmischen.«

»Haben Sie Ihrem Chef von Ihren Eindrücken erzählt?«

»Ja. Er hat mich angewiesen, in jeder Hinsicht zu kooperieren. Die Entscheidung liege nicht in seinen Händen. Ich wusste nicht, an wen ich mich sonst hätte wenden sollen. Daher habe ich Sie angerufen.«

»Kommen Sie von dort weg?«

»Ich glaube, das wird schwierig. Sie haben meine Leute nach Hause geschickt, daher bin nur noch ich hier. Ich werde versuchen, die Turbinen anzuhalten. Vielleicht nimmt man mich in der Zentrale ernst, wenn der Strom ausfällt.«

»Tun Sie, was Sie für das Beste halten, aber gehen Sie kein unnötiges Risiko ein.«

»Ich werde mich schon vorsehen.«

»Wie lautete der Name des Mannes, der zu Ihnen kam?«

»Fauchard. Emil Fauchard. Er erinnert mich an eine Schlange.«

*Emil Fauchard.*

»Tun Sie so, als sei alles okay«, sagte Austin. »Ich komme morgen zum Lac du Dormeur.«

»*Merci beaucoup*, Mr. Austin. Es wäre nicht sehr klug von Ihnen, wenn Sie zum Haupteingang hereinkämen. Wie erfahre ich, dass Sie angekommen sind?«

»Ich lasse es Sie irgendwie wissen.«

Sie trennten die Verbindung, und Austin ließ sich die jüngste Entwicklung durch den Kopf gehen. Dann griff er nach dem Hoteltelefon und rief Joe und die Trouts an, um ihnen Bescheid zu geben, dass die Pläne sich geändert hätten. Als sie auf sein Zimmer kamen, berichtete Austin von seinen Telefonaten.

»Meinst du, die Fauchards haben Skye gekidnappt?«, fragte Zavala.

»Diese Vermutung drängt sich geradezu auf, wenn man ihr Interesse an dem Helm betrachtet.«

»Wofür brauchen sie Skye, wenn sie den Helm haben?«

»Rate doch mal.«

Gamays Gesicht hellte sich auf, als ihr der zündende Gedanke kam. »Jetzt verstehe ich. Sie benutzen sie als Köder, um dich in eine Falle zu locken.«

Austin nickte. »Mein erster Impuls war, direkt das Château Fauchard aufzusuchen«, sagte Austin. »Doch dann wurde mir klar, dass sie genau das von mir erwarten würden. Wir sollten daher das Unerwartete tun und uns Emil vornehmen. Mit ihm in unserer Gewalt sitzen wir vielleicht am längeren Hebel. Außerdem mache ich mir auch Sorgen wegen Lessard. Ich denke, er schwebt in großer Gefahr. Sie werden Skye wohl am Leben lassen, bis ich den Köder geschluckt habe.«

»Was sollen wir deiner Meinung nach tun?«, fragte Paul.

»Überprüft die Abwehreinrichtungen des Schlosses. Haltet Ausschau nach einer Möglichkeit, in das Schloss hineinzukommen. Aber seid vorsichtig. Madame Fauchard ist um einiges gefährlicher als ihr Sohn. Er ist lediglich ein gewalttätiger Soziopath. Sie hingegen ist clever und mörderisch.«

»Wie reizend«, sagte Gamay. »Ich kann es kaum erwarten, sie kennen zu lernen.«

Sie wünschten einander eine gute Nacht und kehrten auf ihre Zimmer zurück. Austin wählte die Nummer auf der Visitenkarte, die Mayhew ihm gegeben hatte, erklärte dem Geheimdienstmann, dass er so schnell wie möglich Schottland verlassen müsse, und bat ihn um Hilfe. Mayhew meinte, er starte am nächsten Morgen mit einem Privatjet und nehme Austin und die anderen Mitglieder des NUMA-Teams gerne nach London mit, von wo aus sie nach Paris weiterfliegen könnten.

Austin bedankte sich und versprach, sich eines Tages für diesen Gefallen zu revanchieren, dann sah er zu, dass er sich noch ein paar Stunden Nachtruhe gönnte. Er lag für einige Zeit wach im Bett und verdrängte eine Flut ablenkender Gedanken, damit er sich auf die unmittelbar bevorstehende Aufgabe konzentrieren konnte, die darin bestand, Skye zu suchen und zu retten. Schließlich forderte der Körper sein Recht, und Austin sank in einen unruhigen Schlaf.

## 37

Der Privatjet startete am nächsten Morgen schon bei Tagesanbruch, doch anstatt den Flughafen Heathrow in London anzusteuern, nahm er Kurs auf Paris. Ehe die Maschine sich in den Morgenhimmel schraubte, hatte Austin Mayhew überredet, seinen Flugplan zu ändern. Er sagte, er habe keine Zeit, auf Einzelheiten einzugehen, aber es gehe um Leben und Tod.

Mayhew stellte nur eine einzige Frage: »Hat es etwas mit der Angelegenheit zu tun, über die wir gestern Abend gesprochen haben?«

»Es könnte alles damit zu tun haben.«

»Kann ich in diesem Fall davon ausgehen, dass Sie mich über den Gang Ihrer Ermittlungen auf dem Laufenden halten?«

»Ich lasse Ihnen den gleichen Bericht zukommen, den ich auch an meine Vorgesetzten bei der NUMA schicke.«

Mayhew nahm das lächelnd zur Kenntnis, und sie besiegelten die Abmachung mit einem Händedruck. Am späten Vormittag landeten sie auf dem Flughafen Charles De Gaulle. Die Trouts machten sich auf den Weg zum Schloss, und Austin und Zavala stiegen in eine Chartermaschine, die sie in das verträumte kleine Dorf in der Nähe des Gletschers brachte.

Zavala hatte zuvor mit seiner Freundin Denise im französischen Parlament telefoniert. Nachdem sie Zavala das Versprechen abgenommen hatte, sich bei nächster Gelegenheit wieder mit ihr zu treffen, sorgte sie dafür, dass in dem Dorf bei ihrer Ankunft ein achtzehn Fuß langes Motorboot für sie bereitlag. Den ganzen Nachmittag über waren sie auf dem gewundenen Fluss unterwegs und erreichten den Lac du Dormeur bei Einbruch der Dunkelheit. Da sie ihre Ankunft nicht weithin publik machen wollten, begnügten sie sich mit einem mäßigen Tempo, als sie den mit Dunstschleiern verhangenen, spiegelglatt daliegenden See überquerten und um die Minieisberge herumkurvten, die vereinzelt auf seiner Oberfläche trieben. Der Viertakt-Außenbordmotor lief flüsterleise, doch in Austins Ohren klang er wie ein lauter Rufer in einer Kathedrale.

Austin lenkte das Boot zu dem einmotorigen Wasserflugzeug, das ein paar Meter vom Ufer entfernt ankerte. Das Boot ging neben dem Flugzeug längsseits, und Austin kletterte auf einen Schwimmer, um einen Blick in das Cockpit zu werfen. Die Maschine war eine de Havilland Otter mit Platz für neun Passagiere. Auf drei Sitzen lagen Tauchausrüstungen, wodurch Lessards Beobachtung, dass das Flugzeug als Tauchplattform benutzt wurde, seine Bestätigung fand. Austin kehrte ins Boot zurück und ließ den Blick am Ufer entlangwandern. Nichts rührte sich im grauen Dämmerlicht. Er steuerte das Boot am Ufer entlang, ging damit hinter einem Felsvorsprung in Deckung. Dann begannen er und Zavala den langen Aufstieg zum Kraftwerk.

Sie hatten nur leichtes Gepäck, das aus einem Trinkwasservorrat, konzentrierter Kraftnahrung, Pistolen und Reservemunition bestand. Trotzdem war es bereits dunkel, als sie endlich vor dem Kraftwerk standen. Das große Eingangstor war nicht verriegelt. Bis auf das Summen der Turbine war es im Innern des Gebäudes völlig still. Austin drehte sich langsam um die eigene Achse, während er in der Eingangshalle des Kraftwerks stand und seine Ohren sich auf das bienenkorbgleiche Summen aus dem Innern des Berges konzentrierten. Seine blauen Augen verengten sich. »Irgendetwas stimmt hier nicht«, sagte er zu Zavala. »Die Turbine läuft.«

»Das ist schließlich ein Elektrizitätswerk«, sagte Zavala. »Ist es da nicht völlig normal, dass Generatoren in Betrieb sind?«

»Unter normalen Umständen ja. Aber Lessard erklärte mir am Telefon, er wolle versuchen, die Turbine abzuschalten. Der Stromausfall würde in der Zentrale einen Alarm auslösen, und sie würden jemanden losschicken, der nach dem Rechten sehen soll.«

»Vielleicht hat Lessard es sich anders überlegt«, sagte Zavala.

Austin schüttelte fast unmerklich den Kopf. »Ich hoffe nur, dass sonst niemand es sich anders überlegt hat.«

Nachdem sie das Büro und die Wohnquartiere überprüft hatten, verließen Austin und Zavala die Halle und gingen zum Kontrollraum. Vor der Tür blieb Austin stehen. Alles war still, aber sein sechster Sinn sagte ihm, dass sich jemand im Kontrollraum aufhielt. Er zog seine Pistole, gab Zavala ein Zeichen, das Gleiche zu tun, und trat ein. In diesem Moment sah er Lessard. Der Betriebsleiter des Elektrizitätswerks sah aus, als ob er eingeschlafen sei, doch das Einschussloch in seinem Rücken erzählte eine andere Geschichte. Sein rechter Arm war ausgestreckt, seine Finger nur wenige Zentimeter von der blutbespritzten Reihe von Schaltern entfernt, die den Generator gestoppt hätten.

Ein Ausdruck mühsam unterdrückter Wut breitete sich auf Austins Miene aus. Er legte den stummen Schwur ab, dass jemand für den Tod dieses großzügigen Franzosen büßen müsste, der Austin in die Lage versetzt hatte, Skye und die anderen unter dem Gletscher eingesperrten Wissenschaftler zu retten. Er berührte Lessards Hals. Der Körper war kalt. Lessard war vermutlich getötet worden, kurz nachdem er mit Austin telefoniert hatte.

Die Tatsache, dass es unmöglich gewesen wäre, den Franzosen zu retten, tröstete Austin wenig. Er ging zum Computermonitor hinüber, auf dem eine schematische Darstellung des Tunnelsystems zu sehen war, und nahm davor Platz, um sich die unterschiedlichen Strömungsrichtungen des Wassers in den Tunnels anzusehen. Lessard hatte sich als wahres Genie erwiesen, indem er das Wasser aus den Gletscherbächen mittels eines komplizierten Systems von Umleitungen vom Observatorium abgeleitet hatte.

»Die Tunnel sind in unterschiedlichen Farben dargestellt«, erklärte er Zavala. »Die blinkenden blauen Linien zeigen die Tunnel, die mit Wasser gefüllt sind, und die roten Linien weisen auf zur Zeit trockene Kanäle hin.« Er tippte auf eine rote Linie. »Das ist der Tunnel, den wir für die Rettungsaktion benutzt haben.«

Zavala beugte sich über Austins Schulter und folgte mit dem Finger einer gewundenen Route vom Zugangstunnel des Observatoriums zurück zum Kraftwerk. »Ein richtiges Labyrinth. Wir müssen mehrmals die Richtung wechseln.«

»Wir sollten eigentlich dort herauskommen, wo unser Freund Sebastian das Schleusentor gesprengt hat. Von dort ist es nur noch ein kurzer Fußweg bis zum Observatorium. Und jetzt die schlechte Nachricht: Wir müssen uns den Weg durch circa zehn bis fünfzehn Meilen Tunnel suchen.«

»Das kann Stunden dauern, und wenn wir uns verirren, sogar noch länger.«

»Nicht unbedingt«, widersprach Austin, als ihm etwas einfiel, das Lessard über Dr. LeBlanc gesagt hatte.

Er ließ sich das Schema ausdrucken und warf einen letzten traurigen Blick auf Lessards sterbliche Hülle, dann verließen er und Zavala den Kontrollraum. Sekunden später standen sie auf der Aussichtsplattform, wo Lessard Austin die Kraft des Schmelzwassers demonstriert hatte, das vom Gletscher abfloss. Der schäumende Strom, der Austin lebhaft an die Stromschnellen des Colorado erinnert hatte, war im Augenblick nicht mehr als ein harmloser Bach, kaum zwei Meter breit und höchstens einen halben Meter tief.

Zufrieden, dass der Tunnel so gut wie trocken war, kehrten er und Zavala in die Halle zurück und verließen das Elektrizitätswerk. Sie gingen ungefähr zweihundert Meter vom Eingang des Kraftwerks zu einer Garage aus Stahlblechplatten, die dicht an der Felswand aufgestellt worden war. Die Garage beherbergte zwei Fahrzeuge: den Lieferwagen, der Austin bei seinem ersten Besuch im Elektrizitätswerk abgeholt hatte, und, unter einer Plastikplane, Dr. LeBlancs geliebten Citroën 2CV.

Austin zog die Plane herunter. »Das ist Fifi«, stellte er vor.

»Fifi?«

»Der Wagen gehört einem der Gletscherexperten. Er liebt die Nuckelpinne.«

»Ich habe schon schönere Frauen gesehen«, sagte Zavala, »aber ich habe auch schon immer darauf bestanden, dass eigentlich nur die Persönlichkeit zählt.«

Mit seinem steilen Heck und der gewölbten Motorhaube war der zähe kleine Citroën 2CV eines der originellsten Automobile, die je produziert wurden. Der Designer des Fahrzeugs hatte erklärt, er wolle einen Wagen konstruieren, der einen gepflügten Acker überqueren kann, ohne dass rohe Eier in einem Korb auf dem Sitz dabei zu Bruch gehen. Fifi hatte schon einige Meilen auf dem Buckel. Die hinteren halbmondförmigen Radkästen waren verbeult, und der verblichene rote Lack war fast rosa und von Sand und Geröll zerkratzt. Dennoch umgab das Fahrzeug die kapriziöse Aura einer Frau, die niemals eine Schönheit gewesen war, sich jedoch ihrer überdurchschnittlichen Fähigkeiten bewusst war, das Leben mit all seinen Wechselfällen bestens zu meistern.

Der Schlüssel steckte im Zündschloss. Sie stiegen ein und starteten problemlos. Dann fuhren er und Zavala über eine Schotterstraße, die am Fuß der Felswand entlangführte, bis sie zu einem hohen doppelflügeligen Tor gelangten. Austin zog den Lageplan zu Rate und sah, dass sie sich an einer Stelle befanden, die mit *Porte de Sillon* bezeichnet war. Er war sich der genauen Übersetzung dieses Namens nicht ganz sicher, doch ihm leuchtete ein, dass die mächtigen Gesteinsbohrmaschinen, die das Tunnelsystem aus dem Fels geschnitten hatten, irgendwo in den Berg hatten hinein- und wieder hinausgelangen müssen.

Die Torflügel waren aus massivem Stahl gefertigt, doch sie waren perfekt ausbalanciert und ließen sich mit einem Minimalaufwand an Kraft öffnen. Austin lenkte Fifi durch die Öffnung in den Tunnel, wo das Winseln des kleinen Automotors von den Wänden und der Decke widerhallte. Der Tunnel führte am Turbinensaal vorbei und ermöglichte den Zugang zum Hauptsystem. Hätten sie die Karte nicht gehabt, wären sie in dem Gewirr von miteinander verbundenen und sich kreuzenden Tunnels hoffnungslos in die Irre geraten. Zavala spielte auf dem Beifahrersitz den Navigator, während Austin mit Bleifuß und gewagten Lenkmanövern den Felskorridoren folgte. Etwa eine Viertelstunde nachdem sie ins Tunnelsystem eingedrungen waren, wies Zavala seinen Freund an, an der nächsten Kreuzung nach links abzubiegen.

»Wir befinden uns dicht vor dem Observationstunnel«, sagte er.

»Wie weit ist es noch?«

»Ungefähr eine halbe Meile.«

»Ich glaube, wir sollten Fifi lieber hier stehen lassen und zu Fuß weitergehen.«

Wie im gesamten System verfügte auch dieser Tunnel über eine Kette von Lampen an der Decke. Zahlreiche Glühbirnen waren längst durchgebrannt und nicht ersetzt worden. Die unvollständige Beleuchtung intensivierte die Schwärze der nicht beleuchteten Abschnitte zwischen den fahlen Lichtkegeln. Hinzu kam, dass die nassen Felswände eine feuchte Kälte verströmten, die in ihren ungeschützten Gesichtern ein taubes Gefühl erzeugte. Gleichzeitig versuchte die Kälte durch den Halsausschnitt der Daunenjacken, die sie im Mannschaftsquartier gefunden hatten, weiter vorzudringen, sodass die beiden Männer, obgleich sie in Bewegung waren, allmählich zu frieren begannen.

»Man hat mir erzählt, durch den Job bei der NUMA würde ich in der Welt herumkommen«, sagte Zavala. »Ich hatte allerdings nie damit gerechnet, dass das zu Fuß geschehen würde.«

»Betrachte das Ganze als charakterbildende Maßnahme«, meinte Austin fröhlich.

Nach ein paar weiteren Minuten der Charakterbildung kamen sie zu einer Leiter, die an einer Wand zu einem Laufgang hinaufführte. Ein Teilstück des Laufgangs war mit Plastik und Glas verkleidet. Austin erinnerte sich, dass Lessard von Satelliten-Kontrollstationen, die über das gesamte Tunnelsystem verteilt waren, gesprochen hatte. Sie gingen weiter und waren soeben in einen anderen Tunnel eingebogen, als Austins scharfe Ohren ein Geräusch wahrnahmen, das laut genug war, um das ständige Plätschern und Tropfen zu übertönen.

»Was ist das?«, fragte er und legte eine Hand hinters Ohr.

Zavala lauschte einige Sekunden lang. »Es klingt wie eine Lokomotive.«

Austin schüttelte den Kopf. »Aber das ist kein Geisterzug. *Renn!*«

Zavala war wie gelähmt. Er stand stocksteif da, wie in Trance, bis Austins drängende Stimme ihn aus diesem Zustand herausriss. Dann stürmte er los wie ein Kurzstreckenläufer beim Knall der Starterpistole und hielt sich dicht hinter Austin. Sie sprinteten durch Pfützen und achteten nicht darauf, dass ihre Hosen schon nach wenigen Schritten bis zum Bund triefnass waren.

Das Rauschen wurde lauter und steigerte sich zu einem Brüllen. Austin bog schnell nach rechts in einen anderen Tunnel ab. Zavala versuchte, ihm zu folgen, rutschte jedoch auf dem nassen Boden aus. Austin hatte Zavalas Sturz mitbekommen. Er kehrte zurück, zog seinen Freund am Handgelenk hoch, und schon waren sie wieder unterwegs und flohen vor der unsichtbaren Bedrohung. Der felsige Untergrund schien zu vibrieren, während der Lärm ohrenbetäubende Ausmaße annahm.

Austins hektisch suchende Augen entdeckten eine Stahlleiter, die an der Felswand nach oben den Zugang zu einem Laufgang ermöglichte. Er packte die erste Sprosse und zog sich daran hoch wie ein Zirkusakrobat. Zavala hatte sich bei seinem Sturz ein Knie verletzt und kam nur langsam voran. Austin griff nach unten und hievte seinen Partner auf den Laufgang, dann drängten sie sich schnellstens in die Kontrollkabine.

*Gerade noch rechtzeitig.*

Eine Sekunde nachdem sie die wasserdichte Tür zugeschlagen hatten, raste eine mächtige blaue Woge durch den Tunnel. Der Laufgang verschwand unter den tobenden, schäumenden Fluten, die gegen die Fenster schlugen wie Brecher gegen ein Schiff in stürmischer See. Der Laufgang erzitterte unter dem Ansturm, und für einen kurzen Moment befürchtete Austin, dass die gesamte Konstruktion, Kontrollkabine und Laufgang, mitgerissen wurde.

Nach dem ersten Schwall nahm die Strömung allmählich ab, jedoch reichte der Wasserstand weiterhin bis zum Laufgang. Austin trat ans Kontrollpult und betrachtete das Diagramm auf dem Überwachungsmonitor. Er machte sich Sorgen, dass das Absperrtor nachgegeben hatte, sodass das Schmelzwasser des Gletschers ungehindert durch den Tunnel abfließen konnte. Wenn das der Fall wäre, würden sie in der Kontrollkabine eingesperrt sein, bis sie starben oder bis der Gletscher vollständig abgeschmolzen wäre.

Die Linie, die den Tunnel symbolisierte, war immer noch rot, was darauf hinwies, dass er als trocken galt. Er betrachtete dies als einen Hoffnungsschimmer, denn das konnte heißen, dass die Flut aus einer räumlich begrenzten Wasserblase stammte und irgendwann versiegen würde.

Es musste eine sehr große Wasserblase gewesen sein. Fünf Minuten, die ihm wie fünf Jahre vorkamen, verstrichen, ehe die Flut nachzulassen begann. Der Wasserspiegel sank merklich, und sie konnten den Laufgang wieder betreten, ohne befürchten zu müssen, heruntergespült zu werden.

Es dauerte weitere zehn Minuten, bis die Strömung sich ausreichend abgeschwächt hatte, sodass man ungefährdet die Leiter hinuntersteigen konnte. Austin erwog die Möglichkeit, dass weitere Wasserblasen aufbrechen könnten, verdrängte diesen Gedanken jedoch schnell aus seinem Bewusstsein und suchte sich weiter einen Weg durch das Tunnellabyrinth. An einer Stelle fanden sie einen Tunnel vor, der eigentlich hätte trocken sein müssen, es jedoch nicht war. Ihn zu durchwaten erschien nicht ganz ungefährlich, zumal sie dabei auch bis auf die Haut durchnässt worden wären, daher entschieden sie sich für einen Umweg.

Laut ihres Lageplans waren sie nur noch wenige Minuten vom Tunnel entfernt, durch den man ins Gletscherobservatorium gelangen konnte. Schließlich standen sie vor einer massiven Stahltür, die den Schleusentoren ähnelte, die sie in anderen Tunnels gesehen hatten. Diese hingegen unterschied sich von den anderen: Der dicke Stahl war verbogen wie eine Orangenschale.

Zavala ging näher heran und betastete behutsam den verbeulten Stahl. »Das muss die Tür sein, die Fauchards Gefolgsmann aufgesprengt hat.«

Austin hielt den Lageplan hoch und deutete auf eine Tunnellinie. »Wir sind jetzt hier«, sagte er. »Wenn wir durch diese Tür gehen und uns rechts halten, ist das Observatorium nur noch eine halbe Meile entfernt. Wir sollten lieber wachsam sein und darauf achten, möglichst keinen Lärm zu machen.«

»Ich gebe mir alle Mühe, dafür zu sorgen, dass meine Zähne nicht klappern, aber leicht ist es nicht.«

Ihre flapsigen Bemerkungen täuschten. Beide Männer waren sich der potenziellen Gefahren, die ihnen drohten, durchaus bewusst, und ihre Sorge drückte sich in der Sorgfalt aus, mit der sie ihre Pistolen überprüften. Während sie den Tunnel betraten, lieferte Austin seinem Gefährten eine Beschreibung der Laboraufteilung. Im Flüsterton berichtete er von der weitläufigen Laboranlage, von der Treppe, die zum Beobachtungstunnel führte, und von der Eiskammer, in der Jules Fauchard eingeschlossen war.

Sie näherten sich den Labor-Trailern, als Zavala abermals zu humpeln begann. Sein verletztes Knie meldete sich. Er meinte, Austin solle vorgehen, er würde ihn schon einholen. Austin überlegte, ob er die Trailer überprüfen sollte, doch deren Fenster waren dunkel, und er schloss daraus, dass Emil und seine Männer sich im Observatorium aufhielten. Ihm wurde schnell klar, dass er sich irrte, als hinter ihm eine Tür leise aufschwang und eine Stimme ihm auf Französisch befahl, die Hände zu heben. Dann erhielt er den Befehl, sich langsam umzudrehen.

Im matten Licht konnte Austin eine stämmige Gestalt ausmachen. Obwohl es im Tunnel ziemlich dunkel war, wurde ein verirrter Lichtstrahl von der Pistole reflektiert, die auf ihn zielte.

»Hallo«, sagte Sebastian mit unverhohlener Freude. »Maître Emil erwartet Sie bereits.«

## 38

Das Bistro an der Straße kam den Trouts, die den größten Teil des Tages unterwegs gewesen waren, wie eine Oase in der Wüste vor. Sie schlenderten zu dem umgebauten Bauernhaus und saßen schon bald in einem Speisesaal mit Blick auf einen liebevoll angelegten Blumengarten. Ausgelöst durch akuten Hunger und Durst, erwies dieser Zwischenstopp sich auch in anderer Hinsicht als ausgesprochener Glücksfall. Nicht nur die Speisen waren exzellent, sondern der gut aussehende junge Eigentümer des Bistros entpuppte sich außerdem als erschöpfende Informationsquelle.

Er hörte, dass Paul und Gamay sich auf Englisch unterhielten, und kam an ihren Tisch, um sich vorzustellen. Sein Name war Bertrand, kurz »Bert«, und er hatte einige Jahre lang als Koch in New York City gearbeitet, ehe er nach Frankreich zurückkehrte, um seinen eigenen Betrieb zu eröffnen. Er freute sich über die Gelegenheit, wieder einmal Englisch sprechen zu können, und sie beantworteten seine Fragen über die Vereinigten Staaten mit geduldigem Gleichmut. Als überzeugter Fan der Jets interessierte er sich besonders für Football. Und als Franzose interessierte er sich unverhohlen für Gamay und ihren ungewöhnlichen Namen.

»*C'est belle*«, sagte er. »*C'est très belle.*«

»Das war die Idee meines Vaters«, erklärte sie. »Er war ein Weinkenner, und die Farbe meines Haars erinnerte ihn an die Beaujolais-Rebe.«

Berts bewundernd schmachtende Augen registrierten Gamays langes, kunstvoll frisiertes Haar und ihr strahlendes Lachen. »Ihr Vater konnte sich glücklich schätzen, eine so wunderbare Tochter zu haben. Und Sie, Monsieur Trout, sind ein Glückspilz, da Sie eine bildschöne Frau haben.«

»Vielen Dank«, sagte Paul und legte einen Arm in einer nicht misszuverstehenden männlichen Geste um Gamays Schultern.

Bert lächelte unbekümmert, als die unterschwellige Botschaft bei ihm ankam, und war sogleich wieder der perfekte professionelle Gastgeber. »Sind Sie geschäftlich unterwegs, oder machen Sie Urlaub?«

»Ein wenig von beidem«, erwiderte Gamay.

»Wir besitzen einige kleine Weinhandlungen in Washington und Umgebung«, erklärte Paul und bediente sich der Tarnung, auf die er und Gamay sich geeinigt hatten. Er reichte Bert eine der Visitenkarten, die er und Gamay sich in einem Fotokopierladen am Flughafen während ihres Zwischenstopps in Paris eilig hatten drucken lassen. »Während wir durch das Land reisen, halten wir gleichzeitig Ausschau nach kleinen Weingütern, die für unsere teilweise sehr wählerische Kundschaft ganz besondere Tropfen bereithalten.«

Bert klatschte in die Hände, als applaudiere er seinen Gästen. »Sie und Ihre Frau sind genau in die richtige Gegend gekommen, Monsieur Trout. Der Wein, den Sie gerade trinken, kommt von einem Gut nicht weit von hier. Ich kann Sie mit dem Eigentümer bekannt machen.«

Gamay trank einen Schluck aus ihrem Glas. »Ein robuster Rotwein. Frühzeitig gereift und sehr lebendig. Im Abgang ein deutliches Himbeeraroma.«

»Besonders gefällt mir sein leicht ungebärdiger Charakter«, meinte Paul. »Unterstrichen durch einen Anflug von Pfeffer.«

Beide Trouts bevorzugten Bier aus kleinen Privatbrauereien, und ihre Weinkenntnisse holten sie sich vorwiegend von den Etiketten, aber Bert nickte anerkennend. »Sie sind hervorragende Weinkenner, wirklich.«

»Vielen Dank«, sagte Gamay. »Können Sie uns auch noch andere Weingüter empfehlen?«

»*Oui*, Madame Trout. Viele.« Bert schrieb mehrere Namen auf eine Serviette, die Paul zusammenfaltete und in die Tasche steckte.

»Jemand hat vor kurzem noch ein anderes Weingut erwähnt«, sagte Gamay. »Wie lautete der Name noch mal, Liebling?«

»Fauchard?«, sagte Paul.

»Genau, das war es.« Sie wandte sich wieder an Bertrand. »Führen Sie auch Fauchard-Weine?«

»*Mon Dieu.* Ich wünschte, das könnte ich. Es ist ein hervorragender Wein. Die Produktionsmenge des Gutes ist sehr begrenzt, und der Wein wird von einer ausgesuchten Gruppe reicher Kunden, vorwiegend Europäer und betuchte Amerikaner, aufgekauft. Selbst wenn ich an eine Partie herankäme, wäre der Wein für meine Kunden viel zu teuer. Der Preis pro Flasche läge bei ungefähr tausend Dollar.«

»Tatsächlich?« Gamay staunte. »Wir würden dieses Weingut gerne einmal besuchen, um uns anzusehen, welche Rebe derartige Preise erzielen kann.«

Bert zögerte, und seine Gesichtszüge verdüsterten sich. »Es liegt gar nicht weit von hier, aber die Fauchards sind ... wie soll ich es ausdrücken? Seltsam.«

»In welcher Hinsicht?«

»Sie sind nicht sehr entgegenkommend. Niemand besucht sie oder kriegt sie anderweitig zu Gesicht.« Er spreizte die Hände. »Es ist eine sehr alte Familie, und es gibt eine Menge Geschichten über sie.«

»Geschichten welcher Art?«

»Klatsch und Tratsch, Altweibergeschichten. Bauern können

sehr abergläubisch sein. Es heißt, die Fauchards seien *sangsues*. Blutsauger.«

»Sie meinen Vampire?« Gamay musste lächeln, während sie die Frage stellte.

»*Oui.*« Bert lachte und nickte. »Ich glaube, sie haben so viel Geld, dass sie von der ständigen Furcht gequält werden, man könnte es ihnen stehlen. Sie gleichen in keiner Hinsicht den Leuten, die hier leben. Wir sind grundsätzlich freundlich und zuvorkommend. Ich hoffe, dass die Fauchards Ihnen nicht einen falschen Eindruck von dieser Gegend vermitteln.«

»Das dürfte unmöglich sein, nachdem wir Ihre köstlichen Speisen genießen und Ihre Gastfreundschaft in Anspruch nehmen durften«, beruhigte Gamay ihn lächelnd.

Bert strahlte übers ganze Gesicht, nahm sich eine zweite Serviette und notierte darauf die Wegbeschreibung zu den Fauchards. Sie könnten einen Blick auf die Weingärten werfen, sagte er, doch die BETRETEN VERBOTEN-Schilder, die sie auf ihrer Fahrt zu Gesicht bekämen, sollten sie auf jeden Fall ernst nehmen. Sie bedankten sich, verabschiedeten sich auf französische Art mit Umarmungen und angedeuteten Wangenküssen und stiegen in ihren Wagen.

Gamay brach in schallendes Gelächter aus. »Ein Wein mit *ungebärdigem* Charakter? Ich kann nicht glauben, dass du das tatsächlich gesagt hast.«

»Mir ist ein ungebärdiger Wein allemal lieber als eine *frühreife* Traube«, sagte Paul betont hochnäsig.

»Aber du musst zugeben, dass er im Abgang ein deutliches Himbeeraroma entwickelt hat«, sagte sie.

»Und außerdem einen Anflug von Pfeffer«, erwiderte Paul. »Ich glaube nicht, dass Bert unsere weinkundliche Schaumschlägerei durchschaut hat. Er war ausschließlich auf dich fixiert. ›Sie haben eine wunderbare Frau‹«, wiederholte Trout mit einem Akzent, mit dem der alte Filmstar Charles Boyer früher seine Fans zu begeistern pflegte.

»Ich finde, er war einfach reizend«, sagte Gamay mit dem Anflug eines Schmollens.

»Das finde ich auch, und er hatte hundertprozentig Recht, als er meinte, ich müsste ein glücklicher Mensch sein.«

»Das gefällt mir schon viel besser«, sagte sie. Dann warf sie einen Blick auf die Skizze, die Bert auf die Serviette gezeichnet hatte. »In etwa zehn Meilen kommt eine Abzweigung, die zum Schloss führt.«

»So wie Bert es geschildert hat, muss es die französische Version von Schloss Dracula sein«, sagte Paul.

»Und nach dem zu urteilen, was Kurt uns erzählt hat, ist Dracula verglichen mit Madame Fauchard so harmlos wie Mutter Teresa.«

Zwanzig Minuten später fuhren sie über eine lange Schotterstraße, die sich durch eine Hügellandschaft wand und durch in Terrassen angelegte Weingärten schlängelte. Im Gegensatz zu den anderen Weingärten, an denen sie bisher .vorbeigefahren waren, gab es hier keinerlei Zeichen oder sonstige Hinweise, die Informationen über den Eigentümer dieses Weingutes lieferten. Doch während die Landschaft zunehmend dichter bewaldet wurde, sahen sie immer häufiger Warnschilder auf Französisch, Englisch und Spanisch, die darauf aufmerksam machten, dass sie sich auf Privatbesitz befanden.

Die Straße endete vor einem Tor in einem hohen mit Stacheldraht und elektrischem Strom gesicherten Maschendrahtzaun. Das Schild am Tor enthielt sogar eine noch ernstere Warnung, auch in diesem Fall in drei Sprachen, dass Unbefugte damit rechnen müssten, von bewaffneten Wächtern und Wachhunden aufgehalten zu werden. Die Androhung physischer Gewalt gegen unbefugte Personen war unverkennbar.

Paul las die Inschriften der Warnschilder und stellte fest: »Es scheint, als hätte Bert hinsichtlich der Fauchards Recht. Sie gehören tatsächlich nicht gerade zu den freundlichsten und umgänglichsten Zeitgenossen.«

»Ach, ich weiß nicht«, widersprach Gamay. »Wenn du in den Rückspiegel blickst, wirst du sehen, dass sie uns tatsächlich ein Begrüßungskomitee geschickt haben.«

Paul folgte Gamays Empfehlung und sah durch das Heckfenster ihres gemieteten Peugeot den Kühlergrill eines schwarzen Mercedes. Der Wagen blockierte die Straße hinter ihnen. Zwei Männer stiegen aus dem Fahrzeug. Einer war klein und stämmig und hatte einen kahl rasierten Schädel, der die Form einer Gewehrkugel aufwies. In der Faust hielt er die Leine eines gefährlich aussehenden Rottweilers, der heftig schnaufte, während er sich gegen sein Würgehalsband stemmte. Der zweite Mann war hoch gewachsen und dunkelhäutig und hatte die fleischige, breite Nase eines Preisboxers. Beide Männer trugen militärische Tarnkleidung und Handfeuerwaffen.

Der kahlköpfige Mann kam herüber auf die Fahrerseite und sagte etwas auf Französisch, was nicht gerade Pauls starke Seite war, doch er hatte kein Problem, das Gesagte als Befehl zu verstehen, aus dem Wagen auszusteigen. Gamay hingegen beherrschte die Sprache fließend. Als der Mann mit dem Kugelkopf sie fragte, was sie hier zu suchen hätten, reichte sie ihm eine Visitenkarte, faltete die Serviette auseinander, die Bert ihnen mitgegeben hatte, und zeigte dem Mann das darauf eingetragene Weingut.

Der Mann betrachtete die Namen. »Dies ist der Fauchard-Besitz. Der Ort, zu dem Sie wollen, liegt dort«, sagte er und deutete in die entsprechende Richtung.

Gamay schien sich schlagartig furchtbar aufzuregen. Eine nicht aufzuhaltende Flut Französisch strömte über ihre Lippen, wobei sie mehrmals auf Paul deutete. Die Wächter brachen über diese eheliche Beschimpfung in Gelächter aus. Kugelkopf taxierte Gamay von Kopf bis Fuß mit einem Blick, der mehr als nur beiläufig war. Gamay quittierte sein Interesse mit einem affektierten Lächeln. Dann stiegen er, sein Kollege und der Hund wieder in den Mercedes. Sie lenkten den Wagen aus dem Weg, sodass Paul zurücksetzen und wenden konnte. Während der Peugeot sich vom Tor entfernte, beglückte Gamay die Wächter mit einem Winken, das freudig erwidert wurde.

»Es sieht so aus, als hätten wir soeben Kurts Skinhead-Freund Marcel kennen gelernt«, sagte Trout.

»Auf jeden Fall passt auf ihn die Furcht erregende Beschreibung«, sagte Gamay.

»Er war viel freundlicher, als ich erwartet hätte«, sagte Trout. »Sogar der Hund hat gelächelt. Was hältst du davon?«

»Ich habe ihnen erklärt, du seist ein Idiot, weil du uns in die Irre geführt hast.«

»Oh.« Trout verzog das Gesicht. »Und was hat unser Glatzköpfchen darauf erwidert?«

»Er meinte, es sei ihm eine Freude, uns den richtigen Weg zu zeigen. Ich glaube, er hat mit mir geflirtet.«

Trout betrachtete sie kopfschüttelnd von der Seite. »Das ist schon das zweite Mal, dass du deinen weiblichen Charme eingesetzt hast. Zuerst bei Bert und jetzt bei Kugelkopf und seinem Kettenhund.«

»In der Liebe und im Krieg ist alles erlaubt.«

»Es ist nicht der *Krieg*, weshalb ich mir Sorgen um dich mache. Jeder Franzose, den wir kennen lernen, hat so einen seltsamen Schlafzimmerblick.«

»Jetzt sei still. Ich habe ihn gefragt, ob wir ein wenig herumfahren und uns die Weinstöcke ansehen dürften. Er sagte, das sei in Ordnung, wir sollten uns nur von dem Zaun fern halten.«

Trout bog an der ersten Schotterstraße ab, und sie schaukelten durch scheinbar endlose Weingärten. Nach ein paar Minuten lenkten sie den Wagen unweit einer Gruppe von Traubenpflückern, die soeben eine Zigarettenpause machten, an den Straßenrand. Etwa ein Dutzend dunkelhäutige Arbeiter unterhielten sich mit einem Mann, der offensichtlich diesen Ernteeinsatz leitete. Gamay stellte sich und ihren Mann als amerikanische Weinhändler vor. Der Mann hörte stirnrunzelnd zu, als sie ihm erklärte, Marcel habe ihnen erlaubt, durch die Weingärten zu fahren.

»Ach, *den* meinen Sie«, sagte der Mann und nickte mit dem Kopf. Er stellte sich als Guy Marchand und Leiter der Traubenpflückermannschaft vor.

»Es sind Gastarbeiter aus dem Senegal«, fuhr er fort. »Die Arbeit hier ist sehr schwer, daher bin ich nicht so streng mit ihnen.«

»Wir haben im Bistro gegessen und uns mit Bertrand unterhalten«, berichtete Gamay. »Er lobte den Wein, der hier produziert wird, in den höchsten Tönen.«

»*Oui. C'est vrai.* Kommen Sie, ich zeige Ihnen die Trauben.«

Er gab den Traubenpflückern ein Zeichen, wieder an ihre Arbeit zurückzukehren, und führte die Trouts an einer Reihe Weinstöcke entlang. Er redete offenbar gerne und begeisterte sich für seine Arbeit, daher konnten die Trouts auf ihre Fassade als eingefleischte Weinkenner verzichten. Sie brauchten lediglich verständnisvoll zu nicken, während Guy seinen Vortrag über Bodenqualität, Klima und Traubensorten hielt. An einem Spalier blieb er stehen und pflückte ein paar Trauben ab. Er reichte sie Gamay und Paul. Er selbst zerquetschte eine Traube, roch daran und kostete den Saft mit der Zungenspitze. Sie machten es ihm nach und schnalzten anerkennend mit der Zunge. Dann kehrten sie zur Straße zurück und sahen, dass die Arbeiter Trauben in einen Lastwagen kippten.

»Wo wird der Wein in Flaschen abgefüllt?«, wollte Paul wissen.

»Auf dem Gut«, antwortete Guy. »Monsieur Emil möchte sichergehen, dass über jede Flasche Buch geführt wird.«

»Wer ist Monsieur Emil?«, fragte Gamay.

»Emil Fauchard ist der Eigentümer dieser Weingärten.«

»Meinen Sie, es wäre möglich, Monsieur Fauchard einmal persönlich kennen zu lernen?« Gamay sah ihn fragend an.

»Nein, er scheut jeden Kontakt.«

»Demnach kriegen Sie ihn nie zu sehen.«

»Oh doch, wir sehen ihn«, sagte Marchand. Er verdrehte die Augen und deutete zum Himmel.

Beide Trouts schauten hoch. »Das verstehe ich nicht«, sagte Gamay.

»Er fliegt dort mit seinem kleinen roten Flugzeug herum, um alles unter Kontrolle zu behalten.«

Guy berichtete weiter, dass Emil persönlich die Weinstöcke mit Insektiziden besprühte. Einmal habe Emil dabei sogar einen Arbeitstrupp erwischt. Einige Arbeiter seien schwer krank geworden und mussten ins Krankenhaus eingeliefert werden. Da sie ausnahmslos illegale Einwanderer waren, hatten sie sich nicht beklagt, aber Marchand habe damit gedroht zu kündigen, und die Arbeiter erhielten als Schadensersatz höhere Geldbeträge. Ihm war erklärt worden, es sei ein Unfall gewesen, jedoch ließ sein Tonfall keinen Zweifel daran, dass er sicher war, Emil hätte die Arbeiter mit voller Absicht besprüht.

Während Marchand erzählte, hatten die Arbeiter den Lastwagen beladen. Paul schaute ihm hinterher, während er die Schotterstraße hinunterrollte. Nach etwa einer Viertelmeile bog er nach links ab und steuerte auf ein Tor im elektrisch gesicherten Zaun zu. Als aktiver Angler und Fischer hatte Paul ein scharfes Auge für Details, und er konnte zwei Wächter beobachten, die vor dem Tor standen. Er sah, wie der Truck leicht bremste, dann durchgewunken wurde und das Tor sich hinter ihm schloss.

Paul klopfte Gamay auf die Schulter. »Ich glaube, es wird Zeit aufzubrechen.«

Sie bedankten sich bei Marchand, stiegen in ihren Wagen und fuhren zur Hauptstraße zurück, auf der sie die Weingärten verließen.

»Ein interessantes Gespräch«, stellte Gamay fest. »Emil scheint genauso nett zu sein, wie Kurt ihn beschrieben hat.« Paul gab nur ein undeutliches Brummen von sich. Gamay hatte sich mittlerweile an Pauls gelegentliche Einsilbigkeit gewöhnt – er hatte diese Verhaltensweise von seinen Vorfahren in New England geerbt –, jedoch glaubte sie, in seiner knappen Reaktion eine tiefere Bedeutung wahrnehmen zu können. »Ist etwas nicht in Ordnung?«

»Mir selbst geht es gut. Doch die Geschichte von diesem ›Insektizid-Unfall‹ ließ mich an all das Leid denken, das Emil und seine Familie verursacht haben. Sie sind verantwortlich für den Tod von MacLean und seinen Kollegen und den Tod dieses Engländers, Cavendish. Wer weiß, wie viele Morde sie in all den Jahren außerdem noch begangen haben?«

Gamay nickte. »Ich kann diese armen Mutanten nicht aus meinem Bewusstsein verdrängen. Ihr Dasein muss grauenvoll gewesen sein.«

Paul schlug mit der Hand aufs Lenkrad. »Je länger ich darüber nachdenke, desto lieber möchte ich irgendwem dafür die Zähne einschlagen.«

Gamay war verblüfft über diesen völlig untypischen Gefühlsausbruch. Sie runzelte die Stirn. »Wir müssen uns erst einmal überlegen, wie wir diesen Zaun überwinden und an den Wachen vorbeikommen, ehe wir irgendjemandem das Gebiss richten.«

»Das könnte uns vielleicht schon viel eher gelingen, als du ahnst«, sagte Paul grinsend und begann, ihr seinen Plan zu erläutern.

## 39

Sebastian durchsuchte Austin ziemlich unsanft und befreite ihn von seiner Pistole, dann befahl er ihm, sich in Richtung Treppe in Bewegung zu setzen. Sie stiegen die Stufen hoch, überwanden den sich gabelnden Korridor und kletterten die Holzleiter zur Eiskammer empor. Ein lautes Zischen drang aus der Höhle, und eine Dampfwolke wallte aus ihrer Öffnung hervor. Austin schloss die Augen zum Schutz vor dem heißen wirbelnden Dampf, und als er sie wieder aufschlug, gewahrte er im Nebel eine vage Silhouette.

Sebastian rief der Gestalt etwas zu. Emil Fauchard tauchte aus der Dampfwolke auf wie ein Zauberer, der seinen Bühnenauftritt inszeniert. Als er Austin erkannte, verzerrte sich sein Mund, und sein bleiches Gesicht erstarrte zu einer Maske namenloser Wut. Zorn und Rachegelüste brodelten in seiner Brust wie siedendes Öl, und er schien sich kaum im Zaum halten zu können. Dann entspannte sein Mund sich zu einem unbarmherzigen Grinsen, das noch schlimmer erschien. Er schloss die Düse des Schlauchs, den er in der Hand hielt, und der Dampf versiegte.

»Hallo, Austin«, sagte er mit schneidender Stimme. »Sebastian und ich hatten die ganze Zeit gehofft, Sie wiederzusehen, nachdem Sie unser Kostümfest verlassen haben, ohne sich zu verabschieden. Aber ich muss zugeben, dass ich erwartet hatte, Sie würden direkt zum Schloss fahren, um Ihre Freundin zu befreien.«

»Ich konnte der Versuchung nicht widerstehen, noch einmal Ihre reizende Gesellschaft genießen zu dürfen«, erwiderte Austin kühl. »Und ich habe mich bei Ihnen noch gar nicht dafür bedankt, dass ich mir Ihr Flugzeug ausleihen durfte. Warum haben Sie Lessard getötet?«

»Wen?«

»Den Betriebsleiter des Elektrizitätswerks.«

»Er hatte seine Nützlichkeit verloren, nachdem er die Tunnels trockengelegt hatte. Ich habe ihn bis zum letzten Moment in dem Glauben gelassen, er könne die Turbine anhalten und Hilfe von außen herbeiholen.« Fauchard lachte spöttisch.

Austin lächelte ebenfalls, als fände er Gefallen an Fauchards bösartigem Humor. Er musste seine gesamte Selbstdisziplin aufbringen, um dem tödlichen Drang zu widerstehen, dem Franzosen gleich an Ort und Stelle den Kopf abzureißen. Er fügte sich ins Unvermeidliche, da er genau wusste, dass er im Augenblick nicht in der Lage war, sich zu revanchieren.

»Ich habe auf dem See Ihr Flugzeug gesehen«, sagte Austin. »Ich denke, es ist ein wenig zu kalt zum Tauchen.«

»Vielen Dank für Ihre Sorge. Die Morane-Saulnier befand sich genau dort, wo Sie sie entdeckt haben.«

Austin sah sich in der Höhle um. »Sie haben sich große Mühe gemacht, hier alles unter Wasser zu setzen«, sagte Austin. »Weshalb jetzt die Anstrengungen, das Wasser abzupumpen?«

Das Lächeln seines Gegenübers ging in ein Stirnrunzeln über. »Damals wollten wir Jules vor den neugierigen Augen der Welt verstecken.«

»Und was hat Sie anderen Sinnes werden lassen?«

»Meine Mutter wollte Jules' sterbliche Hülle zurückhaben.«

»Ich hatte keine Ahnung, dass die Fauchards hinsichtlich ihrer eigenen Angehörigen derart sentimental sein können.«

»Es gibt sehr vieles, was Sie von uns noch nicht wissen.«

»Ich bin froh, dass ich es zu dieser Coming-out-Party geschafft habe. Wie geht es dem alten Knaben?«

»Sehen Sie selbst.« Emil trat zur Seite.

Ein Teil der Wand war geschmolzen und weggeschlagen worden, um eine blaue Grotte zu schaffen. Jules Fauchard ruhte auf einer erhöhten Plattform wie ein Menschenopfer für den Gott des Gletschers. Der Körper lag in fetaler Haltung auf der Seite. Jules trug noch immer seinen ledernen Fliegerhelm sowie seinen Ledermantel und seine Handschuhe. Seine schwarzen Stiefel glänzten, als wären sie gerade erst geputzt worden. Er trug die Fallschirmgurte am Körper, allerdings war der Fallschirm selbst dank der enormen Kräfte des Gletschers abgerissen worden. Obgleich die Leiche fast ein Jahrhundert lang im Eis eingeschlossen gewesen war, hatte die Kälte sie bestens erhalten. Die Haut an Gesicht und Händen schimmerte bronzefarben, und der buschige Schnurrbart war mit Eiskristallen durchsetzt.

Die Adlernase und das energische Kinn des gefrorenen Gesichts entsprachen dem Antlitz des Mannes in der Ahnengalerie der Fauchards. Austin interessierte sich vor allem für das Loch, das den pelzgefütterten Lederhelm zierte.

»Ich finde es nett von Ihrer Familie, Jules mit einem Abschiedsgeschenk beglückt zu haben«, sagte Austin.

»Wovon reden Sie?«

Austin deutete auf das Einschussloch. »Von der Kugel in seinem Kopf.«

Emil grinste verächtlich. »Jules war unterwegs, um sich mit dem Gesandten des Papstes zu treffen, als er abgeschossen wurde«, sagte Emil. »Er hatte Dokumente bei sich, die die Beteiligung unserer Familie am Ausbruch des Ersten Weltkriegs bewiesen hätten. Er wollte außerdem der Welt eine wissenschaftliche Entdeckung präsentieren, die für die gesamte Menschheit ein Segen gewesen wäre. Er hoffte, mit seiner Aktion den Krieg abwenden zu können.«

»Ein lobenswertes und ungewöhnliches Ziel für einen Fauchard«, meinte Austin.

»Er war ein Narr. Sie sehen ja, wohin sein Altruismus ihn gebracht hat.«

»Was ist mit den Dokumenten geschehen, die er bei sich hatte?«

»Sie waren nutzlos. Das Wasser hat sie verdorben.«

»Dann war alles nur vergeudete Mühe.«

»Ganz und gar nicht. Sehen Sie doch. Sie sind hier. Und wenn ich hier fertig bin, werden Sie sich wünschen, in den Katakomben des Schlosses geblieben zu sein.« Emil deutete auf die zerklüftete Kante des Eises, die die Öffnung der Grotte säumte. »Sehen Sie? Das Eis bildet sich bereits neu. In ein paar Stunden wird das Grabmal wieder verschlossen sein. Und diesmal werden Sie mit drinstecken und Jules Gesellschaft leisten.«

Austins Gedanken rasten.

*Wo zum Teufel blieb Zavala?*

»Ich dachte, Ihre Mutter hätte Sehnsucht nach der sterblichen Hülle.«

»Was interessiert *mich* das? Meine Mutter wird nicht ewig an der Macht sein. Ich habe die Absicht, die Fauchards zu ihrem größten Erfolg zu führen. Genug des Abwartens. Ich werde Ihren jämmerlichen Bemühungen, das Unvermeidbare aufzuhalten, nicht tatenlos zusehen, Austin. Sie haben mein Flugzeug gestohlen und es sehr schäbig behandelt, und Sie haben mir eine Menge Ärger bereitet. Kommen Sie rüber zu Jules.«

Austin blieb, wo er war. »Ihre Familie hat sich nicht im Mindesten dafür interessiert, ob man ihr die Schuld am Krieg gab. Es war ein offenes Geheimnis, dass Sie und die anderen Waffenproduzenten die Kriegslust angeheizt haben. Dies hier war für Sie viel bedeutender als jeder Krieg. Jules hatte die Formel für ewige Jugend in seinem Besitz.«

Ein erschrockener Ausdruck zuckte über Emils Gesicht. »Was wissen Sie darüber?«

»Ich weiß, dass die Fauchards jeden vernichten, der sie auf ihrem Weg zum ewigen Leben aufhalten will.« Sein Blick wanderte zu Jules' gefrorener Leiche. »Sogar ein Familienangehöriger erwies sich als verzichtbar, als es darum ging, zum Jungbrunnen zu gelangen.«

Emil studierte Austins Miene. »Sie sind ein intelligenter Mann, Austin. Würden Sie nicht auch zugeben, dass das Geheimnis des ewigen Lebens so wertvoll ist, dass es sich sogar lohnt, dafür zu morden?«

»Ja«, meinte Austin mit einem wölfischen Grinsen. »Wenn *Sie* derjenige sind, der getötet wird.«

»Ihre zivilisierte Fassade wird allmählich brüchig«, stellte Emil mit einem verhaltenen Kichern fest. »Denken Sie doch nur an die unendlichen Möglichkeiten. Eine Gruppe von Unsterblichen, ausgestattet mit dem Wissen von Generationen, könnte die Welt regieren. Wir wären für die vom Leben Betrogenen wie Götter.«

Austin schaute hinüber zu Emils Leibwächter. »Was ist denn mit Sebastian da drüben? Passt er zu Ihrer Elite? Oder wird er zu den vom Leben Betrogenen gehören, wie Sie es so nett ausgedrückt haben?«

Die Frage traf Emil unvorbereitet. »Natürlich«, sagte er nach einem kurzen Moment der Unsicherheit. »Sebastians Loyalität wird ihm einen Platz in meinem Pantheon sichern. Wirst du an meiner Seite bleiben, alter Freund?«

Der massige Mann öffnete den Mund zu einer Erwiderung, aber kein Laut drang über seine Lippen. Er hatte das Zögern Emils mitbekommen, und in seinen Augen lag totale Verwirrung.

Austin drehte das verbale Messer in der Wunde ein Stück weiter. »Verlassen Sie sich bloß nicht darauf, ewig zu leben, Sebastian. Emils Mutter will, dass Sie am Ende von der Bildfläche verschwinden.«

»Er lügt«, sagte Emil.

»Warum sollte ich lügen? Ihr Boss wird mich umbringen, ganz gleich was ich sage. Madame Fauchard hat mir während des Kostümfestes anvertraut, dass sie Emil befohlen hat, Sie loszuwerden.

Und wir beide wissen doch, dass Emil immer tut, was seine Mutter von ihm verlangt.«

Ein zweifelnder Ausdruck stahl sich in das bisher verständnislose Gesicht. Emil erkannte, dass ihm die Kontrolle über die Situation zu entgleiten drohte.

»Schieß ihm in die Arme und die Beine«, bellte er. »Achte darauf, dass du ihn nicht tötest. Ich will, dass er um seinen Tod bettelt.«

Reglos stand Sebastian da. »Noch nicht«, sagte er. »Ich möchte mehr hören.«

Emil stieß einen Fluch aus und riss Sebastian die Pistole aus der Hand. Er zielte auf Austins Knie.

»Sie werden schon bald feststellen, dass Ihr Leben viel zu lang dauert.«

Austins Plan, Sebastian gegen Emil aufzuhetzen, hatte ihm ein wenig Zeit verschafft, doch letztendlich war sein Versuch fehlgeschlagen, wie er von Anfang an vermutet hatte. Das Herr-und-Knecht-Band zwischen den beiden war viel zu stark, um durch ein paar Zweifel zerrissen werden zu können. Er wappnete sich gegen den mörderischen Schmerz. Aber anstelle eines Schusses vernahm er ein lautes Zischen aus dem Gang vor der Höhle. Dann wallte eine Wolke heißen Dampfs in die Kammer.

Emil hatte sich reflexartig zur Quelle des Geräuschs umgedreht. Austin warf sich in geduckter Boxhaltung nach vorne und rammte seine Faust in Fauchards Magengrube. Fauchard stieß einen Schwall Luft aus, und seine Beine gaben nach. Die Pistole flog ihm aus der Hand.

Als Sebastian sah, dass sein Boss angegriffen wurde, versuchte er, Austin am Hals zu packen. Anstatt Sebastian auszuweichen, nahm Austin ihn aufs Korn und rammte dem bulligen Mann die Handkante gegen die Gurgel. Während Sebastian von der Attacke schwankend um sein Gleichgewicht kämpfte, fegte Austin ihn mit der Schulter zur Seite und spurtete durch den alles verhüllenden Dampf.

Er hörte Zavalas Ruf. »Kurt, hierher!«

Zavala stand im Gang und hielt ein abgeschnittenes Schlauchende in der Hand, aus dem heißes Wasser auf die Wände spritzte und die Dampfwolke erzeugte. Zavala ließ den Schlauch fallen, packte Austins Hand und zerrte ihn hinter sich her durch die Dampfwolke. Sie konnten Emils wütendes Gebrüll hören.

Schüsse pfiffen durch den Gang. Austin und Zavala rannten die Stufen hinunter, daher zischten die Kugeln über ihre Köpfe hinweg. Als sie die Schüsse hörten, tauchten Fauchards restliche Männer aus dem Trailer auf. Sie entdeckten Austin und Zavala und nahmen die Verfolgung auf. Während sie durch den Tunnel rannten, feuerte Zavala zwei Schüsse in den Korridor hinter sich, um die Verfolger aufzuhalten. Er humpelte immer noch, kam aber ausreichend schnell voran. Sie schafften es bis zum Schleusentor, das Sebastian aufgesprengt hatte, und warfen sich durch die Öffnung.

Austin suchte in seinen Taschen nach dem Tunnelplan. Er war nicht zu finden. Ihm fiel ein, dass er ihn im Citroën zurückgelassen hatte. Sie mussten irgendwie zu Fifi zurückgelangen. Er versuchte, das Tunnelsystem in diesem Bereich aus dem Gedächtnis zu rekonstruieren. Die Wasserströmung in den Korridoren konnte genauso manipuliert werden wie elektrische Impulse in einem Stromnetz.

Sie kehrten zum Citroën zurück, stoppten jedoch, als sie Stimmen aus dem Gang vor ihnen hörten. Sie wichen in einen anderen Tunnel aus und schafften es, auf Umwegen wieder zu ihrer ursprünglichen Route zurückzugelangen. Der Umweg kostete sie wertvolle Minuten, die Fauchard gestatteten, die Jagd nach ihnen zu organisieren, und Austin war nicht im Mindesten überrascht, als er Emils Stimme, die die Männer zu größerer Eile antrieb, dicht hinter ihnen hörte. Erneut mussten sie in Seitentunnels ausweichen, wobei Austin vorwiegend auf seinen inneren Kompass vertraute.

Trotz Austins Ortssinn forderten die Umwege ihren Tribut. Irgendwann verlor er jegliche Orientierung. Und Emils Stimme kam immer näher. Austin stand dicht davor zu verzweifeln, als sie zu einer Kreuzung von vier Tunnels gelangten. Seine Blicke versuchten das vierfache Dämmerlicht zu durchdringen.

»Irgendwie kommt mir das hier vertraut vor«, stellte Zavala fest.

»Wir befinden uns in der Nähe der Kontrollkabine«, sagte Austin.

Sie drangen in den rechten Tunnel ein, nur um schon nach wenigen Schritten stehen zu bleiben. Raue Männerstimmen schienen ihnen entgegenzukommen. Sie eilten zur Kreuzung zurück und versuchten es geradeaus, doch dort versperrte ihnen ein Schleusentor den weiteren Weg. Wenige Sekunden später standen sie wieder auf der Kreuzung. Der ferne Hall eiliger Schritte drang aus dem Gang zu ihrer Linken.

»Wir sind umzingelt«, sagte Zavala.

Ein verzweifelter Plan nahm in Austins Kopf Gestalt an. Er betrat den linken Tunnel.

Zavala hielt ihn zurück. »Warte, Kurt. Auch von dort kommen Fauchards Männer.«

»Vertrau mir«, sagte Austin. »Aber entscheide dich schnell. Wir haben keine Sekunde zu verlieren.«

Zavala zuckte die Achseln und spurtete dicht hinter Austin in den spärlich erleuchteten Gang. Er murmelte spanische Flüche vor sich hin, während sie durch Pfützen trabten. Seit er zum NUMA-Spezialteam gehörte, hatte er mit Austin bei den verschiedensten Missionen zusammengearbeitet. Dabei hatte Zavala einen nahezu blinden Glauben an Austins Fähigkeiten entwickelt. Es gab jedoch Zeiten, wie in diesem Moment, da ihm Austins Verhalten völlig irrational erschien, und sein Vertrauen wurde einer grundlegenden Prüfung unterzogen.

Zavala stellte sich vor, wie sie den Schlägern Fauchards in die Arme liefen. Aber sie erreichten unbehelligt die Kontrollkabine und stiegen eilig die Leiter zum Laufgang hoch. Fauchards Männer tauchten im dämmrigen Tunnel auf und stießen heiseres Triumphgeschrei aus, weil sie glaubten, ihr Wild in die Enge getrieben zu haben. Sofort eröffneten sie das Feuer auf die Kabine.

Kugeln prallten klirrend vom Laufsteg ab und sirrten als Querschläger durch die eisige Luft. Dabei verstärkten die Tunnelwände den Lärm in einem fast unerträglichen Maß. Austin rettete sich mit einem Hechtsprung in die Kontrollkabine, zog dabei Zavala hinter sich her und schlug die Tür zu. Die restlichen Männer Fauchards hörten den Lärm der Schießerei, kamen angerannt und beteiligten sich am allgemeinen Truthahnschießen. Sie überschütteten die Zelle mit hunderten von Kugeln. Die Fenster lösten sich regelrecht auf, und das anhaltende Bleigewitter drohte die Stahlwände zu durchdringen.

Austin kroch über die Glasscherben, die den Fußboden bedeckten, ging auf die Knie hoch und fuhr mit den Händen über die Kontrollkonsole, während er weiterhin den Kopf unten hielt. Eine schematische Darstellung des Tunnelsystems erschien auf dem Bildschirm. Der Kugelregen, der die Kabine überschüttete, war ohrenbetäubend, doch Austin gab sich Mühe, sich in seiner Konzentration nicht ablenken zu lassen. Er gab auf dem Keyboard verschiedene Kommandos ein und atmete erleichtert und dankbar auf, als er sah, wie die Farben des Diagramms sich veränderten.

Zavala machte Anstalten, sich aufzurichten in der Hoffnung, ein oder zwei gezielte Schüsse abfeuern zu können, doch Austin zog ihn wieder nach unten.

»Sie pusten dir den Schädel weg«, überbrüllte er den Lärm der Schießerei.

»Immer noch besser, als mir den *Arsch* wegschießen zu lassen«, sagte Zavala.

»Warte«, sagte Austin.

»Warten? Auf was?«

»Die Schwerkraft.«

Zavalas Erwiderung ging in einer weiteren Salve unter. Dann verstummte das Pistolen- und Gewehrfeuer urplötzlich, und sie konnten Emils spöttische Stimme hören.

»Austin? Genießen Sie und Ihr Freund eigentlich die Aussicht?«

Austin legte einen Finger auf die Lippen.

Als er keine Antwort gab, meinte Emil spöttisch: »Erzählen Sie mir bloß nicht, dass Sie schüchtern sind. Hören Sie sich mal an, welche Pläne meine Mutter mit Ihrer Freundin hat. Zuerst wird sie ihr ein Gesichtslifting verpassen. Sie werden sie nicht mehr wiedererkennen, wenn die Transformation abgeschlossen ist.«

Austin hatte genug von Fauchard. Er gab Zavala ein Zeichen, ihm seine Pistole zu reichen, und rutschte dichter an die Wand der Kontrollkabine heran. Indem er seinen eigenen Ratschlag missachtete, zog er den Abzug bis zum Druckpunkt, dann sprang er hoch wie eine Handpuppe, feuerte einmal und duckte sich wieder. Fauchard und seine Männer spritzten auf der Suche nach Deckung auseinander. Sobald sie erkannten, dass kein weiterer Angriff erfolgte, deckten sie abermals die Kabine mit einem Bleiregen ein.

»Diesmal hast du es ihnen aber wirklich gezeigt«, rief Zavala über den Lärm.

»Emil fing an, mir auf die Nerven zu gehen.«

»Hast du ihn erwischt?«

»Emil? Unglücklicherweise nein. Ich habe auch Sebastian verfehlt. Dafür habe ich den Typen neben ihm durchlöchert.«

»Das nenne ich Pech«, sagte Zavala und hob seine Stimme um einige Dezibel. »Trotzdem eine brillante Strategie. Vielleicht geht ihnen gleich die Munition aus.«

Die ersten Kugeln drangen durch den Fußboden der Kontrollkabine. Austin wusste, dass er das Schießen irgendwie beenden und Zeit gewinnen musste. »Hast du ein weißes Taschentuch?«, wollte er von Zavala wissen.

»Das ist aber ein seltsamer Moment, sich die Nase zu putzen«, sagte Zavala und duckte sich, als ein Querschläger von einer Wand abprallte und durch die Kabine pfiff. Er erkannte in Austins Miene, dass er keinen Scherz machte, und sagte: »Ich habe meinen mexikanischen Allzwecklappen bei mir.« Zavala zog sein Vielzweckhalstuch aus der Gesäßtasche und reichte es seinem Leidensgenossen.

»Das dürfte ausreichen«, sagte Austin. Er band das Halstuch an den Pistolenlauf, schob die Behelfsfahne durch den Türspalt und schwenkte sie hin und her.

Die Schüsse brachen ab. Emils schneidendes Lachen hallte durch den Tunnel.

»Was soll dieser Putzlumpen, Austin?«, fragte er. »Ich lasse mich durch Ihre lächerlichen Tricks nicht verspotten.«

»Ich hatte gerade keine weiße Fahne zur Hand«, rief Austin nach unten.

»Eine weiße Fahne? Machen Sie mir nicht weis, Sie und Ihr Freund seien bereit, sich zu ergeben.«

Austin spitzte die Ohren und lauschte. Er glaubte, ein fernes Flüstern zu hören, ähnlich der Brandung am Strand. Doch seine Ohren summten noch immer von der Schießerei, und er konnte sich seiner Wahrnehmung nicht sicher sein.

»Sie haben mich missverstanden, Fauchard. Ich bin nicht bereit zu kapitulieren.«

»Warum winken Sie dann mit diesem lächerlichen Stück Stoff?«

»Ich wollte mich verabschieden, ehe der Güterzug durch den Tunnel rollt.«

»Haben Sie den Verstand verloren, Austin?«

Das Flüstern hatte sich zu einem leisen, dumpfen Grollen gesteigert.

Emil gab erneut den Befehl zu schießen.

Kugeln flogen ihnen in einem nicht enden wollenden Crescendo um die Ohren. Das konzentrierte Pistolenfeuer fraß sich nach und nach durch die Seitenwände. In wenigen Minuten würde die Kabine nicht mehr Schutz bieten als eine Scheibe Schweizer Käse, dem sie mehr und mehr zu ähneln begann.

Dann hörten die Schüsse abrupt auf.

Die Schützen spürten die Vibrationen. Nun, da die Pistolen schwiegen, hatten auch sie das ferne Grollen wahrgenommen.

Austin stand auf und trat hinaus auf den Laufgang. Emils Gesicht zeigte einen verwirrten, ratlosen Ausdruck. Er schaute hoch, sah, wie Austin zu ihm herabblickte, und wusste, dass er ausgetrickst worden war.

»Sie haben einstweilen gewonnen, Austin«, brüllte er und schüttelte drohend die Faust, »aber das ist nicht das Letzte, was Sie von den Fauchards hören.«

Austin grinste nur, kehrte in die Kabine zurück, packte eins der Beine, die das Steuerpult stützten, und riet Zavala, das Gleiche zu tun.

Emil brüllte einen letzten Fluch, dann machte er kehrt; er und seine Verbrecherbande rannten um ihr Leben. Sebastian schlurfte schwerfällig hinter den anderen her.

Es war zu spät.

Sekunden später erwischte die Welle Fauchard und seine Männer mit explosionsartiger Kraft und wischte sie weg wie ein riesiger Schrubber. Sekundenlang tanzten Köpfe in der eiskalten Gischt, ruderten Arme wirkungslos durch die Luft. Sebastians Gesicht war ein weißer Fleck im dunklen Wasser. Dann war er zusammen mit Emil und seinen Männern schlagartig verschwunden.

Im Gegensatz zu ihrem vorangegangenen Erlebnis, als Austin und Zavala in der unversehrten, wasserdichten Kabine trocken geblieben waren, ergoss sich das Wasser diesmal durch die zerbrochenen Fenster, überflutete den Kontrollraum und versuchte, Austin und Zavala mit sich zu reißen. Sie klammerten sich jedoch mit aller Kraft an ihren Halt.

Als ihre Lungen jeden Moment zu platzen drohten, versiegte die Hauptwucht der Welle, und das Wasser begann zu sinken.

Sie standen mit zittrigen Beinen auf und schauten durch die teilweise zerschossenen Rahmen, die alles waren, was von den Fenstern übrig geblieben war.

Zavala blickte auf den Fluss hinunter, der unter ihren Füßen dahinströmte. Verblüffung lag auf seinen dunklen Gesichtszügen. »Woher wusstest du, dass die Flut im Anmarsch war?«

»Ich habe in einem anderen Teil des Systems ein paar Schleusentore geöffnet und geschlossen und das Wasser hierher geleitet.«

Zavala grinste und meinte: »Ich hoffe, dass Fauchard und seine Freunde ein für alle Mal weggewaschen wurden.«

»Ich vermute, dass sie sich im Augenblick ein wenig überspült vorkommen«, sagte Austin.

Wie durch ein Wunder war der Monitor in seinem robusten Gehäuse unversehrt geblieben. Austin gab ein paar Tastaturkommandos ein.

Der Wasserspiegel sank, bis der schäumende Fluss nur noch ein bescheidenes Rinnsal war. Beide Männer fröstelten mittlerweile in ihren nassen Sachen. Sie mussten schnellstens das Tunnelsystem verlassen und einen warmen und trockenen Ort aufsuchen, ehe bei ihnen die Unterkühlung einsetzte. Sie kletterten die Leiter hinab. Diesmal versuchte niemand, sie aufzuhalten.

Sie wateten durch den Tunnel, ohne auch nur eine vage Ahnung zu haben, wohin sie unterwegs waren. Aufgrund der Kälte klapperten sie mit den Zähnen. Die Batterien ihrer Taschenlampen wurden schwächer, aber sie ließen sie eingeschaltet, weil sie keine andere Alternative hatten. Gerade, als sie schon jede Hoffnung fahren lassen wollten, erschien vor ihnen ein Objekt.

Zavala stieß einen Freudenschrei aus. »*Fifi!*«

Der Citroën war von der Welle mitgetragen und im Tunnel wieder abgestellt worden. Er war mit Schlamm bedeckt, und der Lack war an mindestens einem Dutzend Stellen abgekratzt, wo der Wagen gegen die Tunnelwände geworfen worden war. Der Lageplan schwamm auf den paar Zentimetern Wasser, die sich im Fußraum gesammelt hatten. Der Schlüssel steckte noch im Zündschloss. Austin versuchte zu starten, aber der Motor des Wagens wollte nicht anspringen.

Zavala fummelte ein wenig unter der Motorhaube herum und meinte, Austin solle sein Glück ein zweites Mal versuchen.

Diesmal startete der Motor.

Zavala stieg in den Wagen und sagte: »Ein Batteriekabel war lose.«

Sie mussten etwa eine halbe Stunde durch die Tunnels fahren, ehe sie eine Vorstellung davon hatten, wo sie sich befanden, dann eine weitere halbe Stunde, um den Rückweg durch das System zu finden. Der Wagen wurde nur noch durch Benzindämpfe im

Tank in Gang gehalten, als sie voraus den Schimmer grauen Tageslichts wahrnahmen, und Sekunden später rollten sie aus dem Berg heraus.

»Wohin jetzt?«, fragte Zavala.

Austin brauchte nicht einmal zu überlegen. »Zum Schloss Fauchard.«

## 40

Als Skye noch ein Kind war, hatte ihr Vater sie zur Kathedrale von Notre Dame mitgenommen, wo sie ihren ersten Wasserspeier gesehen hatte. Die groteske Fratze, die von der Brustwehr zu ihr herabgrinste, sah aus wie ein Monster aus ihren schlimmsten Alpträumen. Sie hatte sich beruhigt, nachdem ihr Vater ihr erklärt hatte, dass diese Ungeheuer aus Stein Wasserspeier genannt würden und ausschließlich dazu dienten, das Regenwasser vom Dach und den Mauern der Kathedrale abzuleiten. Sie hatte sich gefragt, weshalb derart talentierte Bildhauer nicht etwas Schönes hatten schaffen können, dabei aber gleichzeitig ihre kindlichen Ängste überwunden. Nun jedoch, während sie die Augen aufschlug, war die Fratze des Wasserspeiers aus ihren schlimmen Träumen zurückgekehrt. Noch schlimmer war, dass dieses Ungeheuer sie direkt ansprach.

»Das nenne ich ein freudiges Wiedersehen, Mademoiselle«, sagte der grausame Mund nur wenige Zentimeter entfernt. »Wir haben Sie vermisst.«

Das Gesicht gehörte Marcel, dem Mann mit dem Kugelkopf, der die Privatarmee auf Château Fauchard leitete. Er redete weiter.

»Ich bin in einer Viertelstunde zurück«, versprach er. »Lassen Sie mich nicht warten.«

Sie schloss die Augen, als eine Woge der Übelkeit durch ihren Körper schwappte. Als sie die Augen wieder aufschlug, war der Mann verschwunden.

Skye schaute sich um und stellte fest, dass sie sich in dem Zimmer befand, in dem sie das Katzenkostüm für den Maskenball der Fauchards angezogen hatte. Sie erinnerte sich, wie sie zur Tür ihres Apartmenthauses gegangen war, und forschte intensiver in ihrem Gedächtnis. Da fiel ihr das amerikanische Ehepaar ein, das sich angeblich verlaufen hatte. In dessen Wagen war sie von einer Biene gestochen worden und in einem bodenlosen Schacht versunken.

*Herrgott im Himmel, sie war gekidnappt worden!*

Sie setzte sich im Bett auf und schwang die Beine über die Kante. Sie hatte einen metallenen Geschmack im Mund, wahrscheinlich erzeugt durch die Substanz, die man ihr injiziert hatte, um sie zu betäuben. Sie atmete tief durch und erhob sich. Sofort begann der Raum sich um sie zu drehen. Sie stolperte ins Badezimmer und erbrach sich ins Waschbecken.

Skye betrachtete ihr Spiegelbild und erkannte dabei kaum ihr eigenes Gesicht. Es war geisterhaft bleich, ihre Haare waren schlaff und strähnig. Doch sie fühlte sich besser, nachdem sie sich den Mund ausgespült und kaltes Wasser ins Gesicht gespritzt hatte. Sie kämmte mit den Fingern ihr Haar zurück und strich so gut es ging die Knitterfalten aus ihrer Kleidung.

Als Marcel ein paar Minuten später die Tür öffnete, ohne anzuklopfen, und ihr mit einer Geste bedeutete, sie solle ihm folgen, war sie bereit. Sie schritten durch die langen, mit Teppichen ausgelegten Korridore und passierten am Ende auch die Ahnengalerie. Sie hielt Ausschau nach dem Porträt von Jules Fauchard, doch es war verschwunden, und an seiner Stelle befand sich ein weißer Fleck an der Wand. Dann blieben sie vor Madame Fauchards Büro stehen.

Marcel lächelte Skye seltsam an, klopfte dann sanft an die Tür, öffnete sie und schob Skye hinein. Sie sah sofort, dass sie nicht alleine war. Eine blonde Frau saß hinter Madame Fauchards Schreibtisch und blickte aus dem Fenster. Als die Tür mit einem Klicken ins Schloss fiel, drehte sie sich mit ihrem Sessel um und musterte Skye.

Die Frau war Mitte bis Ende vierzig und hatte einen glatten, cremefarbenen Teint, der in scharfem Kontrast zu den forschenden grauen Augen stand. Sie verzog die roten, beinahe üppigen

Lippen zu einem Lächeln. »Guten Tag, Mademoiselle. Wir haben Ihre Rückkehr bereits erwartet. Schließlich haben Sie uns auf eine höchst spektakuläre Art und Weise verlassen.«

Skyes Gedanken rasten. Sie fragte sich, ob sie noch immer unter den Nachwirkungen der Droge litt, die man ihr verabreicht hatte.

»Setzen Sie sich«, sagte die Frau und deutete auf einen Stuhl vor ihrem Schreibtisch.

Skye gehorchte und bewegte sich dabei wie eine lebende Tote.

Die Frau musterte Skye sichtlich belustigt.

»Ist etwas nicht in Ordnung? Sie machen einen ziemlich bestürzten Eindruck.«

Skye war eher verwirrt als bestürzt. Die Stimme, die aus dem Mund der Frau drang, gehörte Madame Fauchard. Sie hatte ihren leicht krächzenden Altfrauenklang verloren, doch die harte Artikulation war unverkennbar. Verrückte Gedanken geisterten durch Skyes Gehirn. Hatte Racine vielleicht eine Tochter? Oder war sie eine besonders geschickte Bauchrednerin?

Endlich fand sie ihre eigene Stimme wieder.

»Ist das irgendein Trick?«

»Kein Trick. Was Sie sehen, ist durch und durch echt.«

»Madame Fauchard?« Die Silben kamen stockend über ihre Lippen.

»Die und keine andere, meine Liebe«, sagte die Frau mit einem boshaften Lächeln. »Nur mit dem Unterschied, dass ich jetzt jung bin und Sie alt sind.«

Skye hatte immer noch ihre Zweifel. »Sie müssen mir unbedingt verraten, wer Ihr Schönheitschirurg ist.«

Ein Anflug von Zorn blitzte in den Augen der Frau auf, aber nur für einen kurzen Moment. Sie erhob sich aus ihrem Sessel und kam mit geschmeidigen Bewegungen um den Schreibtisch herum. Sie beugte sich vor, ergriff Skyes Hand und legte sie auf ihre Wange.

»Jetzt sagen Sie mir, ob Sie immer noch glauben, dass dies das Werk eines Schönheitschirurgen ist.«

Das Fleisch war warm und fest, und die Haut war seidenglatt ohne eine Spur von Falten oder Runzeln.

»Unmöglich.« Skye brachte nur ein Flüstern zustande.

Madame Fauchard ließ die Hand fallen, dann richtete sie sich auf und kehrte zu ihrem Sessel zurück. Sie legte ihre langen, schlanken Finger aneinander, sodass Skye erkennen konnte, dass sie nicht mehr knotig und verkrümmt waren.

»Keine Sorge«, sagte sie. »Sie sind nicht im Begriff, den Verstand zu verlieren. Ich bin immer noch dieselbe Person, die Sie und Mr. Austin zu meinem Kostümfest eingeladen hat. Ich nehme an, es geht ihm gut.«

»Keine Ahnung«, erwiderte Skye wachsam. »Ich habe ihn seit einigen Tagen nicht mehr gesehen. Wie ...«

»Sie wollen wissen, wie ich mich von einer keifenden alten Hexe in eine junge Schönheit habe verwandeln können?«, sagte Madame Fauchard mit einem verträumten Ausdruck in den Augen. »Das ist eine lange, lange Geschichte. Sie hätte sich nicht ganz so lange hingezogen, hätte Jules sich nicht mit dem Helm aus dem Staub gemacht«, fuhr sie fort und sprach seinen Namen voller Bitterkeit aus. »Jahrzehnte intensiver Forschung wären uns erspart geblieben.«

»Das verstehe ich nicht.«

»Sie sind doch Expertin für alte Waffen«, sagte Madame Fauchard. »Erzählen Sie mal, was Sie über den Helm wissen.«

»Er ist sehr alt. Fünfhundert Jahre, möglicherweise sogar noch älter. Der Stahl ist von außerordentlich hoher Qualität. Durchaus möglich, dass er aus dem Eisen eines Meteoriten hergestellt wurde.«

Madame Fauchard quittierte diese Feststellung mit einem verblüfften Stirnrunzeln.

»Sehr gut. Der Helm wurde tatsächlich aus Sternenmetall geschmiedet, und seine Widerstandskraft rettete mehr als einem Fauchard in der Schlacht das Leben. Er wurde im Laufe der Jahrhunderte immer wieder eingeschmolzen und neu geschmiedet und von den jeweils wahren Führern der Fauchards benutzt. Von Rechts wegen gehört er mir und nicht meinem Bruder Jules.«

Es dauerte ein paar Sekunden, ehe Skye die Bedeutung dieser Information klar wurde, doch dann richtete sie sich auf. »Ihrem Bruder?«

»Richtig. Jules war ein Jahr jünger als ich.«

Skye rechnete fieberhaft, doch ihre Gedanken wirbelten unkontrolliert in ihrem Kopf herum. »Damit wären Sie ja ...«

»Fragen Sie eine Frau niemals nach ihrem Alter«, unterbrach Madame Fauchard sie mit einem versonnenen Lächeln. »Aber ich erspare Ihnen die Mühe. Ich bin weit über hundert.«

Skye schüttelte ungläubig den Kopf. »Das glaube ich nicht.«

»Ihre Zweifel tun mir weh«, sagte Madame Fauchard, doch ihr Gesichtsausdruck strafte diese Feststellung Lügen. »Möchten Sie mehr darüber erfahren?«

Skye war hin und her gerissen zwischen wissenschaftlicher Neugier und Abscheu. »Ich habe miterlebt, was mit Cavendish geschah, weil er über Ihre Geschäfte zu gut Bescheid wusste.«

»Lord Cavendish war ein Trottel und ein Schwätzer. Aber Sie schmeicheln sich selbst, meine Liebe. Wenn man so alt ist wie ich, dann lernt man es, Dinge unter dem richtigen Blickwinkel zu betrachten. Tot nützen Sie mir nichts. Ein lebendiger Köder ist um vieles wirkungsvoller.«

»Ein Köder? Für was?«

»Nicht für was. Für *wen*. Für Kurt Austin, natürlich!«

# 41

Kurz nach siebzehn Uhr beendeten die Arbeiter in den Weingärten der Fauchards den Arbeitstag, der bei Sonnenaufgang begonnen hatte. Während die Männer zu ihren einfachen Schlafstätten zurückkehrten, rollte eine Flotte Lastwagen, beladen mit frisch gepflückten Trauben, über die Schotterstraßen, die sich durch die hügelige Landschaft schlängelten und am Tor im elektrisch gesicherten Zaun zusammentrafen. Ein gelangweilter Wächter winkte den Konvoi durch das Tor, und die Lastwagen fuhren weiter zu einem Schuppen, in dem die Trauben abgeladen wurden, um zerstampft, vergoren und in Flaschen abgefüllt zu werden.

Während der letzte Lastwagen unweit des Schuppens bremste, sprangen zwei Gestalten von der Ladefläche herab und rannten in den Wald. Zufrieden, dass niemand sie gesehen hatte, klopften Austin und Zavala sich den Staub von der Kleidung und versuchten, den Traubensaft von ihren Gesichtern und Händen zu wischen, doch das machte das Ganze nur noch schlimmer.

Zavala spuckte einen Mund voll feuchter Erde aus. »Das ist das letzte Mal, dass ich mich von Trout zu einem seiner verrückten Pläne habe überreden lassen. Wir sehen aus wie die lila Version der Blue Man Group!«

Austin zupfte sich Rebenzweige aus den Haaren. »Du musst zugeben, dass es ein Geniestreich war. Wer erwartet schon, dass jemand sich als Jahrgangswein im Urzustand verkleidet?«

Trouts Plan war verlockend simpel. Er und Gamay hatten eine weitere Rundfahrt durch die Weingärten unternommen. Nur versteckten sich dieses Mal Austin und Zavala auf dem Rücksitz. Die Trouts hielten an und stiegen aus, um Marchand, den Vorarbeiter, den sie während ihres ersten Besuchs auf dem Weingut der Fauchards kennen gelernt hatten, zu begrüßen. Während sie sich unterhielten, setzte sich der Lkw vor den Peugeot. Austin und Zavala warteten, bis der Lastwagen beladen war, dann schlüpften sie aus dem Wagen, kletterten auf die Ladefläche des Lasters und versteckten sich zwischen den Reben.

Der dunkle Wald erschien wie die Kulisse aus einem Tolkien-Roman. Austin hatte ein Gerät bei sich, um das Gandalf der Magier ihn sicherlich beneidet hätte. Das miniaturisierte Global Positioning System konnte sie bis auf wenige Meter an das Schloss heranführen. Indem sie für die erste Etappe ihres Marsches einen Kompass zu Rate zogen, machten sie sich in Richtung Schloss auf den Weg.

Der Wald war mit seinem weitläufigen Dornengestrüpp und dichtem Unterholz nahezu undurchdringlich, als ob die Fauchards ihre feindselige Haltung der Öffentlichkeit gegenüber sogar auf die

Flora übertragen hätten. Im gleichen Maße, wie die Sonne dem Horizont entgegensank, wurde es im Wald dunkler. In dem dämmrigen Licht stolperten die beiden Männer ständig über Wurzelstränge, und nadelspitze Dornen verfingen sich in ihrer Kleidung. Schließlich stießen sie auf einen Lehmweg, der offenbar auch als Wildwechsel genutzt wurde. Austin warf des Öfteren einen Blick auf den GPS-Computer, dessen Einsatz sich in dem Augenblick als sinnvoll erwies, als Austin durch die Bäume einen Lichtschein von den Türmen des Château Fauchard wahrnahm.

Am Waldrand kauerten sie sich zwischen die Bäume und beobachteten, wie ein einzelner Wächter am Burggraben patrouillierte. Als der Wächter um die hintere Mauer des Château bog und außer Sicht geriet, betätigte Austin die Stoppuhrfunktion seines Chronometers.

»Wir haben Glück«, stellte Zavala fest. »Nur ein einziger Wächter.«

»Das gefällt mir nicht.« Austin wiegte nachdenklich den Kopf. »Während meiner kurzen Bekanntschaft mit den Fauchards habe ich keinerlei Anzeichen dafür entdeckt, dass sie ihre eigene Sicherheit auf die leichte Schulter nehmen.«

Was ihm noch verdächtiger vorkam, war die Tatsache, dass die Zugbrücke herabgelassen und das Fallgitter hochgezogen war. Das Wasser in dem seltsam kriegerisch gestalteten Brunnen plätscherte melodisch. Die friedliche Szenerie stand in einem krassen Gegensatz zu seinem letzten Besuch, als er den Rolls unter einem dichten Kugelhagel in den Burggraben gelenkt hatte. Das Ganze erschien einfach zu verführerisch, um echt zu sein.

»Glaubst du, es ist eine Falle?«, fragte Zavala.

»Das Einzige, was fehlt, ist ein Riesenstück Käse.«

»Wie sehen unsere Möglichkeiten aus?«

»Begrenzt. Wir können entweder umkehren, oder weitermachen und zusehen, dass wir den bösen Buben immer einen Schritt voraus sind.«

»Mein Bedarf an Weintrauben ist reichlich gedeckt«, sagte Zavala. »Du hast noch nichts von einer Rückzugsstrategie erwähnt.«

Austin klopfte Zavala auf die Schulter. »Das ist mal wieder typisch für dich. Du hast eine aufregende Besichtigungstour durch das Chateau Fauchard vor dir und denkst bereits daran, diese gastliche Stätte zu verlassen.«

»Tut mir Leid, dass ich nicht so sorglos bin wie du. Ich hatte an einen etwas würdigeren Abgang gedacht, als einen Roll-Royce in einen Burggraben zu setzen.«

Austin wand sich innerlich, als er daran erinnert wurde. »Na schön. Dann mein Plan: Wir bieten ihnen an, Emil gegen Skye auszutauschen.«

»Nicht schlecht«, sagte Zavala. »Da gibt es nur einen winzigen Haken. Du hast Emil im wahrsten Sinne des Wortes den Bach runtergehen lassen.«

»Das weiß Madame Fauchard aber nicht. Und wenn sie es erfährt, sind wir schon längst von der Bildfläche verschwunden.«

»Du solltest dich dafür schämen, eine alte Dame austricksen zu wollen.« Zavala nickte bedächtig. »Das gefällt mir, aber was ist, wenn sie nicht anbeißt? Benachrichtigen wir in diesem Fall die Gendarmerie?«

»Ich wünschte, es wäre so einfach, alter Freund. Stell dir nur mal vor, die Polizei klopft am Schlosstor, und die Fauchards sagen: ›Schauen Sie sich ruhig um.‹ Ich war unten in den Katakomben. In diesem Labyrinth könnte man ganze Armeen verstecken. Es würde Wochen dauern, bis man Skye findet.«

»Und so viel Zeit haben wir nicht.«

Ein nachdenklicher Ausdruck schlich sich in Austins Augen. »Eine Stunde ist hundert Jahre wert«, murmelte er und sah auf die Uhr.

»Ist das ein Zitat aus einem deiner philosophischen Bücher?«, fragte Zavala. Austin hatte Philosophie studiert, und die Bücherregale auf seinem Hausboot auf dem Potomac waren voll gestopft mit den Werken der großen Denker.

»Nein«, erwiderte er nachdenklich. »Das hat Dr. MacLean zu mir gesagt.«

Der Wächter erschien auf der anderen Seite des Schlosses und unterbrach ihre Unterhaltung. Austin stoppte die Zeit. Der Wächter hatte sechzehn Minuten gebraucht, um das Schloss zu umrunden.

Sobald der Wächter zu seiner zweiten Runde gestartet war, gab Austin Zavala ein Zeichen. Sie sprinteten über die freie Fläche, folgten dem Graben bis zu der Steinbrücke, dann rannten sie über die Zugbrücke in den Burghof. In ihrer schwarzen Kleidung waren sie im Schatten am Fuß der Mauer praktisch unsichtbar. Licht brannte hinter den Fenstern im Parterre des Schlosses, aber kein Wächter war auf dem Gelände unterwegs, was Austins Misstrauen noch steigerte.

Dass sein Instinkt ihn nicht täuschte, sah er bestätigt, als er und Zavala das Tor erreichten, das den Zugang zur Treppe versperrte, die auf die Brustwehr führte. Als er und Skye das Tor inspiziert hatten, war es verriegelt gewesen. Nun hingegen stand es weit offen und lud dazu ein, die Mauer zu ersteigen und über eine schmale Brücke zum Turm vorzudringen. Austin hatte andere Pläne. Er eilte voraus über das Kopfsteinpflaster des Schlosshofs, gelangte zum hinteren Teil des Schlosses und stieg eine kurze Steintreppe zu einer mit Eisenbändern beschlagenen Holztür hinunter.

Austin versuchte sein Glück an der Klinke. Die Tür war abgeschlossen. Er holte einen kleinen Akkubohrer und eine Handsäge aus seinem Gepäck, bohrte mehrere Löcher in die Tür und sägte ein kreisrundes Stück Holz heraus. Er griff durch die Öffnung, schob den Riegel beiseite und öffnete die Tür. Die faulige feuchte Luft aus den Katakomben wehte durch den Eingang wie der letzte Atemstoß einer Leiche. Sie knipsten ihre Taschenlampen an, traten über die Schwelle und schlossen die Tür hinter sich.

Sie stiegen mehrere kurze Treppenfluchten hinunter. In dem Verlies mit dem Edgar-Allan-Poe-Szenario blieb Austin kurz stehen. Das Pendel schwebte über dem Holztisch, doch von dem unglücklichen Engländer, Lord Cavendish, war nichts zu sehen.

Austin bog einige Male falsch ab und landete in Sackgassen, doch sein seefahrerischer Orientierungssinn wies ihm am Ende den richtigen Weg. Nicht lange, und sie durchquerten die Knochenkammer und folgten dem Weg zur Waffenkammer. Auch hier war die Tür nicht verschlossen. Austin stieß sie auf, und er und Zavala betraten den Altarraum. In der Waffenkammer war es dunkel bis auf einen Lichtschimmer am Ende des Mittelschiffs. Das flackernde gelbe Licht wurde von der auf Hochglanz polierten Rüstung und den Waffen reflektiert.

Zavala schaute sich um und begutachtete die Einrichtung. »Richtig gemütlich. Mir gefällt die Kombination von Gotik und Heavy Metal. Wen haben die als Innenarchitekten?«

»Bestimmt jemanden, der früher für den Marquis de Sade gearbeitet hat.«

Sie schritten durch das Mittelschiff, vorbei an den tödlichen Reliquien, die die Basis des Fauchard-Vermögens darstellten. Das Licht wurde heller, als sie sich den Rittern auf ihren Pferden von hinten näherten. Austin hatte einen kleinen Vorsprung, ging als Erster um den martialischen Raumschmuck herum und erblickte Skye.

Sie saß in einem stabilen Holzsessel, der von flachen Kohlebecken flankiert wurde, mit Blick auf die berittenen Kämpfer. Ihre Arme und Beine waren mit Stricken gefesselt, und ein breiter Streifen Klebeband verschloss ihren Mund. Zwei glänzende Ritterrüstungen standen rechts und links neben ihr, als hielten sie sich bereit, Skye gegen mögliche Angriffe zu verteidigen.

Skyes Augen weiteten sich. Sie schüttelte heftig den Kopf und wurde immer hektischer, während Austin sich ihr näherte. Er griff nach seinem feststehenden Messer, um Skyes Fesseln zu zerschneiden, als er aus dem Augenwinkel eine Bewegung wahrnahm. Die Ritterrüstung rechts von ihm begann sich zu rühren.

»Verdammt«, stieß er in Ermangelung einer besseren Reaktion hervor.

Bei jedem Schritt scheppernd wie ein wandelnder Schrotthaufen, rückte die Rüstung wie ein vorsintflutlicher Roboter gegen Austin vor. Dieser wich zurück.

»Hast du irgendeine Idee?«, fragte Zavala und folgte seinem Beispiel.

»Fehlanzeige, außer du hast zufälligerweise einen Dosenöffner in der Tasche.«

»Und wenn wir unsere Pistolen benutzen?«

»Zu laut.«

Die andere Rüstung war nun auch zum Leben erwacht und drang ebenfalls vor. Die gepanzerten Gestalten näherten sich unerwartet schnell. Austin begriff, dass das Messer in seiner Hand ungefähr ebenso wirkungslos wäre wie ein Zahnstocher. Skye warf sich in ihrem Sessel hin und her und stemmte sich gegen ihre Fesseln.

Austin hatte nicht vor, sich in Scheiben schneiden zu lassen wie eine Salami. Er senkte den Kopf, stürmte auf die nächste Gestalt zu und warf sich wie ein Footballspieler beim Blocken gegen deren Knie. Die Rüstung geriet ins Schwanken, ließ das Schwert fallen, kippte mit wild rudernden Armen nach hinten und landete mit einem ohrenbetäubenden Getöse auf dem Steinboden. Der Insasse der Rüstung zuckte noch einmal matt mit Armen und Beinen und blieb dann still liegen.

Die andere Rüstung zögerte. Zavala imitierte Austins dynamische Block-Taktik mit dem gleichen Erfolg. Die zweite Rüstung ging ebenfalls zu Boden. Während Austin Skyes Stricke zerschnitt, beugte Zavala sich erst über den einen gefallenen Krieger, dann über den anderen.

»Beide außer Gefecht gesetzt«, stellte er nicht ohne Stolz fest. »Je größer sie sind, desto tiefer fallen sie.«

»Es hat sich angefühlt, als hätte man einen Kampfjeep als Gegner. All jene Stunden während der Footballsaison vor dem Fernseher waren demnach doch nicht ganz umsonst gewesen.«

»Ich dachte, du machst dir Sorgen wegen des Lärms. Dieses kleine Geplänkel klang wie ein Skelettpaar beim Liebesspiel auf einem Blechdach.«

Austin zuckte bloß die Achseln und entfernte vorsichtig das Klebeband, das Skyes Mund bedeckte. Er half ihr, sich aus dem Sessel zu erheben. Schließlich stand sie auf noch ziemlich wackligen Beinen vor ihm, schlang ihm die Arme um den Hals und gab ihm einen der längsten und innigsten Küsse, die er je hatte auskosten dürfen. »Ich hatte schon damit gerechnet, dich nie mehr wiederzusehen«, murmelte sie.

Ein perlendes Lachen drang aus dem Schatten eines Seitengangs. Dann trat eine hoch gewachsene schlanke Gestalt, deren Gesicht von einem dünnen Schleier verhüllt wurde, ins flackernde Licht der beiden Kohlepfannen. Das hauchdünne Gewebe umwallte ihren Körper bis hinunter zu ihren Füßen. Licht drang durch den langen Schleier und ließ die Umrisse ihrer perfekten Figur deutlich hervortreten.

»Reizend«, sagte sie. »Geradezu überwältigend. Aber müssen Sie Ihre Auf- und Abtritte immer so übertrieben dramatisch inszenieren, Mr. Austin?«

Marcel trat hinter der Frau hervor. In der Armbeuge hielt er eine Maschinenpistole. Dann tauchten sechs weitere bewaffnete Männer aus den dunklen Ecken auf. Marcel nahm Austin und Zavala die Waffen ab.

Austin warf einen vielsagenden Blick auf die regungslosen Ritterrüstungen. »Diesen Blechhaufen nach zu urteilen, bin ich nicht der Einzige mit einem Hang zur Dramatik.«

»Sie wissen doch, wie sehr ich das Theater liebe. Schließlich haben Sie an meinem Maskenball teilgenommen.«

»Maskenball ...?«

Langsam nahm sie den Schleier ab. Haar, das aussah, als sei es aus Goldfäden gesponnen, ergoss sich über ihre Schultern. Langsam, verführerisch entfernte sie den Rest des Schleiers, als wickelte sie ein wertvolles Geschenk aus, und ließ ihn zu Boden flattern. Unter dem Schleier trug sie ein langes, tief ausgeschnittenes schneeweißes Kleid. Ein goldener Gürtel mit einer Schnalle, die das Wappen des dreiköpfigen Adlers trug, umschloss ihre schlanke Taille. Austin blickte in die kalten Augen und hatte das Gefühl, von einem Blitz getroffen zu werden.

Obgleich Austin über die geheimnisvolle Wirkung des Lost-City-Enzyms Bescheid wusste, hatte der logisch denkende Teil seines Bewusstseins die sich daraus ergebenden Möglichkeiten nicht akzeptiert. Es war aus vielerlei Gründen einfacher zu glauben, dass die Formel für diesen Stein der Weisen bei falscher Anwendung alptraumhafte Kreaturen hervorbrachte, anstatt sich vorzustellen, dass sie ein sterbliches Wesen von derart gottgleicher Schönheit schaffen konnte. Er hatte bisher angenommen, dass die Substanz Leben verlängern, aber nicht, dass sie den Alterungsprozess rückgängig machen konnte.

Endlich fand Austin die Sprache wieder. »Wie ich sehe, war Dr. MacLeans Arbeit weitaus erfolgreicher, als man sich in den kühnsten Träumen hätte ausmalen können, Madame Fauchard.«

»Schätzen Sie Dr. MacLeans Verdienste nicht zu hoch ein. Er war bei der Schaffung der Substanz sozusagen als Geburtshelfer tätig, doch die Formel des ewigen Lebens, die in mir brennt, wurde bereits geschaffen, ehe er geboren wurde.«

»Sie sehen erheblich anders aus als vor ein paar Tagen. Wie lange hat diese Transformation gedauert?«

»Die lebensverlängernde Substanz ist viel zu stark, um in reiner Konzentration angewendet zu werden«, antwortete sie. »Insgesamt sind drei Behandlungen notwendig. Die ersten beiden Dosierungen haben das, was Sie vor sich sehen, innerhalb von vierundzwanzig Stunden bewirkt. In Kürze werde ich die dritte Dosis einnehmen.«

»Warum halten Sie es für notwendig, eine Lilie noch zu perfektionieren?«

Racine fühlte sich durch diesen Vergleich mit einer schönen Blume über die Maßen geschmeichelt. »Die dritte Dosis stabilisiert die Wirkung der ersten beiden Anwendungen. Eine Stunde nach Abschluss der Behandlung beginne ich meine Reise durch die Ewigkeit. Aber genug von chemischer Fachsimpelei. Möchten Sie mich Ihrem gut aussehenden Freund nicht vorstellen? Ihm scheinen jeden Moment die Augen aus dem Kopf zu fallen.«

Zavala hatte Madame Fauchard in ihrer früheren, älteren Version nicht gesehen. Er wusste nur, dass er eine der atemberaubendsten Frauen vor sich hatte, denen er je begegnet war. Er hatte auf Spanisch einige bewundernde Worte gemurmelt. Jetzt spielte ein Lächeln um seine Mundwinkel. Die Waffen, die auf ihn zielten, konnten seine Bewunderung für eine Frau, die offenbar in jeder Hinsicht physisch perfekt war, in keiner Weise beeinträchtigen.

»Das ist mein Kollege Joe Zavala«, kam Austin der Aufforderung nach. »Joe, dies ist Racine Fauchard, die Eigentümerin dieses reizenden Steinhaufens.«

»Madame Fauchard?« Zavalas Kinn schien bis auf seinen Adamsapfel herabzusinken.

»Ja, gibt es damit ein Problem?«, fragte die Angesprochene.

»Nein. Ich hatte nur etwas anderes erwartet.«

»Monsieur Austin hat Ihnen gewiss eine Beschreibung meiner Person als gebrechliches Gerippe aufgetischt«, sagte sie mit funkelnden Augen.

»Ganz und gar nicht«, sagte Zavala und betrachtete Madame Fauchards schlanke Gestalt und aufregende Gesichtszüge voller Bewunderung. »Er meinte, Sie seien charmant und intelligent.«

Die Antwort schien ihr zu gefallen, denn sie quittierte sie mit einem Lächeln. »Die NUMA sucht sich ihre Leute offenbar nach ihrer Galanterie und ihrem fachlichen Können aus. Erstere Eigenschaft ist mir bei Ihnen von Anfang nicht verborgen geblieben, Monsieur Austin. Deshalb wusste ich, dass Sie versuchen würden, Ihre Prinzessin zu retten.« Sie betrachtete die von dunklem Traubensaft klebrige Haut ihrer Besucher. »Wenn Sie unbedingt unsere Trauben kosten wollten, wäre es um vieles einfacher gewesen, eine Flasche Wein zu kaufen, anstatt im Traubensaft zu baden.«

»Ihr Wein sprengt meine finanziellen Möglichkeiten«, sagte Austin.

»Haben Sie tatsächlich angenommen, Sie könnten unbemerkt ins Schloss eindringen? Unsere Überwachungskameras haben Sie bereits erfasst, nachdem Sie die Zugbrücke überquert hatten. Marcel tippte, dass Sie an der Außenmauer hochklettern und auf diesem Weg hereinkommen würden.«

»Es war sehr freundlich von Ihnen, die Tür an der Treppe offen zu lassen.«

»Sie waren offensichtlich zu clever, um diesen Köder zu schlucken, doch wir hätten niemals geglaubt, dass Sie einen Weg durch die Katakomben finden würden. Sie wussten, dass das Schloss bestens geschützt ist. Was hatten Sie zu erreichen gehofft, indem Sie hierher kamen?«

»Ich hatte gehofft, mit Mademoiselle Labelle wieder verschwinden zu können.«

»Nun, Ihr romantisches Abenteuer ist fehlgeschlagen.«

»So scheint es. Vielleicht bieten Sie mir um der Romantik willen einen Trostpreis an. Bei unserer ersten Begegnung sagten Sie, Sie würden mir irgendwann einmal von Ihrer Familie erzählen. Hier bin ich. Ich würde mich freuen, Ihnen sozusagen als Gegenleistung zu berichten, was ich weiß.«

»Es kann auch nicht andeutungsweise so viel sein, wie ich von Ihnen weiß, aber ich bewundere Ihre Unverfrorenheit.« Sie hielt einen Moment lang inne, verschränkte die Arme vor der Brust und massierte ihr Kinn. Austin erinnerte sich, gesehen zu haben, wie die alte Madame Fauchard beim Nachdenken die gleiche Geste gemacht hatte. Sie wandte sich an Marcel. »Bring die anderen weg.«

»Das würde ich an Ihrer Stelle nicht tun«, sagte Austin zu Marcel.

Er baute sich schützend vor Skye auf. Marcel und die Wächter kamen heran, aber Madame Fauchard gebot ihnen mit einer Handbewegung Einhalt.

»Ihre Ritterlichkeit scheint keine Grenzen zu haben, Monsieur Austin. Haben Sie keine Angst. Ihre Freunde werden nur ein kurzes Stück weggeführt, wo Sie sie immer noch sehen können. Ich möchte mich mit Ihnen unter vier Augen unterhalten.«

Madame Fauchard bedeutete ihm mit einem Kopfnicken, er solle in Skyes freiem Sessel Platz nehmen, und schnippte mit den Fingern. Zwei ihrer Männer schleppten einen thronähnlichen Sessel mittelalterlicher Machart herbei, und sie ließ sich darin nieder. Sie sagte auf Französisch etwas zu Marcel, und er und seine Männer führten die Gefangenen ein Stück zur Seite, während andere Helfer die Ritterrüstungen wegschleiften.

»Nun sind wir unter uns«, sagte Madame Fauchard. »Für den Fall, dass Sie sich irgendwelche Illusionen hinsichtlich Ihrer Lage machen sollten, nur so viel: Meine Männer werden Ihre Freunde auf der Stelle töten, wenn Sie irgendetwas Dummes versuchen sollten.«

»Ich habe nicht die Absicht. Diese Begegnung ist viel zu faszinierend, als dass ich sie vorzeitig beenden möchte. Erzählen Sie mal: Was hat es mit diesem Hohepriesterinnengewand auf sich?«

»Sie kennen doch meine Vorliebe für Kostümierungen. Gefällt es Ihnen?«

Austin konnte seinen Blick nicht von Madame Fauchard lösen. Racine Fauchard war atemberaubend, doch in ihren seelenlosen Augen lag die Wärme des kalten Stahls, den die Fauchards verwendet hatten, um ihre Schwerter und Rüstungen zu schmieden.

»Ich finde Sie absolut bezaubernd, aber ...«

»Aber Sie wollen mit einer hundert Jahre alten Frau eigentlich nichts zu tun haben.«

»So ist es nicht. Sie sind sehr vorteilhaft gealtert. Allerdings möchte ich mit einer kaltblütigen Mörderin nichts zu tun haben.«

Sie hob eine elegant geschwungene Augenbraue. »Monsieur Austin, ist dies Ihre ganz spezielle Art, mit mir zu flirten?«

»Nicht im Mindesten.«

»Sehr schade. In den vergangenen hundert Jahren hatte ich viele Liebhaber, aber Sie sind ein ausgesprochen attraktiver Mann.« Sie hielt inne und studierte sein Gesicht. »Zudem auch noch gefährlich, und das macht Sie noch begehrenswerter. Zuerst müssen Sie Ihren Teil unserer Abmachung erfüllen. Erzählen Sie mir alles, was Sie wissen.«

»Ich weiß, dass Sie und Ihre Familie Dr. MacLean engagiert haben, damit er das Elixier des Lebens sucht, das er den Stein der Weisen nannte. Dabei brachten Sie jeden um, der sich Ihnen in den Weg stellte, und schufen eine Gruppe grässlicher Mutanten.«

»Eine überzeugende Darstellung, aber Sie haben gerade mal die Oberfläche angekratzt.«

»Dann kratzen Sie für mich weiter.«

Sie wartete einen Moment und ließ ihre Erinnerung einige Jahre weit zurückgehen.

»Meine Familie kann ihre Ahnenreihe bis zur minoischen Zivilisation zurückverfolgen, die vor dem großen Vulkanausbruch auf der Insel Santorin in voller Blüte stand. Einige weibliche und männliche Vorfahren waren Priesterinnen und Priester des Kultes um die minoische Schlangengöttin. Der Schlangen-Clan war sehr mächtig, aber Rivalen im Kampf um die Macht vertrieben uns von der Insel. Ein paar Wochen später brach der große Vulkan aus und vernichtete die Insel. Wir ließen uns auf Zypern nieder, wo wir mit der Herstellung von Waffen begannen. Die Schlange entwickelte sich zu einem Speer, dann wurden daraus die Fauchards.«

»Wie sind Sie von Speeren zu Mutanten gekommen?«

»Es war ein logisches Nebenprodukt unseres Waffengeschäfts. Etwa um die Jahrhundertwende richtete Spear Industries ein Labor ein, um einen Super-Soldaten zu erschaffen. Wir wussten aus dem amerikanischen Bürgerkrieg, dass Stellungskriege in einer Sackgasse enden. Zuerst griff die eine Partei an, dann die andere, aber fast immer nur mit geringem Bodengewinn. Wir brauchten einen Soldaten, der furchtlos und wie ein rasender Wikinger die feindlichen Schützengräben erstürmen würde. Außerdem hätte dieser Soldat eine ungeheure Ausdauer, wäre ungemein schnell und seine Wunden würden in kürzester Zeit heilen. Wir probierten die Substanz bei einigen Freiwilligen aus.«

»Wie bei Pierre Levant?«

»An den Namen entsinne ich mich nicht«, stellte die Frau stirnrunzelnd fest.

»Captain Levant war ein französischer Offizier. Er war einer der ersten Mutanten, die Ihre Forschung hervorgebracht hat.«

»Ja, ich glaube, ich kann mich vage an ihn erinnern. Ein mutiger, gut aussehender junger Mann, wenn ich mich nicht irre.«

»Sie würden ihn heute nicht wiedererkennen.«

»Ehe Sie mich verurteilen und verdammen, sollten Sie wissen, dass wir nur mit Freiwilligen gearbeitet haben, mit Soldaten, die von der Aussicht angelockt wurden, wahre Supermänner werden zu können.«

»Wussten Sie, dass sich gleichzeitig mit der Entstehung dieser übermenschlichen Kräfte auch ihre äußere Erscheinung auf drastische Weise verändern würde?«

»Das hat keiner von uns geahnt. Die Wissenschaft steckte damals noch in den Kinderschuhen. Aber die Substanz wirkte – zumindest für eine gewisse Zeit. Sie verlieh den Soldaten übermenschliche Kräfte und Schnelligkeit, aber dann entarteten sie zu unkontrollierbaren, knurrenden Bestien.«

»Bestien, die sich ihrer neuen Körper für immer erfreuen durften.«

»Die Lebensverlängerung war eine unerwartete Beigabe. Noch aufregender war die Tatsache, dass die Substanz den Alterungsprozess umkehrte. Wäre Jules nicht gewesen, hätten wir die Formel erheblich verfeinern können.«

»Hat sich etwa herausgestellt, dass er so etwas wie ein Gewissen hatte?«

»Er hat sich als Narr entpuppt«, sagte sie mit unverhohlenem Zorn. »Jules betrachtete unsere Entwicklung als Segen für die Menschheit. Er versuchte, mich und die anderen Mitglieder der Familie zu überreden, die Kriegsvorbereitungen einzustellen und die Formel allgemein publik zu machen. Ich habe den Widerstand der Familie gegen dieses Ansinnen organisiert. Daraufhin flüchtete er mit seinem Flugzeug. Er verließ das Land und nahm Papiere mit, die Beweise für die Beteiligung der Familie an den Kriegsvorbereitungen enthielten. Ich nehme an, er hatte damit die Familie erpressen wollen, wenn er nicht aufgehalten und abgeschossen worden wäre.«

»Warum hat er den Helm mitgenommen?«

»Er war ein Symbol der Macht und wurde von Generation zu Generation an das jeweilige Familienoberhaupt vererbt. Durch seine Unternehmungen hatte er den Anspruch auf den Helm verloren, und der Helm hätte eigentlich an mich weitergegeben werden müssen.«

Austin lehnte sich auf seinem Stuhl zurück und verschränkte die Hände hinter dem Kopf. »Also war Jules aus dem Weg geräumt, und mit ihm die Gefahr, dass die Kriegsplanungen der Familie an die Öffentlichkeit dringen konnten. Er war gar nicht in der Lage, Ihre Forschungen in irgendeiner Weise zu behindern oder gar vollends aufzuhalten.«

»Er hatte bereits für ihren Abbruch gesorgt. Er vernichtete die Berechnungen für die Grundformel und gravierte sie in den Helm ein. Sehr clever. *Zu* clever. Wir mussten wieder ganz von vorne anfangen. Es gab über eine Million möglicher Kombinationen. Wir hielten die Mutanten am Leben in der Hoffnung, dass eines Tages vielleicht durch sie die Geheimnisse der Formel offenbart würden. Unsere Arbeit wurde durch Kriege und die Große Depression unterbrochen. Während des Zweiten Weltkriegs standen wir dicht vor einem erfolgreichen Abschluss unserer Forschungen, als unser Labor von Flugzeugen der Alliierten bombardiert wurde. Das warf unsere Forschungen um Jahrzehnte zurück.«

Austin lachte verhalten. »Das heißt doch, dass die Kriege, die Sie mit angeheizt hatten, letztendlich Ihren Forschungen geschadet haben. Die Ironie dieser Situation dürfte Ihnen kaum entgangen sein.«

»Ich wünschte, es wäre so gewesen.«

»In der Zwischenzeit wurden Sie älter.«

»Ja, ich wurde älter«, sagte sie mit einem Ausdruck von Traurigkeit, die bei ihr irgendwie völlig fehl am Platze wirkte. »Ich verlor meine Schönheit und verwandelte mich nach und nach in eine gebrechliche alte Schreckschraube. Aber ich hielt durch. Wir verzeichneten einige Erfolge, was die Verlangsamung des Alterungsprozesses betraf, an denen ich Emil teilhaben ließ, aber Gevatter Tod holte allmählich auf. Wir standen dicht vor dem großen Durchbruch, versuchten, das richtige Enzym herzustellen, hatten dabei jedoch nur einen begrenzten Erfolg. Dann erfuhr einer meiner Wissenschaftler von dem Lost-City-Enzym. Das schien das fehlende Glied zu sein, nach dem wir so lange erfolglos gesucht hatten. Ich kaufte die Firma, die Forschungen über dieses Enzym anstellte, und engagierte Dr. MacLean und seine Kollegen, diese Forschungen rund um die Uhr fortzusetzen. Wir bauten ein Unterseeboot, das den Rohstoff einsammeln konnte, und richteten ein Testlabor ein.«

»Warum ließen Sie die Wissenschaftler in MacLeans Firma töten?«

»Wir sind nicht die Ersten, die ein Wissenschaftlerteam aus dem Weg schaffen, damit es nicht öffentlich über seine Forschung redet. Die britische Regierung untersucht noch immer einige Todesfälle unter den Technikern, die an einem satellitengestützten Raketenabwehrsystem mitgearbeitet haben. Wir hatten eine neue Gruppe Mutanten geschaffen, und die Forscher drohten damit, mit dieser Nachricht an die Öffentlichkeit zu gehen, daher haben wir sie aus dem Weg geschafft.«

»Das einzige Problem mit Ihren Wissenschaftlern ist, dass sie ihre Arbeit noch gar nicht abgeschlossen hatten«, sagte Austin. »Nehmen Sie es mir nicht übel, aber diese ganze Operation kommt mir vor wie ein großer Witz.«

»In gewisser Weise trifft das durchaus zu. Ich habe den Fehler gemacht, Emil die Leitung zu übertragen. Das war wirklich ein Riesenfehler. Sobald ich wieder die Kontrolle übernahm, holte ich Dr. MacLean zurück, damit er ein neues Forschungsteam zusammenstellte. Diese Leute schafften es, einen Großteil der bisher geleisteten Arbeit nachzuvollziehen.«

»War Emil dafür verantwortlich, dass der Tunnel unter dem Gletscher überflutet wurde?«

»Auch das war meine Schuld. Ich hatte ihn über die wahre Bedeutung des Helms nicht aufgeklärt, daher hat er auch nicht nach ihm gesucht, ehe der Tunnel geflutet wurde.«

»Ein weiterer dummer Fehler, nicht wahr?«

»Glücklicherweise hatte Mademoiselle den Helm mitgenommen, und er befindet sich jetzt in meinem Besitz. Er lieferte die fehlende Information, und wir legten das Labor still. Wie Sie sehen, machen wir gelegentlich Fehler, aber wir lernen aus ihnen. Was man von Ihnen offensichtlich nicht behaupten kann. Sie sind zwar von hier geflohen, kamen aber zurück, obgleich Sie der sichere Tod erwartet.«

»Davon bin ich ganz und gar nicht überzeugt.«

»Was meinen Sie?«

»Haben Sie in letzter Zeit etwas von Emil gehört?«

»Nein.« Zum ersten Mal erschien so etwas wie ein zweifelnder Ausdruck in ihrem Gesicht. »Wo ist er?«

»Ehe ich hierher kam, habe ich einen Abstecher zum Gletscher gemacht. Emil befindet sich in sicherem Gewahrsam.«

»Eine Schande.« Sie schnippte lässig mit den Fingern. »Sie hätten ihn töten sollen.«

»Sie bluffen. Es geht schließlich um Ihren Sohn.«

»Sie brauchen mich nicht an meine familiären Verpflichtungen zu erinnern«, sagte sie kühl. »Was mit Emil oder seinem kriecherischen Freund Sebastian geschieht, interessiert mich nicht im Mindesten. Emil hatte die Absicht, mich zu verdrängen und meinen Platz einzunehmen. Früher oder später hätte ich mich selbst seiner annehmen müssen. Wenn Sie ihn ausgeschaltet haben, haben Sie mir einen großen Gefallen getan.«

Austin kam sich vor, als hätte er bei einer hochkarätigen Pokerrunde zwei völlig wertlose Karten gezogen.

»Ich hätte eigentlich wissen müssen, dass Schlangenmütter gelegentlich ihre eigenen Eier fressen.«

»Sie können mich mit Ihren albernen Vergleichen nicht beleidigen. Trotz aller inneren Konflikte ist unsere Familie im Laufe der Jahrhunderte immer mächtiger geworden.«

»Und hat wahre Ströme von Blut vergossen.«

»Was kümmert uns das Blut anderer? Es ist einer der entbehrlichsten Stoffe auf dieser schönen Erde.«

»Dagegen könnten einige Leute etwas einzuwenden haben.«

»Sie haben ja nicht die geringste Ahnung, in was Sie tatsächlich hineingeraten sind«, sagte Madame Fauchard mit einem spöttischen Grinsen. »Sie glauben, uns zu kennen? Es gibt unendlich viele Dinge, von denen Sie keine Ahnung haben. Unsere Familie hat ihren Ursprung in grauer Vorzeit. Während Ihre

Vorfahren ihre Nahrung mühsam mit den Fingern aus der Erde scharrten, hatte einer von uns bereits aus Feuerstein eine Speerspitze geschaffen, sie an einem langen Stock befestigt und diese Waffe seinem Nachbarn verkauft. Wir haben den Griechen Waffen für ihren Kampf gegen die Perser verkauft, und den Persern, um gegen die Griechen zu kämpfen. Die römischen Legionen sind durch Europa marschiert und trugen dabei Breitschwerter aus unserer Fertigung. Nun werden wir die Zeit bändigen und sie unserem Willen unterwerfen, wie wir es mit dem Stahl getan haben.«

»Und wenn Sie weitere hundert oder gar tausend Jahre leben, was dann?«

»Es geht nicht darum, wie *lange* man lebt, sondern darum, was man mit seiner Zeit anfängt. Warum schlagen Sie sich nicht auf meine Seite, Monsieur? Ich bewundere Ihren Mut und Ihre Entschlossenheit. Vielleicht finde ich sogar einen Platz für Ihre Freunde. Denken Sie darüber nach. Unsterblichkeit! Ist das letztendlich nicht unser aller sehnlichster Wunsch?«

»Ihr Sohn hat mir die gleiche Frage gestellt.«

»Und?«

Ein eisiges Lächeln huschte über Austins Miene. »Mein einziger Wunsch ist, Sie und Ihre Leute zur Hölle zu schicken, wo er schon auf Sie wartet.«

»Also haben Sie ihn tatsächlich getötet!« Madame Fauchard klatschte applaudierend in die Hände. »Gut gemacht, Monsieur Austin. Das hatte ich auch von Ihnen erwartet. Sie müssen gewusst haben, dass ich meinen Vorschlag nicht ernst gemeint habe. Eines habe ich im Laufe des Jahrhunderts gelernt, nämlich dass Menschen mit Gewissen stets eine Gefahr darstellen. Nun gut, Sie und Ihre Freunde wollten an meinem Kostümfest teilnehmen, dann sollen sie das auch. Dafür, dass Sie meinen Sohn aus dem Weg geschafft haben, werde ich Sie nicht sofort töten. Ich gestatte Ihnen, dem Beginn einer neuen Zeitrechnung auf dieser Erde beizuwohnen.« Sie griff in den Ausschnitt ihres Kleides und holte eine kleine bernsteinfarbene Glasampulle hervor, die sie hoch über ihren Kopf hielt. »Sehen Sie, das ist das Elixier des Lebens.«

Austin dachte an etwas anderes: MacLean. In seinen Augen blitzte ein Funke des Verstehens auf, als er sich die letzten Worte des Wissenschaftlers ins Gedächtnis rief.

»Ihr wahnsinniger Plan wird niemals funktionieren«, sagte Austin ruhig.

Racine funkelte Austin wütend an, und ihre Lippen verzerrten sich geringschätzig. »Wer will mich aufhalten? Sie? Sie wagen es, sich mit Ihrem kleinen Geist gegen das Wissen von Jahrhunderten aufzulehnen?«

Sie öffnete die Ampulle, setzte sie an die Lippen und trank ihren Inhalt. Ihr Gesicht schien aufzuleuchten und eine helle Aura zu bilden. Austin betrachtete sie für einen kurzen Moment voller Faszination und war sich bewusst, dass er wahrscheinlich Zeuge eines Wunders war, doch er holte sich selbst schnell in die Wirklichkeit zurück. Racine bemerkte, wie er die Stoppuhrtaste seines Chronometers betätigte.

»Sie können Ihre Uhr auch gleich wegwerfen«, sagte sie spöttisch. »In meiner Welt hat Zeit keine Bedeutung mehr.«

»Nehmen Sie es mir nicht übel, wenn ich Ihre Empfehlung nicht befolge. In meiner Welt ist Zeit immer noch von großer Bedeutung.«

Sie betrachtete Austin herablassend, dann winkte sie Marcel, der sofort herüberkam. Zusammen mit den anderen Gefangenen gingen sie zu der Tür, die in die Katakomben hinunterführte.

Während die massive Holztür aufschwang und Austin und die anderen mit gezogenen Waffen in die Tiefe getrieben wurden, schoss ihm die Warnung des französischen Piloten durch den Kopf.

*Die Fauchards haben eine Vergangenheit.*

Dann schaute er auf die Uhr und schickte ein stummes Gebet zu den Göttern, die über die Narren und die Abenteurer wachen, die häufig beides zugleich sind. Mit nur einem winzigen Quäntchen Glück gäbe es für diesen grässlichen Auswuchs einer Familie tatsächlich keine Zukunft mehr.

# 42

Racine nahm eine Fackel aus einer Wandhalterung und trat durch die Türöffnung. Die Freiheit ihrer neu gewonnenen Jugend auskostend, stieg sie graziös die Treppe zu den Katakomben hinunter. Ihre schulmädchenhafte Begeisterung stand in einem scharfen Kontrast zu der morbiden Umgebung mit ihren feuchtkalten, von Flechten und Moosen bedeckten Korridorwänden.

Hinter Racine kam Skye, gefolgt von Austin und einem Wächter, der ihn ständig im Auge behielt, dann Zavala und ein weiterer Wächter. Die Nachhut bildete Marcel, stets wachsam wie ein Viehtreiber, der nach verirrten Rindern Ausschau hält. Die Prozession wanderte durch den Knochenkeller und die Verliese und stieg Treppen hinab, die noch tiefer in die Katakomben führten. Die Luft wurde modriger und ließ sich kaum noch atmen.

Ein enger, etwa dreißig Meter langer Korridor mit gewölbter Decke führte nach der letzten Treppenflucht zu einer Tür, die aus einer Steinplatte bestand. Zwei Wächter rollten die Tür zur Seite. Sie öffnete sich nahezu lautlos, als wären die Rollen sorgfältig geölt. Während die Gefangenen durch einen weiteren Korridor wanderten, dachte Austin über ihre Möglichkeiten nach und kam zu dem Ergebnis, dass sie keine hatten. Zumindest nicht im Augenblick. Die Trouts waren instruiert worden, sich bereitzuhalten, bis er sich bei ihnen meldete.

Er hätte sich dafür, dass er von zu hohen Erwartungen ausgegangen war, in den Hintern treten können. Er hatte sich gründlich verrechnet. Racine war skrupellos, was sich darin zeigte, dass sie ihren Bruder hatte töten lassen. Aber er hätte sich niemals träumen lassen, dass ihr das Schicksal ihres Sohnes derart gleichgültig sein würde. Er blickte nach vorne zu Skye. Sie schien sich ganz gut zu halten und war viel zu sehr damit beschäftigt, sich Spinnweben aus dem Gesicht zu wischen, um sich zu eingehend mit ihrer augenblicklichen Lage zu befassen. Er hoffte nur, dass sie am Ende nicht für seine Fehleinschätzung würde teuer bezahlen müssen.

Der Gang endete vor einer weiteren Tür aus Stein, die ebenfalls zur Seite gerollt wurde. Racine schritt durch die Öffnung und schwenkte die Fackel hin und her, sodass die Flamme knisterte und heftig flackerte. Der tanzende Lichtschein erhellte eine etwa einen halben Meter breite Steinplatte, die vom Rand eines Abgrunds ins Leere hinauszureichen schien.

»Ich nenne dies die ›Seufzerbrücke‹«, erklärte Racine, wobei ihre Stimme von den Wänden gespenstisch widerhallte. »Sie ist viel älter als ihr berühmtes Gegenstück in Venedig. Hören Sie mal.« Der Wind wehte von unten hoch, heulte dabei wie ein Chor verdammter Seelen und spielte mit ihren langen, flachsblonden Haaren. »Man sollte auf der Brücke lieber nicht stehen bleiben.«

Sie eilte mit leichtfüßiger Unbesorgtheit über den steinernen Steg.

Skye zögerte. Austin ergriff ihre Hand, und gemeinsam tasteten sie sich vorsichtig über die schmale Brücke, hinter Racines flackernder Fackel her. Der Wind zerrte an ihren Kleidern. Die Entfernung bis zum anderen Ende betrug höchstens zehn Meter, aber es kam ihnen vor wie zehn Kilometer.

Zavala war ein vielseitiger Sportler und hatte im College sogar geboxt. Er überquerte die Steinbrücke mit der Trittsicherheit eines Drahtseilartisten. Die Wächter und sogar Marcel ließen sich Zeit, als sie die Brücke überquerten, und es war offensichtlich, dass dieser Teil ihres Jobs ihnen ganz und gar nicht behagte.

Die Wächter schlossen eine massive Holztür auf, und die Prozession trat aus den Katakomben hinaus in einen freien Raum. Die Luft war trocken und mit würzigem Kieferndurft erfüllt. Sie befanden sich auf einem Gang, der etwa vier Meter breit war. Racine schritt weiter zu einer niedrigen Mauer zwischen zwei wuchtigen quadratischen Säulen und winkte den anderen zu, ihr zu folgen.

Der Laufgang bildete in Wirklichkeit den oberen Rang eines Amphitheaters. Drei weitere Ränge, beleuchtet von einem Ring aus Fackeln, führten stufenweise zu einer Arena hinab. Auf den Plätzen saßen hunderte von stummen Zuschauern.

Austin schaute durch ein Bogenfenster in den weiten offenen Raum. »Sie werden nicht müde, einen immer wieder aufs Neue zu überraschen, Madame Fauchard.«

»Nur wenige Außenstehende haben jemals das Allerheiligste der Fauchards zu Gesicht bekommen.«

Skyes Ängste wurden kurzfristig von ihrer wissenschaftlichen Neugier überlagert. »Dies ist ein genauer Nachbau des Kolosseums«, stellte sie mit kundigem Blick fest. »Die Anordnung der Säulen, die Arkade, alles – bis auf den Maßstab – entspricht dem Original.«

»Das kann eigentlich nicht überraschen«, sagte Racine. »Es ist eine kleinere Version des Kolosseums, gebaut von einem heimwehkranken römischen Prokonsul in Gallien, der die Vergnügungen seiner Heimat schmerzlich vermisste. Meine Vorfahren dachten, wenn sie ihr Château an einem Ort errichteten, an dem Gladiatoren ihr Blut vergossen hatten, könnten sie von dem kriegerischen Geist profitieren. Meine Familie nahm ein paar Veränderungen vor, indem sie zum Beispiel ein ausgeklügeltes Belüftungssystem installierten, um diesen Ort mit frischer Luft zu versorgen, doch ansonsten beließen sie alles so, wie sie es vorgefunden hatten.«

Austin war von den Zuschauern ein wenig irritiert. Eigentlich hätte er Stimmengemurmel, ein Rascheln oder gelegentliches Husten hören müssen. Doch die Stille war beinahe körperlich spürbar.

»Wer sind all diese Leute?«, wollte er von Racine wissen.

»Ich stelle sie Ihnen gerne vor«, erwiderte sie.

Sie stiegen die ersten von mehreren brüchigen Stufen hinunter. Als sie unten ankamen, schloss ein Wächter ein schmiedeeisernes Tor auf, und die Gruppe ging durch einen kurzen Tunnel. Racine erklärte, dass dies der Zugang für die Gladiatoren und andere Akteure sei. Der Tunnel führte in eine kreisrunde Arena. Feinkörniger weißer Sand bedeckte den Boden.

Ein mit kunstvollen Verzierungen versehenes, gut anderthalb Meter hohes Podest stand mitten in der Arena. Stufen waren in eine Seite der rechteckigen Plattform hineingeschnitten worden. Austin studierte die ausdruckslosen Gesichter einiger Wächter, die sich in Habachtstellung am Rand der Arena aufgebaut hatten, als er einen Laut der Verblüffung von Skye hörte, die seit dem Überqueren des Abgrunds seine Hand nicht mehr losgelassen hatte.

Er folgte ihrem Blick zur untersten Sitzreihe. Das gelbe Licht der Fackeln fiel auf grinsende Knochenfratzen und pergamentene gelbe Haut, und er begriff, dass er ein Publikum aus Mumien vor sich hatte. Die ausgedörrten Körper füllten die Reihen, Etage für Etage, und starrten mit toten Augen hinab auf die Arena.

»Keine Angst«, sagte er ruhig. »Sie tun dir nichts.«

Zavala verschlug es die Sprache. »Das ist nichts anderes als ein riesiges Grabmal.«

»Ich gebe zu, dass ich schon vor einem lebendigeren Publikum aufgetreten bin«, sagte Austin. Er wandte sich an Madame Fauchard. »Joe hat Recht. Ihr Allerheiligstes ist ein Mausoleum.«

»Ganz im Gegenteil«, widersprach Racine. »Sie stehen auf dem, was für die Familie der heiligste Grund ist. Auf diesem Podium habe ich 1914 gestanden und Jules die Gewissensfrage gestellt. Und dort hat er dann gestanden und uns erklärt, dass er den Wünschen der Familie nicht nachkommen würde. Hätte Emil nicht so jämmerlich versagt, hätte ich die sterbliche Hülle meines Bruders in den Kreis der anderen geholt, damit auch er Zeuge meines Triumphs hätte werden können.«

»Jules muss sehr mutig gewesen sein, dass er sich gegen Ihre mörderische Familie gestellt hat«, sagte Austin.

»Er hat uns nicht nur verraten, er hat fünftausend Jahre Familiengeschichte einfach ignoriert. Als wir mit den Kreuzfahrern nach Frankreich zurückkehrten, haben wir all unsere Vorfahren hierher geholt. Es dauerte Jahre, bis endlich die Mumien zu ihrer letzten Ruhe hier eintrafen.«

»Weshalb so viel Mühe für einen Haufen Haut und Knochen?«

»Unsere Familie hat schon immer vom ewigen Leben geträumt. Genauso wie die Ägypter glaubten sie, dass das Leben nach dem Tod weiterginge, wenn der Körper erhalten würde. Die Mumifizierung war im Grunde eine primitive Form der Kryogenik. Die frühen Einbalsamierungsspezialisten benutzten Kiefernharz anstelle von flüssigem Sauerstoff, wie es heute praktiziert wird.« Sie schaute über Austins Schulter. »Ich sehe, dass unsere Gäste eingetroffen sind. Wir können daher mit der Zeremonie beginnen.«

Geisterhafte Gestalten, in weiße Gewänder gehüllt, betraten die Arena. Es waren genauso viele Männer wie Frauen, insgesamt etwa zwei Dutzend Personen, und ihr weißes Haar und ihre faltigen Gesichter schienen nur wenige Jahrzehnte jünger zu sein als die der stummen Mumien. Während die Gestalten die Arena füllten, küsste jede Madame Fauchards Hand. Danach stellten sie sich im Kreis um das Podest auf.

»Sie kennen diese Leute bereits«, sagte Racine zu Austin. »Sie haben sie bei meiner Party getroffen. Sie sind die Nachkommen der alten Waffendynastien.«

»In ihren Kostümen sahen sie erheblich besser aus«, stellte Austin fest.

»Der Zahn der Zeit verschont niemanden, jedoch werden sie die Elite sein, die mit mir die Welt beherrschen wird. Marcel wird unsere private Armee befehligen.«

Austin brach in schallendes Gelächter aus. Erschrockene Gesichter wandten sich in seine Richtung.

»Darum dreht sich also der ganze Irrsinn! Um die Weltherrschaft?«

Racine starrte Austin an wie eine zornige Medusa. »Sie finden das spaßig?«

»Sie sind nicht die erste Verrückte, die davon faselt, die Welt zu beherrschen«, sagte Austin. »Hitler und Dschingis Khan haben das schon lange vor Ihnen getan. Das Einzige, was sie erreicht haben, war, eine Menge Blut zu vergießen, sonst nichts.«

Racine sammelte sich wieder. »Aber stellen Sie sich vor, wie die Welt heute aussähe, wenn sie unsterblich gewesen wären.«

»Es wäre eine Welt, in der nicht viele Menschen leben wollten.«

»Sie irren sich. Dostojewski hatte Recht, als er meinte, dass die Menschheit immer jemanden braucht, zu dem sie aufschauen und den sie verehren kann. Man wird uns als Retter der Welt willkommen heißen, sobald die Ozeane der Welt sich in stinkende Sümpfe verwandelt haben. Bei der NUMA weiß man sicherlich längst über die Tiefseepest Bescheid, die sich wie ein aggressiver Krebs in den Weltmeeren ausbreitet.«

»Sie meinen die Gorgonenalge?«

»Nennen Sie es so? Ein phantasievoller Name, und absolut passend.«

»Von dieser Epidemie hat die Öffentlichkeit keine Ahnung. Wie haben Sie davon erfahren?«

»Sie ahnungsloser Narr! Ich habe sie *geschaffen*. Langes Leben alleine würde mir nicht die Macht verschaffen, nach der ich strebe. Meine Forscher haben die mutierte Alge als Nebenprodukt ihrer Arbeit entdeckt. Als sie mir ihre Erkenntnisse darüber vortrugen, wusste ich, dass ich damit das perfekte Vehikel für meinen Plan hatte. Ich verwandelte Lost City in eine Brutstätte für diese schädliche Alge.«

Austin konnte die Leistung ihres verbrecherischen Gehirns nur bewundern. Sie war allen stets einen Schritt voraus gewesen.

»Deshalb wollten Sie die Woods-Hole-Expedition verschwinden lassen.«

»Natürlich. Ich konnte nicht zulassen, dass diese ahnungslosen Idioten meine Pläne in Gefahr brachten.«

»Wollen Sie die Herrscherin einer Welt sein, die im Chaos versinkt?«

»Genau das ist der Punkt. Sobald Länder bankrott sind und von Hunger und politischer Anarchie heimgesucht werden, erscheine ich, um die Welt von diesem Fluch zu befreien.«

»Wollen Sie damit behaupten, dass Sie diese Killeralge unschädlich machen können?«

»Genauso einfach wie ich Sie und Ihre Freunde töten kann. Die Todgeweihten werden kommen und den Unsterblichen huldigen, die heute hier erschaffen werden. Diese Leute werden in ihre Heimatländer zurückkehren und nach und nach die Macht an sich ziehen. Wir werden überlegene Wesen sein, deren Weisheit eine willkommene Abwechslung zur Demokratie mit ihrer Zerbrechlichkeit und Überforderung der einfachen Menschen sein wird. Wir werden Götter sein!«

»Halbgötter, die ewig leben? Eine besonders verlockende Aussicht.«

»Nicht für Sie und Ihre Freunde. Aber Kopf hoch. Vielleicht lasse ich Sie in einem etwas anderen Zustand am Leben. Als Haustier, vielleicht. Es dauert nur ein paar Tage, bis ein Mensch in ein knurrendes Raubtier verwandelt wird. Ein überaus interessanter Prozess. Es wäre recht amüsant, Sie bei der Verwandlung Ihrer Freundin zusehen zu lassen und danach zu erleben, ob Sie sie immer noch liebevoll umarmen wollen.«

»Ich würde mich an Ihrer Stelle nicht darauf verlassen«, sagte Austin. »Durchaus möglich, dass Ihr Wundermittel vorzeitig knapp wird.«

»Unmöglich. Meine Laboratorien werden so viel liefern, wie ich brauche.«

»Haben Sie in letzter Zeit Verbindung mit Ihrer Insel aufgenommen?«

»Das war nicht nötig. Meine Leute dort wissen, was zu tun ist.«

»Ihre Leute gibt es nicht mehr. Die Laboranlagen auf der Insel wurden zerstört. Ich war dort und habe es mit eigenen Augen gesehen.«

»Das glaube ich Ihnen nicht.«

Austin lächelte, aber in seinen blauen Augen lag ein harter Glanz. »Die Mutanten sind geflohen und haben mit Colonel Strega und seinen Männern kurzen Prozess gemacht. Sie haben danach das Labor zerstört, aber sie wären für Sie ohnehin nicht mehr von Nutzen gewesen, da die Insel und Ihr U-Boot sich mittlerweile in den Händen der englischen Marine befinden. Ihr Spitzenforscher MacLean ist tot. Er wurde von einem Ihrer eigenen Männer erschossen.«

Racine zuckte bei der Nachricht nicht mal mit der Wimper. »Das macht nichts. Dank der mir zur Verfügung stehenden Mittel kann ich Laboratorien auf anderen Inseln aufbauen. MacLean wäre sowieso zusammen mit seinen Kollegen beseitigt worden. Ich habe die Formel und kann die Substanz in beliebiger Menge herstellen. Ich habe gewonnen, und Sie und Ihre Freunde haben verloren.«

Austin blickte auf die Uhr. »Zu schade, dass wir Ihr Utopia niemals sehen werden«, sagte er mit neu gewonnener Zuversicht.

»Das Verstreichen der Zeit scheint auf Sie eine ganz besondere Faszination auszuüben«, stellte Racine fest. »Halten wir Sie vielleicht von einer wichtigen Verabredung ab?«

Austin blickte in Racines Augen, die nun rubinrot zu glühen begonnen hatten.

»Sie sind es, die eine Verabredung hat.«

Racine schien über Austins Antwort verwirrt zu sein. »Mit wem?«

»Nicht mit wem. Mit *was*. Mit dem, das Sie am meisten fürchten.«

Racines Miene verhärtete sich. »Ich fürchte nichts und niemanden.« Sie wirbelte herum und ging hinüber zu der erhöhten Plattform.

Ein weißhaariges Paar war aus der Gruppe hervorgetreten. Die Frau hielt ein Tablett, auf dem eine Anzahl bernsteinfarbener Ampullen lag. Sie ähnelten der, die Racine in der Waffenkammer geleert hatte. Der Mann hatte einen mit Schnitzereien versehenen Kasten aus dunklem Holz in der Hand, in dessen Deckel ein dreiköpfiger Adler aus Elfenbein eingelegt war.

Skyes Finger krampften sich um Austins Hand. »Das sind die Leute, die mich in Paris entführt haben«, flüsterte sie. »Was sollen wir tun?«

»Warte«, sagte er. Er schaute abermals auf die Uhr, obgleich seit seinem letzten Blick darauf kaum eine Minute vergangen war.

Die Ereignisse entwickelten sich viel zu schnell. Austin wechselte einen Blick mit Zavala, um seine Aufmerksamkeit zu wecken. Joe nickte unmerklich, womit er andeutete, dass er den Blick verstanden hatte. Die nächsten paar Minuten wären entscheidend.

Racine griff in den Kasten und hob den Helm heraus. Gedämpfter Applaus ertönte, während sie die Stufen zur Plattform hinaufstieg. Sie hob den Helm in die Höhe und setzte ihn sich auf den Kopf. Als sie danach den Blick in die Runde schweifen ließ, erstrahlte ihr Gesicht in einem seligen, triumphierenden Lächeln.

»Ihr habt einen weiten Weg zu diesem heiligsten aller Heiligtümer zurückgelegt, und es freut mich, dass ihr alle es geschafft habt, die Seufzerbrücke unbeschadet zu überqueren.«

Einige der Gäste bei dieser seltsamen Party lachten leise.

»Keine Sorge. Auf dem Weg nach draußen werdet ihr feststellen, dass ihr plötzlich stark genug seid, um aus eigener Kraft über den Abgrund zu springen. Schon bald werden wir alle Götter sein, verehrt von einfachen Sterblichen, die den Umfang unserer Macht und Weisheit auch nicht annähernd ermessen können. In Kürze werdet ihr sein wie ich.«

Racines Jünger verschlangen ihre Schönheit mit hungrigen, sehnsüchtigen Augen.

»Ich habe die letzte Dosis der Substanz erst vor einer Stunde eingenommen. Und nun, meine lieben Freunde, die ihr mir immer so treu gedient habt, seid ihr die Nächsten. Ihr werdet den wahren Stein der Weisen erhalten, das Elixier des Lebens, nach dem so viele jahrhundertelang vergeblich gesucht haben.«

Die Frau mit dem Tablett ging um das Podium herum. Gierige Hände griffen nach den Ampullen.

Austin wartete darauf, dass Marcel und die Wächter vortraten. Dann würde sich für einen kurzen Moment eine günstige Gelegenheit ergeben, wenn die Wächter durch die Aussicht auf eine wundervolle Zukunft abgelenkt sein würden. Er rechnete damit, dass sogar Marcel diesem aufregenden Moment nachgeben würde. Austin hatte sich mit winzigen Schritten unbemerkt an den nächsten Wächter herangeschoben. Der Wächter verfolgte bereits wie gebannt das Geschehen auf dem Podium und hatte die Waffe, die er vorher im Anschlag gehalten hatte, gesenkt.

Die Ampullen wurden an Marcel und seine Männer verteilt.

Austin hatte die Absicht, sich im geeigneten Moment auf den Wächter zu stürzen und ihn kampfunfähig zu machen. Zavala konnte sich in diesem Moment Skye schnappen und mit ihr in Richtung Tunnel spurten. Austin wusste, dass er im Begriff war, sich zu opfern, doch das war er seinen Freunden schuldig, da letztendlich er sie in diese Lage gebracht hatte. Er gab Zavala mit den Augen erneut ein Zeichen und rüstete sich für den entscheidenden Sprung – um dann innezuhalten, als ein aufgeregtes Murmeln durch die Versammelten ging.

Racines Jünger hatten die Ampullen an die Lippen gesetzt, doch ihre Blicke waren auf das Podium gerichtet.

Racine hatte eine Hand an ihren schlanken Hals gelegt, als ob irgendetwas in ihrer Kehle stecken geblieben wäre. Ein verwirrter Ausdruck lag in ihren Augen. Dann wanderte die Hand zu ihrer Wange weiter. Ihre glatte Haut schien regelrecht zu verwelken. Innerhalb weniger Sekunden färbte sie sich gelb und warf unzählige Falten, als sei sie mit Säure in Berührung gekommen.

»Was hat das zu bedeuten?«, fragte Racine. Sie berührte ihr Haar. Es konnte durchaus an der Beleuchtung liegen, doch ihre langen Locken waren nicht mehr goldgelb, sondern platinweiß. Sie zupfte behutsam mit klauenartig gekrümmten Fingern an ihren Haaren. Ein dickes Büschel blieb zwischen ihren Fingern zurück. Sie starrte voller Entsetzen auf den Klumpen.

Die Falten und Runzeln in ihrem Gesicht breiteten sich aus wie Risse in einer austrocknenden Lehmpfütze.

»Was hat das zu bedeuten?«, jammerte sie.

»Sie wird wieder alt«, sagte jemand im Flüsterton.

Racine starrte den Sprecher an. Ihre Augen verloren ihr rötliches Glühen und sanken tiefer in ihre Höhlen. Die Arme schrumpften zu dünnen Stöcken, und der Helm wurde für ihren dünnen Hals zu schwer. Sie begann sich nach vorne zu beugen und zu krümmen wie eine Garnele. Ihr schönes Gesicht verfiel zur Ruine, und die marmorne Haut zeigte hässliche Altersflecken. Sie sah aus wie das Opfer einer vorzeitigen Vergreisung.

Racine begriff endlich, was mit ihr geschah. »Nein«, stieß sie hervor, versuchte zu schreien, aber ihre Stimme war nur noch ein mattes Krächzen. »Neeeiiin«, stöhnte sie.

Racines Beine konnten sie nicht mehr tragen, und sie sank auf die Knie und fiel nach vorne. Sie kroch einen halben Meter und streckte eine knochige Hand nach Austin aus.

Das Grauen dieses Moments verfehlte seine Wirkung auf Austin nicht, aber Racine war für unzählige Tode und unendliches Leid verantwortlich. Er betrachtete sie mit mitleidlosen Blicken. Racines Rendezvous mit dem Tod war längst überfällig.

»Ich wünsche Ihnen eine gute Reise in die Ewigkeit«, sagte er.

»Woher wussten Sie es?« Ihre Stimme war heiser und kaum zu verstehen.

»MacLean hat es mir kurz vor seinem Tod verraten. Er hatte die Formel der Substanz derart verändert, dass sie am Ende den Alterungsprozess beschleunigt, anstatt ihn umzukehren«, antwortete Austin. »Ausgelöst wird dieser Prozess durch die dritte Dosis des Elixiers. Sie komprimiert den Alterungsprozess eines Jahrhunderts auf eine einzige Stunde.«

»MacLean«, sagte sie, und das Wort markierte ein letztes Ausatmen. Dann erschauerte sie noch einmal und rührte sich nicht mehr.

In dem gelähmten Schweigen, das sich ausbreitete, ließen Racines Anhänger die Ampullen sinken, als ob ihr Inhalt sich in flüssiges Glas verwandelt hätte, und warfen sie in den Sand.

Eine Frau schrie auf und löste damit einen wilden Sturm in Richtung Ausgang aus. Marcel und die Wächter wurden von den in panischem Entsetzen Flüchtenden überrannt.

Austin nahm den nächsten Wächter aufs Korn, riss ihn herum und fällte ihn mit einer rechten Geraden, die ihm beinahe die Fingerknöchel brach. Zavala packte Skye am Arm; mit Austin an der Spitze bildeten sie einen Keil, der sich durch das Greisengewimmel fraß.

Marcel sah die Gefangenen fliehen. Er war wie besessen, feuerte aus der Hüfte und überschüttete die Flüchtenden mit einem Kugelhagel. Die Salve schnitt wie eine Sense eine Schneise durch die Schar der weiß gekleideten Götter in spe, doch in diesem Moment hatten Austin und seine Gefährten bereits den Schutz des Tunnels erreicht.

Während Skye und Zavala zu der Treppe rannten, verschloss Austin die Tür und folgte seinen Freunden. Kugeln schlugen gegen die Eisenbeschläge, und der Lärm übertönte die Schreie der Sterbenden.

Austin stoppte auf der ersten Etage und wies die anderen an, den Weg fortzusetzen. Er eilte in den Durchgang, der zu den Tribünen führte. Wie zu befürchten gewesen war, hatten Marcel und seine Männer nicht viel Zeit damit vergeudet, die Tür aufzubrechen, sondern wählten den direkteren Weg. Sie hatten die Mauer erklettert, die die erste Sitzreihe von der Arena trennte.

Austin stieg zur nächsten Etage hinauf. Zavala und Skye warteten auf ihn. Er brüllte ihnen zu, sie sollten sich in Sicherheit bringen, und stürmte selbst durch einen Gang, der ihn zu einer höher gelegenen Sitzreihe brachte. Marcel und seine Männer hatten den ersten Rang zur Hälfte erstiegen und kamen zügig näher, wobei sie Mumien achtlos beiseite stießen, sodass sie zu Staub zerfielen.

Marcel blickte hoch, entdeckte Austin und gab seinen Männern den Befehl zu schießen. Austin duckte sich schleunigst. Der Kugelhagel prasselte gegen die Mauer, vor der er gerade noch gestanden hatte.

Austin richtete sich abrupt auf. Ehe Marcel und seine Männer ihre Waffen in Anschlag bringen konnten, riss er eine Fackel aus ihrer Halterung, holte weit aus und schleuderte sie in einem hohen Bogen seinen Verfolgern entgegen. Die Flammenbahn endete in einem Funkenregen, als die Fackel in einer Mumienreihe landete.

Vom Harz genährt, das benutzt worden war, um die Mumien zu konservieren, fingen die uralten sterblichen Hüllen sofort Feuer. Flammen sprangen hoch, und die grinsenden Leichen explodierten wie eine Kette chinesischer Knallfrösche. Marcels Männer sahen, wie das Amphitheater sich in eine Feuerhölle verwandelte, und stürmten die Sitzreihen hinunter, um sich in Sicherheit zu bringen. Marcel hingegen, das Gesicht eine Fratze namenloser Wut, dachte nicht an Rückzug. Er schoss weiter, bis er hinter einer Flammenwand verschwand und seine Maschinenpistole verstummte.

Der Brand breitete sich in dem schüsselförmigen Stadion innerhalb weniger Sekunden aus. Jeder Rang stand in Flammen und erzeugte wallende schwarze Wolken dichten Qualms. Das auf so engem Raum ausgelöste Inferno entwickelte eine unglaubliche Intensität. Austin hatte das Gefühl, als ob er mit seiner Aktion die Klappe eines Schmelzofens geöffnet hätte. Mit gesenktem Kopf rannte er dorthin, wo er die Treppen vermutete. Der Qualm brannte in seinen Augen, und er war so gut wie blind, als er die oberste Sitzreihe des Amphitheaters erreichte.

Zavala und Skye warteten in der Öffnung des Durchgangs zu den Katakomben. Sie drangen in den ebenfalls mit Qualm gefüllten Tunnel ein und tasteten sich an den Wänden entlang, bis sie vor dem Abgrund standen, über den sich die Seufzerbrücke spannte.

Zavala trug eine Fackel, aber sie war völlig nutzlos, da ihr Licht von den schwarzen Qualmwolken verschluckt wurde, die aus dem Tunnel quollen. Dann erlosch sie vollständig. Austin ging auf Hände und Knie hinunter und tastete sich durch die Dunkelheit. Seine Finger glitten über harten, glatten Stein. Er sagte zu Skye und Zavala, sie sollten sich dicht hinter ihm halten. Indem er sich an den Rändern des Steinbalkens orientierte, schob er sich Stück für Stück in totaler Finsternis über den schmalen Steg.

Der heiße Wind, der aus dem Abgrund heraufwehte, brachte weiteren erstickenden Qualm mit. Begleitet wurde er von herumwirbelnden Glutflocken. Immer wieder durch heftige Hustenanfälle gebremst, schafften sie es schließlich bis auf die andere Seite der Brücke.

Der Rückweg durch die Katakomben war ein einziger Alptraum. Qualm füllte das Labyrinth und erschwerte die Suche nach dem richtigen Weg, doch sie hatten sich weitere Fackeln geschnappt und konnten so der Route bis zum Knochenkeller folgen. Austin hätte niemals damit gerechnet, dass er froh sein würde, die Knochensammlung der Fauchards wieder zu sehen. Der Weg zum Burghof würde sie aus dem Château herausführen, doch er war sich nicht sicher, ob er den Weg auf Anhieb fände. Stattdessen entschied er sich für den Tunnel zur Waffenkammer.

Er hatte gehofft, dass die Luft in der Waffenkammer frischer wäre als in den Katakomben, doch als er durch die Tür hinter dem Altarbereich trat, stellte er fest, dass die Luft in dem großen Saal ebenfalls von Qualm erfüllt war. Giftige Dämpfe drangen durch ein Dutzend Lüftungsgitter in die Waffenkammer. Austin erinnerte sich an das, was Racine über das Belüftungssystem erzählt hatte, welches das Amphitheater versorgte, und kam zu dem Schluss, dass es mit dem Hauptsystem in Verbindung stehen musste.

Glücklicherweise war die Sicht hier nur unerheblich beeinträchtigt, und sie rannten durch das Mittelschiff und weiter durch die Doppeltür in den Korridor. Sie gelangten ins Schloss und landeten irgendwann in der Ahnengalerie. Dichte Qualmwolken begannen sich bereits unter der Gangdecke zu sammeln, und die Temperatur in der Galerie stieg merklich an.

Austin wollte gar nicht gefallen, dass der Qualm fast zu glühen schien, und drängte die anderen, sich zu beeilen. Sie erreichten die Eingangstür, fanden sie unverriegelt vor und stürmten hinaus auf den Schlosshof, wo sie die frische Luft in ihre nach Sauerstoff lechzenden Lungen sogen.

Frische Luft drang auch durch die offene Tür ins Schloss und führte neuen Sauerstoff heran. Augenblicklich entzündete der überhitzte Qualm sich mit einem dumpfen Knall. Die Flammen tanzten an den Wänden entlang und verschlangen die Porträts der Ahnengalerie.

Gestalten rannten über den raucherfüllten Schlosshof. Es waren Racines Wächter, aber sie dachten nur daran, ihre eigene Haut zu retten, und niemand kümmerte sich um Austin und seine Freunde, als sie die Zugbrücke und die gewölbte Steinbrücke überquerten. An dem grotesken Brunnen hielten sie an und tauchten die Köpfe ins kalte Wasser, um sich die Glutfunken aus den Augen zu waschen und ihre vom Qualm wunden Kehlen zu erfrischen.

Das Feuer hatte innerhalb weniger Minuten erheblich an Intensität zugenommen. Während sie der Zufahrt folgten, die sie zu der Straße durch den Wald bringen würde, hörten sie ein dumpfes Poltern, als ob ganze Erdplatten sich verschieben würden. Sie drehten sich um und sahen, dass das, was vom Schloss oberhalb der Mauer zu sehen war, von Flammen eingehüllt wurde. Nur die Ecktürme ragten trotzig aus den von den Flammen gespenstisch beleuchteten grauschwarzen Qualmwolken hervor.

Dann wurden auch die Türme vom Qualm verschluckt. Das dumpfe Poltern wiederholte sich, diesmal erheblich lauter, und steigerte sich zu einem gedämpften Gebrüll. Flammen schossen in den Himmel. Für einen kurzen Moment klärte sich die Luft über dem Schloss, und Austin konnte sehen, dass die Türme verschwunden waren.

Das Château war in sich zusammengefallen. Eine Rauchwolke verdeckte die Sicht auf den Ort der Vernichtung. Während sie das Gelände um das Schloss mit Funken überschüttete, zuckte und streckte die schwarze Wolke sich wie ein lebendiges Wesen, während sie in den Himmel stieg.

»Du liebe Güte!« Skye schüttelte ungläubig den Kopf. »Was ist geschehen?«

»›Der Untergang des Hauses Usher‹«, antwortete Austin halblaut.

Skye wischte sich mit einem Zipfel ihrer Bluse die Augen. »Was hast du gesagt?«

»Edgar Allan Poes Erzählung. Die Familie Usher war durch und durch dekadent. Wie die Fauchards gingen sie an ihrer Verderbtheit zugrunde.«

Skye betrachtete die Stelle, an der das Schloss gestanden hatte. »Ich glaube, da ist Rousseau mir um einiges lieber.«

Austin legte einen Arm um ihre Schultern. Mit Zavala an der Spitze machten sie sich auf den langen Weg, der sie in die Zivilisation zurückbringen würde. Wenige Minuten, nachdem sie den Wald hinter sich gelassen hatten, hörten sie Motorengeräusch. Sekunden später kam ein Hubschrauber in Sicht. Sie waren zu müde, um wegzurennen, und beobachteten fast gleichgültig, wie er vor ihnen landete. Paul Trout sprang aus dem Cockpit und kam zu ihnen herüber.

»Wie wäre es, wenn ich euch mitnähme?«, fragte er.

Austin nickte. »Gegen eine Dusche hätte ich auch nichts einzuwenden.«

»Und ein Glas Tequila«, sagte Zavala.

»Und ein langes heißes Bad«, meldete Skye einen weiteren Wunsch an.

»Alles zu seiner Zeit«, sagte Trout und brachte sie zum Helikopter, der von Gamay gesteuert wurde. Sie begrüßte ihre Freunde mit einem strahlenden Grinsen.

Sie schnallten sich an, und wenig später stieg der Helikopter über die Baumwipfel, drehte eine Runde über dem qualmenden Krater, wo früher das Château Fauchard gestanden hatte, und steuerte dann in Richtung Freiheit.

Keiner der Insassen blickte auch nur ein einziges Mal zurück.

## 43

Die Kette von Schiffen erstreckte sich von der Chesapeake Bay an der Atlantikküste der Vereinigten Staaten entlang bis zum Golf von Maine.

Tage zuvor hatte die Flotte aus NUMA-Schiffen und Kriegsschiffen sich aus allen Himmelsrichtungen eingefunden und eine Verteidigungslinie hundert Meilen östlich der Küste gebildet. Man hatte gehofft, die Invasion weit draußen stoppen zu können. Doch sie waren vom unaufhaltsamen Vordringen des stummen Feindes zurückgedrängt worden.

Der türkisblaue NUMA-Helikopter war seit Tagesanbruch in der Luft und folgte einem Kurs, der über der lang gestreckten Armada verlief. Der Hubschrauber befand sich östlich von Cap Hatteras, als Zavala, der ihn lenkte, aus dem Fenster blickte und sagte: »Das sieht aus wie das Sargassomeer nach einer Hormonbehandlung.«

Austin ließ das Fernglas sinken und lächelte gequält. »Verglichen mit dieser Schweinerei ist das Sargassomeer der reinste Rosengarten.«

Der Ozean präsentierte zwei völlig unterschiedliche Gesichter. Westlich der Schiffe zeigte das Wasser sein normales dunkles Blau, das hier und da von weißen Schaumkronen unterbrochen wurde. Im Osten hingegen, jenseits des Sperrgürtels, war die Farbe des Meeres ein ungesundes Gelbgrün. Dort hatten die miteinander verschlungenen Ranken der Gorgonenalge auf der Wasseroberfläche eine dichte Matte gebildet.

Austin und Zavala hatten vom Helikopter aus zugeschaut, wie einige Schiffe mit unterschiedlichen Techniken versuchten, das unbarmherzige Vordringen der Alge aufzuhalten. Die Kriegsschiffe hatten mit ihren schweren Kanonen ganze Breitseiten auf die Biomasse abgefeuert. Wassersäulen waren träge hochgestiegen, doch die Löcher, die die Geschosse in den Teppich gerissen hatten, waren innerhalb weniger Minuten wieder zugewachsen. Flugzeuge, die von Flugzeugträgern starteten, griffen die Alge mit Bomben und Raketen an. Doch sie erwiesen sich als ebenso wirkungslos wie eine Mücke, die einen Elefanten sticht. Brandsätze flackerten auf der dicken Matte, deren Hauptmasse sich unterhalb der Wasseroberfläche befand, müde vor sich hin. Von Flugzeugen versprühte Fungizide wurden weggespült, kaum dass sie aufs Wasser trafen.

Austin bat Joe, über zwei Schiffen zu kreisen, die das Vordringen der Alge mit einem schwimmenden Kordon zu stoppen versuchten, den sie zwischen sich aufgespannt hatten. Es war ein vergebliches Unterfangen. Die Barriere funktionierte planmäßig – aber nur etwa fünf Minuten lang. Unter dem enormen Druck, den die Algenmasse, die sich meilenweit erstreckte, ausübte, türmten sich die Algen vor dem Kordon auf, wälzten sich darüber und drückten ihn einfach unter Wasser.

»Ich habe genug gesehen«, sagte Austin voller Abscheu. »Lass uns zum Schiff zurückkehren.«

Racine Fauchard war tot, nicht mehr als verwelktes Fleisch und spröde Knochen, vergraben unter den Überresten ihres einst so stolzen Schlosses, doch der erste Teil ihres Plans war weitaus besser gelungen, als sie sich je hätte träumen lassen. Der Atlantische Ozean war im Begriff, sich in den gigantischen Sumpf zu verwandeln, den sie prophezeit hatte.

Austin tröstete sich mit dem Gedanken, dass Racine und ihr mörderischer Sohn Emil nicht zugegen waren, um aus dem Chaos, das sie geschaffen hatten, irgendwelche Vorteile zu ziehen. Aber das beseitigte keinesfalls die Katastrophe, die die Fauchards in Gang gesetzt hatten. Austin hatte es schon mit anderen bösartigen Widersachern zu tun gehabt, und es war ihm gelungen, mit ihnen fertig zu werden. Doch dieses unnatürliche, blindwütige Phänomen überstieg seine Fähigkeiten.

Sie waren etwa eine halbe Stunde lang in der Luft unterwegs. Austin erkannte an den Bugwellen der Schiffe unten auf dem Meer, dass sie sich langsam zurückzogen, um von der vorrückenden Algenpest nicht eingeschlossen zu werden.

»Halte dich bereit für die Landung, Kurt«, warnte Zavala.

Der Helikopter sank dem Kreuzer der U.S. Navy entgegen und setzte Sekunden später auf der Hubschrauberplattform auf. Pete Muller, der Offizier, den sie kennen gelernt hatten, als sein Kreuzer die im Bereich von Lost City operierenden Schiffe beschützte, erwartete sie schon und begrüßte sie.

»Wie sieht es aus?«, rief er über den Lärm der Rotoren hinweg.

Austin schüttelte mit ernster Miene den Kopf. »So schlimm, wie es schlimmer kaum sein kann.«

Er und Zavala folgten Muller zu einem Besprechungszimmer unter Deck. Etwa dreißig Männer und Frauen saßen auf in Reihen angeordneten stählernen Klappstühlen vor einem großen

Wandschirm. Austin und Zavala ließen sich ohne großes Aufsehen auf zwei Stühlen in der letzten Reihe nieder. Austin erkannte einige NUMA-Experten im Publikum. Er kannte jedoch nur wenige der uniformierten Zuhörer von der Armee und den verschiedenen Regierungsabteilungen, die für die öffentliche Sicherheit verantwortlich waren.

Vor dem Schirm stand Dr. Osborne, der Algenkundler, der den Trouts die ersten Informationen über die Gorgonenalge geliefert hatte. Er hielt eine Fernbedienung in der einen Hand und einen Laserpointer in der anderen. Auf dem Wandschirm war eine schematische Seekarte zu sehen, auf der die Strömungsverhältnisse im Atlantischen Ozean eingezeichnet waren.

»Dort, in Lost City, hat die Algenpest ihren Ursprung«, erklärte er soeben. »Der Kanaren-Strom trägt die Alge an den Azoren vorbei und überquert in westlicher Richtung den Atlantik, wo er sich mit dem Golfstrom verbindet. Der Golfstrom wandert in nördlicher Richtung am Kontinentalsockel entlang. Irgendwann verbindet er sich mit dem Nordatlantik-Strom, der das Wasser nach Europa zurückbringt und damit den nordatlantischen Kreislauf schließt.« Er beschrieb mit dem roten Punkt des Laserpointers einige Kreise auf der Karte, um seine Erklärung zu verdeutlichen. »Irgendwelche Fragen?«

»Wie schnell bewegt sich der Golfstrom?«, wollte jemand wissen.

»Mit etwa fünf Knoten. Das sind mehr als hundert Meilen pro Tag.«

»Wie ist der augenblickliche Stand der Verseuchung?«, fragte Muller.

Osborne betätigte die Fernbedienung, und die Strömungskarte verschwand. Ersetzt wurde sie durch ein Satellitenfoto vom Nordatlantik. Ein unregelmäßiges gelbliches Band, das einem deformierten Doughnut ähnelte, folgte in einigem Abstand von den Kontinenten den Umrissen des Ozeans.

»Dieses den realen Zeitverlauf berücksichtigende Satellitenfoto vermittelt Ihnen eine Vorstellung von den derzeit verseuchten Regionen«, antwortete Osborne. »Doch jetzt zeige ich Ihnen unsere Computerprojektion der weiteren Ausbreitung.« Das Bild wechselte. Auf diesem neuen Foto war der gesamte Ozean gelb gefärbt bis auf ein paar dunkelblaue Löcher etwa in der Mitte des Atlantik.

Ein Murmeln ging durch die Reihen der Zuhörer.

»Wie lange dauert es noch bis zu diesem Stadium?«, fragte Muller.

Osborne räusperte sich, als hätte er Mühe, die Worte hervorzubringen. »Höchstens ein paar Tage.«

Die Reaktion auf seine Antwort war ein kollektives entsetztes Aufstöhnen der Anwesenden.

Osborne betätigte abermals die Fernbedienung. Das Bild zeigte jetzt einen Ausschnitt der Ostküste von Nordamerika. »Dies ist die unmittelbar gefährdete Region. Sobald die Alge in die seichten Gewässer des Kontinentalsockels vordringt, stehen wir vor echten Problemen. Zuerst einmal dürfte die Algenpest die gesamte Fischindustrie an der Ostküste der Vereinigten Staaten und Kanadas und im nordwestlichen Europa lahm legen. Wir haben mit einigen Maßnahmen auf See versucht, die Pest einzudämmen. Wie ich soeben habe sehen können, ist Mr. Austin zu uns gestoßen. Könnten Sie uns auf den neuesten Stand bringen, Kurt?«

*Nicht wirklich*, dachte Austin, während er aufstand und durch den Raum nach vorne ging. Er ließ seinen Blick über die bleichen Gesichter vor ihm schweifen. »Mein Partner, Joe Zavala, und ich kommen soeben von einem Kontrollflug zurück.« Er beschrieb detailliert, was sie gesehen hatten. »Unglücklicherweise«, schloss er seinen Bericht, »blieben alle Bemühungen erfolglos.«

»Wie sieht es mit Chemikalien aus?«, wollte ein Bürohengst der Regierung wissen.

»Chemikalien werden sehr schnell vom Wasser verdünnt beziehungsweise vom Wind weggeweht«, antwortete Austin. »Ein geringer Anteil sickert nach unten und tötet vielleicht ein paar Pflanzen, doch der Teppich ist so dick, dass auch eine wirkungsvolle Chemikalie die Algenschicht nicht völlig durchdringen kann. Außerdem haben wir es mit einer enormen Ausdehnung zu tun. Selbst wenn man in der Lage wäre, die gesamte Fläche zu besprühen, würden wir am Ende den Ozean auf Jahre hinaus vergiften.«

»Gibt es überhaupt etwas, das einer derart großen Fläche etwas anhaben könnte?«, fragte Muller.

»Klar. Eine Atombombe«, erwiderte Austin mit einem bitteren Lächeln. »Aber selbst die wäre angesichts tausender Quadratmeilen Meeresfläche letztendlich wirkungslos. Ich empfehle weiterhin, um die größeren Seehäfen Sperren anzulegen. Damit halten wir unsere Häfen algenfrei und gewinnen ein wenig Zeit.«

Ein stämmiger Vier-Sterne-General namens Frank Kyle erhob sich und meinte: »Zeit wofür? Sie haben doch selbst gesagt, dass es gegen dieses Zeug kein Mittel gibt.«

»Zur Zeit wird gerade an genetischen Lösungen gearbeitet.«

Der General schnaubte geringschätzig, als ob Austin den Vorschlag gemacht hätte, die Gewehre seiner Soldaten gegen Blumensträuße auszutauschen. »Genetische Lösungen! Meinen Sie diesen DNS-Quatsch? Was zum Teufel soll so etwas schon ausrichten? Es würde Monate dauern. Wenn nicht Jahre.«

»Ich bin für alle Vorschläge offen«, sagte Austin.

Der General grinste. »Das freut mich zu hören. Ich werde Ihren Vorschlag mit der Atombombe an den Präsidenten weiterleiten.«

»Ich habe ihren Einsatz keinesfalls empfohlen«, sagte Austin geduldig. »Wie Sie sich gewiss erinnern, habe ich erklärt, dass eine Atombombe dem Algenteppich nur einen relativ geringen Schaden zufügen würde.«

»Ich rede nicht von einer einzigen Bombe«, sagte General Kyle. »Wir haben tausende davon eingelagert, die wir seinerzeit gegen die Russen hatten einsetzen wollen. Wir belegen den Ozean mit einem dichten Bombenteppich, und wenn unsere Vorräte zu Neige gehen, können wir uns bei den Russkis sicherlich Nachschub holen.«

»Mit dem, was Sie vorhaben, verwandeln Sie den Ozean in ein regelrechtes Atommülllager«, sagte Austin. »Ein solcher Bombeneinsatz würde jegliches Leben im Ozean auf unbestimmte Zeit vernichten.«

»Ihre Alge wird die Fische sowieso ausnahmslos töten«, erwiderte Kyle. »Wie Sie wissen, ist die Schifffahrt längst zum Erliegen gekommen, und stündlich sind Milliarden Dollar an Verlusten zu verzeichnen. Dieses Zeug bedroht unsere Städte. Es muss um jeden Preis gestoppt werden. Immerhin haben wir genügend ›saubere‹ Atombomben, die wir einsetzen können.«

Zahlreiche Köpfe im Publikum nickten zustimmend. Austin erkannte, dass er so nicht weiterkam. Er bat Zavala, den weiteren Verlauf der Strategiekonferenz zu verfolgen, während er die Brücke aufsuchte. Ein paar Minuten später stand er im Ruderhaus und rief per Funktelefon die Trouts, die sich auf der *Sea Searcher* aufhielten. Das Schiff lag zur Zeit genau über Lost City. Er bekam sofort Verbindung mit dem Forschungsschiff, und ein Matrose holte Paul an den Apparat, der gerade damit beschäftigt war, vom Deck des Schiffs aus den Einsatz eines ferngesteuerten Unterseebootes zu leiten.

»Herzliche Grüße aus der verrückten Welt des Dr. Strangelove«, meldete Austin sich.

»Häh?«, erwiderte Trout.

»Ich erklär's dir gleich. Wie läuft deine Arbeit?«

»Sie *läuft*«, antwortete Trout, und in seiner Stimme schwang keinerlei Begeisterung mit. »Wir haben von einem ROV Algen- und Tangproben einsammeln lassen. Gamay und ihr Team führen im Labor soeben die notwendigen Analysen durch.«

»Und was genau sucht sie?«

»Sie hofft, in der molekularen Struktur der Alge etwas zu finden, das uns weiterhelfen kann. Wir tauschen laufend Informationen mit der NUMA in Washington und mit wissenschaftlichen Einrichtungen in anderen Ländern aus. Und wie steht es bei dir?«

Austin seufzte. »Wir haben es mit jedem Trick versucht, der uns einfiel, aber alles ohne Erfolg. Der vorwiegend ablandig wehende Wind verschafft uns ein wenig Aufschub. Aber es dürfte nicht mehr allzu lange dauern, bis jeder Hafen an der Ostküste völlig verstopft ist. Und im Pazifik sind bereits erste Anzeichen der Algenpest zu beobachten.«

»Wie viel Zeit bleibt uns?«

Kurt übermittelte ihm, was Osborne hatte verlauten lassen. Er konnte hören, wie Paul zischend einatmete.

»Habt ihr größere Schwierigkeiten, euch inmitten dieses Zeugs zu bewegen?«, fragte Austin.

»Die Region um Lost City ist relativ sauber. Dort beginnt die Verseuchung nur; sie wird aber heftiger, je weiter man von hier aus nach Osten und nach Westen geht.«

»Bald könnte dies die einzige freie Stelle im Ozean sein. Ihr solltet euch lieber eine Fluchtroute überlegen, damit ihr nicht plötzlich in dem Algenteppich gefangen seid.«

»Ich habe schon mit dem Kapitän gesprochen. Südlich von hier gibt es einen offenen Kanal, aber wir müssen innerhalb der nächsten vierundzwanzig Stunden von hier verschwinden, wenn wir ohne Schwierigkeiten rauskommen wollen. Was war das, was du gerade über Strangelove gesagt hast?«

»Wir haben hier einen General namens Kyle. Er will dem Präsidenten empfehlen, der Killeralge mit Atombomben zu Leibe zu rücken, und er scheut nicht davor zurück, jede Bombe zu zünden, die wir auf Lager haben.«

Trout verschlug es für einen Moment die Sprache, dann fand er seine Stimme wieder. »Das kann nicht sein Ernst sein.«

»Ich fürchte, er meint, was er sagt. Auf den Führern dieser Welt lastet ein enormer Druck, etwas zu unternehmen. *Irgendetwas*. Vizepräsident Sandecker kann ihn vielleicht aufhalten. Aber der Präsident wird zum Handeln gezwungen, selbst wenn die vorgeschlagene Aktion völlig idiotisch ist.«

»Das ist schlimmer als idiotisch! Es ist völlig verrückt. Und es wird nicht funktionieren. Sie werden den Algenteppich mit dieser Methode vielleicht zerfetzen, aber jeder übrig gebliebene Ableger wird sich vermehren können. Und das könnte sich als mindestens genauso katastrophal erweisen.« Er seufzte. »Wann müssen wir damit rechnen, die ersten pilzförmigen Wolken über dem Atlantik aufsteigen zu sehen?«

»Im Augenblick findet hier eine Konferenz statt. Eine Entscheidung ist frühestens morgen zu erwarten. Wenn die Maschinerie einmal in Gang gekommen ist, dürfte sehr schnell etwas passieren, vor allem wenn die Gorgonenalge unsere Küsten erreicht.« Er hielt für einen Moment inne. »Ich muss gerade an MacLean denken. Hat er dir gegenüber nicht angedeutet, er könnte ein Gegengift gegen die Alge aus der Fauchard-Formel entwickeln?«

»Er schien sich ziemlich sicher gewesen zu sein, dass es ihm gelingen würde. Unglücklicherweise haben wir weder MacLean noch die Formel.«

Austin dachte an den Helm, der unter Tonnen von Geröll begraben war. »Der Schlüssel befindet sich in Lost City. Was immer die Mutation ausgelöst hat, kam von dort. Es muss eine Möglichkeit geben, aus diesem Material etwas zu entwickeln, das diese Pest bekämpfen kann.«

»Denken wir mal nach«, sagte Trout. »MacLean wusste, dass seine lebensverlängernde Formel mit Fehlern behaftet war, dass sie zwar den Alterungsprozess umkehren konnte, aber – wie Racine Fauchard am eigenen Leibe hatte erfahren müssen – in ihrer Wirkung nicht zuverlässig vorhersagbar war. Sie *beschleunigte* auch das Wachstum.«

»Genau darauf wollte ich hinaus. Die Natur gerät dabei stets aus dem Gleichgewicht.«

»Stimmt. Es ist wie bei einem Gummiband, das zurückschnellt, wenn es zu sehr gedehnt wird.«

»Ich weiß nicht, ob es Racine Fauchard gefallen würde, mit einem Gummiband verglichen zu werden, aber dieses Bild veranschaulicht am besten mein Argument, dass die Natur immer um Ausgewogenheit bemüht ist. Mutationen kommen täglich vor, sogar bei Menschen. Die Natur hat in unser System einen Korrekturmechanismus eingebaut, der dafür sorgt, dass zum Beispiel Menschen keine zwei oder drei Köpfe haben, was vielleicht gar nicht so schlecht wäre, wenn man es sich recht überlegt. Was das

Altern betrifft, so besitzt jede Spezies eine Art Todesgen, welches alles Alte absterben lässt, um für die neue Generation Platz zu machen. Die Gorgonenalge war stabil, bis die Fauchards das Enzym in die Gleichung einfügten und damit einiges aus dem Gleichgewicht brachten. Irgendwann wird dieser Prozess wieder rückläufig sein.«

»Was ist mit den mutierten Soldaten, die so lange gelebt haben?«

»Das war eine künstliche Situation. Hätte man sie sich selbst überlassen, hätten sie einander wahrscheinlich aufgefressen. Das Gleichgewicht wäre wiederhergestellt worden.«

»Die Konstante ist das Enzym«, schlussfolgerte Trout. »Es ist der bestimmende Faktor. Es kann die Alterung verlangsamen oder beschleunigen.«

»Gamay soll sich dieses Enzym noch einmal genau ansehen.«

»Ich werde mich erkundigen, wie sie vorankommt«, sagte Trout.

»Ich kehre zu der Konferenz zurück und versuche, General Kyle von seiner Idee abzubringen, den Atlantik mit einem Bombenteppich zu belegen. Allerdings bin ich nicht allzu optimistisch, dass es mir gelingt.«

Trout konnte es kaum fassen. Die Fauchards waren tot, aber selbst aus dem Grab heraus konnten sie der Welt noch tödlichen Schaden zufügen. Er verließ die Brücke und ging hinunter in das Labor, in dem Gamay mit einem vierköpfigen Team Meeresbiologen und Wissenschaftlern aus anderen verwandten Disziplinen arbeitete.

»Ich habe gerade mit Kurt gesprochen«, sagte Paul. »Er hatte keine guten Neuigkeiten.« Er gab sein Gespräch mit Austin in gedrängter Form wieder. »Hast du irgendetwas Neues herausgefunden?«

»Ich habe die Wechselwirkung zwischen dem Enzym und der Pflanze untersucht, bin aber in dieser Richtung nicht weitergekommen, daher habe ich mich stattdessen mit der DNS beschäftigt. Es schadet nie, bereits durchgeführte Untersuchungen noch einmal zu wiederholen.«

Sie ging zu einem Tisch, auf dem etwa zwanzig stählerne Behälter in einer Reihe aufgestellt waren.

»In jedem dieser Behälter befindet sich eine Probe der Gorgonenalge. Diese Proben habe ich den Enzymen ausgesetzt, die das ROV in der Nähe der Kamine in Lost City eingesammelt hat, um mir anzusehen, was geschehen würde. Ich wollte überprüfen, ob es irgendwelche Reaktionen gibt, wenn ich die Alge mit verschiedenen Enzymformen in Kontakt bringe. Allerdings habe ich mich in der Zwischenzeit anderen Aspekten zugewandt und nicht allzu intensiv um die Proben gekümmert.«

»Mal sehen, ob ich verstanden habe, was geschehen ist«, sagte Trout. »Die Fauchards haben die molekulare Struktur des Enzyms während des Veredelungsprozesses verändert, als sie es von den Mikroorganismen trennten, die die Substanz geschaffen haben. Diese Anomalie gelangte ins Erbgut der Alge und löste die Mutation aus.«

»Das trifft ziemlich genau den Nagel auf den Kopf.«

»Hör weiter zu. Bis zu diesem Augenblick konnten die Alge und das Enzym in seinem natürlichen Zustand nebeneinander existieren.«

»Richtig.« Gamay nickte. »Erst als das Enzym modifiziert wurde, interagierte es mit der nächstliegenden Lebensform – zufälligerweise eine lästige, aber bis zu diesem Moment völlig normale Meeresalge – und verwandelte sie in ein pflanzliches Monster. Ich hatte gehofft, dass eine Überdosis von der Substanz den Alterungsprozess genauso beschleunigt, wie sie es bei Racine Fauchard getan hat. Aber es funktionierte nicht.«

»Die Vermutung klingt logisch – irgendetwas fehlt noch.« Er dachte einige Sekunden lang nach. »Was wäre denn, wenn nicht das Enzym, sondern die *Bakterie* das kontrollierende oder steuernde Element ist?«

»Darüber habe ich noch gar nicht nachgedacht. Ich habe mich ausschließlich mit der Substanz selbst beschäftigt und nicht mit den Organismen, die sie produzieren. Indem sie das Enzym aus dem Wasser gewannen, töteten die Fauchards die Bakterie ab, die durchaus der Faktor sein könnte, der in diesem Bereich für Ausgewogenheit sorgt.«

Sie ging zu einem Kühlschrank und holte eine Ampulle heraus. Deren flüssiger Inhalt hatte sich bräunlich verfärbt.

»Dies ist eine Bakterienkultur, die wir unter einer der Säulen in Lost City eingesammelt haben.«

Sie entnahm ein wenig von der Flüssigkeit und träufelte sie in einen Behälter mit einer Probe Gorgonenalge und machte eine entsprechende Notiz.

»Und nun?«

»Wir müssen der Bakterie Zeit lassen, ihre Wirkung zu entfalten. Es wird nicht lange dauern. Ich habe noch nicht gegessen. Was hältst du davon, mir einen Imbiss zu besorgen?«

»Was hältst du davon, wenn wir von hier verschwinden und in die Messe gehen, um uns eine richtige Mahlzeit zu gönnen?«

Gamay strich sich die Haare aus der Stirn. »Das ist der beste Vorschlag dieses Tages.«

Die Cheeseburger, die sie bestellten, waren die reinste Delikatesse. Noch nie hatten sie ihnen so gut geschmeckt. Erfrischt und gesättigt kehrten die Trouts nach gut einer Stunde ins Labor zurück. Trout überprüfte den Behälter mit der Bakterie. Die vielfach verschlungenen Algenstränge sahen völlig unverändert aus.

»Kann ich mir das mal ein wenig genauer ansehen? Bei diesem Licht ist kaum etwas zu erkennen.«

Gamay deutete auf eine lange dünne Zange. »Nimm die zu Hilfe. Du kannst die Probe über diesem Waschbecken untersuchen.«

Trout holte den Algenklumpen aus dem Behälter und ließ ihn in ein Plastikbecken fallen. Isoliert betrachtet sah der Klumpen Gorgonenalge völlig harmlos aus. Es war keine schöne Pflanze, aber sie entwickelte eine bewundernswerte Funktionalität mit ihren spinnennetzartigen Strängen, die sich mit anderen Algen verbanden, um eine undurchdringliche Matte zu bilden. Trout stocherte mit der Zange darin herum, dann hob er die Probe an einem Algenstrang hoch. Der Strang brach ab, und die Algenkolonie fiel mit einem klatschenden Geräusch zurück ins Becken.

»Entschuldige«, sagte er. »Ich habe deine Algenprobe beschädigt.«

Gamay sah ihn ein wenig irritiert an und nahm ihm die Zange aus der Hand. Sie zupfte an einem anderen Strang, und auch dieser brach ab. Sie wiederholte ihr Experiment. Jedes Mal brachen die dünnen Äste ab. Sie isolierte einen Strang und trug ihn zu einem Labortisch, wo sie ihn zerschnitt. Dann legte sie die dünnen Scheiben behutsam auf Objektträger und schob sie nacheinander unter ein Mikroskop.

Sekunden später schaute sie vom Okular hoch. »Die Alge stirbt«, verkündete sie.

»Wie bitte?« Trout schaute ins Becken. »Für mich sieht sie gesund aus.«

Gamay lächelte und riss weitere Stränge ab. »Sieh doch, das habe ich mit gesunden Algen nicht tun können; sie waren wie widerstandsfähiger Gummi. Diese hier sind jedoch spröde.«

Sie gab ihren Assistenten ein Zeichen und bat sie, verschiedene Teile der Probe für eine Betrachtung unter dem Mikroskop zu präparieren. Als sie dann wieder von ihrem Mikroskop hochsah, waren ihre Augen rot gerändert, doch ihr Gesicht erstrahlte in einem breiten Grinsen.

»Die Algenprobe befindet sich im ersten Stadium der Nekrose. Mit anderen Worten, das Zeug stirbt ab. Wir versuchen unser Glück mit einigen der anderen Proben, um ganz sicherzugehen.«

Erneut brachte sie Bakterien und Algen zusammen, und auch diesmal warteten sie eine Stunde. Eine kurze mikroskopische Überprüfung bestätigte ihre ursprüngliche Beobachtung. Jede Probe, die mit der Bakterie in Kontakt gebracht worden war, starb ab.

»Die Bakterie tut nichts anderes, als sich von irgendeinem Bestandteil der Gorgonenalge zu ernähren, den diese zum Überleben braucht«, sagte sie. »Wir haben noch eine ganze Menge Forschung vor uns.«

Trout griff nach der Ampulle mit der ursprünglichen Bakterienkultur. »Wie setzt man diese hungrigen kleinen Teufel denn am wirkungsvollsten ein?«

»Wir müssen große Mengen davon züchten, dann die Bakterie über eine möglichst große Fläche verteilen und sie in Ruhe ihr Werk verrichten lassen.«

Trout lächelte. »Meinst du, die englische Regierung gestattet uns den Einsatz des U-Boots der Fauchards, um die Bakterien zu verteilen? Es hat den Laderaum und das Tempo, das wir in diesem Fall brauchen.«

»Ich denke, sie werden alles gestatten, um zu verhindern, dass Großbritannien vom Rest der Welt abgeschnitten wird.«

»MacLean hat uns schon wieder gerettet«, stellte Trout kopfschüttelnd fest. »Er hat uns die Hoffnung geschenkt, dass wir diese Katastrophe meistern können.«

»Kurt hat aber auch einiges dazu beigetragen.«

»Sein Instinkt hat sich als richtig erwiesen.«

Trout ging zur Tür.

»Willst du Kurt die gute Nachricht durchgeben?«

Trout nickte. »Und dann werde ich ihm sagen, dass es an der Zeit ist, für einen anständigen alten Schotten einen würdigen Abschied zu inszenieren.«

## 44

Der *Loch* war mehrere Meilen lang und etwa halb so breit, und sein kaltes, ruhiges Wasser reflektierte den makellosen schottischen Himmel wie ein riesiger Spiegel. Eine zerklüftete, wilde Hügellandschaft, die mit Heidekraut bewachsen war, umkränzte den *Loch*.

Das offene Holzboot schnitt eine kristallene Bugwelle in das stille Wasser, während es sich vom Ufer entfernte und an der tiefsten Stelle des *Loch* an Fahrt verlor und allmählich stoppte. In dem Boot befanden sich vier Insassen: Paul und Gamay Trout, Douglas

MacLean und sein verstorbener Vetter Angus, dessen Asche sich in einer reich verzierten byzantinischen Schatulle befand, die der Chemiker von einer seiner Reisen mitgebracht hatte.

Douglas MacLean hatte seinen Vetter nur ein einziges Mal getroffen, nämlich anlässlich einer Hochzeitsfeier im Familienkreis vor ein paar Jahren. Sie hatten sich auf Anhieb gut verstanden und einander geschworen, sich schon bald wieder zu treffen, aber wie es mit vielen wohl gemeinten Vereinbarungen bei einem Glas Whisky häufig der Fall ist – es war nicht mehr dazu gekommen. Sie hatten sich nie wieder gesehen. Bis jetzt. Douglas war der einzige lebende Angehörige, den Trout hatte ausfindig machen können. Mindestens genauso wichtig war, dass er Dudelsack spielen konnte. Nicht besonders gut, aber laut.

Er stand im Bug des Bootes, gekleidet in die MacLean-Farben, die von einem Kilt bis zu den Knien bedeckten Beine leicht gespreizt, um sicheren Stand zu haben. Auf ein Zeichen von Gamay stimmte er »Amazing Grace« an. Während die alte Melodie von den Bergen und Hügeln widerhallte, streute Paul Angus' Asche in die Fluten des *Loch*. Das graubraune Pulver trieb einige Minuten lang auf der stillen Oberfläche und versank dann nach und nach im dunkelblauen Wasser.

»*Ave atque vale*«, sagte Trout leise. Sei gegrüßt und lebe wohl.

Etwa zum gleichen Zeitpunkt, als Trout sich verabschiedete, trug Joe Zavala mit drei anderen Männern einen schlichten Holzsarg über einen Lehmweg, der an verwitterten Grabsteinen auf einem alten Friedhof unweit der Kathedrale von Rouen vorbeiführte. Die anderen Sargträger waren ausnahmslos Nachkommen von Capitaine Pierre Levant.

Mindestens zwanzig Mitglieder der weitläufigen Familie der Levants umringten das offene Grab neben den Grabsteinen, die die letzte Ruhestätte der Ehefrau und des Sohns des Capitaine markierten. Zu der Trauergemeinde gehörte auch eine Gruppe von Männern und Frauen, die die französische Armee vertraten. Während der Priester die traditionellen Gebete sprach, salutierten die Vertreter der Armee, und Capitaine Levant wurde ins Grab hinabgelassen, wo er die Ruhe finden würde, die man ihm so lange versagt hatte.

»*Ave atque vale*«, murmelte Zavala.

Wie vereinbart kreiste zur gleichen Zeit das kleine rote Doppeldeckerflugzeug wie ein hungriger Habicht in großer Höhe über den Weingärten der Fauchards. Austin warf einen Blick auf die Uhr, legte die Aviatik leicht auf die Seite und verstreute die Asche von Jules Fauchard, dessen sterbliche Hülle aus dem Gletscher herausgeholt worden war.

Es hatte eine hitzige Diskussion gegeben, ob Jules eingeäschert werden sollte, eine Praxis, die von der katholischen Kirche nicht gerne gesehen wurde. Doch da es keine lebenden Angehörigen mehr gab, nahmen Austin und Skye die Angelegenheit in die Hand und entschieden, dass Jules zu der Erde zurückkehren sollte, in der seine geliebten Weingärten gediehen.

Genauso wie Trout und Zavala murmelte auch Austin die alte lateinische Abschiedsformel.

»Nun, damit hat Jules endlich die wohlverdiente Ruhe gefunden«, sagte Austin ins Mikrofon, das ihn mit Skye verband, die ebenfalls in der Maschine saß. »Er war der Beste der ganzen Bande. Er hat etwas Besseres verdient, als in diesem Gletscher eingefroren zu sein.«

»Da hast du Recht«, sagte sie. »Ich frage mich, was geschehen wäre, wenn er es tatsächlich bis in die Schweiz geschafft hätte.«

»Das werden wir nie erfahren. Stellen wir uns einfach vor, dass es ihm in einem Paralleluniversum gelungen wäre, den Krieg zu verhindern.«

»Das ist ein schöner Gedanke«, sagte Skye. Dann fügte sie nach ein paar Sekunden hinzu: »Wie weit können wir mit diesem Ding fliegen?«

»Meinst du, bis uns der Sprit ausgeht?«

»Schaffen wir es bis nach Aix-en-Provence?«

»Moment.« Er drückte die entsprechenden Tasten seines GPS-Geräts und programmierte eine Route, die die Flugplätze mit Tankmöglichkeit anzeigte. »Es wird ein paar Stunden dauern, und wir müssen zum Nachtanken zwischenlanden. Warum fragst du?«

»Charles hat uns angeboten, seine Villa zu benutzen. Er meint, wir könnten sogar seinen Bentley haben, wenn wir versprechen, ihn nicht in den Swimmingpool zu lenken.«

»Das sind zwar ziemlich unverschämte Bedingungen, aber ich glaube, damit kann ich leben.«

»Die Villa ist wunderschön«, sagte Skye mit zunehmender Begeisterung. »Still und malerisch gelegen, mit einem bestens gefüllten Weinkeller. Ich dachte, sie wäre der geeignete Ort, um an meinem Bericht zu arbeiten. Für eines muss ich den Fauchards dankbar sein. Indem ich das benutze, was Racine über die Herkunft ihrer Familie erzählt hat, kann ich meine Theorie über die Handelsverbindung zwischen den Minoern und den frühen europäischen Kulturen beweisen. Wir können auch über deine Theorie diskutieren, dass sie bis zu den Färöer-Inseln vordrangen. Vielleicht sogar bis nach Nordamerika. Was hältst du davon?«

»Ich habe keine Kleider zum Wechseln mitgenommen.«

»Wer braucht Kleider?« Ihr Lachen war eine einzige leidenschaftliche Verheißung. »Das hat uns doch bisher niemals von irgendetwas abhalten können.«

Austin grinste. »Ich denke, ein solches Angebot darf ich mir unmöglich entgehen lassen. Wir haben außerdem Rückenwind. Vielleicht schaffe ich es, rechtzeitig zum Abendessen in der Provence zu landen.«

Dann schaute er auf den Kompass und brachte die Maschine auf einen südlichen Kurs, wo sie die paradiesischen Strände des Mittelmeers erwarteten.

## Danksagungen

Vielen Dank an Neal Iverson, außerordentlicher Professor der Geologie, Klimatologie und Umweltmeteorologie an der Iowa State University, für seine Führung durch das Subglacial Observatory Svartisen in Norwegen. Die Bücher von H. Rider Haggard und Ben Bova lieferten einzigartige Einsichten zu Fragen und Bedeutung der Unsterblichkeit. Und angebracht ist auch ein Dankeschön an die SEAmagine Hydrospace Corporation, die uns ihr bemerkenswertes SEAmobile großzügig zur Verfügung gestellt hat.